建構與反思

——中國文學史的探索
學術研討會論文集(上)

輔仁大學中國文學系
中國古典文學研究會 主編

贊助單位：教　　育　　　　部
　　　　　行政院國家科學委員會
　　　　　中華發展基金管理委員會
　　　　　輔仁大學研究發展處
　　　　　輔仁大學文藝學院發展委員會

序（一）

　　本會和輔仁大學過去曾有多次合作的機會，都十分成功。今年三月，再度和輔大中文系合辦學術研討會，令人格外感到高興。這次會議的主題是「建構與反思——中國文學史的探索」。

　　這個主題涵蓋面極廣，也極有意義，自日人古城貞吉的〈支那文學史〉於 1898 年問世以來，百餘年間，有關中國文學史的著作，至少有上百種，但真正能讓人滿意的，則寥寥可數，主要原因在於它的涵蓋面太廣，從頭到尾一人寫作，很難面面俱到；因為每個人的專長不同，研究範圍有限，顧此則每每失彼；再則每一文學史作者之關注點不同，對文學史的認知也不完全相同，切入點自然也不同；這次大會的目的，就是希望集合大家的智慧，為如何建構中國文學史而提供高見。

　　再者，目前雖然有上百種的文學史，但對某些關鍵問題，不是三言兩語帶過，就是因循舊說，無解的還是無解，紛歧的還是紛歧。如敘事詩的起源、七言詩的起源、詞的濫觴等，許許多多的問題，幾乎沒有任何一本文學史能提出合理且明確的答案。此外，如科舉制度對文學產生之影響，或佛教傳入對我國文學產生之影響，以及以往某些舊說之謬誤，亟待加以澄清等，我們也沒看到任何一

本文學史對這些問題給予合理的關切和初步的答案。這些都是研究文學史的我們，值得深切反省的問題。

　　所幸本次大會已針對以上的問題，作了部分的討論，希望此次大會的拋磚之舉，能引發許多擲地有聲的珠玉出現。

李立信　謹序
壬午端陽後二日

序（二）

　　每一個人都喜歡快樂，都希望遠離悲哀，可是「惟以悲哀爲主」的〈哀江南賦〉那般讓人感愛低徊。每一個人都喜歡順意，不樂蕭索，卻牽執迷茫於「徇祿反窮海，臥痾對空林」的詩思之中。每一個人都喜歡圓滿，憾恨殘遺，偏又耽戀在燕鎖空樓的如絮憂思。文心之怪奇者，莫過於此。葉嘉瑩老師有「多情乃佛心」之句，應是津渡。

　　這次文學史研討會，海內俊彥，千光交映，各懷一己之情而來，滿心千古之情而返，人文之美，唯此而已。謹序。

王金凌

九十一年三月十六日

建構與反思

——中國文學史的探索
學術研討會論文集

目　錄
上　冊

下　冊

【附　錄】

閱讀視野與詩詞評賞

葉嘉瑩

　　十多年前，我曾寫過一篇文稿論納蘭性德的詞。納蘭性德也叫納蘭成德，是蒙古裔的滿族人，祖籍的籍貫在東北葉赫地的一條水邊。我也是蒙古裔的滿族人，我家祖籍的籍貫也在那裏，因此就對這位作者有一種特殊的親切感。我接觸納蘭詞是在上初中一年級的時候。那時我讀不懂太高深的詞，但納蘭的「昏鴉盡，小立恨因誰。急雪乍翻香閣絮，輕風吹到膽瓶梅。心字已成灰」（《憶江南》）等小詞很容易懂，所以我就很喜歡。而且，詞這種體裁多寫美女和愛情，傳統舊家庭一般不教女孩子作詞，因此小時候我伯父指點我寫詩卻不教我填詞。而我讀了納蘭詞之後，覺得詞也不是太難寫，於是就也開始自己寫詞。後來我到臺灣大學來教書，也講過詞，但對納蘭詞的興趣就減少了。那時候我曾經說：詩詞的深淺難易有很多不同情況。有的作品宜淺不宜深：在你知識淺的時候讀它覺得很好，到你知識深的時候再讀它就覺得不好了；有的作品宜深不宜淺：在你知識淺的時候讀不進去，到你知識深的時候你才覺得它好。像吳文英的詞，我年輕時總是讀不懂，但後來我就喜歡吳文

英的詞而不喜歡納蘭詞了。可是，此後又經過很長的一個階段，到我和四川大學繆鉞先生合寫《靈谿詞說》的時候，我們把中國整個詞的歷史發展作了一個回顧，我就發現納蘭性德的詞真是如同赤子一樣有一種自然真切的流露，這其實是很難得的。所以，對納蘭詞的評賞，我是經歷了這樣三個不同的認識階段。

於是，我就聯想到德國接受美學家姚斯（Hans Robert Jauss）在他的一本書《關於接受美學》（Toward an Aesthetic of Reception）中所提出的「閱讀的視野」（borizons of reading）。姚斯說，「閱讀的視野」可以分成三個層次，第一個層次是美感的、直覺的閱讀（aesthetically perceptual reading），第二個層次是反思的、詮釋的閱讀（retrospectivelly interpretive reading），第三個層次是歷史性的閱讀（historical reading）。就是說，當我們看一篇作品的時候，最初的閱讀層次是美感的和直覺的。比如我小時候念李清照的《聲聲慢》「尋尋覓覓，冷冷清清，淒淒慘慘戚戚」，我從它的聲音上得到一種美感，沒有反省也不需要詮釋，那就是一種直覺的美感。還有像《西廂記》的「門掩著梨花深院，粉牆兒高似青天」，念起來很好聽，那也是一種直覺的美感的欣賞。而所謂反思的、詮釋的閱讀，是指你對這個作品有一種反省，向更深一層去探尋它的內容、主題和意境。至於歷史性的閱讀，則要瞭解自作品問世以來前人是怎樣詮釋它和接受它的，你要集合大家的意見得出你自己的結論。在《論納蘭性德詞》那篇文章中，我曾借閱讀視野的這三個層次講了我對納蘭性德詞的三個不同階段的欣賞。但今天我要講的還不是這篇文章，而是另外一個德國的文學理論家——姚斯的老師葛德謨（Hans-Georg Gadamer），他寫過一本

書叫《真理與方法》（ Truth and Methods ），書中提到「hermeneutic situation」（詮釋的環境）。詮釋的環境中最重要的一部分就是所謂「horizons」（視野），而對「視野」真正的理解應該是包括個人理解和歷史視野（historical horizons）的一個合成視野（fusing of horizons）。葛德謨所說的這個 historical horizons 和姚斯所說的那個 historcal reading 還不大一樣，historcal reading 是說這個作品出現以來歷代對它的接受，是一種歷史閱讀的水平，而葛德謨所提出的 historical horizons 有他的一個理論。他說，作者在創造作品的時候，有他當時的一個環境，用理論的術語來說就叫做「語境」，你要對當時那個歷史的語境有所瞭解，你的詮釋才能夠比較正確。然而，接受美學又認為，當一篇作品寫成之後變成一個成品呈現在讀者面前的時候，那文本（text）本身就可以產生很多的意思，是一種 significance 的衍生的意義，而不必然是作者的原意。所以，詮釋學還有所謂「詮釋的循環（ hermeneutic circle ）」的說法。這「詮釋的循環」有兩種意思。一種意思是說：如果你不瞭解其中個別的部分，就不能瞭解它的全體；但是你不瞭解它的全體，也就不能瞭解其中個別的部分。這是一個雞生蛋、蛋生雞的問題。另一種意思是說：你所有的詮釋都是從你讀者的本身出發的，帶著很多屬於你自己的東西，例如你自己種種思想的、閱讀的背景，你生活的體驗，你的經歷，你生長的環境，你個人的色彩等等，因此你所得到的詮釋其實又回到了你自己本身。像王國維在《人間詞話》中說南唐中主的「菡萏香消翠葉殘，西風愁起綠波間」大有「眾芳蕪穢美人遲暮」之感，這是由於王國維熟悉屈原的《離騷》。如果沒有王國維這種閱讀思想的背景，誰會從

「菡萏香消」想到「美人遲暮」呢？所以，Gadamer 就提出來「fusing of horizons（合成視野）」的說法：每個人詮釋的環境都是不同的，每個人都帶著自己個人的很多背景去閱讀，這是一種個人的視野（personal unhistorical horizons）；而你個人的閱讀背景如果跟作品的歷史背景（historical horizons）相會合，你就有了一個「合成視野（fusing of horizons）」。

　　我現在要舉一些例證來說明閱讀視野的重要性。唐代李商隱在桂管觀察使鄭亞幕府為判官掌書記時曾寫過一首題為《北樓》的詩：

> 　春物豈相干，人生只強歡。花猶曾斂夕，酒竟不知寒。異域東風濕，中華上象寬。此樓堪北望，輕命倚危欄。

李商隱的故鄉在河南，現在他來到南方的桂林，當春天來了的時候，他覺得南方的四季沒有北方那麼鮮明——我有一年到新加坡去教書也有這種感覺：那裏全年的溫度都差不多，窗外的花草樹木春夏秋冬四季永遠不變——古人說，「悲落葉於勁秋，喜柔條於芳春」，可是他現在找不到芳春到來的那種感覺，所以是「春物豈相干，人生只強歡」。那麼他怎樣勉強尋找一點樂事呢？問題就出現在後邊那兩句，「花猶曾斂夕，酒竟不知寒」。有一位西方很有名的漢學家劉若愚（James Liu）先生翻譯了這首詩，他是這樣翻譯的：The wine is cold but I have not even noticed it. 他說：「我竟然沒有注意到酒是冷的。」他的書出版之後，有一位李祁教授給他寫了一篇 book review。李祁教授認為劉先生這個翻譯是不正確的，他說，「寒」不是指酒，因為中國人習慣上說「冷酒」「冷茶」而

不說「寒酒」「寒茶」或「酒寒」「茶寒」。李教授說「酒竟不知寒」的「寒」不是酒的寒而是氣候的寒，譯文應是 although I have finished the wine，I do not feel cold ——雖然我喝完了這酒，但是我沒有感覺到寒冷。「酒竟」，就是「酒喝完了」。

　　我以為，他們兩位先生的翻譯都值得討論。因為李商隱寫這首詩的時候他所要傳達的那種感受的重點在前兩句已經說明了，是「春物豈相干，人生只強歡」，後邊他還說，「異域東風濕，中華上象寬」——桂林是異域不是我的故鄉，春天氣候是很潮濕的，回想北方到了春天那真是氣象萬千，所以我懷念我的故鄉，因此就「此樓堪北望，輕命倚危欄」。你看那北方春天的到來，就像歐陽修說的，「雪雲乍變春雲簇，漸覺年華堪縱目。北枝梅蕊犯寒開，南浦波紋如酒綠」，由寒冷到解凍，由雪雲到春雲，一天有一天的變化，一天有一天的消息。我在新加坡講學講到中國古詩詞傷春悲秋的感情，同學覺得很難理解，因為那裏四季都一樣，有什麼可悲傷的？李商隱說，我要飲酒賞花，勉強地找一點歡樂，我要在這不變化中找到一點變化。李商隱在桂林的詩裏寫過朱槿花，朱槿花是大朵的紅花，朝開夕斂，他說我所找到的唯一一點變化只是朱槿的朝開夕斂而已。所以是「花猶曾斂夕」。你要注意他的虛字，李商隱的詩常常把虛字用得很好。「花猶曾斂夕」的「猶」字，和「酒竟不知寒」的「竟」字是相對的。「猶」是說仍然有這樣，「竟」是說竟然就沒有那樣。所以，李祁先生譯成「I have finished the wine」是不對的。在北方，春天賞花飲酒還不僅僅因為酒可以增加賞花的情趣，而且因為春寒料峭，藉喝酒可以抵擋身外的寒冷。因此你要瞭解李商隱寫詩時的心情：在南方的桂林全然不見使北方人

感到「相干」的「春物」之變化，但他仍有藉看花飲酒以求強歡之意。可是，看花之歡雖然猶可感到朱槿朝開暮斂的一點變化，飲酒之時卻全然沒有助人酒興的身外春寒之感，於是他就更加思念故鄉。在這裏，把「寒」解釋成酒寒當然不對，但把「竟」解釋成喝完酒也是不對的。

　　還有一個例證是楊萬里的一首詩《過揚子江》：

> 只有清霜凍太空，更無半點荻花風。天開雲霧東南碧，日射波濤上下紅。千載英雄鴻去外，六朝形勝雪晴中。攜瓶自汲江心水，要試煎茶第一功。

他說，現在是一個寒冷的季節，好像天空還有霜氣凝結，沒有一點點吹動蘆荻的微風，東南方出現一片藍天，太陽照在揚子江的江水上。長江在鎮江一帶古稱揚子江，那裏有金山、焦山，再向上游就是六朝古都的南京。你一定要懂得這些地方的歷史背景，才能知道作者為什麼會產生「千載英雄鴻去外，六朝形勝雪晴中」的感發。所謂「大江東去，浪淘盡、千古風流人物」（蘇軾《念奴嬌》），所謂「長空澹澹孤鳥沒，萬古消沈向此中」（杜牧《登樂游園》）。千古的風流人物和六朝的繁華，轉眼之間就都消失了，而現在是早春季節，剛剛雪霽初晴。有問題的是最後兩句：「攜瓶自汲江心水，要試煎茶第一功。」他說，我要親自帶著一個瓶子在江心打水，我要試一試這「煎茶」的「第一功」。許多人批評楊誠齋這首詩，說前面寫風景寫得還不錯，最後一句完全是湊韻，煎茶有什麼功可言？——這是不瞭解當時歷史的背景，缺少一個「historicity（歷史性）」的閱讀視野。這 historicity 也是 Gadamer

提出來的，就是說，作者在寫一首詩的時候有他整個背景的歷史性，你的詮釋也必須結合有這背景的歷史性。要瞭解楊萬里這首詩歷史的背景，首先就要考察楊萬里生平的編年。他是在南宋光宗時寫的這首詩，在那個時候，南宋與北方的金國時戰時和，有種種複雜的外交關係。每年正月初一，金國要派一個賀正旦使來給南宋賀新年，那一年楊萬里任南宋的接伴使，也就是作為南宋的代表去迎接北方的使者。接伴使跟煎茶有什麼關係？只考察楊萬里的編年就不夠了。南宋詩人陸放翁寫過一本書叫《入蜀記》，其中記載說，在金山上有一個亭子叫「吞海亭」，當時南宋的接伴使接待金國的使者，就要在吞海亭上烹茶相見。所以，「攜瓶自汲江心水，要試煎茶第一功」是外交，那是一個外交的重要事件。

由此可見，一首詩雖然可以衍生出來很多的意思，但最主要的是你先要讀懂這首詩，然後才可以有你自己衍生出來的意思，在沒有讀懂之前就隨便解釋，那是不對的。以上，我是從「理解」的層次來談閱讀的視野。要理解一首詩，你有什麼樣的 reading horizon 是很重要的。可是現在我們要再進一步，從「理論」的層次來談閱讀的視野。

很多同學說，當年你在臺大教詩選，現在怎麼常常講詞而不講詩了？確實，近些年我越來越喜歡講詞了。為什麼緣故？因為詩是言志的，是顯意識的，像杜甫《北征》的「皇帝二載秋，閏八月初吉。杜子將北征，蒼茫問家室」，什麼都說得清清楚楚；《詠懷五百字》的「窮年憂黎元，歎息腸內熱」，那份深厚博大的感情令人讀起來心裏一陣發熱，這是詩的好處。但詞更微妙，它常常在表面所說的情事以外給讀者很豐富的聯想。尤其是早期歌詞之詞的令

詞，它們差不多都是寫美女和愛情的，哪個好哪個壞？哪個的意境更深厚更高遠一些？這裏邊有很微妙的分辨。所以王國維說：「詞之爲體，要眇宜修，能言詩之所不能言，而不能盡言詩之所能言」（《人間詞話》）。張惠言說：「其緣情造端，興於微言，以相感動，極命風謠裏巷男女哀樂，以道賢人君子幽約怨悱不能自言之情」（《詞選序》）。「賢人君子幽約怨悱」還「不能自言」之情是一種什麼情？這是很妙的。詞所說的情不是直說的，不是顯意識的，它都含蓄在裏邊，能夠引起你很多的興發感動。爲什麼小詞會形成這種微妙的特質？我在小時侯讀納蘭性德的詞，完全是一種直覺的、美感的閱讀，但我從 1945 年開始教書，教了半個多世紀，慢慢就發現小詞有一種微妙的引人生言外意蘊之聯想的作用。當然，古人也不是沒有發現小詞的這種作用。北宋李之儀有一篇《跋吳思道小詞》，就曾說小詞「語簡而意深」，「言盡而意不盡，意盡而情不盡」；清代張惠言也說小詞是「興於微言以相感動」。小詞沒有詩中那些高談闊論的大道理，只是一些描寫美女愛情的無足輕重的「微言」，可是大家都感到裏面有某些東西。怎樣把這些感覺到的東西表述出來？張惠言就說：「蓋詩之比興、變風之義，騷人之歌，則近之矣」（《詞選序》）。「則近之矣」就是「大概差不多了」，因爲他找不到一個 term，一個術語來說明這種作用。王國維也感覺到了詞的這種特色，也說不出來，所以就提出來一個「境界」。但他自己又把「境界」這個詞用得很混亂，說詩裏邊的情景也是境界，成大事業大學問的幾個層次也是境界。他同樣也沒有找到一個合適的 term 來說明詞的這種作用。

我以爲，小詞之所以形成這種微妙的作用，是由於它有兩個

特點。第一個特點是它的「雙性人格」，這是從《花間集》就開始了的。花間詞用女子形象和女子語言來描寫女子的感情，但其作者都是男性。如溫庭筠的「懶起畫蛾眉，弄妝梳洗遲」（《菩薩蠻》），本是寫一個女子起床梳妝、畫眉、簪花、照鏡、穿衣，張惠言卻說它有「離騷初服」之意，為什麼？因為屈原也曾以女子自比說，「眾女嫉余之蛾眉兮，謠諑謂余以善淫」。而且，當男子求取科第仕宦而不得的時候，其感情與女子那種「棄婦（abandoned women）」的感情也有某種暗合之處，所以他們喜歡以失落了愛情或追求愛情而不得的閨中怨婦自比。例如曹子建就曾說：「君若清路塵，妾若濁水泥。浮沈各異勢，會合何時諧。願為西南風，長逝入君懷。君懷良不開，賤妾當何依」（《七哀詩》）。這是一種「雙性人格」的特點。小詞的另一個特點，是「雙重的語境」。早期文人詞產生於西蜀與南唐，相對於五代亂世的中原而言，西蜀與南唐的小環境是安樂的，是可以聽歌看舞的；但從大環境來看，北方對他們這些小國有強大的威脅。南唐在中主李璟時就已經處在北周的威脅之中，所以中主李璟的小詞《山花子》雖然是寫給樂師王感化去唱的思婦之詞，其「菡萏香消翠葉殘，西風愁起綠波間」卻令王國維聯想到「眾芳蕪穢」和「美人遲暮」；馮延巳《蝶戀花》的「日日花前常病酒，不辭鏡裏朱顏瘦」，饒宗頤先生說是「鞠躬盡瘁，具見開濟老臣懷抱」。南唐是一個必亡的國家，做為宰相的馮延巳，內心有沈重的負擔，朝廷中又有主戰主和的紛爭，他有許多抑鬱和痛苦是無法對別人說的，而這些無法說清的東西居然就在寫美女和愛情的小詞裏無心地流露出來了，這正是小詞微妙的作用。

　　正由於小詞有這種「雙性人格」和「雙重語境」的特點，所以就自然地形成了一種要眇幽微的美感特質。對於小詞的這一特質，中國傳統的說詞人找不到一個合適的話語來說明，就想到了「比興寄託」。但比興寄託是顯意識的，屈原、曹子建都是有心去比喻，而且那些比喻都是有固定所指的，是被限制的、死板的、約定俗成的。而小詞則完全是一種無意識的流露，是自由的、發展的、不斷增長的、引起讀者多重想像的。王國維無以名之，把它叫做「境界」，但這個辭語又被他自己用得很混亂，以至引起很多爭論。為了說明小詞的這種作用，我也找了一個名詞，那就是西方接受美學家 Walfgang Iser 在他的一本書中提出來的「potential effect（潛能）」，一種潛在的可能性。它不是比興寄託，不是有心的安排，是一種無心的流露。而這 potential effect 又是從何而來呢？有的時候，它來自「語碼（code）」的作用。所謂「語碼」，是在傳統文化背景中形成的語言的符碼，是具有相同文化背景的作者與讀者之間溝通的媒介。如「蛾眉」這個詞，常常使人聯想到屈原的「眾女嫉余之蛾眉」，因此張惠言才會從溫庭筠的「懶起畫蛾眉」那首詞聯想到「離騷初服之意」。有的時候，potential effect 來自「顯微結構（microstructure）」的作用。什麼是顯微結構？比如桌子有四條腿，有方的，有圓的，這是它整體的、外表的結構；而它是黃楊木的還是樟木的？它的紋理是橫的還是直的？它摸上去是平滑的還是粗糙的？那就是它的顯微結構了。「菡萏香消翠葉殘」如果改成「荷花凋零荷葉殘」行不行？從表面看起來好像沒什麼區別。但後者的「荷花」、「荷葉」完全是寫實的，不給人以言外的聯想；而前者就不同了。「菡萏」出於《爾雅》，它是古雅的，與

現實之間有一個美感的距離;「翠葉」的「翠」不僅僅是顏色,還使人聯想到翡翠、珠翠那些貴重的東西。在這裏,「菡萏」的古雅、「翠葉」的貴重、「香」的芬芳,所有的名詞都指向一種本質的高貴美好,但連接它們的動詞是什麼?是「消」和「殘」,那是一種無情的摧毀。所以這一句才會讓王國維聯想到了《離騷》的「眾芳蕪穢」和「美人遲暮」。

因此,小詞之所以引起讀者的許多感動和聯想,是因為它具有很多微妙的作用——「雙性人格」的作用,「雙重語境」的作用,「語碼」的作用,「顯微結構」的作用等等。這都屬於「閱讀視野」的理論層次。再比如,我現在可以結合西方理論來解釋小詞的這些作用,是因為我生在現在這個時代,而且我在國外多年;但在張惠言的時代,他就沒有這個條件,所以也就難以對小詞的作用做出更深入的闡釋。這也是由於閱讀視野的不同。由此我們可以看到,「閱讀視野」和詩歌的評賞是有著密切關係的:一個是在「理解」的層次,你首先要能夠讀懂這首詩才能夠評賞它,這我已經舉了李商隱和楊萬里兩首詩的例子。另一個是在「理論」的層次,「閱讀視野」的開闊使你能夠更具邏輯性和思辨性,更深入地來說明一些問題。(安易整理)

文學史研究的使命

張明非

廣西師範大學中文系

關鍵詞

文學史學科、文學史研究、文學史著作

摘 要

　　文學史作爲一門學科出現，是 20 世紀古代文學研究在體系和方法上的一大進步。它在很大程度上規範和總結著古代文學研究，影響著一代又一代學者的研究思路。尤其在傳授知識、培養人才方面，文學史學科的一個重要組成部分——文學史著作更有著其他學術專著所不能比擬的重要作用和巨大影響。20 世紀曾三次出現過文學史寫作的高潮，其中以九〇年代出現的「文學史熱」對於推動文學史學科建設和發展意義及作用最爲重大。然而，如何更好地擔負起文學史研究的使命，在理論探討和寫作實踐上都還存在一系列有待解決的問題。預計在今後較長一段時間內，各類專題文學史的寫作還會持續，而涵蓋面廣、概括性強的文學通史的寫作將會降

溫，爲更加深入細緻多樣化的專題研究所代替。

　　文學史是人文學科的一個重要門類，本文所說的文學史包含互相聯繫而又各有分工的兩個方面，即文學史理論研究和文學史著作編寫。文學史學科的出現是古代文學研究發展到一定階段所帶來的在體系和方法上的一大進步。中國文學源遠流長，已有數千年的歷史，然而中國人自著文學史卻是 19 世紀末或 20 世紀初葉的事❶。至於文學史成爲一門獨立的學科，則要到二、三〇年代以後。儘管起步比較晚，文學史學科的地位卻十分重要，不僅成爲整個古代文學研究中不可或缺的一環，而且在很大程度上規範和總結著古代文學研究的發展，影響著一代又一代學者的研究思路。特別是文學史一開始便是作爲中文學科的一門專業課進入大學課堂的，因而就傳授古代文學知識、培養人才而言，文學史學科的一個重要組成部分——文學史著作更有著其他學術專著所不能比擬的重要作用和巨大影響。

　　文學史學科一方面以反思和總結文學研究爲己任，規範和影響到文學研究的發展，另一方面，它的發展也必然受到文學研究的影響和制約。歷史證明，學術研究的每一重大進展和變化，每每發

----

❶　一般多以 1910 年正式出版的林傳甲《中國文學史》為國人自著文學史的開
　　端，《中華讀書報》2002 年 1 月 16 日發表周興陸《竇警凡〈歷朝文學
　　史〉——國人自著的第一部中國文學史》一文，指出竇氏文學史著乃成於
　　1897 年，雖沿襲傳統的廣義的文學史觀念包括了經史子集，但其中《敘集
　　第五》實為一部分體文學史。

生在大批新資料的發現或一次大的思想變革之後，近百年來文學史學科的發展也不例外。20 世紀裏，先後出現過三次文學史研究以及由此帶來的文學史寫作高潮。第一次是在二、三○年代，相繼出版了以魯迅《中國小說史略》、鄭振鐸《插圖本中國文學史》和《中國俗文學史》、謝无量《大文學史》、胡小石《中國文學史講稿》爲代表的二十多部文學史著作；第二次是在五、六○年代，由高教部組織、游國恩等主編的四卷本《中國文學史》，中國社科院文學研究所主編的三卷本《中國文學史》以及劉大杰著《中國文學發展史》等大文學史，在相當長的時間裏各領風騷，佔據了高等院校中文專業文學史課的大部分課堂；第三次，便是九○年代初發端的比之前兩次波及範圍更大、參與人數更多的學術界所說的「文學史熱」❷。每一次高潮的發生都與當時的時代背景、社會思潮、學術氛圍有密切關係。這最末一次出現的「文學史熱」尤其如此。

八○年代以後，隨著國家前所未有的改革開放形勢的出現，學術界展開了一系列關於研究方法、文學觀念的大討論，方法和觀念的變革，大大活躍了人們禁錮已久的思想，也動搖了原來形成的許多觀念和陳規，其中也包括文學史觀和文學史編寫的若干規範。

---

❷ 張晶、白振奎：〈近年來文學史觀與與文學史理論討論述評〉，《社會科學戰線》1996 年 1 月第一期，頁 261-267。其中指出：「近年來，我國思想理論界興起兩大熱潮：一是文化熱，一是方法論熱。在這兩股方興未艾的大潮的衝擊力作用下，特別是受方法論熱的影響，我國文學史界掀起了文學史理論與文學史觀討論的熱潮。……伴隨著文學史觀的探討，文學史著作也如雨後春筍般湧現。」

九〇年代古典文學界日漸高漲的「重寫文學史」的呼聲，一大批文學史著作的出版，便是緊隨其後出現的新氣象。它反映了新時期到來以後，人們對超越前人的、能夠展示更為科學進步的文學史觀以及更高研究水平的文學史著作的迫切要求和期待。

　　九〇年代的「文學史熱」主要表現在以下三方面：一是文學史著作數量和種類繁多，據不完全統計，十年間共出版各類文學史一百餘種，除文學通史、文學斷代史、文學批評史、文學思想史等常見的幾種類型外，還開闢了不少新的領域，如分別按創作方法、風格流派、地域、民族、文體、題材、主題、技法建構的各類文學專史，可謂蔚為大觀。二是開展了文學史理論與文學史編寫的大討論，涉及問題之多、討論程度之深入、關注人數之廣，都大大超過了以往。一些學術刊物闢專欄提供爭鳴的園地，不少著名學者也參與其中，各抒己見，暢所欲言。三是提出建設一門新興的學科——中國文學史學❸，認為建立文學史學科理論體系的時機已經成熟。

　　這場持續了差不多十年的「文學史熱」，對於推動文學史學科的建設和健康發展具有十分積極的意義。早在 1994 年，陳伯海先生在一篇關於文學史觀討論的綜述文章中就梳理出幾個焦點問題，如文學史工作是還原歷史還是重構歷史，文學史的性質是一種歷史事實還是審美事實，文學史的編寫是應重歷史還是重邏輯❹，這些對文學史任務、性質、方法的理論探討，實質上都是為了解決一個

---

❸　陳伯海：〈中國文學史學史編寫芻議〉，《社會科學戰線》1997 年 9 月第五
　　期，頁 56-64。

❹　陳伯海：〈文學史觀念談〉，《江海學刊》1994 年 11 月第六期，頁 154-160。

根本問題，即文學史的使命是什麼。從參加討論的各家觀點可以看出，儘管對一些問題的看法存在這樣那樣的分歧，但對文學史的使命在於弄清史實，做出評價，闡明特徵，揭示規律這四方面取得了認同，然而，對文學史使命的認同感並不能使文學史研究和寫作中的一切問題迎刃而解。

譬如關於文學史的真實性問題。文學史的使命之一就是要勾勒出文學的總體風貌，複現豐富複雜的文學現象，描述出文學發展和演進的基本軌迹。這就需要弄清歷史事實，包括文學創作的主體即作家的生平、思想、生活方式及特定心態，各個時代的作家和作品，詩人群體或流派的活動，一些重大文學現象；影響文學發展變化的各種外部因素，如文學現象產生的政治、經濟、哲學、文化的背景，當時的社會思潮、文學思潮等。只有這樣，才有可能完成文學史的基本使命。在討論中，不論是「重歷史學派」還是「重邏輯學派」，抑或是「歷史與邏輯相統一學派」❺，儘管強調的側重點有所不同，但對應尊重歷史事實，盡可能詳盡地佔有歷史材料這一點上還是容易取得一致的。問題倒是在於如何達到真實，正如許多學者所指出的，想要絕對真實地反映文學史的全貌，幾乎是一種難以實現的幻想和難以達到的目標。因為後人對於歷史的認識，受種種因素的限制，只可能是相對的真實。

再如關於評價的問題。文學史研究或寫作，都必然涉及價值判斷問題，即對作家及文學流派在文學史上的地位、作用、功過，作品的思想價值、藝術價值，以及重大文學現象進行評論或比較。

---

❺　同註❹。

然而任何對於文學史現象的認識和描述，都不可能排除作者個人的眼光和感情，都必不可避免地會反映出研究主體的主觀評價標準，而評價尺度和價值標準的不同會直接影響到對文學史上作家作品的取捨、評價，以及對於文學發展的史的敘述和描寫。想要純客觀地、理性地，不摻雜任何個人感情色彩的描述是不存在的。而每一位研究者的評價尺度和價值標準，又受到不同時代的政治意識形態、社會思潮、倫理觀念、宗教信仰、審美情趣、民俗風情以及文學史家個人的性情愛好等因素的影響。也就是說，文學評價標準不僅有研究者個性的不同，還會因不同時代的浸染而顯示出明顯的差異性。

又如探討特徵和規律的問題。毫無疑問，文學史研究的一個重要使命，就是闡明每一歷史階段的文學的基本特徵，包括作家作品的審美範式、風格類型和語言傳統；尋繹文學發展嬗變的外在和內在規律，亦即創作主體、作品內容、文學體裁、文學語言、藝術表現、文學流派、文學思潮發展變化的規律。然而這是一個極為複雜的問題，也是以往的文學史研究中最薄弱的環節。這不僅是因為從大量的文學現象中概括出一定的規律，從某種意義上說具有比描述現象更大的難度，還因為文學發展既遵循一定的規律，又常常打破規律，於有序中包含著無序。例如，文學的發展演變既受到社會歷史、文化思潮等外部因素的影響，又會出現與社會文化發展不同步、不平衡的現象；經濟、政治等外部因素，既影響到文學的特徵及變化，但文學的演進因受自身發展規律制約而超越外部因素影響的例子也並不鮮見；文學的存在與發展既受到生產方式和生產關係的影響與制約，但社會進程中生產方式和生產關係的急劇變化，卻

並不會引起文學出現由量變到質變的飛躍。正因爲如此，在某些時候，文學的發展似乎合乎某種規律，在另一些時候，似乎又無一定規律可循，而是表現出更多的偶然性。從文學史的發展演進來看，無論是政治的、倫理的、宗教的、經濟的，它們在揭示出文學發展某一方面的規律的同時，又因外在因素和時代條件的改變，而缺乏一定的穩定性。因此，以爲用幾個公式、幾個結論便可以概括出文學史的全部規律的想法，在任何時候都是不切實際的，這一做法本身就是違背事物發展規律的。

綜上所述，迄今爲止，我們對文學史理論的探究還遠未窮盡，而用新的科學的文學史觀指導文學史寫作實踐的情形就更不容樂觀。因此，決不能爲表面的熱鬧景象所迷惑，以爲萬事具備，只管放手去寫就行了。何況，文學史研究和寫作中遇到的問題還不止於此。

例如中國文學演進的內部因素，是一個更爲複雜的問題。與對外部因素的研究相比，至今還比較薄弱。文學史的分期及分期的標準仍是使研究者困惑的問題之一。在運用理論闡釋、評論作品方面還難於達到精深的境地。

與理論研究相比，不能不承認，文學史寫作的實踐還相對滯後。具體說來，近十年文學史著作的數量和種類雖然不少，而真正有見地、有個性、成一家之言的還不多。尤其是地位最重要、影響最大的中國文學通史，雖然有袁行霈先生主編的四卷本《中國文學史》和章培恒、駱玉明先生主編的三卷本《中國文學史》，因作者陣容的強大，一經問世便在讀者中產生了較大的反響，但總的說來，至今還沒有一部文學通史提供一種能夠體現新的文學史觀的新

的範式。各類文學史的基本框架大同小異，似曾相識。如果說有變化，也主要表現爲內容的擴大和信息的增加，還未能充分顯示文學流變的「史」的軌迹，更遑論揭示特徵和總結規律。即使提出一些新的理念，也更多地表述在宣言裏，而未能貫穿於整個「史」的描述中。這就使得五、六〇年代出版的幾部文學史，儘管有「政治標準第一」和「以階級鬥爭爲綱」的嚴重缺陷，卻至今仍然難以完全替代。學術界至今也還沒有公認的「文學史家」。在文學史理論研究和寫作實踐兩方面都有令人矚目成績的羅宗強先生曾尖銳地指出：「現在的情形，是文學研究方法的多樣化還沒有進入文學史編寫領域。文學史編寫領域存在的主要還是趨同的傾向。我們已有過多的文學史，但真正有見地、有獨創色彩的文學史著作並不多。據有人統計，自 1949—1991 年，各類文學史著作就有五七八部。加上這幾年大量出現的文學史，數量就更大。可是細細想來，又有幾部是有特色的呢？大量的重復勞動，不僅浪費人力，且也於學術的發展無益。❻」個中原因值得我們深思。

在討論中反映出來的文學史編寫中存在的問題和矛盾還有不少。例如文學史的編寫體例問題；文學史的分期和分期標準問題；由文學史類型的多樣化帶來的文學史著作的科學性問題；文學史的語式是應重在描述、再現還是偏於闡述、表現的問題；文學史是應提供公認的結論還是容許帶有編寫者個人色彩的問題；文學史的編寫是應採用專題研究的最新成果還是應具有相對穩定性、是提倡集體創作還是個人專攻的問題；一部文學史是應貫穿研究者的某一種

---

❻　羅宗強：〈文學史編寫問題隨想〉，《文學遺產》1999 年第四期，頁 17-127。

文學觀念，還是可以有多種文學觀念兼收並蓄的問題；文學史著作是提倡多樣性，還是要求權威性的問題。此外，還有文學史與其他相關學科如社會史、文化史、藝術史、學術史的關係問題，等等。

有鑒於此，爲了進一步推進和深化文學史研究，當前，特別要注意以下幾方面問題：

一是研究的視角。以何種角度觀察和描述文學史，是一個至關重要的問題，它直接關係到研究的深度和廣度。新時期以來文學研究的一大變化和進步，就是視野的開闊和視角的多元。一些研究者摒棄了以往文學史只著眼於社會學、歷史學的單一視角，開闢了新的研究角度，使人耳目一新。如復旦大學教授章培恒、駱玉明主編的三卷本《中國文學史》，儘管在不長的時間裏做了比較大的改動，但研究的視角並無變化，那便是從「文學發展過程實在是與人性發展的過程同步的」這一理念出發，形成了觀察、描述和評價文學現象及作家作品的獨特視角❼。還有的文學史著認爲成功的文學史應當同時是一部人的心靈展現史，由作家和作品展示的是人的心靈狀態和變化。但我們也應該看到，文學史研究的對象和範疇是相當複雜的，舉凡文學的基本特徵，文學的演進歷程，文學發展的規律，文學思潮的演變，作家的生平、思想、心態及歷史作用，作家群體和流派，社會、經濟、政治、哲學、文化、藝術等文學創作的背景，文學的審美價值，文學的體裁、題材、語言、風格、藝術構思、表現技巧、審美觀照方式，文學的接受等，都應納入文學史研

---

❼　章培恒、駱玉明：《中國文學史》（上海：復旦大學出版社，1996 年），上
　　卷，頁 9。

究的範圍。而這是任何一種視角都不可能包容的。每一種視角在帶
來它的獨特收穫的同時，難免忽視了另外一些很可能是十分重要的
方面。譬如從人性、心靈、或精神的角度可以打破舊的思維定勢，
帶來文學史研究的新突破，卻不可能構成對文學史本質的最完整表
述。我們還是應該提倡多角度，即不僅從社會學、歷史學而且從與
文學演進息息相關的廣闊的文化學的角度、美學的角度來考察文
學，借鑒哲學、考古學、社會學、宗教學、藝術學、心理學等鄰近
學科的成果和方法來建構文學史，才有可能構成對文學史本質的更
爲全面準確的表述。

　　同樣，也沒有一種文學史方法是可以打開任何一把鎖的萬能
鑰匙。它在體現自身獨特價值的同時也潛在著自身不可克服的局
限。比如文學史可以有多種結構形式，或按時間順序，或按文體，
或者既按朝代又按文體敘述作家作品，每一種都既有各自的價值也
都有不可避免的局限。如以朝代爲綱的結構形式，很難比較清晰具
體地瞭解某一文體發生、發展、興衰的詳細過程及其規律；而按文
體演變來敘述文學現象和作家作品，又難以宏觀地展現文學史的全
貌和整個流程。筆者曾經在一篇評論文學史著作的文章中提出過
「縱橫結合」的方法，即「理想的文學史應該縱橫結合，即從時代
的橫斷面也從歷史的縱向充分展示出文學發展的全貌和流程，並且
使縱向研究與橫向研究有機地結合起來，真切地描述每一歷史時期
發生的各種文學現象，以及單個作家及其相互關聯所構成的文壇景
觀，並在此基礎上闡述影響和制約文學發展的客觀因素，深入揭示

文學發展的特徵和規律的基礎。❽」我們只有經過不斷探索，不斷創新，不斷積累經驗、吸取教訓，才有可能逐漸摸索出更切近文學史特徵的一些方法。

用什麼樣的理論去詮釋作家作品和文學現象，對於文學史研究和寫作也是至關重要的。如游國恩等主編的文學史用階級鬥爭的理論貫穿文學發展史和觀察和評價文學，得出的結論自然帶有很大的偏頗。我們必須站在時代的理論高度，以新的更爲科學的理論指導我們的研究，力求反映當代人的思想觀念和價值標準，從而得出新的認識和結論。但也應該看到，任何一種理論都有自身的某種局限性，都有相應的適用範圍和適用層次。沒有一種理論可以包容一切、全知全能。所以我們既要重視理論，又不能教條主義，以爲只要是理論便可以放之四海而皆準。同時，我們在文學史編撰中既要有理論的邏輯建構，建立起自己的概念、範疇、體系，又不能脫離文學史實際隨意套用，任意拔高或貶低作家作品。

總之，文學史研究，是一項崇高而艱難的使命。文學史寫作，是一項浩大而繁難的工程，它極其重要卻又不是輕而易舉能夠完成的。既不能把它看得高不可攀，又不能掉以輕心，率意而爲。從文學史所承擔的使命和目前的研究實際出發，可以預見，在今後一段時間內，各類專題文學史的寫作還會持續，而涵蓋面更廣、概括性更強的文學通史的寫作則會降溫，爲深入細緻的專題研究所代替，而這一發展態勢將爲探索更理想的文學史模式和更理想、更完

---

❽　張明非：〈縱橫開拓　史論結合——評《八代詩史》兼論文學史寫作〉，《文學遺產》1991 年第三期，頁 125-129。

美的文學史著作的誕生奠定更加堅實的基礎。

講評意見

王 國 良

東吳大學中國文學系

　　本篇論文的文筆十分流暢，敘述上則條理清晰，脈絡分明。撰者站在「文學史研究」的制高點，從容考察。既能掌握住論題的焦點，做鳥瞰式的通盤性評述；也能針對當前文學史研究之不足與有待開發的領域，提出具有理想性又帶實踐性的建言。

　　整體而論，本篇對於中國文學史的研究方法、目的及任務，做了比較全面而系統的論述，有一定的參考價值。所可惜者，交代中國大陸自九〇年代以來「文學史熱」之整體狀況，敘述稍嫌簡略；特別是已出版的文學史理論研究專著方面，幾乎未曾涉及。另外，臺灣、香港地區印行的中國文學史暨相關問題的研究討論，也有待補充說明。若情形許可，建議撰者整理出一份「文學史研究相關論著目錄」，做為論文的附錄，相信對讀者進一步了解探討本論題必能有所裨益。

論文學史敘述的原則、
對象和方法
──以中國古代文學史的撰寫為中心

郭英德

北京師範大學中文系

關鍵詞

古代文學史、文學史敘述、敘述原則、敘述對象、敘述方法

摘　要

　　文學和文學史都具有雙重身份：作爲對象與作爲學科。而文學史作爲歷史則具有三重含義：客觀的歷史事實，主觀的歷史認識與歷史理解，以及表述歷史的話語和文本，三者共同構成歷史意義的顯現形態。以此爲原則，文學史的敘述對象必須堅持以文學爲本位，其外在界定是以文學風貌和作家心態爲主，而其內在界定則是以文學作品爲主。在文學史的敘述方法上，要貫徹人的主體性原則，強化歷史邏輯的關聯及其展開過程，以審美爲中心進行多角度

闡釋。

壹、引言

　　無論是文學還是文學史，都具有雙重身份：作爲對象與作爲學科。本文不擬討論作爲學科的文學和文學史，而僅僅討論作爲對象的文學和文學史。

　　作爲對象的文學，涵指古往今來的一切文學現象，包括創造、作品和接受三個相互溝通的主要方面。就其活動方式而言，文學是人類在審美領域進行的一種活動；就其話語形態而言，文學是顯現在話語含蘊中的審美意識形態❶。無論是一種審美活動方式還是一種審美話語形態，文學都是人類文化活動的產物，因此而成爲人類文化研究的對象。

　　作爲對象的文學史，是文學的一種時態形式，既用以指稱在過去的時空中發生與演變的文學現象及其歷史進程，也用以指稱在過去的時空中發生與演變的文學現象及其歷史進程在現在的「記憶」❷，這種「記憶」包括現代人的歷史認識和歷史理解。因此，

---

❶　童慶炳等主編：《文學理論教程》（修訂版，北京：高等教育出版社，1998 年 4 月），頁 105。

❷　班納特（William J・Bennett）說：「歷史」就是「組織起來的回憶」（organized memory）。見氏著 *Our Children and Our Country：Improving America's Schools and Affirming the Common Culture*（New York：Simon and Schuster，1988），pp.165。參陳國球：〈關於文學史寫作問題——以柳存仁

作為對象的文學史，實際上是由文學史事實與人們對這一事實的認識和理解構成的，並且借助於話語和文本的形式得以顯現。

20 世紀以來，為了教學與研究的需要，中國生產了數以千百計的中國文學史著作。僅陳玉堂《中國文學史書目提要》一書，便著錄了 1949 年以前撰寫的中國文學史著作三百餘種❸。據稱，截止 1994 年，海內外撰寫的中國文學史著作已達一千六百種以上❹，這個數位還將像滾雪球一樣越滾越大。可以說，中國文學史著作已經成為一種特殊的寫作範式，並始終發揮著巨大的社會文化功能。

本文以 20 世紀中國古代文學史的撰寫為中心，討論文學史敘述的原則、對象和方法等問題，旨在拋磚引玉，引起學術界對一些根深蒂固、習焉不察的文學史編纂思想和編纂方法的反思，以期對中國古代文學史的建構提供一些可供探索的思路。

貳、文學史的敘述原則

《中國文學史》為例），陳平原、陳國球主編：《文學史》第 3 輯（北京：北京大學出版社，1996 年 6 月），頁 293-294。

❸ 參陳玉堂：《中國文學史書目提要》（合肥：黃山書社，1986 年 8 月）。

❹ 參黃文吉（1996）：《臺灣出版中國文學史書目提要（1949—1994）》（臺北：萬卷樓圖書有限公司，民國 85 年），附錄「中國文學史總書目（1880—1994）」。並參吉平平、黃曉靜：《中國文學史著版本概覽》（瀋陽：遼寧大學出版社，1996 年）。該書為陳玉堂書的續編，收錄 1949 年至 1991 年內地出版的中國文學史著作 578 部，其中多有黃文吉書未收者。

　　文學史作為歷史，具有三重含義：客觀的歷史事實，主觀的歷史認識與歷史理解，以及表述歷史的話語和文本，三者共同構成歷史意義的顯現形態❺。在這一意義上，我們可以說，中國古代文學史有三種存在方式，即文學史本源、文學史理解和文學史敘述。確立文學史的敘述原則，應以這三種存在方式作為基本依據。

　　首先，中國古代文學史存在於文學現象（或稱文學事實）所發生、演變的過去的時空之中，這是它的客觀的、原初的存在，同時它還借助於在書籍、文物、人類的生活與思維方式以及民族的文化——心理結構中的留存形態，在當下展現出或顯或隱、或明或暗的風貌。我們無法否認文學史現象是過去時空中的一種客觀存在，我們堅信，屈原、陶淵明、李白、杜甫、蘇軾、辛棄疾、關漢卿、羅貫中、曹雪芹……都曾經是活生生的歷史人物，都進行過豐富多彩的文學創作、文學交往、文學接受活動。這種文學史現象是一種原生態的歷史，是無法變更的、亙古永存的獨立存在（即文學史本源），是任何文學史理解和文學史敘述賴以產生的客觀基礎。文學史研究的對象是不依賴於人的意志而獨立存在的時空過程，因此任何文學史研究都必須堅持歷史事實的外在性和客觀性原則。於是，尋求歷史真相便成為大多數文學史家勤奮工作的主要動力。

　　但是，這種文學史本源也是後人無法直面的歷史存在，因而它是任何文學史理解和文學史敘述無法完全復現的。文學史本源作為一種存在方式，當它超越於當下時空中人的主觀認識時，只能是

---

❺　韓震：〈關於三大歷史概念的哲學思考〉，《求是學刊》2001 年 1 月第一期，
　　頁 21-28。

一種可能性，一種從絕對的意義上講永遠無法掌握的「物自體」。純客觀的文學史現象是不在場的「存在」，那種存在無疑是文學史理解和文學史敘述的基石，但它本身卻無法直接進入文學史家的視野之中，而只能經由文學史家的想像加以敘述。我們永遠無法借助於「時間隧道」，回到屈原、陶淵明、李白、杜甫、蘇軾、辛棄疾、關漢卿、羅貫中、曹雪芹等人生活的時空之中，去感知、觀察、描述他們的文學創作活動；我們更無法像《西遊記》小說中的孫悟空一樣，化身爲異類，鑽進屈原、陶淵明、李白、杜甫、蘇軾、辛棄疾、關漢卿、羅貫中、曹雪芹等人的腦子裏，去感知、觀察、描述他們的藝術思維過程。現存的文學史料，僅僅是古代作家文學活動及其成果的文本記錄，我們無法確證它們本身是否具有客觀真實性，具有何種程度的客觀真實性，又怎能憑藉這些史料去復原文學史本源呢？因此，無論是中國古代史家所標榜的「實錄」 ❻，還是德國歷史學家蘭克（Leopold Ranke，1795—1886）所倡導的「如實直書」（wiees eigentlich gewesen） ❼，都僅僅是一種肥皂泡式的美麗的理想，不可能在真正意義上成爲文學史的敘述原則。

　　時間之流是不可逆轉的，文學事實一旦成爲歷史，就脫卻了它的原初狀態，進入了闡釋之境。人類對任何事物的研究都必然帶

---

❻　《漢書・司馬遷傳贊》稱《史記》：「其文直，其事核，不虛美，不隱惡。故謂之實錄。」顏師古註云：「實錄，言其錄事實。」班固：《漢書》（北京：中華書局，1962 年），頁 2738。

❼　此說見於蘭克的成名作《拉丁和條頓各族史》序言，參劉昶：《人心中的歷史》（成都：四川人民出版社，1987 年 4 月），頁 47-52。

有選擇性，因此任何事物便成爲研究主體的認識和理解的「投射體」和「顯現體」。中國古代客觀存在的文學史現象是如此紛繁雜亂，猶如物理學上所說的「紊流」，而文學史記憶只能是人們篩選和重構的東西，它不可能完全重建在過去的時空中存在的所有的文學事實❽。由於「文學」本身是不可定義的「開放性概念」❾，因此對文學作品的選擇也是開放的，對文學史料的判斷允許人言言殊，各取所需。法國文學社會學家羅·埃斯卡皮（Robert Escarpit，1910—　　）就歷史與文學史進行對比，說過這麼一番極端的話：

---

❽　湯因比（A.J.Toynbee）指出，即使假設歷史學家認爲所有的事實都是同樣重要的，可是他仍然無法寫成一部摻合所有這些事實的歷史，他不得不進行選擇。而且，即使他把這些所有事實都轉載出來，也只能突出一些事實並貶低另一些事實。因此，在某種意義上，歷史是人爲的。見氏著《湯因比論湯因比──湯因比與厄本對話錄》（Toynbee on Toynbee，王少如、沈曉紅譯，上海：三聯書店上海分店，1989 年 3 月），頁 14。

❾　特雷·伊格爾頓（Terry Eagleton）說：「我們可以一勞永逸地拋棄下述幻覺：『文學』具有永遠給定的和經久不變的『客觀性』。任何東西都能夠成爲文學，而任何一種被視爲不可改變地和毫無疑問的文學──例如莎士比亞──又都能夠不再成爲文學。……如果說，文學是一組具有確定不變之價值的作品，以某些共同的內在特性爲其標誌，那麼，這種意義上的文學並不存在。」見氏著《二十世紀西方文學理論》（*Literary Theory：An Introduction*，伍曉明譯，西安：陝西師範大學出版社，1986 年 12 月），頁 14。

在所有的歷史學家中，好像文學史家是唯一親自以某種自主的方式確定他所研究的材料的。政治史家或社會史家當然能隨自己的心意編排、闡釋和陳述史實，他們在其中進行的挑選永遠只是一種組合，至多是一種分級排列，他無法以「這不是歷史」的藉口排除或否認這樣或那樣的事件和材料，因為它們的客觀存在是眾所周知的。對他來講一切都是歷史。對文學史家來說一切都不是文學。❿

由於主體的選擇和重構，所謂文學史，只能是一些局部歷史的並置，其中空缺之處顯然遠遠多於充實之處。例如，黃人（1866－1913）和林傳甲（1877－1922）的《中國文學史》不收通俗小說，胡適（1891－1962）的《白話文學史》則極力貶斥歷代的「古文文學」；謝无量（1884－1964）的《中國大文學史》包羅經學、文字學、諸子哲學，乃至史學及理學，鄭賓於的《中國文學流變史》專論詩、賦、詞的演變史，而鄭振鐸（1898－1958）的《插圖本中國文學史》則以純文學觀念為主，並首次將變文、戲文、諸宮調、散曲、民歌、寶卷、彈詞、鼓詞等均囊括其中❶。不同文學史

---

❿ 羅·埃斯卡皮（R.Escarpit）：〈文學性和社會性〉，張英進、于沛編：《現當代西方文學社會學探索》（福州：海峽文藝出版社，1987年），頁83。

❶ 黃人：《中國文學史》（國學扶輪社印行，約光緒 31 年〔1905 年〕）；林傳甲：《中國文學史》（武林謀新室，宣統 2 年〔1910 年〕6 月）；胡適：《白話文學史》（上海：新月書店，民國 17 年 6 月初版；上海：商務印書館，民國 23 年 10 月再版；上海：上海古籍出版社，1999 年 12 月新版）；謝无量：

家有著不同的文學史理解，因此，文學史的撰寫就成爲製造歷史的唯一方法⓬。

　　既然實際的歷史只能是人所認識、所建構、所撰寫和談論的歷史，那麼，文學史與其說存在於外部世界，不如說存在於歷代文學史家對文學事實的認識與理解之中。文學史存在的重要前提原本就是主體的需要。只有被主體意識到的過去的文學事實且被確定爲相對此刻具有某種現實意義，這一文學事實才能成爲文學史的一部分⓭。因此，歷史理解的內在性和主觀性便成爲文學史敘述的重要原則。即使對歷史上同一種文學事實，不同的文學史家也會有不同的視角、觀感和建構。例如，對南朝宮體詩、李煜及其詞作、柳永及其詞作、高明的《琵琶記》戲文、蘭陵笑笑生的《金瓶梅》小說、金聖歎的《古本水滸傳》、錢謙益及其詩文、袁枚及其詩文等

《中國大文學史》（北京：中華書局，民國 7 年 10 月初版）；鄭賓於：《中國文學流變史》（上海：北新書局，民國 19 年──20 年版）；鄭振鐸：《插圖本中國文學史》（北平：樸社，民國 21 年 12 月初版）。有關上述幾部文學史著作的介紹，參陳玉堂：《中國文學史書目提要》，頁 1-4，頁 33-37，頁 11-15，頁 49-51，頁 61-63。

⓬　卡爾（E.H.Carr）說：「歷史是歷史學家的經驗。歷史不是別人而是歷史學家『製造出來』的：寫歷史就是製造歷史的唯一方法」。見氏著《歷史是什麼？》（吳柱存譯，北京：商務印書館，1981 年），頁 19。

⓭　弗‧布羅日克（V.Brozik）說：「每一個主體總是選擇符合他的需要和興趣的那些東西作爲評價的對象。」見氏著《價值與評價》（李志林、盛宗範譯，北京：知識出版社，1988 年），頁 73。

等，歷代文學史家都曾作出過不同的評價，這些不同的評價表現出文學史家不同的文學價值觀、文學發展觀。由於文學史家的主體思維及思想觀念各自千差萬別，對文學事實的認識和理解也可以千變萬化。對於一個文學史家來說，文學史是一個認識論問題，而不是一個經典哲學意義上的本體論問題，「歷史學家不僅是重演過去的思想，而且是在他自己的知識結構中重演它」❹。

因此，所謂文學史敘述，不過是歷史事實的外在性和客觀性與歷史理解的內在性和主觀性的統一❺。文學史實際上是在揭示過去時空中發生與演變的文學現象與當下和將來的關聯❻。這樣一

---

❹ 柯林武德（R.G.Collingwood）：《歷史的觀念》（_The Idea of History_，何兆武、張文傑譯，北京：中國社會科學出版社，1986 年），頁 244。正是在這一意義上，柯林武德主張：「一切歷史都是思想史」，「歷史知識就是以思想作為其固定的物件的，那不是被思想的事物，而是思維這一行動的本身。」（同上書，頁 346）

❺ 馬魯（Henri-Irence Marrou）說：「歷史是具有某種創造性的努力的結果，通過這種努力，歷史學家這個認識主體確立了他所再現的往事與他本人的現在之間的聯繫。」見氏著《論歷史認識》，頁 50-51。轉引自保羅‧利科（Paul Ricoeur）：《法國史學對史學理論的貢獻》（The Contribution of French Historiography to the Theory of History，王建華譯，上海：上海社會科學院出版社，1992 年 4 月），頁 49。

❻ 艾略特（T.S.Eliot）說：「歷史感包含了一種感悟，不僅意識到過去的過去性，而且意識到過去的現在性，歷史感不但使人在他那一代的背景下寫作，而且使他感到：荷馬以來的整個歐洲文學和他本國的整個文學，都是一

來，在文學史家那裏，原生態歷史的實在性，便經由遺留態歷史的實在性作爲中介，過渡爲評價態歷史的實在性。文學史家是在「曾在」中見到作品的歷時原生性，在「即在」中見到作品的共時衍生性，而在二者的融合中達到對歷時性與共時性的整合，將偉大的歷史感融化在共時態的關注之中。這種融合，不僅是一種歷史事實與歷史理解的融合，而且是文本的「含義」與「意義」之間的融合**⑰**。當今的文學史家不正是出於對兩性倫理道德的現代性反思，從而去重新認識和理解宮體詩、李煜詞、柳永詞、《金瓶梅》的情感內涵的嗎？

而且，一方面，任何文學史事實都不可能超越表達這些事實的話語形式，如古代文學的作家傳記、評論資料，以及詩歌、散文、小說、戲曲作品等等；另一方面，文學史家的歷史認識和歷史理解僅僅是一種思想形式，它必須借助於話語和文本，才能得以顯現。20 世紀以來已經撰寫和正在撰寫的數以千百計的中國文學史著作，便是文學史家歷史認識和歷史理解的話語和文本形式。因

個同時性的存在，構成一個共時序列。」見 *The Critical Tradition*，Ed.by D.H.Richter，New York：St Martins P，1989，pp.467.

⑰ 赫施（E.D.Hirsch）認為，本文的含義與意義是不同的。含義存在于作者用一系列符號系統所要表達的事物中，因此含義就能為符號所複現；意義是指含義與具體的個人、具體的情境或與某個完全任意的事物之間的關係。意義總是包含著一種關係，是可變的，而這種關係的固定的不會發生變化的極點就是本文的含義。見氏著《解釋的有效性》（*Validity In Interpretation*，王才勇譯，北京：三聯書店，1991 年），頁 16-17。

此,文學史話語和文學史文本就成爲文學史存在的實際方式。

這種由文學史話語和文學史文本構成的文學史敘述,具有兩種基本特性:第一,文學修辭性,文學史家憑藉想象,借助於虛構或語言的修辭效果,構造或重建文學史事實之間的因果聯繫。如古人常說的「一代有一代之文學」,認爲不同時代往往產生不同的代表性文體,作爲這一時代的象徵,這種觀點便是一種虛構的文學史因果關係⑱。第二,意識形態性,文學史家在撰寫文學史著作時,並不擁有超出當時通用的語言之外的語言,他們的語言必然融入通用語言所帶有的道德涵義和文化成見,因而具有意識形態特性。例如,柳存仁(1917—   )的《中國文學史》把「文學」對立二分爲平民文學和貴族文學,並立場鮮明地站在平民文學一邊⑲;游國恩等人主編的《中國文學史》「力圖遵循馬克思列寧主義、毛澤東思想的原則來敘述和探究我國文學歷史發展的過程及其規律,給各

---

⑱　參郭英德等:《中國古典文學研究史》(北京:中華書局,1995 年 12 月版),
　　頁 506-508);蔣寅:〈一代有一代之文學——關於文學繁榮問題的思考〉,
　　《文學遺產》1994 年第五期,頁 11-17。

⑲　柳存仁:《中國文學史》(香港:大公書局,1956 年初版)。參陳國球:《關於
　　文學史寫作問題——以柳存仁〈中國文學史〉爲例》,同註❶,頁 303-304。
　　柳存仁的文學史觀,實際上是 19 世紀末梁啓超的「文學革命」和 20 世紀初
　　胡適《白話文學史》的嗣響,參陳維昭:〈20 世紀戲劇史述的幾大模式〉,
　　《戲曲研究》第五十七輯(北京:中國戲劇出版社,2001 年 12 月),頁
　　168-170。

時代的作家和作品以應有的歷史地位和恰當的評價」**⑳**。因此，歷
史敘述的文學修辭性和意識形態性，也是文學史敘述的基本原則。

從認識論的角度看，沒有文學史敘述，就沒有文學史理解；
沒有文學史理解，也就沒有文學史本源的當下顯現。但是從存在論
的角度看，沒有文學史本源作爲對象，就不可能有文學史理解；沒
有文學史理解，也就沒有文學史敘述。因此，客觀的文學史事實、
主觀的文學史認識和文學史理解以及表述文學史的話語和文本這三
個方面，共同構成文學史意義的顯現形態。概言之，所謂文學史，
無非是人們用文學史話語和文學史文本，表述對客觀的文學史事實
的認識與理解。

參、文學史的敘述對象

文學史的敘述對象，是文學史家根據各自的文學史敘述原則
所確立的文學發展的實際存在方式。只有確立了文學史的敘述對
象，才能爲文學史研究提供基點和起點**㉑**。

任何文學史寫作都不應該是雜亂無章，漫無中心的，文學史
的敘述對象便是文學史寫作的中心。古往今來的文學史建構中，大
致有三種相互關聯又相互區別的文學史敘述對象：（一）社會性的

---

⑳　游國恩等主編：《中國文學史》（北京：人民文學出版社，1963 年 7 月版），
　　第一冊，〈說明〉，頁 1。

㉑　參陶東風：《文學史哲學》（鄭州：河南人民出版社，1994 年 5 月），頁
　　251。

文學風貌，（二）主體性的作家心態，和（三）話語性的文學作品。不同的文學史家在文學史寫作中，根據不同的文學史敘述原則，往往偏重於不同的敘述對象。

我認為，文學史的敘述對象必須堅持以文學為本位，亦即文學史應是文學的歷史。任何對文學史敘述對象的討論，都應該以此作為出發點。因此，我認為，作為文學的歷史，其外在標誌是以文學風貌和作家心態作為主要敘述對象，而其內在標誌則應以文學作品作為主要敘述對象。

以文學風貌作為文學史的敘述對象，這大體上仍然屬於文學社會學的範疇。所謂文學風貌，實際上是社會文化與文學現象的中介（mediation）。所謂文學中介，其性質和功能只能是文學所獨有的，它能將一切非文學的因素轉化為文學的因素。為了更為緊密地繫連文學與社會的關係，尋求文學現象與社會文化之間相互作用的「中介」，許多文學史家做了不懈的努力。如劉勰揭出：「故知文變染乎世情，興廢系乎時序」[22]；丹納提出種族、環境、時代的文學史三動因說[23]；巴赫金提出社會經濟環境、意識形態環境、文學環境、文學作品具體生活的文學史研究四個環節的理論[24]；卡岡則提

---

[22] 劉勰：《文心雕龍・時序》。參葛紅兵、溫潘亞：《文學史形態學》（上海：上海大學出版社，2001 年 2 月），第三章第一節「劉勰的文學史思想」，頁 69-84。

[23] 丹納（H.A.Taine）：《藝術哲學》（傅雷譯，北京：人民文學出版社，1963 年）。

[24] 巴赫金：《文藝學中的形式主義方法》，頁 36。參陶東風：《文學史哲學》，同

出物質文化、精神文化、藝術文化三層次說，以藝術文化作為文化與藝術之間的轉換中介㉕。

　　20 世紀以來的中國古代文學史寫作，雖然有著程度的不同和視角的區別，但是文學作品與社會文化的關係始終是重要的文學史敘述對象。在許多中國古代文學史著作中，文學風貌甚至成為主要的敘述對象。例如，游國恩等人主編的《中國文學史》分為九編，每編的「概說」實際上勾勒的是一個文學時期的總體風貌，成為每編各章節的綱領性文字。時隔三十六年，袁行霈主編的《中國文學史》也分為九編，每編均有《緒論》，同樣用於描述一個時期的文學風貌，統轄該編各章節的敘述㉖。由此可以想見，以社會性的文學風貌作為文學史敘述主要對象的觀念，具有何等強大的生命力。

　　當然，文學史著作對文學風貌的敘述內容和敘述角度還是有所變化的。從總體上來看，變簡單的歷史背景敘述為構建文學的歷史文化語境，即從著眼於文學與社會的直接對應關係，演變為著眼於與文學相關的文化因素、文學生成與存在的文化環境，不是從文學作品所描寫的具體對象的變化中尋求文學史的連續性和社會文化意味，而是在文學的文本結構的變化中尋求這種連續性和社會文化意味，這是 20 世紀後期文學社會學研究的發展趨勢。所謂歷史文化語境，包括政治、經濟、思想、文明等這些發生於特定時期的、

註⑲，頁 227。

㉕　莫·卡岡：《文化系統中的藝術》，《世界藝術與美學》第六輯（北京：文化藝術出版社，1985 年），頁 119-151。

㉖　袁行霈主編：《中國文學史》（北京：高等教育出版社，1999 年 8 月）。

非個人化的、特殊的但又有穩定存在性的力量，而其核心是一定歷史時期的文學風貌。一定歷史時期的文學風貌，是所有那些根深蒂固的存在性力量在文學活動這個範圍內所發生的影響。因此，尋找文學作品話語和歷史文化語境之間內在的隱含關係，勾勒一定歷史時期的文學風貌，以歷史的「文化文本」作爲展現文學作品的內涵的舞臺，這才是文學史敘述應盡的職責❷。

從主體的角度看，影響一定歷史時期文學風貌的有四大因素，即統治者的文化政策、寫作者的創作心態、傳播者的社會需要和接受者的審美心理。在這四大因素中，對文學風貌的形成起最直接、最重要的作用的，是寫作者的創作心態。

文學史的主要對象不是文學現象本身，而是蘊含在文學現象之中的審美精神。文學史研究的目的不在考證史實，而在揭示以文學文本結構的演變爲載體的人類審美心理和精神狀態的演變❷。有

---

❷ 大衛·珀斯金（David Perkins）說：「無論涉及了什麼別的東西，在假設仲介的途徑時，我們總會特別強調作者的想法，意識或非意識的想法。這樣，背景的現象便會表現及轉化到藝術作品上。」見氏著〈文學上演變的解釋：唯歷史背景主義〉（王宏志譯），陳平原、陳國球主編：《文學史》第二輯（北京：北京大學出版社，1995 年 10 月版），頁 322。

❷ 葛紅兵、溫潘亞指出：「文學史實踐就是要在『文本』與『人本』的雙重建構、雙向作用中，勾畫文學系統、結構、範式、功能、文體、風格的變更，進而探求其內蘊的審美心理結構，亦即審美感知、想象、情趣、觀念等活動方式總和的演化痕跡。」見氏著《文學史形態學》（上海：上海大學出版社，2001 年 2 月），頁 18。

見於此，有的學者極力主張文學史的敘述對象應以作家的人格作爲最基本單位[29]。

但是我們可以追問：作家的人格以什麼方式得以體現、得以感知？作家又是以什麼方式作用於文學史呢？回答只能是作品，是作家創作出的作品，是歷代流傳中的作品。作家承受著時代的壓力與負荷，並借助於作品創作的方式釋放這種壓力與負荷，正是在這一機理中蘊涵著文學史流變的最深刻的歷史內涵。而作爲這一歷史內涵的顯現形態的無非是作品，我們只能通過解讀作品而走進作家的心靈。嚴格來說，文學作家不是指作爲物質形態的人而存在，而是其作品總貌的集合體，是人們對其作品總貌的一種抽象人認識和理解[30]。作爲文學史敘述對象的李白，決不是歷史上存在過的李白，而是由李白詩篇建構而成的李白，是後人從李白詩篇中「讀出」的李白，因此也是人們在自己的頭腦中重新建構而成的李白。因此，在文學史敘述對象的諸要素中，作家仍然是「背景」，真正處於「前景」，作爲文學史敘述基本對象的，只能是作品。只有作品的解讀，才是文學史的本位。

如果將文學家在長期的藝術活動和人生其他活動中積澱而成的審美心理結構或藝術感受方式看作內形式的話，那麼，可以直接爲讀者感知的、具體呈現爲外在結構規範的文學文本便可稱爲外形

---

[29]　同註[26]，頁 242-244。

[30]　參陳國球：〈文學結構與文學演化過程：布拉格學派的文學史理論〉，陳平原、陳國球主編：《文學史》第一輯（北京：北京大學出版社，1993 年版），頁 96。

式。內形式作為一種心理結構和感受、體驗方式，是超語言或以內部語言為媒介的；而外形式則是以外部語言為媒介的，是一種話語形態，直接呈現於讀者的感知。外形式與內形式具有相似的同構性，外形式是內形式的外化、物態化。正是在這一意義上，文學史家可以也只能通過文學作品的外形式去窺視作家人格的內形式。文學史家擁有文學作品，亦即擁有人類審美精神的直接物化形式，而其他歷史類型卻大多不擁有這種特殊意義上的史料，一般歷史學家所擁有的史料只不過是對於歷史事件的間接記錄。因此，「文學作品就比其他歷史類型的史料擁有更高程度的本真性、可信性與貼近本體性」**❸❶**。我們怎麼能夠輕視甚至放棄通過這種直接記錄的史料，去窺視文學事實，感受審美精神呢？

因此，文學史的敘述對象以審美風貌為主或者以作家心態為主，這還僅僅是文學本位的外在界定；文學本位的內在界定，應該是以文學作品為主。過去的文學活動本身已不能再現，也無法還原，唯一作為歷史的遺留物留存下來，並且為我們的意識所能直接把握的僅僅是歷史上的文學活動的結果，而在所有的結果中最可信賴、最貼近文學活動之本來面目的是文學作品，也就是用文學話語構成的歷史文本。因此，通過現象學的還原，文學史的外緣因素，無論是政治經濟、社會文化，還是文學風貌、作家心態，都可以用括弧暫時括起來，而文學史的存在方式便清楚地顯現為歷史上諸多文學文本所組成的整體序列**❸❷**。作為文學史的前景的，不是別的，

---

❸❶ 同註**⓭**，頁 8。

❸❷ 同註**⓭**，頁 251。

應該是文學作品。

　　20 世紀的中國古代文學史寫作，受到中國古代紀傳體史書和傳統目錄學的深遠影響，大多取作家本位，並逐漸形成一種陳陳相因的文學史寫作模式：作家生平——作家思想——作家創作——作家影響。這種文學史寫作模式在骨子裏是以求真復原爲敘述原則的，力圖通過文學史敘述，重現作家的生平經歷、人格特徵及其寫作過程，進而通過作家在時間鏈條上的序列，展示文學的歷史進程。但是如前所述，一方面，這種求真復原本身只是一種虛擬的理想狀態，是可望而不可即的；另一方面，文學史家在求真復原時，又不能不求助於文學作品。因此我認爲，文學史敘述與其取作家本位，不如取作品本位；文學史家應該明確地標舉以文學作品作爲文學史敘述的基本對象，並切實地落實到文學史寫作之中去。

肆、文學史的敘述方法

　　在文學史的敘述方法上，應該提倡貫徹人的主體性原則，強化歷史邏輯的關聯及其展開過程，以審美爲中心進行多角度闡釋。

　　首先，在文學史敘述中提倡貫徹人的主體性原則，這在根本上是因爲，歷史就其本體而言是人的歷史而不是事件的歷史，就其話語形態而言則是關於關於人的過去的科學而不是關於具象的事物或抽象的思想的科學。爲了展開歷史事件，在文學史敘述中必須講究實證，講究具體，但是這還遠遠不夠。更爲重要的是，在文學史敘述中，既要揭示作家的創作心態和人格風貌，更要高度重視和深刻闡釋作品中人的存在、活動、愛好、生存方式、精神體驗等豐富

多彩的內涵。如果將《詩經》看作一部文學作品，那麼，文學史家所關注的便不僅僅是《詩經》所提供的西周社會文化史料，而是西周時期人的生存狀態，他們在衣食住行、征戰服役、離別團圓等生活實踐中的感情波瀾和精神體驗。因此，《周南・關雎》所讚頌的貴族婚禮，《豳風・七月》所描寫的一年四季勞作生活，《鄭風・溱洧》所展示的三月上巳節男女野外求偶，《秦風・無衣》所歌頌的用兵勤王敵愾同仇等等❸，所有這些，都不僅僅是一種歷史事件，而是歷史上中華民族生活感受、精神體驗的一段精彩的回放。

在文學史敘述中，人不是抽象的，而是一定的文本時空範圍內的具體的人，是由一定的文本所虛構的人；人不是個別的、孤立的上層社會的精英，而是呼吸著時代空氣、浸潤著文化滋養的活生生的人。人在社會文化中的歷史存在與人在文本中的話語存在，二者是統一的，不可分割的。文學史家應該表現人在特定時空條件下形成的，並與知識、信仰、傳統等相聯繫的心理狀態，從而激發人的生命潛能，提昇人的生命價值。一方面以人的主體性原則闡釋文學作品，一方面又以文學作品激發人的主體性精神，這就是文學史獨特的敘述功能，也是文學史卓有成效的敘述方法。

其次，有鑒於 20 世紀以來的文學史敘述更多地偏重於一般規律的主宰作用，我們應該提倡在文學史敘述中注重描述文學演變過程中縱向的與橫向的複雜聯繫，從而強化歷史邏輯的關聯及其展開過程。豪澤爾（Arnold Hauser）在申明他的藝術史理論的主導原則

---

❸　參轟石樵主編，雒三桂、李山注釋：《詩經新注》（濟南：齊魯書社，2000 年
　　10 月）。

時說：「歷史中的一切統統都是個人的成就；而個人總會發現他們處於某種確定的時間和地點的境況之中。❸」這種「境況」，就是文學現象之間的複雜聯繫，也就是歷史邏輯的密切關聯。

根據整體大於部分之和的原則，中國古代文學史的整體並不等於歷史上所有文學現象的簡單疊加，它還應該包含構成整體的各部分之間的各種有機聯繫。我認為，文學史的有機聯繫至少應該包括如下幾個方面：（一）作家與作家之間的聯繫，（二）作品與作品之間的聯繫，（三）文體與文體之間的聯繫，（四）作家創作與作品傳播之間的聯繫，（五）作品的文學藝術價值與作品在歷史發展上的價值之間的聯繫，（六）文學史發展的結局與過程之間的聯繫。

姚斯（H.R.Jauss）說：「某一共時系統必然包括它的過去和它的未來，作為不可分割的結構因素，在時間中歷史某一點上的文學生產，其共時性橫斷面必然暗示著進一步的歷時性以前和以後的橫斷面。❸」因此，研究歷史上的作家作品，必須上掛下連，左顧右盼。正如陳大康所說的：「當涉及某一具體的作家作品或事件現象時，一般都應將它置於『豎』與『橫』的交叉點上顯示價值與意義。所謂『豎』，是指考察它所受先前小說創作的影響，以及它對後來小說創作的推動作用；而所謂『橫』，則是指把握它與當時的

---

❸ 豪澤爾（Arnold Hauser）：《藝術史的哲學》（*The Philosophy of Art History*，北京：中國社會科學出版社，1992 年），「前言」，頁 3。

❸ 姚斯（H.R.Jauss）：〈文學史作為向文學理論的挑戰〉，周寧、金元浦譯：《接受美學與接受理論》（沈陽：遼寧人民出版社，1987 年），頁 47。

小說創作以及時代、環境之間的聯繫。**❸❻**」20 世紀出版的大多數文學史著作往往只著眼於具體的作家作品，當談到一位作家或一部作品的思想內容或藝術特點的時候，習慣於「懸空」地、孤立地分析或評價這位作家或這部作品的所謂「特色」。要知道，有比較才有鑒別，作家作品的特色只能以同時代和其他時代的作家作品作為參照系，才能真正地得以凸現，並得以確定價值座標。

　　以往的中國古代文學史著作中也講究「比較」和「影響」，但卻往往是枝節性的、隨意性、感悟性的，缺乏嚴謹的歷史邏輯關聯。由於文學史的直接呈現方式是有內在關聯性的作品—語言結構序列，因而，比較研究和影響研究的第一步應當是將兩個或幾個作家的文本加以細緻的比較分析。比如說，屈原對李白有影響，如何才能找到最直接的證據？回答只能是：李白的詩歌文本與屈原的詩歌文本有無相似的語言模式、結構模式？只有在找到這種相似模式之後，第二步的工作才去分析與尋找其他方面的證據。如前所述，文學史的敘述對象應以文學作品為本位。當文學史家確定作家之間的影響、作家對作家的模仿等時，他首先應當將這種研究落實到文本關係上，尤其是要落實到文本的整體話語結構即文體（style，又譯「風格」）關係上。文學史敘述應當把文學現象之間的因果鏈掛在整體結構之構成因素的功能上。文學的影響只能通過對結構相似性的發現才能確立，也就是說，應加以比較的不是文本的要素，而是它們的功能**❸❼**。重要的不是作品的題材，而是作品中題材的處理

---

❸❻　陳大康：《明代小說史》（上海：上海文藝出版社，2000 年 10 月），頁 2。

❸❼　Ｍ・Riffaterre，「The Stylistic Approach to Literary History」，see *New*

方式；重要的不是作品的意象，而是作品中意象的處理方式。通過不同作品中這些同中有異、異中有同的處理方式，我們才能得以窺見作家各自不同而又相互關聯的精神結構。而只有以這種精神結構的關聯為基礎，文學史家才能真正有效地建立起文學的歷史演進過程。

我們常說，科學的研究方法是「實事求是」。在歷史研究中，「實事求是」應該是在選擇、認知、考察、描述、分析具體歷史現象的過程中，去求得歷史規律之「是」，而不應該拿著先驗的所謂「歷史規律」之「是」，去選擇、認知、考察、描述、分析歷史現象。前者是追根溯源，後者是舍本求末。

最後，在文學史敘述中應該提倡以審美為中心進行多角度闡釋。

文學作品既像歷史的「文獻」，可以作為歷史史料進行歷史學的研究；又像藝術的「碑誌」，可以作為歷史文物進行藝術學的研究[38]。然而更重要的是，文學作品具有一種跨時空的特殊功能，它不僅存在於過去，也存在於現在，直接訴諸現代人的審美感受和文學體驗[39]。無論是《詩經》、《楚辭》，是李白、杜甫、白居易、陸

Directions in Literary History，，Ed·By R·Cohen（London：1974），pp.150-154。參陶東風：《文學史哲學》，頁 259-260。

[38] Rene Wellek，「Literary History，」*PMLA* 67（October 1952）：20·參陳國球：〈關於文學史寫作問題——以柳存仁《中國文學史》為例〉，同註❶，頁294。

[39] 同註❷，頁 297。

遊的詩歌,是柳永、蘇軾、周邦彥、辛棄疾的詞作,是韓愈、柳宗元、歐陽修、曾鞏、蘇軾的文章,是關漢卿、湯顯祖、洪昇、孔尚任的戲曲,還是羅貫中、施耐庵、吳承恩、曹雪芹的小說,它們的存在方式都不在其物質層面,而在其語言的文本層面。在文學史敘述中,它們都可以直接步入「現代」,走到「前臺」,面對讀者,在讀者的反復閱讀中不斷獲得新的藝術生命。

因此,文學史敘述既要類似史家以「求真」的精神去徵引材料,以重構屬於過去時空的「實況」,更要訴諸審美經驗,講究藝術效應,著力抉發文學作品的審美價值。毫無疑問,文學史敘述受所知的歷史事實的限制,不能改變史料本身在時空維度中的歷史次序,更不能隨意更動時間、地點、人物等歷史內容。在這一點上,歷史敘事與虛構小說有著本質的區別❹,歷史敘事必須堅持歷史事實的外在性和客觀性原則。但是,文學史敘述卻明確地肯定文學史家可以發揮自身的主觀能動性,鮮明地體現歷史理解的內在性和主觀性原則。文學史敘述要求文學史家與讀者進行情感的交流,心靈的碰撞,精神的感應。讀者在閱讀文學史著作時,不僅僅是要了解李白出生於何時何時地,擔任過何官何職,遊歷過何山何水,而且更重要的是,他們要了解李白對於現代人的存在有什麼意義?李白對於他們的個體存在有什麼意義?只有經由情感的交流、心靈的碰撞和精神的感應,李白才能成為現代人的精神源泉和文化傳統。

---

❹　參 David Perkins,*Is Literary History Possible?*（Baltimore and London：The Johns Hopkins UP,1992）,pp.34-35。參陳國球:〈關於文學史寫作問題——以柳存仁《中國文學史》為例〉,同註❷,頁 301。

當然，文學史敘述以審美爲中心，並不排斥跨學科的多角度闡釋。這種多角度闡釋，包括文體學（文學作爲語言文本）、心理學（文學作爲作家文本）、闡釋學（文學作爲接受文本）、社會學（文學作爲社會文本）等等。正如文學是一個「開放性概念」一樣，文學史也是一種開放性的歷史。

伍、結語

我大體上同意這樣的觀點，即一個有效的文學史治史模式必須具有如下幾個特點：一是原生性，二是簡單性，三是可操作性，四是不可通約性❹。只有以此爲標準，才能建構切實可行的文學史治史模式。

本文以中國古代文學史的撰寫爲中心，簡要地闡明了我對文學史的敘述原則、敘述對象和敘述方法的一孔之見，力圖據此假說，推衍出一種簡明易行的文學史治史模式。這並不是想要據此排斥其他治史模式，而是希望通過一種文學史治史模式的假說，引起對以往的文學史治史模式的反思，也引發對各種文學史治史模式的探索。

我相信，在不同的文學史治史模式的對話之中，中國文學史

---

❹ 同註❷，頁 255。但是，葛紅兵、溫潘亞認爲不同的文學史治史模式之間無法對話，而我認爲不同的文學史治史模式之間是可以對話的。一種文學史治史模式邏輯上的自洽性，並不排除其與他種文學史治史模式之間的平等對話。

的撰寫必將愈益走向成熟。

2002 年 1 月 29 日

草就於北師大勵耘八樓

講評意見

蔡振念

中山大學中國文學系

　　本文主張文學史是一種開放的歷史，可以接受跨學科的多角度闡釋，確為真知灼見。

　　論文的重心在指出文學史不僅是時代社會背景和文學風氣的敘述，也不僅是作家生平傳記的記錄，而應以文學現象中的精神審美為對象，但精神審美表現象為文學作品，因此文學敘述的基本對象，只能是作品的解讀，既談作品的解讀，現代闡釋學已清楚告訴我們，作品或文本的意義是不固定的，因讀者的背景、理解而人人言殊，這也是接受美學（ *aesthetics of reception* ）和讀者反應應理論的要旨。本文在作品的闡釋上應是主張文本（ *text* ）的開放性，但作者在註❶引 *E.D.Hirsch* 的說法，在其 *Validity In Interpretation* 一書中， *Hirsch* 其實是相當保守且反現代闡釋學的，他因為看到接受理論的危險在於闡釋一依讀者理解為準，可能導致闡釋的南轅北轍，如此一來，文學的客觀理解何在？因此，他提出含義（ *meaning* ）和意義（ *significance* ）的不同，以為意義可變，含義不可變，如此一來，他所訴求的，還是作品有一終極權威的理解，而意義和含義之分別，我們看完他的書後，實在不甚了了， *Hirsch*

實有強作解人之嫌。本文作者無批判地引用 Hirsch 的理論，卻和他論文的主張相反而不自知，稍嫌遺憾。

文學史的研究

龔鵬程

佛光大學校長

關鍵詞

文學、文學史、文學史的研究

摘　要

「文學史」雖是各大學文學科系必開的課程，是坊間許多書籍的名稱，但其性質、功能、研究方法仍處於曖昧不明的境況。它雖名之爲史，但幾乎所有歷史科系都不開設此等課程，也不研究文學史。近年史學研究界，以新史學、新歷史主義相繼領引風騷，然亦仍不討論文學史之問題，似乎早已把它劃出了史學研究的疆域之外。史學研究界則近年也對它的身分頗感懷疑。或宣稱它也衰落，或認爲文學的審美價值無法通過歷史分析來把握，或強調共時性而忽略歷時性，或轉而關注大眾文化研究，或斷言文學史研究業已死亡，爭論與困惑，不一而定。

　　文學史研究的性質到底是什麼呢？面對這些爭論與困惑，我

們又應如何進行文學史研究？

　　本文首先介紹近年史學界的情況，接著談文學界對文學史研究的質疑與爭論，再批判臺灣當代對這些問題（無及無力）的回應，最後則提出一些嘗試的解答。

壹、史學研究中不予討論的文學史

一、新史學的例子

　　梁啓超於光緒 28 年已著有《新史學》一書（收入《飲冰室文集》第四冊）。1912 年在美國亦出現了新史學運動（New History），其後 H·E·巴恩斯發表於 1919 年的文章《心理學和歷史學》，也提倡此說。20 世紀的二〇及三〇年代，在中國、法國均有呼應者❶。但現今史學界之所謂新史學，指的不是那些老古董，而是年鑑學派之後一種史學思潮。

　　這種思潮批判兩類歷史研究，一是傳統政治史研究。過去的歷史研究，一向以政治史爲主。新史學覺得它有兩方面的問題：（1）只涉及非常狹隘的領域，卻遺漏了許多。新史學先是從經濟

---

❶　如陶孟和〈新歷史〉，1920 年 9 月，《新青年》八卷一期。1922 年 6 月，衡如〈新歷史之精神〉，《東方雜誌》十九卷十一號。1924 年，朱希祖《新史學》，商務印書館。

史方面尋求突破，後來則發現：重點不僅應放到經濟方面，而應放到因詞義模糊而無所不包的「社會」方面。這樣才能超越各種壁壘，打破使史學和其他鄰近學科（特別是社會學）相隔絕的學科劃分，而且讓史學真正去研究總體歷史，對社會進行整體解釋。（2）過去的政治史研究，只集中在「大人物」身上，且它既只是一種敘述性的歷史，又只是一種由各種事件拼湊而成的歷史。這種事件性的歷史，其實只是真正歷史的表面現象；真正的歷史活動產生於這些現象的背後，是一系列的深層結構。史家必須深入到這些幕後和深層結構中去探索、分析和解釋真正的歷史活動，例如地理因素、經濟因素、社會因素、知識因素、宗教因素和心理因素……等等。故歷史研究不能表層化及簡單化。

　　新史學所批判的第二類歷史研究，是實證主義式的研究。對這一點，它也有兩方面的批評：（1）實證主義史學主要只依據書面文獻，後來雖擴充到地下考古資料，範圍仍然甚狹。新史學則擴大了歷史文獻的範圍，它使史學不再限於書面文獻中，而代之以一種多元的史料基礎。這些史料，包括各種書寫材料、圖像材料、考古發掘成果、口述資料等。一個統計數字、一條價格曲線、一張照片或一部電影、古代的一塊化石、一件工具或一個教堂的還原物，對新史學而言，都是第一層次的史料。（2）實證主義史學迷信所謂「史實」。新史學則認爲現成的、自己送上門來給史學家的歷史事實是不存在的。故史家不是「讓史料自己說話」，而是由史家帶著問題去探問。

　　據此，新史學認爲：爲了研究歷史總體，研究者不能只針對個案或短時間的事來研究。因爲短時段的歷史無法把握和解釋歷史

的穩定性現象及其變化，而應研究長時段的狀況。

　　同時，因為要研究歷史總體，研究者對經濟、人口、地理、技術、語言、心理……等各方面都須有所了解。是以新史學必須廣泛參用人口學、心理學、經濟學、數學、生理學……等學科之材料、知識及方法。

　　為了處理大量資料，新史學也提倡計量方法，甚或鼓勵使用計算機。這一點，固然曾被批評為迷信數字，但新史學大部分還是定性分析，因為史學研究中定量分析的成果仍取決於史學家所編制的程序的優劣，且即使在計算機提供了計算結果後，歷史研究的基本任務仍未完成。故計量只是一種方法與過程。

　　新史學這一思潮，起於 1929 年創辦的《經濟、社會史年鑑》。二次戰後勢力愈盛。但奇特的是：此派雖以研究總體歷史為旗號，廣泛結合地理、人口、經濟……等各人文及社會學科，卻無人涉足文學史領域。呂西安·費弗爾曾寫過一本《15 世紀藝術中所表現的生與死》，發展出一個「心態史」的研究路數。但此亦非藝術史。至於文學史，就更不用說了。

　　換言之，文學史研究並不在新史學的視域中。

二、新歷史主義的例子

　　時至今日，新史學早已不新。八〇年代中期以後，「新歷史主義」有了另一番新面貌。此說又稱「文化唯物主義」，乃是歷史唯物史觀的變型。這派學者遠比新史學學者更注意文學，但他們重視的是社會過程。過去的文學研究，是研究歷史中人創造的文學。他

們則探討那些促成、制約創造過程的條件。前者注重作爲歷史創造
者的人的因素，突出人的經驗。後者則強調那些既先於經驗，又在
某種意義上決定經驗的社會及意識形態結構等文化形塑力量。

　　也因爲如此，新歷史主義所關注的其實不是文學，他們也反
對以往神聖化文學與藝術的態度。認爲我們不能把文學和藝術形式
與其他種類的社會實踐分離開來，使它們受制於那些十分專門和特
殊的規律。藝術作爲實踐，可以有十分專門的特點，但它不能脫離
總的社會過程。因此，這種批評方法必然導致一種開放的文學互文
狀態，它消解了文學與「背景」、本文與語境之間的古老界線。對
文學的分析，重點不在討論那些藝術特性、專門技法，而在說明其
社會過程❷。

　　這種新的文學批評方法，事實上也解消了或放棄了文學史的
研究。只研究歷史中的文學或文學的歷史過程，並不講文學的歷
史。

　　由此可知，文學的歷史，在近些年的史學界是不被重視的。

---

❷　九〇年代時興的文化研究，基本上可分為兩大塊，一是大眾文化研究，一是
　　新歷史主義。新歷史主義，有時也被稱為「文化詩學」，因為它常採文本分
　　析之方式，強調歷史語境中形成的審美意識，代表人物為格林布雷
　　（Greenbllat）。但文化詩學所談的其實不是詩，而是詩中的文化或文化中的
　　詩。另參陳曉明〈文化研究：後一後結構主義時代的來臨〉，2000 年 6 月，
　　《文化研究》第一輯，天津社會科學院出版社，頁 1-42），喬多利莫爾〈莎
　　士比亞，文化唯物主義與新歷史主義〉，收入王逢振編《2000 年度新譯西方
　　文論選》，2001，灕江出版社）。

衡諸臺灣各大學歷史學系所或史學研究機構的開課方式及研究領域，我們也可以看到這一點。

目前各大學之歷史系所裡，經濟史、政治史、社會史、思想史、性別史、服飾史、飲食史、民族史、醫療史，什麼都有人講，藝術史且已獨立設系，可就是不開文學史的課，也理所當然地不研究文學的歷史。史語所、國史館、近史所、故宮博物院等史學相關研究機構，也不研究文學史。

這種風氣，與早期史家如胡適寫白話文學史、王國維研究宋元戲曲之史、陳寅恪以詩與史互用互證之傳統，可謂迥然異趣。可見文學史業已被史學界掃地出門，劃出研究疆界之外了。

貳、文學研究中備受質疑的文學史

一、「文學史的衰弱」

在文學研究界呢？情形也不甚樂觀。1970 年，國際比較文學協會第二次大會，韋勒克即曾撰寫一文，宣布：〈文學史的衰落〉（收入該年會刊，1975 出版，頁 27-35）。

韋勒克當然不否認文學有其歷史，但文學有史是一回事，我們對其歷史進行研究而予以論述，成為一本本、一套套的「文學史」又是另一回事。對於這些文學史（纂），他甚為懷疑。他懷疑文學史是否能夠解釋文學作品的審美特點。他認為，文學作品的價

值不能通過歷史的分析來把握，只能通過審美判斷來把握。

按照這一標準，在韋勒克看來，文學史各學派之間的分歧是無關緊要的。不管什麼學派，在具體問題上是如何行事，反正它們都要將文學作品的個性特徵相對化，因為它們總是要將作品置於文學內部或外部結構化了的關聯之中，從而將作品降格為某個鏈條上的一個環節。而作品的本質，恰恰就在於它是一個引起審美判斷的價值體。

韋勒克的質疑，其實是呼應了克羅齊以降一系列的觀點。這個觀點強調文學研究是面對作品的。我們要理解、闡釋這個作品，對其語言進行分析，並做審美價值判斷。作品與作品之歷史關係，也只呈現在文學內部的聯繫上，例如寫作技巧之呼應或繼承、主題之類似、風格之影響等，而不是外在的社會關係，也不能把作品放在「類屬」中去看。那樣，每件作品的個性與特性即將被抹煞。歷史主義和社會學式研究危及了文學的內在關聯，故也危及了文學史的特殊認識對象。

早先，克羅齊在〈文學藝術史的改革〉一文中，即曾激烈地批評了幾種文學史、藝術史、詩史的論述方法。一種是廣泛表現其歷史知識，歷數淵源的；一種是賣弄文字或學究式的；還有一種則是社會學式的歷史研究。

尤其是第三種，克羅齊認為它們老是在歷史中建立一些論述的公式，將藝術系統化，分為希臘藝術時代／基督教藝術時代、古典／浪漫、文學性……等體系，然後描述藝術史的「發展」即是上述體系之交織或盤旋、進步或後退。並認為其所以前進後退、交織或盤旋，乃是由於宗教、社會、哲學、精神、政治等緣故。於是，

每部作品都可根據其誕生之時代和社會所各自具有的精神價值而被理解。其優點可被認識，其缺點亦因屬於該時代與歷史特性而獲諒解。而且，我們可以清楚地說明：某一時代古典藝術占上風、某一時代浪漫藝術流行、某個時代詩占上風、某個時代是戲劇、某個時代又是造型藝術。也可以看出每一時代作家們不同的內容和態度。

克羅齊反對這類做法。他覺得如此一來，我們只是藉由詩或藝術去了解風俗習性、哲學思想、道德風尚、宗教信仰、思維方式、感覺及行動方式。藝術成為資料，而非主體。平庸的作品，更常因它能結合社會實踐和思維推理，具有此種印證時代的資料作用而獲青睞。真正超越性的、具有獨特精神面貌的天才傑作，反遭埋沒。

而且，歷史彷彿有一條鎖鏈，好像是說：某位畫家提出了有關一藝術創作過程或風格的問題，另一位畫家解決了這個問題，第三位卻放過了這個問題，視若無物，第四位才進一步發展了這個問題等等。克羅齊認為這樣便忽視了作家神秘的創造性特點。天才不是一些人從另一些人那裡發展出來的，不繼承誰也不發展誰，天才是獨立的。

準此，克羅齊所提倡的文學史及藝術史，乃是針對每位文學家、藝術家的特點，研究他的個性與特徵。要以解釋作家和作品的論文和專題論述，代替那種大論述。此種「個性化的歷史」，不考慮什麼歷史或思維的必然發展，只關注「種種個人」，注意其氣質、感情和個人創造性（原文收在《政治、詩歌、歷史》中，1992年中國社會科學院外國文學研究所另編入《美學或藝術和語言哲

學》）❸。

二、文學史的爭論

從克羅齊到韋勒克，文學研究中有一條這樣的脈絡，是以這類理由來反對文學史研究的。順著這個脈絡看，這 30 年間，文學史的爭論，有底下幾種情況，可略做介紹。

一是歷史文化批評的反彈或反擊，已越來越沒有力量。「新批評」所提倡的細讀法作品分析，成爲所有文學系所學生的基本工；傳統的史實、史料、考據、訓詁、板本知識早已束諸高閣，或與文學研究分道揚鑣，文學系師生業已普遍不嫻熟這套歷史方法。對社會與歷史，則除了抄抄政治史、社會史、經濟史教科書之外，也很少真正鑽研。雖仍喜歡討論文學的「背景」，談起來卻總是粗略膚廓得很。故即使能逮住作品分析論者一兩個歷史常識上的錯處，以強調解釋作品仍須注意其歷史情境，也仍不足以振衰起弊。

因此，反擊反而不是由歷史及社會面發展起來的，它主要仍是從文學的內部說。謂：作品的文學性質只有參照其他的作品，參照各種文學體裁和風格，參照在整個文學過程中形成的所有文學創作的手段、形式、材料和方法，參照所有的文學經驗、文學知識和能力（這是任何個人生產和接受一部作品的文學實踐的先決條件），才可以把握和證實。就連我們對某一部單一作品下的價值判斷也要參照。上述這些文學因素，對一部作品的判斷，總是以有意

---

❸　另見龔鵬程〈陳侯學詩如學道〉，1997，南華管理學院，《道教新論》二集。

無意地與其他作品進行的比較爲基礎的。如果對上述這些關聯不予考慮，則其文學的概念依然是空洞的。這樣一來，「對作品本身的鑽研」就很容易轉變成一種自說自話。換言之，從文學研究的角度來閱讀作品，若是爲了掌握作品的「文學性」，則它就必須以一個在個人接受作品之前就已存在的文學概念爲指南。從文學研究的角度來閱讀作品，必然包含著對整體文學之歷史進行反思的成分。

其次，則是歷史性的問題，若進行解釋的人不僅對他自己的歷史限定性不予考慮，而且連他解釋的對象（作品）之歷史限定性也置之不顧。必然導致對作品完全是隨心所欲的解釋以及主觀的穿鑿附會。

可是，縱使如此強調歷史性，也不意謂就需要走回文學史研究的老路。因爲，「文學史」的方法只能把握作品歷史性的一個方面，這可以稱爲「歷時性」的方面。這是將作品置於文學發展中的一個屬於過去的位置，從發生學的角度強調作品的生成條件，強調作品屬於哪個文學流派、哪個方向、哪個時代等等，再從功能的角度強調它的接受史或效應史。但是，作品還有另外一個表明它的歷史性的位置。這個位置既不等同於作品產生的方位，也不等同於我們用以重構接受史或效應史的那些日期。這個位置是在作品被接受的當時所賦予它的現時之中。相對於作品歷時性的那個方面，我們若可以將作品歷史性中這一注重作品在現時存在的方面，稱爲「共時性」。則我們也可使作品脫離它在歷時性軸線上的那個歷史位置，而賦予它一個處在共時性軸線上的新的歷史方位。

我們也可以把這種歷史性叫做「審美的」歷史性。它體現在相互接觸之中。在這種當下相互接觸中占主導地位的，正是文學史

必然要抹煞的，這就是作品的個體性。那是作品唯此非彼的存在。作爲一個（如韋勒克所說的）「價值整體」的作品、作爲單獨存在的作品、作爲在日常文學交往中閱讀對象的作品。它仍在審美的相互接觸中。

故讀者由大量可以成爲接受對象的作品中，只選出一部作品來欣賞來討論，這種選擇與讀者經過培育而養成的「文學意識」就有直接關係。就算讀者自己並不很清楚，他的閱讀依然要通過一張龐大的關係網絡同文學的審美共時性的歷史位置聯繫在一起。

這恰好顯示了：文學史家對其研究範圍的確定，並由大量流傳下來的原始材料中遴選出所謂的「文學史實」，本身就已包含著許多價值判斷及審美傾向；在人們賦予那些被列入文學史實的作品、作家、方向、潮流、流派以及階段的意義中，這種價值判斷的關聯就更明顯了。

而這些審美判斷又總是包含在意識形態的聯繫之中。人們向過去時代的文學提出的問題，總是與「從現時歷史的角度來看」和「評價之利益」相聯繫。而且它們同時還影響著文學史家對這些問題所作的回答。故文學史的論述極容易過時，過一陣時期就必須重新編寫，並且每次重新編寫的間隔不僅是由研究工作的內在發展所決定，還由現實歷史過程中的變化所決定。因此，文學史的論著總是與各自所處的文學生活現時性有深刻之關係。文學史家以爲他們是在寫歷史，而實際上竟然只是在寫現勢。「文學史實」「過去的文學史跡」等觀念乃徹底動搖了❹。

---

❹　另參朔貝爾〈文學的歷史性是文學史的難題〉，收入《作品、文學史與讀

同時，審美的現時性，也意味著我們在讀一篇作品時，審美經驗未必會與文學史符同。不論這個作家、這篇作品在文學史上地位多麼崇高或低劣，文學史所提供的知識都不能代替讀者在閱讀時非常現實的審美經驗。

由於每個人每個時代讀一篇作品的審美經驗均不一樣，因此瑙曼建議我們將作者、作品、讀者看成是一種經閱讀而構成的交往關係。並由這樣的關係，去解決文學史研究與作品研究的衝突，他說：

> 從客觀地置根於社會意識的結構和發展形式中的（並進而超越社會意識置根於人本身的歷史存在中的）、因而也始終受到世界觀左右的、因此是眾說不一的關係系統出發，分析、闡述、評價本文的「可能有的意義」，從而使它作為作品（不管是肯定還是否定）具有了「實際的意義」。在這裡，文學史強調的是本文在歷時軸上的重要性，而解釋則用一種附加的選擇法將那樣一些本文挑選出來，它們應當在共時軸上重新進入某種審美關係，並進而通過獲得新的重要性而歸入歷史（譬如作為「遺產」）之中（作品與文學史，收入 1997 年，文化藝術出版社《作品·文學史與讀者》，頁 180-193，范大燦編並譯）。

文章詰屈聱牙，想必是因這種衝突實在難以調合，故講得如此費

者》，1997，文化藝術出版社。

勁，而且也沒講出個所以然來。其意僅謂兩者不可偏廢罷了。不偏廢，當然是好期望，但如何能不偏廢呢？自新批評以至接受美學，其實都在挑戰文學史的概念及其研究徑路。「歷時性」的探討，也越來越不及「共時性」之問題更受學界青睞了。

強調共時性研究的，還有一支勁旅，那就是結構主義。結構主義的分析具有非歷史之特質，也完全不做、不能做文學史研究，已無庸贅述。因此我要介紹另一個現象：

結構主義在李維史陀手上，只處理神話、民間故事；到了羅蘭巴特的符號學，就擴及雜誌、廣告、流行服飾等等。它比李維史陀具有歷史性，而且可把符號跟社會力量、階級利益聯繫起來。但，無論結構主義或符號學，大抵都不談平時我們在文學史中談的那些東西。那些東西，上不在天（神話）、下不在田（通俗文化），乃是主要由文人團體、知識階層所創造的特殊符號系統（文學作品）。結構主義與符號學基本上不去碰它們，偶爾涉及，則將之普遍化，從結構的普遍特徵去說，或從符號的一般原則去說。

神話的問題，影響較小。畢竟文學史上神話僅占極小的篇幅。通俗文化的問題則較為複雜。

斯特里納蒂（Dominic Strinati）曾批評羅蘭巴特「把意識型態的概念引進符號學分析中，符號的各種內涵及所指，最終都被簡化成了資產階級的意識型態」（2001，商務印書館《通俗文化理論導論》，閻嘉譯，頁 143）。誠然。但這麼做，羅蘭巴特只是小巫，馬克斯主義才是大巫。

法蘭克福學派運用馬克斯思想，批判文化工業、通俗音樂、商品拜物教、現代資本主義，便極著名。其後葛蘭西的「文化霸

權」理論，更是直斥資產階級以主導的意識型態來進行社會控制、維持秩序。可是，他們雖都援引馬克斯學說，其理論卻有一個轉向。

　　法蘭克福學派所做的，是對通俗文化的批判，謂通俗文化爲現代資本主義文化工業之產物。葛蘭西的文化霸權理論，則是說現代大眾媒介中通俗文化的生產、分配、消費與解釋，均與資產社會各機構之霸權及其作用有關。但順其說往上推，我們也同樣可以說，歷史上知識分子所艷稱的文化與觀念，只是資產階級的霸權。而從階級鬥爭的角度看，所謂精緻文化等等，遂成爲具宰制力之文化霸權，應予批判。因此，法蘭克福學派乃是充滿古典精英品味的一群，像阿多諾欣賞嚴肅音樂、古典音樂而批判通俗音樂那樣，法蘭克福學派嚮往文化精英統治，企圖以此抵拒文化工業之通俗文化。葛蘭西的理論則既批判了現代大眾傳媒之文化霸權，也批判了文化精英理論。推闡下去，甚至可以說它還足以爲古代工農階級所代表的文化平反。

　　近二十年的發展，確實就是如此。傳統的雅俗之分、精緻與大眾之別，雅的一方，越來越退守無方，飽受批評。「通俗文化批判」，變成了「通俗文化研究」，批判文化精英統治。「藝術」與通俗文化的界限更是越來越模糊，到了後現代思潮中，那倍受法蘭克福學派抨擊的通俗音樂，便已翻身高踞要路津了。安德里亞斯·惠森（Andreas Huyssen）即曾說道：「在最寬泛的意義上說，流行藝術是後現代的概念得以最初成形的語境。……後現代主義內部最重要的一些傾向已經向現代主義對大眾文化的粗暴的敵視提出了挑戰」（參見 Angela Mcrobbie《後現代主義與大眾文化》，2001，田

曉菲譯，中央編譯出版社，頁 19）。肥皂劇、電影、廣告、流行音樂、時尚、時裝、俚語……等從前不登大雅之堂的東西，現在成爲研究焦點。文學研究逐漸讓位給（大眾）文化研究，同時也讓位給了通俗大眾文學研究。

　　這整個趨勢，頗不利於文學史之研究。固然通俗文學研究也會要寫史（例如從前鄭振鐸寫過《俗文學史》。葉洪生目前也在寫臺灣武俠小說史。且臺灣隨西潮而起舞，中興大學、中國時報都舉辦過通俗文學的研討會；花蓮師範並成立了俗文學研究所，臺東師院又成立了兒童文學研究所。其間亦多有造史之企圖、撰史之努力），但是，文學史寫作本質上就是區別雅俗的工作。從一堆文學作品中挑揀一些來論列，無論怎麼說，都不會挑一些特別爛的來談。就像寫史，無論持什麼觀點，不可能只找一堆卑瑣無足深論的人，或一堆無聊的事去寫。可能你的雅俗判斷與我不同，可能你所以爲雅者我以爲俗，但雅俗之審美判斷依然是在的，去俗就雅的基本論述方向也是不變的。

　　同時，文學史也無法討論「大眾」。它只能談大眾裡的個別特殊、傑出者，那其實就是精緻的，就是精英。一旦不尋找英雄，便也無價值需要標舉，無典範值得效法。寫史以令某種作品、某些人物不朽之企圖，就也顯得毫無意義。抹殺雅俗之分、大眾與精緻之別，本身即蘊含著反歷史化之傾向。在強調遊戲、破裂、移位、解構、邊緣的後現代之後，文學史研究遂越來越像尷尬的老腔調，漸漸少人唱也唱不下去了。

三、文學史的困惑

　　歷史當然不能僅談一個面向，在反對或不利文學史研究的脈絡之外，重視文學史研究者、反對唱衰文學史者也當然不乏其人。

　　如巴赫金就曾痛批形式主義者的文學史觀。他以 Π・Η・梅德維杰夫名義寫的《文藝學中的形式主義方法》，第四編〈文學史中的形式主義方法〉第二章就是：形式主義關於文學歷史發展的理論。認爲形式主義把作品看成是外在於意識的實體，不理會其他意識型態系列及社會經濟發展，會把文學變成一個封閉系統❺。巴赫金雖然現今被視爲符號學大家，但這類說法其實是馬克斯主義文藝學式的。這一類論點及著作，幾十年來當然也是汗牛充棟、蔚爲大國的。

　　在形式主義方面，其實也非常複雜，不是巴赫金那幾句話就可以概括或批判得了的，布拉格學派穆卡洛夫斯基（Jan Mukarorsky）雖說強調文學、經濟、意識型態及文學諸結構間的演化狀況，固然不會同時而進，卻也不會互不影響，且同在一個大的結構之中。其後伏迪奧卡（Felix Vodicka）論文學的結構之外，也論文學作品的生成、文學作品的接受。作品之生成，固然由於作家之創造，但作家是在一個社會的語言環境中創造的，他需面對該時代及傳統的語言規範和習慣。讀者之接受，更與該時代該社會的讀者審美意識有關。因此，布拉格學派雖亦爲結構主義，但並不去歷史化，也非孤立地看文學，他們對文學史也多所論述。

　　雖然如此，文學史研究仍是問題重重的。巴赫金本人運用馬克斯觀點寫過一篇較罕爲人所知的論文：〈中國文學的特徵及其歷

---

❺　　巴赫金《周邊集》，1998，河北教育出版社，頁108-343。

史）。把中國文學史分成上古前封建、周至清末的封建制社會之封建意識型態（藝術、文學、科學）、晚清之資產階級民主運動、1911 年社會革命四期❻。粗糙可哂，實在有損他大師的令名。可是，這不也是所有運用馬克斯史觀討論中國文學史者共同的尷尬境況嗎？理論上，固然足以成一家言，攻敵禦守，均足以自立。可是，一旦講起具體的文學史，在文學與社會發展關係的扣合上，無不是削足適履、蠻塞硬套、機械而且疏陋。

布拉格學派則雖自負能兼顧文學獨立性、文學與社會關係兩端，批評者卻未必欽服。康拉克（Kurt Konard）就說穆卡洛夫斯基把文學和社會境況「機械地放在辯證法的兩端，二者只像不相干的物體，做表面的碰撞，而不是辯證性地互相滲透」（詳見陳國球〈文學結構與文學演化過程：布拉格學派的文學史理論〉，1993，北大出版社，《文學史》第一輯）。

其他各類文學史研究，當然也還多得是，文學史著也一再出版。可是，在文學研究界，文學史確實已是個問題了。1997 年南非大學召開「十字路口的文學研究」會議，就有「書寫文學史」這一子題。創辦於 1969 年的《新文學史》，主編拉爾夫·科恩曾雄心勃勃地誇口：「迄今尚無一家刊物致力於對文學史上的問題進行理論的闡釋」，故《新文學史》的創立，就是要滿足這個需要，以重新建構文學史爲其目的（見科恩〈新文學史中文版序〉，2000，佛光大學，國際中文版）。可是，就在這本刊物的修正主義專題討論中，便出現了如下的對話：

---

❻ 巴赫金《文本、對話與人文》，1998，河北教育出版社，頁 129-139。

科拉吉：科爾奇，你談到的所有這些新運動──同性戀、女
性研究、後殖民主義、非洲裔美國人──時，我們
是否看到的只是人們所做的標新立異之事呢？是
為了與眾不同？是為了出類拔萃？還是為了揚名
四方？

於裏斯：這樣說等於否認和貶低重要的思想策略。賽，你
的口吻像極了典型的自由主義者。代表了向女
性、被殖民者、少數民族團體、移民、非正式公
民和一切受到文化霸權壓迫的人施其壓制的語域
特徵。

科拉吉：就算是吧。文學研究中出現的這一切變化讓我回
想起科林·馬丁代爾（Colin Martindale）的書。

馬　金：他是誰？

科拉吉：馬丁代爾對各種文體的發展史作過大量研究。他
發明了一種細緻周密的方法來分析既定物的複雜
性，如詩歌。然後，他追溯了複雜性的歷史演
變，如英詩從玄學派到新古典主義，再到浪漫主
義的發展軌跡。

馬　金：哈哈！文學史還沒有在心理學家那裡死亡，只不
過在文學圈裏死亡了。

科拉吉：他發現，複雜性逐步發展到頂峰之後便迅速衰
落！──歷史上曾出現過某種突變，如新古典主義
的興起或者說浪漫主義革命。之後，複雜性重新

發展到頂峰，又再次衰落，如此循環複始，像鋸
齒形波浪一般。

賴爾特：我讀過馬丁代爾的書。太恐怖了！書裏描述的大
教堂是怎樣一幅幅哥特式的景象，詩人們多麼浪
漫。統計資料！哼！令人作嘔！

於裹斯：聽起來簡直就是超結構層次上的理論論證。

馬丁代爾著有《機械的繆斯：藝術變革的可預知性》《浪漫主
義進程：文學史的心理學》等書。但他這類研究，乃至整個文學史
研究，顯然在新一代文學研究者中甚被輕視，馬金且斷言文學史已
在文學圈中死了。尋找文學的發展規律，也遭鄙夷❼。科拉吉認同
馬丁代爾之做爲、質疑文化研究，卻被指爲落伍、固執既得利益及
其文化霸權，既無學術研究的知識意義，也失卻了道德的正當性。
文學史的處境，蹇困一至於斯，諒非科恩所能逆料矣！

參、當代的文學史研究

我國歷史觀念一向發達，充滿歷史意識的對文學發展的看
法，當然也不會缺乏；但是，正式以「文學史」面貌出現的著作，
卻要遲到光緒 30 年才開始問世。而且，問世以來，就一直營養不
良。至今雖然已經有了將近三百種的中國文學史及數量大致相近的
西洋各國文學史，可是，大部份反而只是古老的文學編年紀錄。真

---

❼ 　《新文學史》，2001 創刊號，國際中文版，修正主義專題討論，頁 11。

正夠資格稱得上是充滿歷史觀念與意識的文學研究，畢竟仍如鳳毛麟角一樣稀罕。大家似乎不太曉得什麼叫做文學史、什麼是文學史研究，彷彿大家還一直以為講古說故事就跟史學家的歷史著作一樣，無論性質、意義、功能與內容都了無差異。

以上這段話，是 1985 年我在《文學散步・文學的歷史》（漢光出版公司）中說的。十七年來，臺灣又出版了許多文學史，且由中國文學史分化出臺灣文學史及各種文類史，洋洋鉅觀。可是，我那樣的批評，實質情況恐怕毫無改善。既沒什麼像樣的文學史新著可供討論；對文學史之性質、功能、意義及方法，也沒什麼理論的進展可說；跟世界文學研究界對文學史的爭論，也無對話或回應。

我們正努力從事的，依然是片斷史料與史實的增添補敘、考訂。多談了一些作家，介紹了一些過去較少談及的作品，糾正了一些史事或史料的錯誤，調整了一些敘次及敘述方式，便自以為得計。可是，這些史著仍是二〇年代的史學考證方法，苦乏新意，殊不足觀❽。

---

❽　王忠林、邱燮友等八位教授所編《中國文學史初稿》，1978 年出版，1983 年
　　增訂，福記文化公司。宣稱依據「歷史的重心在民生」而採用民生史觀立
　　場，撰寫此文學史，見〈引言〉。但諸教授所理解的民生史觀，乃是「文學
　　在反應人生，描寫人性」之謂。這是完全混亂且錯誤的，一、「歷史的重心
　　在民主」，語本《三民主義》，故民生史觀云者，指文學等藝術型態產物本於
　　下層民生經濟基礎。諸教授顯然不同意此等史觀。二、民生史觀與文學反應
　　人生云云，哲學立場並不完全相同。三、反應論與人性論之爭論已久，非同
　　一件事，更不能混為一談。故本書雖自稱：「採用新觀念，新方法和新批

　　另有一些，則沿用馬克斯主義分期法，或社會經濟決定論的態度去講說文學史事。我以爲也毫無參考價值。

　　還有一些論文，試用性別研究、後現代、後殖民大眾文化研究去「重看」「重述」文學史。這，一方面僅是觀念的套用，生吞活剝、摘挪理論以矜新異，而在與歷史事實對勘時矛盾錯漏百出；一方面又是以重寫爲名，實際解構著既有的文學史論述成規以及文學史研究本身。故我也未曾見過令我佩服的東西。

　　對文學史之研究，當然也不能如此一筆抹煞。大夥的勞績，畢竟也非一片空白。但在個別事件、人物、作品方面的考詮，或對過往文學史著的反省，成績較著。對文學史研究之性質、意義、功能與內容，確實少有討論，一如我在十七八年前所說的那樣。如此，豈能與國際文學研究界在文學史理論上展開對話？豈能推動文學史研究真正向前發展？

　　「臺灣文學史」之蔚爲熱門論題，不但未能改善上述這個現象，反而使之更趨惡化。這個論題，一談起來就令人陷入政治泥淖中，對於做臺灣文學史的人簡直不能批評。可是實際上，臺灣文學史在這十年中吸引了許多人力、財力、物力去做，雖做出了不少成果、填補了許多空白，然而其意義亦僅止於此。其所得者，撫慰了臺籍作家文化人及其他關心臺灣文學生態者之心理，其所失則是歷史與文學〔歷史部分，暫且勿論。因爲我的歷史觀及對臺灣史的理

評」，可是實際上卻是無比混亂錯誤的，民生史觀云云，更與新批評南轅北轍。而如此錯亂的所謂史觀，也與正文毫無關係，正文敘述根本沒什麼史觀可言。目前不少學校用此教本，可不慎乎！

解，與某些講本土意識（即孔子所說「小人懷土」的那些人）甚爲不同，彼此所知之臺灣歷史不是同一件事。依我看，完全被扭曲的臺灣史、完全被犧牲的歷史真相，在某些人眼中，或許正是他們神聖的臺灣史哩。故而此處只能就文學來說〕。

　　爲什麼說臺灣文學史的研究犧牲了文學呢？一、臺灣文學史的研究，格於歷史因素，現今仍未脫離收集、發掘、整理史料階段。這些所謂基礎研究，體現的乃是二〇年代的實證主義史學觀。臺灣的文學研究界本來老早就已超越了這樣的觀點，如今卻不得不退回到這個階段去。整個研究型態，倒退了二十年以上。二、對史料之解釋及臺灣文學史論述，因尚在發軔階段，故亦極爲粗糙幼稚。像葉石濤《臺灣文學史綱》如此低劣之作，在臺灣文學史研究中的地位卻如此崇高。如若《中國文學史》寫成這個水準，其人還想在學界立足嗎？三、許多臺灣文學的研究者，基本文學研究訓練都很可疑，徒以道德的正當性及政治正確來自我武裝，以杜評者之口。文學研究界不少人厭其惡口，不願與較，但實際上背後是不太瞧得起這批人的。故臺灣文學史雖在近年漸成熱門領域，其實也就成了被鄙視的領域，許多人因瞧不起這些搞臺灣文學史的人，遂連帶也瞧不起臺灣的文學。而治臺灣文學史的人，也頗有人以此爲禁臠，不許旁人染指認爲其所建構的，既是「我們的文學史」，研究者也就須是「我們」。因此，外人自然就逐漸望望然而去。四、研究文學史，無論怎麼說，都仍與審美判斷有關。可是，研究中國文學史，可以面對許多好作品；研究現當代文學史，就必須面對許多平庸之作；研究臺灣文學史，則其所面對者，大多爲劣作。文學史家的工作，一是訓練自己降低審美感性，變得較笨；二是努力把爛

東西講成無比崇高偉大；三是改由歷史意義、社會功能、臺灣主體、時代反映、反封建反殖民等意識型態……方面去扯，把臺灣文學史講成政治史、社會史或經濟史。如此如此，文學能不被犧牲嗎❾？

---

❾ 邱貴芬〈從戰後初期女作家的創作談臺灣文學史的敍述〉曾認為：對本土派臺灣文學史論述，有許多質疑者，「就我所知，現有論述中最切中問題核心的挑戰，當來自龔鵬程〈臺灣文學四十年〉一文」「龔鵬程質疑現今臺灣文學史述未經深入思考，即採用單線歷史敍述，他指出這個史學方法問題確實是一針見血，點出當前臺灣文學研究及史著的瓶頸，也拉出一條深刻反省歷史學傳統治學方法的重要論述方向。這個問題，在當代文學理論領域裡，以Edward Soja 所提出的『第三空間』（third space）概念最具代表性」。「龔鵬程抨擊本土派臺灣文學史論述位置乃是以臺灣特定族群作家的角度來談臺灣文學的發展，忽略將其他族／社群的創作及活動，並質疑本土派文學論述者以特定文學傳統來定義臺灣文學，把無法納入此文學傳統的創作剔除在『臺灣文學』之外，這樣的批評論點並非毫無說服力。從非本土派人士的觀點來看，目前臺灣文學史著乃是建立在強烈的『排他性』之上，『臺灣意識』、『臺灣經驗』、『認同臺灣』、『認同鄉土』成為『臺灣文學』的篩選標準，無形中定義什麼樣的作品是『真正的臺灣文學』，而臺灣文學史的敍述即依這些標準展開，不符合『標準』的創作即被排除於『臺灣文學』經典名單之外。這樣的臺灣文學史敍述策略在殖民時期固然具有打造反殖民的『臺灣』認同，顛覆殖民價值體系與敍述的必要性，但是在『臺灣』這個符號逐漸取得其合法性之後，『臺灣文學』及『臺灣文學史』的排他性若無法減低，則只激化族群對立，『臺灣文學史』恐怕只能為定族／社群所接受，無法讓居

　　對於臺灣文學史的研究，我寫過〈區域特性與文學傳統〉，刊《聯合文學》八卷十二期；〈四十年來臺灣文學之回顧〉，刊《國家科學委員會研究彙刊》四卷二期；〈臺灣區域文學史的寫作與傳統〉，刊《龔鵬程 1999 學思年報》；也出版過《臺灣文學在臺灣》，1997，駱駝出版社，討論過一些方法論的問題，故此下不再贅言（反正治臺灣文學史的朋友也不太可能改善，是以也不必再言），仍回到文學史的問題上來。

　　近十幾年來，對文學史問題花費較多心力者，以陳平原、陳國球最為著❿。二人曾合編《文學史》四輯（1993—1996 北京大學出版社），內闢文學史理論、思潮與流派、作品與接受、文化與文學、文學史著檢討、舊籍新評、翻譯與評介、中國古代文學史論、試寫文學史、女性文學批評、詩學研究、小說研究、臺港文學研究、文學與藝術等欄目。各欄受新學風影響，不乏以女性文評、文化研究去重讀重述史事之作，譯介思潮亦多與文學史理論無直接關係者。詩、小說、臺港文學之研究，則與一般文學刊物無太大不同。故重點所在，在於檢討各文學史著，如舊籍新評、文學史著檢

　　住在臺灣的人和創作者視為『我們的』文學史。如何讓臺灣文學史的敘述成為反映臺灣多元族群歷史經驗的文學紀錄，不淪為特定族群或社群歷史經驗的文學寫照，但是又不放棄臺灣主體的文學史論述位置，我想這是臺灣文學史寫作當前的挑戰。也唯有透過這樣史學方法的檢討，臺灣文學史著方能落實葉石濤先生『開創臺灣文學史的新格局』的期待。」

❿　還有一位值得特別提及的，是張漢良。他提倡的不連續史觀，在文學史研究上非常重要。

討、試寫文學史等，文學史理論之評介與討論則不太多。陳國球本人精研布拉格學派之文學史論，對明代文學史觀也深有研究，近年復著力檢討民國胡適以降諸文學史著與史觀；陳平原則對晚清以來整個文學史的傳統做過許多振本溯源的工作。可是兩人似乎都無爲文學史研究建立一個學派、觀點或方法的企圖，只希望藉由多討論多研究，來逐漸摸索出一條路子，形成反省的態度。故也因此不易窺見該刊的主張爲何。

其他人的努力，我知道得較少，所以底下只談一下我的想法。

肆、一些嘗試與答案

我在《文學散步》一書〈文學的歷史〉一章中，首先討論的，就是「文學史的編寫是否可能？」針對三種反對文學史的看法〔（1）文學作品雖創造於古代，但它並未成爲「過去」的東西，它永遠對我們發生著作用，它永恆屬於與我們「同時並存」的東西。因此，文學實無所謂歷史可說。（2）藝術創造脫離不了時間的因素，因爲藝術是人活動的意識與產品，所以，它不可避免地要在一特定的時空關係中完成的，故藝術與歷史根本不能脫離，藝術也沒有什麼永恆性。但是，藝術既隨時間而變滅，時間永遠不可能重複，我們又怎麼能夠根據已變已滅的藝術品去理解過去時間中的藝術呢？（3）每一件文學作品都是個獨立完整的創造，與其他作品之間並無連繫的結構；人類的寫作活動可以有歷史，文學作品之間則不能構成歷史的關聯，故實際上沒有所謂的文學史〕，來重新思

省文學史到底是什麼。

我認為：文學史是以文學為對象的歷史研究，因此，它所要建立的知識，就是一種關於文學的歷史知識。但同時，文學史又是充滿了歷史意識和觀念的文學研究。

故對文學史，我們需放棄實證主義之迷信，了解文學的理解並無絕對性。原因在於我們進行文學批評活動時，必然同時也在進行著作品對象的認識、內在存在感受的開發和認識能力的挖掘。它不像照相機照相，底片完全漆黑以印顯外在客觀的事實；它像觀賞一幅圖畫，看畫的人一方面看到了畫的內容、一方面也反省到看畫的自己，所以，他有感動有思索，內在經驗亦因此而豐富，觀畫情境、觀畫者、畫，三者滾在一起，成了一個詮釋學的循環（Hermeneutic Circle）。在這種情形之下，文學作品的意義便永遠是開放的，而歷史的理解也不可能來自客觀或主觀，它是歷史與自我相互融攝，以呈現一辯證客觀性的。

韋勒克與華倫曾說文學史研究是以一價值來賦予文學事實意義，以說明歷史進程的工作，但此一價值又由歷史中生出。他們對於這種邏輯的循環，既承認又不了解。我以為我的說法，或許可以提供一個解決的途徑。因為也只有如此，才能說明文學史為何既是歷史研究又是文學研究。

這樣看文學史，文學史在文學研究中的地位就非常重要了。文學研究中，有關性質、範疇、價值標準的釐定，均來自文學本身發展的歷史。因此，不做文學研究便罷，否則，文學史是一切文學研究的基礎。

對上述理論問題，做更細緻討論的，是〈試論文學史之研

究：以劉大杰《中國文學發展史》爲例〉（第四屆古典文學會議論
文）一文。該文評論劉大杰書，性質已開陳平原、陳國球他們所說
的「舊籍新評」或「文學史著檢討」之類論述之先河，但文章另一
個重點其實是在方法論之問題。討論：文學能不能做歷史研究、如
何做。

結論是：文學不能以科學、實證的史學方法來研究。文學鑑
賞與評價的過程，乃是一種主客交融、主客聯合的精神活動。因
此，主觀態度之參與，乃是文學評賞或事件考察中不可或缺的部
分。整個人文學科的基本性質亦是如此，是詮釋的科學
（Hermeneutic Socence），歷史學尤其如是。甚且我們也可以說：
歷史研究最典型的表現，就在文學史。

但是，假如說文學史之研究必須主體涉入，則客觀性又何
在？文學史豈不成爲各人之各說各話？價值本無一定的判準，一切
似乎就都是見仁見智、一切價值就似乎都是相對的了。在不同存在
情境及立場、不同的主觀態度下，自會有不同的價值判斷，而不同
的價值又形塑不同的歷史，歷史更有何「真實」可言？一切不都是
相對的嗎？

其實不然，所謂「主觀與歷史對象互相融攝」，固然歷史對象
深受主觀態度與價值之影響，但意義結構之形成，卻仍受到歷史對
象的限制。主觀態度或價值是否溢出或背離了對象所能涵容荷負的
量度，不難對證出來，這即是卡西勒在《論人》一書中所提出的
「辯證的客觀性」。此外，歷史解釋的方法，也可以適當地制約主
觀意識的泛濫。例如韋伯（Max Weber）即認爲：所謂再體驗的直
覺法，必須在「可能的範圍內，以一般因果解釋來約束，以成爲

『可理解的解釋』。」換言之，研究者的直覺，也須經得起系統理論概念的批判，而且需以「客觀的表述方式」來說明。故主客交融並非即是可以隨意曼衍無端的。

由這個認識，才轉入對劉大杰之具體批評。說明劉大杰的史述因受到他那個時代的觀念影響，主要依據是進化論、歷史有機循環的命定論和反傳統精神。但因其敘述缺乏辯證的客觀性、也未突破「現時觀念」之籠罩，以致頗有局限。

如此處理，是否真能回應文學研究界對文學史研究的質疑，我不敢說。但文學史研究的性質與方法，或已稍做釐定。

這是指我們進行研究文學史時的方法。文學本身的歷史，則須我們另行勾勒。

對此，我較接近穆卡諾夫斯基所說，要探索文學內在結構發展之演變。〈說文解字：中國文學藝術發展的結構〉一文，即屬這類工作。該文參考了黑格爾對藝術史的看法。依黑格爾看，藝術最早的類型，是人類僅能以符號象徵地表現他朦朧認識到的理性，形成象徵型藝術。如印度、埃及、波斯等東方民族之神廟、金字塔等。等到人能很明確地認識到理念與感性形象，主客體能夠統一時，才能選擇以完美的人體形式表現絕對精神，形成古典類型藝術。但這些人體雕塑及古典希臘建築，借重有限的物質，實不能充分表達無限精神，故此即不能不逐漸轉變為浪漫型藝術。這時出現的第一階段，就是拋開物質，只保留外物之形象。這就是繪畫。然後，第二階段，再拋開物象，「不用佔空間事物的結構，而用在時間上起伏回旋的聲音結構」，此即音樂。但音樂僅能表現主觀感情的內在生活，而無力顯見外在的現實；且聲音本身，仍為一感性材

料。故由此更進一步,只把感性材料做爲傳達媒介來用,將感性材料降爲一種本身無意義的符號,詩就出現了。詩就是語言的藝術。詩是最高的藝術,一切藝術也都具有詩的性質。這樣的結構,也可以用來解釋中國文學。中國藝術發展的結構,正是朝文學類化。音樂、舞蹈、戲劇、繪畫,逐漸都朝文學化的路在走,文字書寫的觀念也彌漫在諸藝術種類中。

這是一個藝術發展內在的結構。我不同意黑格爾所說,歷史必是由象徵型到古典型,再到浪漫型,再到文學。可是諸藝術逐漸發展爲文學,卻可能具有歷史的合理性。我以中國文學史藝術史的例子,來說明這種合理性。

可是,這個結構也不是封閉的。關鍵在於文學之「文」,在中國是極複雜的觀念。因爲我們至遲在春秋時代,即開始以「文」概括綜攝一切人文藝術活動。成文之美,可以涵括一切藝術創造。充極盡至,則中國人談自然美,也必以文概括一切自然美的表現。雲霞草木之美,擬爲雕刻與繪畫;林籟泉石之聲,喻如音樂,而總結則爲「文」「章」。一切自然美,即是自然所顯現的文。這種文,跟人所創作的文學作品,基本上被視爲同一的。既然天地有文,所有人文藝術活動也有文,文即成爲一切美的原理,甚或一切存在的原理。可是「道沿聖以垂文」,它又表現爲文章文化。於是,所謂文化,基本上就是道沿聖以垂文的文學性文化。我們整個社會「自成童就傅以及考終命,解巾筮仕,以及鈞衡師保,造次必於文,視聽必於文」(唐・楊嗣復、權德輿文集序),文學不只是文人的專利包辦,而是彌漫貫串於一切社會之中的存在與活動。文化,其實就是文學,就是文。中國人的生活方式、人生態度,也都體現爲一文學

藝術的性質。唯其如此，整個文化展布的歷史才能說是文。

這種「文字、文學、文化」一體性結構，是中國文化史文學史之特色。我由此展開之諸多申論，另詳《文化符號學》（1992，學生書局，2001 增訂）一書。專就文學史而論，則我這樣處理也才能真正說明文學內在結構與文學以外諸現象的關聯，說明文學與政治、社會、哲學、宗教諸結構如何共同組成一個大的結構，超越布拉格學派的困境。

運用這種結構，事實上也不難重寫一本中國文學史，因為基本發展架構已經勾勒出來了。但我覺得文學史還可以有別的處理方式，例如我擬編過一本《偏統文學史》，今抄其目錄如次：

①導論，②兩周金文辭、謠諺、佚詩、外傳，③秦漢金石、四言詩、易林、參同契、緯讖，④南北朝散文（含墓志、佛道書及譯書體），⑤唐四六、排律、嘲謔體，⑥宋四六、宋曲、語錄、論藝文字、日記，⑦元遺民文學，⑧明清八股，⑨清詩、索隱派紅學、鴛鴦蝴蝶、清遺老詩文、雜事詩（1989.5.27 民生報，攻乎異端）。

這是個不完整的擬目，可以納進來的東西還很多。主要的思路，是由顛覆現有文學史的論述成規，來尋找新的論述脈絡。

新的論述脈絡，還可以從「遊」的角度來處理。1995 年陳國球在香港科技大學舉辦過「中國文學史再思」研討會，我即提了一個〈遊的中國文學史〉架構。遠紹宋代陳仁玉《遊志》、元陶宗儀《遊志續編》之緒，談遊說、遊俠、遊仙、遊戲、遊歷、遊心之

史。後來並將相關論文輯爲《遊的精神文化史論》（1996，龔鵬程年度學思報告，南華管理學院。2000，河北教育出版社）一書。

我這類做法，均是在中國文學內部尋找「異端」，另立統諸。愧無陳慶浩之雄心。他提倡「大文學史」，則是要拓開整個中國文學史之地盤的。把漢文學、各少數民族文學都納入中國文學史裡來。但看來無論是他的宏圖抑或我的辦法，都還少有嗣音及呼應者。未來我文學同行要如何面對文學史的衰落、解決文學史的困惑，我還不知道哩！

（2002 年春，過香港，晤陳國球。聊起將開這次文學史討論會的事，我有些感慨。本文大抵就是這些感慨的文字化。旅中無書，無法詳論，故仍近於談話體。1 月 20 日，北京旅次）

講評意見

柯慶明
臺灣大學中國文學系

龔先生的這篇大作，由史學而文學，由西方而中國，由古代而當代，一如往常充分的反映了他的博學多識，雖然他在文後還說明這是「過香港，晤陳國球，……旅中無書，無法詳論，故仍近於談話體」的著述。假如他不是「旅中無書」，一旦真正「詳論」起來，那麼我要負責討論工作的辛苦，一定即就不僅於此了。

目前我正好利用「家中有書」，姑且提出一點來修正他的「旅中無書」的記憶有差。他在「文學史的衰弱」一節中提到韋勒克的〈文學史的衰落〉一文，以為：「在韋勒克看來，文學史各學派之間的分歧是無關緊要的。」「韋勒克的質疑，其實是呼應了克羅齊以降一系列的觀點」云云。其實 Rene Wellek 在 "The Fall of Literary History"（收入 The Attack on Literature and Other Essays, The University of North Carolina Press,1982,p.64~77）一文中，一開始就提起他早年所著的 The Rise of English Literary History 一書，他提到當前卻已可以「寫一本關於它的衰落的書」（write a book on its decline and fall）；事實上該文已引述為主，屬於他個人的意見，反而是對「文學史」諸多迴護，一方面強調歐美各國有一個敘述性

文學史的偉大傳統（There is a great tradition of narrative literary history ），羅列了一堆經典；另外它又擴充其範圍至：一種文類、一種形式技巧、一個主題、一個文體樣式，以至文學觀念的歷史等。他在文中既提到他與 Austin Warren 所合著的 Theory of Literature 一書，仍然以其末章來宣揚一種「文學史」的構想；亦以「文學史」家自居，爲其 History of Modern Criticism 辯護，自認爲屬於 Croce ,Meinecke , Troeltsch,Huizinga , Collingwood ,Carr 一類的史家。他的真正的結論，是經由自己撰寫批評史的經驗，證明了「進化性歷史之嘗試的失敗」（The attempts at an evolutionary history have failed ），因此他說：「除了作者、機制與技巧的歷史之外，並沒有前進、發展的藝術史」（ The is no progress, no development , no history of art except a history of writers , institutions , and techniques. ）因而，對 Wellek 而言，「文學史的衰落」是另有所指的。

我花了許多篇幅（時間）來談在龔先生大作中未必重要的一小段，主要是想藉此提出一個基本問題來就教於龔先生，當我們上下古今大談「文學史」時，我們是在談「敘事性的文學史」（narrative literary history ）呢？（這就成了「文學史」寫作的問題了）或者只是在談「歷史中的文學現象」或「文學中的歷史現象」？或者是談「文學現象在歷史時代間的變遷」？還是一個「文學正典」（或偏統）傳統的形成與辯護？既然一切我們所能聞見的作品，都在時間上先於此刻，因而任何作品都具有其「過去」的生成性質，那麼，若不更清楚的界定，一切「文學作品」或「文學現象」的研究，豈非也都是「文學史的研究」？因此，「文學系」也

就是「文學史系」；歷史系的人又怎麼好意思來搶生意呢？人家是尊重專業；我們怎好說人家是「掃地出門」呢？倒是將「新歷史主義」讓給「史學」未免太大方了，他們本身未必同意。

　　龔先生長期以來對「文學史」有許多的關注，也有許多著述或言論，他在「四、一些嘗試與答案」的敘述，事實上只算是簡單的目錄與摘要。當然他自然可以採「理論」與「實踐」循環互證的方式來逐步深入，只是我可能要提醒他；按照他一下提出的「文」；一下提出的「遊」；又一下提出的「偏統」等等中國文學史的詮釋，可能反而使他前面反對「一切不都是相對的嗎？」的理論，被他自己所否證了。但是正因如此，加上陳慶浩的「大文學史」等，或許我們可以說：「中國文學史」的道路是無限的寬廣，正等待我們去繼續開拓與實踐吧！

文學生命的自主、自立與自重
——論文學史的涵義、效用與構成

陳燕

中山大學中國文學系

關鍵詞

文學生命、史識、史論、直觀、審美、大用

摘　要

自周秦至清末，中國並無「文學史」之名；其後之「文學史」著述亦不過史料之羅列，隨意之批評，中國文學史之價值令人懷疑。則今後吾人無論研究、傳習中國文學史，應就「文學史」之涵義先加確定以史料、史識及史論爲要素，再就時代背景、文學活動、文學作品及文學評論四方面作分期、斷代或主題、專題之探討，始可對所有文學現象有一完整之審視，而文學獨立之生命，亦可獲得有尊嚴、受尊重之真誠對待。

壹、前言

　　中國史學向來發達，自周秦以至晚清，史冊成林；不過，無論官修或私著，多記朝廷政事，間及儒林學術，以述正統、垂訓誡的倫理意義為主，故權威性特強。至於素與政治、學術發展具有密切利害關係的兩大要物：文士、文章，一直深受重視和尊崇，自當有記，因此歷代史書中文苑傳或藝文志等並不少見。若再加上各式各樣的詩文集、詩文評，統而觀之，「文學者文士之文章也」的文學史早已成型，中國從來不缺文學史之說也儼然可立❶。遺憾的是：中國歷史上竟然沒有「文學史」之名。真正以文學史命名的史籍，要到 20 世紀初林傳甲（？—1923）的《中國文學史》（1904）出現才算成立❷。這是一向強調名實相副的中國學者必須承認的史實。

　　然而林氏之作的產生，似乎並沒能對上述的「遺憾」有多少彌補之功，因為此書仿自「源出歐美」的日人之作，且為大學章程

---

❶　這種看法，陳平原〈文學史作為一門學科的建立〉及柯慶明〈關於文學史的一些理論思維〉兩文中，都有極明確的表達。陳文見《文學史的行程與建構》（廣西：教育出版社、1999 年 3 月），頁 3-6；柯文為中華民國 90 年 11 月 24 日臺灣大學中文系之「臺靜農先生百歲冥誕學術研討會」之會議論文。

❷　參見夏曉虹〈作為教科書的文學史——讀林傳甲《中國文學》〉,《文學史》第二輯（北京：北京大學出版社，1995 年）；葉慶炳，《中國文學史》（臺北：學生書局，1987 年），頁 3。

規定之教學材料而編❸；前者受制於西潮東漸下的外國歷史主義，文學史到底是「文學的歷史」抑或「歷史的文學」❹，至今迷障未除，令人困惑；後者受限於國家教育政策的功利需求，文學史成了課程安排下的講義或教科書，更是令人氣短❺！所以自林氏之後一個世紀，中國文學界不論是從學術領域、文類書寫或課程設計❻哪一方面去看文學史，都還未能心平氣和；換言之：號稱具有科學精神、進化史觀以及系統方法的中國文學史❼，百年來仍未獲得一個正當而合理的地位，甚至愈來愈受到懷疑，引起了當代學者的反問：文學史「真有那麼重要？」或「是否對學術而言反而是一種傷

---

❸ 見林傳甲《中國文學史・作者自敘記》，原文寫于 1904 年 12 月，收入上海科學書局 1910 年 6 月出版之《中國文學史》。又：同註❶，頁 4-5。按：林氏所謂之日人為笹川種郎（1869-1949），其《支那歷朝文學史》于 1898 年由東京博文館初版，1903 年上海西書局出版中譯本；1900 年則有英人 Allen Herbert 所撰之《History of Chinese Literature》出版，而《奏定大學堂章程》為 1903 年公佈。

❹ 同註❶，柯文，頁 3-6。

❺ 同註❶，陳文，頁 5-6；柯文，頁 1-2。

❻ 這是柯文「前言」中表示全篇之主要三部份。同註❶，柯文，頁 2。

❼ 自梁啟超（1873─1929）〈新史學〉（1902）以來，一個世紀的中國歷史書籍，無不跟隨梁氏之主張，強調科學、進化與系統之研究法，文學史亦同。詳見許冠三《新史學九十年、一九〇〇──，上冊》（香港：中文大學出版社，1986 年）。

害？❽」足見文學史的存廢確有值得重新評估的必要。

　　無可諱言，近 20 年華人文學界由於某些現實上的需要，促發了大家對文學史的思考：一是中國大陸「重寫文學史」的活動❾，目的在「撥亂反正」、「破除迷信」，以消除自五○年代以來一言堂式「全國統編教材」❿的意識型態控制；二是臺灣本土意識興起，強調臺灣文學的主體性，自然亟須建構一部全新自主的文學史；三是東南亞其他華文寫作圈的自覺，認為也應該有其自我定位的文學史。三者或破或立，有為有不為，而關鍵就在：文學史是什麼以及為什麼要有文學史的問題上。

　　如果我們不承認文學是一門獨立的學科，那麼中國歷來的文人傳、文章志和詩文評的確已經夠用，而古今各種文人作品選集、專集和中外各類文學評論也著實方便好用，有沒有文學史，真地不是什麼大問題。如果我們還願意承認文學是一個有機體，文學不止是作者加作品加批評，那麼，文學是有生命的，是有活動力的。所謂生命的活動，必有它自己的歷程，也總有它歷程中留下的跡印；這些歷程和跡印，從來不是單一現象，它的多變、常動、環環相扣而又連續不斷，既複雜，也有趣。人的生命如此，文學的生命亦如此。而人的生命不過數十寒暑，難得百年；文學的生命卻延遠連綿，常跨千載亦不知其所終止。紀錄一個人的生命史尚且不易，要

---

❽　同註❶。

❾　詳見許懷中：《中國現代文學史研究史論》（福建·廈門大學出版社，1997 年
　　10 月），頁 167-213。

❿　同註❶，陳文，頁 3。

想爲文學的生命寫下一部史書，當然是一樁艱巨的工程，但也不能因爲艱巨而不去從事，不去完成。除非我們認爲文學的生命史沒有任何意義和價值，否則便應冷靜，耐煩、用心地處理它的複雜性和趣味性；不如此，文學史的效用不足以論述；能如此，則文學史的精神可以長存。

　　本文的寫作，旨在闡述一部文學史絕不是一部「擴大了」❶的古典式文苑傳、藝文志或詩文評，也不是一部現代式的作者傳記加作品批評。全篇首先說明文學史的意涵及效用，再就文學史建構的三大要件：史料、史識及史論三方面，指出其具備科學、哲學與美學層次的特質，藉以顯示文學生命的自主、自立和自重的價值所在。本文並不準備提供研究文學史的方法論，也不能貢獻任何史學研究的新理論；唯願以一個愛史者的立場，就多年教史的經驗，闡發某些觀察中國文學史的心得，藉與所有關心文學的同好，一起真誠面對文學生命的獨立自主與尊嚴。

貳、文學史的涵義與效用

　　探討文學史的意涵，首先遇到的困難就是：文學、史學如何結合？文學、史學原已各自獨立爲一門專科學問，誰都有自己的專業領域，誰也不是誰的附屬，所以「文學的歷史？」「歷史的文學？」始終是個爭論不休的懸案，中外皆然❷。其實，任何一門學

---

❶　同註❶，柯文，頁4。

❷　同註❶，柯文，頁9-11。

科的「史」都有同樣的問題：看起來史雖比某學科的範圍廣，某學科總是歷史中的一個學科，它包括在歷史之內，形同被包圍、被合併，未免吃虧太大。然而，歷史是極複元的現象❸，它不可能只是歷史，它總是「什麼」的歷史；歷史再廣博，也必須是在特定的時空之下，探討人或事物的活動現象，那麼，某一學科的歷史發展，豈不正是確定人類歷史現象最清晰、最有力的一個必要環節？它不但不會使某一學科自貶身價，反倒令某一學科的意義更爲突顯，更見重要——一個學科能夠經過一段歷程而又值得留下紀錄，難道不是某一學科的成就？文學有史或史學中有文學，適足以證明文學的可貴。所謂人類文明發展的根在歷史，無史則人類無根；而文學的根在文學史，無文學史則文學無根，其理已不辯自明。

　　文學史意涵的另一重點在文學——文學是什麼？答案古今中外無計其數，各自成理，倒也不要定於一尊。但不論是文學描寫人生或文學反映人生，文學這門學科比任何其他學科更貼近人生；而文學面向的多樣，實在不下於人生，甚或比真正的人生更能呈現人生的深刻意義。因此，文學是什麼，絕不能只就作家和作品去找答案；而文學的定義再怎麼廣、怎麼狹，都不應該簡化成某類作家及其作品的介紹和批評。當然，沒有作家、作品，文學史不能成型，但文學的生命現象卻無法只靠作家、作品便能看得清楚、說得明

---

❸　此為傅斯年（1896—1950）致顧頡剛（1893—1980）長函（1924）中使用之名詞，以形容歷史現象之複雜。傅氏以為：「單元」（Homogeneous）指天文現象，「複元」（Heterogeneous）指生物界現象，歷史則是「聚象事實」（Mass-Facts），是「極複元」。同註❼，頁 53。

白，進而下得了論斷。這就如同我們為一個人的生命寫史，他整個生命或某段生命歷程中的資料，自然須要廣搜博納，但是，單一事件巨細靡遺地逐項條列，並不能表示什麼；我們如果認為他的生命有意義、有價值，那就要提出一種解釋，做出一個判斷，而這樣的解釋和判斷又須來自所有資料的旁及遍觀⓮，不能人云亦云，也不可隨意即興，是要從合乎人之常性、常情、常理和常態的原則上去體味、了悟，之後取得的結果，也才能真實顯現文學的特色，才能完整代表文學史的意涵。所以說，文學史裡不能只有史料，尤其不能只有作家、作品的史料，起碼還要再加上背景、活動及文論的部分⓯；然後根據這四項史料去作合情合理、自圓其說⓰的解析與判斷，文學史的建設工程才算完成。因此，史料、史識（或稱史觀）和史論，乃構成文學史的三大要素；徒有史料，缺乏史識，更不見史論，則名為文學史，實無文學史。想討論文學史要不要寫？要不要讀？必得先認定文學史是個什麼樣子；號稱文學史而其實沒有文學史的涵義與建構的原則在，那就不須要我們去費神論辯了，因為它根本不是文學史。

⓮　劉師培（1884—1919）認為：研究文學，「治一家者固不能不旁及，治一代者亦不能不遍觀；治一家宜擷其特長，治一代貴得其會通。」見《漢魏六朝專家文研究》（臺北、中華書局，中華民國 65 年），頁 2。

⓯　有關史料之四部分，本篇第三節中再作詳述。

⓰　王瑤認為：文學史的史論可以「多論」，所以除了定論，可以提出另一說法，但總要「言之成理，自圓其說」，才叫一家之言。見《中國現代文學研究方法論集》（上海：北岳文藝出版社，1995 年 12 月），頁 38。

　　至於文學史的效用，一言以蔽之，全無實用性。即使不少史冊自認權威得可以標舉正統❶，明示資鑑❶；嘲諷的是：歷史最大的教訓竟被史家感嘆為：人類從不曾記住歷史的教訓！何況文學史！也許古代中國的文學功利論或工具說，還能見到多少文學史的用途。若從西方的純文學觀來看：文學是藝術，藝術是美感觀照的對象❶；美感既然無概念、無關係、無利害、也無目的，則文學只是美不美、感動不感動的問題，和有沒有用並不相干。因此，要從實用性上檢視文學史的效用，不如由生命的意義和價值去思索：一是生命必先活著，活著經過的一切，留下的一切，是這個生命存在的主體，是所以成為這個生命而非別個生命的見證。二是生命歷程中許多現象的產生和變化，多半無法預料而且奇幻莫測，也沒有什麼因果的規律可循可依❷，它就這般不停地發生、不斷地演變，卻

---

❶　梁啟超在〈新史學〉中批判中國舊史只知君，不知民；而正史中強調正統不過為專制之實。見《飲冰室合集・文集》（北京：中華書局、1986 年），頁 18-20。

❶　梁啟超雖然提倡新史學，但在 1926─1927 年間，轉求真而為致用，認為「歷史的目的，在將過去的真事實予以新意義或新價值，以供現代人活動之資鑑。」見《中國歷史研究法補編》、《飲冰室合集・專集》（北京：中華書局、1986 年），頁 164。

❶　有關美學之概說，請參看朱光潛《西方美學史》（臺北：聯經、中華民國 75 年）。及劉昌元《西方美學史》（臺北、聯經出版，中華民國 75 年）。

❷　梁啟超早期主張因果論，晚期則推翻之，提倡「互緣」以代之，二說皆有其合理性，也有局限性。同註❼，頁 35-38，頁 19-21。

又永遠不會重覆；生命的獨自運作，正是生命不受控制、獨立自主的宣示。三是生命本身並無是非對錯可說，生命只能感受，感受到生命的好或不好，也只是經由反省、判斷後的一種描述而已，絕不是什麼金科玉律的評鑑。生命能夠活出個道理和感覺來，還能把這些感覺紀錄下來，實在是生命的最高境界了！文學的生命史亦當作如是觀。

當然，並非所有的生命都能自主、自立又自重。有的生命太過簡單，既不能反省，也不須要解說，更不可能留記下什麼感動；世上槁木死灰、行屍走肉的生命所在多有，不是個個生命都應該有一部生命史。文學何嘗不然！文學史不論是通史、斷代史或專史，都是因爲它有精采而足堪典範的史料，這些史料值得觀察、分析和論贊；而所有的觀察、分析和論贊最後的目的——也是唯一的效果，不過是讓閱讀者得到一份感動罷了！至於感動之後還能有什麼其他用處，實已無足再論，畢竟天地之間萬事萬物的意義和價值，還有比令人感動更重要、更可貴的嗎？

所謂文學史當成教科書使用，並沒有什麼不好，不好的是某些文學史寫出來的只有一種史料，對於史料的處理，既不作說理式的明確解釋，也沒有描述性的美感判斷，這樣的史書非但觸發不了學習者的興趣和感動，更有可能引起閱讀者的厭煩甚至痛恨。如此文學史，豈僅是不好？簡直就是有害、有罪了！至於好的文學史，總是令人一展卷而不能掩㉑，或一氣讀完，感動莫名；或細嚼慢

㉑ 此謂張蔭麟（1905—1942）稱美梁啟超史論文筆之精采：「一展卷不復能自休」。見〈跋梁任公別錄〉、《張蔭麟文集》（臺北：1956），頁460。

咀，回味無窮。即使只作教科書用，考完試後，學史者仍然願意將它永久陳列架上，時常翻閱而不肯棄，那就是有用。如果在記誦史料之外，還能藉著對史識、史論的認知與瞭解，引發了對個己或全人類生命的審美觀照，則文學史之大用已在其中，夫復何求！

　　總之，世上良史難覓，優質的文學史更是少之又少！我們只有衷心盼望或努力完成幾本具備史料、史識、史論的美好文學史，卻不能因為成百上千的劣作充斥❷，便倡言取消文學史或文學史不必有，否則就是文學的大不幸、文學史的厄運和悲劇！

參、文學生命的自主：史料的多面與活化

　　無論作史、讀史，史料的重要性已不必再論；但是，史料如何求全和存真，卻自「新史學」以來一直都是中國史學的未定之說❷。簡而言之：歷史的現象變動不居，留下的跡印不易保存；即使保存下來，有的未必可用，有的未必可靠，因為每一代史料，都經

---

❷　同註❶，抄文，頁 11。

❷　自新史學之梁啟超起，王國維（1877─1927）、陳垣（1880─1971）、胡適（1891─1962）顧頡剛、傅斯年、陳寅恪（1890-1969）、無一不是史料專家，唯史料之全、真如何界定不一而足，大多主張實證以求真、廣集以求全，更須以科際整合為最終目標。詳看蔣俊《中國史學近代化進程》（山東、齊魯書社，1995 年），頁 108-167；179-186；又：同註❼，頁 22-29。

過了當代的篩選、挑揀，且被付與了某些特殊的意義，事實原本的面目早已不在㉔。所以尋找完備的史料和重建真正的史實，只是理想，既無可能，也無必要。要緊的是：史料必須多方搜集，有憑有據；能綜合，也能分類；能懷疑，也能檢驗，這就是科學的研究——歷史不是科學，文學也不是歷史，然而整理文學史料使用科學的方法以及符合科學的態度，實在有助於文學史的合理性與可信度之提昇。

文學生命的史料和人的生命史料其實相差不遠：一個人一生或某一段時期的成敗得失固然重要，他所生存的大環境、家世以及各種遭遇也不能不知，而他對人對事的看法和主張，更要記錄下來以爲認識他的人生觀之憑證。換成文學的通史或斷代史，則基本的史料應該包括文學的背景、文學的活動、文學的作品、作家與文學評論四大項。這四大項的排序是依觀察文學現象發展的方便而定，雖然不宜顛倒，但也並不表示它們彼此之間有什麼必然的關聯或規律在；而且也不是每一段文學史都必須從這四方面入手找史料；有的時代史料豐富而完全，也許還不止這四項；有的時代縱使不缺史料，卻也沒有任何論述的必要，自然可以省略不記。

首先看文學發展的背景：背景不是原因，也不是遠因、近因；在錯綜複雜、牽扯湊泊㉕的歷史現象中，未必能發現有因必有果或一緣得一報的規律。文學的發展尤其如此：個人、群體、創

㉔　卅至四十年代中國史學思想發展中便有各種對史料之局限提出的不同看法，如張宗頴、常乃德、呂思勉等人便是。同註㉑、頁 226-235。

㉕　同註㉒。

作、評論以及各種運動、活動，其現象之詭異多變、幾至不可臆測者並不少見，因此也更須要採集豐富的史料，相互參看，才能理出個來龍去脈，如：政治環境、社會經濟狀況、學術思想潮流以及文學發展的自然趨勢等，都應該有所關注。但要留意兩件事：一是這四方面的情況本身也都各自有「史」，我們並不是要講述它們的歷史，我們是要借助這些時空中的人物跡象，觀察文學是如何在其內裡生存發展，所以觀察的次序要從外逐步進入，由遠漸推向內，抽絲剝繭般交代出它和文學發展的相關之處。二是背景敘述不能只作平面的交代，它即使在史冊裡被放置於某篇某章的開頭，卻仍然要往下面三部分的史料──活動、作品作家及文論中滲入：或倒轉過來，在敘述另外三部份史料時，能不斷回溯這四種狀況；而且這種或向下、或往前的敘述不能停止，要隨時進行，才能見到文學生命力的強弱興衰。許多文學史書的見解和論斷，常不能令人置信或服氣，根本之弊就在背景史料欠缺，或不擅取捨利用，以為有了背景便好，說了背景便等於找到了解釋或判斷的理由，真是糟蹋了史料──不只是背景，是四大史料都成了平板的死物！所謂史料雖是過去的，而歷史總是活的，指的便是背景敘述的成功，因為所有的史料，須要先「活」在某種背景環境下，我們才可能就此作出某種的史識和史論。如此看來，背景史料的重要性乃在於史是令文學史「活化」[26]的動力；再完整的史料仍不免平面化，但背景的敘述可以幫我們重建現場，回到從前。

---

[26] 梁啟超的「貴活動」說，指出史書應「為往事活態之再現」、「活化殭跡」、「為活人而作」。同註[17]、頁 28-29，頁 113。

其次看文學發展中的活動：文學現象中最容易見到的，其實不是作家作品，而是文學活動。某個時代文學作品的出現，當然代表文學已發展到一個成熟的階段；但這一階段的到來，常常是許多集體性的動作聚合起來的力量，推衍著作家的創作表現或文人的理論創發。這些集體性活動包括：文人聚會、組織社團、發起運動、主辦刊物、成立公司、舉行會議以及表演、講演等等；活動期間所提出的口號、主張或議題，經由參與者的相互標榜、附和，極易形成一股潮流、一種派別，連帶刺激了文學內在（意義）的覺醒和外在（文體）的改變。文學史許多新作家、新文類、新文論的產生，和文學背景也許無必然關係，卻少有不受文學活動的影響──所謂風雲際會、應運而起之說，有時對文學生命的發展亦自有一定的意義。不過，有的時代文學活動十分蓬勃，但也僅止於活動，完全不能帶動作品的成長和文論的建立；這其中的奧妙，非常值得史家用心思考之後作出解釋，而最後的論斷應該也是最值得保存。可惜的是，中國史學上這種活動資料向來不多，要待清末民初西方社會學、文化史的觀念和方法進入中國，觀察歷史的視角才擴大開來，也才正式關心到文學活動的重要性。只是，由於學術發展的遲緩和不正常❷，至今成果多在文人社團或流派的專題研究上，能從各種文學背景之中，全面觀察其文學活動的意義並加以論述，實在缺

---

❷　所謂遲緩、不正常，一來是清末之後的新史學因為政治環境的不安，一個世紀來並沒有太大的進展，至今中國史學界可資仰仗的成果，仍是梁、王、胡、陳之說法；二來三千年的史學太簡單，甚至愈來愈見狹窄，直到西學東漸、新學興起，才得以解除紐綁，但以積重難返，進展牛步。

乏。如果說新的史學研究須要科際整合，那麼不止文學背景的史料
應如此相待，文學活動的史料也要如此處理才是。

　　接著看史料中的作品及其作家：這裡把作家放在作品之後，
理由是：重視作品，作品第一！歷史上斷沒有只見作家而無作品的
怪現象，無作品即無作家。文學史裡留名的作家，是因為他有精采
的作品；文學史裡也有無姓無名的作者或假託他人之名的偽作者，
只因為作品精采，也可以成為史料。可怕的是：清風亮節的道德
家，位高權重的士大夫或搖旗吶喊的附庸者，不問作品如何，竟常
出現在中國兩千餘年的古代文學史以及 20 世紀前半截的現代文學
史裡！一部文學史成了名人傳記資料匯編，人的傳記史料成了文學
史最重的份量，作品則附在作家和成就中帶過，豈不可笑！有的文
學史作品部分，只強調作品的內容和主題，形式和技巧點到即止，
文學史又成了作品選讀或作品綱要介紹，當然看不出文學創作的特
殊性、普遍性，更遑論文學作品的永恆價值及其歷史定位。因此，
作為史料的作品，必須具有典式性——不是完美，是要能代表作
家、文類和一個時代的特色，而內容和形式自然也必須要有一時一
地的代表性。凡是因循舊式甚至「集大成」式的作品，可以後敘，
凡能創新、求變而不與俗同的則應先提。畢竟文學作品要想成為歷
史洪流裡的標的，隨波逐流者轉眼成空，唯有中流砥柱始得享千秋
萬世之令名！因此，作品史料的公平、公正，只反映在經典之上，
而作家的存在與否，卻又全隨作品的良莠而定。

　　最後看史料中的文學評論：這一部份資料的來源，多半取自
文學活動裡的主張或批評，也有個別提出的系統理論或隨興抒發的
零星感想。這些材料無論目的在進行實際的褒貶，或只是表達一家

的卓見，都應該以當代人所紀錄者爲貴，而不是後代人對前代的看法。因爲當時、當地的所見所聞最完全、最真實㉘，也最客觀，可以避免時空轉移所造成的以偏概全之病。不過，文學史中要不要放入文學批評的材料，仍然有人質疑：如果肯定文學批評的重要，則應另有一部文學批評史，何須在文學史裡特別立出這一項目？這些史料併入作品作家的介紹之中即可，歸於活動之下也是順理成章。其實，文學評論成爲史料，最主要的意義是：它是文學發展中的一個現象，是在文學作品的出現前後所透露出來的一種訊息，或對文學未來的發展有預告、指示之效，或對文學已有的成果作當下的價值判斷，都是文學史中論贊文學作品高低好壞最有力、也最可信的直接證據。所以收集文學評論的史料，不是去文學批評史裡抄資料，而是從各種當時的史料中爬梳整理出來的一代文學之論見，它不是孤立、單一地顯現，它的完整性和發展性反而是文學批評史最要仗恃的憑證。至於處理史料的最高原則是：這些評論必須是文學的評論，非關文學，再好、再多的資料皆無足取。

肆、文學生命的自立：史識 的獨立與多元

文學生命的存在，可以由文學是否處於發展之中來證明，豐

㉘　參見劉師培〈論各家文章之得失應以當時人之批評為準〉，同註⑬，頁 54-55。

富的史料就是文學生命自主的顯現。但是呈現文學生命的意義和價值，還有另一層次的探求，那就是：文學的現象是什麼？文學的發展是什麼？爲什麼文學有這樣的發展而成爲這樣的現象？這些「是什麼」和「爲什麼」的提出，倒不是要去把某些現象的原因和結果連成一線，而是從深入的反省、思考之後得出來的看法或見解，足以去分析、說明那些「是什麼」和「爲什麼」。文學史料是零碎的，文學史則要敘述，敘述就是不斷地解釋文學發展現象是什麼和爲什麼的過程。這些解釋，不是方法，也不是工具，而是一種認知，是自所有的「是什麼」和「爲什麼」之中看出了一個原理原則，一個解釋文學發展現象的原理原則就是文學史的史識。文學史有史識，表示文學生命實已具有哲學層次的境界了。❷⁹

事實上，一個人的生命不是只要活著而已，也許他只能活著，如果他還能自覺地思索到：什麼是活著？爲什麼要活著？爲什麼要這樣活著？思索之後又能對這些疑問作出解釋，這便表示他已經有了，這便表示他已經有了「人生觀」。一個擁有人生觀的人，才可稱之謂真正獨立的人；因爲人生觀不是外來的指示或灌輸的教條，它是內省後的自我認知；它不是生命存活的理由或規範，而是對個己的生命是什麼、或爲什麼有這樣的生命，有了一種充分而清楚的瞭解和說法；而這種瞭解和說法，是自己的，不是別人的，所以必然能爲自己生命中一切現象負責，如此才是生命的完全獨立自主！文學亦然：文學只是文學，文學不是政治學，也不是倫理學、

---

❷⁹　歷史學性質的問題也是三、四十年代史學界熱烈討論的重心，大致不出科
　　學、藝術、哲學和歷史的關心。同註❷①、頁 223-224。

社會學；文學史只是文學史，不是文人士大夫或工農兵的功德簿；有了這種省悟和認知，再提出一番說辭，甚至一套理論，既可作取捨史料的依據，也是判斷史料的理則，那麼文學生命追求獨立的任務才告完成，而文學史不致淪爲其他史書之註解的危險也才得以解除。

不過，我們必須承認：任何生命的歷程不會一路到底，全無變化，任何人也總是生活在某種特定的歷史環境或文化社會之中；所謂活命的方式，有時可以完全自由決定，有時卻必須遷就現實，不可能永遠一個樣子。這就表示：一個人的人生觀，要能隨著生活方式改動而改動才好。人生觀能恆久保持不變固然難得，卻並不保證如此便有幸福人生，甚至可能因爲不擅調整應變，反遭大不幸。文學生命源遠流長，文學現象時刻變幻，同一個活動對每個時代的影響都不相同，同一位作家在他一生每個階段的表現也不相同，同一種文類換成另一個時期面貌也就跟著不相同，那麼解釋這些現象所用的史識，應該一以貫之？貫徹始終的史識足以解釋各個不同時空之下的文學現象？還是一脈相承的史識才能通觀數千年來的文學發展？而如此作出的解釋才叫全面或完善？譬如說：儒家實用功利觀可以解釋中國近三千年文風發展之現象，那麼魏晉六朝和晚唐五代文風便應另用浪漫、唯美觀點作爲解釋，才能合理。中國大陸從 20 世紀五〇年代起，全憑某一種主義、某一個人的「講話」或某一場會議的政策性結論❸，去解釋由古至今的中國文學發展，所以

---

❸ 最重要的當指 1942 年毛澤東在延安的文藝座談會上的「講話」及 1949 年 7 月在北平召開的中華全國文學藝術工作者代表大會（簡稱第一次文代會），

只能夠寫「現代文學史」，而且是以魯迅（1881—1936）為主的現代文學史；必要等到八○年代「新時期」[31]開始，中外古今各種思想逐漸鬆綁，中國文學才得以起死回生，重新做人；中國文學史也才可能成為具有自主、自立、自重特質史書，而不再是某某人、某某政策的唱和者。

如此看來，文學史的史識不能只有主觀的堅持，必須是主觀的省悟，配合客觀的辨別之後獲得的認定。某一時代的文學現象是唯心？是唯物？是正變？是敝降[32]？並不是由作史者自己的喜好來決定，更不能事先預設，強加套用；總要在史料的呈現之下，觀察、瞭解、歸納、分析，然後得出來的說法，才能符合實況、實情。當然，所謂實況、實情也是相對而言，歷史無論如何不能還原，所有歷史現象的解釋，都只能是當代意識的呈現[33]；不過，這

後者並被視為中國「當代文學」之起點。詳見洪子誠《中國當代文學史》
（北京：北京大學出版社，1999 年）、頁 7-16，陳思和《當代大陸文學史教程・1949—1999》，頁 19-22。

[31] 1979 年 10 月召開的第四次全國文代會，1984 年 12 月至次年 1 月召開的中國作家協會第四次會員代表大會，是關係中國大陸文學的「現代化」及「創作自由」，是所謂文學的「新時期」。同註[28]，洪著，頁 225-227；陳著，頁 25-27。

[32] 同註[1]、柯文，頁 6-9。

[33] 這是歷史價值問題中致用派的說法，四十年代朱謙之在《歷史論理學》（《現代史學》二卷四期，1935 年 10 月）中提出「歷史的現在」說，實與民初梁啟超「為生人」之說相貫通。

其中還是要有一個最高標準，就是：任何的解釋都要合乎人之常性、常情、常理和常態；文學發展可以有各式各樣的特殊現象，但解釋這些特殊現象卻必須要和人世間的常情、常理相副。解釋不是背誦格言，也不是呼喊口號，更不是寫法律判決書；文學現象的解釋，既不必義正辭嚴，也不宜唯唯諾諾，更不該先有成見再穿鑿附會或削足適履。某些文學史自以為史識高超，妄想他的觀點可作政教的指令或心靈的歸宿；有的文學史卻又自以為史識公允，從不肯多置一詞，只抄錄前人的話語附上一句「所言甚是」；前者無知，後者無勇，看似有「識」，終究對瞭解文學發展現象的是什麼和為什麼，並無助益。文學的表現和人生的真實最為相近，它的變化再怎麼奇妙、豐富，也不是神話或禪語──神話或禪語可以成為文學作品或文學批評理論的材料，但不能成為文學史的史識！如果文學生命的獨立自主要作意義和價值上的說明，那麼憑藉的應該是落實於人間的史識；而通達的史識，乃是文學史思辯性的表徵。

文學史有史識，不是說文學史必須有堅定不移的史觀，以作論斷文學現象的唯一標準。文學如人生，人生其實不必有什麼特定、固定的路數或目的非得遵行，非得達成，否則就活不出生氣來，也毫無意義可言。一個人或全人類的生命層次的提昇，不在於過了些什麼日子或要怎麼過日子──怎麼過都可以，過得如何是論斷；在此之前的認知，卻能夠使人誠實地面對生命，冷靜地為自己種種不同的生命現象提出解釋；最後釐清的脈絡，正是建構整個生命的一大支柱。就像文學史上敘述古文的發展：宋代比唐代有更多的名家出現，但論古文不能不談唐代；明清能作古文者比唐宋更多，但少有人稱道明清古文，為什麼？唐宋明清古文又有什麼不

同？這是史家須要解說的重點，也是讀史者最關心的問題，所以不能隨個人好惡來批評，必須從史識的立場下決定。至於最後得到的原則原理如：模仿不及創作、繁多不等於美好等，不僅是文學的真理，更是人生的真理。文學史無用之中，能令讀史者看出了這一層意義，也許就是一個大用了吧！

伍、文學生命的自重：史論的直觀與審美

文學生命的最高層次是判斷，是對文學發展到某一階段的各種現象作出的價值判斷。這裡所說的價值，指的不是政治上的功過得失，也不是道德上的是非對錯，而是直觀的、審美的判斷[34]。不可否認：任何歷史的史料，都曾經過不同時空下記述者的增刪取捨、釋義作解，並不見得各代作史和讀史者的評論都能一致；唯一千古不變或差異不大的，是歷史中的人性、人情。所以一個文學活動、一篇文學作品或一種文學理論，歷經古今中外的討論，最後竟然得到了一樣的評價，何以至此？不過是千古人心之所同然罷了。所謂心之同然，從美學上來說，是肯定人人天生就有一種直觀、直覺的能力，這種能力不待外界的指引、教示，便能對事物有所反應——反應不在行為，而在心靈，所以是一份感受。這份感受是非常深層、幽微甚至模糊不清的，平常並不顯露，唯有在面對美的事物

---

[34] 同註[7]，頁57-59；又：同註[27]，頁224-225。

如藝術品時，才特別清晰，所以藝術的創作者和欣賞者，最要倚仗的便是這種先驗的的直觀。而以直觀的能力審識藝術，藝術給我們的感受，不是別的，只是趣味——有趣味就是美❸；趣味可以千奇百怪，美也可以各有不同；趣味和美不能只有一種，藝術的評價也就不必千篇一律；評價必須要來自感受，而感受的唯一結果便是：有沒有趣味和美不美。

文學史中的史料齊備、史識清楚，表示文學生命的自主、自立的特性已經得到肯定。但自主、自立之後，整個文學生命中留下的各種跡印，有什麼重要性或根本沒有重要性？還須要作一個論贊。這個論贊不是針對單一史料而發，而是從變動不已的歷史過程裡去爲史料確定位置，所以是史的評論，不是文學評論。文學史論和其他史論並不一樣：它可以不受任何外來的、已有的論述控制，也不會把文學現象視爲一個對立物去評判，而是先接受了這些史料、史識，再以直觀的能力去感覺它——史料既已經過科學的處理，也作過了哲學的解析，現在只須要去感覺它。從感覺中得到的感動強弱，便是評價文學高低最客觀的準則；而審美觀照之後的論贊，也就是文學生命的最高境界了！

一個人的生命歷程中，只要收集和考證，現象是必有的，但不能隨意測想和編造；能夠變動的，是解釋現象的說法；而現象是什麼和爲什麼的解釋再完美，也不能保證這些現象能夠令人心服或

---

❸　康德（Kant, 1724-1804）的「判斷力」是指「反思判斷力」而非「邏輯判斷」的「理解力」，它「批判」的是「對個別對象所起的感覺」，也就是「審美」的活動。同註❸，朱著、下冊，頁 8-10。

心儀。換句話說：你可以這樣活著，你也可以對這樣的活法提出解釋，更重要的是：你還能對這整個活命的過程有一份感動——對自己的或對別人，都是一樣：能有感動，生命便有意義和價值，而不是說這個活法要符合了外在或他人的指示和教訓，才叫有意義或有價值。尤其文學史：文學史料和文學史識固然有用，真正的要素還在史論。我們看唐詩的發展盛況，可以藉背景、活動來觀察，也可以由作品、作家及評論去發現，這些都是作史者要讓讀史者知道的部分——只要整理出來，就能知道；接著作史者要告訴讀史者的是：為什麼唐詩有此勝景？它的特色何在？則只要說得清晰明暢、合情合理，聽者自會經過思索而完全瞭解，這是文學史令人增長智慧的認識部分。但是，我們知道了唐詩，認識了唐詩，並不表示唐詩對我們有什麼意義，有什麼價值：換言之：我們知道唐詩，認識唐詩，又對唐詩增添了多少意義和價值？唐詩如果有意義，有價值，是因為大家都被唐詩感動了，覺得唐詩美、唐詩有趣味，所以都愛唐詩，都想親近唐詩，代代相傳，自然唐詩也就建立起它在詩史、文學史上的地位。可見感動對評論唐詩何其重要！然而，後人要從何處去感受唐詩的美和有趣？又如何才能感受到唐詩和其它詩的不同？答案是：文學史！只有文學史才能對唐詩的美好和高妙，有最完整的論斷；這種論斷，從知道，到認識，到感動，層層推入，條理井然，所以最能引起讀史者深刻而長久的感動；而選集、專集和詩文評只是文學史論的材料，文學史的史論才是判斷文學價值的主體。

由文學史論的重要，也連帶使我們關注到它的寫法：文學史既由直觀來，必然是審美、審趣味的；它的書寫，不應該是議論

文，而適合以描寫或抒情的筆法去引起讀史者的同鳴共感。所謂描寫、抒情，並不是針對史料的解釋，乃是指作史者抒發史論時的筆調。作史者如果不能先對文學發展的各種現象有所感動，或有感動卻也不敢、不能行之於文，那又如何能令讀史者感同身受、並進而興起一探究竟或按圖索驥的意願？請注意：大部分讀文學史的人，對文學或文學現象多不甚瞭解，所以才想靠一部史書去帶引他去知道、認識文學❸，直到被史書中描述的種種文學現象所感動，讀史的效益才算達成。至於熟悉文學或文學現象的人，當然也須要讀文學史，那就更要看史論的吸引力有多大了：因為他也許早已從選集、專集和文學批評等書籍中知道或認識了文學，若非文學史論的判斷令其心有戚戚或別有所感，他又何須耗神費力地去讀一部文學史？因此，怎樣把文學史的史論寫得生動、有神采，如何把文學生命的元氣揮灑出來❸，實在要靠作史者的修養了。

　　令人驚訝的是：大多數已有的中國文學史，並不注重藝術的表現：內容自然是千古史冊一大抄，本本一樣；形式也都是先斷代分期，每一代（期）則先概述，再依文類分述作家作品兼及文論，似乎以為能分時代、分文類，加上作品、作家的名稱及前人文論資料的引述，就算文學史最完善的形式了，並不覺得安排篇章、修辭鍊句也是形式的功夫❸。面對如此書寫而成的文學史，不禁要問：

---

❸　柯文說得正相反，認為愛好文學者已經從文集中讀到了文學的精采，所以便不用再讀文學史了，此見未免倒本為末。同註❶、柯文，頁16-18。

❸　同註❸。

❸　同註❸。

這是文學的史書嗎？文學的生命意義可以藉此而彰顯？文學的審美價值可以由此而流傳？或者我們反向思索：莫非這些作史者以爲：史料的繁瑣堆積表示考據功夫堅實？文字的平板枯燥表示史識、史論的公正客觀？當然非也！任何一部史書都是記述爲主，一下筆，已史料先行，史料自是行文的重心。但呈現史料並不只是平鋪直敘，史料一出，史識的說明和史論的描寫，都會隨之一起流出；沒有哪一本史書是把史料、史識和史論割裂成三部份而各自處理的。所以史料、史識、史論如何同時傳達而又具有吸引力，使初讀者展卷不能休，重讀者掩卷再三嘆，的確是編寫文學史的一大難題。否則，一部令人不堪卒讀的文學史，根本連教科書的實用性都不會有，想要藉它顯揚文學生命萬古不移的意義和價值，不啻緣木求魚！

陸、結語

關於「文學生命的自主、自立與自重——論文學史的涵義、效用與構成」的探討，暫此告一段落；綜合前文各節所述，可得重點如下：

（一）、文學有機性的發展，可以視爲文學生命的歷史進程。文學生命歷程中留下的種種跡印，常被散置在各式各樣的文集或文論裡，零星呈現，不成系統；要想整體觀察文學發展的真相，或全面瞭解、論贊其意義與價值，則必須藉助一部文學史才能達成。

（二）、構成文學史的要素有三：作爲主體的史料、對史料作解釋的史識以及對史料作判斷的史論。三者如同人類生命的三個層

次：活著的真況、存在的意義與價值的論斷，則豐富的史料、合宜的史識與感人的史論，實爲文學生命自主、自立以及自重的表現。

（三）、文學史的史料不能只有作家作品，必須配合文學背景、文學活動和文學評論同時並陳，相互參看；因此應以科學實證的精神多方採集，檢選分類；無論真假，取其典式性及適合者爲用，則文學生命的活力與精釆始可得見，文學史的自主性也於焉成立。

（四）、文學史的史識不是現成理論的套用，也不能以維護正統、建立一尊爲目的；而是要在合乎人性、人情的常態、常理之理則下，對各種文學現象的變化提出解釋。這種解釋必須冷靜客觀、不拘不泥、而富有哲學的思辨性，才是文學生命足以卓然自立的根本憑恃。

（五）、文學史的史論不是文學發展對錯是非的認定，也不是功過得失的批評，它只是直觀面對文學現象所得到的審美感受，是對文學生命有所認知之後最深層的感動；這種感動，才真正顯示出文學生命的最高價值：美與趣味。文學史論不必議論，唯描述文學的美與趣味之感動而已矣！

（六）、文學史的效用實與文學、歷史相同：全無功利可言。既不能垂訓，也不能資鑑，只能去思索和感覺文學生命的意義與價值，是爲文學史無用中之大用。然而，一部成功的文學史，最寶貴處也不過在令讀史者爲千古文學之不朽而感動；一部失敗的文學史，只怕連作爲考試工具之教科書亦無足取。書寫文學史之難由此可見。

總之，文學如人生，人的生命有什麼意義和價值，文學史亦

然！人的一生有用或無用，難以求證，只能感受，一部文學史亦然！但願我們能從生命的主體性去面對文學史，則文學史存廢有無等問題，庶幾可解。

講評意見

呂正惠
清華大學中國文學系

　　陳燕教授在這篇論文裡表達了她對現行許多文學史著作的不滿。她認爲文學史不應該是「擴大了的古典式文苑傳、藝文志或詩文評，也不是一部現代式的作者傳記加作者批評」。她以爲，文學史要對「文學現象有一完整之審視」，「藉以顯示文學生命的自主、自立和自重的價值所在」。

　　陳燕教授這些主要看法，本人基本上都認同。因此，我想在此之外提出一些思考以作爲補充。

　　首先，關於文學史的寫作本身，也許我們要考慮它的「實用性」。目前所能看到的文學史，絕大部分是爲了作文學史課程的教本。從「教本」的實用性而言，有時候是「不得不如此」，我們應該「同情的理解」。反過來說，現在卻很少有爲一般人閱讀而寫的中國文學史，重視可讀性與完整性，以便讓一般人對中國文學發展有一完整的印象。就此而言，我們中文系出身的專家、學者確實可以「自我反省」一下。

　　其次，真正具有嚴格學術性的文學史，必然涉及作者個人的史觀與史識問題。譬如，以五四時期的白話文學史觀來寫，跟以唯

物史觀來寫，其論述必然有所不同。就學術立場而言，我們也許應該仔細的考察各自的作者在寫作時是否有深刻的見解，或令人信服的論述。所謂文學本身的「自立、自主」，恐怕是一個很難界定的問題。就學術而言，如果我們可以看到許多不同史觀、史識的深刻的文學史著作，反而是一個可喜的現象。當然，如果以某種政治教條來決定文學史該怎麼寫，任何人都應該加以反對。

　　以上兩點是我個人簡單的補充。

元朝在中國文學史上的地位
──近期讀書筆記

呂正惠

清華大學中國文學系

　　非漢族統治中國的朝代常常在中國文學史的研究上造成一些
困難，或者讓研究者在有意無意間產生一些盲點。譬如兩晉南北朝
時期，十六國及北朝的部份幾乎只是補白，其原因除了史料缺乏、
文學沒有南方發達之外，恐怕還有「非漢文化正統傳承」的觀念在
作遂。同樣的，在現有的兩宋文學史的架構之下，遼、金兩朝的文
學除了類似附錄之外，好像並沒有找出更適當的處理方法。

　　遼、金之後的元朝在文學史上的地位可能最為尷尬了。雖然
元朝不像遼、金一樣只是「割據一方」，而是統治了全中國，但是
蒙古人「悍然抗拒漢化」的作風遠超過任何異族朝代，「九儒十
丐」的說法充分顯示他們對傳承漢族文化的代表階層的藐視，這就
足以形成特殊的「元朝文學」的觀念。再者，元朝只有短短的九十
年，時間太短了。想想看，「盛唐」文學的出現距離唐朝開國恰恰

與這個時間相當；即以宋朝來說，真正的宋代文學的形成是在真宗、仁宗之際，其時宋朝已開國四十多年了。可以說，如果有所謂「自成面目」的元代文學，當其正在形成的時候，元朝也正趨向滅亡。

這樣的結果是：我們現在對於元朝文學的一般印象，最明確的就只有「元雜劇」一項，其餘如院本、戲文、話本等民間文學，大都混稱「宋元」或「金元」。更重要的是：《琵琶記》、「荊、劉、拜、殺」四大傳奇及三國、水滸現在版本的基本面貌的形成都在元、明之際，但是並不存在如「宋元」、「金元」這樣的「元明」觀念。所以，整體來講，「元朝」在宋以後民間文學發展史上的獨特地位並未被完全突顯出來。

至於以詩、文為核心的士大夫正統文學，元朝所扮演的角色就更模糊了。很少人能夠說清楚，以虞、楊、范、揭為代表的詩、文，到底在宋代跟明、清兩代之間完成了什麼「承先啓後」的「歷史任務」。在現代學者的研究裡，在兩宋的詩、文和明中葉前、後七子以降的流派爭論中，出現了一個急需填補的「空白」，而這一「空白」的中心點就是元朝。

本人並不是研究元代文學的專家，但是，在長期講授中國文學史之後不免留下一些困惑。最近又讀到大陸學者有關司空圖《二十四詩品》真偽問題的爭辯文章，以及一些宋、元、明小說史的著作，受到一些啓發。因此藉這一次有關文學史研討會的機會，寫了這一篇「雜感式」的論文，遠說不上是「研究」，只是提出一些觀念，希望引發討論而已。

壹

　　南宋以後，中國詩學最重要的兩個發展點可能要數嚴羽《滄浪詩話》和明中葉前、後七子的復古運動。《滄浪詩話》的重要性在於：在宋詩發展盛極而衰的時候，全面性的、原則性的提出唐詩的「韻味」論，以反對宋代的「以文爲詩」。從嚴滄浪開其端，歷經元代、明初（其間最重要的代表是楊士弘《唐音》和高棅的《唐詩品彙》），最後達到前七子的復古論。這樣的發展脈絡，批評史的學者大致都可以掌握。但這一演變過程始終沒有被完全釐析清楚，以個人現在的理解來看，其關鍵就在於：大家對元代的詩及詩話不夠重視，特別是：把《二十四詩品》的歷史時間擺錯了，沒有體察到晚明文人在這方面所作的「手腳」。

　　關於在晚唐出現《二十四詩品》這樣的著作，從詩論發展史來看，是否存在著一些令人感到「不舒服」的問題，我個人相信，並非沒有人「懷疑」過。但是，《二十四詩品》的威望太高，即使有人有些疑惑，除非找到某些「鐵證」，當然也沒有人敢於公開「疑古」。

　　1996 年，復旦大學的陳尚君經過多年的查考，終於把他和汪涌豪合作的研究成果公之於世，提出《二十四詩品》非司空圖所作的看法。這一論文引起軒然大波，引發相關學者的熱烈討論。其間，精於元代詩話、詩法版本源流的張健（北京大學），從《二十四詩品》的版本流傳上對陳尚君的看法提出了強有力的佐證❶。我

---

❶　主要文章有：陳尚君、汪涌豪〈司空圖《二十四詩品》辨偽〉、陳尚君〈《二

個人覺得，這一「研究成果」，不只是對詩學史的「重寫」影響重大，它應該還要讓我們重新思考元代詩及詩論的「歷史地位」問題。

　　這裡先綜合梳理陳尚君、張健兩人的論證，簡要的加以撮述。

　　（一）現在所能見到的、最早把《二十四詩品》歸為司空圖所作的，是明末所刻的書。在此之前，「據書目全面掌握唐宋以降現存典籍，逐種披閱」，完全看不到唐、宋、元人引錄司空圖《詩品》二十四則的痕跡。就史源而論，司空圖作《詩品》一事是可疑的。（陳尚君）❷

　　（二）《詩品》二十四則原是元人詩法著作《詩家一指》的一部份，遍查《詩家一指》在明代流傳的各種版本都是如此。《詩家一指》的編撰者不知為誰，但也有題「范德機」（范梈）的。在另一種版本系統裡書名題為《虞侍書詩法》，並題「虞集撰」。不過，在這兩種

十四詩品》辨偽追記答疑〉，二文收入陳尚君《唐代文學叢考》，中國社會科學院出版社，1997；張健〈《詩家一指》的產生時代與作者〉、〈從懷悅編集本看《詩家一指》的版本流傳及篡改〉，二文附見張健編著《元代詩法校考》（北京大學出版社，2001），總題為〈元代詩法論文二篇〉；又，張健在《元代詩法校考》的〈前言〉第六節中也重新綜述此一問題。

❷　參見陳尚君《唐代文學叢考》501-504頁。

系統的現在所能見到的所有版本中，沒有任何一本注明「詩品二十四則」這一部份為司空圖作。（張健）❸

（三）崇禎年間，毛晉刻《津逮秘書》，始把《二十四品》自《詩家一指》分離出來，獨立成書，並題為司空圖所撰。毛晉的認定得到他的老師錢謙益的認可，但在同時的許學夷的《詩學辯體》和胡震亨的《唐音癸籤》中（他們兩人都熟知《詩家一指》），我們看不到承認這種認定的痕跡。（張健）❹

（四）把《二十四品》「誤認」為司空圖所作，是誤讀了蘇東坡談到司空圖時所說的「蓋自列其詩之有得於文字之表者二十四韻」那一句話。司空圖在〈與李生論詩書〉中，列舉了二十四則自己的詩作（每例兩句，共二十四韻），以說明「韻外之致」。東坡所說的「二十四韻」指的是這個，而非另有「二十四品」。（陳尚君）❺

歸納前面的論據，我們可以再簡述如下：（一）明崇禎以前的

---

❸ 簡要的說明見張健《元代詩法校考》18-22 頁，更詳細的考證參見註❶所說張健二文。

❹ 同上。

❺ 陳尚君《唐代文學叢考》447-451 頁。

所有文獻，從未引述所謂司空圖《詩品》的任何文字；（二）現行的司空圖《二十四詩品》，在崇禎以前的所有刻本中，一直是《詩家一指》的一部份，而且所有的《詩家一指》的版本從未說明「詩品」這一部份為司空圖所作。光憑文獻上的這兩點「外證」，司空圖作《詩品》的說法就很難站得住腳。

只要我們把二十四則詩品和司空圖的關係解脫開來，並且確認它是屬於元人的詩學著作，那麼，我們的眼光就會不一樣了。試看下列詞句：

> 綠杉野屋，落日氣清。脫巾獨步，時聞鳥聲。（沈著）
>
> 玉壺買春，賞雨茅屋……眠琴綠陰，上有飛瀑。（典雅）
>
> 娟娟群松，下有漪流。晴雪滿竹，隔溪漁舟。（清奇）
>
> 何如尊前，日往烟夢。花覆茅檐，疏雨相過。（曠達）

類似的詞句還有不少。以其用詞及其所表達的生活境界來看，要說它們是晚唐人寫的，總是會讓有些學者感到「不安」，只是他們還沒找到文獻證據，不敢亂說而已。陳尚君、汪涌豪的論文發表後，周祖譔表示，他在 1990 年即對晚唐能否產生這樣的作品表示懷疑；駱玉明則說，像《詩品》這樣流麗而有風韻的作品，只有元明時期才可能出現❻；這些都是可以參考的例子。

如果我們重新把「詩品二十四則」擺放在元明詩的脈絡裡，一切就顯得順暢得多。顧嗣立〈元詩選凡例〉云：

---

❻　同上，509-510 頁。

　　五言始于漢魏，而變極於唐；七言盛于唐，而變極於宋。

　　迫于有元，其變已極，故由宋返乎唐而諸體備焉。

事實上「由宋返唐」是嚴羽、元好問以後的主要趨向，所謂的「元詩」就是這種趨向的具體表現❼。不過，元詩的「學唐」，尖新、流麗、平易兼而有之，跟我們所熟讀的唐詩，在風格上是大有區別的。這只要稍微讀一下虞、楊、范、揭四大家，讀元末楊維楨，讀元末明初的劉基、高啓，都可以充分感受得到。

　　如果我們重視「二十四詩品」，那麼，就應該重新審視「二十四詩品」所由產生的那個「文學階段」。這一階段的發軔期是金、宋的後期，以元好問、嚴羽開其端，其重要主張是「由宋返乎唐」，而所謂的「元詩」，就是這一潮流的具體代表。我們現在所看到的元代詩法著作，其中有許多題為虞、楊、范、揭四大家所作。把「二十四詩品」放在這些著作的體系中來看，一切都顯得很合理而自然。那也就是說，當「詩品二十四則」重新歸於元代以後，我們應該重新重視元代的詩法著作，並由此而重新整理、爬梳元代的「宗唐」詩論的種種體系。

　　從宋、金後期開始的「由宋返唐」潮流，在這種角度下重新觀照以後，也應該把楊士弘的《唐音》和高棅的《唐詩品彙》擺在這個系統中來看。我們只要讀一讀高棅在書中所引述或提到的元人詩法著作，就可以了解其意義。

---

❼　參見顧易生、蔣凡、劉明今《宋金元文學批評史》1041 頁，上海古籍出版社，1995。

　　高棅（1350—1423）已是明朝初期的人，由此即可想到年輩
稍早於他的劉基、宋濂、高啓等人。我們試把元末明初著名文人的
生卒年條列於後：楊維楨（1269—1370）、宋濂（1310—1381）、劉
基（1311—1375）、楊基（1326—1378）、張羽（1333—1385）、高
啓（1336—1374；高、楊、張和徐賁齊名，徐生年不詳。）由此可
知，他們是幾乎同時、年齡稍有參差的三代人。當明太祖朱元璋即
帝位（1368，其時天下尚未完全統一）那一年，最年輕的高啓也已
33 歲了。按政治斷代的文學史，除楊維楨外，他們都被列入明
代。其實，他們與元四大家虞、楊、范、揭的文學關係，遠比他們
和弘治年間（弘治元年 1488，距明初 100 多年）的李夢陽、何景
明親近得多。

　　由此可知，從嚴羽、元好問開其端的、因反對宋詩而要求
「返回唐詩」的潮流，應該把由元入明的那一批文人列入其中。這
一潮流和明中葉以後興起的「復古運動」，在面目上是有極大區別
的。當然，居於這一潮流的核心的，就是所謂的「元詩」。從這一
角度來看，元朝在中國詩史上的地位應該重新加以審視，在「二十
四詩品」寫作的歷史時間予以「更正」以後，這一「要求」尤其顯
得急迫而切合需要。

貳

　　綜合前文所論，我們可以說，因爲元朝只有短短的九十年，
在文學史寫作的斷代結構下，元代詩及詩學與宋、金後期「由宋返
唐」潮流的承接性被模糊化了（這方面只有大陸多卷本的大型批評

史講得較清楚）而明初劉基、高啓、高棟等人與元詩的關係也被割斷了。在詩法著作方面，由於其中可能是最精采的《詩家一指》中的「詩品二十四則」被晚明人獨立出來，「判歸」司空圖，從而使得其他著作在入清以後備受忽視❽。在這種歷史夾縫與錯誤的歷史判斷下，元代詩及詩學本有的重要性被極大的忽視了。

這種情形，也同時出現在元代與小說的關係上。由於小說史及文學史寫作一向相沿不改的敘述方式，元代在中國小說發展史上的重大貢獻被掩沒的程度還要遠遠超過詩學。

我們先來談「話本」（即宋代說話四家裡的「小說」一項）。由於《京本通俗小說》的「偶然發現」，元代的作用長期以來一直被「宋話本」的觀念排擠掉了。

繆荃蓀於 1915 年刻印《京本通俗小說》，在跋語裡說，他所得的「舊抄本書」，「通體皆減筆小寫」，「的是影元人寫本」。鄭振鐸、孫楷第等人對「元人寫本」之說都表懷疑，但由於更著名的小說史家魯迅、胡適兩人相信，《京本通俗小說》代表宋話本的觀念就流傳開來了。

四、五十年後，馬幼垣、馬泰來兄弟及胡萬川都爲文考證過，認爲這書是繆荃蓀據明刻本僞造的❾，終於使得三十年代日本學者長譯規矩也相同的說法重受重視。大陸小說史學者雖不一定接

---

❽　元代詩法著作在入清以後的命運，請參看張健《元代詩法校考》23-25 頁。

❾　馬幼垣、馬泰來〈《京本通俗小說》各篇年代及其真偽問題〉，《清華學報》
　　新五卷一期，1965；胡萬川〈《京本通俗小說》的新發現〉，《中華文化復興
　　月刊》十卷十期，1977。

受「僞造說」，但已不相信是「元人寫本」，至少呼應了鄭振鐸「明隆慶、萬曆年間」編定看法。於是，《京本通俗小說》的版本價值掉落到連馮夢龍的《三言》都還比不上的地位❿。現在大陸的小說史已極少單談「宋話本」而遺漏「元話本」，絕大部份都是「宋元話本」合論。奇怪的是，由港、臺學者所引發的這一重大改變，卻在臺灣最受忽視。臺灣的文學史和小說史還大半維持「宋話本」而不提「元話本」，真是令人驚詫。

不過，話本的問題還沒有「講史」來得嚴重。現在大家都已公認《全相平話》五種、《三國志平話》、《五代史平話》、《薛仁貴征遼事略》是元人作品。但這些小說的文學價值都遠遠比不上《三國志演義》和《水滸傳》。然而，幾乎所有海峽兩岸的文學史和小說史都把這兩大小說放在明代來講，這實在大大的「歪曲」了歷史。

現在流傳的所有刻本的《三國志演義》和《水滸傳》都出現在明嘉靖以後，這是事實，而且可以肯定說，所有的刻本都經過明人動過手腳。但是，相同的例子，所有明刻本的元人劇本在文字上也經過明人改動，但文學史家一例稱爲「元劇」而不是「明劇」，爲什麼於《三國》、《水滸》就變成「明代小說」了呢？

大陸學者程毅中在 1998 年出版的《宋元小說研究》一書中講了兩段話，很值得文學史家深思，他說：

---

❿ 以上所述關於《京本通俗小說》的問題，參看歐陽代發《話本小說史》146-149 頁，武漢出版社，1994。

《三國志通俗演義》和《水滸》都只是明刻本，而且都有
明代人增改的痕跡。然而現在所能見到的刻本和書目、筆
記等文獻資料，都說是羅貫中或施耐庵所編撰。而所有互
相牴牾的文獻資料，有一點卻是一致的，都說施耐庵和羅
貫中是元代人。因此講元代小說不能不談到這兩部成就極
高而問題很多的傑作。

又說：

元代的文壇，在新舊交流、雅俗互補的歷史潮流中，出現
了像關漢卿、王實甫這樣的戲曲家，當然也會出現像羅貫
中、施耐庵這樣的小說家……⓫

這說明，把《三國》、《水滸》列爲「元代小說」要比列爲「明代小
說」要合理得多。而，當我們知道，元代文學不但包含元雜劇（以
關漢卿、王實甫爲代表）、包含了高明《琵琶記》和「荊、劉、
拜、殺」四大傳奇（這些作品的流傳情形類似元雜劇和《三國》、
《水滸》），而且還包含了《三國》和《水滸》；這樣，我們就可以
充分了解，「元代」在中國文學史上的地位有多重要了。

陳大康在《明代小說史》裡講了可能爲一般文學史家所熟

⓫　程毅中《宋元小說研究》407、409 頁，江蘇古籍出版社，1998。

知，但通常不會予以進一步深思的一段話，他說：

> 在那樣的時代裡（按，指朱元璋統一天下，明朝的政權逐
> 步鞏固以後），不只是小說創作陷入了蕭條狀態，其他的傳
> 統文學體裁的創作也同樣不景氣，明朝前期各種文學的優
> 秀作品幾乎都集中在元明兩朝更迭之際，便是諸體裁的創
> 作在入明以後逐步發展停滯階段的證明。❷

明初的正統文學（詩、文）的高峯是劉基、宋濂、高啓，他都是
元、明之際的人，此後經過一百餘年，才出現前七子復古運動的局
面。在民間文學方面，高明、施耐庵、羅貫中也都是生活於元、明
之間的戰亂年代，此後小說、戲曲也陷入低潮，一直要到近一百五
十年以後的嘉靖年間，才又復興。一般文學史只是分體（詩文、戲
曲、小說）的逐項敘述，常常不能把這一「大勢」指點出來。

　　陳康對於這一「大勢」背後的政治因素有極詳盡的分析。大
致說來，朱元璋不但對正統文人採取迫害、高壓的手段，並以八股
文扼殺文人的心靈；在民間文學方面，他對唱戲、說書等，也加以
嚴格管制（明成祖也如此），使得程毅中所說的元代「雅俗互補」
所產生的活力由此斷喪殆盡。❸

　　反過來看，應該說，由於蒙古人輕視漢文化、正統文人出路
不佳所造成的中國文學「異態」，是要到明朝確立其政權以後才逐
步消失的。這也就是說，劉基、宋濂、高啓、高明、施耐庵、羅貫

---

❷　陳大康《明代小說史》138 頁，上海文藝出版社，2000 年。

❸　參看前引書 125-157 頁。

中等人，與其說是明代文學的開始，還不如說是元代文學的延續
（或結束）；這是短命的元朝的餘波。至少，我們應該從這個角度
來重新看待元朝文學的發展，並把明初（實際上應該說元、明之
際）看成是它的有機組成部份，這樣，我們才能分了解元朝文學的
特性，及其在中國文學史上的地位。

講評意見

龔鵬程
佛光大學校長

　　雖然呂正惠先生之前不是這方面的專家。但是專家恐怕更不容易發現他所提出來的問題。因為專家在一個領域裡面搞太久了，視野反而頗受局限，不見得能夠發現這樣一個問題。因此我希望能夠對他的講法提供一點補充，以證成他的講法。

　　怎麼說呢？假如我們現在在讀文學史時，還在講「九儒十丐」、講元朝時候知識份子受到什麼樣的壓迫的話，那我想報告一下：目前，蒙古史、元朝史相關的研究，大概已不再會採取這麼古典的講法了。目前對元朝時候知識份子的處境，我們會重新來認定。

　　怎麼認定呢？過去錢穆錢先生寫過兩篇文章，一篇文章叫做〈讀明初開國諸臣的詩文集〉，後來又寫一篇文章叫〈續篇〉。他讀明朝初年那些大臣們的詩文集時候，有一個很重要的發現，是什麼呢？就是我們傳統上認為明太祖驅逐韃虜、恢復中華，而元朝的知識份子又受到很大很大壓抑，則驅逐韃虜、恢復中華以後，這些人他的心理狀態上應該是舒坦的；應該是個非我族類的世界已經去

除，又重新可以講中華文化、可以寫詩文且受重視的時代。但是他發現完全不是這麼一回事。這些明朝初年的大臣（包括推翻元朝且跟他的起事的從龍大臣），沒有一個人例外，都是歌頌、讚美元朝的，而對於他們明朝的風氣，卻非常不滿。錢先生覺得這是一個很特別的現象。所以他就把梳了相關的文獻，寫過這樣兩篇文章，總體討論這個狀況。他說通常我們認爲元朝是胡人政權，明朝驅逐了它以後，恢復了民族尊嚴，但其實不是這樣。尊重亡元，輕蔑新朝，已成風氣。當時爲什麼會這樣呢？因爲當時人認爲元朝時候法網寬大，跟現在不一樣。這是非常重要的原因。元朝時士人生活非常的悠遊寬裕，可以從容風雅，所以元朝儒生對他的文化，一方面有充分的文化發展空間，另外他也對他的文化非常有自信、非常自負。

後來我寫過一篇文章，發展錢先生這樣的觀點，叫做〈南北曲爭霸記〉，收在陳國球先生編的《文學史》那本書裡。我討論了當時許多文士的論點，都說我們元朝如何了不得，元朝豪傑之士難以一二數。而且三代以下文章都越來越差，到唐代以後已經不行了，宋代更爛。我元朝隆興，以渾厚之氣變之，而後文章才重新復活。這種觀點，不只在詩文上如此，曲更是如此。我們都讀過周德清的《中原音韻》，爲什麼稱爲《中原音韻》？他的命意跟元好問編《中州集》一樣，自居中原中州。且謂欲作樂府，必正言詞，欲正言詞，必宗中原之音。東南則爲衰颯之音。自北樂府出，才一洗東南習俗之陋，南方的語音、樂府以及南宋的這些詞，他們是看不起的。換句話說，當時有文章正統在元朝的意識。所以爲什麼我們看它的詩、看它的文章、書法、戲曲等，都會發現他們不再延續宋

代而要往上追，要上追到唐代以上。這是一個非常特別的狀態，如果我們對於這個情況有更多的瞭解的話，元代在中國文學史上的地位，當然就可以重新來建構。這個是順著呂先生的話繼續作一點補充的。

但是這樣的講法，還留下了一些問題需要再研究。什麼意思呢？就是說，假如金元時期，已跨過宋代往上追到唐代，那麼後面呢？到了一百年的明朝中葉以後，它又復古了。那麼這兩者之間的關係到底怎麼樣？這個部分在呂先生的論述中，並沒有具體去談。但這個問題我們必須要解決的。處在明朝中復古和金元之間的館閣體，位置和作用又如何定位？我們怎麼來看它？還有，假如說明朝中期以後的講唐詩的風氣，是從高棅這邊往下發展的，那麼它和元朝之間的關係到底是什麼？這是第一個大部分。

第二個大部分是他這篇文章分兩塊，一塊是談詩文的部分，主要是扣著〈二十四詩品〉說；另外一部份是講小說，如說水滸傳、三國演義。但是民間文學的發展，跟元朝文人的詩文發展之間，關連性到底怎麼樣？也就是說你如何幫元朝定性？它的詩文這樣，它的戲曲小說那樣，其間的關係到底如何？元曲，我們可以說他有中原意識，可是小說戲曲是否也可從這個地方來重構？譬如說三國演義，相對於宋人《資治通鑑》《通鑑綱目》，可能即有一個新的歷史意識的重構，這個部分就需要重新來討論。

第三個問題是，元朝的詩法，呂先生是摘取了〈二十四詩品〉來談，但他放掉一個很大的寶藏，就是元代對於詩法的討論。明朝有很多有關詩法的觀念，不是承接於唐代、宋代，而是從元代人講詩法談下來。譬如講起、承、轉、合這個部分。我想這個部分

恐怕可以作更多的討論，不限於只是談〈詩品〉。

　　最後要問的就是，〈詩品〉跟元代詩的關係。呂先生說整個〈二十四詩品〉放在唐代末期，我們會覺得不太順；放在元朝的時候，好像比較好。但是具體上怎麼去解釋？〈二十四詩品〉那樣一種強調「含蓄」的理論，跟元朝詩之間的關係，這恐怕就要具體講。所以，他這篇文章是一個提醒、一個說明、一個發軔、也許有待後面賡續的研究。

明初杭州府學詞人群體研究

——以酬唱詞為對象

黃文吉

彰化師範大學國文系

關鍵詞

詞史、明詞、詞人群體、杭州、酬唱、凌雲翰、瞿佑

摘　要

　　明太祖洪武初年，重視教化，興辦府州縣學，當時杭州府學網羅數位擁有一經專長之學者，為國家訓練人才，他們從事教學研究之餘，以詞酬唱，即使離開杭州府學，仍然繼續往來，形成一個詞人群體，本論文即是針對杭州府學詞人群體作研究，並以最能代表群體互動關係的酬唱詞為對象。論文首先敘述研究動機及範圍；其次介紹杭州府學及其詞人，酬唱的詞人主要有：莫昌、凌雲翰、王裕、瞿佑、桂衡等五位；接著按照酬唱詞的內容分為：詠花酬唱、題畫酬唱、書事酬唱、抒懷酬唱、祝壽酬唱等單元，詳細分析

比較酬唱詞所蘊含的情志及創作藝術技巧。最後爲結語，總論杭州府學詞人彼此酬唱的意義及其價值。由於這些詞人後來的境遇都相當淒涼，所以群體不久也就煙消雲散了。

壹、前言

　　明詞在整個中國詞史上，是最不受重視的階段。當然不容諱言的，詞到了明朝已經逐漸衰落，正如明人錢元治〈類編箋釋國朝詩餘序〉所云：「我朝悉屛詩賦，以經術程士，士不囿於俗，間多染指，非不斐然。求其專工稱麗，千萬之一耳。❶」但明詞在不受大家重視的同時，也難免有一些批評指責並不盡客觀，近代詞論家況周頤統括明詞價值時說：「明詞專家少，粗淺、蕪率之失多，誠不足當宋元之續。」但他也指出：「世譏明詞纖靡傷格，未爲允協之論。……唯是纖靡傷格，若祝希哲、湯義仍（義仍工曲，詞則敝甚）、施子野輩，僂指不過數家，何至爲全體詬病。❷」尤其明詞的作家及數量亦相當可觀❸，詞也算是明人抒發情意的重要體裁，

---

❶　錢元治：《類編箋釋國朝詩餘》，見趙尊嶽輯：《明詞彙刊》（上海：上海古籍出版社，1992 年 7 月），冊下，頁 1484。

❷　況周頤：《蕙風詞話》卷五，見唐圭璋編：《詞話叢編》（臺北：新文豐出版公司，民國 77 年 2 月）冊五，頁 4510。

❸　根據張璋編纂《全明詞》搜輯的資料，計有作者一千三百餘家，詞一萬八千餘首，其規模約與《全宋詞》相當（《全宋詞》收作者一千三百餘家，詞一萬九千餘首）。見張璋：〈聽我說句公道話——論明代的詞及《全明詞》的編

因此撰寫中國文學史者對此隻字不提，或一筆帶過，總是令人覺得有所缺憾。❹

　　洪武建國之後的明代初年，是一般公認的文學興盛時期，如馬積高、黃鈞《中國古代文學史》所云：「明初經濟得到迅速恢復和發展，又由於民族壓迫的解除，漢族文化傳統受到尊重，故元末明初文學上出現了短暫的繁榮。❺」作為明代文學一體的詞，其發展情況也隨著整個文學大勢升降起伏，所以明初的詞還是有相當不錯的成績，張璋說：「縱觀明詞的發展，大體可分為三個階段，它在整個詞史大馬鞍形之中，又出現了一個由高到低、由低到高的小馬鞍形。❻」張璋的意思是將明初和明末的詞視為明詞史的兩個高峰，明代中期則是衰落時期。但學界在論述明初的詞時，大都只舉劉基、楊基、高啓等三大家，偶而才提及瞿佑，至於明初其它詞家、或詞人間的互動關係，則鮮見論及。❼

纂〉，《國文天地》，中華民國 79 年 7 月第六卷第二期，頁 38。

❹　如劉大杰：《校訂本中國文學發展史》（臺北：華正書局，民國 66 年 5 月）、
　　馬積高、黃鈞：《中國古代文學史》（臺北：萬卷樓圖書公司，民國 87 年 7
　　月）等文學通史皆未見專章介紹明詞，即使文學斷代史如吳志達：《明清文
　　學史·明代卷》（武漢：武漢大學出版社，1994 年 3 月），對明詞也未特別
　　論述。一般詞史都只專注於唐宋金元清等朝代，明代幾乎都被忽略了。

❺　馬積高、黃鈞：《中國古代文學史》，同註❹，冊四，頁 6。

❻　同註❸。

❼　如郭揚：《千年詞》（南寧：廣西人民出版社，1988 年 8 月）、張建業、李勤
　　印：《中國詞曲史》（臺北：文津出版社，民國 85 年 8 月），論明初詞時都以

　　筆者於四、五年前，從現藏臺北國家圖書館的明抄本《天機餘錦》詞集中，發現存有許多宋金元明佚詞，除撰寫〈詞學的新發現~明抄本《天機餘錦》之成書及其價值〉一文介紹外❽，後來又將宋金元及明人詞分別輯出，加上新式標點並略作考校，寫成〈《天機餘錦》見存宋金元詞輯佚〉及〈《天機餘錦》見存瞿佑等明人詞〉二文發表❾。並且和武漢大學中文系教授王兆鵬先生合作，將《天機餘錦》全書加以校點，重新排印出版❿，使這部秘籍得以廣爲流傳。《天機餘錦》所保存的一百七十餘首明詞，都屬於明初詞家的作品，而且這些詞家大都曾在杭州府學擔任訓導，有許多詞就是他們彼此間的酬唱之作，可見當時塡詞風氣之盛。因此本文擬

　　三大家爲主；施議對介紹明初詞壇，除三大家外，也述及瞿佑，見施議對：〈明代詞〉，《中國大百科全書·中國文學》（北京：中國大百科全書出版社，1988 年 9 月），冊一，頁 560。李正輝、李華豐：《中國古代詞史》（臺北：志一出版社，民國 84 年 12 月），介紹明初詞壇較爲詳細，但只臚列許多詞家及列舉許多詞作，缺少分析，無法看出詞人的互動關係，整個詞壇介紹如同記流水帳，無法構成一個有機體。

❽　發表於《宋代文學研究叢刊》，中華民國 86 年 9 月第三期，頁 381-404。又轉載於《詞學》2000 年 4 月第十二輯，頁 122-146。

❾　二文分別發表於《宋代文學研究叢刊》，中華民國 87 年 12 月第四期，頁 233-255。及《中國書目季刊》，中華民國 87 年 6 月第三十二卷一期，頁 23-56。

❿　王兆鵬、黃文吉、童向飛校點：《天機餘錦》（瀋陽：遼寧教育出版社，2000 年 1 月）。

以杭州府學詞人爲中心，並擴及與他們酬唱的詞人，透過這樣一個特殊的文學群體，或許可以更瞭解明初詞壇狀況，由於篇幅有限，研究的範圍就界定在最能代表群體互動的酬唱詞上。

貳、杭州府學及其詞人

朱元璋以民族主義爲號召，將統治中國近百年的蒙元政權推翻，建立了明朝。建國之初，他有感於元朝不重視文教，鄙視讀書人，並深刻認識到學校教育對治理國家的重要性，於是積極發展教育事業，他曾告諭中書省臣說：「治國以教化爲先，教化以學校爲本。京師雖有太學，而天下學校未興。宜令郡縣皆立學校，延師儒，授生徒，講論聖道，使人日漸月化，以復先王之舊。❶」因此朱元璋在京師興辦太學以後，接著又採取興辦地方教育的措施。根據《明史》記載：洪武 2 年（1369）以後，「大建學校，府設教授，州設學正，縣設教諭，各一。俱設訓導，府四，州三，縣二。生員之數，府學四十人，州、縣以次減十。師生月廩食米，人六斗，有司給以魚肉。學官月俸有差。生員專治一經，以禮、樂、射、御、書、數設科分教。務求實才，頑不率者黜之。❷」至此，全國從中央到地方都設有學校，建立了完整的學校教育網絡，這種措施是前所未有的。

---

❶ （清）張廷玉等撰：《明史・選舉志》（臺北：鼎文書局，民國 72 年 11 月），卷六十九。

❷ 同前註。

　　杭州府，在南宋時，曾建爲都城，稱爲臨安府；元朝改爲杭州路，屬江浙行省❸。明太祖則設爲杭州府，領有：錢唐、仁和、海寧、富陽、餘杭、臨安、於潛、新城、昌化等九縣❹。由於杭州自然環境優美，物質條件富庶，又曾是宋南渡後的政治中心，所以成爲人文薈萃、文風鼎盛的地區。明太祖廣設學校，於是在杭州府成立府學，按照當時編制，設教授一人，從九品，掌教誨所屬生員；訓導四人，輔佐教授教誨生員❺。根據夏節〈柘軒集行述〉所載：「國朝洪武初，建立學校，招延文學老成、經明行修之士，訓迪生徒，時則典教葉居仲（廣居）、徐大章（一夔），司訓王好問（裕）、瞿士衡（佑）、莫景行（昌）、何彥恭（敬），適同其事，咸稱得人。❻」可知杭州府學設有二名教授，訓導除上述四人外，再加上〈柘軒集行述〉所介紹的凌雲翰，則有五人。由於葉廣居、徐一夔、何敬等三人未見詞作流傳，姑置之不論，以下則按生年先後爲序，介紹有詞作流傳的四位訓導。另有一位名叫桂衡者，在洪武

---

❸　（明）宋濂撰：《元史・地理志》（臺北：鼎文書局，民國 72 年 11 月），卷六十二。

❹　（清）張廷玉等撰：《明史・地理志》（臺北：鼎文書局，民國 72 年 11 月），卷四十四。及趙爾巽、柯紹忞等撰：《清史稿・地理志》（臺北：鼎文書局，民國 72 年 11 月），卷六十五。

❺　（清）張廷玉等撰：《明史・職官志》（臺北：鼎文書局，民國 72 年 11 月），卷七十五。

❻　（明）凌雲翰撰：《柘軒集》（臺北：臺灣商務印書館，民國 74 年 9 月，《影印文淵閣四庫全書》本），卷首，頁 735。

中曾擔任錢塘縣學訓導，因錢塘縣隸屬於杭州府，他又與杭州府學諸訓導關係密切，故也附在最後介紹。

一、莫昌

莫昌，初名維賢，字景行，號隱君、廣莫子。錢塘（浙江省杭州市）人。生於元大德 6 年（1302）6 月 21 日，卒於明太祖洪武 21 年（1388）之前。**⑰**

莫昌少穎悟，知爲學，長益俊邁，知治家。除替父親獨擔家務外，兼做學問，書無不讀，藝無不游。曾與張雨、張翥同門，受教於仇遠。通曉《詩・傳》，爲場屋文。延祐 7 年（1320）辦科舉，莫昌年方十九，因以前有落第經驗，寧可藏璞守身，而不願再試，以免遭受羞辱。承蒙翰林待制楊剛中舉辟，授以要職，也不爲所動。居家交友日眾，學問益富，延名師教弟及子姪輩，日與講明，以求極至。洪武 3 年（1370），建學立師，莫昌以《詩經》爲杭州府學訓導，所教者成一鄉之俊士。後爲小人所間，遂以疾辭。

莫昌待人寬厚，通佛、老，學內外丹訣，樂於下棋彈琴，收藏法書名畫古器甚多，曾編目爲《雲房玩餘集》。晚懼族譜散佚，前往祖籍吳興，搜訪故蹟，編纂《吳興莫氏家乘》。又將與諸子唱

---

⑰ 莫昌生平，見（明）凌雲翰撰：〈莫隱君墓誌銘〉，同註**⑯**，頁 844-846。但該墓誌銘只記生年，未記卒年。考雲翰於洪武辛酉（1381）以薦舉召授四川成都教授，戊辰（1388）卒於官（見《柘軒集》卷首，夏節撰：〈柘軒集行述〉）。故莫昌之卒年，應在洪武戊辰（1388）之前。

和之作〈茗溪紀行〉、及訪吳松故時所過題詠〈雲間紀遊〉、加上平日所爲詩詞等合編爲《廣莫子稿》；又有《和陶詩集》、《纂名物抄》等，惜皆失傳⓲。《全金元詞》未見收錄其詞。《天機餘錦》保存莫昌的詞計有五首，即「和桂孟平韻」的〈蘇武慢〉（山勢龍蟠）、（壁水遊歌）、（四月淸和）、（小小官稱）等四首，另一首〈蘇武慢〉（柳絮風寒），爲「題沈旻所藏雪夜泛舟圖」，雖未標注作者，因緊接在以上四首和詞之後，而在標注瞿佑的詞之前，按《天機餘錦》的體例及編輯習慣，故定爲莫氏之作。

二、凌雲翰

凌雲翰，字彥翀，別號柘軒⓳，仁和（浙江省杭州市）人。生於元英宗至治 3 年（1323），卒於明太祖洪武 21 年（1388），年六十六。⓴

雲翰早年游於程文之門，博通經史，尤潛心易理；工詞章，其詩文受知於朱仲誼，稱之爲奇士。領至正 19 年（1359）鄉薦，以路梗不及赴都，授紹興路蘭亭書院山長，不赴。教授姑蘇之常熟。高郵張士誠舉兵，退居吳興梅林村，號避俗翁。洪武初，舉杭

⓲　莫昌生平及著作，見同前註。

⓳　（明）王羽：〈柘軒集原序〉，（明）凌雲翰撰：《柘軒集》（臺北：臺灣商務印書館，民國 74 年 9 月，《影印文淵閣四庫全書》本），卷首，頁 735。

⓴　（明）夏節：〈柘軒集行述〉，同註⓰，頁 735。

州府學訓導,當同仁莫昌為小人所間以疾辭,雲翰亦繼以疾辭㉑。洪武 14 年(1381),以薦舉召授四川成都教授,在任以乏貢舉,謫南荒以卒。㉒

雲翰曾作梅詞〈霜天曉角〉一百首,柳詞〈柳梢青〉一百首,號「梅柳爭春」,韻調俱美,屬同鄉晚輩瞿佑和韻,大加賞拔,兩人遂為忘年之交㉓,唯「梅柳爭春」唱和作品並未見傳世。著有《柘軒集》,其詞收在《柘軒集》卷五,計有二十七首㉔。《天機餘錦》收雲翰詞僅〈鳳凰臺上憶吹簫〉(菊婢標名)一首,此詞亦見於《柘軒集》中。

三、王裕

王裕,字好問,山陰(浙江省紹興縣)人。生於元英宗至治 3 年(1323)㉕,卒年不詳。

㉑ (明)凌雲翰:〈莫隱君墓誌銘〉,同註⑯,頁 846。

㉒ 凌雲翰生平,見王羽:〈柘軒集原序〉、夏節:〈柘軒集行述〉,同註⑯,頁 734-736。又見瞿佑:《歸田詩話·鍾馗圖》,《詩話叢刊》(臺北:弘道文化事業公司,民國 60 年 3 月),冊上,頁 206-208。

㉓ 瞿佑:《歸田詩話·鍾馗圖》,同註㉒。

㉔ 同註⑯。

㉕ 根據凌雲翰〈畫並序〉云:「王裕好問,……則山陰人也。」及〈悼王觀用賓〉自註云:「同年好問之子。」考凌雲翰生於元英宗至治 3 年(1323),因此「同年」的王好問亦應生於是年。見同註⑯,卷一,頁 754;卷二,頁

王裕早歲融貫經史，既長，以文辭鳴。元順帝至元中，領浙江鄉薦省元（鄉試第一名），授校官。洪武初年，任杭州府學訓導。既歸，以五經教授於鄉，門徒常百餘人，工於詩文，有集若干卷。㉖

王裕的詩文集早已失傳，其詞僅存在《天機餘錦》收錄的〈鳳凰臺上憶吹簫〉（翠羽棲煙）一首。

四、瞿佑

瞿佑，字宗吉，號存齋，錢塘（浙江省杭州市）人。生於元順帝至正 7 年（1347），卒於明宣宗宣德 8 年（1433），年 87。㉗

瞿佑少時，以和凌雲翰「梅柳爭春」詞知名；又嘗作〈沁園春·賦鞋杯〉詞，呈楊維楨，大受讚賞㉘。洪武年間，任杭州府學訓導外，亦曾任仁和、臨安、宜陽等縣學訓導，累升周府右長史

791。

㉖ 見蕭良幹、張元忭等纂修：《萬曆紹興府志》（臺南：莊嚴文化事業公司，民國 85 年 8 月，《四庫全書存目叢書》影明萬曆刻本），卷三十二、四十三，頁 119、324。

㉗ 瞿佑的生卒年，陳慶浩〈瞿佑和剪燈新話〉一文（發表於《漢學研究》中華民國 77 年 6 月六卷一期），根據瞿佑晚年著作序跋所署年歲日期，推出其生年，再以年壽推出其卒年，最為可信。

㉘ 瞿佑：《歸田詩話·鍾馗圖》及《歸田詩話·香奩八題》，同註㉒，頁 206-208 及 203。

㉙。永樂間，以詩禍下錦衣獄，謫戍保安（察哈爾省涿鹿縣）10年㉚。洪熙元年（1425）釋歸，復原職，內閣辦事㉛。

瞿佑平生著述豐富，有《剪燈新話》、《歸田詩話》等書傳世。其詞集有《天機雲錦》、《餘淸曲譜》（又名《餘淸詞》）、《樂府遺音》等三種，但僅見《樂府遺音》一卷（趙尊嶽輯《明詞彙刊》本）流傳，計存詞一百一十三首，附北曲十七首。筆者除了從明抄本《天機餘錦》輯得瞿佑詞一百四十五首外，又從明淸詞選、詞話、方志、類書及筆記等搜輯到不少瞿佑詞，並作瞿佑詞校勘輯佚及板本探究，發現《天機餘錦》所收的瞿佑詞出自《天機雲錦》，《餘淸曲譜》的詞也有十餘首保存在明淸詞選等書中，去除重複，目前各書所保存的瞿佑詞約有二百七十餘首，應已接近全貌。㉜

五、桂衡

桂衡，字孟平，仁和（浙江省杭州市）人。約生於元順帝至

㉙　（清）朱彝尊：《明詩綜》（臺北：臺灣商務印書館，民國 75 年 3 月，《影印文淵閣四庫全書》本），卷二十二，頁 592。

㉚　（明）田汝成：《西湖游覽志餘》（臺北：臺灣商務印書館，民國 73 年 10月，《影印文淵閣四庫全書》本），卷十二，頁 23。

㉛　（明）郎瑛：《七修類稿》（臺北：世界書局，民國 52 年），卷三十三。

㉜　參見拙文：〈《天機餘錦》見存瞿佑等明人詞〉，《中國書目季刊》，中華民國 87 年 6 月第三十二卷一期，頁 23-56。及〈瞿佑詞校勘輯佚及板本探究〉，《國文學誌》，中華民國 89 年 12 月第四期，頁 1-30。

元 2 年（1336）之前❸❸，卒年不詳。博學能文，詩極穠麗，每一篇出，人競傳錄。洪武中，爲錢唐縣（浙江省杭州市）學訓導，遷平度州（山東省平度縣）學訓導。建文 2 年（1400）秋，權停江北五布司學校，齎印納禮部，授谷府奉祀。卒於長沙。桂衡刻意於詩，日課不輟，又喜爲小詞，善於俳諧，瞿佑極推之❸❹。桂衡任錢唐訓導時，亦曾爲瞿佑《剪燈新話》題詩，事載《歸田詩話》中❸❺。著有《桂孟平文》一卷、《紫薇稿》❸❻，皆已亡佚。詞集未見，《天機餘錦》收其詞〈蘇武慢〉四首。

參、詠花酬唱

在宋代的酬唱詞中，最爲人所津津樂道者，莫過於蘇軾與章

---

❸❸ 桂衡生年史無明載，考《天機餘錦》卷一收其〈蘇武慢〉（七十人生）詞云：「明年撚指，五十又三來到」，此詞作於山東平度州學訓導任上，因莫昌有和韻，而莫昌卒於洪武 21 年（1388）之前，故桂橫衡原唱詞亦不能晚於此年，由此上推五十二年，則約生於元順帝至元 2 年（1336）之前。

❸❹ 桂衡生平見（清）嵇曾筠等：《浙江通志》（臺北：臺灣商務印書館，民國 73 年 7 月，《影印文淵閣四庫全書》本），卷一七八，頁 12。及（清）錢謙益：《列朝詩集小傳》（臺北：世界書局，民國 74 年 2 月），乙集〈桂奉祀衡〉，頁 190。

❸❺ 瞿佑：《歸田詩話·桂孟平題新話》，同註❷❷，頁 208-210。

❸❻ （清）黃虞稷：《千頃堂書目》（臺北：臺灣商務印書館，民國 73 年 10 月，《影印文淵閣四庫全書》本），卷十七，頁 26。

粲（字直夫）的詠楊花詞，章粲以〈水龍吟〉調詠楊花，蘇軾用同
調和其韻，兩人都是借楊花以寫思婦，寄托情志。王國維《人間詞
話》評論兩人的詞說：「東坡〈水龍吟〉詠楊花，和韻而似原唱；
章直夫詞，原唱而似和韻。才之不可強也如是！」並推許東坡這首
〈水龍吟〉和韻，為詠物詞中最工**❸**。宋南渡之後，詞人詠花酬唱
風氣愈盛，最著名的是向子諲、陳與義、朱敦儒、蘇庠、韓璜、劉
邠等六人同賦木犀（即桂花），王灼《碧雞漫志》曾記其事云：「向
伯恭（子諲）用〈滿庭芳〉曲賦木犀，約陳去非（與義）、朱希真
（敦儒）、蘇養直（庠）同賦，『月窟蟠根，雲巖分種』者是也。然
三人皆用〈清平樂〉和之。……後伯恭再賦木犀，亦寄〈清平
樂〉，贈韓璜叔夏云云，韓和云云。初，劉原父（邠）亦於〈清平
樂〉賦木犀云云。同一花一曲，賦者六人，必有第其高下者。**❸**」
可見當時文人風雅之一斑。由於有這些詠花酬唱的歷史背景，明初
杭州府學詞人的酬唱詞中，也以詠花為最多，所吟詠的花計有：鳳
仙花、白蓮、梅花等三種。

一、詠鳳仙花

在《天機餘錦》卷三的〈鳳凰臺上憶吹簫〉調中，收錄有王
裕、凌雲翰、瞿佑等三人的詞各一首，皆題作「詠鳳仙花」，可見
是他們同詠一題的酬唱之作。王裕的詞寫道：

---

❸　王國維：《人間詞話》，同註**❷**，冊五，頁 4247、4248。

❸　（宋）王灼：《碧雞漫志》卷二，同註**❷**，冊一，頁 88-89。

翠羽棲煙，絳唇含露，九苞五彩斑斕。想蔫芳呈瑞，分秀舟山。疑擁雞翹鸞尾，聯舞隊、楚袖春鬟。恢穠麗，移春繡檻，結綺雕欄。　　開繁。紫簫一笛，吹嶰谷朝陽，春透人間。笑杜鵑啼血，容易凋殘。纖指搗香濃染，空誤認、紅淚凝般。須攀摘，銀絲綴粧，簪映嬌顏。

凌雲翰的詞寫道：

菊婢標名，鳳仙題品，紛紛隨處成叢。甚玉釵渾小，寶髻微鬆。依舊花分五彩，毗陵畫、總付良工。誰為伴，雞冠染紫，鴈陣來紅。　　玲瓏。英英秀質，多想是花神，剪綵鋪茸。卻易分高下，難辯雌雄。宜把守宮同搗，端可愛、深染春蔥。開還謝，從風亂飄，好上梧桐。

瞿佑的詞寫道：

露階除，晚風籬落，誰家小小亭臺。愛碎紅輕綴，嫩白微開。疑是桃花半謝，還彷彿、杏瓣雙裁。風流甚，佳人染指，著意安排。　　休猜。橐泉夢斷，多定是香魂，艷魄重來。奈玉簫聲遠，翠袖塵埋。惆悵情緣未盡，思往事、無恨傷懷。傷懷處，臙脂淚痕，滴滿青苔。

鳳仙花，為一年生草本植物，花多側垂，單生或數朵簇生葉腋，花色繁多，有白、粉、紅、紫、雪青等類，花形優美，宛如飛鳳，頭翅尾足俱全，其紅花加明礬搗爛可染指甲，故又稱「指甲

花」，另外也稱「金鳳花」、「小桃紅」、「急性子」等❸。王裕、凌雲翰、瞿佑一起用〈鳳凰臺上憶吹簫〉這個詞調，來歌詠像鳳凰的鳳仙花，調名與題材相呼應，可見選調之用心。三首詞的韻腳不同，因此並不屬於和韻之作，可能三人相約，用同調吟詠鳳仙花。觀察三首詞，在體物方面，都能夠將鳳仙花的特色描繪出來，如王裕開頭寫道：「翠羽棲煙，絳唇含露，九苞五彩斑爛」，寫鳳仙花像鳳凰般五彩繽紛的花色，是從鳳仙花的「鳳」字而來，其次針對「仙」字著墨，說它想要「分秀舟山（在杭州灣東南的島嶼）」，開給神仙欣賞。接著寫滿園穠麗的鳳仙花，疑似成群結隊拿著雞翹鸞尾跳舞的舞女，想像力相當豐富。凌雲翰開頭以「菊婢標名，鳳仙題品」，凸顯花名的強烈對比，由於有人視此花為花卉的下品，稱之為「菊婢」，也有人欣賞它，品題為「鳳仙」。儘管它「玉釵渾小，寶髻微鬆」，有點「菊婢」的味道，但「花分五彩，毗陵畫、總付良工」，又充滿「鳳仙」的光彩。上片結尾除以「紫」、「紅」寫其豔麗色彩外，更以「雞」、「鴈」相伴，強化了「鳳」為群鳥之首的地位。瞿佑開頭則寫鳳仙花所處位置不起眼：「露階除，晚風籬落，誰家小小亭臺」，也表示鳳仙花不受人重視，但作者特別欣賞它「碎紅輕綴，嫩白微開」，美妙的花形花色；並且用具體的譬喻：「桃花半謝」、「杏瓣雙裁」，來加以形容。

　　王裕、凌雲翰、瞿佑三人除了刻劃鳳仙花的形色之外，對於它的功用——染指甲，也都有所著墨。如王裕寫道：「纖指搗香濃

---

❸　參見張秉成、張國臣主編：《花鳥詩歌鑒賞辭典》（北京：中國旅遊出版社，1992 年 12 月），頁 295。

染，空誤認、紅淚凝殷」，凌雲翰寫道：「宜把守宮同搗，端可愛、深染春蔥」，瞿佑也寫道：「風流甚，佳人染指，著意安排」，三首詞的寫法雖然有別，但顯現鳳仙花可以染指甲的目的則一。由於鳳仙花像鳳凰，〈鳳凰臺上憶吹簫〉調名，又是由蕭史教弄玉（秦穆公女）吹簫引鳳凰成仙的典故而來，所以典故融入詞中乃屬自然之事，如王裕寫道：「紫簫一笛，吹嶰谷朝陽，春透人間」，瞿佑寫道：「橐泉夢斷，多定是香魂，艷魄重來。奈玉簫聲遠，翠袖塵埋」，「橐泉」為秦穆公的宮殿名，「紫簫」、「玉簫」很明顯都和蕭史典故有關。凌雲翰雖沒有用蕭史典故，但他在詞末寫道：「開還謝，從風亂飄，好上梧桐」，則用《莊子·秋水》所云鳳凰非梧桐不棲的典故，以凸顯鳳仙花有如鳳凰般的高貴。因此，三人都擅長借用典故以擴充詠物的內涵，增進文字典雅之美。

　　唯在詠物之中，三人所透露出來的情志，似乎有所不同，王裕詞末寫道：「須攀摘，銀絲綴粧，簪映嬌顏」，希望女子把鳳仙花摘下，插在頭上，可以和嬌顏輝映，似寓有珍惜青春之意。凌雲翰用《莊子·秋水》典故，寫鳳仙花即使謝了，也要隨風飄上梧桐，表現了至死堅持品格不變之用心。瞿佑在三人中最年輕，感情特別強烈，所以借用蕭史、弄玉情緣，抒發感觸，寫道：「惆悵情緣未盡，思往事、無恨傷懷」，感傷的氣息相當濃厚。

二、詠白蓮

　　凌雲翰的《柘軒集》卷五中，有一首〈木蘭花慢〉，題作：「賦白蓮和宇舜臣韻」，全詞如下：

悵波翻太液，誰留住，蕊珠仙。向水殿雲廊，玉容花貌，
幾度爭鮮。人間延秋無計，掩霓裳、猶憶舞便娟。畫裡傾
城傾國，望中非霧非煙。　　　鴈飛不到九重天，水調謾流
傳。奈花老房空，蒍存心苦，藕斷絲連。西風環珮輕解，
有冰絃、誰復記華年。留得錦囊遺墨，魂消古汴宮前。

《天機餘錦》卷一也收錄瞿佑的一首〈木蘭花慢〉，題作：
「次韻于舜臣先輩題金故宮白蓮」，全詞如下：

問前朝舊事，曾此地，會神仙。記羅襪凌波，霓裳舞月，
無限芳鮮。韶華已隨流水，嘆人間、無處覓嬋娟。喚醒三
生舊夢，還魂誰爇香煙。　　　淡妝照影水中天。畫筆巧難
傳。奈默默無言，依依有恨，愁思相牽。淒涼廢臺荒沼，
縱芳菲、終不似當年。好伴汴宮楊柳，一般憔悴風前。

瞿佑的《樂府遺音》一卷本另收有一首〈木蘭花慢〉，題作：
「金故宮太液池白蓮」，雖然首尾數句相同，但其他文字皆異，韻
字也不一樣，題目也就沒有「次韻于舜臣先輩」等字眼，因此應以
《天機餘錦》收錄為準，探討他與凌雲翰次韻于舜臣的情形。于舜
臣之姓，《柘軒集》作「宇」，由於姓「于」者較常見，故從《天機
餘錦》作「于」。于舜臣的生平不詳，凌雲翰除這首〈木蘭花慢〉
和其韻外，在《柘軒集》所有詩文中，並沒有發現兩人交游的蛛絲
馬跡。但從瞿佑稱他為「先輩」，知此人的年歲輩份應不亞於凌雲
翰。

于舜臣的原唱詞雖已失傳，但從凌雲翰、瞿佑的和韻詞觀

之，他應是藉吟詠金故宮太液池白蓮，抒發朝代興廢陵替之感。
于、凌、瞿三人以白蓮爲酬唱吟詠對象，就塡詞發展史而言，是可
看出其脈絡。在南宋末年，都城臨安遭元軍攻破後，皇室、宮人都
被擄北上，當時有一位宮人王昭儀（名清惠），曾以〈滿江紅〉題
一詞於汴京夷山驛中，詞開始寫道：「太液芙蓉，渾不似、舊時顏
色。」即藉著南宋宮苑的白蓮，抒發亡國之恨，故上片又寫道：
「忽一聲、鼙鼓揭天來，繁華歇。」下片另寫道：「千古恨，憑誰
說？對山河百二，淚盈襟血。」此詞一出，全國傳誦，當時有高度
民族氣節之士人，如文天祥、鄧光薦、汪元量等，均有和作❹。宋
亡之後，詞壇詠物風氣極爲興盛，有一群遺民如：王沂孫、周密、
張炎、陳恕可、仇遠及唐珏等，共十一人，曾於詞社集會中，分詠
五物，借詠物之詞以寓寫家國之恨，後來這些詞編爲一集，名曰
《樂府補題》。在歌詠的龍涎香、蟬等五物中，其中之一就是白蓮
❹。基於以上的歷史文化背景，宮中白蓮就如洛邑黍離，寓有亡國
之悲。

　　凌、瞿兩人的和韻詞，都將白蓮擬人化，並且運用楊貴妃的

---

❹　王清惠作〈滿江紅〉詞事，載於（宋）周密《浩然齋雅談》卷下，見唐圭璋
　　編：《詞話叢編》（臺北：新文豐出版公司，民國 77 年 2 月）冊一，頁 229-
　　230。有關當時人的和韻，參閱繆鉞：〈論王清惠滿江紅詞及其同時人的和
　　作〉，《詞學古今談》（臺北：萬卷樓書公司，民國 81 年 10 月），頁 113-
　　122。

❹　佚名編：《樂府補題》，（明）吳訥：《唐宋元明百家詞》（臺北：廣文書局，
　　民國 60 年 5 月），冊一。

典故，如：「掩霓裳、猶憶舞便娟」、「畫裡傾城傾國」、「霓裳舞月，無限芳鮮」等，這和唐玄宗稱讚楊貴妃為「解語花」的典故有關。根據五代王仁裕《開元天寶遺事‧解語花》載：「明皇秋八月，太液池有千葉白蓮數枝盛開，帝與貴戚宴賞焉。左右皆歎羨，久之，帝指貴妃示於左右曰：『爭如我解語花？』」由於這則故事，使白蓮成為楊貴妃的化身，楊貴妃的美貌及悲慘命運，也正如亡國之後的宮中白蓮，詞人在感嘆朝代興亡之時，故常將兩者融合在一起。

　　凌、瞿兩人既然都是和于舜臣的韻，所以韻腳除了下片「連」和「牽」稍有出入外，其他都亦步亦趨，完全吻合；內容也都以「題金故宮白蓮」為中心，藉詠白蓮抒發興亡之感。只不過凌雲翰在人情與物理的結合上，較為細密，如「奈花老房空，蒫存心苦，藕斷絲連」數句，透過蓮的特徵，表現人的感情，有一語雙關之妙。而瞿佑則在藉物抒情方面，顯得特別強烈，如結尾：「淒涼廢臺荒沼，縱芳菲、終不似當年。好伴汴宮楊柳，一般憔悴風前」數句，寫白蓮依舊，宮廷已非的悲涼，透人肌骨。

三、詠梅花

　　杭州府學詞人中，以莫昌的年歲最長，輩份最高，他曾受教於仇遠。仇遠字仁近，號山村民，學者稱山村先生。錢塘（浙江省杭州市）人。生於宋理宗淳祐 7 年（1247），咸淳間以詩名，與白珽並稱「仇白」。元初隱居於錢塘，曾與王沂孫、周密、唐玨等人，於餘閒書院以〈齊天樂〉賦蟬，抒發亡國之歎，收入《樂府補

題》中。元大德 9 年（1305），嘗爲溧陽教授；後改杭州知事，尋罷歸，優游湖山以終❷。其詞集名《無絃琴譜》，《全宋詞》收其詞一百二十首。由於凌雲翰與莫昌交遊，並同爲杭州府學訓導，對平日所崇拜的先輩詞人仇遠❸，認識當然更加深刻，也因此有追和仇遠的詞作產生。仇遠在《全宋詞》中有一首〈雪獅兒〉詠梅，全詞如下：

> 武林春早，乘興試問孤山，枝南枝北。見說椒紅初破，芳苞猶綠。羅浮夢熟。記曾有、幽禽同宿。依稀似、縞衣楚楚，佳人空谷。　　嬌小春意未足。甚嬌羞，怕入玉堂金屋。誤學宮妝，紛額蜂黃輕撲。江空歲晚，最難是、舊交松竹。忒幽獨。笛倚畫樓西曲。

凌雲翰的《柘軒集》卷五中，也有一首〈雪獅兒〉，題作：「賦梅和仇山村韻」，即是追和仇遠這首詠梅詞，全詞如下：

> 蹇驢破帽，知是幾度尋春，山南山北。惆悵亭荒仙遠，苔枝空綠。村醪正熟。爲花醉、何妨留宿。春光似、怕人冷落，先回空谷。　　瀟灑生意自足。有高標，不厭矮籬低

---

❷　仇遠生平事蹟見柯劭忞：《新元史》（臺北：臺灣開明書店，民國 51 年），卷二三七，〈文苑傳·吾邱衍傳〉。

❸　據凌雲翰〈莫隱君墓誌銘〉云，兩人交遊始於至正 19 年（1359）鄉舉。在此之前，凌雲翰因莫昌嘗學詩於仇遠，曾從外叔祖想求見莫昌，卻未果。可見他對仇遠之景仰。同註 ⓰，頁 846。

屋。與雪相期，側耳隔窗蟲撲。晚晴縱步，又還信、一枝篰
竹。莫嫌獨。月在畫闌東曲。

《天機餘錦》卷四收有一首瞿佑的〈獅兒詞〉，題作：「詠梅花仇山
村韻」，也是追和仇遠這首詠梅詞，全詞如下：

凌寒向暖，問底事、一種春風，自分南北。堪愛□間么
鳳，羽衣渾綠。相看面熟。記夢裏、羅浮同宿。傷心處、
當年別後，幾遷陵谷。　　　一笑相逢意足。便竹籬茅舍，
何須金屋。弄蕊攀條，幾度暗香飛撲。歲寒耐久，只除
是、後凋松竹。莫嫌獨。好與共論心曲。

除了凌雲翰、瞿佑兩首追和之詞外，仇遠的三位得意弟子之
一、後來棄家為道士的張雨（另二位即：張翥、莫昌），也有一首
〈獅兒詞〉，題作：「賦梅次仇山村韻」，《全金元詞》（冊二、頁
913）有收。可見仇遠這首詠梅詞深受門弟子喜愛，所以影響所
及，使凌雲翰、瞿佑也特別欣賞而追和這首詞。兩人的和韻詞，韻
腳和仇遠原唱完全吻合，唯瞿佑和詞第二句較原唱多一個字，觀察
張雨的和詞第二句作：「便句引、游騎尋芳」，和瞿佑相同，因此這
一句應該可以有這樣的作法。並且張雨和瞿佑的調名皆作〈獅兒
詞〉，大概當時是《雪獅兒》的別名。凌雲翰、瞿佑的和韻詞，結
尾倒數第二句皆作：「莫嫌獨」，顯示出兩人的追和並非個別行為，
而是有彼此之連繫。

詠梅的文學創作固然可溯自《詩經》，但梅花的廣被喜愛則始
於宋人。黃大輿曾編《梅苑》十卷，將唐代至南北宋間之詠梅詞輯

爲一集。《四庫全書總目提要・梅苑》云：「昔屈宋遍陳香草，獨不
及梅，六代及唐篇什，亦寥寥可數。自宋人始重此花，人人吟詠。
方回撰《瀛奎律髓》，於著題之外，別出梅花一類，不使溷於群
芳，大興此集，亦是志也。**❹** 」宋人喜愛梅花，尤其生逢亂世之文
人，更欣賞梅花不畏冰雪之特性，與人品之節操相結合，而大加歌
頌。仇遠的原唱詠梅，當然脫離不了鄉前輩林逋的影響；林逋不求
名利，隱居西湖孤山，不娶無子，植梅蓄鶴以自伴，人稱「梅妻鶴
子」**❺**。所以仇遠開始即用林逋典故云：「武林春早，乘興試問孤
山，枝南枝北。」接著又用了許多與梅花相關的典故，如「羅浮夢
熟」，用趙師雄過羅浮山遇梅花仙女的故事**❻**，「誤學宮妝」，用壽
陽公主梅花妝的故事**❼**等，文筆典雅，但全詞主要在表現梅花的孤

---

❹ （清）永瑢等：《合印四庫全書總目提要及四庫未收書目禁燬書目》（臺北：
　　臺灣商務印書館，民國 60 年 7 月），冊五，頁 4458-4459。

❺ （宋）阮閱：《詩話總龜・隱逸》（臺北：臺灣商務印書館，民國 74 年 12
　　月，《影印文淵閣四庫全書》本）。

❻ 《太平御覽》卷九七〇引《宋書》：「武帝女壽陽公主，人日臥于含章簷下。
　　梅花落公主額上，成五出之華，拂之不去，皇后留之。自後有梅花粧，後人
　　多效之。」按：今本《宋書》無此文。

❼ 舊題（唐）柳宗元：《龍城錄・趙師雄醉憩梅花下》（臺北：臺灣商務印書
　　館，民國 74 年 6 月，《影印文淵閣四庫全書》本）載，隋代趙師雄過羅浮
　　山，天寒日暮，在酒肆遇一淡妝素服女子，芳香襲人，語言極清麗，與之對
　　飲甚歡。酒醒後發覺自己「乃在大梅花樹下，上有翠羽啾嘈相須（顧），月
　　落參橫，但惆悵而爾」。

高特質，以凸顯作者人格之高潔。凌雲翰的和韻，比較少用典故，更直接歌頌梅花：「瀟灑生意自足。有高標，不厭矮籬低屋」，與人品的連繫則愈發明顯。瞿佑的和韻不僅與原唱密切呼應，如「記夢裏、羅浮同宿」同用趙師雄過羅浮山的典故，「歲寒耐久，只除是、後凋松竹」與原唱「江空歲晚，最難是、舊交松竹」，都是根據「歲寒三友」的說法而來。此外，瞿佑與凌雲翰的和詞，也有相應之處，如「一笑相逢意足。便竹籬茅舍，何須金屋」，很顯然是從「瀟灑生意自足。有高標，不厭矮籬低屋」及原唱「甚嬌羞，怕入玉堂金屋」融化而來，但瞿佑的和詞將梅品與人品結合更加緊密，如結尾：「莫嫌獨。好與共論心曲」，詞人和梅花可以對話，而不覺孤獨了。

肆、題畫酬唱

　　文學與藝術關係至爲密切，所以詩、書、畫被合稱爲「三絕」。詩與畫的結合由來已久，題畫詩也是中國詩歌史上的一項特色。或謂題畫詩產生於兩晉南北朝，成型於唐、五代，發展於宋、金、元，鼎盛於明、清，延續於近、現代[48]。元末明初題畫詩相當興盛，試觀凌雲翰《柘軒集》卷一至卷三所收的詩中，大半都是題畫詩可見一斑。同爲詩歌一體的詞，似乎也隨著題畫詩的腳步發展出題畫詞來。凌雲翰《柘軒集》卷五所收的詞中，即有一首「詠梨

---

[48]　張晨：〈中國題畫詩發展的歷史線索〉，《中國題畫詩分類鑑賞辭典》（瀋陽：遼寧美術出版社，1992 年 6 月），頁 609。

花鳥圖」的〈滿江紅〉（誰寫瓊英），瞿佑的題畫詞更為可觀，無論《樂府遺音》或《天機餘錦》所收，都有相當的數量。因此，文人一同賞畫、評畫，乃至於一起題詩、題詞的風雅情事自然就產生了。

　　《天機餘錦》卷一收有莫昌的一首〈蘇武慢〉，題目作「題沈旻所藏雪夜泛舟圖」，同卷又收有瞿佑的一首〈水龍吟〉，題目也作「題沈旻所藏雪夜泛舟圖」，卷二則另收有一首〈清平樂〉，作者尚難確定❹，題目也作「題沈旻所藏雪夜泛舟圖」，三首詞雖不同調，但題目一字不差，可見是三首詞的作者共同題畫酬唱之作。茲依次錄出這三首題畫酬唱詞，先錄莫昌的〈蘇武慢〉：

> 柳絮風寒，梨花雲暖，一片日光新霽。獨木橫橋，小溪流水，認得探梅竹處。泛泛遍（應作「扁」）舟，啞啞鳴艣，何必子猷同趣。傍彎碕、那箇人家，有酒有詩堪住。
>
> 近書來、報說松醪，就煨松火，來趁此時容與。飲待微

---

❹　《天機餘錦》收錄〈蘇武慢〉、〈水龍吟〉雖未標示作者，但因緊接在莫昌、瞿佑詞之後，依《天機餘錦》的體例，同作者則不再標示，故可斷定為兩人作品。〈清平樂〉因接在張炎詞之後，而《天機餘錦》收的張炎詞均未超出《全宋詞》收錄範圍，故此詞不可能是張炎佚詞。又因〈清平樂〉與〈蘇武慢〉、〈水龍吟〉都是同題酬唱之作，故個人認為應是杭州府學訓導如：凌雲翰、王裕等所作。有關考證，參閱拙文：〈《天機餘錦》見存金元佚詞析論〉，宋元文學學術研討會會議論文，東吳大學中文系主辦，民國90年12月15、16日。

醮,吟成新調,自按自歌隨意。愛我家童,驚他座客,偏是巧能言語。道前村、昨夜青山,都在白雲堆裏。

次錄瞿佑的〈水龍吟〉:

晚來一陣嚴寒,凍雲深鎖前山翠。是誰試手,雕瓊鏤玉,縱橫交墜。落鴈汀洲,尋梅村塢,一般明媚。對良宵如此,故人何在,忍姑負,天家瑞。　　幸有扁舟堪載,到前頭、往來隨意。來時乘興,歸時盡興,自誇高致。吟聳鳶肩,困盤鶴膝,癡頑無睡。想鄰舡笑倒,漁翁被底,醺醺沉醉。

再錄〈清平樂〉:

故人何處。雪壓溪橋路。一葉扁舟乘興去。滿眼暮雲春樹。　　行行意思闌珊。歸時漏盡更殘。笑殺風流老子,愛他一夜嚴寒。

題目中的畫作收藏者「沈旻」,生平不可考,大蓋是莫昌等人的朋友,喜歡收藏字畫,所以藏有〈雪夜泛舟圖〉。由於莫昌本身是書畫古器物的收藏家,瞿佑也是擅長題畫詞的藝術鑑賞家,因此他們見到名畫會砰然心動,於是在欣賞名畫之後,相約以此為題而寫下這些題畫詞,從中也抒發了自己的觀感。

莫昌等三人所題的畫既然是〈雪夜泛舟圖〉,而史上最著名的

「雪夜泛舟」，莫過於王徽之乘舟冒雪夜訪戴逵的故事❺⓪，所以三首詞都以這個典故爲基礎，分別寫出自己的看法。莫昌的〈蘇武慢〉詞是將將自己融入畫中，以第一人稱寫雪夜乘舟拜訪朋友的過程。詞省略了雪夜泛舟這段，開始就直接從天亮寫起，作者已來到朋友的住處。依照典故，王徽之乘興泛舟訪戴逵，到了門前，即興盡而返，並沒有登門造訪，但作者反用典故，不認同王徽之的作法，說：「何必子猷同趣」，並說：「傍彎碕、那箇人家，有酒有詩堪住」，認爲朋友是「有酒有詩」的雅士，不僅應該拜訪，而且可以住下來跟他飲酒作詩。更何況他最近曾來信邀請，趁松醪酒熟的時刻，一面喝酒，一面烤火，可以很從容悠閒。作者終於在朋友家喝到微醺，隨意作曲唱歌，相當盡興。最後結尾寫到家童，他語驚四座：「道前村、昨夜青山，都在白雲堆裏。」意思是說家童善於譬喻，把前村的青山，經過一夜降雪，現在白雪皚皚，說成是在白雲堆裡。這樣的結尾也真是語驚四座，不僅以家童的文化素養來襯托自己，更因爲家童的話，作者訪友的前段過程：「雪夜泛舟」才有著落，換言之，作者直到最後才不留痕跡地將題旨點出，手法可說高明之至。

　　瞿佑的〈水龍吟〉詞，則根據畫意「雪夜泛舟」與王徽之典故加以鋪寫，上片描繪夜晚降雪的明媚景象，面對如此良宵，因而

───────────────

❺⓪　《世說新語·任誕》載：「王子猷（徽之）居山陰，夜大雪，眠覺，開室命酌酒。四望皎然，因起徬徨，詠左思〈招隱詩〉，忽憶戴安道（逵）。時戴在剡，即便夜乘小船就之，經宿方至，造門不前而返。人問其故，王曰：『吾本乘興而行，興盡而返，何必見戴？』」

興起了拜訪故人的念頭。下片進一步描寫雪夜乘舟訪友，並將典故的主要意涵「乘興而行，興盡而返」加以點出，但瞿佑並不認同子猷的做法，所以緊接著說「自誇高致」，意思是說這種做法太過造作，只為了贏得「高致」的美名而已。後面又指出，與其如此辛苦受凍蜷縮無法入睡，只為了得到虛名，倒不如像鄰船漁翁在被裡醺醺沉醉還比較自然，因此詞末以漁翁笑倒沉醉被裡作結，見解新奇，頗為有趣。

〈清平樂〉是一首篇幅較短的小令，作者只是按照典故正面吟詠，典故說王徽之「乘興而行，興盡而返」，所以上片云：「一葉扁舟乘興去」，下片云：「行行意思闌珊。歸時漏盡更殘」。另外「滿眼暮雲春樹」，則是出自杜甫〈春日憶李白〉詩：「渭北春天樹，江東日暮雲」，表示對友人的思念。最後結尾說：「笑殺風流老子，愛他一夜嚴寒」，凸顯「雪夜泛舟」的老子，是多麼風流灑脫、特立獨行，與世俗的品味不同。

比較這三首題畫酬唱詞，〈清平樂〉只是重複敘述畫境，別無新意，莫昌與瞿佑則用翻案的寫法，否定王徽之「乘興而行，興盡而返」是「高致」的行為，莫昌表現在與朋友吟詩暢飲歡聚的實際行動上，瞿佑則表現在鄰船漁翁的嘲笑上，雖各有千秋，還是莫昌的寫法較為自然親切，尤其沒有直接描寫「雪夜泛舟」，不受畫意牽絆，直到詞末方才點出，這種不即不離的表現手法，似乎又比瞿佑高出一籌。

伍、書事酬唱

　　《天機餘錦》所收的酬唱詞中，以桂衡〈蘇武慢〉四首的回響最爲可觀，計有：莫昌、瞿佑、王達等三人和韻❺❶，共塡了十二首詞，連原唱合計的話，則高達十六首，可見這次酬唱情況之熱烈。

　　桂衡原唱題作「膠湄書事」，根據《天機餘錦》卷一收瞿佑和詞第一首題云：「次桂孟平膠湄書事韻四首，蓋爲平度州（山東省平度縣）訓導日所作也。」可知是桂衡從錢塘縣學遷到山東平度州學訓導後所作，約作於洪武 21 年（1388）之前❺❷。桂衡來到山東工作，將自己的生活狀況及感受寫成一組四首聯章體的詞，或寄給過去在杭州時的朋友，或在回京後送給朋友，因此這些朋友也用聯章體寫詞與之酬答和韻。爲了討論方便，先將桂衡原唱〈蘇武慢〉四首聯章體一併錄出：

---

❺❶　王達（字達善）四首〈蘇武慢〉和詞，原未標示作者，雖之前的同調〈蘇武慢〉（清露晨流）爲張雨詞，依編者體例似爲張雨的作品，但桂衡原唱是山東平度州學訓導任上所作，考桂衡任平度州學訓導是在洪武中至建文 2 年（1400）之間。而張雨卒於元至正 13 年（1350），不可能在此時與桂衡唱和，故此四首詞決非張雨所作。王兆鵬根據《歸田詩話》，謂與瞿佑、桂衡交游的友人尚有「亦好作詞」的「鄰堂王達善」，又和詞中作者自稱與桂衡「居止相鄰，東西咫尺，只隔數家庭院」，故疑此四首即王達所作（見〈詞學秘籍《天機餘錦》考述〉，《文學遺產》1998 年第五期，頁 48-49），其說言之有據，今從之。

❺❷　桂衡四首〈蘇武慢〉的創作時間，見同註❸❸。

（一）

七十人生，明年撚指，五十又三來到。去鄉漸遠，子炒妻
煎，只得自寬懷抱。一領青衫，數莖白髮，消不過這枚紗
帽。改幾篇、者也之乎，怎地便稱訓導。　　這些時、那
討風流，也無花草，落得耳根聒噪。架上詩書，人前言
語，常是七顛八倒。草地茫茫，風沙陣陣，春夏秋冬枯
燥。破天荒、寫箇詞兒，說與故人知道。

（二）

聞說登萊，魂飛目斷，怎想這回親見。大風忽起，走石飛
沙，塵土滿頭滿面。關說東西，屋分南北，小小道堂僧
院。更休提、旅店民居，一色土床蒲薦。　　到人家、抬
上卓兒，展開箔子，便就露天筵宴。酒必雙鐘，殽無兼
味，勸了又還來勸。日晏晴波，天寒煖炕，婦女男兒休
辨。渴來也、待喝口茶湯，把後睡前村尋遍。

（三）

從離錢塘，自來年度，早又三回重午。前年旅邸，舊載病
鄉，今歲謝天容與。酒浸荼蘼，茶煎茉藜，除是夢中仍
睹。且收將、艾葉青青，試教癡兒縛虎。　　憶當時、新
浴蘭湯，淺斟蒲醑，彩袖翩翩雙舞。獻壽歸來，餘歡猶
在，新月一鉤當戶。蕎聽西湖，錦雲深處，風度數聲金
縷。怕夜涼、睡煞鴛鴦，小舟撐回南浦。

（四）

自笑生來，幾時曾慣，居住這般房舍。屋簷數尺，土壁四傍，只好露天過夏。出戶低頭，入門強項，常是躬恭如也。更當門、安個鍋兒，客至旋燒草把。　　那裏討、壁上梅花，窗前脩竹，小小松房瀟灑。一陣風來，屋前屋後，掃了又生土苴。莫要安排，休教戾契，到處隨鄉入社。任九年、考滿歸時，人道先生村野。

　　桂衡年過半百，遠離故鄉，只為訓導這頂烏沙帽，加上山東生活環境艱苦，心情難免鬱悶，但作者個性開朗，並沒有一味沉溺於悲情，反而運用通俗詼諧的筆調自我解嘲，呈現出詞中鮮有的幽默感，瞿佑推崇他「善於俳諧」，由這四首「膠湄書事」即可印證。第一首敘述自己來到山東當訓導的無奈，及在此偏遠地區生活的無聊，所以忍不住第一次提筆填詞向老朋友傾訴。第二首進一步描述山東自然環境及生活條件之惡劣，另也寫出民風淳樸及人情味濃厚之一面。第三首細述離開錢塘之後，三個端午節的過節情況：前年住在旅館，去年得思鄉病，今年已從容自得，喝酒飲茶，教小孩做艾虎。以此代表三年來的生活歷程，第一年旅途勞頓，第二年為鄉愁所困，直到如今第三年才獲得適應。但作者還是念念不忘過去在故鄉過端午節的歡樂情景，表示仍然心繫故鄉。第四首又詳細描寫居住房舍之低矮簡陋，但他已經能順應自然，入鄉隨俗，最後以九年任滿變成「村野」的自我調侃作結。整組詞在描繪環境惡劣及居住簡陋，文字淺白生動，如：「草地茫茫，風沙陣陣，春夏秋多枯燥」、「大風忽起，走石飛沙，塵土滿頭滿面」、「更休提、旅店

民居，一色土床蒲薦」、「屋簷數尺，土壁四傍，只好露天過夏」
等，好像是從口中自然說出，卻使人強烈感受到作者身處山東荒隅
之艱困，而產生無限同情。但作者的詼諧個性，也使原本不如意的
題材變成輕鬆許多，如：「出戶低頭，入門強項，常是躬恭如也」、
「任九年、考滿歸時，人道先生村野」等，化解了抑鬱低沉的氣
氛，使人破涕爲笑。

　　莫昌的四首和韻，除了韻腳遵照桂衡原唱亦步亦趨外，在內
容上是否有所呼應？試觀莫昌和韻第一首：

> 山勢龍蟠，石頭虎踞，自喜老年重到。燕子人家，鳳凰臺
> 榭，依舊大江縈抱。薦藝天官，登明國子，隨例綠衫烏
> 帽。朔望須朝，陰晴不阻，行路要人扶導。　　　到春深、
> 寒食梨花，清明楊柳，處處鶯啼雀噪。花半開時，柳爭垂
> 處，映水綠斜紅倒。塵軟風香，泥融雨細，好景最宜晴
> 燥。可怜情、草色青青，長遶玉街馳道。

　　相對於桂衡原唱的通俗諧謔，莫昌的和韻就顯得高雅許多
了。莫昌寫的是來到京城－金陵的生活情況，詞開始數句就以典故
帶出金陵這個地方。「山勢龍蟠，石頭虎踞」，典出諸葛亮對金陵形
勢的讚語。「燕子人家，鳳凰臺榭」，則分別用劉禹錫與李白描寫有
關金陵的詩句[53]。並且原唱寫山東環境「也無花草」、「草地茫茫，

---

[53]　《太平御覽》卷一五六引晉張勃《吳錄》：「劉備曾使諸葛亮至京，因睹秣陵
　　（即金陵）山阜，嘆曰：『鍾山龍盤，石頭虎踞，此帝王之宅。』」「燕子人

風沙陣陣，春夏秋冬枯燥」，極為荒涼，而和韻剛好相反，寫金陵春天花木扶疏，「鶯啼雀噪」、「塵軟風香，泥融雨細，好景最宜晴燥」，多麼引人入勝。所以莫昌和韻與原唱無論文字或題材都有很大的差異，兩者的風格基本上是不同的。但這並不妨礙兩人的感情交流，原唱寫在山東的工作情形：「改幾篇、者也之乎，怎地便稱訓導」，和韻也寫在金陵的上班情況：「朔望須朝，陰晴不阻，行路要人扶導」，兩人互吐苦水，而且原唱在結尾云：「破天荒、寫箇詞兒，說與故人知道」，這是對老友平日關懷的回應，和韻在結尾則說：「可憐情、草色青青，長遶玉街馳道」，意思是說看到已綠的青草，可是卻未見您這個王孫從馳道歸來，表示對故人的無限思念。因此就題旨而言，和韻呼應原唱是相當成功的。

莫昌這四首詞除了與桂衡原唱呼應外，從中也反映出明朝建都之後，金陵太平繁華的景象，如第二首（壁水遊歌）寫宴會歡娛的景況：「誰家、柳館簾開，梨園樂奏，報道洗粧春宴。笑語聲中，歡娛隊裏，半醉半醒相勸。握槊探闌，從人賭勝，道二爭三難辨。」第三首（四月清和）更直接歌頌所目睹的太平盛況：「上國繁華，中年壽數，幸太平今睹。望金陵、鬱鬱蔥蔥，五彩氣成龍虎。」這應該都是符合史實的。

另外，莫昌的性格及人生態度，從詞中也可以很清晰的勾勒出來，如第三首（四月清和）寫道：「傍竹軒窗，依山屋舍，樂得

家」，語出劉禹錫〈烏衣巷〉詩：「舊時王謝堂前燕，飛入尋常百姓家。」「鳳凰臺榭」，語出李白〈登金陵鳳凰臺〉詩：「鳳凰臺上鳳凰遊，鳳去臺空江自流。」

閑身天與」、「待明朝、禪裓初成，詠歌相趁，同去浴沂雩舞」，第四首（小小官稱）寫道：「茶盞招呼，詩筒賡和，只此過冬經夏」、「料今生、半是疏慵，半是老來山野」等，都在在顯示作者淡泊名利，追求自由自在、與世無爭的生活。所以莫昌這四首詞雖是和韻，內涵還是相當充實的。

接著介紹王達的和詞。王達，字達善，無錫（今江蘇無錫）人。洪武中，舉明經，除國子助教。永樂中，擢翰林編修，遷侍讀學士❺❹。能詞，有《耐軒詞》傳世，見吳訥編《唐宋元明百家詞》中❺❺。《天機餘錦》所收的四首〈蘇武慢〉和詞，《耐軒詞》並未見。王達的和詞應作於建文 2 年（1400）之後，也就是桂衡從山東返南京任谷府奉祠時，出示舊作給國子助教瞿佑、王達等人，才引發瞿、王的和韻❺❻。相對於莫昌的曠達灑脫，王達的和詞則有較多

---

❺❹ 王達生平，見錢謙益：《列朝詩集小傳》，乙集〈王讀學達〉，頁 176。同註❸❹。

❺❺ （明）吳訥編：《唐宋元明百家詞》（臺北：廣文書局，民國 60 年 5 月），冊八，收《耐軒詞》共十六調、二十四首詞。

❺❻ 瞿佑《歸田詩話》云：「庚辰（建文 2 年，1400）歲秋，權停江北五布司學校，予在河南，孟平（桂衡）在山東，各齎學印，赴禮部交納。孟平訪予於大中街旅社，相見甚歡。予置酒，出〈紀行返棹編〉示之，孟平贈詩，有：『江湖得趣詩盈卷，故舊忘懷酒滿樽』之句。予後授太學助教，孟平授谷府奉祠，寄小詞，末句云：『捲起綠袍袖，舞個大齋郎』，鄰堂王達善助教，亦好作詞，見之大笑，喜其善謔也。」從這一段記載，及瞿、王兩人和詞內容都與京城生活有關，可知和詞應作於桂衡返京之後。

的不滿牢騷。茲舉第二首爲例：

> 君昔錢塘，我曾吳下，因甚不曾相見。傾蓋都城，歡然如故，難比等閑生面。居止相鄰，東西咫尺，只隔數家庭院。君未老、我已龍鍾，同領王門之薦。　　秀才家、慣受清貧，官微祿薄，喫飯便同開宴。主僕三人，朝餐晚膳，一飽不須人勸。畫鳳描龍，從他真假，誰敢強詞分辨。但天公、雖說公平，雨露尚難周遍。

　　王達一方面寫與桂衡的相識經過，兩人雖相見恨晚，但也慶幸能在都城一見如故，而且更難得的又是鄰居，同在王門當官。另一方面則寫生活的清苦，呼應桂衡在山東的艱困日子，詞末更以天公的雨露不均，諷刺朝廷之用人不公。像這樣的牢騷愁悶，在其他三首也處處可見，如第一首寫道：「故舊無人，後生可畏，箇箇錦衣花帽。長安市、冠蓋相望，誰是謝安王導」，意謂後生晚輩善於鑽營，個個飛黃騰達，京城冠蓋雲集，可是有誰像謝安、王導一樣真正的人才呢？作者旨在批評朝廷所用非人。第三首則自顧自憐寫道：「早歲容顏，如今嘴臉，羞向鏡中重睹。可憐人、一片雄心，猶待罾蛟捕虎」，是說自己懷才不遇，形容憔悴，本有屠龍之雄心壯志，如今卻落得要去捕捉蛟虎，比喻有高超的才能，卻要降格以求，等待機會，這是多麼可悲！所以第四首寫京華倦客的無奈與愁悵：「千里無家，一身爲客，吾未知之何也。過西風、幾度重陽，愁折黃花滿把」，最後並以一生求爲世用卻貧苦交迫的孟郊嘲笑作結：「是如何、又出山來，笑殺孟郊東野」，意謂自己的遭遇連孟郊

都不如，真是狼狽。

瞿佑與桂衡同回京城，當了太學助教，他並沒有還朝的喜悅，與王達一樣，四首〈蘇武慢〉和韻詞中，也有許多牢騷要發洩，如第一首：

> 北去南來，山長水遠，果是這番親到。投老還朝，微官薄俸，依舊遺經獨抱。贏得人呼，杜陵野客，一樣寒驢破帽。便幾回、隔水臨花，卻也無人引導。　　鬧穰穰、逐隊隨群，車塵馬足，滿耳市聲喧噪。雙袖龍鍾，一鞭搖曳，泥滑隄防跌倒。朝罷還家，柴門反閉，仍更硯乾筆燥。縱然間、吟就詩篇，那得知音稱道。

瞿佑寫自己南北漂泊，好不容易來到京城，只當了小官，薪俸微薄，即使滿腹經綸，卻和杜甫一樣落魄。眼睜睜看到人家出門前呼後擁，無限風光，自己孤伶伶地散朝回家，獨鎖在房內作詩，可是得不到知音稱賞。全詞吐露自己空有才能，沒有獲得賞識的不滿情緒。但瞿佑不同於王達的滿腹愁悵，倒是比較能夠自我超脫，第二首便寫道：「是和非、掃去腦中，置諸膜外，對酒便宜開宴」，並以東坡檃括陶淵明〈歸去來辭〉為〈哨遍〉詞作結：「筭從來、為米折腰，好箇東坡哨遍」，表示自己的清高，不與世俗同流合汙。第三首則寫自己蹉跎歲月，誤了與家人共處時間，而勾起思鄉情懷。第四首順著這股思鄉情懷，寫道：「自古儒流，做成底事，要甚之乎者也。悔當初、不學兵機，辜負龍泉一把」，對自己鑽研儒術，不受重用，再次表示感慨之外；同時也以如何抽身，歸隱田園作

結：「一曲滄浪，數間茅屋，老圃老農同社。共交遊、有意相尋，笑指錢塘之野」，準備回到錢塘家鄉，過著與世無爭、逍遙自在的生活。

總括四人的酬唱詞，就文字而言，桂衡原唱最爲通俗詼諧，王達亦淺白流暢，而莫昌與瞿佑則較爲典雅，尤其莫昌描寫京城春日風光，特別引人入勝。四人的筆調雖然有所差異，但都能將自己的生活處境娓娓道來，並抒發感觸，所以不能因爲是酬唱之作而等閒視之。

陸、抒懷酬唱

《天機餘錦》卷二收有一首瞿佑的〈風入松〉，題作「次韻貝廷琚助教寄凌彥㳸迷懷之教」，貝廷琚，即貝瓊，崇德（浙江省桐鄉縣）人。生於元仁宗延祐元年（1314），卒於明洪武 11 年（1378），年六十五。貝瓊四十八歲始領鄉薦，值元末戰亂，退居殳山。洪武 3 年，應聘預修《元史》，既成，受賜歸。6 年，授國子助教。9 年，改官中都國子監，教勳臣子弟。洪武 11 年致仕。著有《貝瓊集》，集中有〈送王好問赴春官〉、〈送凌彥沖（㳸）歸杭〉等詩[57]，可見他與杭州府學詞人有所交往。《明詞彙刊》收其《清江詞》計十五首。貝瓊這首「迷懷之教」，調名也是〈風入

---

[57] 貝瓊生平，見全明詩編纂委員會：《全明詩》（上海：上海古籍出版社，1994年 9 月），冊三，頁 556，作者小傳。〈送王好問赴春官〉、〈送凌彥沖（㳸）歸杭〉詩，分別見《全明詩》頁 594、630。

松〉,《明詞彙刊》有收,茲錄之如下:

> 踏槐猶記伴兒童。今日總成翁。十年不到西湖路,輕孤
> 負、秋月春風。回首桃花水遠,傷心燕子樓空。　　倡條
> 冶葉自西東。何處託流紅。繁華夢斷愁多少?都分付、鸚
> 鵡栖中。莫問今來古往,倚樓閒送飛鴻。

貝瓊將詞寄給凌雲翰之後,凌雲翰也和了一首,見收在《柘
軒集》卷五,茲錄之如下:

> 誰教齒豁更頭童。從喚作衰翁。惜花已自因花瘦,況飄
> 零、萬點隨風。須信人生如夢,休言世事皆空。　　紫騮
> 嘶過畫橋東。猶記軟塵紅。重來綠遍西湖路,消魂是、杜
> 宇聲中。經眼倚樁飛燕,傷心照影驚鴻。

瞿佑大概看了這兩詞之後,也跟著和韻,即《天機餘錦》所
收的這首〈風入松〉:

> 招呼舞女與歌童。追逐訪花翁。逢春便好簪騰醉,何須
> 更、怨雨愁風。萬事回頭盡錯,百年撚指成空。　　古人
> 只有大江東。幾度夕陽紅。將身躍上崑崙頂,觀人世、九
> 點煙中。寄謝紛紛燕雀,那知黃鵠蒼鴻。

貝瓊的原唱感慨韶光易逝,年華老去,對世事的變化莫測,
充滿著無奈與愁悵,但最後他借酒以擺脫悲情,並看透人生的無
常,說道:「莫問今來古往,倚樓閒送飛鴻」,正如蘇軾〈和子由澠

池懷舊〉所云：「人生到處知何似，應似飛鴻踏雪泥。泥上偶然留指爪，鴻飛那復計東西。」貝瓊以悠閒自在的態度倚樓送飛鴻，表示他已經能以平常心來看待古往今來的流轉變化，不再執著於無謂的世事紛擾之中。

凌雲翰的和韻很特別，並不完全呼應原唱對人生世事的看法。他認同貝瓊對人生短暫的感觸，卻不認為世事皆空。所以他重新來到春天已過的西湖，面對曾經擁有的美好事物，仍然無法忘情，使他陷入極端的痛苦中。詞末「經眼倚粧飛燕」，化自李白〈清平調〉：「可憐飛燕倚新粧」，「傷心照影驚鴻」則化自陸游〈沈園〉：「傷心橋下春波綠，曾是驚鴻照影來」，李、陸詩句原是指唐玄宗寵愛的楊貴妃及陸游難忘的前妻唐琬，凌氏以兩個悲劇女主角借指無法忘情的美好事物，當然更加黯然銷魂，難以看透虛空了。

瞿佑的和韻也相當特別，他跳脫貝、凌兩人對人生短暫的感傷，而以及時盡情歡樂來取代哀愁，不讓有限的生命留下遺憾。並且他對古人只知感慨「大江東去」、「幾度夕陽紅」，頗不以為然，認為只要將自身躍上崑崙山頂，俯瞰天下九州也只不過是九點煙而已，換言之，就是人應該以超脫的態度來看待人生世事，不須斤斤計較。所以他用「燕雀安知鴻鵠之志」的典故，嘲諷那些心胸狹小的人，是無法瞭解胸襟廣闊的人所認識的人生。

貝、凌、瞿三人分別以詞來表達對人生的感受與看法，彼此有相同呼應之處，也有自己獨特的體悟，這樣的酬唱詞已經擺脫一般的虛應故事，其價值是不容抹煞的。

柒、祝壽酬唱

　　《明詞彙刊》本《樂府遺音》收有瞿佑一首〈漁家傲〉，題
作：「壽楊復初先生」，詞末並有註云：「復初以村居自號，凌先生
彥狪壽以〈漁家傲〉詞。復初從而和之，邀予繼和。按此詞舊譜皆
以仄聲起，歐公呼范文正為『窮塞主』之詞，首句所謂『塞上秋
來』者正此格也。他如王荊公之『平岸小橋千嶂抱』、周清真之
『幾日春陰寒惻惻』、謝無逸之『秋水無痕清見底』、張仲宗之『釣
笠披雲青嶂繞』，亦皆如是。今二公起語以平聲易之，予迫於酬
和，不敢有違，特著於此，以俟知音者詳云。凌詞云云，楊和韻云
云。**⑱**」楊復初，名明，錢塘人，與凌雲翰交遊唱和**⑲**，凌氏《柘
軒集》有多首詩即為楊明所作，如〈墨菊為楊復初賦〉、〈己未端
四，復初以村居述懷及午日書事見示，因次其韻〉、〈南山紀事詩為
楊復初賦〉等皆是**⑳**。楊明的作品多已失傳，僅有瞿佑這則紀事所
載的〈漁家傲〉和詞流傳。凌雲翰為楊明祝壽的原唱在今存的《柘
軒集》並未收，茲根據《樂府遺音》所載，錄之如下：

　　　采芝步入南山道。山深宛似蓬萊島。聞說村居詩思好。還

---

⑱　此則祝壽酬唱紀事，楊慎《詞品》卷六（見同註**❷**，冊一，頁 528）、田汝成
　　《西湖游覽志餘》卷十二（見同註**㉚**，頁 449）皆有收錄。

⑲　凌雲翰《柘軒集》卷一〈畫并序〉云：「王謙自牧、楊明復初……皆錢塘人
　　也。」夏節〈柘軒集行述〉云：「（雲翰）飲酒不過多，朋友至者，則必與傾
　　倒盡歡。雅善張昱光弼、王謙自牧、宋祀授之、楊明復初……。」見同註
　　⑯，頁 754，及頁 736。

⑳　同註**⑯**，頁 762，頁 794，及頁 816。

被惱。蒼苔滿地無人掃。　　載酒亭前松合抱。客來便許同傾倒。玉兔已將靈藥搗。秋意早。月華長似人難老。

楊明的和韻亦錄之如下：

當時承望求仙道。那知薄命如郊島。留得殘生猶自好。多懊惱。塵緣俗慮何時掃。　　子已成童無用抱。醉眠任使和衣倒。今歲砧聲秋未搗。涼氣早。看來只懼中年老。

瞿佑的和韻也一併錄出：

喜來不涉邯鄲道。愁來不竄沙門島。惟有村居閒最好。無事惱。苔階竹徑頻頻掃。　　有酒可斟琴可抱。長年擬看三松倒。臼內靈砂親自搗。歸隱早。朝廷未放玄真老。

　　楊明築室南山，以村居自號，因此凌雲翰的祝壽詞先以楊明的居家環境寫起，並將南山比喻為仙島，開頭就已顯示祝壽之意。接著推崇楊明的詩才與好客，同時也以「蒼苔滿地無人掃」隱含楊明的懷才不遇。結尾配合壽辰秋天時節，以玉兔搗靈藥再祝福楊明長生不老，回歸壽詞本意。

　　楊明的和韻一方面呼應原唱，訴說自己懷才不遇，如薄命的孟郊、賈島；另方面則自我安慰，幼子已經成童，比較沒有負擔，可以暢飲無虞。最後也以生辰正逢秋涼，寫出對年華老去的憂懼。

　　瞿佑的和韻對楊明退隱南山表示肯定，首兩句認為人不在官場，可以免除像邯鄲夢般的升官之喜，也沒有被流竄到沙門島（在山東省蓬萊縣西北海中，宋元時流放罪犯之地）的憂慮。接著誇讚

隱居的悠閒生活，如此必能長壽勝過松樹（作者以看到松樹倒下比喻人之長壽，因為松樹長青不老，松樹倒下則要歷時長久）；並以親自搗靈藥祝福楊明長生不老，詞意切合祝壽主題。結尾則又轉而替楊明太早歸隱感到惋惜，想朝廷應該不會讓他就這樣在江湖中老去，將來一定會再重新起用他。

凌、楊、瞿三人的酬唱，除在內容上彼此互相呼應外，根據瞿佑自註所云，可知他對平仄非常留意，明明知道凌、楊的首句與舊譜不合，並舉許多前人作品來印證自己的說法，但為了酬和，他還是遵照凌、楊的作法。瞿佑所指的首句應以仄聲起，檢查《全宋詞》收的兩百六十多首詞，並無一首例外❻，可見宋人的格律確實如此，由此也凸顯出瞿佑填詞態度之嚴謹。

捌、結語

明初設立杭州府學，網羅了一批飽學之士為國家訓練人才，雖然府學的教育內容是儒學，訓導也都是擁有一經專長之學者，但從他們的酬唱詞觀察，這些訓導在從事教學研究之餘，還是相當熱愛文學，彼此以詞為應酬工具，共同詠花、題畫，或書事、抒懷，祝壽時亦不忘唱和，由此可見當時填詞風氣之盛。

杭州府學詞人群體就現存的酬唱詞觀之，以凌雲翰、瞿佑的酬唱最為頻繁，換言之，此一詞人群體是以凌、瞿兩人為中心，結

---

❻　根據高喜田、寇琪編：《全宋詞作者詞調索引》（北京：中華書局，1992 年 6 月）所列〈漁家傲〉兩百六十多首的首句，全部都是仄起，無一首例外。

合一些喜歡填詞的同仁、朋友而成。從唱和的對象也可看出詞壇傳承的蛛絲馬跡，杭州府學詞人以莫昌的輩份最高，他曾受教於宋末元初《樂府補題》作家之一的仇遠，凌雲翰、瞿佑亦有詞追和仇遠，可見兩人對仇遠之景仰，凌雲翰又是瞿佑的長輩，極為欣賞瞿佑的才華，經常唱和，因此我們可約略看出：仇遠→莫昌→凌雲翰→瞿佑這樣的傳承關係。

杭州府學成立，莫昌、凌雲翰、王裕、瞿佑等人因緣際會在一起從事教育，除了王裕是山陰人不屬於杭州府外，其他或為錢塘人、或為仁和人，都隸屬杭州府，因此杭州府學詞人群體有其地緣關係。如桂衡雖未任教於杭州府學，但由於他是仁和人，又曾擔任錢塘縣學訓導，所以很自然地會與莫昌、瞿佑等人唱和。楊明是錢塘人，中年即歸隱，歷任職位不詳，他與凌雲翰、瞿佑有詞唱和，應該也是地緣關係。

杭州府學詞人的酬唱詞，就內容而言，以詠花酬唱最多，這應該承繼自南宋以來詞壇喜歡結社詠物的風氣；題畫酬唱則與當時題畫詩的興盛有密切關係；書事、抒懷、祝壽等酬唱，作者都能將個人的生活經歷、思想懷抱、生命體悟等融入其中，藉詞吐露心曲，使深層的情志得以交流，故不能因為是應酬文字而等閒視之。

就形式而言，有的是以不同調又不和韻的方式共詠一個主題，如莫昌、瞿佑等人的題畫酬唱即是；有的是以同調不和韻的方式共詠一件事物，如王裕、凌雲翰、瞿佑等人以〈鳳凰臺上憶吹簫〉詠鳳仙花酬唱即是；而最常見的是以同調和韻的方式共詠一個主題，如凌雲翰、瞿佑以〈木蘭花慢〉次韻于舜臣題金故宮白蓮；莫昌、王達、瞿佑以〈蘇武慢〉次韻桂衡膠湄書事等皆是。他們酬

唱所選用的詞調，有時亦可見其用心，如以〈鳳凰臺上憶吹簫〉詠鳳仙花，調名和內容相當切合。和韻時不僅韻腳用字亦步亦趨，有的詞人還注意格律的吻合，如瞿佑次韻凌雲翰祝賀楊明的壽詞，明知首句的格律與舊譜不符，但為了和韻完整，寧願失律也不敢逾越，可見酬唱態度之嚴謹。

杭州府學詞人酬唱固然顯現明初填詞風氣之盛，但遺憾的是這些詞人的遭遇都相當不幸，如莫昌遭小人所間，不得不以疾為由辭去訓導職位；凌雲翰基於義憤，亦跟隨莫昌辭職，後來雖獲召為成都教授，卻又以在任乏貢舉，謫南荒而卒。王裕晚年遭喪子之痛❷，離開杭州府學訓導之後，教授終老於鄉。瞿佑的境遇也很悲慘，永樂間，以詩禍下錦衣獄，謫戍保安十年。其他與杭州府學詞人交游酬唱者，如桂衡到山東偏遠的平度州任訓導，飽受風沙之苦，楊明懷才不遇，有如孟郊、賈島，因而中年歸隱。在如此惡劣的處境下，這個詞人群體最後也隨著物換星移而煙消雲散了，他們的作品也大多亡佚失傳，所幸《天機餘錦》的收錄保存，我們大致還可以重回文學現場，體會當時杭州教育界以詞酬唱盛況之一斑。

---

❷ 凌雲翰《柘軒集》卷二有一首題〈悼王觀用賓〉，題下註云：「同年好問之子」，詩中對王裕晚年喪子表示哀悼。見同註⓰，頁 791。

講評意見

包根弟

輔仁大學中國文學系

　　黃教授的大作〈明初杭州府學詞人群體研究——以酬唱詞爲對象〉。這些詞人都見於《天機餘錦》詞集中，關於《天機餘錦》黃教授已發表一系列的大作，都有深入的論證，特出的見解，使這部隱藏多時、不爲人知的詞學總籍，得以爲詞學界認識，黃教授的貢獻實在很大。〈明初杭州府學詞人群體研究——以酬唱詞爲對象〉這篇大作，個人認爲有以下幾點特色：

一、這篇大作分爲兩大部分，第一部份：首先介紹「杭州府學及其詞人」，詞人共有莫昌、凌雲翰、王裕、瞿佑、桂衡等五人。第二部份介紹酬唱詞的內容，計分：詠花酬唱詞（包括詠鳳仙花、詠白蓮、詠梅花三項）、題畫酬唱、書事酬唱、抒懷酬唱、祝壽酬唱等五類。綱目清晰，層次分明。

二、本文論述各類酬唱詞的內容，除說明各家詞中的義涵外，又能比較個人詞中思想情感的異同。如文中說：「唯在詠物之中，三人所透露出來的情志，似乎有所不同，……」後面黃教授即舉詞句以證。可謂探討深入。

三、本文引用資料豐富，資料出處都敘述得十分詳盡，可見黃教授治學態度之嚴謹。

以上都是個人十分敬佩之處，但我也有些小問題，就教於黃教授。

一、「杭州府學詞人群體」如何界定？既然題目限定為「杭州府學」一地，文中又擴及非任職杭州府學之其他酬唱詞人，如王達等人，是否適當？

二、本文「結語」說「莫昌、凌雲翰、王裕、瞿佑等人因緣際會在一起從事教育。」而「摘要」說「當時杭州府學網羅數位擁有一經專長之學者，為國家訓練人才，他們從事教學之餘，經常以詞酬唱，形成一個詞人群體。」可見黃教授認為莫昌、凌雲翰、王裕、瞿佑、桂衡五人，是在同一時期任職杭州府學。但細看文中各人的生平介紹，可發現莫昌為杭州府學訓導在洪武3年，後為小人所間，遂以疾辭。凌雲翰在「洪武初，舉杭州府學訓導，當同仁莫昌為小人所間以疾辭，雲翰亦繼以疾辭。洪武14年，以薦舉召授四川成都教授。」以上敘述可證莫、凌二人去職當在洪武14年以前。而瞿佑卻在洪武中任杭州府學訓導，桂衡亦在洪武中任錢唐縣學訓導。洪武共31年，因此當瞿、桂二人任職時，可能莫、凌兩人已去職。故諸人酬唱之作似乎不可能同在杭州府學所作。除非能確切知道酬唱詞之寫作年代，加以印證。

三、本文研究主要只在酬唱詞之內容方面，如能再探討酬唱詞之寫作特色，及其在明初詞壇之成就、地位，當可使本論

文更具有價值。

桐城文派社群考察

姚振黎

中央大學中國文學系

關鍵詞

桐城文派、桐城三祖、姚門四弟子

摘　要

　　桐城文派興起於康熙大治之時，發展於雍乾盛世，並於嘉道以後大張派幟，使天下爲之側目。桐城派以凝鍊明暢之文風，卓立於清代文壇，成爲中國散文史上作家最多、歷時最長、影響最大之文學流派。五四新文學運動興起，錢玄同諡之曰「桐城謬種」，陳獨秀批判桐城三祖方、劉、姚與明前後七子，及桐城派尊奉之歸有光，並稱爲「十八妖魔」，又謂桐城文內容「希榮譽墓」，「無病呻吟」，形式則「搖頭擺尾，說來說去，不知道說些什麼。❶」全面予以貶抑。

---

❶　《新青年・第二卷・第六號》。

本文擬藉此一文派之緣起、傳衍、發展、遞變、衰微，以文獻原典爲依據，思想理論與創作實例並陳，析論桐城文派社群得以歷時二百餘年，幾與清王朝同興衰、相終始之因，自地域環境、人際氛圍、文學思想、文統文論探究之，敘中有論，述中有評，對形成此一文學社群及其在歷史之貢獻與影響，予以實事求是之評價，以爲吾人研究文學流派與社群，甚或文學發展之參考。

桐城文派之得名，係因先驅者戴名世、創始者方苞、發揚者劉大櫆、集大成者姚鼐、傳播者方東樹、劉開、姚瑩、吳汝綸、馬其昶、姚永樸、姚永概，均爲安徽桐城人。乾隆 42 年（1777），姚鼐作〈劉海峰先生八十壽序〉借程晉芳、周永年之口曰：「天下文章，其出於桐城乎？❷」又光緒 5 年（1879），李鴻章曰：「今天下古文者必宗桐城。❸」無論「天下文章，其出於桐城」，抑或「天下古文必宗桐城」，均未明言「派」，正式以「桐城派」旗號名之者，始見於道、咸年間曾國藩曰：

> 乾隆之末，桐城姚姬傳先生鼐善爲古文辭，慕效其鄉先輩方望溪侍郎之所爲，而受法於劉君大櫆及其世父編修君範。三子既通儒碩望，姚先生治其術益精。歷城周永年書

---

❷　姚鼐著、劉季高標校：《惜抱軒文集·卷八·壽序》（上海：古籍出版社，1992 年 11 月，頁 114）。本篇徵引《惜抱軒詩文集》均以此版本，後註不復開列出版者、出版時，僅著頁碼。

❸　《惜抱軒遺書三種·序》。

昌為之語曰：「天下之文章，其在桐城乎！」由是學者多歸
向桐城，號「桐城派」，猶前世所稱江西詩派者也。❹

　　雖姚永樸謂以派別稱之乃「起於鄉曲競名者之私，播於流俗
之口。❺」又被稱為「桐城的嫡派」❻之林紓，以「生平未嘗言派
而服膺惜抱者，正以取徑端而立言正。❼」永樸與琴南所言適足以
見證桐城文派之「端」「正」，此蓋與其地域環境、人際氛圍、文學
思想、文論美學❽關係至密。

壹、桐城文派社群之地域環境

一、山水奇絕，形成自然雅潔文風

　　陸機〈文賦〉以為觀察萬物與鑽研古籍、懷抱高潔同為文學

---

❹　《曾國藩全集・詩文・歐陽生文集序》（長沙市：岳麓書社，1995 年 12 月，
　　頁 245-246）。

❺　《文學研究法・卷二・派別第八》（臺北：廣文書局，民國 51 年 8 月初
　　版）。

❻　《胡適古典文學研究論集》頁 109。

❼　《畏廬續集・與姚叔節書》，見朱羲冑述編：《春覺齋著述記》合刊（民國叢
　　書第四編，民國叢書編輯委員會編，上海：上海書店，1992 年）。

❽　此處「美學」二字，援引：吳小林《中國散文美學・緒論》（臺北：里仁書
　　局，民國 84 年 7 月）。

創作之要件，苟欲「謝朝華於已披，啓夕秀於未振」，完美書寫事物，必須「籠天地於形內，挫萬物於筆端。」眼目所見、身心所感之自然景觀，與作品內容修辭、文章體制風格密不可分。又《文心雕龍·物色》論文學作品與自然景物之關係，亦謂「物色之動，心亦搖焉，微蟲猶或入感，物色相召，人誰獲安？……山林皋壤，實文思之奧府，屈平所以能洞監〈風〉、〈騷〉之情者，抑亦江山之助乎！」桐城爲山水奧區，姚鼐曰：

> 夫黃、舒之間，天下奇山水也。鬱千餘年，一方無數十人名於史傳者。獨浮屠之儁雄，自梁、陳以來，不出二三百里，肩背交而聲相應和也。其徒徧天下，奉之爲宗。豈山川奇傑之氣有蘊而屬之邪？夫釋氏衰歇，則儒士興，今殆其時矣！[9]

惜抱將「天下文章，其出於桐城」歸諸桐城在黃山、舒城之間，「天下奇山水」，「山川奇傑之氣有蘊而屬之」，正與桐城文派先驅者戴名世所云：「余性好山水，而吾桐山水奇秀，甲於他縣。[10]」所見相同。桐城文一改晚明竟陵文體之幽深孤峭、艱澀怪僻，矯公安之清真、俏雋，既不以華靡相尚，亦不以浮詞或假古董爲高，將古文導入自然純樸、清正雅潔。戴名世嘗曰：

---

[9] 《惜抱軒文集·卷八·壽序·劉海峰先生八十壽序》頁 114。

[10] 戴名世著、王樹民編校：《戴名世集·卷十·數峰亭記》（北京：中華書局，1986 年 2 月，頁 283）本篇徵引《戴名世集》均以此版本，後註不復開列出版者、出版時，僅著頁碼。

竊以謂天下之景物，可喜可愕者不可勝窮也，惟古之琴師
能寫其聲，而畫史能貌其像，至於用之於文則自余始。當
夫含毫渺然意象之間，輒擬為一境，以追其所見。其或為
海波洶湧，風雨驟至，瀑瀉巖壑而湍激石也；其或為山重
水複，幽境相通，明月青松，清冷欲絕也；其或為遠山數
點，雲氣空濛，春風淡蕩，夷然脩然，遠出於塵外也；其
或為江天萬里，目盡飛鴻，不可涯涘也；其或為神龍猛
虎，攫挐飛騰，而不可捕捉也；其或為鳴珂正笏，被服雍
容；又或為含睇宜笑，絕世而獨立也。凡此者，要使行墨
之間彷彿得之。故余之文章，意度各殊，波瀾不一，不可
以一定之阡陌畦徑求也。**⓫**

　視自然景觀為創作源泉；為文之道在於「率其自然而行其所
無事」**⓬**。清初宰相、桐城人張英亦曰：

桐城山秀異，而平湖瀠洄曲折，生斯地者，類多光明磊落
之士，餘入仕版，每於巖廊，見海南耆宿，必曰而桐士
也。端重嚴格，不近紛華，不邇勢利，雖歷顯仕，登津
要，常欿然若韋素者，此桐城諸先正家學也。新進之士於

⓫　《戴名世集·卷四·意園制義自序》頁 123-124。

⓬　《戴名世集·卷四·李潮進稿序》頁 105。

眾中覘其氣度，多不問而知其為桐人，予志斯語久矣。**⓭**

既知地理環境與文章風格密不可分，吾人每論清代文，咸以為莫盛於桐城派，其衍生為陽湖派，擴大為湘鄉派，迄民國五四新文學運動以前，桐城派古文樹旗纛於文壇，其勢未少衰，嚴復以之譯泰西學術論著，林紓以之譯域外說部，桐城文派歷時二百餘年，幾與清統治相終始。劉師培〈南北文學不同論〉以為：「清代中葉，南方文人，區駢散為二體，治散文者，工於離合激射之法，以神韻為主。」自注云：「此所謂桐城派也。**⓮**」姑不論桐城文派是否僅工散文，唯自山水地理探究桐城派，可謂自宋以來南方散文發展之結果**⓯**，姚鼐以後，桐城派門庭日廣，傳播至東南各省，四大弟子以外，門徒甚眾，而北方學者較少受其沾溉，此一現象或可為區域文學之研究提供又一案例與論證。

二、群山奧區，建構道德淳樸思想

劉開曰：「余觀樅陽（原屬桐城）之地，外江內湖，群山為之左右，峰勢噴薄，與波濤互相盤護，山川雄奇之氣鬱而未泄。士生

⓭　《篤素堂文集・龍眠古文初集序》清康熙甲申（43）年，雙溪張氏刊本，1704 年。

⓮　《劉申叔先生遺書》（臺北：華世出版社，民 64 年 4 月，頁 670）。

⓯　王鎮遠：《桐城派・引言》（國文天地，民國 80 年 12 月，頁 2）。

其際，必有不為功利嗜欲所蔽，而以氣概風節顯於天下。」 ⓰

「外江內湖，群山為之左右。」乃謂桐城雖屬群山奧區，然其東鄉——樅陽瀕臨大江，與南京一水相通，舟楫往來，數日可達。自明末以來，桐城與南京之關係至為密切。以方苞為例，其家早已遷居南京或附近之六合，其出生於六合之留稼村；兄弟姊妹婚嫁與父母葬地皆在江蘇。戴名世、姚鼐亦久居南京。且自左光斗（1575—1625）被推為東林黨領袖，方文（1612—1669）、錢澄之（1612—1694）等復社領袖均據南京展開活動，故桐城雖僻處群山之中，然桐城文人並非處於閉塞狀態。矧乎「外江內湖」之地域生態，使賴水陸為主之古代，具開放性環境，接觸寬廣，視野開闊。以方苞為例，一則身受明末遺老杜濬、錢澄之薰陶，一則受顏李學派中王源、李塨等影響。劉大櫆亦絕非「荒山野水終殘年，自顧所餘惟一死」 ⓱ 之閉塞人。是故戴名世〈子遺錄〉開宗明義即曰：

> 桐城居深山之中，地方百餘里，一面濱江，而群山環之，山連亘千餘里。與楚之蘄、黃，豫之光、固，以及江、淮間諸州縣，壤地相接，犬牙錯處，雖山川阻深，而人民之所走集，皆為四達之衢。……四封之內，田土沃，民殷

⓰ 《劉孟塗集·卷九》清道光 6 年姚氏礐山草堂刊本，1826 年。

⓱ 劉大櫆著、吳孟復標點：《劉大櫆集·卷十三·寄姚姬傳》（上海：古籍出版社，1990 年，頁 445）。本篇徵引《劉大櫆集》均為此版本，後註不復開列出版者、出版時，僅著頁碼。

富，家崇禮讓，人習詩書，風俗醇厚，號為禮義之邦。**⓲**

封閉中有開闊之交流生態，使桐城得以吸收眾美；開闊中有封閉之地域環境，形成淳樸社會風氣，對於養成桐城文派作家專心致志於古人道德、文章，並不懈探求之精神，顯然大有助益。**⓳**

今依道光 7 年（1827）刊行之《桐城續修縣志》**⓴**曰：桐城特重禮教，風俗淳厚，「城中皆世族列居，惟東南兩街有市廛，子弟無貧富皆教之讀，通衢曲巷書聲夜半不絕。士重衣冠，無以小帽馬褂行於市者，雖盛暑不苟。貧士以布為袍掛，與裘帛並立不恥。重長幼之序，遭長者於道，垂手立，長者問則對，不問則待長者過，然後行；或隨長者行，毋敢踰越。」城外鄉鎮亦不例外；「風氣質樸，非行嘉禮會賓客，雖行衢市，皆長袍小帽。耕讀各世其業，皆能重節義、急租輸、敬長官。」又記載：明清二朝，桐城有進士二六五人，舉人五八九人，其人數之多，較同屬安慶府之懷寧、潛山、太湖、宿松、望江等五縣進士與舉人總和猶超越一倍有餘。方東樹（1772─1851）為劉大櫆族裔作〈劉悌堂詩集序〉云：桐城「人文最盛，故常列為列郡冠。是故自明及我朝之興，至今日五百年間，成學治古文者綜千百計，而未有止極。為之者眾，則講之益

⓲　《戴名世集·卷十二·子遺錄》頁 310。

⓳　周中明：《桐城派研究·第一章·緒論》（瀋陽：遼寧大學，1999 年 7 月，頁 6）。

⓴　清、金鼎壽纂、清、廖大聞修，（臺北：成文出版社、中國方志叢書、華中地區，民 64 年）。

精，造之愈深，則傳之愈遠，於尤之中又等其尤者，於是則有望溪方氏、海峰劉氏、惜抱姚氏三先生出，日久論定，海內翕然宗之。**㉑**」依方東樹所言，則桐城文派得以傳衍繁茂久遠，其地域因素使一脈相承，良有以也。

今據劉聲木《桐城文學淵源／撰述考》，收錄作家一二二三人，其中雖包括桐城派師承之前輩作家，如明歸有光等，然絕大多數當屬桐城派，殆無疑問。桐城一地，得以文風鼎盛，又與其人際氛圍之歷史背景關係至密。

貳、桐城文派社群之人際氛圍

一、社會風氣，尊師重教

桐城雖山水奇絕，然山多田少，農業發展困難，且不似徽州民間多外出經商，故自明代起，「讀書──科舉──仕宦」為桐城子弟努力從事之生涯規畫，何如寵操行恬雅，與物無競，官至宰相，左光斗身為名臣，方、姚諸家或科第聯翩，或文名四海，對桐城鄉里子弟影響甚大，然藉由讀書而應試不中，不能為官者，則在家鄉、外地，甚或京城教書。方苞以二十餘歲開始教書，出獄為官後仍兼教職。劉大櫆一生屢試不第，終身以教書為業，曾入江蘇、湖北、山西學幕，晚為黟縣教諭。姚鼐因憤懣「露才往往傷其軀」

㉑ 方東樹：《儀衛軒文集・卷五》。

❷之事實，於四十三歲主動辭官，先後於揚州、江寧、徽州、安慶等地主持梅花、鍾山、紫陽、敬敷等書院達四十年之久，門生遍天下，其中以方東樹、梅曾亮、管同、姚瑩（或有以劉開代之者）最為惜抱稱許，有「姚門四傑」之稱。其於教書生涯中，書寫君子之文，以實現「君子之志」❷，曰：

> 夫古人之文，豈第文焉而已，明道義、維風俗以詔世者，
> 君子之志；而辭足以盡其志者，君子之文也。達其辭則道
> 以明，昧於文則志以晦。鼐之求此數十年矣，瞻於目，誦
> 於口，而書於手，⋯⋯朝為而夕復，捐嗜捨欲。

惜抱伯父、姚範（1702─1771）亦終身以教書為業。清末，桐城吳汝綸、馬其昶、姚永樸、姚永概均長期任教。非桐城人氏，而為桐城文者，若管同、梅曾亮、吳敏樹，以至近世之張裕釗、高步瀛、林紓，亦多為教師，且終身樂之不倦。

蘄冀子弟經由讀書科舉出身之家長，蓋皆尊重教師，教師在桐城人心中地位特高❷，然教師與達官貴人、富商大賈有殊，其熟悉知識分子之生活習慣、思想感情，對下層人民瞭解、同情，關心民生利病不同於山林隱士，所作亦非山林隱逸文學。既為教師，束身檢行，為人師表，自不能跅弛放浪，或耽湎酒色歌舞；其為文雖

---

❷　《惜抱軒詩集·卷三·王叔明山水卷》頁 477。

❷　《惜抱軒文集·卷六·復汪進士輝祖書》頁 89。

❷　吳孟復：《桐城文派述論·第二章》（合肥市：安徽教育出版社，1992 年 5
　　月，頁 18）。

不超越禮法範圍,然非廟堂文學。又爲文取材多寫家人師友、中下級官吏,以及孤兒寡婦、婢女之言行,雖亦寫著名人物,僅取其一行之長、一言之善,多用白描攄寫真情實感㉕。如〈左忠毅公逸事〉藉描寫人物形貌、動態、語言,表現左光斗身處危難仍心繫國事,及其愛才之心;史可法由「抱公膝而嗚咽」至「噤不敢發聲」流露內心創痛與對老師之敬畏。〈田間先生墓表〉描繪明末志士錢澄之事迹。〈石齋黃公逸事〉、〈明禹州兵備道李公城守死事狀〉、〈獄中雜記〉均有形象生動之人物描寫。至於〈孫徵君傳〉、〈白雲先生傳〉,與劉大櫆〈胡孝子傳〉、〈樵髯傳〉、姚鼐〈袁隨君墓誌銘〉、〈送錢獻之序〉、〈禮箋序〉、〈朱竹君傳〉、梅曾亮〈黃蛟門傳〉、〈彭躬淹文集序〉,吳敏樹〈業師兩先生傳〉,馬其昶〈書張廉卿先生手札後〉、〈范肯堂詩集序〉,……所作傳狀、贈言、序跋之類,亦多插寫生活細節,或綰以交游離合。寫人或論學之文,多化實爲虛,以傳神生動見長。於尊師重教之社會氛圍薰陶下,爲人師表者所屬之文,要皆詞潔氣清,韻味特勝。

二、同儕互動,切磋發揚

㉕ 陳柱曰:「桐城文派源於明之歸有光。」《中國散文史》(臺灣:商務印書館,民 64 年 4 月,頁 290)。聞一多〈文學的歷史動向〉曰:「〈先妣事略〉、〈寒花葬志〉和〈項脊軒志〉的作者歸有光,採取了小說的以尋常人物的日常生活為描寫對象的態度和刻畫景物的技巧,總算是黏上了點時代的邊兒,所以是散文家中歐公以來唯一頂天立地的人物。」可參看吳孟復標點《劉大櫆集·前言》(上海:古籍出版社,1990 年 12 月,頁 5)。

戴名世以文章氣節與有志修史而聞名於當時，康熙 50 年（1711），因其《南山集》❷❻論及：修《明史》當書南明弘光、隆武、永曆等三朝首尾十七、八年歷史，即遭「大逆」罪處死，方苞爲其書作序，受到株連，被捕入獄，判絞刑❷❼，幸得大學士李光地多方營救，兩年後獲釋。然戴、方二人切磋情誼，於戴名世爲方苞作〈方靈皋稿序〉曰：

> 蓋靈皋自與余往復討論，面相質正者且十年。每一篇成，輒舉以示余，余為之點定評論，其稍有不愜於余心，靈皋即自毀其稿。而靈皋尤愛慕余文，時時循環諷誦，嘗舉余之所謂妙遠不測者，彷彿想像其意境，而靈皋之孤行側出者，固自成其為靈皋一家之文也。❷❽

二人「互相師資，荒江墟市，寂寞相對」，既觀摩勸善以取長補短，並成就雙方真實自我，二人分別成就「一家之文」。方苞雖於《南山集》案後諱言與戴名世之交誼，然今存〈南山集序〉可見望溪對戴之推重。劉大櫆青年時與邑人張閑中、姚範、葉酉等相友善，嘗相互勉勵，引爲同調。〈述舊三十六韻送張閑中之任洳河〉曰：

---

❷❻ 可參看《戴名世集·前言》頁 12。

❷❼ 方苞著、劉季高校點：《方苞集·附錄一·蘇惇元輯方苞年譜》（上海：古籍出版社，1983 年 5 月，頁 875）。本篇徵引《方苞集》均以此版本，後註不復開列出版者、出版時，僅著頁碼。

❷❽ 《戴名世集·卷三》頁 54。

昔在康熙中，其歲維辛丑。與君俱少年，意氣干牛斗。游
從偶然合，傾蓋期白首。……君家兄弟賢，東臨尤我厚。
同時諸俊流，心傾葉君酉。方姚二三子，來往爭先後。我
時寓勺園，方廣纏盈畝。❷⑨

此詩成於海峰二十四歲，寓居縣城西隅勺園時之情景，除可見其少
年豪情、意氣風發、暢達明快，並可知桐城學子同儕互動之情狀。
迨〈祭張閑中文〉以樂景寫哀，一往情深之交遊，躍然紙上。

　　姚瑩（1785—1852）於道光 10 年（1830）旨命擢福建臺灣
道，任職期間值鴉片戰爭爆發，後因有「冒功」之責，被解繫刑部
狀，當時輿論為之譁然，在京三十餘名官員及知名之士，如梅曾
亮、馮桂芬、邵懿辰均為之奔走營救，好友、名詩人張際亮（1799
—1843）陪同至京，積極呼籲營救，故入獄六日，旋即釋出。友朋
情誼，於斯可見一斑。

　　梅曾亮十八歲時始見姚鼐，後二年入鍾山書院，得交管同、
方東樹等人。及至正式受業於姚鼐之門，復因管同勸導，伯言盡棄
前作，立志寫作古文，其於姚門弟子中年齒最幼，然世以為姚氏薪
火得曾亮而後傳。尤以道光後期，姚鼐弟子如陳用光、吳德旋、劉
開、管同等相繼下世，姚瑩、方東樹久離京城，桐城文派統歸於伯
言，儼然被視作一代文宗❸⓪。王先謙〈續古文辭類纂序〉即謂：

---

❷⑨　《劉大櫆集‧卷十一》頁 144。

❸⓪　吳汝綸〈孔敘仲文集序〉曰：「郎中（姚鼐）既歿，弟子晚出者，為上元梅
　　伯言，當道光之季，最名能古文，居京師，京師士大夫日造門問為文法。」

> 道光末造，士多高語周、秦、漢、魏，薄清淡簡樸之文為
> 不足為。梅郎中、曾文正之論，相與修道立教，惜抱遺
> 緒，賴以不墜。

「姚門四弟子」梅曾亮、管同、方東樹、姚瑩沆瀣一氣，復
有曾亮持續倡導。至曾國藩幕僚中治古文辭而被後人稱作「曾門四
弟子」之張裕釗、吳汝綸、黎庶昌、薛福成，師法曾氏之文，並得
其論文要旨，精心揣摩，各有所得，而文名日起，桐城文派至道光
後期遂得呈中興之勢，與同儕互動、同門切磋，往來不絕，發揚師
教，關係至鉅。

三、栽培獎掖，代代相傳

雍正 4 年（1726），劉大櫆二十九歲，赴京應舉，官員驚服其
文出眾。彼時方苞名大重於京師，對海峰文仍極力推賞，與人曰：
「如苞何足言耶！吾同里劉大櫆，乃今世韓、歐才也。」京中有識
之士遂競相與海峰交往，致使其聲名漸起，「自是天下皆聞劉海
峰。」❸❶

乾隆元年（1736），劉大櫆受方苞舉薦赴京參加博學鴻詞科
試，雖被同鄉大學士張廷玉黜落，然於乾隆 31 年（1766）歸樅
陽，居樅陽江畔聚徒講學，並以詩文教授鄉里後學，直至去世，對

---

❸❶　姚鼐：《惜抱軒文集後集・卷五・劉海峰先生傳》頁 308。

傳播桐城文論影響極大❸。方東樹〈劉悌堂詩集序〉謂海峰名聲、
爵位雖不及方苞,「而其說盛行一時,及門暨近日鄉里後進私淑者
數十輩,往往守其微言緒論以道學,肖其波瀾意度以爲文及詩者,
不可勝紀。」是知海峰弟子眾多,若姚鼐、王灼、吳定、程晉芳均
爲其入室弟子,他若朱子穎、錢伯坰、金榜、張敏求等亦著籍海峰
之門,影響所及,陽湖派惲敬、張惠言均由海峰弟子錢伯坰而得聞
桐城古文,遂盡棄聲韻考訂之前學而專治古文,從而形成陽湖派
❸。

　　至於姚鼐之成才與出名,又得力於劉大櫆教導、提攜。姚鼐
〈復張君書〉曰:「僕家先世,常有交裾接迹仕於朝者。❸」蓋伯
父姚範友人劉大櫆、葉酉常至姚家聚會,姚鼐〈劉海峰先生八十壽
序〉曰:

> 鼐之幼也,嘗侍先生(劉大櫆),奇其狀貌言笑,退輒仿效
> 以為戲。及長,受經學於伯父編修君,學文於先生。遊宦
> 三十年而歸,伯父前卒,不得復見。往日父執往來者皆
> 盡,而猶得數見先生於樅陽。先生亦喜其來,足疾未平,

---

❸　《清史稿・卷四八五・文苑傳二》(臺北:洪氏出版社,民 70 年 8 月,頁
　　13377)。

❸　據陸繼輅(祁孫)〈七家文鈔序〉、張惠言〈送錢魯斯序〉、王鎮遠《桐城
　　派・八・餘論》(臺北:國文天地,民 80 年 12 月,頁 176)。

❸　《惜抱軒文集・卷六・復張君書》頁 86。

扶曳出與論文，每窮半夜。**㉟**

惜抱自模仿海峰笑貌模樣，至學其古文，劉大櫆有〈寄姚姬傳〉詩，對姚鼐推許、鼓勵與器重，可謂不遺餘力。曰：

我昔在故鄉，初與君相識。君時甫冠帶，已具垂天翼。**㊱**

又〈送姚姬傳南歸序〉云：

讀其（姚鼐）所為詩、賦、古文，殆欲壓余輩而上之。姬傳之顯名當世，固可前知。**㊲**

類此諄諄鼓勵、殷切期望與誠摯讚譽，非僅方苞之於海峰，海峰之於姚鼐。又姚鼐主鍾山書院，管同（1780—1831）與同鄉梅曾亮師事姚鼐，最受姚鼐器重。道光 5 年（1825），管同鄉試中舉，考官為姚鼐學生陳用光，陳用光器重管同，不以門生之禮待之。梅曾亮為用光《太乙舟文集》作〈敘〉曰：「陳用光古文學得於桐城姚姬傳先生，扶植理道，寬博樸雅，不為刻深毛摯之狀，而守純氣專至柔而不可屈；不為熊熊之光，絢爛之色，而靜虛澹淡若近而或遠，若可執而不停。」誠可謂名師出高徒！又姚瑩亦師事姚鼐，鼐授以古文法。方東樹二十二歲入縣學為弟子員，旋赴江寧，受業於姚鼐門下，晚年里居，誘掖後進，終生未取得功名，然一生

㉟　《惜抱軒文集·卷八·壽序》頁 115。

㊱　《劉大櫆集·卷十三》頁 444。

㊲　《劉大櫆集》頁 137。

著述甚豐；雖未於推演及發展文論或古文寫作有鉅大影響，文章「簡潔涵蓄，不及惜抱。❸」然其衛道與用世之思想，維護桐城派，「不為其（姚鼐）說所囿，能自開大。❹」近人李詳《論桐城派》曰：「至道光中葉以後，僅梅伯言郎中一人，同時好為古文者，群尊郎中為師，姚氏之薪火，於是烈焉。復有朱伯韓、龍翰臣、王定甫、曾文正、馮魯川、邵位西、余小波之徒，相與附麗，儼然各有一桐城派在其胸中。伯言亦遂抗頹居之不疑。」《國粹學報》第四十九期可知當時在京文人多趨附桐城，代代相傳，薪火不輟，桐城文派大有再盛之勢。

姚鼐之後，桐城派突破地域限制，姚門弟子遍及廣西、江西、湖南、江蘇、浙江、山西諸省，其作家之多，流傳之廣，在文學史上罕有其匹，實與桐城文派教誨提攜，綿延不斷，大有關係。

參、桐城文派社群之文學思想

桐城文派得以綿延持久之因，自文學思想探究，方苞學行繼程朱之後，助流政教，對清朝文化政策與時尚政治之契合與趨附，適應清朝政治，維護清朝統治；劉大櫆力主為文須明義理、適世用，掌握行文「能事」；姚鼐超脫漢學、宋學藩籬，兼收眾美；嘉道以後，姚瑩、方東樹、曾國藩重視經濟致用，關係至鉅。

---

❸　方宗誠〈桐城文錄序〉。

❹　方宗誠〈桐城文錄序〉。

一、易游談無根，為求實文風

姚鼐〈贈錢獻之序〉曰：「魏晉之間，空虛之談興，以清言為言，以章句為塵垢，放誕頹壞，迄亡天下。 **❹** 」明亡易幟，顧炎武、黃宗羲等前朝遺老痛心國家淪亡，山河變色，嘗探究其因，亦歸諸清談；「劉石亂華，本於清談之流禍，人人知之，孰知今日之清談，有甚於前代者。昔之清談談老莊，今之清談談孔孟。未得其精而已遺其粗，未究其本而先辭其末，不習六藝之文，不考百王之典，不綜常代之務，舉夫子論學、論政之大端，一切不問。 **❹** 」為轉變明代學風與文風，亭林提出：

> 救民以事，此達而在上位者之責也；救民以言，此亦窮而在下位者之責也。 **❹**
>
> 凡文之不關於六經之指，當世之務者，一切不為。 **❹**

在上位者苟能與在下者戮力合作，消極反對清談空疏，積極崇尚實事求是，言必有物，無徵不信，此一求實之學術主張與清廷

----

❹ 《惜抱軒文集·卷七》頁 110。

❹ 《日知錄·卷七·夫子之言性與天道》第二冊（臺灣商務印書館，民 67 年 6 月，頁 32）。本篇徵引《日知錄》均以此版本，後註不復開列出版者、出版時，僅著頁碼。

❹ 《日知錄·卷十九·直言》第四冊（臺灣商務印書館，民 67 年 6 月，頁 4）。

❹ 《日知錄·卷四·與人書》。

相契。康熙 23 年（1684），曾諭大學士：

> 凡所貴道學者，必在身體力行，見諸實事，非徒託之空言。❹

康熙 24 年（1685），帝又謂：

> 朕觀古今文章風氣，與時遞遷。六經而外，秦漢最為古茂，唐宋諸大家已不能及。凡明體達用之資，莫切於經史，朕每披覽載籍，非徒尋章摘句，採取枝葉而已。正以探索源流，考鏡得失，期於措諸行事，有裨實用，其為治道之助，良非小補也。❺

文章風氣崇尚「明體達用」、「有裨實用」。康熙 51 年（1712），將朱熹由孔廟東廡「先賢」之列，升至大成殿「十哲」之次，並刊布《朱子全書》，命國子監講授程朱之學，進而推行於天下，使宋學盛矣，復以言行一致取代空談義理。是故康熙一朝尊經重儒，寵任魏象樞（1617—1687）、熊賜履（1635—1709）、李光地（1642—1718）等理學家，使理學成為當時官方思想，至乾隆帝相沿不改，曰：

❹ 《大清聖祖仁（康熙）皇帝實錄·卷一百十五》第三冊（臺北：華文書局，民 53 年 9 月版。頁 1545-1546）。

❺ 《大清聖祖仁（康熙）皇帝實錄·卷一百十九》第三冊（臺北：華文書局，民 53 年 9 月版，頁 1599）。

> 文以載道，與政治相通。……朕思學者修辭立誠，言期有
> 物，必理為布帛菽粟之理，文為布帛菽粟之文，而後可行
> 世垂久……。勿尚浮靡，勿取姿媚，斯於人心風俗，有所
> 裨益。嗣後凡考試命題，不得過於拘泥，俾士子殫思用
> 意，各出手眼，以覘實學。**㊻**

　　桐城文派學術思想恪守程朱理學，故不滿陽明之學，復與顏李學派立異。以姚鼐為例，其篤守桐城家法，獨尊宋儒之學，雖乾隆時設立四庫館，被視作漢學家考據之極致，然姚鼐於乾隆 38 年（1755），參與編《四庫全書》，仍與館內戴震、紀昀等論學相左，「以辯論漢宋之學與時不合，遂乞病歸」**㊼**。乾嘉之際，戴震、段玉裁等究心於考據之學，使漢學復熾。然桐城文派篤守宋學，不為世風所染。

　　其時漢宋學者，多互揭短長，而有自隘之譏，獨桐城古文家嘗試調和漢宋，超然旁觀，知所取捨，使之與文事結合。故方苞、姚鼐雖處於漢宋之學方盛時，舉世不為古文之時而為古文，又能融合舉世所為之學以為古文**㊽**。方苞〈書韓退之平淮西碑後〉曰：

㊻　《大清高宗純（乾隆）皇帝實錄·卷五》第一冊（臺北：華文書局，民 59
　　年版，頁 243）。

㊼　《桐城續修縣志·十五》；又參看葉昌熾《緣督廬日記·卷四》所云：「乾隆
　　中開四庫館，姚惜抱鼐與校書之列，其擬進書題，以今《提要》勒之，十但
　　採用二三，惜抱學術與文達（紀昀）不同，宜其枘鑿也。」

㊽　尤信雄：《桐城文派學述·第一章·緒論》（臺北：文津出版社，民國 64 年 4

碑記墓誌之有銘，猶史有贊論，義法創自太史公。其指意辭事，必取之本文之外。《班》《史》以下，有括終始事跡以為贊論者，則於本文為復矣。此意惟韓子識之，故其銘辭未有義具於碑誌者。或體制所宜，事有復舉，則必以補本文之間缺。

望溪視碑記墓誌之有銘，乃符合《史記》所創義法；且要求銘文不僅對前文總結、歸納，亦應對前文所記敘之事實有所補充。是故其應邀撰作墓誌銘，亦堅持「非親懿故舊」不寫，「不為銘而生怨嫌」，所寫「則雖君父不敢有私焉」，絕不「設實皆背於所稱」。[49]

茲以望溪所撰〈杜蒼略先生墓誌銘〉為例，曰：「所居室漏而穿，木榻敝帷，數十年未嘗易。」「間過戚友，坐有盛衣冠者，即默默去之；行於途，嘗避人，不中道與人語。」刻畫明末遺老之生活與心情，呈現其獨特個性，宛然在目；較「孝友溫恭」、「和順內凝」等空言，差別不啻天壤。桐城文派社群受此文學思想影響，文章內容務必求實、求真，使「信今而傳後」[50]；文章寫作務使「慕古人行蹟，思效於實用。[51]」「學皆濟於實用」[52]。劉大櫆於其散

月，頁9）。

[49] 《方苞集・卷十一・墓誌銘・葛君墓誌銘》頁312。

[50] 《方苞集・卷七・壽序・張母吳孺人七十壽序》頁206。

[51] 《惜抱軒文集・卷十一・河南孟縣知縣新城魯君墓表》頁166。

[52] 朱可亭《方苞集集外文・卷六・紀事・敘交》（上海：古籍出版社，1983年

文理論專著《論文偶記》曰：

> 當日唐、虞紀載，必待史官。孔門賢傑甚眾，而文學獨稱子游、子夏。可見自古文字相傳，另有個能事在。

所謂「能事」，亦即文學創作者掌握散文寫作之要領在於「明義理、適世用」《論文偶記》，此一求實、實用之文學思想適契合統治者以實學爲標竿之意圖。

二、去門戶之見，以兼收眾美

康熙 18 年（1679），設博學鴻詞科，開科取士，不拘一格招賢納士，或謂乃籠絡人心，然以戴名世《南山集》案後，帝嘗言「自汪霦死，無能古文者。」李相國曰：「惟戴名世案內方苞能。」遂使方苞不僅免除死刑，且委以皇帝文學侍從重任，雖君臣二人政治意識形態相左，「而上亦不以此罪公」(53)。

又自康熙初年至乾隆中葉，約一世紀，先後編纂《明史》、《淵鑒類函》、《佩文韻府》《康熙字典》、《全唐詩》、《古今圖書集成》、《大清會典》、《大清律例》、《大清統一志》、《四庫全書》等卷帙浩瀚、大型類書之文化典籍，雖有誘使知識分子鑽故紙堆、不問政治之用心，然其整理、編纂、保存、弘揚文化，亦是有目共睹之事。《四庫全書總目提要・卷一・經部總敘》曰：

---

5 月，頁 690。

(53) 《方苞集集外文・卷六・安溪李相國逸事》頁 687。

> 國初諸家，其學徵實不誣，及其弊也瑣，要其歸宿，則不過漢學、宋學兩家，互為勝負。夫漢學具有根柢，講學者以淺陋輕之，不足服漢儒也；宋學具有精微，讀書者以空疏薄之，亦不足服宋儒也。消融門戶之見，而各取所長，則私心祛而公理出，公理出而經義明矣。蓋經者非他，即天下之公理而已。今參稽眾說，務取持平。

《提要》出自《四庫全書》總纂官、考據學派紀昀之手，仍主「消融門戶之見，而各取所長」，「參稽眾說，務取持平。」不僅爲漢學家接受，且爲各學派之共識。清廷去門戶之見之包容心，於斯可見。方苞生當此時，自二十餘歲起，皈依程朱之學，〈再與劉拙修書〉極力推尊宋儒說經：

> 二十年來，於先儒解經之書，自元以前所見者十七八。然後知生乎五子之前者，其窮理之學未有如五子者也；生乎五子之後者，推其緒而廣之，乃稍有得焉。其背而馳者，皆妄鑿牆垣而殖蓬蒿，乃學之蠹也。(54)

五子者，宋代理學家周敦頤、程顥、程頤、張載、朱熹也。是知望溪服膺宋儒之解經得體，治學能窮理；然於行事亦未嘗輕忽，對漢儒「行身皆有法度，遭變抵節，百折而其志必伸」(55)之行

---

(54) 《方苞集集外文·卷六》頁 175。

(55) 《方苞集集外文·卷六·再與劉拙修書》頁 175。

爲，亦加褒揚。〈李剛主墓誌銘〉(56)述及與顏李學派之追隨者王源論辯，雖因王源視程、朱爲迂闊而所慕惟王陽明，致使惜抱與顏李學派分歧，然方苞親交李塨、王源，甚至與李塨易子而教(57)。是故《清儒學案·惜抱學案下》云：

> 昔李文貞、方侍郎苞，以宋元諸儒議論，揉合漢儒，疏通經旨，惟取義合，不名專師。(58)

方苞揉合漢、宋之學，轉益多師，至劉大櫆出，雖游方苞之門，傳其義法，而才調獨出(59)。「兼集《莊》、《騷》、《左》、《史》、韓、柳、歐、蘇之長，其氣肆，其才雄，其波瀾狀闊。(60)」

姚鼐出，以爲「世有言義理之過者，其辭蕪雜俚近，如語錄而不文。」又「以考證累其文則是弊耳！以考證助文之境，正有佳

---

(56) 《方苞集·卷十·墓誌銘》頁 247。

(57) 李塨《恕谷後集·卷八》〈長子習仁行狀〉附〈方子靈臯所作李伯子哀辭〉：「李習仁、字長人，吾友恕谷長子也。戊戌春，余命子道章就學於恕谷，歸，言習仁耕且學孝友信於其家。」（臺北：藝文印書館百部叢書集成、畿輔叢書《恕谷後集》第三冊）。

(58) 徐世昌：《清儒學案·卷八十九》（臺北：國防研究院、中華大典編印會合作）第三冊。

(59) 《清史稿·卷四八五·文苑傳二·劉大櫆傳》（臺北：洪氏出版社，民 70 年 8 月，頁 13377）。

(60) 《劉大櫆集·附錄三》頁 626。

處，夫何病哉！(61)」故重「兼收之乃足爲善」，謂「凡執其所能爲，而呲其所不爲者，皆陋也。(62)」對經史訓詁之學亦未嘗輕忽，其〈儀鄭堂記〉(63)推崇鄭玄「總集其全，綜貫繩合，負閎洽之才，通群經之滯義。……大體精密，出漢經師之上。」〈漢廬江九江二郡沿革考〉、〈項羽王九郡考〉均屬考辨之作，〈九經說〉以闡明經義爲主，雖不同於乾嘉經師偏重字句考訂，然頗能融合眾說，不墨守成規。故陳灃曰：「姚姬傳〈九經說〉實有家法，過望溪遠甚，雖《學海堂經解》不收，要可自傳。(64)」又姚鼐嘗致書漢學家戴震，欲拜其爲師，戴震雖未接受，然〈與姚孝廉姬傳書〉曰：「僕與足下無妨交相師，而參互以求十方之見，苟有過則相規，使道在人、不在言。(65)」是知惜抱主張以「義理」、「考據」二者兼長爲貴，梅曾亮稱其師姚鼐嘗謂：「吾固不敢背宋儒，亦未嘗薄漢儒。(66)」惜抱〈尙書辨僞序〉(67)、〈復秦小峴書〉(68)、〈述菴文鈔序〉均

(61) 《惜抱尺牘·卷六·與陳碩士書》。

(62) 《惜抱軒文集·卷六·復秦小峴書》頁 105。

(63) 《惜抱軒文集·卷十四》頁 215。

(64) 文廷式：《純常子枝語》不分卷，臺北：國家圖書館藏善本書。

(65) 《戴東原集·卷九》(臺灣商務印書館、四部叢刊初編集部，頁 100)。

(66) 梅曾亮：《柏峴山房文集·卷五·九經說書後》(臺北：臺灣華文書局、中華文史叢書第十二輯，清咸豐六年刊本影本，民 57 年，頁 225)

(67) 《惜抱軒文集後集·卷一·尚書辨僞序》頁 251，「學問之事有三：義理、考證、文章是也。夫以考證斷者，利以應敵，使護之者不能出一辭。然使學者意會神得，覺犁然當乎人心者，反更在義理、文章之事也。」

曰：「天下學問之事有三：義理、考證、文章是也。」鄭福照〈姚
惜抱先生年譜〉亦稱：

　　其（姚鼐）少時述志，即申述曰：義理、考證、文章殆闕
　　一不可。

　　姚鼐生當乾嘉考據學風盛行之時，恪守桐城家法，論學以宋
儒爲指歸，又不廢經史考據之學，倡言義理、考據、詞章三者不可
偏廢，〈述菴文鈔序〉即闡述爲文宜發揮義理，輔以考證，使文思
細密，且富情韻。此一論點付諸實現，以〈登泰山記〉爲例，雖屬
記遊之作，起筆即介紹泰山地理位置，巧妙糾正《水經注》中記載
汶水失實，並駁正長城起於秦漢之說，可謂寓考據於文辭之作；又
寫登泰山所見自然景觀令人熱愛嚮慕，對辭官後擺脫羈絆之愉悅，
攄發舒暢之情。〈遊靈巖記〉記敍精確，誠如一地志，正是〈與陳
碩士書〉所倡言：「以考證助文章之境」之實現，〈贈錢獻之序〉、
〈儀鄭堂記〉等文於尋常應酬及記敍文字中表現論學宗旨，乃惜抱
兼採義理、考證、文學三者，相互爲濟於治學、寫作。[69]
　　清末學者黃人曰：「矧今朝文治，軼邁前古，撰著之盛，尤奄
有眾長。……集周、秦、漢、魏、唐、宋、元、明之大成，合性
理、訓詁、考據、詞章而同化。故康、雍之文醇而肆，乾、嘉之文
博而精，寓古爲新，無美不具，蓋如日星之中，得華夏之氣者焉。

---

[68]　《惜抱軒文集・卷六》頁 104-105。

[69]　王鎮遠：《桐城三家散文賞析集・前言》（成都：巴蜀書社，1989 年 2 月，頁
　　　5-6）。

⑩」居清代文學正宗地位之桐城派,主張兼收並蓄之文學思想,付諸創作,使此一文派社群具可大可久之影響力。黃人所言視作桐城文派之公評,誰曰不宜。

三、捨隱於學術,趨行文經世

顧炎武《日知錄·卷十九》有〈文須有益於天下〉條,且以為「學者,將以明體適用也。」「其術足以匡時,其言足以救世。⑪」然以清朝統治者興文字獄,士子為避斧鉞之誅,或皓首窮經,終老牖下;或一字之證,累至萬言,遠離政治以求全軀,雖有章學誠批評考據家「舍今而求古」、義理家「欲尊德性,空言義理以為功,此宋學之所以見譏於大雅也。⑫」遂倡「學問經世,文章垂訓。⑬」以為「君子苟有志於學,則必求當代典章以切於人倫日用,必求官司掌故而通於經術精微;則學為實事,而文非空言,所謂有體必有用也。⑭」對此一經世致用之文學思想,劉大櫆《論文

---

⑩ 黃人:《國朝文匯序》《南社》第十一集。

⑪ 潘耒〈日知錄序〉。

⑫ 章學誠:《文史通義·內篇二·浙東學術》(臺北:華世出版社,民 69,頁53-54)。

⑬ 章學誠:《文史通義·內篇四·說林》(臺北:華世出版社,民 69,頁126)。

⑭ 章學誠:《章氏遺書·卷五·史釋》(臺北:漢聲出版社,民國 62 年元月初版,頁 92)。

偶記》有云：

> 人不窮理讀書，則出詞鄙倍空疏；人無經濟，則言雖累
> 牘，不適於用。故義理、書卷、經濟者，行文之實，若行
> 文自另是一事。譬如大匠操斤，無土木材料，縱有成風盡
> 堊手段，何處設施？然即土木材料，而不善設施者甚多，
> 終不可為大匠。故文人者，大匠也；義理、書卷、經濟
> 者，匠人之材料也。

劉大櫆視義理、書卷、經濟為「行文之實」，極為重視，實乃
方苞「義法」之聯繫傳承。然義理、書卷、經濟非僅為作文：

> 作文本以明義理，適世用。而明義理，適世用，必有待於
> 文人之能事。❼❺

文學之社會功能，不僅賴義理、書卷、經濟本身；且必須由
文家掌握行文「能事」。有清一代，漢學、宋學容或有齗齗之爭，
桐城文派作者雖不免有宣揚義理以致空疏之弊，然其基本文學思
想、寫作宗旨，仍為經世致用。梅曾亮不滿「海內魁儒畸士，崇尚
鴻博，繁稱旁證，考核一字，累數千言不能休。❼❻」「學者日靡刃

---

❼❺　以下引劉大櫆所言，未註出處者，均見於《論文偶記》。

❼❻　梅曾亮：《柏峴山房文集·卷四·春秋溯志序》（臺灣：華文書局，頁 183-
　　 185）。

於離析破碎之域，而忘其為興亡治亂之要最。**⑰**」明確提出：「文章至極之境，在言有用。**⑱**」姚瑩更以此思想揭露當時社會：

> 及乎承平日久，生齒繁而地利不足養，文物盛而干盾不足威，地土廣而民心不能靖，奸偽滋而法令不能勝，財用竭而府庫不能供，勢重於下，權輕於上，官畏其民，人失其業，當此之時，天下病矣，元氣大虧，雜證並出，度非一方一藥所能愈也。**⑲**

石甫在當時確屬洞達世務、資兼文武之經世人才，誠如方宗誠〈桐城文錄序〉所云：

> 植之先生同時，才最大者，惟姚石甫先生。雖親炙惜抱，而亦能自出機杼，洞達世務，長於經濟。植之先生稱其義理多創獲，其議論多豪宕，其辯證多浩博，而鋪陳治術，曉暢民俗，洞極人情。先生自謂其文博大昌明，誠有然也。文事雖未精，而有實用。

姚瑩於鴉片戰爭時，「任臺澎道四年，召募義勇三萬人，挫敗英夷。英夷憚之，不敢近，故連年浙粵江南皆喪地失守而臺灣獨

---

⑰ 梅曾亮：《柏梘山房文集·卷二·復姚春木書》（臺灣：華文書局，頁56）。

⑱ 梅曾亮：《柏梘山房文集·卷二·與姚柏山書》（臺灣：華文書局，頁74）。

⑲ 姚瑩：《東溟文後集·卷六·復管異之書》（臺北：文海出版社、近代中國史料叢刊續編、第六輯、52，民63年）。

完。**⑳**」建立奇勛。然以鴉片戰爭被誣下獄，貶謫四川，再罰入藏，身處逆境後，發憤著書，將數十年蒐集有關世界各國之資料，並利用各種機會實際調查所得結合，寫成《康輶紀行》，詳細介紹西藏、英、法、俄、印度、廓爾喀（尼泊爾）、哲夢雄（錫金）等有關地理、歷史之情況，繪製中國西南邊疆與世界地圖，指出中國西陲之威脅，故「能比較實事求是地認清世界大事，不能不說是難能可貴的有識之舉。**㉑**」又〈與吳岳卿書〉明確提出讀書作文「要端有四：曰義理也，經濟也，文章也，多聞也。」將其師姚鼐所標示之義理、考證、文章三者中之「考證」，易為愈加實際、寬廣且適於文學創作之「多聞」，並增「經濟」，是以姚瑩雖仰承師學，於文章中鼓吹「倡明道義，維持雅正」，宣揚「忠義之節，仁孝之懷」，並一再申明一生「兢兢自求，唯一義字」，「生平不為詭激，而常以義自持。」然其所理解並付諸實踐之「義」，已非空談性命、閉門修養；而為面對現實、經世致用，明顯具有近代先進人士所探求之救國救民、經邦濟世思想。

至於方東樹為姚鼐弟子中衛道最著者，其《漢學商兌》原為批判與程朱理學對立之乾嘉學派而作，雖多衛道之言，仍強調古文「言有物」，乃與「實用」、「經濟」、「功業」、「政事」相聯繫。故〈姚石甫文集序〉論及文章根本，「本之經濟以求其大」，〈答葉溥求論古文書〉凸顯文章之本在於「經濟德業」，〈復羅月川太守書〉

---

⑳ 方東樹〈寄石甫〉。

㉑ 黃霖〈近代文論史上的桐城派〉《中國近代文學研究・一》復旦大學中文系近代文學研究室，1991年10月，頁29。

明確指出儒者應將道德、文章、政事三者統一於「通於世務」，能經世致用、建功立業以救時適變。強調「讀書守道之人，貴乎躬行實踐。」批評「漢學諸人，言言有據，字字有考，只向紙上與古人爭訓詁形聲，傳法駁雜，援據群籍，徵佐數百千條，反之身己之行，推之民人家國，了無益處，徒使人狂惑失守，不得所用。」故一再疾呼：「不關世教，雖工無益。⑧」「著書空疏，固是陋；捃拾眩博，尤陋。」「書貴有用於世」⑧其他如〈勸戒食鴉片文〉、〈化民正俗對〉、〈病榻罪言〉，梅曾亮〈王剛節公家傳〉、〈正氣閣記〉、〈送韓珠船序〉、〈徐柳臣五十壽序〉與管同〈禁用洋貨議〉均激盪救國愛國熱情，為文主實用、經世以代游談無根，成為桐城文派社群之重要文學思想。

四、自保守不變，至通時合變

《文心雕龍・通變》曰：「文辭氣力，通變則久。」「變則其久，通則不乏。」會通適變、趨時乘機，方得以繼承、創新。然通變無方，數必酌於新聲；故能騁無窮之路，飲不竭之源。桐城文派深明此義，且付諸實踐。

方苞論古文寫作，曰：「變化無方，各有義法，此史之所以能

---

⑧　方東樹：〈儀衛軒文集自序〉。

⑧　方東樹：《書林揚觶》卷上；參看梅曾亮《梅岷山房文集・卷五・書林揚觶書後》，頁 201-203。

潔也。❽」「各有義法」乃古文寫作因文體、題材、寫作而變化無方，非任何體式所能囿。桐城派強調爲文「有所變而後大」❽故其社群作家從不一味仿效，盲目崇拜；敢於批評，勇於超越。

劉大櫆以事物變化不息❽，反對抱殘守缺、一成不變，對歷史上諸多舊說，皆勇於懷疑。如眾人以「六經亡於秦火」，遂作〈焚書辨〉爲秦始皇辯護；對伯夷扣馬而諫武王伐紂，指爲「委巷小人之談」，論證其非事實；對復古者津津樂道「井田」，明確提出：「世異則事變，時去則道殊。❽」以爲後世社會制度不宜復用井田制；〈觀化〉❽宣揚事物不斷變化，又嘗云：「天地之氣化，萬變不窮。❽」不僅社會制度，對於人生，海峰亦云：「人生如逝水，一往不復迴。前者汩汩去，後者悠悠來。❾」於文學書寫亦強調變，《論文偶記》曰：

> 文貴變，《易》曰：「虎變文炳，豹變文蔚。」又曰：「物相雜，故曰文。」故文者，變之謂也。一集之中篇篇變，一篇之中段段變，一段之中句句變，神變、氣變、境變、音

---

❽　《方苞集集外文補遺·卷二·史記評語·廉頗藺相如列傳》頁 856。

❽　《惜抱軒文集·卷八·劉海峰先生八十壽序》頁 114。

❽　《卷一·天道下》。

❽　《劉大櫆集·卷三·答周君書》頁 122。

❽　《劉大櫆集·卷一》頁 10-13。

❽　《劉大櫆集·卷一·息爭》頁 16。

❾　〈卷十一·感興十首·之四〉頁 384。

節變、字句變，惟昌黎能之。

是知劉大櫆以通時合變之思想，貫穿其人生哲學、社會發展、學術思想與文學理論。

桐城派文統雖標榜由明代歸有光接續唐宋八大家，並上追《史》、《漢》，最終溯源儒家經典，然姚鼐編纂《古文辭類纂》指出歸有光：〈李公行狀〉「首尾瑣細語尚宜剪裁」[91]，是故〈與石甫〉曰：「文章之事，欲能開新境。專於正者，其境易窮，而佳處易為古人所掩。近人不知詩有正體，但讀後人集，體格卑卑，務求新而入纖俗，斯固可憎厭，而守正不知變者，則亦不免於隘也。[92]」主張為文既守正，又知變。

至於陳用光於桐城三祖之文，評曰：「望溪、海峰沒後，而先生（姚鼐）遂為海內之鉅望者數十年。望溪理勝於辭，海峰辭勝於理，若先生（姚鼐）理與辭兼勝，以視震川猶有過焉。[93]」方宗誠曰：「惜抱先生之文以神韻為宗，雖受文法於海峰、南青（姚範字），而獨有心得。[94]」是知桐城三祖於傳承之外，有會通、有適變，文風有互異處，然均卓然成家。

梅曾亮又可謂桐城文派社群中，通時合變之代表。蓋清廷二

---

[91] 《卷三十八·評語》。

[92] 姚鼐：《惜抱先生尺牘》。

[93] 陳用光：《太乙舟文集·卷七·姚姬傳先生七十壽序》道光癸卯（1844）春重鐫孝友堂藏板，臺北：國家圖書館藏善本。。

[94] 方宗誠：《桐城文錄·義例》。

百餘年歷史，於道光時由盛轉衰，政治腐敗、經濟衰頹、鴉片戰爭失利，民族危機日益深重，有識之士對埋首書本之考據學風深感不滿；強調綱常、表彰名節之宋學再度興起。伯言生於此一紛紜變幻之年代，〈答朱丹木書〉揭示其爲文、立言之論點：

> 惟竊以為文章之事莫大乎因時。立吾言於此，雖其事之至微，物之甚小，而一時朝野之風俗好尚，皆可因吾言而見之。使為文於唐貞元、元和時，讀者不知為貞元、元和人，不可也；為文於宋嘉祐、元祐時，讀者不知為嘉祐、元祐人，不可也。

所謂「因時」，即指文章須反映現實，具時代氣息。是故梅曾亮反對模擬古人、因襲陳言，其〈復鄒松友書〉、〈答吳子敍書〉批評一味擬古，〈復上汪尙書書〉則曰：

> 夫君子在上位受言為難，在下位則立言為難，立者非他，通時合變，不隨俗為陳言者是已。

明確提出「通時合變」以爲立言準則，〈與姚柏山書〉推重漢代政論文最爲剴切簡明，且與時事契合。其主張「通時合變」，重視文章之社會功能，反對千篇一律或陳陳相因。值鴉片戰爭前後，國家多事之秋，伯言文得使「士大夫多喜言文術政治，乾嘉考據之風稍衰矣。❾❺」誠可視作桐城文派通時合變文學思想之代表。

---

❾❺　王鎮遠：《梅曾亮文選·嘉道之間又一奇（代前言）》（上海：華東師範大

　　後期桐城派「中興」之代表人物曾國藩，嘗自謂粗解古文由姚氏啓之，列姚氏於聖哲畫像三十二人中，可謂備極推崇矣。然曾氏爲文，實不專守姚氏法，頗熔鑄選學於古文，故爲文詞藻濃鬱，實拔戟自成一軍❾❻。洎乎「五四」前夕，以固守桐城派家法著稱之嚴復、林紓，均以翻譯《天演論》傳播西方思想，配合時移勢變，所表現之古文修養，至今仍爲人稱譽。陳柱總結曰：

> 望溪方氏，模仿歐曾，明於呼應頓挫之法，以空議相演；又敘事貴簡，或本末不具，捨事實而就空文；桐城文士多宗之，海內人士亦震其名；至謂天下文章莫大乎桐城。厥後桐城古文傳於陽湖金陵，又數傳而至湘贛西粵，然以空疏者爲之，則枯木朽荄，索然寡味，僅得其轉折波瀾。惟姬傳之丰韻，子居之峻拔，滌生之博大雄奇，則又近今之絕作也。若治經之儒，或治古文家言，或治今文家言，及其爲文，遂各成派別。❾❼

學，1992 年 3 月，頁 4）。

❾❻　關愛和：〈桐城派的中興、改造與復歸：試論曾國藩、吳汝綸的文學活動與作用〉，見《19-20 世紀中國文學研究論集》（開封市：河南大學，1997 年 8月，頁 95-104）關氏認爲曾國藩「中興」桐城派，然當代學者吳孟復以爲曾國藩之「湘鄉派」與桐城派有明顯區別，可參看：吳孟復《桐城文派述論》（合肥市：安徽教育出版社，1992 年 5 月，頁 149-150）。

❾❼　《中國散文史·第五編》（臺灣商務印書館，民 64 年 4 月，頁 288）。

　　自方苞、劉大櫆、姚鼐，至惲敬、曾國藩、嚴復、林紓，雖均屬桐城派及其支與流裔，然所爲古文，絕非陳陳相因，而是各個別出機杼，隨時代、題材、體裁、作家而異。桐城文得以持久旺盛、成爲中國文學史上歷時長久、流傳廣遠、影響最大之文學流派，除薪火相傳，亦與其鮮明文學主張、特殊散文風貌能「通變則久」有以致之。

肆、桐城文派社群之文論美學

　　自文統言之，桐城文派標榜由明代歸有光接續唐宋八大家，並上追《史》、《漢》，最終溯源儒家經典，以鮮明之文學主張與創作風格，形成一文學社群。自語言言之，桐城派詞必己出，文從字順，體現漢語、漢字之優越性，適於學術、政論、應用諸種文體，對後世語言學科有極大之學術意義與實用價值。茲從其文論與創作析論之。

一、因義法兼備，使道與藝合

　　方苞（1668—1749）生當康、雍、乾三朝，清廷國勢鼎盛之時，因統治者提倡程朱理學，望溪受時風所染，以「學行繼程朱之後，文章在韓歐之間。❽」爲一生祈嚮；〈李剛主墓志銘〉❾體現

---

❽　王兆符〈方望溪先生文集序〉。

❾　《方苞集・卷十・墓誌銘》頁 247-249。

其篤守程、朱思想，又論文首標「義法」，此一理論成爲桐城派文章學之綱領。

所謂「義法」，簡言之，即爲文須「言有物」、「言有序」；文章內容義蘊須充實，形式法度宜謹嚴，力求內容與形式統一。〈又書貨殖傳後〉開宗明義即對「義法」詮釋曰：

> 《春秋》之制義法，自太史公發之，而後之深於文者亦具
> 焉。義即《易》之所謂「言有物」也，法即《易》之所謂
> 「言有序」也。義以為經而法緯之，然後為成體之文。⓿

「言有物」顯係針對「游談無根」、「不學無物」之學風與文風，適與清廷力主實學相契合。方苞以《左傳》、《史記》最深於義法，因其能識詳略之義，〈書漢書霍光傳後〉曰：「《春秋》之義，常事不書，而後之良史取法焉。昌黎韓氏目《春秋》爲謹嚴，故撰〈順宗實錄〉削去常事，獨著其有關於治亂者。」「其詳略虛實措注，各有義法。⓫」因重視詳略取捨，使望溪文能避平庸、俗套而擷取典型與具代表性之素材，用於寫事、書人，如〈陳馭虛墓誌銘〉⓬、〈遊雁蕩記〉⓭、〈送王翕林南歸序〉⓮俱見其功力。

因以義法論文，故又重視文章佈局結構，〈書五代史安重誨傳

⓿　《方苞集・卷二・讀子史》頁 58。

⓫　《方苞集・卷二・讀子史》頁 62-63。

⓬　《方苞集・卷十・墓誌銘》頁 295。

⓭　《方苞集・卷十四・記》頁 427。

⓮　《方苞集・卷七・贈送序》頁 184。

後〉即論文章結構體例，所謂「一篇之中，脈相灌輸，而不可增損。**⑩**」並謂內容、文體應遵守成文之格式法度，惜抱文予人結構謹嚴，條理清晰，〈原過〉**⑩**、〈于忠肅論〉**⑩**等議論文字均表現法度井然之特點；〈獄中雜記〉**⑩**記事記人雜而不亂，可謂「有物有序」之文。方苞既將「義」釋作「言有物」，「法」視爲「言有序」，且明確規定法必須從於義，故其〈與陳密旃書〉、〈與安溪李相國書〉、〈再與劉拙修書〉、〈與李剛主書〉、〈答申謙居書〉均可見其恪守「言有物」、「言有序」及法從於義之原則。桐城派頗以其古文義法高自矜詡，肇端者即爲方苞。

劉大櫆之經歷、思想、文風均與方苞不盡一致，《清史稿·文苑傳二》曰：「大櫆雖遊方苞之門，所爲文造詣各殊。苞蓋擇取義理於經，所得於文者義法；大櫆並古人神氣音節得之，兼集《莊》、《騷》、《左》、《史》、韓、柳、歐、蘇之長；其氣肆，其才雄，其波瀾壯闊。」蓋海峰發展方苞「義法」說，提出「神氣」、「音節」、「字句」爲文章要素。所謂「神氣」即漾溢於文章字裡行間之氣勢與所體現之風格特徵；神氣屬抽象者，劉大櫆以爲乃「文之最精者」，音節則是「文之稍粗者」，字句係「文之粗者」，抽象之神氣端賴具體之音節、字句以表現之，故其論文尤重音調節奏、遣詞造句。此一理論表現於海峰文者，即爲起筆峭立、氣勢雄峻、

---

⑩　《方苞集·卷二》頁64。

⑩　《方苞集·卷三·論說》頁75。

⑩　《方苞集·卷三·論說》頁72。

⑩　《方苞集集外文卷六·紀事》。

聲調高朗、文采豐贍，今讀其論說文，如〈天道上〉文首即曰：

> 天道蓋渾然無知者也。

〈焚書辨〉、〈難言〉等，亦皆鋒穎精密，語言條鬯，讀來鏗鏘有聲、朗朗上口，至若其書序，如〈海舶三集序〉[⑩⑨]開頭亦凌空而起，刪除浮詞套語，〈江漢川詩序〉、〈張秋浯詩序〉均筆勢峭健，劈頭湧來，韓愈時用此法，桐城派文中則少見。雖其文風不同於方苞之靜重博厚，又異於後繼者姚鼐之紆徐卓犖，方東樹謂海峰文：「日麗春敷，風雲變態，言盡矣，而觀者猶若浩浩然不可窮；擬諸形容，像太空之無際焉，是優於才者也。[⑩⑩]」可謂善譬且得其真貌，亦皆方苞「義法」之繼承並光大之。

至姚鼐文論發展劉大櫆「神氣」、「音節」、「字句」之法，提出「神理、氣味、格律、聲色」八字爲文箴言，以爲「神理氣味者，文之精也；格律聲色者，文之粗也。然苟舍其粗，則精者亦胡以寓焉？學者之於古人，必始而遇其粗，中而遇其精，終則御其精者而遺其粗者。[⑩⑪]」實概括惜抱散文思想、形象、境界、法度、詞采、韻律等方面，較望溪、海峰之文論，愈爲完整豐富。蓋因姚鼐文非僅選聲煉色，且追求藝術韻味於簡潔平淡、紆徐舒緩中以見精

[⑩⑨] 「乘五板之船，浮於江淮，潝然雲興，勃然風起，驚濤生，巨浪作，舟人僕夫失色相向，以爲將有傾覆之憂、沈淪之慘也。」《劉大櫆集·卷二》頁56-57。

[⑩⑩] 方東樹：《儀衛軒文集·卷五·書惜抱先生墓誌後》。

[⑩⑪] 《古文辭類纂·序目》。

微涵義；既不同於海峰文之氣健格雄，亦不似望溪文整飭靜重。姚
鼐〈述菴文鈔序〉曰：

> 鼐嘗論學問之事，有三端焉，曰：義理也，考證也，文章
> 也。是三者苟善用之，則皆足以相濟；苟不善用之，則或
> 至於相害。……（青浦王蘭泉）先生為文，有唐、宋大家
> 之高韻逸氣，而議論孜羉，甚辨而不煩，極博而不蕪，精
> 到而意不至於竭盡。《惜抱軒文集・卷四》頁 61

又評方苞文：

> 其閱太史公書，似精神不能包括其大處、遠處、疏淡處及
> 華麗非常處。〈與陳碩士書〉

可見姚鼐主張之文章著力處。徵諸其〈袁香亭畫冊記〉、〈答
蘇園公書〉、〈少邑尹張君畫羅漢記〉均寫得風神蕭散，疏淡而有韻
味。

自方苞「義法」、至姚鼐「義理」，其中心內容皆以搦筆染翰
須寄託義理，並使內容與形式統一。義，乃時代背景、社會氛圍、
政治場域；理，即人情事理、生活規範、人心與感情之變化。臨篇
綴慮時運用準確之文字、形式與藝術技巧，使二者臻統一和諧之
境。方苞曰：「義以為經而法緯之，然後為成體之文。」姚鼐強調
「道與藝合，天與人一，則為文之至。⑫」均是闡明文章內容與寫

---

⑫　《惜抱軒文集・卷四・敦拙堂詩集序》頁 49。

作藝巧二者和諧統一之關係，桐城文派社群視此一文論為無限上綱，故求之甚工，用之甚切，從而成為桐城派文論與創作之主要美學特徵。

二、自清雅秀潔，至深蔚宏放

方苞對文章語言之要求極為嚴格，門人沈廷芳傳其語曰：

> 南宋、元、明以來，古文義法不講久矣。吳、越間遺老尤放恣，或雜小說，或沿翰林舊體，無一雅潔者。古文中不可入語錄中語、魏晉六朝人藻麗俳語、漢賦中板重字法、詩歌中雋語、《南》、《北史》佻巧語。⑬

足證望溪提倡典雅、古樸、簡約之文風。其《古文約選·序例》又曰：

> 古文氣體，所貴澄清無滓。

「澄清無滓」即古雅純正、簡要潔淨，視為散文之最高美學境界，欲求雅潔，則須汰去語言中任何雜質以求其至醇、潔淨。望溪〈與程若韓書〉曰：

> 夫文未有繁而能工者，如煎金錫，黸礦去，然後黑濁之氣

---

⑬　引自沈廷芳〈書方先生傳後〉。

竭而光潤生。⑭

又〈與孫以寧書〉論虛實詳略之權度，亦曰：

> 往者群賢所述，惟務徵實，故事愈詳，而義愈陋；今詳者略，實者虛，而徵君所蘊蓄，轉似可得之意言之外。⑮

至於〈于忠肅論〉⑯、〈轅馬說〉⑰、〈送王翕林南歸序〉、〈送劉函三序〉、〈孫徵君傳〉、〈楊干木文稿序〉、〈南山集序〉，均可見方苞力求語言雅潔澄清處。「秀潔」之文論經桐城派後起作家廣泛接受，使桐城古文以筆墨儉省著稱。蓋以方苞之「雅潔」視柳宗元與歸有光散文之簡鍊精悍，猶謂柳文「辭繁而蕪」⑱，批評歸文「傷於繁」⑲，遂使姚鼐評方苞「其閱太史公書，似精神不能包括其大處、遠處、疏淡處及華麗非常處。」〈與陳碩士書〉或以雅潔至極、過分求簡，故削弱散文之豐滿飛動耶。

桐城文家既多崇尚薙字芟句，削繁就簡，為文力求乾淨、洗鍊、詞著意達，無絲毫拖沓俚俗。然為免筆墨儉省，致宏放深蔚不足，劉大櫆一反其前輩古文家視駢文為文壇魑魅；主張汲取其所

---

⑭ 《方苞集·卷六》頁 181。

⑮ 《方苞集·卷六》頁 137。

⑯ 《方苞集·卷三》頁 72。

⑰ 《方苞集·卷三》頁 79。

⑱ 〈卷五·書後題跋·書柳文後〉頁 112。

⑲ 〈卷五·書後題跋·書歸震川文集後〉頁 118。

長，俾能依照文勢，駢散合一[120]，故方苞寫人重傳神，往往化實爲虛，如〈孫徵君傳〉、〈萬斯同傳〉，傳主皆當時大學者，而望溪寫得極簡略，從中無由得知傳主學術成就與影響，反觀海峰爲江永作〈江先生傳〉則不同；兩相比較，大槪顯然寫得更爲具體。

姚鼐則高舉「義理、詞章、考據」之說，雖談論爲文者修養，亦可見其對散文創作之論點；以爲三者不可缺一。苟能重視徵引考訂，並於文中插入考據，顯出卓見，佐證事理，闡明要略，使文章得以於秀潔中顯深蔚，清麗中見宏放。惜抱除力主「以考據助文之境，正有佳處。[121]」復佐以創作過程「精粗」之論：

> 凡文之體類十三，而所以爲文者八：曰神理、氣味、格律、聲色。神理氣味者，文之精也；格律聲色者，文之粗也。然苟舍其粗，則精者亦胡以寓焉？學者之於古人，必始而遇其粗，中而遇其精，終則御其精者而遺其粗者。[122]

爲使文勢浩大，熔敘事、述人、說理、考史於一爐，使清真雅潔之外，尙可見汪洋恣肆，故〈登泰山記〉、〈遊媚筆泉記〉、〈晴雪樓記〉均爲惜抱文論之體現。除描寫山水風光，極盡自然之壯美，且穿插史蹟考證、地理沿革，使情與物、理與事、今與史、思與境融爲一體，於雅潔清麗之中，又豐韻雋永，具宏達幽遠之意

---

[120] 《論文偶記》曰：「文貴參差。天之生物，無一無偶，而無一齊者。故雖排比之文，亦以隨勢曲注爲佳。」。

[121] 〈與陳碩士書〉。

[122] 《古文辭類纂・序目》。

境。姚鼐之後，劉開亦自韓愈散文創作成就，論證吸納詞賦與六朝
駢文之重要，曰：

> 韓退之取相如之奇麗，法子雲之閎肆，故能推陳出新，徵
> 引波瀾，鏗鏘鍠石，以窮極聲色。……夫退之起八代之
> 衰，非盡掃八代而去之也，但取其精而汰其粗，化其腐而
> 出其奇。〈與遠雲臺書〉

劉師培〈論近世文學之變遷〉極為推崇「姬傳之豐韻，滌生
之博大精深。」然又議論桐城派後期末流之文，「特文以徵實為最
難，故枵腹之徒，多託於桐城之派，以便其空疏。」《國粹學報》第
二十六期曾國藩有鑒於此，提出宗經史百家與駢散合一，並編選
《經史百家雜鈔》；林紓亦遣小說涉入桐城文苑，使沈鬱頓挫融入
清雅秀潔，俾形成兼具綺巧與閎蔚之散文美學[124]，使桐城派文家之
創作既言簡意賅，又情隆境深。

三、由取精用弘，臻融會開拓

中國散文源遠流長，自先秦諸子以降，司馬遷、韓、柳、
歐、蘇、曾、王均為優秀之散文大家，歷經數千年，諸文家創作成
果夥盛。相較之下，文章選本以外，有體系之文論殊少，雖唐宋八

---

[124] 艾斐〈論桐城派的藝術流變與美學特徵〉安徽省社會科學院文學研究所、安
慶師範學院中文系、淮北煤炭師範學院中文系編：《桐城派研究論文選》（合
肥市：黃山書社。1986 年 11 月。頁 28-45）。

大家至明李贄（1527—1602）均有論散文美學之作，仍屬零星珠璣，未見明確整體概念之提示或闡述。開始對散文有明確清晰之理論者，非桐城派莫屬。

桐城派文論由方苞初舉，劉大櫆宏發，姚鼐全面奠立，爾後各代桐城文家，自方東樹至林紓，均各有建樹，致使此社群於二百餘年間，不斷發展，趨於成熟、完備且豐富，方苞〈答程夔州書〉、〈書柳文後〉，姚鼐〈與陳碩士書〉，方東樹〈儀衛軒文集序〉等文，均對散文之性質與特徵有詳細深入探究。茲以劉大櫆提出「神」、「氣」文論，檢視其博觀約取後，創發爲己見：

> 行文之道，神爲主，氣輔之。曹子桓、蘇子由論文，以氣爲主，是矣。然氣隨神轉，神渾則氣灝，神遠則氣逸，神偉則氣高，神變則氣奇，神深則氣靜，故神爲氣之主。……神氣者，文之最精處也；音節者，文之稍粗處也；字句者，文之最粗處也。

海峰文論凸顯神氣，與方苞強調義理不同；其將神、氣二者結合，神爲氣之本原，氣乃神之體現。所論之「氣」與曹丕〈典論論文〉、蘇轍〈上樞密韓太尉書〉所言文氣說一脈相承，然又益加細緻，且突出爲文者內在精神與作品之氣勢；子桓、子由僅指出作者內在氣質、個性與作品之風格，劉大櫆益言：

> 文章最要氣盛，然無神以主之，則氣無所附，蕩乎不知其所歸也。神者氣之主，氣者神之用；神只是氣之精處。

　　海峰主氣貫勢壯、剛健雄放，提出「神者，文家之寶。」是
對孟子、曹丕、劉勰、韓愈以降，揄揚散文氣盛言宜之繼承，並對
姚鼐闡明「陰陽剛柔」並濟說⑫之直接影響。所作〈天道〉、〈焚書
辨〉、〈難言〉諸篇，自發現問題、分析問題，鋒穎精密、語言條
鬯，使意能稱物，言能盡意；可見其善說理、能論事。又如〈江先
生傳〉以江永著作爲重點，藉此反映江之學術貢獻，最終概括其治
學方法與學術地位，應屬學術史之長文，而海峰巧於提要鉤玄，故
能執簡馭繁，寫來詞簡理明，既有學術性，又不失其文藝性。〈海
舶三集序〉原爲評論詩歌之文，易流於揄揚過實，大樾能別出心
裁，鋪寫海上風濤之險，襯托海上吟詩之奇，抉發其一心以使命爲
重，始得履險如夷，從容吟詠；避對詩歌直接評論，可謂構思甚
巧，措詞得宜。〈章大家行略〉、〈下殤子張十二郎壙銘〉等文，以
白描語言、傳神細節，再現人物形象，刻畫人物性格，且深刻揭示
形成此性格之社會原因，引人同情、思索。至若〈遊碭玉峽記〉寫
景、〈祭張閑中文〉抒情、〈葉書山時文序〉寫人勤學，均以白描手
法，著墨不多，而神采畢現，氣韻自勝。⑫

　　劉大樾又提出由音節、字句以求神氣之論點，以爲文章之神
氣須賴音節、字句表現之：

> 音節高則神氣必高，音節下則神氣必下，故音節為神氣之
> 迹。……積字成句，積句成章，積章成篇，合而讀之，音

---

⑫　《惜抱軒文・復魯絜非書》、〈海愚詩鈔序〉。

⑫　吳孟復《劉大樾文選・前言》（合肥市：黃山書社，1985 年 7 月，頁 9）。

節見矣；歌而詠之，神氣出矣。

聲音、節奏既是散文不可或缺之特質，可創造散文神韻與氣勢，體認語言之美，「神主氣輔」、「氣隨神轉」，「神氣者，文之最精處也。」「音節者，神氣之迹也；字句者，音節之矩也。神氣不可見，於音節見之；音節無可准，以字句准之。」「學者求神氣而得之於音節，求音節而得之於字句，則思過半矣。」劉大櫆對字句之重視尚表現於善用虛字，「文必虛字備而後神態出」；虛字可充分體現作者與作品之「神」，得出此一散文語言修辭之規律，故與柳宗元〈復杜溫夫書〉《柳河東全集·卷三十四》強調散文虛字宜「當律令」以符合語法規律與古文創作規範，有取精用弘之妙。海峰又有韻語融入散文之作，以〈答周君書〉為例：

> 嘗見都市中，孺稚之嬰，輕俊之少，遊歷權門，妍姿巧笑，善度憎嫌，能迎喜笑，珠玉時投，綺紈疊效，此其人福如鴻毛，而莫能久御也。羽翼既成，驕奢頓著，良馬輕輿，填塞衢路，揚撲地之塵，騁當途之步，指顧自雄，宗黨傾慕，曾未幾時，不終天年，而中道夭死矣；貪惏觸法，而刑戮及身矣。❿

「少」、「笑」、「效」；「著」、「路」、「步」、「慕」，皆為押韻之韻腳。若此散文插以韻語，於先秦諸子中常有之，後繼者如韓愈〈進學解〉者，已不多見，劉大櫆所作非競一韻之奇，乃情感自然

---

❿　《劉大櫆集·卷三》頁122-123。

流露所致。至姚鼐〈復魯絜非書〉曰：「觀其文，諷其音，則爲文者之性情形狀舉以殊焉。」又〈答翁學士書〉曰：「文字者，猶人之語言也。有氣以充之，則觀其文，雖百世而後，如立其人而與言於此。」惜抱與桐城文派社群之作者重聲音，力主因聲以求氣，已是劉大櫆文論擴而充之；有繼承，有開拓。

自姚鼐逝後，姚門弟子繼承衣缽，日益擴大桐城派之影響。桐城文派社群書寫特色，歸納言之有三：一爲其作家群以豐富之創作經驗爲基礎，代代相傳，逐步建立，不同於文學理論家之空談或虛構；二爲經由數百人與數百年之磨鍊，乃集體努力之成果，自方苞始，反覆摸索，不斷揚棄，歷經探討、修改、補充、發展，光大既有之理論，在漫長歲月、廣闊地域中，桐城文人既謹守家法，又長於總結教訓、接受批評，集體完成文學理論，此一社群文人敬謹探索、研究創新之精神，在中國文學史上誠屬罕見；三爲該派文論由疏而密，由稚嫩而成熟，形成一極完整之體系，已非一鱗半爪、隻言片語之理論語錄，而是一完整、豐富且理論精到，可付諸應用之散文理論體系，成爲桐城派社群對於中國散文理論之貢獻。

結　語

中國文學史上有兩次規模盛大之古文運動；一爲唐宋，二爲清代桐城派。唐宋古文運動在中國文學史之功績，已成定論；而清代桐城派古文運動，卻遭非議，甚至譴責。桐城古文自始被漢學家譏爲「空疏浮淺」，被駢文家視作「讕陋庸辭」，五四時期更被詆爲「桐城謬種」；與「選學妖孽」並列爲新文學運動所要打倒之二大

對象⑫。劉大杰自文學發展論桐城派：

> 方苞這種觀點，出現於清帝國政權鞏固的封建社會的末
> 期，出現於李贄諸人反封建道德、反傳統古文的思想以
> 後，出現於小說、戲曲蓬勃發展的當時，在其精神本質
> 上，更明顯地表現出要求文學爲封建政治、道德服務的立
> 場。⑫

可謂肯綮之言。案清廷入主中國，建立王朝，除以武力鎭壓
漢人反抗，並迅速發展政治、經濟與文化建設，康熙帝採尊崇儒家
理學之策略，推行程朱理學以使人心歸順。桐城派方苞提出「義法
論」，思想基礎爲程朱理學，因而適應清王朝強勢統治之需，呈現
散文爲封建教化服務之正統性與重功利、輕唯美之傾向，並取得正
宗地位。雖有考據家、史學家、駢文家，如戴震⑫、章學誠⑬、錢
大昕⑭、李兆洛⑮、阮元⑯、陳廷祚⑰，以至梁啓超「夙不喜桐城派

---

⑫　舒蕪：〈桐城謬種問題之回顧〉，見《二十世紀中國文學史論》第一卷（上
　　海：東方出版中心，1997 年 10 月）；又語出錢玄同，見胡適《胡適文存》
　　卷一附錄〈錢先生書〉臺北：遠東圖書公司，1953 年，頁 63。

⑫　《中國文學發展史》臺北：華正書局，民 90 年 8 月，頁 1263。

⑫　《戴東原集·卷九·與方希原書》。

⑬　《文理》。

⑭　《潛研堂文集·卷三十三·與友人書》。

⑮　《養一齋文集·卷十八·答莊卿珊》、〈答湯子垕〉、〈駢體文鈔序〉。

⑯　《揅經室集·文言說》、〈書梁昭明太子文選序後〉、〈文韵說〉。

古文」，而批判「此派者，以文而論，因襲矯揉，無所取材；以學而論，則獎空疏，閼創獲，無益於社會，且其在清代學界，始終未嘗佔重要位置，今後亦斷不復能自存。**❸**」各據立場，攻訐桐城派，實不足深計。蓋以學術領域不同，文章語體有別，桐城派爲文藝散文，其繼承歸有光，將小說、戲曲描寫融入散文，又使語言純潔，適應語言發展，注意文章音節、字句。

桐城文派於盛清時不以經學見長，而能於考據學派當道之乾嘉年間，在士林佔一席地，茲以其社群作品整體言之，潔淨自然、精鍊流暢，無論敘事、寫景、記人，多委婉生動且感人。就其內容言之，雖多墓表、碑記，於今日觀之無甚多意義，然亦可見議論時政、記述世事、描摹人物、繪畫山水之作。自其形式言之，能求精求潔，惜墨如金，絕少浮辭浪墨，其議論雖欠宏博，文字絕不冗濫，故多平易近人、清新可讀，誠爲此一流派之特色，在中國文學史上自成光輝。試與明代前後七子之文相較，十四子鉤章棘句，假造古董，公安、竟陵二派又尖新過度，不重繩墨；清初沿襲明代餘風，桐城之前未能形成一己之體貌風格；模擬秦漢者，則屬餖飣古語，故作艱深；宗法唐宋者，仍空談結構、轉折波瀾，而號稱清初散文三大家之魏禧、汪琬、侯方域，一失於翻騰，一失於平庸，一失於劍拔**❸**；自方苞出，揭櫫「義法」，標舉「雅潔」，桐城文章相

---

❸　《清溪集・卷十・復家魚門論古文書》。

❸　《清代學術概論・二十五》、《清代學術概論・十九》。

❸　項純文〈桐城派評議臆說〉見安徽省社會科學院文學研究所、安慶師範學院
　　中文系、淮北煤炭師範學院中文系編：《桐城派研究論文選》（合肥市：黃山

繼出世，蔚爲清新流暢、簡潔平易之新風貌。或有謂近代講究強國
禦侮、經世致用、學習西方、追求進步之歷史潮流中，桐城派以
程、朱理學對抗新思想、新文化，則力有未逮，是未明其通時合
變、經世致用之思想。況同治年間，桐城文派末期崛起眾多作家；
吳汝綸（字摯甫，1840—1903）於清末提倡新式教育甚力，姚永
樸、永概皆從其游。摯甫與民國桐城末代大師吳闓生父子均爲傑出
之國學大師，又被稱爲「桐城殿軍」之馬其昶（1855—1929）亦屬
學力深厚、文精名重之作家，彼等因學識淵博以致散文頗見特色。

　　是故桐城以一不甚富饒之江北小縣，於清代陸續出現不少全
國著名人士，論文學則不限於一家一族，成就桐城傳統，可謂極不
尋常。桐城三祖之後，桐城文派人才接踵而至，項背相望，自師友
相傳至海內歸向，逐漸形成勢力強大之作家社群。其中絕大部分成
員立身耿介恬退、不追名逐利，治學嚴謹，又作文認真，並能自見
性格，各呈風姿，在數百名作者中，卓然足以名家者不下數十人，
彼等創作大量散文，可觀者甚夥，對於清代散文，甚至中國散文傳
統，桐城派文學思想、文統文論與作品有其一席之地與積極貢獻。

參 考 書 目

1　　戴名世著、王樹民編校：《戴名世集》（北京：中華書局，
　　　1986 年 2 月）
2　　方東樹：《書林揚觶》（北京：北京出版社，2000 年）

書社，1986 年 11 月，頁 53）。

3 方苞著、劉季高點校：《方苞集》（上海：古籍出版社，1983
   年 5 月）

4 劉大櫆著、吳孟復標點：《劉大櫆集》（上海：古籍出版社，
   1990 年 12 月）

5 劉大櫆著：《論文偶記》一卷，載入《劉海峰文集》，與吳德
   旋《初月樓古文緒論》、林紓《春覺齋論文》合編為一
   冊，並加標點校勘。（北京：人民文學出版社，1961 年）

6 姚鼐著、劉季高標校：《惜抱軒詩文集》（上海：古籍出版
   社，1992 年 11 月）

7 姚鼐著：《惜抱先生尺牘》（上海：廉泉小萬柳堂重刊本，宣
   統元年，1909 年，臺北：臺灣大學特藏組）

8 梅曾亮：《柏梘山房文集》（臺北：臺灣華文書局、中華文史
   叢書第十二輯，清咸豐 6 年刊本影本，民 57 年）

9 姚　瑩：《中復堂全集、東溟文後集》（臺北：文海出版社、
   近代中國史料叢刊續編、第六輯、52，民 63 年）

10 劉　開：《劉孟塗集》清道光六年姚氏檗山草堂刊本，1826 年

11 陳用光：《太乙舟文集》道光癸卯（1844）春重鐫孝友堂藏
    板，臺北：國家圖書館藏善本。

12 姚永樸：《文學研究法》（臺北：廣文書局，民國 51 年 8 月初
    版）

13 王鎮遠：《桐城派》（國文天地，民國 80 年 12 月）

14 王鎮遠：《桐城三家散文賞析集》（成都：巴蜀書社，1989 年
    2 月）

15 王鎮遠：《梅曾亮文選》（上海：華東師範大學，1992 年 3

月)

16 尤信雄:《桐城文派學述》(臺北:文津出版社,民國 64 年 4
月)

17 安徽省社會科學院文學研究所、安慶師範學院中文系、淮北
煤炭師範學院中文系編:《桐城派研究論文選》(合肥
市:黃山書社,1986 年 11 月)

18 李瑞騰:《晚清的革命文學》(臺北:文化大學中文研究所博
士論文,1987 年)

19 吳小林:《中國散文美學》全二冊(臺北:里仁書局,民國 84
年 7 月)

20 吳孟復:《劉大櫆文選》(合肥市:黃山書社,1985 年 7 月)

21 吳孟復:《桐城文派述論》(合肥市:安徽教育出版社,1992
年 5 月)

22 何冠彪:《戴名世研究》(香港大學中文系,1987 年 2 月)

23 孟藍天、趙國存:《中國文論精華》(石家莊市:河北教育出
版社,1993 年 12 月)

24 周中明:《桐城派研究》(瀋陽:遼寧大學,1999 年 7 月)

25 唐傳基:《桐城文派新論》(臺北:現代書局,民國 65 年 5
月)

26 郭延禮:《中國近代文學發展史》第一卷(山東教育出版社,
1995 年 8 月)

27 郭紹虞:《中國文學批評史》(臺北:文史哲出版社,民國 68
年 2 月)

28 陳　柱:《中國散文史》(臺灣:商務印書館,民 64 年 4 月)

29　陳　　燕：《清末民初的文學思潮》（臺北：華正書局，民國 82
　　年 9 月）

30　葉　　龍：《桐城文學藝術欣賞》（香港：繁榮出版社，1998 年
　　12 月）

31　解志熙、沈衛威：《19-20 世紀中國文學研究論集》（開封市：
　　河南大學出版社，1997 年 8 月）

32　劉聲木：《桐城文學淵源／撰述考》（合肥市：黃山書社，
　　1989 年 12 月）

33　周婉窈：〈清代桐城學者與婦女的極端道德行為〉（鮑家麟編
　　著：《中國婦女史論集》第四集，臺北縣：稻鄉出版社，
　　民國 84 年 10 月）

34　許世瑛：〈歸有光和他的記敘文、抒情文〉（張健、簡錦松
　　編：《中國古典文學論文精選叢刊》臺北：幼獅文化事業
　　公司，民國 74 年 4 月三版，頁 465-482）。

35　黃　　霖：〈近代文論史上的桐城派〉（《中國近代文學研究·
　　一》上海：復旦大學中文系近代文學研究室，1991 年 10
　　月）

36　舒　　蕪：〈桐城謬種問題之回顧〉（《二十世紀中國文學史
　　論》第一卷，上海：東方出版中心，1997 年 10 月）

37　Hilary J. Beattie, *Land and Lineage in China: A Study of Tung-
　　cheng County, Anhwei in the Ming and Ching Dynasties.*
　　London & New York: Cambridge University Press, 1979.

講評意見

王基倫
臺灣師範大學國文系

本篇論題涉及眾多作家作品，資料十分龐雜，故處理起來頗為困難。姚教授能參用眾多一手、二手資料，注解翔實，據此抒論，有助於學界增進對桐城派的瞭解，確有其參考價值。至於講評意見如下：

首先，「桐城文派」的「社群」組合，應定義清楚。例如吳孟復《桐城文派述論》以為曾國藩之「湘鄉派」與「桐城派」有明顯區別（參見註❻），而林紓又「生平未嘗言派」（註❼），莊雅洲〈六十年來之古文〉即排除林紓於「桐城餘風」之外。再者，「桐城派」本由地名而來，然而劉大櫆赴京應試卻被桐城同鄉張廷玉黜落，顯然「桐城派」不能只由發源地認定，似此，「桐城文派社群」可再尋求更明確之定義。

其次，章節標目須清晰明白，並顧及章節發展之連貫性。前言若能說明為何採用地域環境、人際氛圍、文學思想、文論美學四個向度進行討論，會更好。此四個向度經過討論之後，何者最有重大影響，彼此之間有無互動關係，也可以再作說明。每節標目名稱宜採用明確語詞，例如第貳節第一目為「社會風氣，尊師重教」，

本節寫多位桐城文士「終身以教書爲業」，「教師地位特高」，而非「學生（桐城後學）如何尊師之行爲」，與一般認知有所差距。此標目可考慮修改。章節分目須有排他性，若互有關涉，宜放在一起說明。例如第參節第三目「捨隱於學術，趨行文經世」，與下一節「自保守不變，至通時合變」，其中經世觀念與時局變遷密切相關，二者內容有重疊處，可否合併討論？又如第參節談「文學思想」，第肆節談「文論美學」，「美學」實涉及「思想」層面，二者真能完全劃分清楚？

　　章節標目已定，須思考本節討論重點何在？如第貳節第二目「同儕互動，切磋發揚」，其中「姚瑩」一段，寫出友朋互動情誼，卻未言及姚瑩如何與這些友朋切磋學問，而「切磋」才是重點。又如第貳節第三目「栽培獎掖，代代相傳」，應加入曾國藩師生群之討論，畢竟曾門人數多，湘鄉派勢力龐大，不宜輕描淡寫帶過而已。

　　劉大櫆《論文偶記》說：「義理、書卷、經濟者，行文之實，若行文自另是一事。……故文人者，大匠也；義理、書卷、經濟者，匠人之材料也。」故知學問與創作可分爲二事，乃世人共通看法。因此，本論文亦可將學問、創作分開處理，使文章結構清楚明白。例如第參節第一目「康熙 24 年帝又謂」一段是談文章，下一段是談學問，再下面引述方苞〈書韓退之平淮西碑後〉一段又是談文章，與其寫得如此交錯，實可將性質相近者放在一起談。更進一層說，本論文恆有一觀念，以爲桐城派「求實之主張與清廷相契」，「適應清王朝強勢統治之須，呈現散文爲封建教化服務之正統性與重功、輕唯美之傾向。」（參見第三節第一目、結語）實則，

就「康熙帝 24 年」之言觀之，清王朝不喜唐宋諸大家之文，認爲他們「尋章摘句，採取枝葉而已」；而方苞主張「文章在韓歐之間」（註❾⑧引），姚鼐〈述菴文鈔序〉也欣賞「唐宋大家之高韻逸氣」，顯然與朝廷想法有落差。可能仍須把桐城派的學問思想與文學創作分開處理，方可求得較恰當的解釋。

第參節討論「桐城文派社群之文學思想」，可將傳承演變的問題詳加論述。例如劉大櫆提出「經濟」說，此則比方苞更進一大步；其後姚瑩、方東樹、曾國藩及其眾多門弟子……，莫不以經世濟民爲要務。文學思想必然因此而可大可久，此亦爲桐城派得以相沿不衰，乃至發揚光大的重要原因。又如《清史稿·文苑傳二》明白說出方苞、劉大櫆「造詣各殊」（第肆節第一目引），這是明顯的事實，本論文亦可就此作比較、補充。

第參節第四目首段可刪。姚瑩〈復陸次山論文書〉曾說：「唐以前論文之言，如……劉彥和《文心雕龍》，非不精美，然取韓昌黎、柳子厚、李習之諸人論文之言觀之，則彼猶俗諦。此未易爲淺人道也。」（《東溟文後集》卷八）據此，將《文心雕龍》與桐城派掛鉤未必恰當。同時在論文寫法上，也不必每寫一節都再起一個頭，例如第肆節第三目又再追溯源流，論文因此少了連貫性。

第肆節討論「文論美學」，但有許多篇幅在討論作品之作法、風格，這是否能算作「美學」？

第肆節第三目討論劉大櫆的「神氣」，說成與曹丕〈典論論文〉的「清濁之氣」、蘇轍〈上樞密韓太尉書〉所言「孟子浩然之氣」、「太史公奇氣」，「一脈相承，然又更加細緻」。又將劉勰、韓愈的「氣」全都拉下來談，說什麼劉大櫆「繼承」他們，這恐怕是

對文學批評史的極大誤解。

　　結語將唐宋古文運動與桐城派相提並論，是否恰當，可以再討論。桐城派散文「爲封建教化服務」，其作品「多墓表、碑記，於今日觀之無甚多意義」，而又「議論欠宏博」，既然如此，其作品是否能有唐宋文那麼大的影響力？除了師承風氣足以成派之外，桐城派文士未居顯赫官職，無法帶動風潮，可能亦是不如唐宋古文運動有成就的原因。此處過於強調桐城派，相對失去客觀檢討的立場，殊爲可惜。

論常州詞派「詞學行為」所因依的「深層意識」

侯雅文

開南管理學院通識中心

關鍵詞

常州詞派、常派、文化集體意識、社會階層身分、社會情境

摘　要

　　為了有效詮釋常派所以在乾嘉之際興起，本文乃對常派「詞學行為」所因依卻隱蓄未明的「深層意識」加以揭明。綜觀相關史料可知，此一「深層意識」，乃常派創始者主觀心智活動與客觀「歷史文化傳統」、「當代社會關係結構」、「當代社會環境客體」相互作用，而表現在「文化集體意識的覺醒」、「社會階層身分的認同」、「社會情境的感知」三方面。透過此一研究成果，除了可以深入詮明常派創始者乃在這種深層意識的因依下，從理論、實際批評、創作各方面，提出具體而充滿政教改革色彩的「詞學行為」；

還可以作爲印證文學史或文學批評史上流派構成原則的典範。

壹、緒論

文學流派構成的因素頗爲複雜，往往涉及主觀與客觀兩面的種種因素，甚且主客兩面的因素絕非截然無涉，而是交互作用，才足以充分說明一個流派之所以構成的因素。主觀因素，指的是流派成員所感所知的種種意識。客觀因素則指其所對當代並時性的政治、社會、文化環境，甚至於貫時性的歷史文化傳統。「常州詞派」（以下簡稱「常派」）是一個已受文學史或文學批評史學者所認定的文學流派，其構成因素亦當如是觀。

前行研究常派的論文中，涉及常派構成因素者甚多，可以下列論文的觀點爲代表。例如龍楡生先生〈論常州詞派〉❶、葉嘉瑩先生〈常州詞派比興寄託之說的新檢討〉❷、吳宏一先生〈常州派詞學研究〉❸、嚴迪昌先生《清詞史》第四編「常州詞派和晚近詞壇」❹等。不過由於各家的重點，偏向於詮析常派的詞論或是詞

---

❶ 參見龍楡生：《詞學論文集》（上海市：上海古籍出版社，1997 年 7 月），頁 387-405。

❷ 參見葉嘉瑩：《中國古典詩歌評論集》（臺北：純真出版社，民國 72 年 4 月），頁 160-201。

❸ 參見吳宏一：《清代詞學四論》（臺北：聯經出版社，79 年 7 月），頁 69-268，〈常州派詞學研究〉。

❹ 參見嚴迪昌：《清詞史》（南京市：江蘇古籍出版社，1999 年 8 月），頁 464-

作，因此，雖然曾就「政治社會文化環境」、「詞論演進的規律」等客觀因素，去說明常派所以構成的因素，但是這樣的論述只見其表象，而且忽略了流派成員，尤其創始者其「詞學行為」所隱涵種種主觀的深層意識，而主客因素之交互作用，也未及詮明，故很難完整而深入地解釋常派構成的因素。

常派創始於張惠言而奠基於其弟子，因此前行研究者在探討常派的構成時，大抵以張惠言及其弟子相關的詞論，做為主要的研究材料。本文以為在詮釋常派構成的因素時，固然要以張惠言及其弟子相關的詞論為主，然而為了完整而深入地詮釋他們「詞學行為」的主觀深層意識，及其與客觀因素之間的交互作用，有必要參酌歷代相關社會文化、文學（尤其是詞）發展的知識，與乎張惠言等人對傳統及當代政治、社會、文化與文學（包括古文、詩及其他文類）的論述。本文所謂「詞學行為」，指的是常派成員所採取與「詞」之論述、批評、創作有關的種種行為。而「深層意識」，指的不是已在言語中被明白表述的概念（例如張惠言在〈詞選序〉中已明述的詞學觀），而是指其與詞學有關之言行所依因卻隱蓄未明的意識。「詮釋」的目的不在說明「已知」之表層意義，而在揭明「未知」之深層意義。本文的論旨，正在於揭明未知之義。

經過我們對上述史料深入的理解，常派構成的因素，就其主觀的深層意識這個面向來看，主要表現在下列幾方面：「文化集體意識的覺醒」、「社會階層身份的認同」、「社會情境的感知」。不過，我們要特別指出的是，這三種深層意識，就「意識」之為人的

心智活動而言，是主觀性的。然而這種心智活動，並非無客觀對象之虛構想像，而是從某些客觀對象所起之感思而來。例如「集體意識」涉及歷史文化傳統，「社會階層身份認同」涉及歷史文化傳統及當代社會關係結構。而「社會情境感知」亦涉及當代社會環境客體，故可見其主客交互作用的現象。底下，我們將依上述所提出的論點，依循史料文本的分析、詮釋，一一論證。

貳、文化集體意識的覺醒

有關「文化」的界義，眾說紛紜。為切合本文的論旨，將「文化」界定為一群人經由學習、交流、傳遞而共有的生活方式，及其依據的知識與價值系統❺。所謂「集體意識」，係指人對生命存在與行為之價值的認知、信仰，乃是從集體的立場去進行思考，而不是從個體的立場去進行思考。故「集體價值」（collective consciousness）是以不可分割的整體，做為共同價值的考量。什麼樣的價值會是「集體價值」？凡具有普遍性，於每一個體皆為應然之價值，即是「集體價值」，例如道德之義。「個體價值」則以單一個體做為各別價值的考量。什麼樣的價值會是「個體價值」？凡具有個殊性，於個體之間相互否定或排除之價值，即是「個體價值」，例如情趣或功利。「集體」不等於數量上的「群體」，而是與「個體」相對的概念，是一雖集合若干數量的個體，卻在「質」上

---

❺ 參見基辛（R.Kessing）著、于嘉雲、張啟恭合譯《當代文化人類學》（臺北：巨流圖書公司，1980 年），頁 202-211。

視為不可分割的整體。所謂「文化集體意識」（collective consciousness of culture），指一群人在生活方式與依據的價值觀上，共同服從於集體價值觀下的認知及信仰，並形成一種文化傳統。❻

　　在論述常派的議題上，所關涉的「文化集體意識」，特指流派的成員在詞學行為所因依的價值觀上，共同服從於集體意識。此一「文化集體意識」，當它透過「詞學行為」加以體現時，會先落實在「詞體本質」以及由其衍生之「詞體功能」觀念的界定上。當其「文化意識」與其他文學群體的「文化意識」衝突時，便產生「文化意識焦慮」，甚而採取對其他文學群體的批判，並進行文學改革的行動。這樣的文化意識，明顯表現在張惠言的〈詞選序〉。其言云：

> ……傳曰：意內而言外謂之詞。其緣情造耑，興於微言，以相感動。極命風謠里巷男女哀樂，以道賢人君子幽約怨悱不能自言之情，低徊要眇以喻其致。蓋詩之比興，變風之義，騷人之歌，則近之矣。然以其文小，其聲哀，放者為之，或跌蕩靡麗，雜以昌狂俳優。然要其至者，莫不惻隱盱愉，感物而發，觸物條鬯，各有所歸，非苟為雕琢曼

---

❻　余英時先生在《中國知識階層史論》（臺北：聯經出版社，民國 73 年 2 月），頁 206-230，曾就社會文化的角度，去詮析兩漢普遍存在的「集體意識」本文的界義乃參酌其研究成果而來。

辭而已。❼

張氏以「賢人君子幽約怨悱之情」界定「詞體的本質」。此一「怨悱之情」，當是賢士關懷社會的情志；而在表現上，又能「幽約」隱蓄，以免刺傷他人，因而能夠產生政教上「諷諭」的效用。其實這就是「風」、「騷」所樹立的文學精神。張惠言明白地以「風騷精神」去界定「詞」的本質與功能。那麼，何謂「風騷精神」？在中國文學史或批評史上，「風騷」，或稱「風雅」、「騷雅」，指的都是以「詩經」和「屈騷」為典範而構成的一種文學類型。這一文學類型的特質，從內容上說，是表現了一個時代人們群體的情志。這群體情志，其喜怒哀樂好惡，蓋皆為對現實政教環境的感受與意向。對這種「群體情志」說得最明白的厥為〈樂記〉與〈詩大序〉所云：

> 治世之音安以樂，其政和；亂世之音怨以怒，其政乖；亡
> 國之音哀以思，其民困。

而這些風謠，經「國史」的采擇整編而令瞽矇歌之，以諷其上❽。一方面其所反映的就是百姓的群體情志；另一方面國史藉百

---

❼ 參見張惠言著、姜亮夫箋註：《詞選箋註》（臺北：廣文書局有限公司，民國69年12月初版），頁22-24。

❽ 孔穎達《毛詩正義》詮釋〈詩大序〉「國史明乎得失之迹」句，引鄭玄答張逸云：國史采眾詩時，明其好惡，令瞽矇歌之；其無作主，皆國史主之，令可歌。參見《十三經注疏》（臺北：藝文印書館，重栞宋本毛詩注疏附校勘

姓這種群體情志所要達到的意圖即是「政教諷諭」。在政教諷諭上所因依的價值觀，既非國史一人的個體價值，亦非百姓任何一人的個體價值，而是社會集體不可分割的價值。這種「文化集體意識」的文學觀念，我們可由〈詩大序〉再作進一步的申說。〈詩大序〉云：「一國之事，繫一人之本，謂之風」。孔穎達的《毛詩正義》解釋得非常適切，其言云：

> 一人者，作詩之人。其作詩者，道己一人之心耳。要所言一人心，乃是一國之心。詩人覽一國之意以為己心，故一國之事繫此一人，使言之也。❾

依孔穎達的解釋，風謠既使有作詩之人，但詩人所抒寫的不是自己個人的情志，而是「一國之意」，也就是百姓的「群體意識」。「風」如此，因此我們也可以推斷「雅」亦若是。至於「騷」，雖所抒寫乃屈原個人哀怨情志。然而，屈原之「怨」，乃「悲世之怨」，非「悲己之怨」，是關懷政教治亂之怨❿，故《文心雕龍・辨騷》稱它為「忠怨」⓫。我們可以說，屈原個人的情志與

記）。

❾　版本同註❽。

❿　有關屈原之「怨」，乃「悲世之怨」，非「悲己之怨」，現代學者已提出相關的論述，參見顏崑陽先生：〈論漢代文人「悲士不遇」的心靈模式〉，國立政治大學中文系主編《漢代文學與思想學術研討會論文集》（臺北：文史哲出版社，1991 年 10 月，初版），頁 232-234。

⓫　〈辨騷〉云：「……每一顧而掩涕，歎君門之九重，忠怨之辭也，觀茲四

時代百姓的群體情志，實爲一體。總結來說，詩騷其所表現的情志，非個體之私有，而爲群體之共有，其深層所因依的是「文化集體意識」的價值觀。這價值觀是以「政教道德」爲中心，而延伸到文化的各個層面，文字藝術自不例外。

　　至於「風騷」這一文學類型的特質，從形式上說，就是「比興」的語言表達原則。有關這方面的研究，前人已多論述詳明，不必贅述⓬。不過我們在這裡要指出的，在「詩騷」系統下，所謂「比興」，單從語言形式實不能盡其義，必須合前文所說的情志內容，才是「比興」的充足義涵。

　　由此來說，理想的詞體實應體現「文化集體意識」的情志。反觀，張氏所批判的那些「放者」，其所爲之詞，乃是「跌蕩靡

事，同於風雅者也」，參見劉勰著、周振甫注：《文心雕龍注釋》（臺北：里仁書局，民國 87 年 9 月，初版三刷），頁 64。

⓬　所謂的「比興」的語言表現原則，係指在作品言外隱涵政教情志。漢儒因箋釋詩騷而提出「比興」的表現原則，許多現代學者均有相關論述，可資參看。例如朱自清：《詩言志辨》（臺北：漢京文化事業有限公司，民國 72 年），「毛詩鄭箋釋興」，頁 49-62，葉嘉瑩：〈常州詞派比興寄託之說的新檢討〉，版本同註❷，頁 167-168。又蔡英俊先生：《比興物色與情景交融》（臺北：大安出版社，民國 79 年 8 月），頁 111-119，第二章第一節「比興與兩漢詩學：美刺諷諭說」。顏崑陽：〈論詩歌文化中的「託喻」觀念〉，成功大學中文系主辦《第三屆魏晉南北朝文學與思想學術研討會論文集》，頁 24-29。顏崑陽：〈從「言意位差」論先秦至六朝「興」義的演變〉，清華大學中文系主辦《第一屆中國古典文學（國際）研討會論文集》，頁 9-18。

麗」、「昌狂俳優」，則只突顯了「個體意識」。蓋因爲「跌蕩靡麗」、「昌狂俳優」係指抒情時背離道德的規範，只求一己情欲之放蕩或語言的表現。

有關文學上「集體意識」與「個體意識」形成對立，大抵在魏晉時就有了。這種對立，不僅表現在「詩言志」與「詩緣情」的分歧上；同時也衍生出兩種「社會功能」的價值對抗。自從漢儒箋釋詩、騷，確立了詩的「情志」內容，乃是「一國之本」的「集體情志」，形式則爲「比興」的語言，並由此而衍生「政教諷諭」之「用」。到了魏晉，由於文士「個體意識」的自覺[13]，「抒情自我」也隨之而自覺，陸機「詩緣情」[14]、蕭綱「吟詠情性」[15]等詩論，確立了「抒情自我」爲文學主體，強調因個殊「氣質之性」而來的「情感」與「語言才能」，以及由此衍生「人情感通」、「藝術賞樂」上的「用」[16]。齊梁時，梁裴子野〈雕蟲論并序〉：「淫文破

---

[13] 余英時先生曾就魏晉崇尚名節、人物評論等社會文化行爲去詮釋魏晉「個體自覺」。版本同註[6]，頁 231-274。

[14] 參見陸機〈文賦〉，收錄於嚴可均輯：《全晉文》（臺北：世界書局），卷九十七。

[15] 參見蕭綱〈與湘東王書〉，收錄於嚴可均輯：《全梁文》（臺北：世界書局），卷十一。

[16] 現代學者有關魏晉詩論中，抒發情感、講究語言藝術技巧，而異於漢代箋釋詩騷之詩學觀念的論述甚多，例如劉若愚：《中國文學理論》，（臺北：聯經出版事業公司，民國82年），頁 129-154，蔡英俊先生：《比興物色與情景交融》版本同註[12]，頁 18-52，第一章第二節「『抒情自我』的發現與情景要素

典，斐爾爲功」⑰與蕭繹《金樓子・立言篇》云：「學者率多不便屬辭，守其章句，遲於通變，質於心用」⑱，所突顯「文」、「質」之間的分立⑲，正是上述兩種文學「本質」與「功能」觀念的對抗，並且可究其根本至文化上「集體意識」與「個體意識」之間價值觀的衝突。

　　自魏晉以後，文學上「集體意識」與「個體意識」不斷形成對抗的關係。例如唐代陳子昂提倡「興寄」，而批駁「齊梁間詩，彩麗競繁」⑳，元結、白居易主張「風雅六義」，而譏斥「梁陳間，率不過嘲風雪、弄花草而已」㉑，均承繼了魏晉以來「集體意識」與「個體意識」相抗的文化傳統。甚者，在文學觀念上，「集體意識」所對抗者，除了偏取「情趣」的「個體意識」外，更加批

的確立」。

⑰　版本同註⑮，卷五十三。

⑱　蕭繹：《金樓子》（臺北：世界書局影印永樂大典本），卷四〈立言篇〉。

⑲　有關魏晉六朝「文質」觀念，所隱涵文學「本質」與「功能」觀念的歧異，可參顏崑陽：〈論魏晉南北朝「文質」觀念及其所衍生諸問題〉，收錄於《六朝文學觀念叢論》（臺北：正中書局，民國 82 年），頁 40-44。

⑳　參見陳子昂：〈與東方左史虬修竹篇序〉，參見《陳伯玉文集》，（民國商務印書館四部叢刊影印明刻本），卷一。

㉑　參見元結〈篋中集序〉，《唐元次山集》（上海：商務印書館，民國 18 年西元 1929 年，四部叢刊影印明正德郭氏刊本），卷七。白居易〈與元九書〉，《白氏長慶集》（上海：商務印書館，四部叢刊據江南圖書館藏日本翻宋大字本影印），卷四十五。

判了以文學為工具而追求個人名位利祿的「個體意識」。此尤以宋代道學家對「溺於情好」之詩人的批判最具代表。㉒

　　張惠言在提出上述有關詞體本質與功能的理論之後，接下來便對唐宋至清代中期的詞風提出批評。張氏以為溫庭筠的詞作，成就最高。從他對溫庭筠作品的詮釋意見，例如「離騷初服」之意㉓，可見他認為溫氏的作品以「男女」題材，用「比興」之法，去隱蓄政教諷諭意圖，類近於屈騷，而實現了文士在創作上，應有的「文化集體意識」。除了溫庭筠之外，張氏所以推崇蘇軾、辛棄疾、姜夔、王沂孫等詞人為「文有其質」，究其因均同於上述詮釋溫作的判準。張氏在提出典範詞人的同時，也對唐宋至清代雜流的詞風提出批判。從批判的言論中，我們可以了解張氏認為雜流的詞風之所以興起，乃肇因於盲從不當的「文化意識」，而未加審辨之。此一雜流的詞風，由五代開端，歷經宋、元、明，竟成為詞壇的主導力量。〈詞選序〉云：

　　　　五代之際，孟氏、李氏君臣為謔，競作新調，詞之雜流由
　　　　此而起。……其盪而不反，傲而不理，枝而不物。柳永、

―――――――――――

㉒　例如宋代邵雍：〈伊川擊壤集序〉：「近世詩人，窮蹙則職於怨憝，榮達則專
　　於淫佚。身之休憑，發於喜怒；時之否泰，出於愛惡。殊不以天下大義而為
　　言者，故其詩大率溺於情好也」。收錄於《伊川擊壤集》，（上海：商務印書
　　館，民國 18 年西元 1929 年，四部叢刊影印明成化乙未畢亨本）。
㉓　參見溫庭筠〈菩薩蠻〉「小山重疊金明滅」一首的評語。版本同註❼，卷
　　一，頁 6。

黃庭堅、劉過、吳文英之倫，亦各引一端，以取重於當
世。而前數子者，又不免有一時放浪通脫之言出於其間。
後進彌以馳逐，不務原其指意；破析乖刺，壞亂而不可
紀。故自宋之亡而正聲絕，元之末而規矩隳。

何謂「君臣為謔，競作新調」呢？據《溫叟詩話》的記載❷，
後蜀主孟昶與花蕊夫人避暑摩訶池上，創作〈洞仙歌〉。當時如武
德軍節度使歐陽炯、太保鹿虔扆等人俱有詞作，併收入少卿趙崇祚
《花間集》之中。歐陽炯為《花間集》作序，序文頗能表現出當時
君臣對於填詞的主流觀點。其言曰：

> 鏤玉雕瓊，擬化工而迥巧；裁花剪葉，奪春豔以爭
> 鮮。……楊柳大堤之句，樂府相傳；芙蓉曲渚之篇，豪家
> 自制。莫不爭高門下，三千玳瑁之簪；競富尊前，數十珊
> 瑚之樹。則有綺筵公子，遞葉葉之花箋，文抽麗錦，舉纖
> 纖之玉指，拍按香檀。❷

據此，可知後蜀時代，填詞行為的背後所隱涵的「詞體」本

---

❷ 《溫叟詩話》云：「蜀主昶令羅城上盡種芙蓉，盛開四十里。語左右曰：『古
以蜀為錦城，今觀之，真錦城也。』嘗夜同花蕊夫人避暑摩訶池上，作〈洞
仙歌〉」。這一則史料收錄於清沈雄《古今詞話》，見唐圭璋：《詞話叢編》
（臺北：新文豐出版公司，民國 77 年 2 月），第一冊，頁 757。

❷ 參見歐陽炯：〈花間集序〉，收錄於《花間集》（臺北：世界書局，民國 81
年）。

質觀乃以男女豔情爲其內容，而華詞麗藻爲其形式，以發揮「宴樂」之功能。凡此已經遠離了君臣間應有的政教關懷，而看不到「文化集體意識」的存在。

又馬令《南唐書》曾記載，南唐中主李璟與宰相馮延巳討論詞作的事**❷❻**。從兩人的對應中，只看到他們因爲詞作的語言，而相互欣賞；切磋詞藝的時候，往往抱持著「調侃」、「取悅」對方的態度。可見南唐君主之間，亦將「填詞」視爲人際應酬的行爲，而未認真地賦予它「政教諷諭」的意義。關於這一點，可從馮延巳的外孫陳世修在〈陽春集序〉中所云「娛樂而遣興」之說，看出一般**❷❼**。這種由君臣唱酬形成追琢語言技巧以及感官享樂的詞風趨向，上承魏晉「緣情」系統，其詩歌本質與功能觀之所因依者，實乃「文化個體意識」。此與張惠言所堅持的「文化集體意識」不能相容，是故張氏提出「雜流」的批判。順此而下，張氏對於宋代以後，雜流詞風的批判，均因有感於填詞行爲中，文化上的「集體意識」湮沒，而「個體意識」卻日益高張而成爲主流。面對這樣扭曲的現象，他產生相當強烈的焦慮，並提出嚴厲的批判。他指出雜流之風起於五代之後，接著對宋代柳永、黃庭堅、劉過、吳文英提出

---

❷❻ 參見馬令：《南唐書》，（上海：商務印書館，民國 23 年西元 1934 年，四部叢刊續編影印明刊本），第二十一卷。

❷❼ 陳世修在〈陽春集序〉中稱馮延巳爲「外舍祖」，並指出馮延巳「金陵盛時，內外無事，朋僚親舊，或當燕集，多運藻思，爲樂府新詞，俾歌者倚絲竹而歌之，所以娛賓而遣興也。」由此可見馮氏等人乃將填詞視爲「享樂」的行爲。參見馮延巳：《陽春集》（臺北：世界書局，民國 59 年）。

相類的批判。

　　所謂「盪而不反」係指過度放盪情緒，而缺乏理性的節制。「傲而不理」係指標新立異，卻又不合乎事物的常理。「枝而不物」係指專注形式技巧等末節，卻不能掌握根本的精神。而這樣的詞風卻「取重於當世」，可見當世普遍存在這樣的文化意識。

　　根據詞話的記載，柳永是一個有文學才能卻不護細行的文人。他的詞作善於描摹「羈旅」、「閨房」的情感，頗受世俗喜愛。但他的詞作實無關政教，甚至有時更不免藉詞作以追求「榮利」。例如他獲悉仁宗喜好通俗的詞作，便作〈醉蓬萊〉「因內官達後宮，且求其助」，冀由此取悅宋仁宗，進而獲得祿位。仁宗皇祐時，老人星現，柳永趁機應制上詞，「意望厚恩」。❷❸

　　黃庭堅乃北宋極負聲名的詞人，卻因為「使酒玩世」而好填豔詞，招來法秀道人「當下犁舌之獄」的批評❷❾。黃氏填詞雖然不一定為了謀取私利，不過他的詞作多寫男女豔情，並不符合道德的規範。至於劉過，南宋岳柯《桯史》云劉氏刻意模擬辛詞風格，以便取悅辛氏並獲得高額的賞金❸❶。元代方回《瀛奎律髓》曾提到他

---

❷❸　有關柳永填詞娛上的記載，參見胡仔：《苕溪漁隱詞話》，收入唐圭璋：《詞
　　話叢編》，版本同註❷❹，頁 163、171，宋魏慶之也有相關的論述。參見嚴有
　　翼：《藝苑雌黃》，收入《說郛》（清順治丁亥四年，兩浙督學李際期刊本）。

❷❾　參見黃庭堅：〈小山詞序〉，收錄於朱祖謀：《彊村叢書》（上海市：上海古籍
　　出版社，1989 年），第一冊，《小山詞》，頁 652。

❸❶　參見岳柯：《桯史》（北京：中華書局，1997 年）。

填詞干謁辛棄疾❸。張世南《遊宦紀聞》也說到，劉過為尚書黃由的賦卷題詞，而獲得豐厚的餽贈❸。由上可知，劉過並未自覺地從「政教諷諭」的創作精神，去學習稼軒詞，相反地，他僅從作品文字表面，去模擬稼軒「雄豪」的風格。在這種模擬的過程中，劉氏所肯認的是辛棄疾「任氣使才」的一面，這與張惠言所強調「政教諷諭」的價值觀不合。至於吳文英，南宋張炎、沈義父等人，即已指出其作「善於煉字面」、「深得清真之妙」等，實側重「語言技巧」上的表現❸。我們從吳文英「雕琢字句」的「填詞行為」，可以推知吳氏對詞體本質的認知，無非偏在形式之美。吳氏所以有這項認知，與他在「語言」上的才性有相當密切的關係。王鵬運、朱孝臧校訂夢窗詞時，對吳氏所做「沈博絕麗之才」、「雋上之才」的評語❸，正切中此意。吳文英一生未應舉業，雖曾依附權貴幕下，

---

❸　參見元代方回：《瀛奎律髓》（臺北：佩文書社，民國 49 年），第二十卷。

❸　參見張世南：《遊宦紀聞》（上海：商務印書館，民國 16 年西元 1927 年，排印本），卷一。

❸　參見張炎著、蔡禎疏證：《詞源疏證》（北京：中國書店，1985 年），卷下，論「字面」云：「如賀方回、吳夢窗，皆善於煉字面……」，沈義父認為周邦彥的詞作「下字運意，皆有法度，往往自唐、宋諸賢詩句中來，而不用經史中生硬字面，此所以為冠絕也」，並指出吳文英的詞作「深得清真之妙」。見沈義父：《樂府指迷》，收錄於王鵬運：《四印齋所刻詞》（上海：上海古籍出版社，1989 年），頁 405。

❸　參見王鵬運：〈夢窗詞跋〉，收錄於鄭文焯批校：《夢窗甲乙丙丁稿》（臺北：中央研究院文哲研究所籌備處，民國 85 年），頁 289。以及朱祖謀：〈夢窗

而與權貴之間時有酬酢，但卻「罕干求」。由此來看，吳氏不慕官宦，而志在獨善❸。其人生觀頗具個體意識色彩。綜合上述，不管「情欲宣洩」、「語言雕琢」、「獨善其身」，乃至於「追求利祿」，均不符合張惠言所認定文士應有的「文化集體意識」，故他批評上述諸人爲「不反」、「不理」、「不物」。

　　張惠言除了批評這些詞家爲雜流之外，更重要的是，他將批評的矛頭指向當時人對這些詞家的推崇。即此，金應珪〈詞選後序〉有一段話可資參看：

詞跋〉，收錄於《彊村叢書》，版本同註❷，第五冊，頁4396。

❸ 有關吳文英的生平，夏承燾：《吳夢窗繫年》、楊鐵夫〈吳夢窗事蹟考〉，《夢窗詞全集箋釋》（臺北：學海出版社，民國 64 年）、陳邦炎：《吳文英評傳》，收入《中國歷代著名文學家評傳》（濟南：山東教育出版社，1983-1985 年初版），第二卷，均加以辨析。而有關夢窗是否有諛諂權貴之作，前人有不同的看法，《四庫全書總目提要》（臺北：藝文印書館），〈夢窗稿四卷補遺一卷提要〉，以為夢窗「壽賈似道，晚節頹唐」的說法，傾向認定夢窗有諛諂權貴；而如劉毓崧：〈重刊吳夢窗詞稿序〉，收錄於《通義堂文集》（藝文印書館，民國 59 年西元 1970 年，四部分類叢書集成續編影印吳興劉氏刊本），以及民國以後，夏承燾、楊鐵夫考察吳氏生平交遊，皆推定吳氏應沒有諛諂權貴。當代詞學家如蕭鵬：《群體的選擇》（臺北：文津出版社，民國 81 年），頁 137，從「諛壽」的角度去理解吳文英填詞的動機，當亦承《四庫全書總目提要》而來。而葉嘉瑩〈論吳文英詞〉，收入葉氏《唐宋名家論集》（臺北：正中書局，民國 79 年），頁 393-394，據夏承燾等人的說法，傾向吳氏沒有腴諂權貴。本文的論點，則從劉、夏、楊、葉的論點。

> 昔之選詞者，蜀有《花間》，宋有《草堂》，下降元明，種別十數。推其好尚，亦有優劣。然皆雅鄭無別，朱紫同貫，是以乖方之士，罔識別裁。❸

所謂「雅鄭無別」二句，係指「選集」評判詞人，本應具有彰顯正確價值觀，以達到教化文士的功能。然而，唐宋以來的選集，卻反其道而行，因而助長了偏差的填詞行為。換句話說，這種追求利祿或雕琢語言所因依的「文化個體意識」，並非只存在少數詞人身上；相反地，由於受到具有評判權力的編選家之大力推助，因而促使文士們將「文化個體意識」，普遍視為當然。這種「文化個體意識」，一方面體現在文士模習典範詞人的行為之上；另一方面則表現在文士編選詞作的行為上。先說前者，例如劉克莊〈翁應星樂府序〉云：

> 范蜀公晚喜柳詞，以為善形容太平。伊川見小晏「夢魂慣得無拘檢，又踏楊花過謝橋」之句，笑曰：「鬼語也。」噫！此老先生亦憐才耶？余謂君當參以柳、晏諸人以和其聲，不但詞進，而君亦自此官達矣。❸

劉克莊特別指出范蜀公（范成大）、程伊川二人欣賞柳永、晏

---

❸ 金應珪〈詞選後序〉收錄於唐圭璋：《詞話叢編》，版本同註❷，第二冊，頁1618-1619。

❸ 參見劉克莊：《後村先生大全集》，（上海：商務印書館，民國 18 年西元 1929 年，四部叢刊影印舊鈔本），卷九十七。

幾道的詞作，最主要的目的當在突顯這些在政治或學術上有權望的
人對於詞風的好惡，以此來指引翁應星如何填詞。劉氏在詞壇上享
有一定的地位，他所說的話，應相當程度地反映了當時的創作趨
向。從這個例子，我們可以看到，文士們對於模擬前行詞人詞作的
「行為動機」，乃是在於獲取個人榮利。在這種行為之中，填詞不
以「政教諷諭」為目的，而係以取悅權貴為目的，當然已經偏離文
士應有的「文化集體意識」。

接著，我們討論後者。《花間集》主要收錄唐五代的詞作，宋
代以來雖然也有不少的選集，但比較完整呈現南北宋詞作的選集，
當以《草堂詩餘》為代表。《花間集》主要收錄描寫男女之情的詞
作，至於《草堂詩餘》，乃兼收描述男女之情或藉景抒發隱逸之趣
的詞作。然而，不管是「男女之情」或是「隱逸之趣」，都傾向於
「文化個體意識」，而非「文化集體意識」。宋室南渡之後，雖然有
曾慥《樂府雅詞》、銅陽居士《復雅》等選集，去提倡詞體應發揮
「政治諷諭」的功用，但是這些詞選對於當時創作風氣，並未如
《花間》、《草堂》那般發揮很大的影響力。例如明代楊慎《詞品》
卷四曾云：

> 趙鼎，字元鎮，宋中興名相。小詞婉媚，不減《花間》、
> 《蘭畹》。……世皆傳誦。❸

晁謙之〈花間集跋〉云：

---

❸　楊慎：《詞品》（明嘉靖間西元 1522—1566 年，琲江書屋校刊本）。

建康舊有本。比得往年例卷，猶載郡將、監司、僚幕之
行，有《六朝實錄》與《花間集》之贐。㊴

葉夢得《避暑錄話》記載西夏官員的言論：

> 凡有井水飲處，即能歌柳詞。……㊵

　　從第一條、第二條史料，我們可以看到《花間集》在為官的
文士間廣為流傳，並成為模習的典範。而第三條，以及前述劉克莊
〈翁應星樂府序〉，則讓我們看到南宋對柳永的推重。這是因為南
渡以前的選集，並不重視柳永的作品，到了《草堂詩餘》卻大量選
錄柳詞，由此可見柳永已經成為南宋詞人學習的典範詞人。元代至
正年間，陳氏刊本《增修箋註妙選群英草堂詩餘》，更進一步地標
示宋度宗前，文士何士信曾對此書加以增修以便重刻，由此可見，
《草堂詩餘》在當時的影響力。南宋羅大經《鶴林玉露》，公開承
認歐陽修「游戲作小詞，亦無愧唐人《花間集》」㊶，這種態度已
經不同於稍前詞論家，礙於歐陽修「儒宗」的身分而孜孜為他的
「豔詞」辯駁。由此可見出《花間》、《草堂》所體現的詞作風格，

㊴　晁謙之〈花間集跋〉，收錄於《花間集》（明正德辛巳 16 年西元 1521 年，吳
　　郡陸元大覆宋刊本）

㊵　葉夢得：《避暑錄話》（明萬曆間西元 1573 至 1620 年，會稽商氏刊稗海
　　本）。

㊶　羅大經：《鶴林玉露》（明萬曆 7 年西元 1579 年，莆田林大黼修補南京舊刊
　　本）。

相當程度地影響了當時詞壇的創作風氣。

　　從這個角度，我們可以進一步分析張惠言〈詞選序〉對於宋代末期，乃至於清代雜流詞風的批評。茲先引錄他的言論：

> 後進彌以馳逐，不務原其指歸，破析乖刺，壞亂不可紀。
> 故自宋之亡而正聲絕，元之末規距矣。

　　根據上述對南宋詞風的分析可知，造成後進馳逐的動力，乃是來自於以「名利」及「情欲」爲價值取向的「文化個體意識」。這種情況亦見於金至元代，到了明代另有歧出。金代開國之初，雖然有些詞人仍有緬懷故國的作品，但是從金世宗大定之後（西元一一六一年），金詞已經走向「寫景抒情」的風氣。金代末期，戰亂頻仍，此時詞人雖不再「寫景抒情」，但卻更多感慨「世事無常」而欲追求「隱逸閒居」。❷到了元代，因爲曲體的興盛，以及統治者刻意貶低漢族文士的社會地位，文士的詞作往往與曲雜混。就內容情意來說，「豔情」與「隱逸」仍是主流，但是在「語言形式」上，則刻意以方言俚語入詞，以追求直淺通俗的風格❸。就內容情

---

❷　有關金詞發展歷程，黃兆漢：《金元詞史》（臺北：學生書局，民國 81 年），第二章「金元詞的分期」曾加以論述，黃氏將金詞歷程分爲三期，其中第二期時間最長，而且此時期詞風「已由悲哀的感慨趨向寫景抒情的風氣了」，頁 20。黃氏在論述金末重要詞人詞風時，已指出如趙秉文、李俊民、段克己等人均有許多追求「隱逸閒居」的詞作，參見頁 112、116、132。

❸　元代邵亨貞、謝應芳等重要詞人均有許多類似曲體風格，十分淺白通俗的詞作。對此現代學者已有相關的論述，其中趙維江指出元代詞人乃是自覺地創

意來看，元詞固然無涉「政教」上的「文化集體意識」；然而最嚴
重的是元詞在「語言」上，已經淪為俗陋。據此，我們可以推知張
惠言所以批評：「故自宋之亡而正聲絕，元之末而規矩隳」，乃是有
見於元末，文士在填詞行為上，不僅不能體現「文化集體意識」，
甚至連「語言」之雅，亦一併失去了。

　　明代以降，尤其到了晚明，「反道學」之風甚盛，相對強調回
歸自然的人性，這可以從「通俗小說」、「戲劇」的盛行概見一般。
因此，與其說明代受《花間》、《草堂》的影響，致使文士填詞的動
機趨向「宣洩情慾」，不如說明代是在「追求個性解放」、「情慾不
受禮教束縛」的「個體意識」下，重新反省「填詞行為」，並選擇
接受《花間》、《草堂》這二本選集。有關明代文士追求情慾自主的
填詞行為，一方面表現在刻意抒寫豔情的詞作；一方面表現在從
「豔情」的角度，去肯定《花間》、《草堂》的價值。前者如馬洪的
《花影詞》、湯顯祖《晚香詞》、施紹莘《花影詞》等，後者如湯顯
祖〈花間集序〉，表現了對這本選集的熱愛云：

　　　　余於牡丹亭亭夢之暇，結習不忘，試取而點次之，評騭
　　　　之。……④

溫博〈花間集補敘〉：

作類曲的詞，此一觀點頗值得注意。參見黃兆漢：《金元詞史》，版本同註
④，頁 72。趙維江：《金元詞論稿》（北京：中國社會科學出版社，2000
年），頁 54-57。

④　參見《花間集》（明萬曆庚申 48 年西元 1620 年刊本）。

　　然古今詞選，無慮數家，而《花間》、《草堂》二集最著者也。❹

楊慎〈草堂詩餘序〉云：

　　今士林多傳其書，……❹

何良俊〈草堂詩餘序〉：

　　樂府以曒逕揚厲為工，詩餘以婉麗流暢為美。如周清真、張子野、秦少游、晁叔用諸人之作，柔情曼聲，摹寫殆盡，正辭家所謂當行，所謂本色者也。後人即其舊詞，稍加檃括，便成名曲……❹

毛晉《草堂詩餘跋》云：

　　宋元間詞林選幾屆百指，惟《草堂》一編，飛馳幾百年來，凡歌欄酒榭，絲而竹之者，無不撫髀雀躍。及至寒窗

---

❹　溫博序，收錄於《花間集補》（明萬曆茅刊本），然未見其書，茲參用施蟄存：《詞籍序跋萃編》（北京：中國社會科學出版社，1994 年），頁 634 所錄。

❹　楊慎序收錄於《草堂詩餘》（忏花庵叢書本）。然未見其書，茲參用施蟄存：《詞籍序跋萃編》，版本同註❹，頁 665。

❹　參見《草堂詩餘》（臺灣：中華書局，民國 57 年，據因樹樓詞苑英華重刻毛氏汲古閣本校刊）。

腐懦，……不知何以動人一至於此。❹

　　根據蕭鵬《群體的選擇》一書的研究，有明一代，翻刻《花間》、《草堂》的相關著作，總共高達三十五種以上❹。不過在增刪的過程當中，「都只是一些小修小補，……沒有人敢徹底否定它，從大處改變其宗法特點。❺」蕭氏的結論已經指出這些修補《花間》、《草堂》的論著，在風格的判準上，大體遵照原編。

　　對於張惠言等人來說，他並非完全否定《花間》、《草堂》所選錄的詞家。而是認為《花間》、《草堂》的選錄結果，雜混了好壞詞作，顯示了編選者沒有正確的評選標準，不能擔負起教化詞風的社會使命。到了明代，雖然沒有著力於編選唐宋詞作或明代詞作，但是藉由選擇、推崇前代詞選的行為，也足以產生指導文士創作的影響力。

　　明代的詞壇為什麼全面地接收《花間》和《草堂》呢？這除了刊本散佚的問題之外，另與那些主導詞壇風氣的領袖有關。我們可以回過頭去看上述所引述的何良俊、湯顯祖等人，都曾受書商的邀約而對《花間》和《草堂》這二部集子進行評點或序跋。書商何以要這樣作呢？當然為了藉助這些人在文壇的影響力，以達到擴大銷售的目的，同時隱涵著這些人對《花間》和《草堂》的看法，正是當時的主流意見。

---

❹　版本同註❹，書末。

❹　參見蕭鵬：《群體的選擇》，版本同註❸，頁 238-239。

❺　版本同註❸，頁 244。

　　湯顯祖，萬曆癸末進士，因為得罪權貴，故隱居故里，從事
戲劇的創作。何良俊，雅好經學，有經世之心，但無處施展大志，
故歸居故里，畜養家伎，致力度曲。這二個人以飽讀經書的文士身
分，而推崇《花間》、《草堂》的行為，無疑地鼓勵當時的文士，把
「塡詞」當作一種與文士社會身份無涉，純粹娛樂的行為。再如王
世貞在嘉靖二十六年獲得進士，官至南京刑部尚書。同時，他也是
當代極負聲望的文學家。以這樣崇高的地位，卻在《弇州四部稿》
裏十分得意自己具有「塡詞末藝」的專才❺❶。而他對於詞的看法，
以《藝苑巵言》最具代表。其言曰：

　　　詞須宛轉綿麗，淺至儇俏。……作則寧為大雅罪人，勿儒
　　　冠而胡服也。……❺❷

　　由此可見，王世貞雖具有崇高的地位，但卻熱衷於這種無助
於「政教」的詞學行為。像明代這類具有高度影響力的文士，卻從
事如此的「詞學行為」，正是張惠言等常派詞學家所以要提出「不
務原其指歸，壞亂不可復紀」等批評的緣故。

　　以上，我們將張惠言等常派詞學家，在批評前代詞風時，其
深層所因依的「文化集體意識」，詮釋如上。底下，則轉至常派
「社會階層身份認同」的問題上。

---

❺❶　參見王世貞：《弇州四部稿》（明萬曆 5 年西元 1577 年，吳郡王氏世經堂刊
　　　本）。其言云：「意在筆先，筆隨意往。法不累氣，才不累法。有境必窮，有
　　　證必切，匪獨詩文為然，塡詞末藝，敢於數子云有微長」。

❺❷　參見王世貞：《弇州山人藝苑巵言》（明萬曆辛卯 19 年景累堂刊本）。

參、社會階層身份的認同

　　常派張惠言所以對前行詞風產生「文化集體意識」上的焦慮，乃是基於對文士「社會階層」（social stratum）之身分認同而來。所謂的「社會階層」，係指特定群體基於特定的條件，而在其所置身的群體關係間，取得獨特的身分（status）定位。至於「認同」係指某一群體自覺地以特定條件，去界定自己的社會身分，向外達到與其他群體產生區隔的目的，對內則使群體成員產生歸屬的效用。常派的成員如周濟、譚獻、陳廷焯等人對於張惠言的推崇，究其根本，亦即認同於張惠言所以自覺認同的「社會身分」。不過周、譚、陳等人在詞論上與張氏有所出入，另顯示了他們在社會階層的身分認同上當有異於張氏之處，關於這一點已經涉入常派演變的問題，本文將另文深究。此處先集中討論常派創始階段，張惠言等人「社會階層身份認同」的問題。

　　「士」這個階層，乃介乎權貴的統治階層，與商賈百工的受治階層之間。在社會文化變遷中，又產生「次階層」的分化。根據余英時先生《中國知識階層史論》的研究[53]，周代封建解體之後，「士」這一階層分化為「武士」與「文士」。「文士」係指偏習詩書禮樂等王官之學的知識分子。自從孔子以「道」去自覺「文士」的「社會身份」，並獲得其弟子的普遍認同，「儒士」便成為「文士」的代表身分。孔子所謂的「道」係指「修身」的自我操持與「淑

---

[53]　參見余英時：《中國知識階層史論》，版本同註[6]，頁 4-101，「古代知識階層的興起與發展」。

世」的社會使命，順此而下，他重新反省「學」的意義，乃在於有益「修身」以及「淑世」。戰國時代，因應國君霸業的需求，一大批以貢獻才學謀取私人榮利的「功名之士」大量興起。此「功名之士」與前述孔門「儒士」，已有分立之勢，例如荀子將文士分爲「利祿之士」與「正身之士」。下逮漢唐之後，「功名之士」往往孜孜於國家的「取才制度」，以謀取個人功利爲最終依歸。漢代之後，「文士」又分化爲「儒士」與「辭章之士」，故其後的正史皆分立「儒林傳」與「文苑傳」。至於魏晉六朝之後，以個人抒情爲主的純文學創作興起，「類不護細行」的「辭章之士」便與「儒士」漸行漸遠，成爲可清楚分判的兩個次階層。此外，魏晉六朝，清談隱逸之風興盛，追求特立獨行的「名士」或「逸士」，則又與「儒士」、「功名之士」分隔開來，成爲另一個次階層。本文雖析分「文士」爲「儒士」、「功名之士」、「辭章之士」、「名士」等次階層，但並不意味著個別文士僅機械地對應某一次階層。相反地，本文以爲個別文士往往兼屬多個次階層，不過其中必有一個次階層被該文士列爲首要。例如漢代的文人揚雄、王充等雖具有辭章的才能，然而他們所自覺最首出的「社會身分」，乃是以「淑世」爲理想的「儒士」身分。因此，當我們去詮析張惠言等人對「社會階層身分認同」時，乃是去揭示張惠言等人所自覺最首出的「階層身分」。

漢代以來，若自覺以「儒士」身分去從事文學行爲，便必然以「修身」、「淑世」爲「文學之本質與功能」的基本觀念，這就是中國文學的「載道」傳統。「載道」的文學觀，其深層就是以「文化集體意識」爲首出，亦即「以道自許」者。

張惠言對於文士此一「社會階層」的身分自覺，乃是來自於

孔門儒家的「道」，也就是他在「社會階層身份」的自覺下，將自己定位在「儒士」。儒士必志於「道」，而不同於一般只以「辭章」爲能事的文人。亦不同於只求個人清高的「逸士」，更有異於汲汲營營的「功名之士」。在《論語》、《孟子》這二本書中，多處指明文士應有的「踐道」行爲。例如《論語・學而》云：

> 弟子入則孝，出則悌，謹而信，汎愛眾而親仁。行有餘力，則以學文。[54]

「正義」解這一段話時，即已指出儒士在「出事公卿，入事父兄」等人際交往中，應當遵守「孝弟忠順」等倫理；面對群眾時，則應就有仁德者，「親而友之」[55]。《論語・里仁》曰：

> 士志於道，而恥惡衣惡食者，未足與議也。[56]

《孟子・盡心》上曰：

> 故士窮不失義，達不離道。窮不失義，故士得已焉；達不離道，故民不失望焉。古之人得志，澤加於民；不得志，修身見於世，窮則獨善其身，達則兼善天下。[57]

---

[54]　《論語》（臺北：藝文印書館，十三經注疏本重栞宋本論語注疏附校勘記）

[55]　同註[54]，頁7。

[56]　同註[54]，頁37。

[57]　《孟子》，版本同註[54]，（十三經注疏本重栞宋本孟子注疏附校勘記），頁

又曰：

> 王子墊問曰：「士何事？」孟子曰：「尚志」曰：「何謂尚
> 志？」曰：「仁義而已矣⋯⋯」❺❽

上述這些話，指出儒士在面對「出處進退」的問題上，所該
關注的是如何「踐道」，而非物質環境的窮達。此即個人修身上，
要做到合乎義理，俯仰無愧的境地；一旦取得權位，則應當謀取國
家民生的公利。

又《論語·泰伯》曰：

> 曾子曰：「士不可以不弘毅，任重而道遠。仁以為己任，不
> 亦重乎？死而後已，不亦遠乎？」❺❾

由上可知，以「道」自許乃「儒士」終身應當奉行的價值
觀，不可片刻離之。

張惠言在〈書墨子經後〉、〈讀荀子〉二文中言明他繼承儒家
「禮義」的思想。〈書墨子經後〉中，張氏特別闡明「孟子距墨」
的意義，肯定孟子以「泯滅人倫綱常」直斥墨子「兼愛」學說的價
值❻⓪。在〈讀荀子〉中，則將孔、孟、荀的思想統貫起來，提出君

230。

❺❽ 同註❺❼，頁 240。

❺❾ 同註❺❹，頁 71。

❻⓪ 張惠言〈書墨子經後〉：「孟子不攻其流而攻其本，不誅其說而誅其心，被之
　　以無父之罪，而其說始無以自立。嗟夫！藉使墨子之書盡亡，至於今何以見

子修身處世的進程。**❻①**

然而此一自覺，不能只是空洞的觀念，它必然要藉由行爲實踐體現出來。故「階層身分」的自覺，便落在行爲價值的判擇上。張氏〈丁小疋鄭氏易注後定序〉云：

> 夫學者所以貴古書者，豈唯其文哉！將有取其義也。**❻②**

此處指出了文士在求學的態度上，應該要重視與人生義理有關的學問，而不要僅取其文采而已。又〈畢訓咸詠史詩序〉云：

> 古之為學，非博其聞而已，必有所用之。古之為文，非華其言而已，必有所行之。必有所用，則二帝三王周孔之道，如工有矩，不可以意毀也。必有所行，則發於中而有言。**❻③**

此處除了指出學問應該與淑世結合，更進一步指出文士所言，必須出自真才實學及道德實踐。張氏所以稱讚畢訓咸的〈詠史詩〉，不僅因爲其詩能夠發揮「抒譏成敗，斟酌道理，皆有條驗」

孟子之辨嚴而審，簡而有要如是哉！」參見張惠言：《茗柯文稿》（臺灣：中華書局，民國 60 年 6 月，據原刻本校刊二版），初編，頁 14。

❻① 張惠言〈讀荀子〉：「雖然孔子言仁，而孟子益之以義，荀子則約仁義而歸之禮。……韓子曰：『求觀孔子之道，必自孟子始，後之學者欲求其途于孟子，自荀子始焉可也』」，版本同註**❻⓪**，初編，頁 15。

❻② 版本同註**❻⓪**，二編，卷上，頁 18。

❻③ 版本同註**❻⓪**，二編，卷上，頁 19。

的世用，更重要的是畢氏的創作，乃是出自他「志足以立事，才足
以致務」的真才實學。又〈明秀才許君家傳〉云：

> 余曰：古之人所以汲汲於仕進者，豈為一身之祿利哉！懼
> 其沒沒以死而澤不及於人也。[64]

　　張氏認為文士所以謀求官職，乃是為了實踐兼善天下之文化
集體意識的價值，並非為了滿足一己榮利的需求。凡此均承繼前述
《論語》、《孟子》對「士」之「社會身分」的自覺。對於張氏來
說，最理想的文士，當是藉由職位，貢獻所學，廉潔不苟取，以實
踐「兼善天下」的理想。是故他讚賞南華九老、左輔等人，視他們
為文士的典範。〈南華九老會倡和詩譜序〉云：

> ……是九人者，生皆同族，皆仕焉而老。其仕皆有清節，
> 又能為詩。其不及會而屬和者，二十一人，又皆耆德。嗚
> 呼！可謂盛矣！[65]

〈書左仲甫事〉云：

> 余曰：吾友左君二十餘年，其為人守規矩，質重不可徙。
> 非有超絕不可及之才，特以其忠誠悱愉之心，推所學于古

---

[64]　版本同註[60]，四編，頁 10。

[65]　版本同註[60]，二編，卷上，頁 20。

者而施之治，效遂如此。**⑥**

　　另外，對於那些致力修身、為學，不因屢遭科舉挫折或未聞達於世便灰心喪志的文士，亦給予讚賞。例如〈送惲子居序〉云：

> 君子出其言則思實其行。思其行則務固其志。固志莫如持情；實行莫如取善。是乃子居之所以益余者也。**⑥⑦**

〈承拙齋家傳〉云：

> 拙齋學於宜興杭生，通五經四子書。泛覽百家，為詩、古、時文。然以躬行為務。補學生員，九試於鄉不得舉，以所學授生徒，終其身。**⑥⑧**

〈送福子申宰漳平序〉云：

> 吾友福君子申，自乾隆癸丑成進士，失朝貴人，意擠而蹶之。至今十年，始得選為令。……家貧甚，服勞事親，艱瘁備至。……蓋吾所交多貧賤之士，其能自振拔不隨俗者，固不少；而得力於勞苦餓乏拂亂，以成為有用之才者，未有如子申者也。**⑥⑨**

---

⑥⑥　版本同註**⑥⓪**，三編，頁20。

⑥⑦　版本同註**⑥⓪**，初編，頁16。

⑥⑧　版本同註**⑥⓪**，四編，頁10。

⑥⑨　版本同註**⑥⓪**，四編，頁12。

至於隱居不理世務的生活方式，則非張惠言認為文士應該採取的行為，是故他以為莊達甫（莊宇逵）雖著〈無名人詩〉，但並非「以慕鴻飛冥冥之為徒者」。換言之，突顯隱逸的思想，而標新立異，以干求高名的行為，就張氏來說，並不是文士該有的價值取向。

我們可以檢視張惠言的行為實踐，來印證他對「階層身分」的自覺。根據《清史稿‧儒林傳》三云：

> 張惠言，……年十四為童子師，修學立行，敦禮自守。……❼⓿

由此可見，張氏在平居的修養上，自覺地遵守倫常綱紀。其所以研究虞氏《易》，正是為了闡發《易》象與「人事」的關聯，以求切合世用❼⓵。其所以撰寫古文，據〈文稿自序〉所云：

> 思古之以文傳者，雖於聖人有合有否，要就其所得，莫不

---

❼⓿　參見趙爾巽：《清史稿》（臺北：商務印書館，民國 16 年西元 1927 年，清史館排印本）。

❼⓵　張惠言〈虞氏易事序〉云：「孟氏說易，本於氣而以人事明之。然虞氏之論象備矣，皆氣也，人事雖具說，然略不貫穿。……」，〈周易虞氏義序〉又云：「翻之言易，以陰陽、消息、六爻，發揮旁通，升降上下，歸于乾元用九，而天下治。……舍虞氏之注，何所自焉！故求其條貫，明其統例，釋其疑滯，信其七闕，為虞氏義九卷，又表其大旨為消息二卷。庶欲探頤索隱，以存一家之學。……」，二文版本同註❻⓿，二編，卷上，頁 4、5。

足以立身行義，施天下，致一切之治。故其言必曰道。⓻

由此可見，張氏所從事的文學行為，皆基於體「道」而來。又張氏「前後七試禮部而後遇」⓼，並因權臣朱珪的奏舉，除任翰林院編修。然而他並不因獲此恩寵，便鑽營權貴門下，以逢迎為務。反而時時向朱珪進諫「用人之道」，善盡文官的「言責」。除了張惠言之外，其弟張琦亦是通過科舉，獲得「舉人」的資格，而分發到山東擔任縣令，頗有政聲⓽。張惠言的弟子，如金式玉、宋翔鳳等，亦均經由「科舉」，而分獲「進士」、「舉人」。金式玉未就政府派任的職務前，便已去世，而宋翔鳳曾任「湖南新寧知縣」等職⓾。由此可見，透過「科舉」取得一定的行政職權，實踐「兼善天下」的理想，乃是基於張惠言等人階層身分自覺的結果。

基此，張惠言以為文士所以有其獨特的身分地位，並不是以「博聞」，或是崇高的官職等外在成就為條件，而是以「砥志節行」、「澤及天下」的言行，而有別於其他階層。因此，倘若一個文

⓻　版本同註⓺，三編，頁 15。

⓼　參見張季易：《清代毗陵名人小傳稿》（臺北：新文豐出版公司，民國 70 年 2 月），卷六，頁 133。

⓽　《清代毗陵名人小傳稿》「張琦」云：「琦……嘉慶 18 年舉人，道光 3 年以舉人發山東，權鄒平縣事。……」該文列舉張琦斷民訟、懲劣民後，稱曰：「其仁術兼濟類如此」。版本同註⓼，頁 136。

⓾　金式玉考取進士，參見《受經堂文稿敘錄》，宋翔鳳的生平可參《清史稿·儒林傳》三，版本同註⓽，附劉逢祿傳末。

士高居「官職」的目的，只爲遂行一己私利，那麼便與「匹夫」、「商賈」無異，而不配成爲文士。張氏〈明秀才許君家傳〉云：

> 後之仕進者不然。利害若毫毛，比可以就其利祿者，罔弗前也；可以損其利祿者，罔弗後也。是故位愈高而業愈卑，及其死也，沒沒與匹夫等，不亦哀歟？ **⑯**

爲官之人，只求私利而不顧公利，便很難以「廉潔」，去要求他們。如此文士，實與商賈無異，故〈送左仲甫序〉云：

> 今者更悉之。以書吏官待之以僕隸之體，而吏自待以商賈之心。夫責僕隸以禮，而冀商賈以廉，無是理也。書吏不可廢已，若仿古三老孝弟之制，鄉舉其賢能，以賓禮禮之，使爲教化之倡，而任以保甲之事，則催租捕盜之吏，可以不至鄉里，而縣無事。 **⑰**

　　綜合上述，可知張氏從儒家之「道」，賦予文士此一社會階層應有的身分認同，此一身分即是「儒士」。在此一身分自覺的認同下，儒士所言及所行均以體現此「道」，即「集體價值」爲依歸。不管任何言行，皆不離「道」。「文學」是其言行之一端，當然也必因依於此「道」。順此而下，唯有在「文化集體意識」的驅動下，而實踐的言行，才符合文士的「社會身分」。這也就是爲什麼我們

---

⑯　版本同註⑭。

⑰　版本同註⑩，三編，頁18。

看到張惠言〈詞選序〉所列舉的詞人，如李白、韋應物、王建、韓翃、白居易、劉禹錫、皇甫淞、司空圖、韓偓、溫庭筠、後蜀君臣、南唐君臣、張先、秦觀、周邦彥、辛棄疾、姜夔、王沂孫、張炎、柳永、黃庭堅、劉過、吳文英等人，其共同處在於均曾受讀詩書等典籍並從事文學行爲。但是其中有些人的文學行爲，卻背離了文士該有的身份自覺，這是張惠言所以要提出批評的原故。

透過上二節的分析，可知張惠言基於「文化集體意識」與「階層身分自覺」，而建立起他的詞學觀，實踐他的詞學行爲。換言之，其詞學行爲實有所因依的「深層意識」者在。底下，我們所要分析的是，在上述的觀點下，張惠言對其所處的政教環境，以及詞風的認知及批判。

肆、社會情境的感知

所謂「社會情境」是指社會中由人的「行爲」所展現的種種靜態或動態的關係，而被其社會分子所感知的情況。因此，「社會情境」不指未經主體感知的環境客體。同一環境客體，可因不同主體的感知，而形成差異的「社會情境」。例如同樣面對八股文取士的清代科舉此一環境客體，不同主體的感知，或以爲處身於有利功名利祿的「社會情境」，或以爲身處於「士不遇」的「社會情境」。故「主體感知」是界定「社會情境」的要件。

張惠言在階層身分的自覺下，形成他對當代社會情境的特殊感知觀點。他認爲社會問題的根源，乃是文士階層已經喪失「文化集體意識」的自覺。爲什麼文士會喪失應有的「文化集體意識」

呢？關於這一點，張惠言以爲可推因於整個社會的「價值系統」與文士的「行爲」之間，失去合理的關聯秩序所致。「文風」是「社會情境」之小體，與大體的「社會情境」有內在的關聯。我們將先分析張氏對於社會價值系統的批判，然後再過渡到他對陽羨、浙派等詞學行爲的批判。

張氏在〈送張文在分發甘肅序〉、〈送趙味辛同知青州序〉指出當時爲官者，只憂慮「榮利」、「官位」，卻不在乎「行道」、「修德」❼❽。當時的社會輿論，對於遵守倫常綱紀，以道互勉的「繩墨之士」，譏爲「迂闊」、「狂愚」，對於那些悖離倫常之外，無助世用的行爲，卻給予崇高的讚賞。張氏在〈畢訓咸詠史詩序〉感歎云：

> 嗚呼！今之學者，其取於古也，略矣；其取於己也，詳矣。……爲時文、爲辭賦、爲詩，以集名者，比屋可數。下者以爲名也；上者以傳於後也。就其名而傳焉，不可以論是非，不可以考治亂，而其言也不可止。故曰其取諸己也則詳。雖然，今之世之所謂達於用者，吾見之矣，必悍

---

❼❽ 參見《茗柯文稿》，版本同註❻⓪，初編，頁 16，〈送張文在分發甘肅序〉云：「問其所以爲善惡者，則非政之險易也，非民之淳澆也。曰某地官富，曰某地官貧。嗚呼！士未蒞官、未治民，而所汲汲者如此」。三編，頁 18-19，〈送趙味辛同知青州序〉云：「夫古之君子患其道之不行也，不患其官之不榮也；患其德之不稱位也，不患其位之不副德也。而京官之出於外，以爲不得其志，相與咨嗟以惜其去，是欲榮其身，顯其位，而不願其之行澤之及於下也」。

然無忌憚者也；其共笑為迂者，則必稍嘗學者焉，笑之甚
則必其學愈甚者焉。今之言之所謂周於行者，吾聞之矣。
必其惛然無廉恥者也；其共怪為謰者，必言之稍文者焉，
怪之甚，則必其文愈甚者焉。……

〈楊君茹征墓誌銘〉云：

而世之論人者，必求其奇行高節，繩墨之士則略弗稱道。
為德者無以勸，而俗以益媮，其不以此歟！ [79]

師友之間本應以「道德」相切磋，反觀如今彼此間卻以「榮
利」爲務，相互推掖，而不以爲忤，故〈崔景儞哀辭〉云：

嗚呼！世俗之為師為弟子云者，其取之有由矣，其學之有
由矣。非所援焉而取，非所銜焉而學，則以為狂且愚。 [80]

上述的社會風氣所以形成，另與在上位者之推獎有絕大的關
係。在上位者影響士風的最重要措施是「取才方式」。這表現在二
方面：一方面是科舉制度；另一方面則在於握有薦舉權力的官員。

先論科舉制度。清代康熙到乾隆之間，在考試科目上，主要
爲「八股文」、「試帖詩」。內容專取四書五經，而在表達上，存在
著嚴格的論點、以及形式上的限制。此種考試往往只測試出文士的
記誦能力，而較難測出其是否具有治理政事的能力，甚至許多有才

---

[79]　版本同註 [60]，二編，卷下，頁 11。

[80]　版本同註 [60]，初編，頁 18。

識的人，往往因爲忽略形式的規定，反受淘汰。張惠言因爲主張文士首要在於有治理政事的才能，因此在〈楊君茹征墓誌銘〉批判這些掄才的文學行爲，無益於世用。國家鼓勵文士從事這類文學行爲，非但不能激發文士以天下爲己任的「文化集體意識」，相反地卻促進文士追求自身榮利的個體意識。〈楊君茹征墓誌銘〉云：

> ……後世一以科舉，試無用之文詞，非是者擯不得仕進。士之有以自見者，豈不鮮矣！**⑧**

所謂「士之有以自見者，豈不鮮矣」正指出了在科舉制度的推助下，文士已經很難自覺到應有的「社會身分」。

次論官員之薦舉。根據前述《清史稿》張惠言傳的記載，張惠言曾向朱珪進諫「用人之道」。此一行爲固然可以讓我們看到張惠言自覺到文士應有的社會身分而盡到應盡的社會責任，另一面也暴露了權臣對於文士「身份認同」的問題。

根據傳列傳的說法，朱珪欲建言天子「寬大得民」、「當優有過大臣」，而且朱氏「喜進淹雅之士」。張惠言對於朱珪的建言提出下列的勸諫：「民習於寬大，故姦孽萌芽其間」、「庸猥之輩，倖致通顯，復壞朝廷法度」，則從張惠言的觀點來看，國家的獎懲不僅不能扼止「姦孽」，反而鼓舞了「不守法度」的文士。

所謂的「淹雅之士」係指那些「博聞」的文士。又參考周星譽〈王君星減傳〉、杜貴墀〈畫墭塍稿序〉的說法**⑧**，則在上位者

---

⑧　版本同註⑲。

⑧　參見周星譽：〈王君星減傳〉：「國當康熙乾隆之間，時和政美，天子右文，

提拔博聞的文士，這項行為體現了康熙之後社會上流行的文化意識。除了朝廷廣開「博學鴻詞」科以招納文士；更有為數眾多的權貴，集結文士，從事學術典籍的整理工作。根據《學人幕府與清代學術》的研究，許多重要學術著作，就是完成於這種「學人幕府」之手。例如徐乾學、朱筠、阮元等權臣在這方面均有卓越的貢獻⑧⑧。此外，在民間，富商與文士的交往更是頻繁。例如《隨園詩話》、《碑傳集補》曾提到杭州富商馬日琯兄弟、查蓮坡等人依賴經商得來的財富，以及豐厚的藏書，興辦大型的文社，集結各方的文士，切磋文藝。⑧⑧

王公大臣相習成風，延攬儒素，當代文學之士以詩文結主知，致身通顯者踵趾相錯。下至卿相、節鎮，開閣置館，厚其廩餼，以海內之望，田野韋布，一藝足稱，無不坐致贏足。」收入繆荃孫：《續碑傳集》（清宣統庚戌 2 年西元 1909 年，江楚編譯書局刊本），卷八十一，杜貴墀〈畫墁膡稿序〉：「嘉道之間，承國家極盛之餘，海內富庶，名公巨卿類多風流，篤嗜文學，樂與諸賢雋商略往還，不憚屈己下之，而財力贍給又足以佐其優禮，故幕府常極一時之選，而博學之士藉恣游覽廣著述者，往往棲托其間」，收錄於《桐華閣文集》，卷四。

⑧ 參見尚小明：《學人游幕與清代學術》（北京：社會科學文獻，1999 年，初版），頁 29-45。此書作者曾區分「游客」與「游幕」的差別。蓋游客乃友人之幕，不一定屬官；而游幕，則多為權臣所主導。

⑧ 參見袁枚著、雷君曜箋註：《箋註隨園詩話》（民國 12 年西元 1923 年，上海掃葉山房石刻本），卷三。其言云：「馬氏玲瓏山館一時名士，如厲太鴻、陳綏衣、汪玉樞、閔廉風諸人，爭為詩會……」又閔爾昌：《碑傳集補》（臺

　　從滿足生活條件的需求，去解釋文士所以接受上述的「取才」制度，固然不錯；但是我們要更積極地指出，這段時期，「學問」不僅是文士謀生的依藉；同時也是他們所以自覺獨特「社會身分」的主要條件。

　　以厲鶚為例，他在禮部謁選時，湯右曾十分賞識他的詩作，想要延聘他，而厲氏不但不領情，還不辭而別。其後，馬曰琯兄弟延攬他到小玲瓏山館，厲氏受到南北文壇的推崇，被競邀而成為文社的盟主。大學士全祖望更極力引薦他參加「博學鴻詞」科考。促使這些權貴、富商這樣禮遇厲鶚的原因為何？主要在於厲鶚「博聞」的條件，正符合這些權貴富商對文士所認定的「社會身分」。厲氏最後放棄供職的機會，而與查蓮坡共箋《絕妙好辭》的行為，則體現了他以「學問才能」來貞定自我的價值。厲氏當乾隆之世，不慕仕進，與其推因於「恥事異族」，倒不如說厲氏自覺到「願作此山僧」的性情，因而無意在官途上「奔競」[85]。汪沆《樊榭山房文集·序》提到「大江南北，所至多爭設壇坫，皆以先生為主盟」，可見像厲鶚一般價值觀的文士甚多，他們偏從「學問」去定位個人的「社會身分」。除了像厲鶚這類不屑獲取官職的文士之外，那些在朝廷供職的文士，也莫不以「博學」自重。章學誠《文

<hr>

灣：藝文印書館，民國四庫善本叢書館影印本），卷五，「文學」中記載查為仁（號蓮坡）興建水西莊，有書萬卷，常延攬各地名士相研文學。

[85]　厲鶚：〈五月晦日作〉云：「豈乏奔競途，廁足畏嘲貶」。又〈松籟山房〉詩云：「白公有語即吾語，他僧願作此山僧」，參見《樊榭山房全集》（臺北：文海出版社）。

史通義》曾云：

> 今天子右文稽古，三通四庫諸館依次而開。詞臣多由編纂
> 超遷，而寒士挾策依人，亦以精於校讎，輒得優館，甚且
> 資以進身❽。

　　乾嘉時代，文士們「學問」的價值主要是相應於「校讎」書籍之用。從這些地方，我們可以發現，從權貴到一般文士對文士階層的「社會身分」的自覺，並非「文化集體意識」，而是能夠表現個人才學的「個體意識」。

　　回到前述張惠言勸諫朱珪之「進用淹雅之士」一事之上。朱氏「進用」的行爲，正符合當時文士間的價值觀，而張氏卻冀望朱氏多用「內治官府，外治疆場者」，顯示張氏並不同意當時社會上對文士「社會身分」的觀點，而轉由「治理政事」的「用」來衡定文士的價值。然而，受限於國家不當的「取才方式」，以及「重學問」、「求榮利」的社會風氣，因而使得那些以道德自守，有匡救天下之心的文士很難獲得發揮的機會，終不免望社會情境而悲歎。關於這一點，張氏在〈送惲子居序〉裏曾提到，他與惲氏兩人面對「共蹟於舉場」，而「相對以悲」，凡此流露出如張惠言一般的文士對於政教情境的感慨。

　　由上可知，「學問才能」、「個人性情」乃是乾隆時期，大多數文士對自身「社會身分」的自覺所因依的條件。順此而下，表現在

---

❽　參見章學誠：〈答沈鳳墀論學〉，《文史通義》（臺北：華世出版社，民國 69 年），外篇三。

文學創作行為上，或是追求藻辭麗句，或抒發個人平居生活的雜感，而不一定與「政教」相關。是故張惠言在〈詩龕賦〉，會提出如下的批判：

> 吾聞詩之為教兮，政用達而使專；何古人之爾雅兮，今惟繡乎悅睪。**⑧⑦**

所謂「繡乎悅睪」，便指出了當時詩作徒然講究「語言修飾」，卻缺乏了「政教」的效用。而以詞學行為來說，清代初期如陽羨派宗主陳維崧，浙西宗主朱彝尊都曾經抨擊明代淫豔的詞風，而試圖推尊詞體。陳維崧少時客遊四方，很有建立功業的雄心。從他的詞作裏，我們可以看到他歌頌那些在亂世裏建立功業的人物。他主編《今詞苑》大量收錄當時詞人詞作，以印證他對「詞體本質與功能」的觀點。此一觀點可見於〈今詞苑序〉：

> 蓋天之生才不盡，文章之體格亦不盡。……鴻文巨軸固與造化相關，下而瀾語卮言，亦以精深自命。要之穴幽出險以屬其思，海涵地負以博其氣，窮神知化以觀其變，竭才渺慮以會其通，為經為史，曰詩曰詞，閉門造車，諒無異轍。

又曰：

---

⑧⑦ 版本同註**⑥⑩**，四編，頁2。

選詞所以存詞，其即所以存經存史也夫。[88]

由這二段話來看，則陳維崧以為一切創作，既與個人才性有
關，同時也須要廣博的知識以及豐富的人生閱歷[89]。在這一觀點底
下，雖然不能說與政教關懷或道德理性的涵養全然無涉，不過由他
偏從「才性」去定位詞體本質的觀點來看，其填詞行為所體現的，
乃傾向於「個體意識」的自覺。他的詞作好驅使典故，以表現出
「雄霸」的氣勢，也符合他對詞體本質的觀點。順此而下，其所謂
「存經存史」所涉及的詞體功能，即指作者對人生的洞見，可以給
予後人思想上的啟發，但卻不一定指向「政教諷諭」。根據創作上
的表現，陳維崧對於後代文士的啟發，正偏向個人「才性」的解
放，並非道德理性涵養。[90]

至於浙派朱彝尊、厲鶚等人好「雕琢字句」的填詞行為，則
體現出馳騁博學以及追求形式藝術的觀念[91]。朱氏編選《詞綜》，

---

[88] 〈今詞苑序〉參見陳維崧：《湖海樓文集》卷三，《湖海樓全集》（清乾隆 60
年浩然堂刊本，約 18 世紀）。

[89] 有關陳維崧〈今詞苑序〉的義涵，可另參侯雅文：〈論清代「詞史」觀念的
形成與發展〉，《國立編譯館館刊》，民國 90 年 12 月第三十卷，頁 282。

[90] 與陳維崧唱和的親友弟子，如任繩槐、陳維岳等人在詞風上大多雄放風格。
可參嚴迪昌：《清詞史》（南京：江蘇古籍出版社，1999 年），頁 217-237。

[91] 李富孫注〈曝書亭詞〉，便已指出「先生博極群書，其所取用，未易蒐討」。
謝章鋌：《賭棋山莊詞話》，卷九，收入《賭棋山莊全集》（臺北：文海出版
社，近代中國史料叢刊一四六），云：「至國朝小長蘆出，始創為徵典之作，

以「雅」推崇姜夔為典範詞人，正是此一文學觀的體現。朱彝尊在〈陳緯雲紅鹽詞序〉雖然有「假閨房兒女之言，通之離騷變雅之義，此尤不得志於時者，所宜寄情焉耳」[92]的論點，而似乎也隱涵著從「文化集體意識」的角度自覺到文士的「社會身分」，以及相應的詞學行為。不過在其他詞集的序跋中，這一份自覺卻又湮沒不顯。例如〈紫雲詞序〉云：

> 詩際兵戈擾攘，流離瑣尾，而作者愈工；詞則宜於宴嬉逸樂，以歌詠太平，此學士大夫並存焉而不廢也。……[93]

所謂「宴嬉逸樂」，正指出詞的功能在於滿足人們的官能享受。這完全是世俗功利的「個體意識」的價值觀。由此可逆推，朱氏對文士「社會身分」的認同，實擺盪在「集體意識」和「個體意識」之間，而顯得駁雜。

至於厲鶚，有關他對「社會身分」的界定，已如上述，亦即他自覺到「博學」以及「超脫塵俗」的才性，是文士之得以為文士的條件。順此而下，他的創作行為，便充分表現在「徵典」，以及營造幽深超俗的意境之上。又厲鶚有〈論詞絕句〉，其中對字句推

繼之者樊榭山房。長蘆腹笥浩博，樊榭又熟於說部，無處展布，借此以抒其叢雜」。

[92] 參見朱彝尊〈陳緯雲紅鹽詞序〉，收錄於朱彝尊：《曝書亭集》（臺北：世界書局，民國78年），中冊，頁478。

[93] 版本同註[92]，頁489。

敲，其爲愼重❹。凡此詞學行爲，均與厲氏社會身分自覺相呼應。

綜合上述，我們可以理解到張惠言爲什麼這樣批評元末以迄當世的詞風。〈詞選序〉云：

> 以至於今，四百餘年，作者十數，諒其所是，互有繁變，皆可謂安蔽乖方，迷不知門戶者也。

所謂的「安蔽乖方，迷不知門戶」，正指元末以來，許多詞人的詞學行爲，往往未能體現文士階層的「社會身分」自覺，故所爲詞多安於蔽病而背離正道，迷失而找不到正確的門戶。除了張惠言以外，其弟子金應珪對於當世詞風的批判，也是在此一「詮釋觀點」下，而形成的價值判斷，其〈詞選後序〉云：

> 義非宋玉而獨賦蓬髮，諫謝淳于而唯陳履舄。揣摩床笫，汙穢中冓，是謂淫詞，其蔽一也。猛起奮末，分言析字，詼嘲則俳優之末流，叫嘯則市儈之盛氣，此猶巴人振喉以陽春，黽蛓怒嗌以調疏越，是謂鄙詞，其蔽二也。規模物類，依托歌舞，哀樂不衷其性，慮嘆無與乎情，連章累篇，義不出乎花鳥，感物指事，理不外乎酬應。雖既雅而不豔，斯有句而無章，是謂游詞，其蔽三也。……❺

---

❹　參見徐照華：《厲鶚及其詞學之研究》（高雄：復文圖書出版社，民國 87 年），頁 214。

❺　版本同註❸，頁 1619。

　　金氏首先批判「豔體詞」的寫作風氣。「義非宋玉」、「諫謝淳于」二句指出文士選擇「男女豔情」的題材去進行創作，本應寄託政教諷諭的意涵，從而實踐文士應有的「文化集體意識」。張惠言在《七十家賦鈔・自序》裏，對宋玉〈高唐賦〉、〈神女賦〉、〈登徒子賦〉等「豔情賦」，給出總體性的評語，其言曰：

> 及其徒宋玉、景差為之，其質也華，而其文也縱而後反。雖然其與物椎拍宛轉，泠汰其義，轂輠其物，芴芴乎古之徒也。[96]

　　從張氏所謂「縱而後反」的說法來看，顯然他認為宋玉這些鋪陳「女性情貌」的賦作，雖不免放縱其文，卻能夠回歸騷賦的根本精神，同於屈原，故讚許他為「古之徒」。而金氏乃張氏的弟子，則他對於宋玉賦作的認知，當承自張惠言而來。至於淳于髡，根據《史記・滑稽列傳》的記載，淳于氏特舉「男女同席，履舄交錯」最易縱情酒色，壞亂綱紀，以此去諷勸齊威王能節制飲酒[97]。是故淳于氏雖然沒有豔體的作品，但是他以「男女」為內容的言談舉動，實則隱含「政教諷諭」的「意圖」。

　　反觀，那些選擇「豔情」題材的文士，卻只是為了滿足「情慾」。在這種意圖的驅動下，文士刻意地鋪陳「男女豔情」的寫作行為，對讀者所造成的影響，便是鼓勵他們放縱情慾。這一點相當

---

[96]　參見張惠言：《七十家賦鈔》（臺北：世界書局，民國 73 年）。

[97]　參見漢司馬遷著、瀧川龜太郎考證：《史記會注考證》（臺北：洪氏出版社，民國 75 年 9 月），頁 1326。

違反了常派對文士「社會身分」自覺下，所應有的「詞學行為」，是故金氏提出嚴厲的批判。

金氏的第二段話，批判了那些抒發憤懣之情的詞作。所謂「詼嘲」、「叫嘯」，指出文士的「創作意圖」，或是為了攻訐謾罵他人，或是為了宣洩血氣之勇；在「語言」的表達上，既不含蓄敦厚，用字又粗俗不堪。凡此行為皆背離了文士應有的「社會身分」，而與「俳優」、「市儈」等流俗無別，是故金氏同樣提出嚴厲的批判。

金氏的第三段話，則批判那些吟風弄月與交際應酬的詞作。所謂的「義」和「理」，係指文士應當藉由合宜的「創作意圖」，而彰顯出詞學行為正確的「價值取向」。可是「義不出乎花鳥」、「理不外乎酬應」，正指出了文士詞作的「創作意圖」只為了吟弄風月，或交際應酬，卻全無真實的性情，凡此皆不符合常派對文士「社會身分」認同下，應有的詞學行為，是故金氏也同樣提出嚴厲的批判。

伍、結論

綜合上述的分析、詮釋，本文對於常派「詞學行為」的「深層意識」，可做出如下結論：

（一）、常派「詞學行為」的「深層意識」可分從「文化集體意識的覺醒」、「社會階層身份的認同」、「社會情境的感知」三方面去理解，不過這種因素乃經主客交互作用的歷程而形成的主觀深層意識，為常派「詞學行

為」之所因依者。甚且，這三種因素亦非各自獨立，全不相干，而是有其因果邏輯。常派的創始者，由「文化集體意識」的覺醒，乃自覺地做出文士應有的「社會階層身分」認同，此一自覺必然體現在其社會文化行為上，「詞學行為」即是其中之一。基於「文化集體意識的覺醒」以及「社會階層身份的認同」而來，便形成常派創始者對所處客觀的社會環境，形成特殊的「詮釋視域」及「價值判斷」。因此社會環境雖為客觀事物，然而卻必須經過主觀感知下，才能成為被主體所界定的「社會情境」。常派的「詞學行為」就是因依於這三種相因的「深層意識」而產生的。從這個觀點，我們才能有效地解釋，為什麼同樣面對種種政治、社會、文化的陰暗面，但清初的浙派、陽羨派卻未能產生如常派的詞學觀念及行為，而與張惠言同時的詞學家，為什麼也未能產生如張惠言一樣的詞學觀念及行為，而創立流派。

（二）、透過史料的論證，可知張惠言反省到前行者，不能夠體現「文化集體意識」的情志。這一方面導因於唐宋以來，某些文士在「文化個體意識」的因依下表現了雜流的寫作行為；另一方面則導因於唐宋以來，編選詞集的行為，欠缺正確的價值判準，造成負面的示範作用。再一方面則導因於唐宋以來，詞壇上具有影響力的文士，對於詞體「本質與功能」觀念的錯誤。這三方面循環影響的結果，便構成了不良的詞風，而清

初的詞學家並未針對這種種現象進行根本的反省。

（三）、透過史料的論證，張惠言以「道」來界定文士的「社
　　　會階層身分」，故將自己定位於「儒士」，非僅以辭
　　　章、功名爲務而已。所謂的「道」乃承自儒家思想，
　　　爲「文化集體意識」。一切社會文化的行爲，當以此
　　　一意識爲因依。故文士窮困時，當致力於修身及人倫
　　　和諧；宦達時，當致力於廉潔自守，匡救天下。故所
　　　學者必求有益世用，而不應藉此一己私利，或孜孜於
　　　博聞，不理世務。

（四）、在上述「文化集體意識的覺醒」與「社會階層身分的
　　　自覺」下，張惠言對當代「社會情境」有其特殊的感
　　　知及界定。他在文論中，痛陳文士行爲失當，並推究
　　　其因乃是整個社會價值系統的偏誤。此一價值系統非
　　　但不能使合乎正道的文士，獲得應有的評價及分位，
　　　反而使得那些追求個人榮利，漠視政教價值理想的陋
　　　士反而得到肯定。文學是「社會情境」的一個面向，
　　　往往也是文士實踐其「道」的方式之一。故漢代以
　　　來，「文學改革」與「政教改革」往往相爲表裏❾❽。在

---

❾❽　有關漢代以來「文學改革」與「政教改革」相為表裏的論述，可參見顏崑
　　陽：〈漢代楚辭學在中國文學批評史上的意義〉，國立彰化師範大學國文系主
　　辦《第二屆中國詩學會議論文集》，頁 239-240。其言云：「漢代這種將屈原
　　的作品與人格加以「經化」、「典範化」的批評活動，……乃是以屈原做為人
　　臣的典範，藉以批判政教上的某些現象。」又顏崑陽：〈論唐代「集體意識

張惠言所感知這種「社會情境」中，文士之於文學行
為，多以之為逐名求利的工具或表現個人才性、情志
的書寫，而無涉時代政教。「詞」是普行的文類之
一，清初以來，其風其盛，但亦多上述之流弊。故張
惠言在這種深層意識的因依下，乃從理論、實際批
評、創作各方面，提出具體而充滿政教改革色彩的
「詞學行為」，影響所及，終成清代最盛的詞派。

詩用」的社會文化行為現象—建構「中國詩用學」初論〉，《第四屆唐代文化
學研討會論文集》，頁 46。

講評意見

徐信義
中山大學中國文學系

　　本文詮釋論常州詞派人物「詞學行為」的主觀深層意識，從文化集體意識的覺醒、社會階層身分的認同、社會情境的感知三方面來討論。作者以學術性的語言來詮釋深入的問題，確實達到某種效果。如用普通語言來說，本論文的論點，指出常州詞派人物的詞學活動，其主觀因素是：一、文學實用論（即教化觀）的覺醒，二、士人以道修身淑世的自覺，三、基於上二因素而進行的實際批評。

　　檢視本論文，可以感受到字裡行間的有條有理；同時也可以發現一些值得商榷之處：

一、緒論說要討論主觀因素，然後說詮釋主觀深層意識；然後說主觀的深層意識主要表現在文化集體意識的覺醒、社會階層身分的認同、社會情境的感知三方面。這樣的理路，只是憑空而來，並無論證上的必然。

二、所云文化集體意識，據論文所述，也僅是漢代詩經、楚辭學者解風、騷所依循的文學實用論的觀點，不能包含各朝代（尤其是漢以前），也不能代表文化集體意識。何

況文化集體意識是變動的，不是全民皆然的——這一點作者應該也會承認，不然 243 頁的文化意識焦慮就不存在。243 頁提到「其他文化群體的文化意識」，如此則常州詞派諸人也只是一個群體，就不能將不同群體的意識視爲個體意識（244 頁）而加以抨擊——除非作者是常州詞派的一員。——從文化集體意識的角度來看詞的發展，將會發現「吟詠情性」抒發一己之情或普遍情感的歌詞，偏於娛樂功能的，才是詞文化的集體意識；將詞當作政教工具，則是詩教或儒家等非詞文化集體意識的行爲。若據此而論，則本論文第二節有關文化集體意識的論述，以下的討論都不能成立。

三、論文第四節討論深層意識的第三項「社會情境的感知」，前半部分論述的仍然是第二項社會階層身分認同的問題；後半則是對歷來詞人作品（恕不用「文本」一詞）的評論，已不是深層意識，而是常州詞派人物詞學行動的實際行爲表現或表象。

四、其他論述上的問題：如作者言及一術語，往往耗費許多文字解釋；其實，如非新創術語，不必再行解釋。別人論述過的問題，自己同意，引用結論即可，如關於「士」的討論。而在論文論述時，需照顧到邏輯推論與歷史現象；如 247 頁第 1 段提到集體意識與個體意識的衝突於魏晉時已有，此說無據；第二段說陳子昂、元結、白居易「均承繼了魏晉以來集體意識與個體意識相抗的文化傳統」我實在不能了解這句話說甚麼？甚麼文

化傳統？論文用語須謹嚴，如文中言及「詞體的本質」，又說「詞的本質與功能」，兩者有何不同？詞體與詞是否一義？244 頁第 1 段第 8 行有「文學類型」一詞，不知何？論述又須前後照應，緒論末段「上述史料」，263 頁第 1 段「本文將另文深究」，在本文中皆未之見。

五、論述行文時，我覺得作者是以張惠言或常州派人物自居的，因此以常州派的文化價值觀來肯定常州派的是，而以非常州派的爲「不當」爲「不正確」。如此論述，非論文該有的態度。且在行文中，對往聖時賢的論者，稱爲「前行」（240 頁、241 頁、256 頁），縱然自己深爲自負，也須對時賢表尊敬之意。

古文運動的反思與重構

周彥文

淡江大學中國文學系

關鍵詞

古文運動、復古、載道、唐宋八大家、嘉靖三大家、
科舉考試

摘　要

　　古文運動一詞在中國文學史的教學上一直被使用著，但是目
前在市面上流傳的專著中看來，較少論及該名詞的產生由來、構成
背景、內在意義的轉變等問題，致使眾多中文系的學生對於古文運
動都還停留在文體改革或文體之爭的觀念上。本文乃就自身近年來
在教學上的體認出發，希望釐清古文運動此一簡約化後的名詞在文
學史上的流變，並提出唐宋時期事實上只有復古運動或載道運動，
真正的古文運動應該隸屬於明代，並且是和科舉考試有密切關係的
觀點。

壹、前言

　　在中國文學史的教學中，唐代的古文運動是必不可少的一項教學內容。其實我們的學生不必等到中國文學史的課程，早在中學階段，國文課本中就已經介紹過了「唐宋八大家的古文運動」。通常在學生們的概念中，「唐宋八大家」理所當然的是和「古文運動」銜接在一起的。於是在中國文學史上，從中唐到北宋之間，彷彿有一場盛大的文學「運動」如火如荼的在進行者，並且爲中國文學史留下了極其光輝的一頁。

　　追本溯源，這樣的概念其實是來自於各大學內中文系的中國文學史課程。我們慣用市面上容易買得到的《中國文學史》專著作爲「課本」，並據以教學❶。若不知變通，在代代相傳，陳陳相因之下，「唐宋八大家的古文運動」當然會成爲一個牢不可破的文學史議題。

　　本文透過資料的篩選，重新檢視此一議題，希望藉由歷史程序的重構，探討所謂「古文運動」的真貌，並析論此一「運動」是否存在等問題。

---

❶　1996 年時，筆者學請學生就當時國內十六個中國文學系做口頭查詢，得知有八個系兼用葉慶炳先生著、學生書局版的《中國文學史》及劉大杰先生著、華正書局版的《中國文學發展史》；單獨使用劉大杰先生書的有五個系；其他三個系則用王忠林等八位先生著、福記圖書公司版的《中國文學史初稿》。

貳、符號的迷思與意識形態

　　許多的「課本」常會爲了便於教學，而將一些複雜的文學問題予以「簡約化」。往往用一個名辭，就可以概括一個漫長的時代、或是一個文學現象、甚或是一位作家一生所有作品的風格。而所謂的「古文運動」，正是這樣的產物。❷

　　我們在討論古文運動之前，應先考察一下這個名辭是如何產生，以及何時產生的。

　　「中國文學史」之有專著，應自光緒甲辰（ 30 年・1904A.D.）林傳甲撰《中國文學史》爲肇端❸。其次即爲日人古城貞吉著、王燦譯，出版於民國 3 年的《中國五千年文學史》❹。這些早期的中國文學史著作中，談到唐代的文學時，都沒有出現「古文運動」這個名辭。到了胡適先生撰寫《白話文學史》時，這個名辭才出現。胡著書首有一篇撰於民國 17 年的〈自序〉，序中說：

　　　　我本想把上卷寫到唐末五代才結束的，現在已寫了五百

　　　　頁，沒有法子，只好把唐代一代分作兩編，上編偏重韻

---

❷　本文主張所謂唐宋時期的「古文運動」事實上是不存在的。但是為行文方便，文中仍繼續使用此一名詞。

❸　此書之撰寫年代見書首江紹銓序。臺北市：學海出版社，民國 75 年 3 月。按在林傳甲之前，日人笹川種郎即撰有《中國文學史》。林著在書首弁言中即稱「仿日本笹川種郎中國文學史之意以成書焉」。

❹　臺北市：廣文書局，民國 65 年 3 月影印出版。

文，下編從古文運動說起，側重散文方面的演變……。❺

書中第十五章談到韓愈時，也說：

> 韓愈提倡古文，反對六朝以來的駢偶浮華的文體。這一個
> 古文運動，下編另有專章，我在此且不討論……。

根據這篇自序，這部著作是由胡適先生於民國 10 年時，爲「教育部辦第三屆國語講習所」講授「國語文學史」時的講義所改編的。所以這個名辭的出現，可能可以上推到民國 10 年。這應該就是「古文運動」一辭的起始❻。從此之後，在中國文學史的專著中，這個名辭就逐漸被廣泛的運用了。

胡適先生說要在「下編」中討論古文運動，但是他始終沒有把下編寫出來，所以我們只能從「反對六朝以來的駢偶浮華的文體」這一句話中看出一個大致的方向。關於他要討論的內容，或許可以從劉大白先生（民前 32─民國 21 年）所著的《中國文學史》中找到類似的觀點來加以印證：

> （中唐時代）所謂文章復古運動，果然是真的復古嗎？他

---

❺　臺北市：信江出版社，民國 63 年 9 月。

❻　梅家玲的碩士論文《明代唐宋派文論研究》中，曾於附註內提及羅聯添教授說此一名辭出自胡雲翼所撰《中國文學史》。（民國 74 年臺大中研所，頁48）然胡雲翼書是在民國 21 年 4 月於上海北新書局首次出版，時間上晚於胡適先生的《白話文學史》。參見江應龍校訂胡雲翼書《校訂中國文學史》，臺北市：三民書局，民國 68 年 10 月出版。

們所復的，自然是周、秦、漢、魏的古，甚而至於是唐、
虞、夏、商的古。因為那時候盛行的駢體文，是起於晉代
以後的，和漢魏以前不同；所以不做駢文而做散文，便算
是復古。但是所謂文言，原不過是周秦以前在人們口頭上
說著的白話。那時口頭上怎麼說，紙面上就怎麼寫，原是
沒有什麼分別的。

　　劉大白先生的意思是說：後世散文中所用的「文言」，其實就
是上古時代的白話文。而每一個時代都自有其白話文，所以唐代的
文學復古，只是在模仿上古時代的白話文而已。因此劉大白先生又
說：

　　所以唐代人所復的，何嘗是真正的古？只是做些藍青古文
罷了。然而它們雖然藍青，一方面總比駢體文近於古，一
方面也比駢體文近於語言底自然。所以這文章復古的動
機，實在和革新的──就是語體化的──動機差不多。（按
革新派指白居易、元稹、劉禹錫等人）不過革新派所不滿
意的，是貴族文學；而復古派所不滿意的，只是貴族文學
中比較地格外貴族的駢體文罷了。❼

　　我們從這段敘述中或可得知：劉大白先生和胡適先生所言
「反對六朝以來的駢偶浮華的文體」的詮釋方向似乎頗為一致。再
者，劉著中雖然只是使用「文章的復古運動」，而沒有用「古文運

❼　劉大白：《中國文學史》（香港：復興出版社，1959 年 7 月），頁 308-309。

動」一辭，但是劉著中以晉代為分野，這和胡著中所說「六朝以來」是吻合的。因此，這兩部書對「古文」的概念領域也應是一致的。如果這項假說可以成立，我們即可對胡適先生提出「古文運動」一辭作如下的解析：

其一，古文運動事實上是相對於「白話文運動」的一個簡約化的名辭。這個名辭在當時似乎具有意識形態夾雜其中，並未真正說明古文運動在歷史上發展的真實面貌。

其二，古文運動被詮釋成為一個偏向於文體改革的運動，也就是說古文運動似乎是在提倡寫散文，而反對駢體文。

時至現當代，在文學史的教學中，古文運動這個名辭已經被理所當然的運用著。有些專著明顯的沒有自覺到這個名辭的意識形態背景，有些專著則將這個名辭導向於文體的爭辯。在這樣的論述中，我們是否應該反思這個名辭在唐代的真實性？是否也應思考我們對歷史的詮釋是否有過於誇大，或是因為意識形態而產生了過份強調的偏差？

參、唐宋時期的復古

要檢證古文運動的建構過程，我們就應該從歷史上的真實現象來探索。固然歷史本來就是可以由後人任意詮釋的，而且我們也會悲哀的發現歷史永遠不可能在後人的敘述中呈現出百分之百的真象。但是如果資料可以讓我們比較接近真象，那麼我們就不該放棄

去接近真象的努力。以下，本文就試著依照時代的順序，釐清「古文運動」的建構過程。

唐代的初期，文風是承續六朝的純文學走向。六朝時期的文學觀念，已經進展到了文學與學術思想分立的程度。純文學的表現主要呈現在兩個方面，一是注重文學形式上的表現，所以在文體、修辭、格律上都有齊頭並進的成果；另一個是文章中不再要求要以古聖先賢的「道」為內涵，它可以純粹只是抒情，或是純粹的表現描寫的能力——例如被稱為色情詩的宮體詩，也可以是純粹表現中國語文的各種特質而已。

這樣的文學現象，若從單純的文學角度來說，應該是一種解脫和進步。它使文學有獨立的生命，也使文學有更大的發展空間。但是從六朝末期開始，就有人持不同的看法，認為當時的文學風格只求外在表現，而忽略了聖道的發揚。有關這些主張，文學史專著中時常引用西魏時的蘇綽、隋朝的李諤、唐初的王通、陳子昂等人的說辭來証明。❽

到了盛唐以後，又有蕭穎士、李華、獨孤及、元結、梁肅、柳冕等人繼起，主張文章中要發揚聖道。換言之，這些主張是在提倡將文學返回到文道合一的周秦漢魏時期，而不認同純文學的發展方向。韓愈繼諸人之後，集其大成，力主文章中要有「道」的存在。其後，又有李觀、李翱、柳宗元、李漢、皇浦湜等人繼起，都是文道合一的方向。

---

❽　由於這些資料大家都耳熟能詳，且隨處可見，所以本文從略。以下凡是屬於眾所週知的問題或資料，本文皆從略，不再詳細引述各家原文。

　　縱觀這些人的主張，都是在說「文以載道」，也就是反對純文學的走向。其實我們從他們的作品中，並不能找到反對駢文，提倡散文的說辭。他們所爭的並不是文體，而是文章的內容是否載道的問題。只是因為提倡「復古」，所以用古代的散文體寫作而已。因此，我們如果說唐代有一個文學運動，也應該是復古運動，或是反純文學運動，而非反對駢體文的文體改革運動。像劉大杰先生說「中唐時代韓愈、柳宗元領導的古文運動，在反對駢體，建立散文的工作上，取得了很大的成就」之類的說法❾，是很容易令初學者產生誤解的。

　　宋代初期以前，韓愈的文章和學說都不是很受重視。《舊唐書·韓愈傳》中的記載，對於他的文學成就雖然推重，但是對於他的文章，也有不好的評語。其本傳說：

> 　　愈自以孤子，幼刻苦學儒，不俟獎勵。大曆貞元之間，文字多尚古學，效揚雄、董仲舒之述作。而獨孤及、梁肅最稱淵奧，儒林推重。愈從其徒游，銳意鑽仰，欲自振於一代。洎舉進士，投文於公卿間，故相鄭餘慶頗為之延譽，由是知名於時……自魏晉以還，為文者多拘偶對，而經誥之指歸，遷雄之氣格，不復振起矣。故愈所為文，務反近體，抒意立言，自成一家新語。後學之士取為師法，當時作者甚眾，無以過之，故世稱韓文焉。然時有恃才肆意，

---

❾　見其《中國文學發展史》第十七章。（臺北市，華正書局，民國 76 年 7 月版），頁 584。

> 亦有戾孔孟之旨……又為〈毛穎傳〉譏戲不近人情，此文
> 章之甚紕繆者……❿

其中「務反近體」一句，語意不清，很容易被誤解爲反對駢
體文。其實從上下文來看，韓文的重點還是在道。反近體，主要是
內容的問題，而不是文體的問題。

儘管史傳說韓文在當世時十分著稱，可是晚唐以來，韓文似
乎就逐漸式微了，就連歐陽修在年輕時都是在偶然的情況下才知道
韓文的，並且說當時並沒有人重視韓文。他在〈記舊本韓文後〉中
說：

> 予少家漢東……有大姓李氏者……予為兒童時，多游其
> 家，見其敝筐貯故書在壁間，發而視之，得唐昌黎先生文
> 集六卷，脫略顛倒無次第。因乞李氏以歸讀之，見其言深
> 厚而雄博。然予猶少，未能究其義，徒見其浩然無涯，若
> 可愛。是時天下學者楊劉之作，號為時文，能者取科第、
> 擅名聲，以誇榮當世，未嘗有道韓文者……⓫

當時比歐陽年長二歲的石介（1005—1045）也是主張復古的
人，他就曾經針對當時流行的「楊劉之作」寫過一篇〈怪說〉，不
但大力抨擊楊億，並且認爲唐代之所以亡國，是因爲君臣上下喜好

---

❿　見《舊唐書》卷一百六十。（家藏：清同治 11 年，浙江書局刊本）

⓫　見載於《韓昌黎集》中。（臺北市：河洛圖書出版社，民國 64 年 3 月臺影印
　　初版），頁 445。

雕麗文辭而忽略了儒家治國之道：

> 昔楊翰林欲以文章為宗於天下，憂天下未盡信己之道，於
> 是盲天下人目，聾天下人耳。使天下人目盲，不見有周
> 公、孔子、孟軻、揚雄、文中子、吏部之道；使天下人耳
> 聾，不聞有周公、孔子、孟軻、揚雄、文中子、韓吏部之
> 道……周公、孔子、孟軻、揚雄、文中子、吏部之道，
> 堯、舜、禹、湯、文、武之道也，三才、九疇、五常之道
> 也。反厥常，則為怪矣。❶❷

　　在這篇文章中雖然提到了韓愈，可是並不是在談韓文的文體
問題，而是把韓愈當作是中國道統中的一個繼承者來看待。到了歐
陽修和他的繼承者三蘇、曾、王等人，還是一樣的以載道為主要的
訴求，而並不是一個文體的改革運動。這一個過程大家都知之甚
詳，本文在此就略過不談。

　　我們在此應該要注意的是，所謂古文，只是這一個漫長的、
持續的時期中，提出復古思想的學者所使用的一種文體。復古是主
要目標，而古文是古代文道合一時的寫作形式，所以用文言文散文
來寫作，只是為了要呈現復古，以及要更接近古人之道的一種手法
而已。眾所週知，所謂唐宋八大家諸人，他們都是駢文好手，歐陽
修的駢文甚至在宋代堪稱是全宋之冠。如果把古文運動當成為一個
文體的改革運動，那麼這個象又如何解釋呢？

---

❶❷　　見石介：《石守道先生集》卷下。

肆、宋代以後的質變

　　宋代的復古運動在進行的過程中，歐陽修等人是在談理論、也以作品呈現其理念；但同時也有人在做著周邊的工作，那就是選文。選文不但也可以呈現理論，而且將理念相同的作品集中起來，在讀書人之間廣泛的流傳，可能影響力會更大更遠。早在宋朝初年，就有姚鉉在做這樣的工作了。姚鉉（968—1020）也是一位贊成復古的人，他用復古的觀點，編了《唐文粹》一百卷。《四庫全書總目》評論此書說：

> 歐梅未出以前，毅然矯五代之弊，與穆修、柳開相應者，實自鉉始……論唐文者，終以是書為總滙……

《四庫全書簡明目錄》該書提要也說：

> 其書刪掇《文苑英華》而稍附益之，文賦惟取古體，而駢偶不錄。詩歌亦惟取古體，而五七言律不錄。蓋欲救五季之文蔽，故不免矯枉過直，舉一廢百……

　　如果我們先不要對純文學或載道文學的是非可否下價值判斷，則姚鉉此書目標純正，沒有什麼可以非議之處。可是到了南宋之後，選文的行世，卻逐漸和科舉考試產生了聯帶關係。這個現象，可能可以上溯自北宋時歐陽修以主考官的身份提倡古文開始。《宋史·歐陽修傳》說：

> （歐陽修）知嘉祐二年貢舉。時士子尚為險怪奇澀之文，

> 號太學體。修痛排抑之，凡如是者輒黜。畢事，向之囂薄
> 者伺修出，聚譟於馬首，街邏不能制。然場屋之習，從是
> 遂變。

在場屋之習變革之後，變風氣之先的歐陽修，以及歐陽修推
崇的韓、柳，以及歐陽修的後繼者三蘇、曾、王等人的作品，遂成
爲了科場作文的範本；而這些文人，也逐漸被後人集合成爲一個文
學集團，成爲一群具典範義意的文人。當然，在形勢初起之時，是
誰屬於這個文學集團，還沒有一個定論，所以各家所選也不一樣，
這是一個頗值得注意的現象。

在南宋時的選文範本，比較具有代表性的，是呂祖謙、謝枋
得兩家。呂祖謙（1137—1181）於南宋初年編《古文關鍵》二卷，
所收錄的文章是：韓愈十三篇、柳宗元八篇、歐陽修十一篇、蘇洵
六篇、蘇軾十六篇、蘇轍二篇、曾鞏四篇、張耒二篇，一共收古文
六十二篇。若以後世所謂的唐宋八大家而言，這部書多了張耒，但
是少了王安石。這部書的書首，又有幾篇緒論式的文章，分別是：
總論看文字法、看韓柳歐蘇文法、看諸家文法、論作文法、論文字
病。

我們從呂氏編輯這部書的方法，很明顯的可以看出這是一部
爲了科舉考試而準備的參考書。而且在南宋初年，唐代的韓柳和宋
代歐陽修及其後繼者，都已經是科考的主要參考和模擬的對象。雖
然當時主要的人物群還沒有被公認或確定，但是方向已經明確的呈
現出來了。

到了南宋晚期，又有謝枋得編《文章軌範》七卷。謝枋得

（1226—1289）選錄了自漢至宋的文章共六十九篇，其中韓愈三十二篇、柳宗元五篇、歐陽修五篇、蘇洵四篇、蘇軾十二篇、王安石一篇，其餘為唐代以前的文章。在這部書的六十九篇選文中，有五十九篇是唐宋文，而且都屬於八大家之中的人，可知直到南宋末年，為科考準備的參考書方向仍然不變，而且主要的典範人物群也還沒有固定。

由於這些選本是為科考而設，所以它們的編輯方針偏重於文和法，而不強調道的問題。明代的王守仁（1472—1528）在為《文章軌範》作序時，就對此曾加以抨擊。王序說：

> 宋謝枋得氏取古文之有資於屋者，自漢迄宋，凡六十有九篇，標揭其篇章句字之法，名曰《文章軌範》。蓋古文之奧，不止於是，是獨為舉業者設耳。夫自百家之言興，而後有六經。自舉業之習起，而後有所謂古文。古文之去六經遠矣；由古文而舉業，又加遠焉。士君子有志聖賢之學，而專求之於舉業，何啻千里……⓭

王序中認為「自舉業起而後有所謂古文」，這是把古文的定義設定在與科舉時文相對的位置，這種古文的定義和唐代復古主張中所說的古文已有了明顯的差別。不但是「古文」的定義有了變化，甚至在南宋時期選文的人，也不是以復古聖先賢之道為主要目的。這些書籍的編選，功用在於教導應考的士子如何作文。只是由於科

⓭　臺北市：廣文書局，民國 59 年 12 月初版。

考取士習慣要求要載道，所以唐宋主張文合一的韓歐諸人之作，就成爲最佳的選取範例。可想而知，在以功名爲先的考量下，爲文之法才是士子心目中最重要的學習目標，古聖先賢之道反而成爲文章中的點綴了。

這樣的現象似乎一直延續到了明朝時仍是如此。明朝是一個十分特殊的朝代，它從立國之初就設定以八股文取士。研究如何作好八股文，遂成爲明代士子最重要的一項工作。

八股文注重章法結構的特質，使得「古文運動」的本質意義產生了轉變。八股文的題目規定出自於經書，也就是說，載道成了明文規定的寫作內容。對中國的文人來說，載道又有何難，難的是在載道的要求下要寫出八股文的格式。此一時期，古文幾乎已經確定不是指古代的文章，而是對應於科考時文的名辭。弔詭的是：明代士子爲了要寫好八股文，在尋求範本時，唐宋時期文道合一的韓歐諸家就成了當時共同的典範。於是古文成了時文的學習對象，南宋時期呂、謝等人的選文標準，竟自然而然的被承襲了下來。所謂唐宋古文八大家，就是這樣逐漸被定型而產生的。

我們從明代中期諸有志之士的大聲疾呼中，可以反証明初士子似乎都偏執於作文之法的追摹。所以明代中期時，不少學者開始高唱「文道合一」的主張。這些主張主要是針對科考所引發的弊病提出改革之道，和唐宋的古文運動並不完全一樣，但是就內容而言，可以說是十分的接近。

這其中有一個時代環境的問題在內。六朝以及晚唐五代時，純文學的發展較盛，所以韓歐諸人倡復古載道之文，與之抗衡。但是在明代時，最主要問題不在純文學，而在因八股取士引起的形式

至上的困境。前後七子看出了這個困境，提倡「文必秦漢，詩必盛唐」，基本上走的是韓歐的路線。然而前後七子不但絕口不談唐宋文，而且在推廣的過程中，也偏向了文的模習，而非道的創發。韓愈深究儒學，石介把他列入中國的道統傳承之中，也許不是很妥貼，但是至少韓愈是以道入手，因先秦兩漢之道而爲先秦兩漢之文。但是前後七子由先秦漢之文入手，並未厚植道的根基，所以原要反形式主義，但是卻反而又落入了式主義的陷阱中。《四庫全書總目》在明王愼中《遵巖集》的提要中就說：

> 正嘉之際，北地信陽（按指信陽人何景明）聲華藉甚，教天下無讀唐以後書。然七子之學，得之於詩者較深，得於文者頗淺，故其詩能自成家，而古文則鉤章棘句，剽襲秦漢之面目，遂成僞體。

所以當時前後七子雖然是「聲華藉甚」，但是未必大家都認同。於是又有屬於不同觀念系統的另一個文學集團出現，那就是所謂的嘉靖三大家以及茅坤等人。

歸有光（1506—1571）、唐順之（1507—1560）及王愼中（1509—1599）文學史上合稱之爲嘉靖三大家，他們以及茅坤等人就是主張「文道合一」的另一群改革者。他們的立論基點也在於復古聖先賢之道，不過他們有兩點很特殊的地方：其一，所謂的道，固然是先秦兩漢之道，但是由於唐宋之文較先秦兩漢之文更有法度可循，所以一方面從儒學入手以厚植根基❹，另一方面從唐宋文入

---

❹　唐順之為明代理學家之一，列名於《明儒學案》卷二十六。而明代大儒王陽

手上追秦漢，以達到文道合一的境界。其二，他們的文學改革不是
獨立進行的，也不是針對某一種文體做改革，更不是要排斥科考用
的八股文，而是在八股文的內部去和道結合，使八股文成為一種文
道合一的文體。

　　這些改革者，本身即都是由科考出身的文人。其實早在嘉靖
之前，就已有人提出了相同的觀念。例如王鏊（1450—1524），《明
史》本傳中即記載到他曾經上書希望改革科舉，自己在主試時也經
術取士，使文風一變：

> 又言：「宜仿前代制科，如博學宏詞之類，以收異材。六年
> 一舉，尤異者授以清要之職，有官者加秩。數年之後，士
> 類濯磨，必以通經學古為高，脫去諛聞之陋。」時不能
> 用，尋以父憂歸……少善制舉義，後數典鄉試，程文魁一
> 代，取士尚經術，險詭者一切屏去，弘、正間文體為一
> 變。❺

　　王鏊的意見，即是從科考內部來做改革；而王鏊本身在寫作

明在提倡道，使科考用的八股文能文道合一的主張上，與唐順之等人的目標
是一致的。上文所引王序《文章軌範》中，王陽明亦曾經說如果可以重視古
聖先賢之道，那麼「舉業者，士君子求見於君之羔雉耳」，並且認為只要有
真正的道在其中，則「舉業之可以達於伊傅周召矣」。下文提及的陳琛、蔡
清等人，也都是明代著名的理學家，在改革科舉的主張上也都是一致的。

❺　見《明史》卷一百八十一〈王鏊傳〉。

時，則是從唐宋文入手的。《四庫全書總目》在王鏊《震澤集》三十六卷的提要中對此論之甚詳：

> 鏊以制義名一代，雖鄉塾童稚，纔能誦讀八比，即無不知
> 有王守溪者。然其古文，亦湛深經術，典雅遒潔，有唐宋
> 遺風。蓋有明盛時，雖為時文者，亦必研索六籍，汎覽百
> 氏，以培其根柢，而窮其波瀾。鏊困頓名場，老乃得遇，
> 其澤於古者已深，故時文工，而古文亦工也……霍韜為其
> 集序，極為推挹。至比於孔門之游、夏，未免朋黨之私；
> 然其謂鏊早學於蘇，晚學於韓，折衷於程朱，則固公論
> 也。

與王鏊同時期的蔡清（1453—1508）、陳琛（1477—1545）等人，也都有類似的主張。蔡清，學者稱虛齋先生；陳琛，學者稱紫峰先生。王慎中在〈陳紫峰先生傳〉中說：

> 嗚呼！士敝於場屋之業，而固陋浮淺，牿其心腑，專一經
> 以自業，茫然皓首，尚不能通其義，以傳於繩尺之文，又
> 烏知所謂聖人之學哉？宿輩末生相尋以敝，自虛齋蔡先生
> 出，及始融釋群疑，張王新意；推明理性於字析句議之
> 間，以與前儒相統承。夫所謂聖人之學者，其駢拇於條
> 畫，枝指於解訓，要以詳夫場屋之業，而其意則進乎此
> 矣……紫峰陳先生……學於虛齋……先生之書布於四方，
> 家而有之。學者治經，求通於朱氏，微先生之書，如瞽者

失相，從禽無虞，悢悢然不知所如……惟先生之書，焯乎
昭布，大行而久存，雖與世相敝可也。今書肆所板《四書
淺說》、《易經通典》是也……❻

所以要「求通於朱氏」，是因為朱子書是科考出題的依據，而
《四書淺說》等，正是為科考而設的書籍。

不過真正在文章中全力提倡，並且身體力行大量創作的，還
是唐順之等人。唐氏很重視在文章中要展現出中國傳統的「道」，
他並不認為科舉有什麼不好，但是在科舉考試的過程中，應該要把
古聖先賢之道置入其中。這個觀點，在他的〈答俞訓導書〉一文
中，有十分詳細的論述：

甲科之與巖穴，本無揀擇……今之不教舉業，未為脫灑，
而向之教舉業，未為粘帶也。今之不教舉業，未必足以閉
人之利塗，而向之教舉業，未必不引人一二於義塗也。至
於道德性命技藝之辨，古人雖以六德六藝分，然德非虛
器，其切實應用處，即謂之藝；藝非粗跡，其精義致用
處，即謂之德。故古人終日從事於六藝之間，非特以實用
之不可缺，而姑從事云耳。❼

這個論點，可以說是「德藝並重」，也就是本文中所說的文道
合一。換言之，在唐氏的觀念中，呈現古聖先賢的「道」和研究作

---

❻ 見王慎中《遵巖集》卷十六。（文淵閣本四庫全書）
❼ 見唐氏《荊川集》卷四。（文淵閣本四庫全書）

文章的「法」，是可以結合的，是並不相悖的。

這就是一種從體制內作科考改革的主張。八股文之所以受人詬病，是因為只有其形，而無其質，也就是上文所引《四庫全書總目》中所說的「剽襲秦漢之面目，遂成偽體」的意思。唐氏知科考不可能廢除，而且也認為不必廢除，只要在內在精神和作法上有所改革就可以了。所以唐氏接著說：

> 蓋儒者慕古之論，莫不以為必絕去舉業而後可以復古之德行道藝，此則不務變更人心，而務變更法制。將有如王介甫所謂本欲變學究為秀才，不謂變秀才為學究者矣……今之教以舉業，縱欲罷之，而勢有不能。即使復古之教，則六藝固亦不廢。僕所願執事之於諸生即舉業之中而示之以窮經明理、反躬著己之路，而默消其干名好進之心，則是舉業中德行道誼也。

唐順之在此不但主張以古道入時文，更進一步的認為要「復古之德行道藝」，重要的是在「人心」和「窮經明理、反躬著己」。也就是說，以古道入時文，不要只是表象而已，那是沒有意義的。道要真的入植人心，發為時文的內容，這樣改革時文才有意義。

關於這一點，王慎中討論得最為精詳。王慎中在〈再上顧未齋〉一文中談到自己求學的歷程時，即把表象的學習和真心的體悟做為自己在學問上的分界點：

> 某少無師承，師心自用，妄意於文藝之事。自十八歲，謬通仕籍，即孳孳於舷翰方冊之間，蓋勤思竭精者十有餘

> 年，徒知掇摭割裂以為多聞，模效依倣以為近古。如飲酒
> 方醉，叫呼喧呶，自以為樂，而不知醒者之笑於其側而哀
> 之也……二十八歲以來，始盡取古聖賢經傳及有宋諸大儒
> 之書，閉門掃几，伏而讀之……忽而有得，追思往日之
> 謬……愧懼交集，如不欲生。乃盡棄前之所學，潛心鑽研
> 者，又二年於此矣……❽

這是一種對古道有真實信仰，言行合一，再發而為文的體悟。所以
他說：

> 竊有志於古人之道而學其學。既為其學，則其於言也，亦
> 必合乎古而不敢苟，此某之志也……❾

又在〈與林觀頤〉一文中，直接指責林氏只求表象是不可取的：

> 所為古文者，非取其文詞不類於時，其道乃古之道也……
> 足下之好古文，直好其詞之不類於時耳，如是則其用意，
> 亦何以異於時？❿

他在自己有所體悟後，也在「時時為諸人點檢舉業」時❹，以
此教導後進，希望他們在學習舉業時，不要只有道之皮毛。他在

---

❽　見《遵巖集》卷二十一。

❾　見《遵巖集卷二十三・與熊南沙》。

❿　見《遵巖集卷二十三》。

❹　見《遵巖集卷二十四・寄方晦叔舉人》。

〈與項甌東〉中說：

> 今稱述必在乎經，援引必則古先王，如書生科舉之文者，
> 豈不為正？而豈可以為文？而亦豈可以謂知道哉？[22]

這種在文章中不求表象，但求對古道的真實信仰的觀點，和唐順之
所說的「變更人心」的真實體悟是一樣的。唐順之所倡的「德藝並
重」，最深層的理念即在於此。

在這種觀點下，王慎中又特別將觀點和他一致的曾鞏視為典
範。他在〈曾南豐文粹序〉中[23]，即對曾鞏十分盛稱：

> 三代以降，士之能為文，莫盛於西漢……由西漢而下，莫
> 盛於有宋慶曆、嘉祐之間。而傑然自名其家者，南豐曾氏
> 也……

在這篇文章中，我們應該要特注意到的是王慎中對於曾鞏文章的看
法，王氏又說：

> 觀其書，知其於為文，良有意乎折衷諸子之同異，會通於
> 聖人之旨，以反溺去蔽，而思出於道德。信乎能道其中之
> 所欲言，而不醇不該蔽，亦已少矣。視古之能言，庶幾無
> 愧，非徒賢於後世之士而已，推其所行之遠，宜與 詩 書 之
> 作者並天地無窮而與之俱久……

---

[22] 見《遵巖集》卷二十三。

[23] 見《遵巖集》卷九。

　　這樣的論調，已可說是推崇備至。而王慎中之所以會如此的推崇曾鞏，最主要的原因，或許在於當時這一個文學集團所秉持的是一個共同的理念，就是在科考的制度之下，使德藝合一，不要專主文章之法，使文章落於外在的形式。而所謂的德，又不單只是韓愈所說的古聖先賢之道而已，而是像曾鞏的「出於道德，能道其中之所欲言」的真性情，自身的真正體悟。就此而言，曾鞏所謂的道，和韓愈所說的道是不同的。韓愈的道是古聖先賢之道，而曾鞏所說的道，則重在自身的體悟。而王唐等人的主張，毋寧是比接近曾鞏的。因此，王慎中甚至會用曾鞏的文章作爲品評他人文章的標準。例如在〈與李中溪書一〉中說：

> （李氏所撰明倫堂記）曾錄寄武進唐應德兄，并與書云：
> 此文乃明道之文，非徒詞章而已。其義則有宋大儒所未及
> 發，其文則曾南豐筠州、宜黃二學記文也。唐君復書，盛
> 有所契，不以予言為妄也……❷

除了「非徒詞章而已」之外，所謂「其義則有宋大儒所未及發」，正是一種自身的體悟，而非只是陳述古人之道而已。

　　但是王慎中等人並不是如南宋諸理學家一般，只重道而不重文。也就是說，他們同時也重視作文的章法。他在〈與李中溪書一〉中又曾經說：

> 家居治心講學之餘，不免為人牽挽。作酬應文字，亦不敢

---

❷　見《遵巖集》卷二十二。

苟，而必有法。

基於唐、宋諸大家之文內容載道，又有法可循的成例，王、唐諸人當然是以唐、宋文爲主要的學習對象，其中又以宋人文章做爲入手門徑。王愼中受曾鞏的影響尤其大，並且又影響到了唐順之。《明史卷二八七文苑傳·王愼中傳》中說：

> 愼中爲文，初亦高談秦漢，謂東京以下無可取，已而悟歐、曾作文之法，乃盡焚舊作，一意師仿，尤得力於曾鞏。唐順之初不服其說，久乃變而從之……

《明儒學案卷二十六·南中王門學案二·襄文唐荆川先生順之》中記載唐氏學習文章的歷程時也說：

> 初喜空同（李夢陽）詩文，篇篇成誦，下筆即刻畫之。王道思（王愼中）見而歎曰：「文章自有正法眼藏，奈何襲其皮毛哉？」自此幡然取道歐、曾，得史遷之神理，久之從廣大胸中隨地涌出，無意爲文而文自至。㉕

所以王、唐的爲文理念和方式，是同一個途徑的。

然而關於法的問題，則是唐順之談得比王愼中更爲詳贍。《明史卷二○五·唐順之傳》中說「順之喜唐、宋諸大家文」。他在嘉靖丙辰（35 年·1556）年時編有《文編》六十四卷，唐氏於原序中說：

㉕　臺北市：華世出版社，1987 年 2 月臺一版。

文而至於不可勝窮，其亦有不得已而然者乎？然則不能無文，而文不能無法。是編者，文之工匠，而法之至也。聖人以神明而達之於文，文士精研於文以窺神明之奧……所謂法者，神明之變化也，易曰：剛柔交錯天文也，文明以止人文也。學者觀之，可以知所謂法矣。❷⑥

按《文編》一書取周朝到宋代的文章，分體編排，如制策、對、諫疏、論疏……等。據其原序，可知唐氏此編的目的，即在於宣示作文之「法」。所以《四庫全書總目》於此書提要中，除了引述唐序中的說法外，又申論說：

其平日又嘗謂：漢以前之文，未嘗無法，而未嘗有法，法寓乎無法之中。故其為法也，密而不可窺。唐與宋之文，不能無法，而能毫釐不失乎法，以有法為法。故其為法也，嚴而不可犯。其言皆妙解文理，故是編所錄，雖皆習誦之文，而標舉脈絡，批導竅會，使後人得以窺見開闔順逆，經緯錯綜之妙，而神明變化，以漸至於古。學秦漢者，當於唐宋求門徑，學唐宋者，固當以此編為門徑矣。

而《四庫全書簡明目錄》該書提要更是直截了當的說唐順之「其論文以法為先」。是則唐氏這部書，是一部「習誦」唐、宋文之門徑，而且主要是以「法」為學習的目標。無可置疑，這部書是為了因應科舉考試的八股文而編的。換言之，這部書甚至於可以說是科

---

❷⑥ 據文淵閣本《四庫全書》。

舉考試用的參考書。

其實在明代，編輯科考用參考書的人不在少數，而且大多是以唐、宋諸大家之文爲範疇的。例如早在明初時，朱右即「採錄韓、柳、歐陽、曾、王、三蘇之作，爲《八先生文集》」❷，不過此書現已失傳，不知其詳情如何。唐順之的《文編》，在唐、宋部份，選取的就是八大家的文章。其原因，就如前文所述，八大家之文內容有道，形式有法。在從內部改革科考的觀念下，所謂唐宋八大家之文，當然就成了最佳的作文範例。

茅坤就是在這一股潮流中認同王、唐的主張，並且編出《唐宋八大家文鈔》的。茅坤此編，可能就是受到了唐順之的影響。《明史卷二八七文苑傳·茅坤傳》中說：

> 坤善古文，最心折唐順之，順之喜唐、宋諸大家文，所著《文編》，唐、宋人自韓、柳、歐、三蘇、曾、王八家外無所取，故坤選《八大家文鈔》……

茅坤本身即是標榜重道的人，他在《唐宋八大家文鈔》的總序中，即從論述孔子以來的道統爲開端，然後和王、唐一樣，抨擊把古道當作文章皮毛的做法：

> ……我明弘治、正德間，李夢陽崛起北地，豪雋輻湊，已振詩聲，復揭文軌而曰：吾左吾史與漢矣。已而又曰：吾黃初建安矣。以予觀之，特所謂詞林之雄耳，其於古六藝

---

❷ 見《四庫全書總目·總集類·茅坤唐宋八大家文鈔》提要內所載。

> 之遺，豈不湛淫滌濫而互相剝裂已乎？予於是手掇韓公
> 愈、柳公宗元、歐陽公修、蘇公洵軾轍、曾公鞏、王公安
> 石之文而稍批評之，以為操觚者之券，題之曰八大家文
> 鈔……嗟呼，之八君子者，不敢遽謂盡得古六藝之旨，而
> 予所批評，亦不敢自以得八君子者之深要之大義。所揭指
> 次點綴，或於道不相螫已……❷❽

　　雖然茅坤標榜的是道，可是在評點的內容中，卻是完全在教
導士子作文的方法。唐順之對此似乎頗不認同。唐順之是較重道
的，所以偏重秦漢，但這和七子的追模秦漢的文章之法是不同的。
唐氏因為偏重道，所以對於唐宋之文亦不廢。唐宋文在重道之外又
有「法」可循，所以唐氏的《文編》所選上自周秦開始，下迄唐
宋。他是從唐宋之文入手，藉為門徑，以上求秦漢。但是茅坤在相
形之下，雖然亦有重道之說，但是茅氏所編的《唐宋八大家文鈔》
卻只選唐宋文，而且以指導寫作的方式作評點，明顯的是以法為
主，所以唐氏才會對茅氏不甚稱許。唐氏在〈與茅鹿門主事書〉中
即說：

> 只就文章家論之，雖其繩墨布置，奇正轉摺，自有專門師
> 法。至於中間一段精神命脈骨髓，則非洗滌心源，獨立物
> 表，具今古隻眼者，不足以與此……直據胸臆，信手寫
> 出……便是宇宙間一樣絕好文字……真精神與千古不可磨

---

❷❽　茅坤：《白華樓續稿》卷八，（中華民國國家圖書館：明嘉靖萬曆遞刊本）。

滅之見絕無有也,則文雖工,而不免為下格,此文章本色
也……唐宋而下,文人莫不語性命、談治道……然非其涵
養畜聚之素,非真有一段千古不可磨滅之見……其言遂不
久湮廢。然則秦漢而上,雖其老墨名法雜家之說而猶傳,
今諸子書是也。唐宋而下,雖其一切語性命、談治道之
說,而亦絕不傳……㉙

而且又在〈答茅令鹿門書〉中率直的說「僕意猶疑於吾兄之尙以眉
髮相山川,而未以精神相山川也」㉚。因為唐氏認為茅坤此作,雖
然以道為名,但是事實上是把文章又導向形式了。

　其實這真是一個困境。要求舉子從內心中對古道要有體悟和
信仰,並且表現在程文之中,這是很難去論斷的事。一篇文章之中
談的道,到底是皮毛或是真道,該如何去設定判別的標準呢?而八
股文又有一定的格式必須去學習,不會寫作,名利成空,又要如何
去達成理想?所以在現實的考量下,在科舉考試的方式無法改變的
客觀情勢下,不管範本如何編選,士子還是會以「法」為優先的學
習目標。而編輯範本的人,又怎麼可能不受影響?

　前文曾引述到的蔡清,以明代大儒的學者身份,就曾經編過
《易經蒙引》十二卷及《四書蒙引》十五卷兩書,做為科考用的參
考書。《四庫全書總目》在《四書蒙引》一書的提要中說:

㉙　見《荊川集》卷四十四。

㉚　見《荊川集》卷四。

> 清人品端粹，學術亦醇。此書雖為科舉而作，特以明代崇
> 尚時文，不得不爾。至其體認真切，闡發深至，猶有宋人
> 講經講學之遺，未可以體近講章，遂視為揣摩弋獲之書
> 也。

這樣的敘述，其實有點明褒暗貶。在陳琛的《易經淺說》提要中
❸，其價值判斷就看出來了：

> 琛易學出蔡清，故大旨主於義理。然欲兼為科舉之計，故
> 順講、析講，全如坊本高頭講章，較清《易經蒙引》，可謂
> 每況愈下。

在以道為尊的價值判斷下，無論是誰所編的書，只要是為科考而
設，評價都不會太高。相形之下，唐順之在以道為尊的理念下所編
的《文編》，評價當然就高些。《四庫全書總目》在唐順之《荊川
集》的提要中，論及唐順之的文章時說：

> 其文章法度，具見《文編》一書。所錄上自秦漢以來，而
> 大抵從唐宋門庭以入。故於秦漢之文，不似李夢陽之割剝
> 字句，描摹面貌；於唐宋之文，亦不似茅坤之比擬間架，
> 掉弄機鋒。在有明中葉，屹然為一大宗。

評語雖好，但是抵不過現實。明代萬曆以後，在士子間最流行的，
還是茅坤的《唐宋八大家文鈔》。《四庫全書總目》該書提要頗道出

---

❸ 陳琛該書列入《四庫全書總目‧易經類存目一》。

了其中的原因：

> 今觀是集，大抵亦為舉業而設。其所評論，疏舛尤不可枚
> 舉……然八家集浩博，學者徧讀為難，書肆選本又漏略過
> 甚，坤所選錄，尚得煩簡之中，集中評語雖所見未深，而
> 亦足為初學之門徑。一二百年以來，家弦戶誦，固亦有由
> 矣。

或許茅坤的本意是要響應王、唐等人的主張，但是由於茅坤此書的
編輯體例，再加上客觀的形勢，終於使這書成為了科考參考書中最
為知名的一部。而「唐宋八大家」之名，也幾乎由此而確立。

清朝初年，儲欣曾經企圖動搖茅坤的地位。儲欣（1631—
1706）編了一部《唐宋十大家全集錄》，較茅坤所編，多了唐代的
李翱、孫樵兩人。儲欣並在自序中寫道：「然大家豈有定數，可以
八，即可以十」。到了乾隆三年，朝廷編《御定唐宋文醇》五十八
卷，所選十家，即和儲欣所選是相同的㉜。但是這兩部書的流傳不
及茅坤所編來得廣。在民間，茅坤的書已有多化身，如沈德潛
（1673—1769）就曾編過《唐宋八大家文讀本》三十卷等。終於，
茅坤所倡的「唐宋八大家」在文學史上被定型，而這個名辭也在中
國文學史上成為一個固定的、簡約化的文學符號。

伍、結論

㉜　參見文淵閣《四庫全書》本。

　　我們重述這一段歷史的過程，是希望能呈現下列的事實：在唐宋時期，因提倡復古聖賢之道以制衡純文學的發展，而有復古的主張產生。爲了復古，所以也同時採用魏晉以前的文言文散文做爲寫作的形式。因此，此一時期所謂的古文，是指不同於六朝駢體文的古代散文。然而，由於目的是在復古之道，所以散文的形式只是爲達目的的工具而已。我們若說唐宋時期有一個復古運動，或是載道運動則可，若說是古文運動，則偏離了事實。畢竟，當時復古主張初起時，是載道文學與純文學的對峙，而不是一種文體的對抗。

　　而且，唐宋兩代諸文人對於載道的主張雖然相同，可是在時間上間斷了許久，而且諸人在當時並沒有有意識的去形成一個文學集團提倡復古，頂多只能將之視爲一個非確定性的文學集團。在這樣的情況下，稱之爲一種「運動」是否得當，尚待商榷。

　　其次，唐宋固然可以勉強劃歸爲一個段落，其中仍應要留意南宋時期因爲配合科考的關係，所以對於北宋以前諸家作品，已經有了不同的取向。換言之，也就是已經有了質變的現象產生。而明代無論如何都必須要劃分爲另一個時段的。明代提倡復古之道，其目的是在改革因科舉以八股取士形成的形式主義。他們對道的要求和唐宋時期略有不同，前者重在自身的體悟和真實的認知，而後者則是古人之道。而且明代的改革者不但不反科舉，還企圖將時文和古道結合，要從內部改良科舉。所以他們所推廣的，是今道不是古道，是道不是文。但是唐宋諸家之文有法可循，而且又有道於內，所以將唐宋文作爲門徑。據此而論，則唐宋諸家之文就明代的改革者而言，同樣的不是目的，也只是工具或媒介而已。

　　但是，明代由於要求從內部改革科舉，所以尋求典範，成爲

一項必需的工作。謂「唐宋八大家」的概念，就是這樣產生的。唐宋諸人模古的文章，因爲相對於當時的時文－八股文而言，是屬於古文，所以在明代，古文的定義也不同於唐宋時期。我們現在觀念中的古文運動，是和唐宋八大家有緊密關係的。所以如果說明代有一個「古文運動」，還比較恰當些。

而所謂的「唐宋八大家」，其實並不等同於唐宋時期的復古運動。他們被定型成爲一個文學集團，本身就不是很恰當；更何況，這「八大家」是因爲要找寫作典範而被集結在一起的。所以「唐宋八大家」只是編輯科考參考書的產物，稍稍接近於明代的古文運動，但是絕對不能和唐宋時期的復古運動等同看待。

我們若再從另一個角度來思考，後人之所以會如此重視唐代的韓柳，並且主要以蘇東坡所說的「文起八代之衰，道濟天下之溺」來做爲他們的定論，事實上是站在載道的立場來看的。我們若從純文學的角度來看，韓柳等人其實是扼殺了純文學的自由發展。胡雲翼就曾經說：「宋代古文運動的理論，最障礙純文學的發展，這自是文學史上不幸的事。❸❸」所以在唐代高唱載道的人，在中國文學史上是功是過，還頗有爭論的空間。

這樣的事實和觀點，我們在當前所見的文學史專著中似乎並不多見，而且越到晚近的文學史專著，寫作的偏差越大。例如謝无量的《中國大文學史》❸❹於第四編第六章〈韓柳古文派〉中，以韓柳爲標題；第十一章〈慶曆以後之古文復興〉，則以歐陽修、曾鞏

---

❸❸　見胡著《新編中國文學史》第十六章。

❸❹　臺北市：臺灣中華書局，民國 65 年 12 月臺五版。

王安石、三蘇爲標題。雖然書中並沒有用「古文運動」一辭，但是
已將所謂八大家作爲古文運動之代表人物。

　　胡雲翼的《新著中國文學史》[35]第四編第十一章〈唐代的文學
運動〉中，認爲「韓愈他們致力於文學運動，其目的無非想提倡一
種有內容的實用文章，無非想拿文章來宣傳孔孟之道，無非企圖造
成一個新的文派」，所以胡氏認爲「唐代的文學運動，不但不是復
古運動，而且是實際的革新運動」。他同時認爲這個運動的缺點是
不應該以復古爲名，以及不應該以文學爲載道的工具；但是優點是
提倡樸實的散文、阻遏了駢偶綺艷文學的發展、使文學觀念流於實
用、以及改用淺近流暢的文言來作文。

　　在第十六章〈宋代的文學運動〉中則認爲：宋初最盛的是
「駢文學家的勢力」，但當時有柳開等人「反駢偶文學」，而且「一
般文人也漸漸厭惡駢體文的過於粉飾浮華」，所以「等到一代的文
宗歐陽修出來做古文運動盟主，以提倡韓文相號召，振臂一呼，天
下從風。王安石、曾鞏、三蘇等繼起，皆以古文妙稱於天下。於是
古文的勢力乃確立了不可動搖的基礎。自此以後，至於清末，八九
百年的文章，完全是古文的權威，駢體文便衰落下去了」。這部書
中，已經明白的使用了「古文運動」一辭，而且在敘述的過程中，
很容易將讀者導向於「唐宋時期有一個文體改革運動」的錯誤觀念
上去。

　　至於胡雲翼之後的文學史專著，不但大多都在敘述唐宋時期

---

[35]　該書自序作於民國 20 年 8 月。臺北市：漢京文化事業公司出版，民國 72 年 9 月。

的文學時直接使用古文運動一辭，而且時常都沒有說明這個名辭形成的背景，以及涵蘊在其中的變化與意義。這些例子，大家都耳熟能詳，也不必舉証了。

我們在教授文學史課程時，應要留心一些被制約了的觀念，以及一些被簡約化的名辭。最方便教學的編輯方式，時常也造成了與歷史事實最遠的距離，這是我們在從事教學時，應該要不時反省的觀念。

講評意見

何寄澎
臺灣大學中國文學系

本文作者最主要的思考有二：

一、一般文學史所謂的唐宋「古文運動」，其實是以復古聖賢之道反制純文學的運動（對是否為一「運動」作者亦仍持保留，認為並無意識去形成一文學集團），所以謂之「復古運動」、「載道運動」皆可，但不可謂為「古文運動」；而唐宋作者所以用「散文」只不過在「載道」的「中心思想」下，自然採用與魏晉以下不同的「形式」而已，其本旨殊非「文體」對抗。

二、作者認為一般所謂的明代唐宋派，他們倡「道」，他們也把唐宋諸人「模古」的文章（古文）當作典範。他們以此從科舉內部去改革科舉，所以如果說文學史上有「古文運動」，他毋寧願歸諸明代。

作者能對習以為常的陳說加以反省，是可取的；字裡行間，作者態度的平和懇切也分明可見，這證明作者並非刻意批判前人，也非故作新奇之論─這些都是值得肯定的。

然而作者的思考是否能夠成立？作者的論證是否周延確切？

我想應是我們關注的重點。

先談作者的論證。關於第一個思考，作者在第三小節討論。我們看實際內容，感覺作者的論證似乎流於「疏略」：他或直接把其「思考」說出；或僅以「大家知之甚詳，此處略而不談」一語帶過。關於第二個思考，作者在第四節論證，相比之下，較前一思考加詳甚多。作者努力的說明有明一代「唐宋派」的唐、王諸子有鑑於八股文「有其形，無其質」，故力主科舉改革，提倡「德藝並重」、「文道合一」。但整體而言，仍略嫌夾纏漶漫。

因此，在「論證」的確切詳密方面，本文仍有可再加強之處。至於作者的思考可否成立？以下提出一些拙見供作者參考。

就唐代古文家而言，蕭穎士、李華以下，一直到韓、柳乃至韓之門人，其對「文」與「道」的主張雖不盡同，但大體一貫，且確具集團性格。宋人雖不如此詳明，但柳開以下，「重道」主張一貫，而歐則亦確然有其集團，並且重「文」。此皆歷史事實，學者論之已詳，故稱之為「運動」，宜無不妥。其次，無論為唐之韓、柳，為宋之歐、蘇，其「運動」確有「文體變革」之旨在，故韓之「去陳言」、歐之「簡而有法」，皆其文論核心，而其餘與此命題相關者，學者論之亦詳，然則文學史家對唐宋古文之變革推動名之為「古文運動」，應無不妥。姑再以本文中所舉《舊唐書·韓愈傳》所論為例，分明見韓文體變革之旨：故有「遷雄之氣格」、「務反近體」、「立言」、「自成一家新語」等語，《舊唐書》作者不滿韓的其實正是他的此種「新文體」，作者似乎誤解了《舊唐書》的意思。

因之要說「古文運動」勉強在明代才有，鄙見不能同意。但明之「唐宋派」是否亦可名為「古文運動」，則可再思辨。不過，

若從「運動性」來看，平心而言，明唐宋派其「活動力」與「執行面」似乎都不能與唐宋人比。最後，不能否認的是，作者在第四小節的討論開啓了許多有趣的面向，此即南宋以下「古文」的變質—它爲何且如何與舉業形成如此密切的關係？它與八股文的互涉又如何？自宋末至明，古文選本編輯與流行情況如何？前人雖亦偶有觸及，但仍欠深入探討，本文因此仍是一篇有意義的論文。

文本、誤讀、影響的焦慮
——論江西詩派的閱讀與書寫策略

楊玉成

暨南國際大學中文系

關鍵詞

誤讀、文學經典、江西詩派、影響的焦慮

摘　要

　　本文借用布魯姆（Harold Bloom）的「誤讀」與「影響的焦慮」理論，論述宋代江西詩派的文本觀、詮釋策略、書寫形態。第一部分涉及文本觀念，筆者從唐宋「道」與「文」的觀念出發，闡述某種本源文字的預設，指出「無一字無來處」隱含的洞見與盲點。「無一字無來處」實際上是一種互文性的宣言，卻和宋人重視的「自作語」及作者意圖（意）相衝突，「出處」始料未及的陷入誤讀（誤寫）、分歧的語言迷宮，自我解構了起源的神話；進而以「暗合」、「拼貼」等現象描述新文本的特徵，揭示宋人與古人競爭

的潛在慾望與野心。第二部分涉及閱讀與詮釋，筆者借多起「杜甫夢」為例，說明杜甫一方面成為宋人最大的偶像，文學經典，等同「道之文」，一方面也成為宋人最大的夢魘，揮之不去的陰影。宋人藉「出處」建構家系神話，過程卻充滿失憶、誤讀、改寫、影響的焦慮，最後倒果為因將古人解釋為自己不成熟的前驅。江西詩派的地位因此確立，卻同時埋下自我解構的因素。第三部分涉及具體的語言策略，分別對偷竊、點鐵成金、奪胎換骨、補充、翻案、不犯正位、中的、遊戲三昧這些重要的術語和觀念，結合禪宗與誤讀理論重作解釋，具體展示其書寫風貌，及其繼承與改寫古人，試圖確立自我的策略。

　　宋代詩學貫穿著復古、學古的論述，然而在這些口號之下卻呈現另一種奇特的風景：一個充滿偷竊、誤讀、影響焦慮的時代，充滿競爭、推擠、閃避、挪用的文本現象，蔚成文學史的奇觀，自成閱讀史的一個獨特類型。這些現象前人間有觸及，但迄今仍缺乏系統論述，本文環繞江西詩派的批評話語，從宋代詩話、筆記、注釋等繁複文獻條分縷析，據筆者觀察其影響貫穿到明清復古與反復古之爭，清中葉後更有抬頭的趨勢。本文的目的是在揭示，文學史的發展並不像一般所宣稱的那麼和諧連貫，在歷史表層背後潛伏著一種幽暗、偏離、斷裂的文學史脈絡，試圖開拓另一種古典文學的論述空間。

　　從蘇、黃以後，江西詩派的影響力逐漸席捲詩壇，籠罩兩宋，翁方綱說：「談理至宋人而精，說部至宋人而富，詩則至宋而

益加細密，蓋刻抉入裡，實非唐人所能囿也。而其總萃處，則黃文節爲之提挈，非僅江西派以之爲祖，實乃南渡以後，筆虛筆實，俱從此導引而出。**❶**」宋代批評話語無論文本、詮釋、書寫都發生結構性的變化，江西詩派是顯著的里程碑，從大處來看包括：無所不在的「文」，既構成宋代世界觀的基礎，也逐漸形成巨大的壓力，一張難以逃脫的交織網絡；杜甫被建構爲神聖的文學經典，被虔誠膜拜也成爲焦慮的根源。中國第一個詩派——江西詩派，就在這種繼承與競爭的矛盾情結中出現，發展出種種誤讀、改寫、偏離、挪用的策略，自成閱讀與書寫的獨特類型，此後中國詩派的出現日趨頻繁，江西詩派彷彿是某種奇特的原型。最後，這些現象與宋代主體哲學的興起有關，主體伴隨著焦慮（及所有權、誤讀、自我防衛等現象），構成一體的兩面，其幽微的心理情結及隱含的權力意志素來被忽略了。在自我與文本兩種力量的推擠與衝突中，一系列語言皺褶、迂迴的策略紛紛出現：偷竊、點鐵成金、奪胎換骨、翻案、補充、不犯正位、中的、遊戲三昧等，這些現象出現在文化變革時期，像某種奇異的徵兆，暴露文化底層幽暗巨大的潛在力量，這個領域仍有待學界進一步的探索。

壹、本源文字

唐人盛行「文」的觀念，「人文」幾乎成爲口頭禪，這是一種人文主義的轉向，這種觀念將世界文本化了。宋代標榜自然之文，

---

❶ 翁方綱：《石洲詩話》（臺北：木鐸，1982），卷四，頁 119。

蘇軾「風水相遭」、黃庭堅「如蟲蝕木」都是常見的隱喻❷，「文」
變成某種本源文字──道之文，某種自然之書❸。簡言之，這個世

---

❷ 「風水相遭」、「如蟲蝕木」都是自然之文的隱喻，正好透露蘇黃詩風的差
異。蘇洵〈仲兄字文甫說〉說：「風行水上，渙，此亦天下之至文也。然而
此二物者豈有求乎文哉？無意乎相求，不期而相遭，而文生焉。」見曾棗
莊、金成禮：《嘉祐集箋註》（上海：上海古籍，1993），卷十五，頁 412。
蘇軾〈書辯才次韻參寥詩〉說：「平生不學作詩，如風吹水，自成文理。」
見《蘇軾文集》（北京：中華，1986），卷六十八，頁 2144。黃庭堅習用
「如蟲蝕木，偶爾成文」，以蛀蟲隱喻寫作，具有銘刻、侵蝕的暗示，見
《黃庭堅全集》（成都：四川大學，2001），正集，卷二十七，頁 734，〈題
李漢舉墨竹〉；卷十五，頁 420，〈福州西禪暹老語錄序〉。這個隱喻隱含叛
逆因素，原屬外道語言，〈次韻冕仲考進士試卷〉說「少年迷翰墨，無異蟲
蠹木」，任淵注：「《智論》云：佛言，善說無失，無過佛語，諸外道中設有
好語，如蟲蝕木，偶然成文。」見任淵：《黃山谷詩集注》（臺北：世界，
1960），內集，卷八，頁 86。以下引用蘇、黃文集及任淵注，版本俱同此，
唯注卷數頁次。

❸ 「文」的觀念可以追溯到劉勰，張隆溪說：「倘若劉勰將自然視為文之源，
將文視為自然之展現形式，將自然圖貌解讀為文並對其加以詳述，那麼在某
種程度上，他的觀點不就可以與歐洲中世紀與文藝復興時西方文本中常見的
『自然之書』（the book of nature）的觀點相比擬了嗎？」見〈文為何物，且
如此怪異？〉，收入王曉路：《中西詩學對話》（成都：巴蜀書社，2000），頁
285。德希達（Jacques Derrida）曾詳細批判這種觀念：「就像柏拉圖所說的
靈魂中真實的文字一樣，在中世紀它仍然是一種隱喻意義上的文字，即自然

界早已被讀過、寫過了。宋代蘇東坡（1036—1101）在〈書子美《屏跡》詩〉說：

> 子瞻云：「此東坡居士之詩也。」或者曰：「此杜子美〈屏跡〉詩也，居士安得竊之？」居士曰：「夫禾麻穀麥，起於神農后稷，今家有倉廩。不予而取，輒為盜，被盜者為失主；若必從其初，則農稷之物也。今考其詩，字字皆居士實錄，是則居士詩也。子美安得禁吾有哉！」（卷六七，頁2103）

蘇軾是唐詩典範的一個遲來者，在這種時候，他所能做的就是將杜詩抄寫一遍，並且聲明並非竊佔❹。蘇軾涉嫌偷竊詩聖杜甫的詩，

的、永恆的、普遍的文字，它是被指稱的真理的體系，而真理的尊嚴已為人們所認可。」見德希達著、汪堂家譯：《論文字學》（上海：上海譯文，1999），頁20。

❹ 蘇軾不僅抄寫，還有意無意加以改寫，趙次公說：「東坡先生常寫此二詩，其『舍影漾江流』作『山影漾江流』。……嗚呼，先生之恢諧如此，且見深服杜公之善道事實矣。然『山影』乃一作『舍』字，是，蓋成都豈有山耶？」見林繼中輯校：《杜詩趙次公先後解輯校》（上海：上海古籍，1994），頁496。蘇軾經常將詩視為公共財產，如同己有，再如〈書蘇李詩後〉：「此李少卿贈蘇子卿之詩也。……歷觀古人之作辭約而意盡者，莫如李少卿贈蘇子卿之篇，書以贈之。春秋之時，三百六篇皆可以見志，不必己作也。」（卷六七，頁2089）

卻故作正經討論「所有權」的觀念，在所有權的前提下「盜」的觀念才是可能的（不予而取，輒為盜），「所有權」和「偷竊」這兩個話題在宋代非常流行，既建構主體也涉及某種權力意識。蘇軾還透露了宋人一項終極預設：「文」源自道或自然，「道之文」成為宋人終極的地平線，在這個邊界杜詩並非杜甫所私有；這裡隱含某種二律背反，貫穿在宋代詩論：認同與盜竊、模仿與獨創、公共與私有、自然與刻意，這個終極邊界既是宋人的洞見（insight）也是宋人的盲點（blindness），一切矛盾都在這裡消解了。

　　宋人顛覆所有權的另一個策略是：宣稱好詩是撿到的。宋人有一種奇怪的說法，這就是「拾得」。撿到的當然不能算偷竊，蘇軾〈書曇秀詩〉說：

> 予在廣陵，與晁無咎、曇秀道人同舟，送客山光寺。……予和云：「閒裡清游借隙光，醉時真境發天藏。夢回拾得吹來句，十里南風草木香。」予昔對歐陽文忠公誦文與可詩云：「美人卻扇坐，羞落庭下花。」公云：「此非與可詩，世間元有此句，與可拾得耳。」（卷六八，頁 2154）

歐陽修說「世間元有此句，與可拾得耳」，將詩視為公共財產，來自自然。「拾得」這個奇怪的觀念存在幾個假設：一、宣稱詩歌不是作者所私有，解構了所有權，撿到的東西是無主的或失主不詳的；二、詩是一種「現成物」，世界被文本化，變成現成的斷片或被撿拾的長物；三、寫作成為純屬偶然，透過拼貼，某種無意識的行為。這個觀念在南宋大行其道，「詩料滿天地」，成為一種標榜自然、現成的意識形態。

出處：起源與迷宮

　　黃庭堅（1045—1105）宣稱杜詩韓文「無一字無來處」,〈答洪駒父書〉說：

> 自作語最難。老杜作詩,退之作文,無一字無來處。蓋後
> 人讀書少,故謂韓杜自作此語耳。古之能為文章者,真能
> 陶冶萬物,雖取古人之陳言,入於翰墨,如靈丹一粒,點
> 鐵成金也。（正集,卷十八,頁 475）

黃庭堅可能發展了宋祁（998—1061）下面這段話：「柳州爲文,或
取前人陳語用之,不及韓吏部卓然不丐於古而一出諸己。劉夢得巧
於用事,故韓柳不加品目焉。❺」韓愈獨創（不丐於古）,勝過柳
宗元的模仿（取古人陳語）,劉禹錫則發展另一種「巧用於事」的
策略,黃庭堅「點鐵成金」似乎就是進一步的發展。這裡涉及討論
文學的模仿與創造,「陶冶萬物」顯示存有的向度,在這個視域下
「無一字無來處」最終來自本源文字。我們看到一種新壓抑的形
成：貶抑創新（自作語）,回歸平常（陳語、俗語）❻。自然之道

---

❺　宋祁：《宋景文公筆記》,收入《叢書集成新編》（臺北：新文豐,1985）,冊
　　十一,卷上,頁 229。宋祁強調獨創：「夫文章必自名一家,然後可以傳不
　　朽,若體規畫圓,準方作矩,終為人臣僕。古人譏屋下作屋,信然。」（同
　　上）黃庭堅部分繼承了這種觀點。

❻　Yu-Shih Chen 指出自然之道是唐宋之間重要的區別：「最適宜的風格應該是
　　自然與平常的,就像世界所表現的一樣。韓愈提倡的作為風格品性的獨特與

成為一種新的權威，這種壓抑可以解釋黃庭堅的矛盾：愛奇卻不斷反對新奇，因而發展「點鐵成金」這種介於模仿與創新之間的迂迴策略。

黃庭堅不說「用事」、「典故」，而說「出處」、「來歷」、「有所從來」，出處（來歷）總是意指另一個（the other），「無一字無來處」就像語言指涉作用（singnification）顛倒過來的說法：不說語言總是有所指涉，而說語言總是有來源的。「無一字」像是普遍的斷言，這個說法意圖建構一種起源的神話。然而「出處」語意並不明確，範圍廣泛，不限於通常所說的典故：

> 如此作詩句，要須詳略用事精切，更無虛字也。如老杜詩，字字有出處，熟讀三五十遍，尋其用意處，則所得多矣。（〈論作詩文〉，別集，卷十一，頁 1685）
>
> 凡人修學，惟節略今人文字，似無益於用，不若熟讀班固《漢書》，自首至尾，不遺去一句，然後可見古人出處。（〈論詩作文〉，別集，卷十一，頁 1686）
>
> 按其筆語，皆有所從來，不虛道，非博極群書者不能讀之昭然。（〈畢憲父詩集序〉，正集，卷十五，頁 412）

不平常，似乎經歷了一種轉變，進入到它們的對立面去了。……我希望說明從獨特到平常的這一觀點的轉化，它發生在宋代一位傑出的散文家歐陽修的理論與實踐中。」見〈歐陽修的文學理論和實踐〉，蔣述卓譯（《文藝理論研究》，1989，五期），頁 78。

「出處」包含典故（用事）、用字（無虛字）、語意（用意、不虛道）、結構（自首至尾），甚至風格❼。忌諱「虛道」正是黃詩的特色，沒有浮泛虛弱的字詞，字字皆閃射某種用意與光彩，「有出處」就是有來由、有根據❽，這可能和宋人的理性主義有關，和二程「事事物物皆有理」近似。黃庭堅的受業弟子任淵著《黃山谷詩集注》，全書遍佈「此借用」、「借用其字」、「摘其字用之」、「借用其意」、「用……詩意」、「用其語律」、「引用」、「暗用」等術語，趙次公《杜詩先後解・序》花樣尤多：「若論其所謂來處，則句中有

---

❼ 第二條「出處」或讀為上聲，指古人的行為出處，唯此文標題及上下文皆論文，此說似未必然，俟考。「出處」的廣泛含義前人已經指出，徐復觀說：「按山谷謂杜詩韓文，無字無來歷，乃在指出他們採用詞彙之廣博。……這裡所說的乃是選詞的問題，決非是用典的問題。」徐復觀轉向「選詞」，來自語言系統，涉及語用問題，這種解釋超出狹義的典故。見〈宋詩特徵試論〉，收入《宋詩論文選輯》（高雄：復文，1988），冊一，頁 74。黃景進指出「出處」的多重含意，他在詳細考察當時用例後說：「綜上所述，山谷所謂『出處』（或『來處』）實指法度規矩而言；所謂『有出處』即指謹嚴有法。文章的法度，範圍甚廣，從用字、造句、結構布置到美學風格等，皆包括在內。」見〈黃山谷的學古論〉，收入臺大中研所編：《宋代文學與思想》（臺北：學生，1989），頁 270。筆者認為用字、造句、結構、風格、語用這些含意，都可以包含在廣義的互文性觀念中。

❽ 黃庭堅所謂「有所從來」不僅是典故，〈書劉壯興漫浪圖〉說：「子劉子讀書數千卷，無不貫穿，能不以博為美，而討求其言之從來。」（正集，卷二十七，頁 733）可見「言之所從來」不僅是博學，而且要知其所以然。

字、有語、有勢、有事，凡四種。❾」除了字、語、勢、事，宋人甚至指當代典故、事實、日常語言，幾乎涵蓋語言所有的指涉關係。語言所有的層面都相互指涉（總是有來歷），這種觀念實際上近乎所謂的互文性（intertextuality）❿。換言之，「無一字無來處」宣告了一種新的文本觀。

在歷史上，這個觀念可以追溯到劉禹錫「為詩用僻字，須有來處」⓫，黃庭堅外舅孫莘老「老杜詩無兩字無來歷」⓬，黃庭堅將僻字、雙音節詞彙（兩字）擴大為全稱命題，成了語言的普遍斷

---

❾ 趙次公序原佚，見林希逸：《竹溪鬳齋十一藁續集》，收入《四庫全書》，冊一一八五，卷三十，頁 867，〈學記〉。

❿ 周裕鍇曾以互文性解釋「無一字無來處」，他說：「或許借用西方現代詩歌批評的兩個術語更能說明『點鐵成金』的價值，一是新批評派的『語境』（context），二是符號學的『互文』（intertext）。……正是在這個意義上，中國詩壇最富有獨創性的兩個文學家杜甫和韓愈也難免『無一字無來處』。根據互文性概念，詩人把前人辭句嵌進自己的作品，在與之形成差異時顯出自己的價值，仍可化腐朽為神奇。」見《宋代詩學通論》（成都：巴蜀書社，1997），頁 182。

⓫ 見韋絢《劉賓客嘉話錄》，收入《唐五代筆記小說大觀》（上海：上海古籍，2000），頁 794。

⓬ 任淵《黃山谷詩集注》說：「山谷詩律妙一世，用意高遠，未易窺測。然置字下語皆有所從來，孫莘老云：『老杜詩無兩字無來歷。』劉夢得論詩亦言：『無來歷字，前輩未嘗用。』山谷屢拈此語，蓋亦以自表見也。」（卷首，頁 1）

言（無一字）。實際上這是一種未經檢證的直覺，「蓋後人讀書少，故謂韓杜自作此語耳」，理論上只要讀遍所有的書就能找到出處，開啓了無數宋人「尋找出處」的詮釋運動，但從未徹底實現過。筆者認爲其隱蔽的根據就是文源文字，前述二律背反不斷複現：「自作語」和「無一字無來處」相衝突，另一種形式的矛盾是自然與刻意，山谷友人李之儀（1038—1117）〈雜題跋〉說：「作詩字字要有來處，但將老杜詩細考之，方見其工；若無來處，即謂亂道，亦可也。……然用之惟在不覺，若覺，則不工矣。**⑬**」陳善（？—1169）《捫蝨新話》出現同樣的矛盾，但他清楚訴諸本源文字：

> 文人自是好相採取。韓文杜詩，號不蹈襲者，然無一字無來處。乃知世間所有好句，古人皆已道之，能者時復暗合孫吳爾。大抵文字中，自立語最難；用古人語，又難於不露筋骨，此除是具倒用大司農印手段始得。**⑭**

「不蹈襲」和「無一字無來處」，「用古人語」和「不露筋骨」，都互相矛盾，他道出背後真正的原因：「世間所有好句，古人皆已道

---

⑬ 李之儀：《姑溪居士後集》（臺北：新文豐，1984），卷十五，頁 91。〈跋吳思道詩〉也說：「其妙處略無斧鑿痕，而字字皆有來歷。」〈跋荊公所書藥方後〉說：「作字為文，初必謹嚴，於時造語須有所出，行筆須有所自。往往涉前人轍跡，則為可喜。久之，語以不蹈襲為工，字則從橫皆中程度，故能名家傳世，自成標準。」見《姑溪居士文集》，卷四十，頁 310；卷四十一，頁 317。

⑭ 陳善：《捫蝨新話》，上集，卷三，收入《叢書集成新編》，冊十二，頁 255。

之」，既然一切語言都被說過了，重複是必然的，出處變成無可逃避的宿命。陳善以「暗合」觀念試圖擺脫矛盾，「能者時復暗合孫吳」，既回歸本源又不算模仿。然而無意的出處——暗合，不是互文性又是什麼？這是一種奇怪的洞見與盲點：既要有出處，又合乎自然；既是始創，又早已存在。這種矛盾說法所以成立的唯一合理解釋是：出處最終來自道（本源文字），只有在這個終極邊界才能說杜甫同時是創造者和繼承者。出處、互文、本源文字、道，構成一套相互支撐的批評論述。

有些「出處」連作者和讀者都不自覺，南宋陸游（1125—1210）《老學庵筆記》對「無一字無來處」提出了異議：

> 今人解杜詩，但尋出處，不知少陵之意，初不如是。且如〈岳陽樓詩〉：「昔聞洞庭水，今上岳陽樓。吳楚東南坼，乾坤日夜浮。親朋無一字，老病有孤舟。戎馬關山北，憑軒涕泗流。」此豈可以出處求哉？縱使字字尋得出處，去少陵之意益遠矣。……如《西崑酬唱集》中詩，何曾有一字無出處者，便以為追配少陵，可乎？且今人作詩，亦未嘗無出處，渠自不知，若為之箋注，亦字字有出處，但不妨其為惡詩耳。❺

陸游的說法很有趣，所謂「今人作詩，亦未嘗無出處，渠自不知，若爲之箋注，亦字字有出處」，語言是約定俗成的，語言的功能依

---

❺　陸游：《老學庵筆記》（臺北：木鐸，1982），卷七，頁 95。

賴可重複性，因此不可能存在沒有「出處」的語言，「渠自不知」說明出處來自無意識的互文性。這個說法還暗示語言超乎作者，作者不可能完全自覺語言系統，這點為讀者的閱讀開啓了可能性。矛盾的是，杜甫「無一字無來處」的可能性只能建立在互文性，但如此一來，杜甫就和一般詩人沒有分別了。

　　弔詭的是，「出處」消解了獨創的可能，「無一字無來處」實際上剝奪了杜甫的獨創性，范溫《潛溪詩眼》就說杜甫「不免蹈襲前輩」❶。況且「出處」是一張無限伸展的網羅，出處還有出處，古人還有古人，魏慶之《詩人玉屑》有〈古人亦有所祖〉條，說：「〈樊宗師墓銘〉云『惟古於詞必己出』云云，後皆指前公相襲，真是如此。❶」指出前人的出處變成宋人剝奪前人獨創性的一種策略。宋人逐漸發現出處始料未及的複雜性，有些出處完全失去源頭，王洙（997─1057）《王氏談錄》說：「公言：古事有相承傳用而不見出者甚多，如『顏回讀書，鐵鏑三摧』，是其一也。❶」王楙（1151─1213）《野客叢書》也有〈文人遞相祖述〉條，他說：

---

❶　郭紹虞：《宋詩話輯佚》（臺北：華正，1981），頁 318。蘇軾曾指出杜甫也模仿前人，失名《道山清話》說：「蘇子瞻詩有『似聞指麾築土郡，已覺談笑無西戎』之句，嘗問子瞻，當是用少陵『談笑無西河』之語，子瞻笑曰：故是。但少陵亦自用左太沖『長嘯激清風，志若無東吳』也。」見《叢書集成新編》，冊八十四，卷八，頁 606。

❶　魏慶之：《詩人玉屑》（臺北：世界，1966），卷八，頁 188，引《漫塘錄》。

❶　王洙：《王氏談錄》，收入《叢書集成新編》，冊八十六，頁 363，〈古事不見所出〉。

〈送窮文〉雖祖〈逐貧賦〉，然亦與王延壽〈夢賦〉相類，疑亦出此。僕謂古今文人遞相祖述何限？人局於聞見，不暇遠考耳！據耳目之所及，皆知韓、柳二作擬揚子雲矣，又烏知子雲之作無所自乎？《續筆》謂文公之後，王振又作〈送窮詞〉矣，又烏知子厚之後，孫樵亦作〈乞巧對〉乎？樵又有〈逐痁鬼文〉甚工，其源正出於〈逐貧賦〉。類以推之，何可勝紀！ ⓲

王楙提出許多疑似的出處，就像一座語言迷宮：首先，出處是多元的，韓愈出自揚雄，又疑似出自王延壽；疑似就像趙次公所謂「挨傍用」，旁涉近似，挨著一點邊，這種無名的引述只能以互文性來解釋。其次，前人也有前人，「烏知子雲之作無所自乎」？後人也有後人，「類以推之，何可勝紀」？無限延伸，交互指涉。最後，互文性無法由實證加以檢驗，「人局於聞見」，而是文本自身獨特的意識，起源多重，交光互影，永無止盡。很矛盾的，宋人主觀的意圖或許想藉「出處」建構起源的神話，卻被不可究詰的互文性所侵蝕，陷入漫無邊際的語言迷宮。

暗合：不可思議的重複

宋人非常流行「暗合」的說法，字面上，暗合意味某種潛在的交互指涉，詩句在某種未知的、神秘的因素下相互重複，成為不

⓲　王楙：《野客叢書》（上海：上海古籍，1991），卷六，頁 83。

可思議的同一，超越主觀意圖，近乎互文性。這個觀念解構了所有權，胡仔（1110—1170）《苕溪漁隱叢話》說：「苕溪漁隱曰：荊公詩『祇向貧家促機杼，幾家能有一鉤絲』，山谷詩云『莫作秋蟲促機杼，貧家能有幾鉤絲』；荊公又有『小立佇幽香』之句，山谷亦有『小立近幽香』之句，語意全然相類，二公豈竊詩者？王直方云『當是暗合』，亶其然乎！ ❷⓪」既然暗合、偷竊都是暗中進行的，二者究竟有何分別？暗合是宋人一個奇怪的熱門話題，來自無意識的幽暗領域，甚至神秘的輪迴，形成無法逃避的陰影。對這種現象，宋人逐漸產生幾種解釋：第一，純屬偶然，或稱「偶合」，這是解釋神秘力量常見的方式；第二，與無意識有關：遺忘、不自覺的重複、完全的記憶與佔有；第三，來自語言，由語言系統或互文性導致暗合；最後，來自本源文字（道、自然、理、人情），以一種普遍性的立場解釋這種同一。

暗合來自記憶熟悉，這種說法非常流行。葛立方《韻語陽秋》說：「客有為余言：後山詩其要在於點化杜甫語爾。……余謂不然。後山詩格律高古，真所謂『碌碌盆盎中，見此古罍洗』者，用語相同，乃是讀少陵詩熟，不覺在其筆下，又何足以病公？ ❷①」

---

❷⓪　胡仔：《苕溪漁隱叢話》（臺北：木鐸，1982），前集，卷四十八，頁 327。

❷①　葛立方：《韻語陽秋》，收入何文煥：《歷代詩話》（北京：中華，1981），卷二，頁 495。宋人這類論調很多，邵博（？—1158）說：「古今詩人，多以記境熟，語或相類。……諸名下之士，豈相剽竊者邪？」見《邵氏聞見後錄》（北京：中華，1983），卷十八，頁 142。劉克莊《後村詩話》說：「退之自負去陳言，然『坐茂樹，濯清泉』即楚詞『飲石泉，蔭松柏』也；『飄

「不覺」是一種無意識行為，這裡牽涉一種奇特的學習心理學，記憶變成某種內化（併吞）古人的策略，完全的內化理論上導致對前人的失憶，泯除所有權，等同自我創造。葉夢得（1077—1148）《石林詩話》進一步說到某種挪用、戰勝古人的慾望：

> 讀古人詩多，意所喜處，誦憶久之，往往不覺誤用為己語。……如蘇子瞻「山圍故國城空在，潮打西陵意未平」，此非誤用，直是取舊句縱橫役使，莫彼我為辨也。[22]

「不覺誤用為己語」，這是失憶、竊佔、替代、改寫古人，葉夢得認為是有意「取舊句縱橫役使」，變成戰勝古人的策略[23]。

輕裾，翳長袖』即〈洛神賦〉『揚輕袿，翳修袖』也。豈非熟讀，忘其相犯耶？」收入《叢書集成續編》（臺北：新文豐，1989），後集，卷一，頁720。林希逸〈學記〉說：「『久埋瘴霧看猶濕，一取春波洗更鮮』，此荊公〈謝丁元珍送綠石硯〉詩，『久霾厚地金聲盡，纔著新泉翠色深』，趙紫芝〈古鼎詩〉，句絕相類。豈紫芝讀公詩熟，不覺似之耶？抑偶合也？」《竹溪鬳齋十一藁續集》，卷二十八，頁845。

[22] 何文煥編：《歷代詩話》，卷中，頁 421。南宋黃昇《玉林詩話》也舉了很多例子，然後說：「此類甚多，姑舉一二。蓋讀唐詩既多，下筆自然相似，非蹈襲也。其間又有青於藍者，識者自能辨之。」學習是併吞古人，甚至超越古人（青於藍）的策略，見《宋詩話輯佚》，頁 502。

[23] 布魯姆說：「對前輩詩人進行內在化，就是我稱為艾坡弗拉代斯的比率的，從精神分析視角來看，它很難與精神分析中的內射（introjection）區別開來。……進一步內在化可以有助於詩人擺脫超自我焦慮，或者他本人的矛盾

　　暗合也是一種文本效應，語言系統自然會產生無數暗合，交相指涉。黃徹《䂬溪詩話》說：

> 退之「心訝愁來唯貯火，眼知別後自添花」，臨川云「髮為感傷無翠葆，眼從瞻望有玄花」，……柳「十一年前南渡客，四千里外北歸人」，又「一身去國六千里，萬死投荒十二年」，蘇「七千里外二毛人，十八灘頭一葉身」，黃「五更歸夢三千里，一日思親十二時」，皆不約而合，句法使然故也。❷❹

舉例都是宋人暗合唐詩，句法是出處的一種，「皆不約而合，句法使然故也」，既然句法類型是有限的，暗合也就是必然的❷❺。暗合最終來自本源文字，羅大經《鶴林玉露》說：

心理，但它並不是一開始就用來防禦前輩詩人或者以往憂慮的，儘管它當真進入了影響鬥爭的最後階段。」見布魯姆著、朱立元等譯：《比較文學影響論——誤讀圖示》（臺北：駱駝，1992），頁 157。

❷❹ 黃徹著、湯新祥校注：《䂬溪詩話》（北京：人民文學，1986），卷五，頁78。

❷❺ 句法暗合最終可追溯到本源文字，弗洛伊德（Sigmund Freud）談到一種象形文字的句子：「遺忘名字和壓抑話題之間的聯繫方式是很明確的，……這些我們涉及到的名字就像象形文字組成的句子，或這些句子轉化成了一種圖謎。」見《日常生活心理病理學》，收入車文博主編：《弗洛伊德文集》（長春：長春，1998），卷二，頁 10。

欲道古人所不道，信矣其難矣！紫芝又有詩云「野水多於
地，春山半是雲」，世尤以為佳。然余讀《文苑英華》所載
唐詩，兩句皆有之，但不作一處耳。……作詩者豈故欲竊
古人之語以為己語哉？景意所觸，自有偶然而同者。蓋自
開闢以至于今，只是如此風花雪月，只是如此人情物態。❷❻

「欲道古人所不道」是宋人普遍的焦慮，文本就像一隻巨獸，甚至
比前驅詩人更可怕。「蓋自開闢以至於今，只是如此風花雪月，只
是如此人情物態」，這個世界早就被寫過、讀過，重複必然產生，
因此情有可原❷❼。金代王若虛（1174—1243）《滹南詩話》進一步
訴諸「理」：

魯直論詩有奪胎換骨、點鐵成金之喻，世以為名言。以予
觀之，特勦竊之點耳。魯直好勝而恥其出于前人，故為此

---

❷❻　羅大經：《鶴林玉露》（北京：中華，1983），乙編，卷三，頁 174，〈詩犯古
　　人〉。

❷❼　蔡啟《蔡寬夫詩話》舉杜甫和鮑照、韓愈和古詩明顯雷同，說：「大抵古今
　　興比所在，適有感發者，不必盡相迴避，要各有所主耳。」見郭紹虞：《宋
　　詩話輯佚》，頁 382。魏了翁（1178—1237）〈跋康節與韓康公唱和詩〉也
　　說：「惟古於文必己出，而先生此詩全用韓文公〈送李愿序〉意。豈人心之
　　所同，固不嫌於相襲邪？」見《鶴山題跋》，收入《宋人題跋》（臺北：世
　　界，1992），下冊，卷四，頁 292。都假設人心、感發的普遍性，雷同是必
　　然的。

強辭，而私立名字。夫既已出于前人，縱復加工，要不足貴。雖然，物有同然之理，人有同然之見，語意之間豈容全不見犯哉？蓋昔之作者初不校此，同者不以為嫌，異者不以為夸，隨其所自得而盡其所當然而已。至于妙處，不專在于是也，故皆不害為名家，而各傳後世，何必如魯直之措意邪？㉘

王若虛說「物有同然之理，人有同然之見，語意之間豈容全不見犯哉」？這裡暴露了宋人背後的形上假設，所謂邏各斯中心主義（logocentrism），一切早就預定好了，這是暗合更深層的原因。「魯直好勝而恥其出于前人」，說明黃庭堅影響的焦慮，奪胎換骨、點鐵成金被看作某種高明的騙術（剽竊之點）。在本源文字的終極視域中，創作和模仿，有意和無意的差異都被消弭了，實際上這也是元好問（1190—1257）〈杜詩學引〉對杜詩的看法：

> 今觀其詩如元氣淋漓，隨物賦形；如三江五湖，合而為海，浩浩瀚瀚，無有涯涘；如祥光慶雲，千變萬化，不可名狀，固學者之所以動心而駭目。及讀之熟，求之深，含咀之久，則九經百氏古人之精華所以膏潤其筆端者，猶可髣髴其餘韻也。夫金屑、丹砂、芝朮、蔘桂，識者例能指名之，至于合而為劑，其君臣佐使之互用，甘苦酸鹹之相

㉘ 王若虛：《滹南詩話》，收入丁福保編：《歷代詩話續編》（北京：中華，1983），卷三，頁523。

入，有不可復以金屑、丹砂、芝朮、蔆桂而名之者矣。故
謂杜詩為無一字無來處亦可也，謂不從古人中來亦可也。㉙

杜甫成爲詩之道的化身，「其詩如元氣淋漓」，元好問同樣發現「無
一字無來處」與「不從古人中來」的矛盾，然而終極的道消弭了這
種矛盾，一切質問都終止於此。杜甫完全涵納宇宙與歷史，後人所
能做的只是排列組合，「合而爲劑」，成爲新的創造。在道的預設
中，宋人可以宣稱：杜甫是完全的創造，卻無比陳舊；如此刻意，
卻完全自然。

　　暗合也導致某種閱讀的顛倒，既然出處可能來自無意識，那
麼讀者就可能超出作者自己的理解。葉氏《愛日齋叢鈔》說：

> 魯直〈過家〉詩「繫船三百里，去夢無一寸」，當用范史楊
> 倫語。……倫曰「有留死一尺，無北行一寸」，《三國志》
> 司馬法將軍死綏，注：王沈《魏書》云「綏，卻也。有前
> 一尺，無卻一寸」，梁馬仙琕曰「有留死一尺，無卻生一
> 寸」，今蜀本《黃詩外集註》於此句略之。昔賢著作非必有
> 意，古事自爾語合，箋釋者揣度不流於鑿，則簡矣，故
> 難。㉚

南北宋出現大批文集注釋，可看作出處相對應的批評體裁，葉氏指

㉙　元好問：《元好問全集》（太原：山西人民，1990），下冊，卷三十六，頁
　　24。

㉚　葉氏：《愛日齋叢鈔》，收入《叢書集成新編》，冊十二，卷三，頁556。

出有些出處並非作者本意，「昔賢著作非必有意」，而是文本自身，「古事自爾語合」，出處只是讀者（注釋者）「揣度」的產物。「無一字無來處」開啟了一種特殊的閱讀傳統，藉編纂出處索引建構讀者的地位**❸❶**。讀者最終陷入互文性的無盡網羅，《四庫提要》吳幵〈優古堂詩話〉條說：「夫奪胎換骨，翻案出奇，作者非必盡無所本，實則無心闇合，亦多有之。必一句一字求其源出某某，未免於求劍刻舟。……可知輾轉相因，亦復搜求不盡，然互相參考，可以觀古今人運意之異同，與遣詞之巧拙，使讀者因端生悟，觸類引申，要亦不為無益也。**❸❷**」作者「無心闇合」卻又「非必盡無所本」，不僅如此，出處永無止盡的衍生，「輾轉相因，亦復搜求不盡」，最終滿足的是讀者的需求，「因端生悟，觸類引申」，形成一

---

❸❶ 周邦彥詞愛用典故，南宋劉肅〈片玉詞序〉說：「辭不輕措，辭之工也。閱詞必詳其所措，工於閱者也。……況措辭之工，豈有不待於閱者之箋釋耶？」見金啟華等編：《唐宋詞集序跋匯編》（臺北：商務，1993），頁 69。劉克莊《百梅絕句》是更典型的例子，江咨龍、徐少章和詩作注，劉克莊坦承注者的理解超過自己：「所謂義疏，又援引該洽，片辭隻字必穿穴所本，往往發余所未知。」（《後村大全集》卷九十八）「乃能逐句逐字箋其所本，凡余意所欲言而辭不能發者，往往中其微隱。」（卷一一〇）

❸❷ 永瑢等：《四庫全書總目提要》（北京：中華，1965），卷一九五，頁 1782。出處是一種無所不在的互文意識，永不滿足的斷言，在杜詩、黃詩的注釋者尤為常見，錢鍾書說：「看來『讀書多』的人對黃庭堅的詩都疑神疑鬼，只提防極平常的字句裡有什麼埋伏著的古典，草木皆兵，你張我望。」見《宋詩選註》（北京：人民文學，1989），頁 97。

種獨特的閱讀類型。

拼貼：分解與重構

如果「無一字無來處」可以成立，那麼邏輯上一切寫作必然都是某種拼貼（collage）❸❸。出處經常是多元甚至不可究詰的，趙次公《杜詩先後解》經常指出杜詩「所出非一」❸❹，任淵《黃山谷詩集注·序》說：「本朝山谷老人之詩，盡極騷雅之變，後山從其游，將寒冰焉。故二家之詩，一句一字有歷古人六七作者，……莫不盡摘其英華，以發之於詩。」（序，頁 1）這就像集錦畫布，某

---

❸❸ 葛瑞格里·阿默（Gregory L. Ulmer）解釋說：「我要談的是業已主導多種藝術和媒體走向拼貼／蒙太奇法則，包括最近的文學批評：『從作品、物品、事先存在的訊息取得某些要素，將它們整合成為新的創作，為的是產生一個顯示種種決裂的原創性總體。』這種作法，或可稱之為一種『就地取材』（bricolage；李維史陀用語），包含四個特徵：裁剪（decoupage；或拆解[severing]）；展示的或現存的訊息或材料；組合（蒙太奇）；不連續性或異質性。『拼貼』是材料從一個文義格局到另一個文義格局的轉移（transfer），『蒙太奇』則是這些挪取物透過新背景的『播散（dissemination）』。」見〈後批評的客體〉，收入賀爾·福斯特（Hal Foster）編、呂健忠譯：《反美學：後現代文化論集》（臺北：立緒文化，1998），頁 104。

❸❹ 這類例子很多，如杜甫〈贈特進汝陽王二十二韻〉趙注：「『金井』非一出處。」〈夔府書懷四十韻〉趙注：「『不定』字所出不一。」見林繼中：《杜詩趙次公先後解輯校》，頁 46、1069。

種鑲嵌拼貼的文本。楊萬里（1127—1206）《誠齋詩話》說：

> 初學詩者，須學古人好語，或兩字，或三字。如山谷〈猩猩毛筆〉「平生幾兩屐，身後五車書」，「平生」二字出《論語》，「身後」二字晉張翰云「使我有身後名」，「幾兩屐」阮孚語，「五車書」莊子言惠施，此兩句乃四處合來。又「春風春雨花經眼，江北江南水拍天」，「春風春雨」、「江北江南」，詩家常用；杜云「且看欲盡花經眼」，退之云「海氣昏昏水拍天」，此以四字合三字，入口便成詩句，不至生硬。要誦詩之多，擇字之精，始乎摘用，久而自出肺腑，縱橫出沒，用亦可，不用亦可。❸❺

「拼貼」是奪胎換骨進一步的策略，將不同來源的詞語在新語境下拼湊起來。楊萬里說「平生幾兩屐，身後五車書」有四個來源，其

---

❸❺　丁福保編：《歷代詩話續編》，頁 155。洪邁（1123—1202）《容齋詩話》曾回憶寫作過程說：「作詩要有來處，則為淵源宗派。然字字執泥，又為拘澀。予於此學，無自得之見，少年時尤失之珊珞，記一聯初云『雨深荒病菊，江冷落愁楓』，後以其太險，改為『雨深人病菊，江冷客愁楓』，比前句微有蘊籍，蓋取崔信明『楓落吳江冷』，杜老『雨荒深院菊』、『南菊再逢人臥病』、嚴武『江頭赤葉楓愁客』合而用之，乃如補衲衣裳，殊為可笑，聊書之以示兒輩云。」這完全是古人的拼湊，「合而用之」，出處竟達四個之多，某種「補衲衣裳」的修補術，就像一張合成照片，引自吳文治編：《宋詩話全編》（南京：江蘇古籍，1998），冊六，頁 5654。

中「平生」「身後」都是常用詞匯，通常不算是典故，既然一切詞匯都是重複使用的，原則上我們可以宣稱所有文本都是某種拼貼。「春風春雨花經眼，江北江南水拍天」同樣有四個來源，稍稍不同的是它包含杜甫和韓愈詩句，因而是古人的重新組合，「詩家常用」意味數不清的前人出處。如果「常語」也有出處（這是宋人常見的論調），實際上就成了互文性，注定具有不可究詰的多重起源，最終解構了單一的起源神話。

　　「集句」是拼貼的極端形式，完全由古人成句拼湊而成。集句是宋詩的獨特現象，其哲學基礎仍來自本源文字，文天祥（1236—1282）〈集杜詩序〉說：「凡吾所欲言者，子美先代爲言之，日玩之不置，但覺爲吾詩，忘其爲子美詩也。❸」如果杜甫已經道盡一切，後人所能做的就是抄寫一遍，所有權也被解構了，「但覺爲吾詩」。集句是一種修補術（bricolage）的技藝，黃庭堅稱作「百家衣體」❸，表面上謙卑無爲，實際上包藏野心，欲圖宰制一切。如果是許多古人的集合，那麼這是「奴役古人」的一種方式，蘇軾《次韻孔毅父集古人句見贈五首・其一》說：

　　　　羨君戲集他人詩，指呼市人如使兒。天邊鴻鵠不易得，便
　　　　令作對隨家雞。退之驚笑子美泣，問君久假何時歸？世間

---

❸　文天祥：《文信公集杜詩》，收入《四庫全書》，冊一一八四，頁808，序。

❸　惠洪《冷齋夜話》說：「集句詩，山谷謂之百家衣體，其法貴拙速而不貴巧遲。」收入《叢書集成新編》，冊七十八，卷三，頁386。

好句世人共，明月自滿千家墇。**❸⑧**

集句來自本源文字，「世間好句世人共」，成為後人奴役古人的策略，「指呼市人如使兒」，透過對偶使古人相對化、凡俗化，「便令作對隨家雞」，古人總是陰魂復返，索求被剝奪的著作權，「退之驚笑子美泣，問君久假何時歸」？集句表面上只是重新抄寫，實際上隱含剝奪、撕裂古人的慾望**❸⑨**，成為宋人創新的策略：

> 荊公始為集句詩，多者至百韻，皆集合前人之句，語意對
> 偶，往往親切過於本詩。**❹⓪**
>
> 黃太史〈西江月〉詞云「斷送一生惟有，破除萬事無過」，
> 此皆韓退之之詩也，太史集之，乃天成一聯，陳無己以為

---

❸⑧ 蘇軾著、王文誥、馮應榴注：《蘇軾詩集》（臺北：學海，1991），卷二十二，頁 1155。以下引用蘇詩皆據此書，唯注卷數頁次。

❸⑨ 這樣的故事很多，《王直方詩話》說：「邠老作詩，多犯老杜，為之不已，老杜亦難存活。使老杜復生，則須共潘十廝炒。」見《宋詩話輯佚》，頁 22。葛立方《韻語陽秋》謂西崑體：「小說載優人有以義山為戲者，義山服藍縷之衣而出。或問曰：『先輩之衣何在？』曰：『為館中諸學士摟扯去矣。』人以為笑。」（卷二，頁 499）周密說：「周美成長短句純用唐人詩句，如『低鬟蟬影動，私語口脂香』，此乃元、白全句。賀方回嘗言『吾筆端驅使李商隱、溫庭筠常奔走不暇』，則亦可謂能事矣。」見《浩然齋雅談》（瀋陽：遼寧教育，2000），卷下，頁 40。

❹⓪ 胡道靜：《新校正夢溪筆談》（香港：中華，1975），卷十四，頁 157，〈藝文〉一。

切對而語益峻，蓋其服膺如此。**❹**

宋人藉此超越前人：「往往親切過於本詩」，「切對而語益峻」**❷**。我們可以設想集句的製作過程：將詩看作一種現成物，分解拆卸，取得佳句，再將不同斷片在新語境中重新組合，相互對偶補充，臻至完美。這個過程存在幾個不容忽視的預設：一首詩是可分解的，不再是統一的有機體；在語境的移置中，言（字面）意（本意）勢必分離，成爲符號的飄流，在重建語境之後甚至能「親切過於本詩」；最後，詩歌依賴一種「修補術」得以重建，後人藉此補充前人，或者讓古人相互補充。很奇怪的，我們發現「集句」乃是宋代詩學最純粹、最本質的體現：語言的分解、飄移，拼貼、多重起源，依靠補充的技藝，拾取現成詩句，務必渾然天成，宛如己作，最終併吞並超越古人。

集句搜刮精美佳句，隱含某種佔有慾**❸**，宋人將出處（材料）

---

❹ 　袁文：《甕牖閒評》（上海：上海古籍，1985），卷五，頁 51。此說本於《後山詩話》，唯進一步指出其爲集句。

❷ 　謝榛說：「唐人集句謂之四體，宋王介甫、石曼卿喜爲之，大率逞其博記云爾。不更一字，以取其便；務搜一句，以補其闕。一篇之作，十倍之工。久則動襲古人，殆無新語，黃山谷所謂正堪一笑也。」見李慶立、孫慎之：《詩家直說箋注》（濟南：齊魯書社，1987），卷一，頁 67。

❸ 　用事成爲一種慾望，王洙《王氏談錄》說：「公言，晏丞相自云：觀書遇事，有可用者，必準度所宜使處，然後默記。如未獲用者，心常恨之。他日臨文，遽不廢忘。」（頁 367）

看作可資搜集、轉用的資本，與商業的意識形態有關，葛立方《韻語陽秋》說：「坡嘗誨以作文之法曰：儋州雖數百家之聚，州人之所須，取之市而足，然不可徒得也，必有一物以攝之，然後爲己用。所謂一物者，錢是也。作文亦然，天下之事，散在經子史中，不可徒使，必得一物以攝之，然後爲己用。所謂一物者，『意』是也。」（卷三，頁 509）❹❹「集句」是某種現成物的策略，某種拾得（撿來的）的手法，劉克莊《後村詩話》說：「古人好對偶，被放翁用盡。❹❺」到了南宋，「拼貼」的意識由古人擴充到自然，視天地景物爲「詩料」，盡爲我用，一首詩成了不同風景的「拼貼」。總之，宋代出現一種新的文本觀念，這個觀念源自某種本源文字，擴展成一張無遠弗屆的互文之網（the web of intertextuality），這既是宋人影響焦慮的根源，也啓發了宋人的自立之道，發展出種種奇特的閱讀與書寫策略。

貳、影響的焦慮

---

❹❹ 黃庭堅〈與王觀復書〉也將學問比作資本：「所送新詩，……此病亦只是讀書未精博耳。『長袖善舞，多錢善賈』，不虛語也。」（正集，卷十八，頁 470）這種論調到南宋江湖詩派更爲流行，商業影響更明顯。

❹❺ 劉克莊：《後村詩話》，前集，卷二，頁 715。林希逸〈學記〉也說：「中興以來，詩之大家數惟放翁爲最，集中篇篇俱好，其間約對諸史諸書，搜索殆盡，後村已嘗言之。」見《竹溪鬳齋十一藁續集》，卷二十九，頁 856。用盡典故成了陸游建立自己經典地位的一種方式。

　　對宋人來說，唐代的文化成就是一個不可踰越的典範。蘇軾〈書吳道子畫後〉說：

> 君子之於學，百工之於技，自三代歷漢至唐而備矣。故詩
> 至於杜子美，文至於韓退之，書至於顏魯公，畫至於吳道
> 子，而古今之變，天下之能事畢矣。（卷七十，頁 2210）

杜甫成為詩的教父，宋人最崇拜的經典詩人，詩家初祖，地位等同六經❹。既然杜甫「古今之變，天下之能事畢矣」，前人已將主要的工作完成了，宋人可說都是一些遲來者、晚生者，陳輔《陳輔之詩話》說：

> 楚老（王安石）云：「世間好語言，已被老杜道盡；世間俗
> 語言，已被樂天道盡。」然李贊皇（李德裕）云：「譬之清

---

❹　杜甫成為經典詩人，與江西詩派有密切的關係，黃庭堅〈跋高子勉詩〉說：
「高子勉作詩，以杜子美為標準。」（正集，卷二十五，頁 669）杜甫已成
為「標準」。宋人將杜詩等同六經，吳可《藏海詩話》說：「看詩且以數家為
率，以杜為正經，餘為兼經也，如小杜、韋蘇州、王維、太白、退之、子
厚、坡谷、四學士之類是也。」見《歷代詩話續編》，頁 333。陳善《捫蝨
新話》說：「老杜當是詩中六經，他人詩乃諸子之流也。」（下集，卷一，頁
261）朱熹說：「作詩先用看李、杜，如士人治本經，本既立，次第方可看
蘇、黃以次諸家詩。」見黎靖德編：《朱子語類》（北京：中華，1986），卷
一四○，頁 3333。南宋時「一祖三宗」的說法也逐漸形成，參周裕鍇：《中
國禪宗與詩歌》（上海：上海人民，1992），頁 273。

風明月，四時常有，而光景常新。」又似不乏也。**❹**

清代翁方綱說：「若夫宋詩，則遲更二三百年，天地之精英、風月之態度，山川之氣象、物類之神致，俱已為唐賢占盡。即有能者，不過次第翻新，無中生有。而其精詣，則固別有在者。**❹**」蔣士銓說：「唐宋皆偉人，各成一家詩。……宋人生唐後，開闢真難為。**❹**」既然好詩都被唐人寫完了，晚來的宋人似乎只能「無聊的修剪指甲」，無事可做。《王氏談錄》記載北宋王洙的一個實例：

> 公言，舊嘗得句云「槐杪青蟲緣夕陽」，因思昔人似未曾
> 道，後閱杜少陵詩，有云「青蟲懸就日」，尤嘆其才思無所
> 不周也。（頁365）

實際上王洙確實寫了一句獨創性的詩，卻頹喪的發現杜甫早已寫過了，即使存在差異也不再重要，重要的是它已經被說過了！趙抃（1008—1084）〈題杜子美書室〉說：「天地不能籠大句，鬼神無處避幽吟。**❺**」古人陰魂不散，無法逃避，「前人已道」成為宋人的

---

❹ 郭紹虞編：《宋詩話輯佚》，頁291。

❹ 翁方綱：《石洲詩話》，卷四，頁122。

❹ 蔣士銓著、邵海清校、李夢生箋：《忠雅堂集校箋》（上海：上海古籍，1993），詩集，卷十三，〈辯詩〉。魯迅〈致楊霽雲〉也說：「我以為：一切好詩，到唐已被做完！此後倘非能翻出如來佛掌心之齊天大聖，大可不必動手。」收入《魯迅全集》（臺北：唐山，1989），卷十，頁697。

❺ 趙抃：《清獻集》，收入《四庫全書》，冊一○九四，卷三，頁765。

集體夢魘。這種情形就像晚近布魯姆（Harold Bloom）所謂影響的焦慮（anxiety of influence），成為宋代詩人認同或抗拒的心理情結❺❶。實際上，並非好詩真的被唐人寫完了，而是唐人建立了詩歌的新典範，籠罩一切，就像一種無所逃遁的本源文字，涉及一種文學經典（literary canon）的競爭。

杜甫夢：詩人魅影

有趣的是，宋人經常夢見杜甫，記載不下數十見，成為一種奇特的集體心理現象。根據佛洛伊德的理論，夢是慾望無意識的表露，杜甫在宋人夢中究竟是什麼形象呢？晚唐鄭顥是較早的例子，《王氏談錄》說：「唐鄭顥自云：夢為詩十許韻，有云『石門霜露白，玉殿蕪苔青』，意甚惡之。後遇宣宗山陵，因復職成。公嘗笑曰：『此杜工部〈橋陵〉詩也。』顥以為貞陵之祥，而更復綴輯，亦椎鄙之二也。」（頁 364）❺❷杜詩被看作不祥的徵兆，一個借屍

---

❺❶ 錢鍾書說：「據說古希臘的亞歷山大大帝在東宮的時候，每聽到他父王在外國打勝仗的消息，就要發愁，生怕全世界都給他老子征服了，自己這樣一位英雄將來沒有用武之地。緊跟著偉大的詩歌創作時代而起來的詩人準有類似的感想。……前代詩歌的造詣不但是傳給後人的產業，而在某種意義上也可以說向後人挑釁，挑他們來比賽，試試他們能不能後來居上、打破記錄，或者異曲同工、別開生面。」見《宋詩選註》，序，頁 10。

❺❷ 宋初錢易（976—1040？）也說：「鄭顥嘗夢中得句云：『石門霧露白，玉殿莓苔青。』續成長韻，此一聯，杜甫集中詩。」見《南部新書》，收入

（詩）還魂的鬼魅。隨著杜甫地位的升高，陰影不斷擴大，畢仲詢
《幕府燕閒錄》說：

> 盛文肅夢朝上帝，見殿上執扇，有題詩云「夜闌更秉燭，
> 相對如夢寐」，意其天人詩，識之。既寤，以語客，乃杜甫
> 詩也。㊽

杜詩出現在天上，作夢者本來不知道是杜詩，卻不可思議出現在無
意識的夢境。「杜甫」名字老是被遺忘，失憶透露了宋人潛在的焦
慮㊾。另一個相似傳說，有人夢見唐明皇讚賞這兩句詩，彷彿是一
種事後的歷史補償㊿。杜甫總是和杜詩一起出現，這是一種語言的

　《唐·五代·宋筆記十五種》（瀋陽：遼寧教育，2000），己卷，頁47。

㊽　見胡仔：《苕溪漁隱叢話》，前集，卷六，頁34。趙次公《杜詩先後解》說：
　「《小說》載，有人夢至帝所，見扇有書字。視之，則題云『夜深更秉燭，
　相對如夢寐』，初不記憶其為杜詩也，覺而悟之。然則，杜詩乃在天人之所
　誦矣。」（頁221）

㊾　弗洛伊德說：「用一個名字替代另一個名字，錯誤地說出了另一個人的名
　字，以及通過口誤的方式對一個名字的認同等，……真正的原因無疑是這樣
　的：在潛意識中，我已經將自己和這個英雄詩人等同起來，盡管在意識中，
　我對這個詩人的愛和尊敬已經接近於崇拜，在這個失誤的背後隱藏著可憐的
　抱負情結（ambition-complex）。」《日常生活心理病理學》，頁79-80。

㊿　《三山老人語錄》說：「〈羌村〉詩『夜闌更秉燭，相對如夢寐』，一小說謂
　有人過驪山，夢明皇稱美此二句。然子美詩云『世亂遭飄蕩，生還偶然
　送』，乃有『秉燭』之語，則致世之亂者誰邪？明皇得不慚乎？猶誦其語而

夢，證實杜甫無所不在的影響力，再如〈古柏行〉「崔嵬枝幹郊原古，窈窕丹青戶牖空」，趙次公《杜詩先後解》說：

> 「郊原」字，未見所出。「郊原」貼之以「古」，公之語
> 也。其後大中中盧獻卿夢人贈詩曰「卜築郊原古，青山唯
> 四鄰」，乃其死之祥。然則公之詩句冥中人亦知承用也。
> （頁 241）

由「郊原古」字面相似，杜詩聯想到鬼詩。連注釋家都認為，陰間也在引用杜詩，「冥中人亦知承用也」，鬼魂贈詩也成為「死之祥」。杜甫在這些夢中就像某種陰影、鬼魅，投射宋人的期待與焦慮，最終來自死亡的恐懼❺❻。還有人夢見杜甫誦讀自己失傳的詩句，趙令畤（1051—1134）《侯鯖錄》載宋初狄遵度：

> 狄遵度字元規，……當楊文公崑體盛行，乃獨為古文章，
> 慕杜子美、韓退之之句法，一夕夢子美自誦其逸詩數十

譽之，可謂無恥矣。此小說之無稽也。」見胡仔：《苕溪漁隱叢話》，前集，
卷六，頁 34。

❺❻ 布魯姆說：「弗洛伊德談到過某事前的焦慮，很清楚，是一種期待，譬如欲
望。我們可以說，焦慮和欲望構成了新人──或剛剛起步的詩人──的兩
難。『影響的焦慮』是期待自己被淹沒時產生的焦慮。……對影響的焦慮是
非常可怕的，因為它是一種分離的焦慮，同時又是一種強制式神經官能症的
開始。這種神經官能症也可以稱為對人格化的超我──死亡──的恐懼。」
見《影響的焦慮：詩歌理論》（臺北：久大文化，1990），頁 56-7。

章，既覺，猶記兩句云「夜臥北斗寒挂枕，木落霜拱鴈連天」，因書其後曰：子美存耶？果亡耶？其肯為余來嘿誦人未知之者，俾予知耶？觀其詞，蓋非他人所能為，真子美無疑矣。遵度因足成其詩，號〈佳城篇〉，不幸年二十為襄城簿而卒。詩云：「佳城鬱鬱頹寒煙，孤雛乳兔號荒阡。夜臥北斗寒挂枕，木落霜拱雁連天。浮雲西去伴落日，行客東盡隨長川。乾坤未死吾尚在，肯與蟪蛄論大年。」❺⑦

「子美存耶？果亡耶」？杜甫精神不朽，彷彿尚未死亡；又像神靈附體，讓作夢者寫出不可能寫出的詩句。這個夢也是不祥的。這些夢可能的含義如下：第一，杜甫出幽入冥，具有無所不在的影響力，本身已成為本源文字，即使全集未收也仍有寫過的可能；第二，杜甫陰魂不散，並未真正死去，仍然記掛自己的詩，成為某種魅影；第三，讀者經常遺忘杜甫的名字，這種失憶透露潛在的焦慮，最終源自死亡的恐懼；第四，作夢者續補杜詩（更復綴輯、足成其詩），透過這種策略滿足補充前人的慾望。

杜甫既是宋人最大的偶像，也是最大的陰影，簡直是一場惡夢。有人開始斥責杜甫借屍還魂，試圖驅逐詩人魅影。蘇軾〈記子美八陣圖詩〉說：

> 僕嘗夢見一人，云是杜子美，謂僕：世多誤解予詩。〈八陣

---

❺⑦　趙令時：《侯鯖錄》，收入《叢書集成新編》，冊八十六，卷二，頁 600。蘇軾〈書狄遵度詩〉已載此事，見《蘇軾文集》，卷六十八，頁 2131。

圖〉云「江流石不轉，遺恨失吞吳」，世人皆以謂先主、武
侯欲與關羽復仇，故恨不能滅吳，非也。我意本謂吳、蜀
唇齒之國，不當相圖，晉之所以能取蜀者，以蜀有吞吳之
意，此為恨耳。此理甚近，然子美死近四百年，猶不忘
詩，區區自明其意者，此真書生習氣也。（卷六十七，頁
2101）

杜甫陰魂不散，「死近四百年，猶不忘詩」，變成一個害怕被誤解、
從陰間返回作自我辯護的詩人。這像是蘇軾自己的驅魔儀式，投射
主觀詮釋，改寫原作意圖。有些地方甚至傳說杜甫在三川一帶顯
靈，這個傳說來自杜甫名詩〈三川觀水漲歌〉，見證了杜甫的文學
魔力，江西詩派晁說之（1059─1129）有詩題為〈三川言，十數年
前嘗有一短帽騎驢之士，半醉徘徊原上，久之，曰：三川非昔時比
矣。恍惚失其人所在，有收杜老醉遊圖者，物色之，知為杜之再來
也。予獨鄙之，作詩二首〉，晁說之駁斥說：「君不見，杜老死去傲
九天，肯顧惚臭下三川？……三川何人莫浪傳，汝曹虵腦真可憐。
華清有夢亦狂顛，夜闌秉燭仍悄悄。君不見狄郎志尚冰玉堅，獨聞
此老近作〈佳城篇〉。❺❽」晁說之持著理性態度，認為作夢者發瘋
了，否認杜甫陰魂不散。

　　還有人夢見自己在夢中作詩，醒來卻發現這些詩實際上出自
杜甫。如周紫芝《竹坡詩話》載郭祥正（1035─1113）：

───────────────

❺❽　北京大學古文獻研究所編：《全宋詩》（北京：北京大學，1991），卷一二〇
　　七，頁 13693。

> 郭功父晚年，不廢作詩。一日，夢中作《遊采石》二詩。
> 明日書以示人，曰：「余決非久於世者。」人問其故？功父
> 曰：「余近詩有『欲尋鐵索排橋處，只有楊花慘客愁』之
> 句，豈特非余平日所能到，雖前人亦未嘗有也。忽得之，
> 不祥。」不逾月，果死。李端叔聞而笑曰：「不知杜少陵如
> 何活得許多歲！」⑤⑨

郭祥正是蘇、黃友人，「不祥」來自詩人僭竊造物者的力量，郭祥
正自以為「雖前人亦未嘗有」，遺忘杜甫，將杜詩據為己有。有人
夢見杜甫現身作詩，許顗《彥周詩話》出現眾多詩人魅影：

> 元撰作《樹萱錄》，載有人入夫差墓中，見白居易、張籍、
> 李賀、杜牧諸人賦詩，皆能記憶，句法亦各相似。最後老
> 杜亦來賦詩，記其前四句云：「紫領寬袍漉酒巾，江頭蕭散
> 作閑人。秋風有意吹蘆葉，落日無情下水濱。」嗟乎！若
> 數君子，皆不能脫然高蹈，猶為鬼耶？殊不可曉也。若以
> 為元撰自造此辭，則數公之詩，尚可庶幾，而少陵四句，
> 非元所能道也。⑥⓪

前代詩人「猶為鬼耶」？無寧這是影響的陰影。胡仔《苕溪漁隱叢
話》指出這是秦觀《秋興九首》擬杜詩的前四句，那麼可能這是編

---

⑤⑨ 何文煥：《歷代詩話》，頁 348。

⑥⓪ 何文煥：《歷代詩話》，頁 391。

造出來的故事**❻❶**。杜甫夢如此流行，楊萬里〈書王右丞詩後〉也說：「晚因子厚識淵明，早學蘇州得右丞。忽夢少陵談句法，勸參庾信謁陰鏗。**❻❷**」杜甫在夢中現身，指導後人如何寫作。

杜甫夢是宋人集體意識的投射，突顯杜詩崇高神聖的地位，也顯現另一種潛意識的風景：詩人被魅影化，在遙遠的過去陰魂不散，侵入後人世界。這是某種影響焦慮的徵狀，宋人極力追求「古人未嘗道」，卻經常愕然發現「杜詩無不有」，黃裳（1044—1130）〈陳商老詩集序〉說：

> 讀杜甫詩如看義之法帖，備眾體而求之無所不有，大幾乎有詩之道者，自餘諸子各就其所長取名於世，故工於書者必言義之，工於詩者必取杜甫。蓋彼無所不有，則感之者各中其所好故也。**❻❸**

杜甫已變成「詩之道」的化身，任何讀者彷彿都可從中找到自己，「彼無所不有，則感之者各中其所好故也」，道出了經典詩人不可抵擋的魅力。宋人是如此驚歎「老杜無所不有」，陳師道（1053—1102）《後山詩話》說：

> 余登多景樓，南望丹徒。有大白鳥飛近青林，而得句云「白鳥過林分外明」，謝朓亦云「黃鳥度青枝」，語巧而

---

❻❶ 胡仔：《苕溪漁隱叢話》，後集，卷三十三，頁250。

❻❷ 楊萬里：《誠齋集》，收入《四庫全書》，冊一一六〇，卷七，頁70。

❻❸ 黃裳：《演山集》，收入《四庫全書》，冊一一二〇，卷二十一，頁157。

弱，老杜云「白鳥去邊明」，語少而意廣。余每還里而每覺
老，復得句云「坐下漸人多」，而杜云「坐深鄉里敬」，而
語益工，乃知杜詩無不有也。㉚

杜甫太可怕了，宋人幾乎到了疑神疑鬼的地步，不斷尋找無寧發明
杜甫影響的證據。王直方（1069—1109）《王直方詩話》說：「洪駒
父見陳無己〈小放歌行〉云『不惜捲簾通一顧，怕君著眼未分
明』，此爲奇語，蓋『通』字未嘗有人道。余曰：『子豈不記老杜云
「簾戶每宜通乳燕」耶？』㉟」不論宋人如何追求獨創（奇語），
總是愕然發現杜甫已經寫過了，黃徹《䂬溪詩話》說：「牧之有
『公道世間唯白髮，貴人頭上不曾饒』，嘗愛其語奇怪，似不蹈
襲，後讀子美『苦遭白髮不相放』，爲之撫掌。㊱」黃徹發現杜牧

㉚ 何文煥：《歷代詩話》，頁 315。

㉟ 郭紹虞輯：《宋詩話輯佚》，頁 37。

㊱ 黃徹：《䂬溪詩話》，卷五，頁 81。黃徹又說：「坡有『欲吐狂言喙三尺，怕
君嗔我卻須吞』，嘗疑其語太怪。及觀杜集，亦有『臨風欲慟哭，聲出已復
吞』，韋蘇州云『高秋長安酒，中憤不可吞』。」（卷六，頁 104）宋人這種
論調很多，羅大經《鶴林玉露》說：「近時趙紫芝詩云『一瓶茶外無祇待，
同上西樓看晚山』，世以爲佳，然杜少陵云『莫嫌野外無供給，乘興還來看
藥欄』，即此意也。杜子野詩云『尋常一樣窗前月，纔有梅花便不同』，世亦
以爲佳，然唐人詩云『世間何處無風月，纔到僧房分外清』，亦此意也。欲
道古人所未道，信矣其難矣。」（乙編，卷三，頁 174）范晞文《對床夜
語》說：「子厚『西岑極遠目，毫末皆可了』，老杜有『齊魯青未了』；劉禹

頗具獨創性的詩，「愛其語奇怪，似不蹈襲」，最終仍逃不出杜甫掌心，實際上二者相似度並不高，無寧反映的是宋人影響的焦慮。出生在這位超級經典詩人身後，後代詩人又有什麼可做的呢？

家系神話

古文運動之後，宋代文論籠罩著復古的氣氛，黃庭堅是嚴肅誠篤的學者，非常崇尚復古；但另一方面他極具個性、帶有叛逆性，蘇軾〈跋魯直為王晉卿小書爾雅〉說：「魯直以平等觀作敧側字，以真實相出遊戲法，以磊落人書細碎事，可謂『三反』。」（卷六十九，頁 2195）表裡相反，這種矛盾很耐人尋味，與復古相反，黃庭堅標榜「自成一家」，經常流露「在人後」的恐懼：

> 庭堅心醉於詩與《楚辭》，似若有得，然終在古人後。（〈與秦少章覿書〉，正集，卷十九，頁 483）
> 隨人作計終後人，自成一家始逼真。（〈以右軍書數種贈丘十四〉，外集，卷十六，頁 1249）❻❼

錫『一方明月可中庭』，老杜有『清池可方舟』；退之『綠淨不可唾』，老杜有『自為青城客，不唾青城池』，乃知老杜無所不有。」見《歷代詩話續編》，卷三，頁 425。

❻❼ 黃庭堅「隨人作計終後人，自成一家始逼真」複述了好幾次，見〈題樂毅論後〉、〈論作字〉、〈論寫字法〉。類似言論還有〈贈謝敞王博喻〉：「文章最忌隨人後，道德無多只本心。」（外集，卷十八，頁 1304）〈王定國文集序〉

「不隨人後」或許是一般的競爭心理,「在古人後」則是後來者的恐懼,面對古人的影響焦慮。顯然主體(自成一家)和焦慮(在人後)相互依存,同時發生。在文論史上,在黃庭堅身上我們看到從復古到超越古人的轉向,〈與徐師川書〉說:

> 甥人物之英也,然須治經,自探其本,行止語默一一規摹古人。至於口無擇言,身無擇行,乃可師心自行耳。君子之言行,不但為賢於流俗而已,比其大成,使古之特立獨行者皆立於下風也。(別集,卷十八,頁 1868)

從「規摹古人」,到打敗古人,「使古之特立獨行者皆立於下風」,意圖與古人競爭。他確曾主張超越古人,〈論作詩文〉說:「予謂定國曰:若欲過今人則可矣,若必欲過古人,宜盡燒之,更讀十年也。」(別集,卷十一,頁 1686)〈招隱寄李元中〉說:「吾聞李元中,學為古人青出藍。」(外集,卷十六,頁 1257)黃庭堅試圖從古人的局限──不用心處、不到處──加以超越**❻❽**,結果形成一種

說:「雖未盡如意,要不隨人後,至其合處,便不減古人。」(正集,卷十五,頁 412)《贈高子勉四首・其三》說:「聽它下虎口著,我不為牛後人。」(正集,卷八,頁 201)〈走答明略適堯民來相約奉謁故篇末及之〉說:「君不見生不願為牛後,寧為雞口。」(外集,卷六,頁 1004)

❻❽ 黃庭堅〈題李漢舉墨竹〉說:「近世崔白筆墨,幾到古人不用心處,世人雷同賞之,但恐白未肯耳。比來作文章,無出无咎之右者,便是窺見古人妙斷。」(正集,卷二十七,頁 734)蔡絛說:「黃魯直貶宜州,謂其兄元明曰:『庭堅筆老矣,始悟抉章摘句為難,要當於古人不到處留意,乃能聲出

從古人缺陷進行再書寫的策略，呂本中《童蒙詩訓》說：「學古人文字，須得其短處。……東坡詩如『成都畫手開十眉』，『楚山固多猿，青者點而壽』，皆窮極思致，出新意於法度，表前賢所未到。」⑥

黃庭堅本身堪稱古典詩史最具個性的詩人之一，充滿「專求古人未使之事」、「頗造前人未嘗道處」的特徵，可說是一個在影響焦慮下寫作的人⑦。更特殊的是，他甚至有意無意的誤讀古人，〈與王立之承奉〉說：

> 老杜〈詠吳生畫〉云：「畫手看前輩，吳生遠擅場。」蓋古人於能事，不獨求跨時輩，須要於前輩中擅場爾。（正集，卷十九，頁490）

杜甫讚美前輩吳道子的畫藝，黃庭堅卻別出心裁理解爲「在前輩中擅場」，這種誤讀正好暴露黃庭堅自己的情結：向古人挑戰，作出

眾上。』」見《西清詩話》（臺北：廣文，1973），卷中，頁125。

⑥ 郭紹虞：《宋詩話輯佚》，頁591。

⑦ 魏泰《臨漢隱居詩話》說：「黃庭堅喜作詩得名，好用南朝人語，專求古人未使之事，又一二奇字，綴葺而成詩，自以為工，其實所見之僻也。」見《歷代詩話》，頁327。張嵲〈評魯直詩文〉說：「要其病在太著意，欲道古今人所未道語。」見劉克莊《後村詩話》，後集，卷二。陳巖肖《庚溪詩話》說：「本朝詩人，與唐世相充，其所得各不同，而俱自有妙處，不必相蹈襲也。至山谷之詩，清新奇峭，頗造前人未嘗道處，自為一家，此其妙也。」見《歷代詩話續編》，卷下，頁182。

偏離原意的新詮釋**❼**。表面上「出處」建構了一種家系神話，稱作
「祖述」**❼**，趙次公《杜詩先後解》充滿這類觀念，卻隱含類似的
誤讀：

> 未及前賢更勿疑，遞相祖述復先誰？（趙云：此兩句功用可敵陸
> 機〈文賦〉，云：「必所擬之不殊，乃闇合乎曩篇。雖抒軸於予懷，怵他人之
> 我先。」則公之意矣。……在文章言之，則沈休文作〈謝靈運傳論〉曰「異
> 軌同奔，遞先師祖」，李善注《文選》亦曰：「諸引文證，皆舉先以明後，以
> 示作者必有所祖述也。」然者，祖述者文，人烏能輒已邪？故雖孔子亦曰
> 「祖述堯舜」，豈專自己出哉！）（《戲為六絕・其六》，頁 458）

> 後賢兼舊利，歷代各清規。（次公曰：此言後輩兼取前輩之所利以為

---

❼ 這個用法多次出現，黃庭堅〈用前韻謝子舟為予作風雨竹〉說：「子舟詩書
客，畫手睨前輩。」（正集，卷三，頁 51）〈題劉法直詩卷〉說：「老兵睨前
輩，欺詆阮嗣宗。」（別集，卷一，頁 1451）將「看」改寫作「睨」，更顯
示與古人競爭的意識。李彭〈巢雲亭〉也說：「落筆睨前輩，血指空汗顏。」
（《全宋詩》，卷一三八三，頁 15880）張擴《括蒼官舍夏日雜書五首・其
五》說：「吾友呂居仁，句法入三昧。向者五言城，精密逼前輩。」（卷一三
九五，頁 16055）成為江西詩派的一項傳統。

❼ 黃庭堅已有「祖述」之說，〈書聖庚家藏楚詞〉說：「章子厚嘗為余言，楚詞
蓋有所祖述。余初不謂然，子厚遂言曰：『《九歌》蓋取諸《國風》，《九章》
蓋取諸二《雅》，《離騷經》蓋取諸《頌》。』余聞斯言也，歸而考之，信
然。」（別集，卷六，頁 1561）〈再用前韻詠子舟所作竹〉說：「祖述今百
家，小紙弄姿態。」（正集，卷三，頁 52）

規範，乃公所謂「遞相祖述」也。）（〈偶題〉，頁 1096）

前者不啻是說：祖述是「文」的基本特性，「祖述者文，人烏能輒已耶」？這是一種互文性的斷言，不論是否自覺後人必然受前人影響，不是「人」所能逃避的；但背後潛藏著影響的焦慮，陸機「恼他人之我先」可能是最早的表述之一。後者「兼取前輩之所利」是後人對前人某種兼併策略，把「後賢兼舊利」的「兼」解釋為兼取似乎也是宋人的誤讀。下面的誤讀更為明顯：

> 今人嗤點流傳賦，不覺前賢畏後生。（趙云：後生，言在後時所
> 生，不必以年少為後生也。今人嗤點其賦，則亦公自謂矣。庾信生於前，故
> 謂之前賢；公生於後，故謂之後生。此又反其本傳中語也。）（《戲為六絕
> 句‧其一》，頁 456）

杜甫被看作一個向前輩挑戰的詩人，那位嗤點前賢的「後生」就是杜甫自己，「今人嗤點其賦，則亦公自謂矣」，「前賢畏後生」變成庾信畏懼杜甫**❼③**。在古今注釋中，這恐怕是將杜甫看作與古人競爭

---

❼③ 黃庭堅經常引用「前賢畏後生」，〈和答李子真讀陶庾詩〉說：「往者不再
作，前賢畏後生。」（外集，卷八，頁 1065）〈用明發不寐有懷二人為韻寄
李秉彝德叟〉說：「盛德當如此，古人畏後生。」（外集，卷三，頁 914）
〈次韻答任仲微〉說：「文章學問嗟予晚，深信前賢畏後生。」（外集，卷十
七，頁 1277）趙次公解釋杜甫〈同元使君春陵行〉「粲粲元道州，前聖畏後
生」說：「今言前聖畏後生，則道州雖晚生於唐世，乃為前代聖哲所畏矣。」
（頁 1012）

最極端的例子了。趙次公解釋《戲爲六絕句》貫穿這種見解，如解「輕薄爲文哂未休」爲杜甫譏笑四傑，又說：「數公，指庾信、楊、王、盧、駱，與夫漢魏諸人也。……『群』字亦指數公；而出群雄，則蓋自負矣。」（頁 457）杜甫被看作意圖打敗古今詩人的人。「恐與齊梁作後塵」變成一種影響的焦慮：「言公竊自追攀屈原、宋玉，宜與之並駕矣。……言恐共齊梁之人皆作屈、宋後塵爾。」（頁 458）在宋人主觀意圖中，「出處」是爲了建構家系神話，卻被起源不明的互文性及誤讀所消解，成爲一種無名的、斷裂的、叛逆的奇特譜系❼。

這裡還涉及文學經典的問題，有必要重新檢討黃庭堅「法」的觀念。「法」提供一套可資學習的典範、規則，黃庭堅〈跋東坡水陸贊〉說：

> 士大夫多譏東坡用筆不合古法，彼蓋不知古法從何出爾？杜周云：「三尺安出哉？前王所是以爲律，後王所是以爲令。」予嘗以此論書，而東坡絕倒也。（正集，卷二十八，頁 772）

---

❼ 羅蘭·巴特（Roland Barthes）說：「每篇本文本身作爲另一本文的相互本文（intertext）是屬於相互本文指涉的，而這必定不能與本文的源頭混亂過來：去尋找作品的『源頭』及受到之『影響』只是滿足一種家系神話。建構本文的引述是無名的，不能還原的，而且是已經被閱讀的：它們是沒有引號的引述。」見〈從作品到本文〉，收入朱耀偉編譯：《當代西方文學批評理論》（臺北：駱駝，1992），頁 19。

「法」不僅來自古代典範（前王）也來自後代作家（後王），「前王
所是以爲律，後王所是以爲令」，後人參與了經典的改寫。黃庭堅
通常主張從學習「法」進入，然後穿越古法，建立自我風格，再迂
迴的返回，〈書徐浩題經後〉說：「季海莫年，乃更擺落王氏規摹，
自成一家，所謂盧蒲嫳，其髮甚短，而心甚長，惜乎當時君子莫能
以短兵伐此老賊也。」（正集，卷二十八，頁 760）從「規摹」到
「自成一家」，達到獨創性，「心甚長」則說明後人的野心。所謂
「活法」正是自由與法則、創新與模仿的綜合❼。法甚至是創造的
原則，〈與王立之〉說：

> 若欲作楚詞追配古人，直須熟讀楚詞，觀古人用意曲折處
> 講學之，然後下筆。譬如巧女文繡妙一世，若欲作錦，必
> 得錦機，乃能成錦爾。（外集，卷二十一，頁 1371）

「法」就是錦機，一種生產的機制，〈次韻子瞻和子由觀韓幹馬因
論伯時畫天馬〉說：「李侯一顧歎絕足，領略古法生新奇。」（正
集，卷四，頁 82）法使新奇的創造（生）成爲可能，換言之，法
本身就是典範。這可以解釋江西詩派成立的秘密，蘇軾的聲望和成
就不能建立宗派，黃庭堅卻是「法」與「奇」的結合，模仿杜甫卻
成爲詩派宗祖，陳善《捫蝨新話》說：「黃魯直詩本是規模老杜，

---

❼ 陶詩被看作自由與法則兼具的典範，黃庭堅《溪上吟‧序》說：「詠淵明詩
數篇，……當其瀏然無所拘繫，而依依規矩準繩之間，自有佳處。」（外
集，卷一，頁 868）

至今遂別立宗派，所謂當仁不讓者也。」**❼❻**

　　江西詩派經常出現向古人挑戰的言論**❼❼**，甚至詩派內部也充滿競爭意識**❼❽**。呂本中崇寧初（1102）作《江西詩社宗派圖》，標誌

---

❼❻　陳善：《捫虱新話》，下集，卷四，頁 267。呂本中《童蒙詩訓》也說：「極風雅之變，盡比興之體，包括眾作，本以新意者，唯豫章一人。」見《宋詩話輯佚》，頁 604。

❼❼　呂本中〈用前韻寄商老〉說：「只今江西二三子，可到元和六七公。」（《全宋詩》，卷一六○五，頁 18040）洪芻〈還張閎道文編〉說：「囁嚅元白何勞壓，卓犖曹劉不曾過。」（卷一二八一，頁 14492）韓駒〈次韻曾通判登擬峴臺〉說：「曾郎吐佳句，勢突黃初過。」（卷一四四○，頁 16600）這類例子很多，特別是環繞呂本中的詩社、文會活動，這類活動對競爭意識的激盪具有重要的功能。

❼❽　李彭有一首主題就是超越古人的詩，〈慶上人以「再聞誦新作，突過黃初詩」為韻，作十詩見寄，次韻酬之〉云：「島可不足吞，支許欲追配。」「獨有杜參謀，變態無與共。」（《全宋詩》，卷一三八一，頁 15854）慶上人學詩於江西詩派祖可，李彭還有一首〈有慶上人數以詩見贈，慶始學詩於祖可，爾來擺脫故步，進而不已，未可量也，作短句報之〉，此詩出現「派別」一詞：「門生霧騰馥，派別自淵源。」（同上，頁 15857）意圖擺脫故步，超越前人。受江西詩派影響的張擴也有〈子溫俇用「再聞誦新作，突過黃初詩」作十詩見遺，輒勉強次韻〉，此詩可能是詩社的產物，詩云：「安知翰墨場，李杜凜然在。文章作甘棠，百世負遺愛。」「往者不可作，未妨來日新。」（卷一三九五，頁 16045）

江西詩派的成立，本身就是家系神話的產物[79]，有趣的是，詩派中人經常否認黃庭堅的影響，甚至拒絕入派，周煇（1126—？）《清波雜志》說：

> 呂居仁圖江西宗派，凡二十五人，議者謂陳無己為詩高古，使其不死，未甘為宗派。若徐師川則固不平列在行閒，韓子蒼曰「我自學古人」，夏均父亦恥居下列，一時品第尚爾紛紛。[80]

陳師道「使其不死，未甘為宗派」，他本身似乎很謙虛，時人卻盛傳他勝過黃庭堅[81]。徐俯恃才傲物，周煇《清波雜志》說：「公視山谷為外家，晚年欲自立名世，客有贄見，甚稱淵源所自，公讀之不樂，答以小啓曰：『涪翁之妙天下，君其問諸水濱；斯道之大域

---

[79] 呂本中作《江西詩社宗派圖》的時間記載略有出入，此據莫礪鋒：《江西詩派研究》（濟南：齊魯書社，1986），頁 309。

[80] 周煇：《清波雜志》，收入《叢書集成新編》，冊八十四，卷八，頁 354。

[81] 陳師道〈答秦覯書〉說：「豫章之學博矣，而得法於杜少陵，其學少陵而不為者也，故其詩近之，而其進則未已也。……僕負戴道上，人得易之，故談者謂僕詩過於豫章。」見《後山先生集》，收入《叢書集成續編》，冊一二五，卷十四，頁 624。陳師道態度謙虛，〈答魏衍、黃預勉余作詩〉說：「人言我語勝黃語，扶豎夜燎齊朝光。……剩欲摧藏讓頭角，豈是有意群兒傷？於人無怨我何憾，愛者尚眾猶吾鄉。」（卷一一七，頁 12685）當時盛傳陳詩勝黃詩，葛立方《韻語陽秋》說：「魯直為無己揚譽無所不至，而無己乃謂『人言我語勝黃語』，何邪？」（卷二，頁 497）

中，我獨知之濠上。」（卷五，頁 346）韓駒、夏倪都有不滿的傳
聞❷，呂本中也是如此，《東萊呂紫微師友雜志》引謝逸云：「以居
仁詩似老杜、山谷，非也。杜詩自是杜詩，黃詩自是黃詩，居仁詩
自是居仁詩也。❸」一個追求「自成一家」的詩派，最終也必然因
此自我解構。南宋四大家也有類似的歷程，早年學江西，經過一番
痛苦掙扎後最終擺脫，從「學」到「悟」本身就是江西詩法。江西
詩風新奇特異，容易引起焦慮感，江西詩派的衰落不必來自其他詩
派的挑戰，其內部已經埋藏自我解構的因素。

　　宋以後詩派開始頻繁出現，這種競爭意識具有普遍的歷史意
義。江西詩派是一系列競爭中建構的產物，最初是蘇、黃後學競
爭，然後「晚唐」與「派家」、江西與江湖，金元時期擴展到南北
競爭。金元愈來愈多人將黃庭堅看作一個在影響焦慮下試圖自立的
詩人，周昂（？—1211）〈魯直墨跡〉說：「詩健如提十萬兵，東坡

---

❷　關於韓駒，佚名《詩說雋永》說：「呂居仁作〈江西宗派圖〉，置子蒼其間，
　　韓不悅。」見《宋詩話輯佚》，頁 433。王十朋〈陳郎中公說贈韓子蒼集〉
　　說：「近來江西立宗派，妙句更推韓子蒼。非坡非谷自一家，鼎中一臠曾已
　　嘗。」見《王十朋全集》（上海：上海古籍，1998），詩集，卷十一，頁
　　170。關於夏倪，吳曾說：「予近覽贛州所刊《百家詩選》，其序均父詩，因
　　及宗派次第。且云：『夏均父自言，以在下列為恥。』殊不知均父沒已六
　　年，不及見圖。斯言之妄，蓋可知矣。」見《能改齋漫錄》（臺北：木鐸，
　　1982），卷十，頁 280。

❸　呂本中：《東萊紫微師友雜志》，收入《叢書集成新編》，冊二十二，頁 83。

真欲避時名。須知筆墨渾閒事，猶與先生抵死爭。[84]」黃庭堅被看作抵死與蘇軾競爭的詩人。王若虛《滹南詩話》則說：

> 魯直區區持斤斧準繩之說，隨其後而與之爭，至謂未知句法，東坡而未知句法，世豈復有詩人？而渠所謂法者，果安出哉？……魯直欲為東坡之邁往而不能，于是高談句律，旁出樣度，務以自立而相抗，然不免居其下也，彼其勞亦甚哉！向使無坡壓之，其措意未必至是。[85]

黃庭堅以詩法為武器，「隨其後而與之爭」，「務以自立而相抗」，在王若虛眼中沒有壓抑也就沒有黃庭堅，「向使無坡壓之，其措意未必至是」。前引《滹南詩話》說「魯直好勝而恥其出于前人」，奪胎換骨、點鐵成金被看作影響焦慮的產物。王若虛有詩題云〈山谷於詩每與東坡相抗，門人親黨遂謂過之，而今之作者亦多以為然，予嘗戲作四絕云〉，詩云：「莫將險語誇勍敵，公自無勞與若爭。」「奪胎換骨何多樣，都在先生一笑中。[86]」金元這種論調很流行，

---

84 見元好問編：《中州集》，收入《四庫全書》，冊一三六五，卷四，頁122。

85 王若虛：《滹南詩話》，收入《歷代詩話續編》，卷二，頁517。

86 ．王若虛：《滹南遺老集》，收入《叢書集成新編》，冊六十五，卷四十五，頁355。王若虛將黃庭堅看作好名、好勝的詩人，《滹南詩話》說：「或謂論文者尊東坡，言詩者右山谷，此門生親黨之偏說，而至今詞人以為口實。」（卷二，頁518）又說：「蘇、黃各因玄真子〈漁父詞〉增為長短句，而互相譏評。」「予謂黃詩語徒雕刻，而殊無意味，蓋不及少游之作。少游所謂相逼者，非謂其詩也，惡其得勝而不讓耳。」（卷二，頁519）

可能反映北方人自己的影響焦慮，李冶（1192—1279）《敬齋古今
黈》說：「人言山谷之于東坡，常欲抗衡而常不及，故其詩文字
畫，別爲一家，意若曰：我爲汝所爲，要在人後；我不爲汝所爲，
則必得以名世成不朽。此其爲論也隘矣。……周（昂）深于文者，
此詩亦以世俗之口，量前人之心也。閒讀周集，因爲此說，以喻世
之不知山谷者。❽」甚至元好問對江西詩派的曖昧態度（既推崇又
貶低，既受影響又拒不承認），也可以從這個觀點來理解。很奇怪
的，後人的焦慮看出前人的焦慮，或者說「影響焦慮」被拿來當作
對抗詩派始祖的武器，這證實了影響焦慮的普遍性，黃庭堅的獨特
形象就這樣被建構出來了。

誤讀

宋代詩學充滿各種誤讀（misreading）的現象，包括口誤、筆
誤、版本錯誤、改字、誤用、誤解等，蔚爲奇觀。江西詩派可能是
晚明竟陵之前最具誤讀傾向的詩派了。在思想史上，誤讀與禪宗有
關，禪宗不立文字，甚至「誤讀」也可悟道❽，這種態度也影響宋

---

❽　李冶：《敬齋古今黈》（北京：中華，1995），頁 181，逸文二。

❽　如《五燈會元》載瑞鹿遇安禪師：「常閱《首楞嚴經》，到『知見立知，即無
　　明本；知見無見，斯即涅槃。』師乃破句讀曰：『知見立，知即無明本。知
　　見無見，斯即涅槃。』於此有省。有人語師曰：『破句了也。』師曰：『此是
　　我悟處，畢生不易。』時謂之安楞嚴。」見釋普濟：《五燈會元》（臺北：文
　　津，1986），卷十，頁 616。

人的文學閱讀，陳善《捫蝨新話》說：

> 古書中頗有贅訛處，便是禪家公案，但今人未嘗體究爾。
> 孔子曰：「二三子以我為隱乎？吾無隱乎爾。吾無行而不與
> 二三子者，是丘也。」不知所隱者何事？「顏回在陋巷，
> 一簞食，一瓢飲，人不堪其憂，回也不改其樂。」不知所
> 樂者何道？孟子曰：「睟然見於面，盎於背，施於四體，四
> 體不言而喻。」不知所喻者何物？此豈區區口耳所能說也
> 哉？……（上集，卷一，頁 250）

陳善以參公案的方式閱讀儒書，從「古書贅訛處」體會，書中空
白、多餘（贅）、矛盾（訛）處都是參悟的入口，這可說是一種誤
讀的閱讀觀了。「吾無隱乎爾」是黃庭堅參禪悟道的公案❽。「誤
讀」經常是一種下意識偏離、閃避前人的策略，黃庭堅誤讀老杜
「前輩遠擅場」、趙次公誤讀「前賢畏後生」都是典型的例子。廣
義來說，宋人在影響焦慮下發展的策略都可歸屬於某種誤讀的產
物。❾

---

❽　《五燈會元》將黃庭堅列於臨濟宗祖心法嗣，說：「往依晦堂，乞指徑捷
　　處。堂曰：『祇如仲尼道，二三子以我為隱乎？吾無隱乎爾者。太史居常，
　　如何理論？』公擬對，堂曰：『不是！不是！』公迷悶不已。一日侍堂山行
　　次，時巖桂盛放，堂曰：『聞木犀華香麼？』公曰：『聞。』堂曰：『吾無隱
　　乎爾。』公釋然，即拜之。」（卷十七，頁 1139）

❾　布魯姆說：「本書認為，詩的歷史是無法和詩的影響截然區分的。因為，一

誤讀有各種不同形式，有些來自句法，南宋袁文（1119—1190）《甕牖閒評》說：

> 蘇東坡詩：「有意尋彌明，長頸高結喉。」若據韓文出處，乃「長頸高結」，下方云「喉中更作楚聲」，今東坡乃借下句一「喉」字押韻，卻與誤讀《莊子》「三緘其口」破句而點者相類。然東坡高材，豈不知此，而故云耳者，以文為戲也邪？**⑨**

蘇軾從字面上「破句而點」加以誤讀，袁文認為是故意的（故云耳者），是某種語言遊戲，誤用典故卻被看作再創造。蘇軾自己則被黃庭堅所誤讀，張耒（1054—1114）《明道雜志》說：「蘇長公有詩云『身行萬里半天下，僧臥一庵初白頭』，黃九云『初日頭』。問其義，但云若此僧負暄於初日耳。余不然，黃甚不平，曰：『豈有用白對天乎？』余異日問蘇公，公曰：『若是黃九要改作「日頭」，也不奈他何！』**⑫**」誤讀總是透露自己的主觀願望，改寫前人。

宋人講究出處，宋代詩話卻流行一個奇怪的考察「出處錯誤」的話題，永不厭倦的糾正前人的誤讀。誤讀隱藏在歷史無意識深處，黃庭堅〈與俞清老書〉說：

部詩的歷史就是詩人中的強者為了廓清自己的想像空間而相互『誤讀』對方的詩的歷史。」見《影響的焦慮：詩歌理論》，頁3。

⑨ 袁文：《甕牖閒評》，頁93，佚文。

⑫ 張耒：《明道雜志》，收入《學海類編》（揚州：江蘇廣陵古籍刻印社，1994），冊六，頁494。

景陶軒名未為佳，詩云「高山仰止，景行行止」，景，明也；高山則仰之，明行則行之耳。魏晉間人所謂景莊、景倩等，從一人差誤，遂相承繆耳。亦如所謂郡守為「一麾」也。（別集，卷十五，頁 1774）

「遂相承繆」是沿襲古人，如果古人已經錯誤，那麼沿用者是正確或錯誤？「遂相承繆」建構了一種奇怪的誤讀譜系[93]，作爲語言符號，出處永遠有一種飄泊離散，望文生義的危險。黃庭堅〈書徐會稽禹廟詩後〉又說：

按《爾雅》「山有穴為岫」，今季海題詩云「孤岫龜形在」，乃不成語。蓋謝玄暉云「窗中列遠岫」，已誤用此字，季海亦承誤耳。……然魏晉人作詩，多如此借韻，至李、杜、韓退之無復此病耳。壯，大壯之壯；牡，牝牡之牡，「規模稱牡哉」，必壯字誤書耳。魏晉人用字亦多如此。蓋取字勢易工，不復問字之根源，如古人書「橋橋」、「亘直」，皆不成字。（正集，卷二十五，頁 658）

魏晉似乎是語源的遺忘期，「不復問字之根源」，充滿誤用（典故）、誤書（筆誤），黃庭堅意圖返回純真的字源，反而揭示一個偏

---

[93] 王楙進而指出「景」字更早的誤用，前人還有前人：「僕謂此謬自漢已然，非始於魏、晉也。……近時名公如東坡、亦承此謬。」見《野客叢書》，卷九，頁 128，〈景仰前修〉條。

離與誤讀，以訛傳訛的歷史❾。矛盾的是，山谷詞充滿俚語、褻語、方音、土字，彷彿蓄意背叛正統語言❾，與其說俗褻不如說是疏離怪異，構成難以協調的張力。作爲書法家，黃庭堅非常在意書寫的正誤，卻有一篇讚賞破碎字形的〈豆字頌〉，序云：「嘗有老僧，暴背於後架，作此豆字示之。問：『會麼？』云：『不會。』因以爲頌。」（正集，卷二十三，頁 611）宋人發現愈來愈多出處錯誤，態度逐漸轉向肯定，吳曾《能改齋漫錄》說：「荆公以青女爲霜，于理未當。……然荆公之詩，不害爲佳句也。」（卷三，頁 55）又說：「東坡蓋用此。而兩以兒爲奴者，誤也，然不害爲佳句。」（卷三，頁 64）❾明明誤用卻「不害爲佳句」。「用事」字面

---

❾ 有趣的是，後人指出前人誤讀，後人的後人進而指出前人的前人，誤讀的誤讀，葉大慶舉「岫」更多誤用的例子，批評說：「及觀漢張平子〈南都賦〉『岫繞繚而滿庭』，是亦以岫爲山，又在玄暉之先矣。歸叟（王直方）豈不見此耶？不然，何以謂李海承玄暉之誤也？」見《考古質疑》（上海：上海古籍，1985），卷四，頁 39。

❾ 李調元舉黃庭堅〈望遠行〉說：「詞共七十六字，樂府用諺語，詩餘亦多俳體，然未有如此可笑者。訑尿、哼、豎等字，即云是當時坊曲優伶之言，而至此俗褻，如何可入風雅乎？且經傳訛已久，字畫亦差，亦數亦未確，愈爲無理。」見唐圭璋編《詞話叢編》（北京：中華，1986），卷一，頁 1400。又說：「黃山谷詞多用俳語，雜以俗諺，多可笑之句。……且『屬䠆』二字，字書不載，意即甚麼之訛也。又如別詞中奚落、忉憎、吵、嗽等字，皆俗俳語也，元人曲有之，皆不宜入詞。」（頁 1401）

❾ 黃徹《碧溪詩話》說：「〈花卿歌〉『用如快鶻風火生』，《南史》：曹景宗謂所

意味一種語用現象，經常背離本意，王楙《野客叢書》說：「詳味周（邦彥）用『簷花』二字，於理無礙，漁隱謂與少陵出處不合，殆膠於所見乎？大抵詞人用事圓轉，不在深泥出處，其紐合之工，出於一時自然之趣。」（卷十，頁 138）出處愈來愈像某種系譜學，這類「其誤久矣」、「誤者非一人」、「遂襲其謬」的論述愈來愈多，形成一種誤讀譜系，最終是劉辰翁「誤讀」論述的出現。**⑨⑦**

　　黃庭堅自己的出處就經常不合本義，朱熹說：「山谷使事多錯本旨，如作人墓誌云『敬授來使，病於夏畦』，本欲言皇恐之意，卻不知與夏畦相去關甚事？**⑨⑧**」方東樹也說：「山谷隸事間，不免有強拉硬入，按之本處語勢文理，否隔無清，非但語不安，亦使文

親曰：『昔在鄉里，與年少輩拓弓弦作礔礰聲，放箭如餓鴟叫，覺耳後生風，鼻尖出火。』子美蓋不拘泥於『鴟』、『鶻』之異也。」（卷五，頁 88）陳昉《穎川語小》也持寬容態度：「用事之誤，雖杜少陵不能免，而蘇文忠公頗多，前輩評之詳矣。止是不切之詩文，亦何所害？」見《叢書集成新編》，冊十二，卷下，頁 490。蘇東坡用事錯誤是宋人的流行話題，葉大慶《考古質疑》說：「大慶因而觀坡詩，錯誤尤多，前輩嘗論之矣，今總序于此」，列舉十數條，如《容齋隨筆》云「蓋先生文如傾河，不復效常人尋閱質究也」，趙次公注蘇詩云「撼樹之徒，遂輕議先生為錯，殊不知先生胸次多書，下筆痛快，不復檢本訂之，豈比世間切切若獺祭魚者哉」！（卷五，頁 46-48）

⑨⑦ 參楊玉成：〈劉辰翁：閱讀專家〉（《國文學誌》，第三期，1999），頁 225。

⑨⑧ 黎靖德編：《朱子語類》，卷一三〇，頁 3120。

氣與意磊礧不合。**⑨⑨**」更奇怪的是，黃庭堅老是記錯古人詩句**⑩⑩**，記錯自己的詩，《王直方詩話》說：

> 韓存中云：家中有山谷寫詩一紙，乃是「公有胸中五色
> 筆，平生補袞用功深。」此詩本用小杜詩中「五色線」，而
> 卻書云「五色筆」，此真所謂筆誤。**⑩⑩**

「五色筆」較「五色線」意旨明瞭，也許不是單純筆誤，而是有意無意的改寫。從後設觀點來看，原詩以「補袞」喻寫作，詩人就像一個修補匠，寫作作爲一種補充，透過誤讀完成創造性的改寫。這類例子經常發生，黃庭堅心目中的文本彷彿處在不斷推擠、飄移的狀態，不斷自我改寫**⑩⑫**。這類筆誤經常被誤會爲「奪胎換骨」，王

---

⑨⑨ 方東樹：《昭昧詹言》（北京：人民文學，1961），卷八，頁 214。

⑩⑩ 莫礪鋒舉了許多例子，說：「據宋人記載，黃庭堅書寫他人詩文常常是默誦而書之，這樣，或者由於他記錯了數字，或者由於原作本有異文，這些竄入黃集中的他人之作就可能與原作本略有不同。……後人很容易把這種情況誤認爲『奪胎換骨』或『蹈襲剽竊』。」見《江西詩派研究》，頁 293。如果收集這些誤讀進行精神分析，想必會有驚人的收穫。

⑩⑩ 見郭紹虞：《宋詩話輯佚》，頁 48。此詩見《黃庭堅全集》，正集，卷十，頁 242，作「五色線」，不誤，難道真的是筆誤？

⑩⑫ 布魯姆說：「一首啟蒙運動後的詩若要開始，它必須懂得並說明，任何事物都不處在它的正確位置上。替代既傾向於對前輩，又傾向於對詩人自己較早的或理想化的自我，就好像這二首曾是一個近於統一的東西似的。」見《比較文學影響論——誤讀圖示》，頁 106。

氏《道山清話》說：

> 曾紆云：山谷用樂天語作〈黔南詩〉，白云：「霜降水返
> 壑，風落木歸山。冉冉歲將晏，物皆復本原。」山谷云：
> 「霜降水返壑，風落木歸山。冉冉歲華晚，昆蟲皆閉
> 關。」白云：「渴人多夢飲，飢人多夢飧。春來夢何處？合
> 眼到東川。」山谷云：「病人多夢醫，囚人多夢赦。如何春
> 來夢？合眼在鄉社。」……紆愛之，每對人口誦，謂是點
> 鐵成金也。范寥云：寥在宜州嘗問山谷，山谷云：「庭堅少
> 時誦熟，久而忘其為何人詩也。嘗阻雨衡山尉廳，偶然無
> 事，信筆戲書爾。」寥以紆點鐵之語告之，山谷大笑曰：
> 「烏有是理，便如此點鐵！」❶⓷

《謫居黔南十首》是很奇怪的一組詩，大致摘錄白居易詩，介於抄
寫與改作之間，有的完全照抄，有的改動一二字，有的聯想引伸，
滑動在失憶、筆誤、改寫之間，試問「誤書」和「奪胎換骨」界限
何在❶⓸？薩進德（Stuart Sargent）說：「有事實證明宋代的詩人有時

---

❶⓷ 失名：《道山清話》，收入《叢書集成新編》，冊八十四，卷八，頁 607。

❶⓸ 莫礪鋒說：「這本來是他『偶然無事，信筆戲書』的古人之詩，可是與他同
　　時的惠洪誤以為這是黃庭堅自己的作品，潘大臨也同此誤，後來李頎、陽枋
　　等人沿之。而曾紆、葛立方、洪邁等人又以為這就是『點鐵成金』。」前引
　　書，頁 293。這組詩性質介於抄寫和改作之間，任淵注說：「數衍剪裁之說
　　非是，蓋山谷謫居黔南時，取樂天江州、忠州等詩偶有所會於心者，摘其數

確把唐詩視為己有。……如果黃庭堅是有意誤引白詩，那就也是按自己的意思修正前人的一種方式。可是既然黃庭堅不記得那是誰的詩，那麼與其說這是修改前人，倒不如說是忘卻前人。」[105]

誤讀涉及創造性的詮釋，宋人「以意逆志」是典型的例子。宋人主觀上意圖追求原意，實際上經常是某種誤讀，晁說之《晁氏客語》說：

> 〈雄雉〉刺軍旅數起，大夫久役，男女怨曠，故詩云：「道之云遠，曷云能來？」恐只是男女怨曠之言，非宣公遠于道，故不能懷來也。觀書不可著其言語，當以意逆志，如孔子于〈鴟鴞〉「徹彼桑土，綢繆牖戶」，乃得國家閒暇，明其政形（刑）之意。子夏問「巧笑倩兮，美目盼兮，素以為絢兮」，孔子乃答以「繪事後素」。子夏乃曰：「禮後乎？」又曷嘗著其言語。[106]

這段話前後基於兩種不同的詮釋原則，自相矛盾。晁氏解釋〈雄雉〉似乎依據詩歌文本，糾正前人錯誤，後半引《論語》「繪事後

語，寫置齋閣，或嘗為人書，世因傳以為山谷自作，然亦非有意與樂天較工拙也。詩中改易數字，可為作詩之法，故因附見於此。」（內集，卷十二，頁131）否認山谷自作，卻承認「可為作詩之法」，折衷兩可。

[105] 薩進德：〈後來者能居上嗎：宋人與唐詩〉，收入莫礪鋒編：《神女之探尋——英美學者論中國古典詩歌》（上海：上海古籍，1994），頁101。

[106] 晁說之：《晁氏客語》，收入《學海類編》，冊三，頁142。

素」卻是典型的賦詩斷章，高度自由的詮釋。以意逆志直接跳過語言（不可著其言語），往往事與願違成為誤讀。這個例子暴露了宋人的洞見與盲點，宋人總是一方面強調本意，一方面以意改字，誤讀古人。更特殊的是「倒果為因」，王楙《野客叢書》記載一個後來者如何改寫前人文學成就的事：

> 人多以「夜雨對床」為兄弟事用，如東坡與子由詩引此，蓋祖韋蘇州〈示元真元常詩〉「寧知風雨夜，復此對床眠」之句也。然韋又有詩〈贈令狐士曹〉曰「秋簷滴滴對床寢，山路迢迢聯騎行」，則是當時對床夜雨，不特兄弟為然，於朋友亦然。異時白樂天〈招張司業詩〉云「能來同宿否，聽雨對床眠」，此善用韋意，不膠於兄弟也。……然則聽雨對床，不止一事。今人但知為兄弟事，而莫知其他，蓋此詩因東坡拈出故爾。樂天非不拈出別章之意，然已灰埃矣！大抵人之文章，不論是否，得當代名賢提拂，雖輕亦重，不然，雖重亦輕。韋詩固佳，重以東坡引以為用，此其所以顯然著在耳目，為兄弟故事。（卷十，頁145）

這是偏離、分歧的誤讀譜系，「聽雨對床，不止一事」。在王楙眼中，白居易、蘇軾只是不同形式的偏離，蘇軾「引以為用」，創造性的改變前人認知，「顯然著在耳目」，賦予聲譽和價值，「雖輕亦重」。文學價值並不決定於自身（不論是否），而決定於讀者的建

構，後人（當代名賢）藉此改寫歷史的意義，創造新的典故⑩。

後人可能改寫前人，以至倒果為因，彷彿前人是後人的前驅
⑩。這種想法並不像乍看之下那麼荒謬，現在的文學史家還經常說，杜、韓、元、白是宋詩的前驅，前人反倒成為後人的補充。更特殊的是宣稱前人模仿後人，劉攽（1022—1088）《中山詩話》說：

> 僧惠崇詩云：「河分岡勢斷，春入燒痕青。」然唐人舊句。而崇之弟子吟贈其師詩曰：「河分岡勢司空曙，春入燒痕劉長卿。不是師偷古人句，古人詩句似師兄。」杜工部有：「峽束蒼江起，巖排石樹圓。」頃蘇子美遂用「峽束蒼江，巖排石樹」作七言句。子美豈竊詩者？大抵諷古人詩

---

⑩ 張戒《歲寒堂詩話》說：「韓退之之文，得歐公而後發明；陸宣公之議論、陶淵明柳子厚之詩，得東坡而後發明；子美之詩，得山谷而後發明。」後人「發明」了前人，見《歷代詩話續編》，卷上，頁463。

⑩ 《王直方詩話》記載一個「倒果為因」的寫作：「唐詩『長因送人處，憶得別家時』，又曰『舊國別多日，故人無少年』，舒王、東坡用其意，作古今不經人道語，王詩曰：『木末北山煙冉冉，草根南澗水泠泠。繰成白雪桑重綠，割盡黃雲稻正青。』坡曰：『桑疇雨過羅紈膩，麥隴風來餅餌香。』如《華嚴經》舉果知因，譬如蓮花，方其吐花而果具蕊中。造語之工，至於舒王、東坡、山谷，盡古今之變。」這是奪胎換骨，宋人發展為舉果知因，成為「古今不經人道語」，從後設觀點看自我指涉了宋人的書寫特徵，讓古人變成自己的前驅，見郭紹虞：《宋詩話輯佚》，頁104。

多，則往往為己得也。[109]

「不是師偷古人句，古人詩句似師兄」，顛倒因果，宣稱古人和自己相似，變成自己的前驅，劉攽宣稱蘇舜欽不是竊詩，而是透過記憶併吞古人，「諷古人詩多，則往往為己得也」。蘇軾〈跋山谷草書〉說：「曇秀來海上，見東坡，出黔安居士草書一軸，問此書如何？坡云：張融有言『不恨臣無二王法，恨二王無臣法』，吾於黔安亦云。」（卷六十九，頁 2202）這也是倒果為因，黃庭堅〈追和東坡題李亮功歸來圖〉說：「今人長恨古人少，今得見之誰謂無？」（正集，卷七，頁 169）辛棄疾也說：「不恨古人吾不見，恨古人，不見吾狂耳。」另一個說法是宣稱古人「預先偷子一聯詩」，古人反倒偷竊後人的詩，南宋祝穆《古今事文類聚》引《文酒詩話》說：

> 魏周輔有詩上陳亞，犯古人一聯，亞不為禮。周輔復上一絕句：「無所用心惟飽食，爭如窗下作新詞。文章大抵多相犯，剛被人言愛竊詩。」亞次韻曰：「昔賢自是堪加罪，非敢言君愛竊詞。叵耐古人多意智，預先偷子一聯詩。」[110]

倒果為因，顛倒歷史的因果關係。「暗合」經常是偷竊的藉口，胡

---

[109] 何文煥：《歷代詩話》，頁 284。江休復（1005—1060）已有類似記載，見《醴泉筆錄》，收入《學海類編》，冊七，卷下，頁 155。

[110] 宋·祝穆、元·富大用輯：《新編古今事文類聚》（北京：書目文獻，1991），別集，卷六，頁 1482，〈作詩識剽竊〉條。

仔《茗溪漁隱叢話》說:「惟王介甫作〈桃源行〉,與東坡之論暗合,今具載其詞云:……洪駒父云:『桃源非神仙,予素知狀,比來見東坡〈和淵明桃源詩序〉,論其非神仙,暗與人意合。』其敢妄言如此,豈非預先偷子一聯詩乎?」(前集,卷三,頁 13)蘇東坡、王安石、洪駒父三人暗合,胡仔認爲洪駒父倒果爲因,「豈非預先偷子一聯詩」,然而嚴格來說,如何確定蘇、王不是偷竊?難道不是以成敗論英雄?

參、語言策略

宋代詩學另一個特徵是強烈的語言性格,語言變形,詩體解散,真理被懸置著。這些策略經常涉嫌偷竊,可說是在前人影響焦慮的壓力下,誤讀、改寫前人的曲折的自立之道⑪。黃庭堅的語言有一種令人「發風動氣」的焦慮感,清人形容爲「過火」。這些策略經常受禪宗打破偶象,閃避權威,質疑真理的影響,像點鐵成金、奪胎換骨、翻案、補充、不犯正位、中的、遊戲三昧等,蔚成奇異的語言景觀,極具理論與實踐上的啓發意義。文本並非全面考

---

⑪ 美國漢學家薩進德曾根據布魯姆「影響焦慮」之說來解釋這種現象,他說:「在宋代的材料中,我們可以發現用來為後來者爭得一席之地的六種主要策略:一,模仿和補充;二,從反面立意的修正;三,對前人的認同;四,指出前人的前人;五,將自我昇華為詩歌之源,並在與世隔絕的狀態中囊括前人;六,按自己的意思將前人納入詩歌,從而取代或超越他們。」見〈後來者能居上嗎:宋人與唐詩〉,頁 75。

察這些觀念和術語，只是從誤讀與影響焦慮的觀點，揭示宋人幽微的意圖。

偷竊

「偷竊」是宋人一個奇怪的熱門話題，幾乎每個人都在談論它⑫。某種程度上，宋代詩學是一種偷竊的詩學。偷竊涉及所有權，經常是在權威（造物者、文本、古人）的巨大壓力下發展出來的迂迴策略。偷和搶不同，「搶」是光天化日，明目張膽，據為己有；「偷」總是暗中進行，依賴機智，以間接的方式偷梁換柱，暗渡陳倉。偷竊有不同的層次，第一個層次是向造物者偷竊，唐以來就有「巧奪天工」之說，詩人盜竊造物者的創造力，因此經常薄命，朱弁（1085—1144）《風月堂詩話》說：

---

⑫　宋代詩學和「偷」具有密切的關係，錢鍾書有一段有趣的討論：「在宋代詩人裡，偷竊變成師徒公開傳授的專門科學。王若虛說黃庭堅所講『點鐵成金』、『脫胎換骨』等方法『特剽竊之點者耳』；馮班也說這是『宋人謬說，只是向古人集中作賊耳』。反對宋詩的明代詩人看來同樣的手腳不乾不淨：『徒手入市而欲百物為我有，不得不出於竊，瞎盛唐之謂也。』文藝復興時代的理論家也明目張膽的勸詩人向古典作品裡去盜竊：『仔細的偷呀！』『青天白日之下做賊呀！』『搶了古人的東西來大家分贓呀！』還說：『我把東西偷到手，洋洋得意，一點不害羞。』撒下了『唯一的源泉』，把『繼承和借鑑』去『替代自己的創造』，就非弄到這樣收場不可。」見《宋詩選註》，頁22。

客言東坡當（嘗）自詠海棠詩，至「雨中有淚亦悽愴，月
下無人更清淑」之句，謂人曰：此兩句乃吾向造化窟中奪
將來也。⑬

詩人的寫作涉及存有，從人與存有的關係來說，詩是偷竊的產物。
寫作是創造力的僭越，危險不祥，宋祁〈淮海叢編集序〉說：「詩
為天地縕，予常意藏混茫中，若有區所，人之才者能往取之，取多
者名無窮，少者自高一世，顧力至不至爾。然造物者吝之，其取之
無限，則輒窮躓其命而怫戾所為。⑭」《王直方詩話》也說：「李賀
〈高軒過〉中有『筆補造化天無功』之句，余每擊節，此詩人之所
以多窮也。⑮」「偷竊」神話原型來自普羅米休斯盜火，在中國則
是鯀盜上帝之息壤，或嫦娥偷竊后羿的不死藥，從這個角度來看，
人類文明是從天神處（一個遠古權威）盜竊而來的，詩人抗拒造物
主的權威，注定了悲劇的命運，這是一種最原始的影響焦慮。

　　在文本層次，偷竊來自不可逃避的本源文字。既然好詩都被
寫完了，後人必然涉嫌偷竊，為了不再盜竊，只好不再寫作，張九
成（1092—1159）《橫浦心傳》說：

見蘇養直〈書李彥達所編其詩後〉云：「讀之使人愧歎不能
已已，自爾當屏棄筆墨，每遇勝日，有好懷，袖手哦古人

---

⑬　朱弁：《風月堂詩話》（臺北：廣文，1973），卷下，頁48。

⑭　宋祁：《景文集》，收入《叢書集成新編》，冊六十，卷九十六，頁507。

⑮　郭紹虞：《宋詩話輯佚》，頁31。

詩足矣。青山秀水，到眼即可舒嘯，何必居籬落下，然後
為己物？」深體其言，甚有真趣。……嘗見沈元用問其不
著述，答云：「好處古人皆已道盡，吾胸中但涵泳其味足
矣，何必竊以為己有！」似與養直此語同。吾之著書，猶
未免有「居籬落下」之僻。⑯

「好處古人皆已道盡」，在本源文字的前提下，邏輯上後人要麼盜
竊，要麼無事可做。韓駒（？—1135）早就說過：「目前景物，自
古及今不知凡經幾人道。今人一下筆，要不蹈襲，故有終篇無一句
可解者，蓋欲新而反不可曉耳。⑰」宋人就在單純重複（盜竊）和
不可讀之間掙扎。偷竊經常和互文性有關，是一種未加引號的挪
用，邵博《邵氏聞見後錄》說：

歐陽公喜韓退之文，皆成誦。中原父戲以為韓文究，每戲
曰：永叔於韓文，有公取、有竊取，竊取者無數，公取者
粗可數。永叔〈贈僧〉云「韓子亦嘗謂：收斂加冠巾」，乃
退之〈送僧澄觀〉「我欲收斂加冠巾」也；永叔〈聚星堂燕
集〉云「退之嘗有云：青蒿倚長松」，乃退之〈醉留孟東
野〉「自慚青蒿倚長松」也。非公取乎？（卷十八，頁

⑯ 宋·于恕輯：《無垢先生橫浦心傳錄》，收入《四庫全書存目叢書》（臺南：
莊嚴，1995），子部，冊八十三，卷中，頁205。

⑰ 范季隨編：《陵陽先生室中語》，收入陶宗儀等編：《說郛三種》（上海：上海
古籍，1988），卷四十三，頁704。

140）

「公取」是公開引述，「竊取」是未加引號的挪用，相當於暗合。「竊取者無數」實際上是一種互文現象，旁涉疑似，試問如何分辨竊取和暗合？偷竊包含許多狡獪的語言策略，曾季貍《艇齋詩話》說：

> 荊公絕句云：「細數落花因坐久，緩尋芳草得歸遲。」東湖晚年絕句云：「細落李花那可數？緩行芳草步因遲。」自題云：「荊公絕句妙天下，老夫此句，偶似之邪？竊取之邪？學詩者不可不辨。」予謂東湖之詩，因荊公之詩，觸類而長，所謂舉一隅三隅反者也，非偶似之，亦非竊取之。⑱

王安石喜愛翻案，現在輪到他的詩被更後來的人翻案了，「細數落花因坐久」，東湖說「細落李花那可數」？將「細數」拆開、翻轉、插入，這句詩必須視為王安石的改寫才能理解，否則「細落」就不通了。徐俯像個得意的騙子公然邀請讀者找出破綻，曾季貍說這既非暗合也非偷竊，而是創造性的改寫，「觸類而長，所謂舉一隅三隅反」，勝利的竊賊於是變成了獨創的天才。

　　為了擺脫影響的焦慮，宋人發展出許多奇特的策略，其中一種是宣稱前人也會偷竊，所謂「古人亦有所祖」。王觀國《學林》說：

---

⑱　曾季貍：《艇齋詩話》，收入《歷代詩話續編》，頁 304。

李太白〈宮詞〉曰「山花插寶髻，石竹繡羅衣」，杜子美〈琴臺〉詩曰「野花留寶靨，蔓草見羅裙」，此相倣之句也。按太白〈宮詞〉乃開元盛時所撰，司馬相如琴臺在西蜀，子美〈琴臺〉詩乃天寶末避地西蜀時所撰，則子美倣太白之詞也。太白〈宮詞〉曰「宮中誰第一，飛燕在昭陽」，子美〈哀江頭〉詩，乃祿山陷京師後所作，亦子美倣太白之句也。李杜同時有詩名，然子美自負其氣不下人，至于太白佳句，則子美反竊其意，蓋自古文士皆如此。……詩人蹈襲前塵，雖作者猶不免焉。⑲

這裡點出偷竊的心理原因：自負，杜甫「自負其氣不下人」，「反竊其意」，將杜甫看作一個在影響焦慮下寫作的詩人，暗中受影響卻拒不承認。而且，指出詩聖也會偷竊，「雖作者猶不免焉」，杜甫就被剝奪了創作權。如果宋人偷竊唐人，唐人又偷竊更早的前人，也就無所謂偷竊了⑳。

有所有權才有偷竊，一件公共事物談不上偷竊，遺忘和暗合就是這種情況。王禹偁（954—1001）有一首詩題目叫〈前賦春居雜興詩二首，間半歲，不復省視，因長男嘉祐讀杜工部集，見語意頗有相類者，咨于予，且意予竊之也，喜而作詩，聊以自賀〉，王禹偁被兒子看作偷竊的嫌疑犯，卻大為高興，詩云：「本與樂天為

---

⑲　王觀國：《學林》，收入《叢書集成新編》，冊十二，卷八，頁73，〈李杜〉。

⑳　這類例子很多，王維也經常被指為偷竊，《王直方詩話》說：「余以為有摩詰之才則可，不然，是剽竊之雄耳。」見《宋詩話輯佚》，頁76。

後進，肯期子美是前身。⑳」學白居易卻像杜甫，成爲偷竊杜詩的嫌疑犯是一種榮幸，「前身」是輪迴造成的神秘暗合。暗合讓語言回復到無所不在的互文性，消弭了偷竊的觀念。「偷竊」來自著作權的假設，和宋人的主體哲學甚至貨幣經濟有關，或許這是這個話題所以大行其道的原因。有趣的是，宋人認爲如果勝過古人就不算偷竊，陸游《老學庵筆記》說：

> 唐韓翃詩云「門外碧潭春洗馬，樓前紅燭夜迎人」，近世晏
> 叔原樂府詞云「門外綠楊春繫馬，床前紅燭夜呼盧」，氣格
> 乃過本句，不謂之剽可也。（卷五，頁 65）

偷竊是與古人競爭的策略，遵循權力原則：成者爲王，敗者爲寇，這是一個弱肉強食的世界，不能戰勝古人就只能淪爲竊賊。

點鐵成金

就語源而論，「點鐵成金」原係道教鍊金術，後來禪宗多用之，點化俗眾開悟，轉凡成聖，所謂「靈丹一粒，點鐵成金。至理一言，點凡成聖」⑫。前引黃庭堅〈答洪駒父書〉說：

---

⑳　王禹偁：《小畜集》，收入《四庫全書》，冊一○八六，卷九，頁 85。

⑫　此語在禪宗燈錄經常出現，貫休《擬君子有所思·其二》已出現這個典故：
　　「安得龍猛筆，點石爲黃金。散爲酷吏家，使無貪殘心。」原注：「西嶽龍
　　猛大士，於硯中磨藥，點筆成金。西天有龍猛金，其色紫。」見《全唐詩》
　　（臺北：文史哲，1987）卷八二七，頁 9321。

古之能為文章者，真能陶冶萬物，雖取古人之陳言，入於
翰墨，如靈丹一粒，點鐵成金也。（正集，卷十八，頁
475）

點鐵成金涉及文化階層（雅俗）、古今歷史（故新）的詮釋與轉
換，與唐宋進士階層的社會身分有關❷。梅堯臣、蘇軾已有此說，
《後山詩話》說：「閩士有好詩者，不用陳語常談，寫投梅聖俞，
答書曰：子詩誠工，但未能以故為新，以俗為雅爾。❷」蘇軾〈題
柳子厚詩二首〉說：「詩須要有為而作，用事當以故為新，以俗為
雅。」（卷六十七，頁 2109）點鐵成金是語言的鍊金術，舊瓶裝新
酒，日常語言（陳言、俗語）的陌生化（defamiliarization）❷，目
的在追求新奇，韓駒說：「古人詩多用方言，今人作詩復用禪語，

---

❷　黃庭堅〈江西道院賦〉用在轉化民眾：「九轉丹砂，鑄鐵成金；兩漢循吏，
　　鑄頑成仁。」（正集，卷十二，頁 297）黃庭堅解經也持類似的詮釋立場，
　　〈與潘子真書〉說：「鈎深而索隱，溫故而知新，此治經之術也。」（正集，
　　卷十九，頁 481）

❷　何文煥：《歷代詩話》，頁 314。按中唐權德輿〈醉說〉已有此說：「善用常而
　　為雅，善用故而為新。」見《全唐文（臺北：大化，1987）卷四九五，頁
　　2268。

❷　錢鍾書說：「聖俞答書似已失傳，賴後山援引，方知山谷所本。……近世俄國
　　形式主義文評家希克洛夫斯基（Victor Shklovsky）等以為文詞最易襲故蹈
　　常，落套刻板，故作者手眼須使熟者生，或亦曰使文者野。竊謂聖俞二語，
　　夙悟先覺。」見《談藝錄》（北京：中華，1984），頁 320。

蓋是厭陳舊而欲新好也。」⑱

　　廣義來說，點鐵成金、奪胎換骨都是某種「轉語」，某種語言的偏離和轉移。「轉語」也來自禪宗，充滿不連續的轉換、昇華、跳躍。「轉語」是詮釋世界的一種方式，黃庭堅〈再次韻兼簡履中南玉〉說：「道機禪觀轉萬物，文采風流被諸生。」任淵注云：「《楞嚴》曰：若能轉物，即同如來。」（內集，卷十三，頁 142）點鐵成金是語言的挪用，這是遲來者重要的一條出路，黃庭堅《再次韻楊明叔·序》說：「因明叔有意于斯文，試舉一綱而張萬目：蓋以俗爲雅，以故爲新。百戰百勝，如孫吳之兵；棘端可以破鏃，如甘蠅、飛衛之射，此詩人之奇也。」（正集，卷六，頁 126）一般來說，轉有轉移、變換、翻轉、流轉諸義，涉及換喻修辭，心理防衛，具有顛覆性的潛力⑲。失名《詩憲》說：

> 因襲者，用前人之語也。以陳爲新，以拙爲巧，非有過人
> 之才，則未免以蹈襲爲塊。魏道輔云：「詩惡蹈襲。古人亦
> 有蹈襲而愈工，若出於己者，蓋思之精則造語愈深也。」
> 轉意者，因襲之變也。前者既明是語矣，吾因而易之，雖

---

⑱　魏慶之：《詩人玉屑》，卷六，頁 135，引《陵陽室中語》。

⑲　廣義來說，點鐵成金、奪胎換骨、打諢出場（轉身一句）、活法（流轉）都
　　和轉語有關，吳坰《五總志》說：「六朝人論詩，謂好詩流轉如彈丸；唐人
　　謂張九齡談論，滔滔如下坡走丸。雖覓句、置論立法不同，要之以溜亮明白
　　爲難事。釋氏以有轉身一路爲衲僧，似爲此設也。」轉語偏離中心，使語言
　　的解放成爲可能，見《叢書集成新編》，冊十一，頁 646。

語相反，皆不失為佳。㉘

「轉意者，因襲之變也」，偏離、挪用、翻轉，宋人藉此超越古人，黃庭堅〈雲巢詩序〉說：「得古人著意處，文章雄奇，能轉古語為我寫物。」張擴〈次韻曾端伯戶部初春遣興〉也說：「句中試下一轉語，突過翰林詩百篇。」（《全宋詩》，卷一三九六，頁16068）意圖重新控制語言，號令古人，葛立方《韻語陽秋》說：「葉少蘊云：詩人點化前作，正如李光弼將郭子儀之軍，重經號令，精彩數倍。㉙」就像布魯姆所說：「就詩人而言，防禦始終都是一種轉義，而且始終都是針對先前的轉義的。」㉚

奪胎換骨

「奪胎換骨」也源自道教，禪宗偶亦用之。這個觀念可以追溯宋初西崑詩人晁迥（948—1031）《法藏碎金錄》，他說：

> 圭峰密禪師有語句云「觀空直遣空於色，解義須教解入神」，予每讀書，詳味文理，觸類而長，唯變所適，往往別得新意。人患解少，予患解多，亦常以此為勞，然而亦勝

㉘ 見郭紹虞：《宋詩話輯佚》，頁534。

㉙ 何文煥：《歷代詩話》，卷一，頁490。

㉚ 布魯姆：〈弗洛伊德的防禦概念與詩人意志〉，收入布魯姆著、吳瓊譯：《批評、正典結構與預言》（北京：中國社科，2000），頁312。

別勞心矣。⑬

《法藏碎金錄》融會儒釋，開啟一種創造性的詮釋，「觸類而長」、「往往別得新意」，這種閱讀態度揭開一個獨特的時代，與佛教有關⑫。晁迥以這種態度閱讀白居易：「予觀白氏詩，凡有愜心之理者，每好依據而沿革之，往往得新意以自規耳。」（卷五，頁 508）「新意」是被閱讀甚至是被創造出來的，「依據而沿革之」可看作奪胎換骨的先聲。這種作法酷似宋初禪宗的「代語」、「別語」，《汾陽無德禪師語錄》說：「室中請益，古人公案未盡善者，請以代之；語不格者，請以別之，故目之爲代別。⑬」以擬古的口吻補充（代語）、修正（別語）「未盡善」的前人公案。《法藏碎金錄》充滿這類改寫，他說：「李白〈廬山東林寺夜懷〉詩有句云『宴坐寂不動，大千入毫髮』，潘佑〈獨坐〉詩有句云『凝神入混沌，萬法

---

⑬　晁迥：《法藏碎金錄》，收入《四庫全書》，冊一〇五二，卷四，頁 492。晁迥又說：「予覽二教之書，有所愜當，而能唯變所適，推而廣之。」（卷二，頁 452）

⑫　晁迥說：「夫學法之人尤宜洞達，雖發蒙辨惑，始務於從師，若榮古陋今，則乖於適變。予於此道灼然了知，精思而究前言，觸類而生新意。開示悟入，佛存方便之門；收合凝融，自得修行之要。」（卷一，頁 436）「觸類而生新意」也是一種創造性的閱讀。

⑬　宋·楚圓集：《汾陽無德禪師語錄》，收入《大正藏》，冊四十七，卷中，頁 615，《頌古代別·頌》。楊億曾爲此語錄作序，可見此書流行於西崑詩人之間，值得注意。

成虛空』，予愛二才子吐辭精敏之力等，入道深密之狀同，合而書之，聊資己用。」（卷七，頁 533）這種比附源自禪宗，預示後來理學解詩的風氣，「合而書之」則是集句，「聊資己用」說明一種語用的觀點，成爲一種創造性的詮釋。

「點鐵成金」和「奪胎換骨」略有差別，莫礪鋒說：「細察黃庭堅之言，『點鐵成金』主要指師前人之辭，『奪胎換骨』主要指師前人之意，本是有所區別的。**⓭**」「點鐵成金」著重語言的轉化（雅／俗、故／新），「奪胎換骨」字面上是奪取、置換，隱喻生死、革新，指向另一位作家，一種明白向古人挑戰的策略**⓯**。顧名思義，「胎」是生命的母胎、創生的起點，原非單純技術問題。惠洪（1071—1128）《冷齋夜話》說：

⓭ 莫礪鋒：《江西詩派研究》，頁 285。

⓯ 「奪胎」尤其具有這種意味，阿黛爾·里克特（Adele A. Rickett）說：「『奪』有『奪取』之義，這個術語就能被理解成『奪取胚胎』，在上下文中的完整意思就是『逐出胎兒的靈魂而占據其軀體』。」見〈法則和直覺：黃庭堅的詩論〉，收入莫礪鋒編：《神女之探尋——英美學者論中國古典詩歌》，頁 285。周裕鍇說：「『胎』就是詩中的『意』（概念）。……據黃氏『窺入其意而形容之』的說法，『胎』顯然為前人之『胎』而非己之凡胎；『窺入』（或『規模』）也只能作窺竊、襲取、甚至盜取、奪取講，而絕無『脫去』、『脫換』之義。所以，『奪胎』的隱喻義應是奪取前人的詩意而轉生出自己的詩态，而轉生是通過自己語言的演繹發揮（『形容之』）來完成的。」見《宋代詩學通論》，頁 189。

山谷云：詩意無窮，而人之才有限；以有限之才，追無窮之意，雖淵明、少陵，不得工也。然不易其意而造其語，謂之換骨法；窺入其意而形容之，謂之奪胎法。如鄭谷〈十日菊〉曰「自緣今日人心別，未必秋香一夜衰」，此意甚佳，而病在氣不長。……所以荊公〈菊詩〉曰「千花萬卉彫零後，始見閒人把一枝」，東坡則曰「萬事到頭終是夢，休、休、休，明日黃花蝶也愁」。又如李翰林詩曰「鳥飛不盡暮天碧」，又曰「青天盡處沒孤鴻」，然其病如前所論。山谷作〈登達觀臺詩〉曰「瘦藤拄到風煙上，乞與遊人眼界開。不知眼界闊多少，白鳥去盡青天回」，凡此之類，皆換骨法也。顧況詩曰「一別二十年，人堪幾回別」？其詩簡拔而立意精確，舒王作〈與故人詩〉云：「一日君家把酒盃，六年波浪與塵埃。不知烏石江邊路，到老相逢得幾回？」樂天詩曰：「臨風杪秋樹，對酒長年身。醉貌如霜葉，雖紅不是春。」東坡〈南中作〉詩云：「兒童誤喜朱顏在，一笑那知是醉紅？」凡此之類，皆奪胎法也。學者不可不知。❻

黃庭堅〈題楊凝式書〉說「俗書喜作蘭亭面，欲換凡骨無金丹」（正集，卷二十八，頁 756），可見他確有此說。在惠洪的解釋下，換骨來自古人的缺陷（病在氣不長），奪胎暗示攘奪古人的優

---

❻　惠洪：《冷齋夜話》，卷一，頁 383。

點。失名《詩憲》也有精要的解釋：

> 奪胎者，因人之意，觸類而長之，雖不盡為因襲，又□不
> 至於轉易，蓋亦大同而小異耳。《冷齋夜話》云：「規摹其
> 意而形容之，謂之奪胎。」換骨者，意同而語異也。《冷
> 齋》云：「不易其意而造其語，謂之換骨。」朱躲逢年云：
> 「今人皆拆洗詩耳，何奪胎換骨之有？」❿

兩者著眼其實都在「意」，但策略有別：「奪胎」追求詩意的深化變
異，「換骨」置換新的語言，目的都在使古人更完善，從而超越古
人，洪芻《曾內相以絕句詩還予詩卷和其韻五首·其三》說：「願
乞金丹換凡骨，坐令文物壓元和。」（《全宋詩》，卷一二八一，頁
14498）葛立方《韻語陽秋》說：「詩家有換骨法，謂用古人意而點
化之，使加工也。」❿ 北宋畫論也受到這個觀念影響，《宣和畫
譜》說：「（李公麟）始畫學顧陸與僧繇道玄，及前世名手佳本，至
礰礴胸臆者甚富，乃集眾所善，以為己有，更自立意，專為一家，
若不蹈襲前人，而實陰法其要。」❿ 這是兼併前人（集眾所善），
佔為己有，「陰法其要」。在後人眼中這是意圖打敗古人的陰險策
略，元代范德機說：「吾平生作詩，稿成讀之，不似古人即焚去改

---

❿ 見郭紹虞：《宋詩話輯佚》，頁 534。

❿ 何文煥編：《歷代詩話》，卷二，頁 495。

❿ 見《宣和畫譜》，收入《畫史叢書》（臺北：文史哲，1983），冊一，卷七，
頁 448。

作。今人詩尚險詐，得意處自謂殆過古人。」⑭

宋人熱衷討論奪胎換骨，透過互文性建構競爭的譜系，愈來愈像古今詩人的大競賽⑭。楊萬里《誠齋詩話》將古人拿來捉對撕殺：

> 句有偶似古人者，亦有述之者。杜子美〈武侯廟〉詩云「映階碧草自春色，隔葉黃鸝空好音」，此何遜〈行孫氏陵〉云「山鶯空樹響，隴月自秋暉」也。杜云「薄雲巖際宿，孤月浪中翻」，此庾信「白雲巖際出，清月波中上」也，「出」「入」二字勝矣。陰鏗云「鶯隨入戶樹，花逐下山風」，杜云「月明垂葉露，雲逐渡溪風」，又云「水流行地日，江入度山雲」，此一聯勝。庾信云「永韜三尺劍，長捲一戎衣」，杜云「風塵三尺劍，社稷一戎衣」，亦勝庾矣。南朝蘇子卿〈梅〉詩云「祇言花是雪，不悟有香來」，介甫云「遙知不是雪，為有暗香來」，述者不及作者。陸龜蒙云「殷勤與解丁香結，從放繁枝散誕香」，介甫云「慇懃

---

⑭　佚名：《詩法源流》，收入張健編：《元代詩法校考》（北京：北京大學，2001），頁 241。

⑭　黃庭堅〈跋韓退之送窮文〉已有這種作法：「大概前人文章，如子雲〈解嘲〉擬宋玉〈答客難〉，退之〈進學解〉擬子雲〈解嘲〉，柳子厚〈晉問〉擬枚乘〈七發〉，皆文章之美也。至於追逐前人，不能出其範圍，雖班孟堅之〈賓戲〉，崔伯庭之〈達旨〉，蔡伯喈之〈釋誨〉，僅可觀焉，況下者乎！」（別集，卷七，頁 1594）

為解丁香結，放出枝頭自在春」，作者不及述者。**⑩**

古今詩人互有勝負，有時「述者不及作者」，有時「作者不及述者」**⑩**。奪胎換骨遵循的也是權力原則，葛立方《韻語陽秋》引陳與義云：「後之學詩者，倘或能取唐人語而掇入少陵繩墨步驟中，此連胸之術也。……作詩者興致先自高遠，則去非之言可用；倘不然，便與鄭都官無異。」（卷二，頁 493）蔡絛《西清詩話》則說：「用古句隨意（摹）擬，詞人類如此，但有勝與否耳。」（卷下，頁 152）如果不是強力詩人，就會變成古人的奴隸。

從語言的角度看，奪胎換骨預設言意的分離，註定飄泊離散，最終掏空語言的意義。北宋著重意，南宋逐漸轉向言（字面），楊萬里《誠齋詩話》說：「詩家用古人語而不用其意，最爲妙法。」（頁 141）「用古人句律而不用其句意，以故爲新，奪胎換骨。」（頁 148）整個關係顛倒了，奪胎換骨最終掏空了意義，顛覆作者中心（意），成爲一種純粹的語言遊戲。

翻案

⑩　丁福保：《歷代詩話續編》，頁 136。

⑩　另如魏慶之《詩人玉屑》輯錄前人詩話，卷八有〈沿襲〉一項，名目洋洋大觀：承襲其意、用其意、取其意、意同辭異、辭同意異、即舊爲新、摹擬、剿竊、相襲、襲全句、依仿太甚、屋下架屋、著力太過、不約而合、古人亦有所祖、祖習不足道、述者工於作者、述者不及作者等條。

中晚唐後詩歌盛行「翻案」，宋人變本加厲，實際上也是與古人競爭的互文現象。這也和禪宗有關，方回〈名僧詩話序〉說：「（禪學）而至於唐，南北宗分。北宗以樹以鏡譬心，而曰：『時時勤拂拭，不使惹塵埃。』南宗謂：『本來無一物，自不惹塵埃。』高矣！後之善為詩者，皆祖此意，謂之翻案法。」（《桐江集》卷一）翻案採取一種逆反的姿態，更根本來說對真理持懷疑態度，黃庭堅〈書梵志翻著襪詩〉說：

> 「梵志翻著襪，人皆道是錯。乍可刺你眼，不可隱我腳。」一切眾生顛倒類皆如此，乃知梵志是大修行人也。昔茅容季偉，田家子爾，殺雞飯其母，而以草具飯郭林宗。林宗起拜之，因勸使就學，遂為四海名士，此翻著襪法也。（正集，卷二十六，頁 704）[144]

就隱喻來看，「翻著襪」是將襪子翻轉表裡，裡面變成外面，意義（真理）有被掏空之虞[145]。周裕鍇說：「『著襪』是禪家宗門威儀之

---

[144] 陳善《捫蝨新話》也說：「文章難工，而觀人文章亦自難識。知梵志翻著襪法，則可以作文；知九方皋相馬法，則可以觀人文章。」（下集，卷一，頁 259）

[145] 布魯姆說：「在詩中遵循的是，通過用整體對部分作想像的替代，對詩的最初運動進行對立的完成，……反應形成也是一種縮約運動，但就像提喻通過微觀世界表現客觀世界一樣，顛倒成對立面和把侵犯轉向反對自我的對立性防禦，同樣表現了通過浮沈變遷的本能的一種失落了的整體性。」見《比較文學影響論——誤讀圖示》，頁 98。

一種，如同禪僧須搭袈裟。王梵志將襪翻過來穿，自然是對宗門的大不恭，但這種『翻著襪』方式，恰恰符合禪家呵佛罵祖、張揚個性的精神。」⑭⑥

　　翻案實際上也是模仿的一種，禪宗用來顛覆真理，詩人則用來改寫前人，稱作「翻用」、「反用」⑭⑦，王楙《野客叢書》說：

> 《後山詩話》載：王平甫子玦謂秦少游「愁如海」之句，出於江南李後主「問君還有幾多愁，恰似一江春水向東流」之意。僕謂李後主之意又有所自，樂天詩曰「欲識愁多少，高於灩澦堆」，劉禹錫詩曰「蜀江春水拍山流，水流無限似儂愁」，得非祖此乎？則知好處前人皆已道過，後人但翻而用之耳。（卷二十，頁298）

---

⑭⑥　周裕鍇：《中國禪宗與詩歌》，頁181。錢鍾書說：「蓋禪宗破壁斬關，宜其擅翻案；六祖翻神秀『臥輪』諸偈，破洪達之『法華轉』為『轉法華』，皆此類也。」見《談藝錄》，頁227。饒宗頤也說：「（山谷）抑其融理入藻，博依廣譬，點鐵成金，破壁斬關，胥是偈語翻案之方，彼固自云『翻著襪法』是也。」見張秉權：《黃山谷的交遊及作品》（香港：中文大學，1978），頁1，饒宗頤〈序〉。

⑭⑦　錢鍾書說：「模仿有正反兩種。效西施之顰，學邯鄲之行，此正仿也。若東則北，猶《酉陽雜俎》載渾子之『達父語』，此反仿也。……英國一小名家嘗評其吟侶作詩多蹈襲，曰：『非作抄胥之謂，乃取名章佳句為楷模，而故反其道，以示自出心裁，此尤抄襲之不可救藥者』。蓋翻案亦即反仿之屬。」見《談藝錄》，頁562。

陳師道指出前人的淵源，王楙進而指出前人的前人，「好處前人皆已道過」，來自本源文字，後人註定只能作互文性的翻案和改寫，「但翻而用之耳」。翻案有時接近滑稽模仿（parody），陳師道〈絕句〉任淵注提供一個例子：「舊本乃《秋懷十首》之二，其後刪去，而僅存耳。此篇全章云：翼翼陳州門，萬里遷人道。雨淚落成血，著木木立槁。今年蘇禮部，馬跡猶未掃。昔人死別處，一笑欲絕倒。……時東坡新自登州召爲禮部郎中，復入帝城，此後山所喜也。❿」這是打諢出場，「一笑欲絕倒」翻轉古來無數送別詩，出處彷彿被笑解構了。翻案或著眼「事」或著眼「語」，前者是可能的歷史（但並未發生），後者是翻轉字面，倒裝變形，宋人稱作「倒用」、「斡旋而用」。翻案也是戰勝古人的策略，如黃庭堅〈題晁以道雪鴈圖〉詩（小字爲任淵注）：

> 飛雪瀧蘆如銀箭，前鴈驚飛後回眄。憑誰說與謝玄暉，莫道澄江靜如練。（李太白〈烏棲曲〉：「銀箭金壺漏水多。」此借用。又詩：「解道澄江靜如練，令人長憶謝玄暉。」此反而用之，言不若於此景物中道出一句也。）（內集，卷七，頁77）

這首詩充滿前人的挪用，「借用」是僅僅挪用字面，並非通常典故，如「銀箭」從李白詩借來。「反而用之」則是翻案，黃庭堅翻案的對象不是謝朓，而是李白名句：「解道澄江靜如練，令人長憶

---

❿　陳師道著、任淵注、冒廣生補箋：《後山詩注補箋》（北京：中華，1995），卷一，頁 19。

謝玄暉。」「莫道」挑戰李白的「解道」，及李白的閱讀和權威。
「不若於此景物中道出一句」，以宋人觀點（就像北宋的小景畫）
挑戰前輩的典範⑭。劉克莊《後村詩話》說：「後人取前作，翻騰
勘辨，有工於前作者。」（前集，卷二，頁 713）⑮楊萬里《誠齋詩
話》也說：「翻盡古人公案，最爲妙法。」（頁 140）

補充

⑭ 黃庭堅〈答黎晦叔〉將李白看作與古人競爭的詩人：「李白歌詩度越六代，
　　與漢魏樂府爭衡。」（外集，卷二十一，頁 1367）宋人意圖與李杜爭衡，黃
　　庭堅〈題東坡書寒食詩〉說：「東坡此詩似李太白，猶恐太白有未到處。」
　　〈跋東坡鐵柱杖詩〉說：「鐵柱杖詩雄奇，使李太白復生，所作不過如
　　此。」張戒則說：「後有作者出，必欲與李杜爭衡，當復從漢魏詩中出
　　爾。」見《歲寒堂詩話》，收入《歷代詩話續編》，卷上，頁 452。劉辰翁
　　〈陳去非集序〉說：「及黃太史，矯然特出新意，真欲盡用萬卷，與李、杜
　　爭能於一辭一字之頃。其極至寡情少恩，如法家者流。」見《陳與義集》
　　（臺北：漢京，1983），卷首，頁 3。

⑮ 周裕鍇說：「相對而言，『反用故事法』主要體現為構思的新穎，雖與禪宗翻
　　案法在思維方式上有相似性，但尚難見出語言形式上的直接摹仿。而在宋代
　　禪悅之風盛行之後，詩人的『翻案』更富有特點的是『反用詩句法』，不僅
　　是為了使構思新穎，而且是有意識立異於前人或他人。……『反用詩句法』
　　則是把前人或他人當作競賽的對手、超越的對象。」見《文字禪與宋代詩
　　學》（北京：高等教育，1998），頁 202。

補充（supplement）是一種後來者的意識。黃庭堅經常以縫補衣服作爲「文」的隱喻，〈次韻雨絲雲鶴〉說：「風光錯綜天經緯，草木文章帝杼機。願染朝霞成五色，爲君王補坐朝衣。」（正集，卷七，頁 170）寫作是一種修補術，源自本源文字，晏幾道〈小山詞自序〉將一切寫作都看作某種補亡：「補亡一編，補樂府之亡也。……嘗思感物之情，古今不易，竊以謂篇中之意，昔人所不遺，第於今無傳爾。故今所製，通以補亡名之。[151]」既然一切都被寫過了，後人只能是補充或潛在的補充。「補天」經常出現，李賀說「筆補造化天無功」，寫作具有某種存有意含[152]。晁說之〈柳集亡食蝦蟆詩因有作〉曾爲柳宗元詩補亡：

> 我讀柳侯詩，不見蝦蟆篇。所亡諒非一，撫卷爲慨然。不應流落人，吟詠亦不前（傳）。問爾胸中奇，何以能棄捐？……我嘗求元唱，其深在九淵。侯詩蝦蟆美，人人垂

---

[151] 金啟華等編：《唐宋詞集序跋匯編》，頁 25。

[152] 如陳師道〈隱者郊居〉說：「招攜好客供談笑，拆補新詩擬獻酬。」（《全宋詩》，卷一一一八，頁 12707）《徐俛書三首·其一》：「蓬壺仙子補天手，筆妙詩清萬世功。」（卷一一一九，頁 12717）李彭〈歸來堂爲韓子蒼題〉：「未吐五色線，小試聊補遺。高詠少司命，乘風載雲旗。」（卷一三八一，頁 15857）張擴〈子溫侄用「再聞誦新作，突過黃初詩」作十詩見遺，輒勉強次韻〉：「巧如娲皇手，五色補天破。」（卷一三九五，頁 16046）南宋龔相〈學詩詩〉將鍊字比喻爲補天：「會意即超聲律界，不須鍊石補青天。」（卷二〇六四，頁 23289）詞語就像石頭，寫作就像一個修補匠。

饞涎。蝦蟆竊自懼，子孫將不延。奈此文字何？偷攘付蜿
蜒。蜿蜒與蝦蟆，腥介每相憐。遂令連璧孤，不知今幾
年？⋯⋯因之得揚榷，今古共周旋。此老可補亡，已矣淚
潺湲。（《全宋詩》，卷一二〇八，頁 13712）

晁說之揣摩亡佚的原作，推測該詩危及蛤蟆子孫，應該是被蛤蟆偷
走了。詩歌是危險的事物，注定殘缺不全，偷竊奪取彷彿是世界根
本的原則。結尾透露「補亡」的焦慮與慾望，藉此詮釋歷史，「今
古共周旋」。

補充的神話原型來自女媧造人、精衛填海，與人類的命運有
關。在歷史的無盡長河中，意義總是開放的、未定的、有賴後人補
充。司馬遷自稱「網羅放失舊聞」，《史記》實際上源自一種強烈的
「修補歷史」的慾望。時間留下磨損的痕跡，古典詩歌歷來有「補
亡詩」或「以補其悲」的傳統❸，宋人在夢中續完古人，追求「古
人未嘗道」都源自這種慾望，黃庭堅作了兩首《竹枝詞》，夢見李
白陰魂返回肯定自己，《夢李白誦竹枝詞三疊·序》說：「予既作
《竹枝詞》，夜宿歌羅驛，夢李白相見於山間。曰：『予往謫夜郎，
於此聞杜鵑，作《竹枝詞》三疊，世傳之不？』予細憶集中無有，

---

❸　如李賀《還自會稽詩·序》說：「庾肩吾於梁時嘗作宮體雜謠引以應和皇
　　子。及國勢淪敗，肩吾先潛難會稽，後始還家。僕意其必有遺文，今無得
　　焉。故作〈還自會稽歌〉，以補其悲。」杜牧《李賀集·序》指出：「賀能採
　　尋前事，所以深歎恨古今未嘗經道者。如〈金銅仙人辭漢歌〉、〈補梁庾肩吾
　　宮體謠〉，求取情狀，離絕遠去筆墨畦徑間，亦殊不能知之。」

請三誦，乃得之。」（正集，卷九，頁 219）他補充李白失傳的三首《竹枝詞》。這是某種影響焦慮的徵狀，黃徹《䂬溪詩話》說：

> 介甫〈梅〉詩云「少陵為爾牽詩興，可是無心賦海棠」，杜默云「倚風莫怨唐工部，後裔誰知不解詩」？曾不若東坡〈柯邱海棠〉長篇，冠古絕今，雖不指明老杜，而補亡之意，蓋使來世自曉也。（卷八，頁 132）

晚唐薛能目空一切，試圖增補杜甫，宋人提出增補的增補，藉此超越古人⓱。使古人完美，也就暴露前人的缺陷，證實自己的優越，司馬光《溫公續詩話》說：「李長吉歌『天若有情天亦老』，人以為奇絕無對；曼卿對『月若無恨月常圓』，人以為勍敵。⓲」對偶是常見的補充方式，藉此成為前人的「勍敵」。

補充是宋人寫作的基本策略，奪胎換骨可以看作其中一種形式，蔡絛《西清詩話》說：「詩之聲律至唐始成，然亦多原六朝旨

⓱ 宋人一窩蜂試圖補充杜甫的不足，王禹偁〈送馮學士入蜀〉詩云：「莫學當初杜工部，因循不賦海棠詩。」（《全宋詩》，卷六十三，頁 703）石延年（994—1041）〈和樞密侍郎因春海棠憶禁苑此花最盛〉云：「杜甫句何略，薛能詩未工。」（卷一七六，頁 2007）葛立方《韻語陽秋》舉例甚多，說：「本朝名士賦海棠甚多，往往皆用此為實事。」（卷十六，頁 611）

⓲ 何文煥：《歷代詩話》，頁 277。再如蘇軾〈讀文宗詩句〉說：「『人皆苦炎熱，我愛夏日長。薰風自南來，殿閣生微涼。』世未有續之者。予亦有詩云：『臥聞疏響梧桐雨，獨詠微涼殿閣風。』」（卷六十八，頁 2144）王若虛認為這是「東坡罪其有美而無箴，乃為續成之」（卷一，頁 508）。

意，而造語工夫各有微妙。……雖因舊而益妍，此類獺髓補痕
也。」（卷上，頁 86）宋詩是一種修補的藝術，錢鍾書《宋詩選
註·序》說：「西崑體是把李商隱『撏撦』得『衣服敗敝』的，江
西派是講『拆東補西裳作帶』的；明代有個笑話說，有人看見李夢
陽的一首律詩，忽然『攢眉不樂』，傍人問他是何道理，他回答
說：『你看老杜卻被獻吉輩剝剝殆盡！』『撏撦』、『拆補』、『剝剝』
不是一件事兒麼？⑮」「撏撦」（拉扯）、「剝剝」彷彿具有某種暴力
傾向。補充的邏輯就像德希達（Jacques Derrida）所說的延異——
既是延遲，又是差異——對晚生者而言，後人既是遲來者，卻透過
補充改寫前人；「補充」像是附屬、多餘的，卻本末倒置成為歷史
的真正主人，「歷史」實際上就是由一連串補充所構成的⑰。

不犯正位

此法也來自禪宗，南岳懷讓（677—744）所謂「說似一物即

---

⑮　錢鍾書：《宋詩選註》，序，頁 17。

⑰　德希達說：「替補觀念包含兩種意義，這兩種意義的並存是奇怪的，也是必
　　然的。替補補充自身，它是剩餘物，是豐富另一種完整性的完整性，是徹頭
　　徹尾的在場。它將在場堆積起來，積累起來。正因如此，藝術，技藝，摹
　　寫，描述，習慣等，都是自然的替補並且具有一切積累功能。……但是替補
　　進行補充。它僅僅對代替進行補充。它介入或潛入替代性；它在進行填補時
　　彷彿在填補真空。它通過在場的原有欠缺進行描述和臨摹。」見《論文字
　　學》，頁 209。

不中」，或禪家所謂「繞路說禪」，特別是曹洞宗的影響[158]。就詩歌來說，彷彿製造一種語言的謎，而謎底（意）始終不正面出現，惠洪《天廚禁臠》說：

> 東坡曰：「善畫者畫意不畫形，善詩者道意不道名。」故其詩曰：「論畫以形似，見與兒童鄰。作詩必此詩，定知非詩人。」借如賦山中之境，居人清曠，不過稱山之深，稱住山之久，稱其閒逸，稱其寂默，稱其高遠。能道其意者，不直言其深，而意中見其深。……[159]

這種不直接說明的寫作是黃庭堅的一個特徵[160]，黃庭堅〈贈陳師道〉說：「十度欲言九度休，萬人叢中一人曉。」（外集，卷七，頁1039）[161]陳師道正以「不犯正位」著稱，任淵《後山詩註目錄》

---

[158] 周裕鍇說：「早在晚唐司空圖的《詩品》裡，就已留下曹洞家風的痕跡，如其中〈縝密〉一品有『語不欲犯，思不欲癡』兩句，前一句是曹山本寂的『不欲犯中』的意思，後一句則是洞山守初的『乘言者喪，滯句者迷』（見《林間錄》卷上）的翻版。」見《中國禪宗與詩歌》，頁173。

[159] 惠洪：《天廚禁臠》（日本寬文版），收入張伯偉編：《稀見本宋人詩話四種》（南京：江蘇古籍，2002），頁138。

[160] 呂本中《童蒙詩訓》說：「東坡詩云『賦詩必此詩，定知非詩人』，此或一道也。魯直作詠物詩，曲當其理。如〈猩猩筆詩〉：『平生幾兩屐？身後五車書』，其必此詩哉？」見《宋詩話輯佚》，頁591。

[161] 此句典出曹洞宗道膺禪師：「十度發言，九度休去。」見《景德傳燈錄》，卷十七，〈洪州雲居道膺禪師〉。實際上這也是黃庭堅自己的詩法，曾季貍《艇

說：

> 讀後山詩，大似參曹洞禪，不犯正位，切忌死語，非冥搜
> 旁引，莫窺其用意深處，此詩注所以作也。[162]

「不犯正位」是迴避一切重複，正面再現、模仿古人，最終迴避中心（正位）。這種偏離、歪斜的書寫成爲一種解放，南宋何夢桂（1228—？）〈琳溪張兄詩序〉說得更清楚：「學詩如參洞山禪，須不犯正位而後縱橫變化，其用不窮。若只傍古人籬落，終是鈍漢。」（《全元文》卷二五〇）在語言層面表現爲一系列替代的典故或比喻，「冥搜旁引」，最終掏空事物的真實，進入無盡的隱喻。

「不犯正位」也是蘇軾文學的特徵，形成修辭學所謂「博喻」，造成語言的解放。錢鍾書曾有一段有趣的討論：

> 他在風格上的大特色是比喻的豐富、新鮮和貼切，而且在他的詩裡還看得到宋代講究散文的人所謂「博喻」或者西洋人所稱道的沙士比亞式的比喻，一連串把五花八門的形象來表達一件事物的一個方面或一種狀態。這種描寫和襯托的方法彷彿是採用了舊小說裡講的「車輪戰法」，連一接二的搞得那件事物應接不暇，本相畢現，降伏在詩人的筆下。……我們試看蘇軾的〈百步洪〉第一首裡寫水波沖瀉

齋詩話》說：「山谷詩云『十度欲言九度休，萬人叢中一人曉』，曾吉父云：『此正山谷詩法也。』其說盡之。」見《歷代詩話續編》，頁 317。

[162] 陳師道著、任淵注、冒廣生補箋：《後山詩注補箋》，目錄，頁 1。

的一段:「有如兔走鷹隼落,駿馬下注千丈坡,斷絃離柱箭脫手,飛電過隙珠翻荷」,四句裡七種形象,錯綜利落,襯得《詩經》和韓愈的例子都呆板滯鈍了。其他像〈石鼓歌〉裡用六種形象來講「時得一二遺八九」,〈讀孟郊詩〉第一首裡用四種形象來講「佳處時一遭」,都是例證。⑯

蘇軾《百步洪二首·其一》結尾說:「但應此心無所住,造物雖駛如吾何?回船上馬各歸去,多言譊譊師所呵。」(卷十七,頁892)對此詩作了後設性的自我詮釋,「心無所住」,歸返無言。隱喻造成一種不斷流轉的風格,李彭〈觀諸少移瑞香花詩皆屬意不淺次轉字韻戲之〉說:「託諷本寓辭,語亦要流轉。」(《全宋詩》,卷一三八三,頁 15865)蘇軾〈題西林壁〉是最好的實例:「橫看成嶺側成峰,遠近高低各不同。不識廬山真面目,只緣身在此山中。」(卷二十三,頁 1219)隱去廬山真面目,從各方面(遠近高低)觀察,惠洪《冷齋夜話》評論說:「魯直曰:此老人于般若橫說豎說,了無剩語,非其筆端能吐此不傳之妙哉?」(卷七,頁390)再如《飲湖上初晴後雨二首·其二》說:「水光瀲灩晴方好,山色空濛雨亦奇。若把西湖比西子,淡妝濃抹總相宜。」(卷九,頁 430)西湖比西子已屬奇喻,所謂「不似之似」,蘇軾擅場跳脫

---

⑯ 錢鍾書:《宋詩選註》,頁 61-2。韓駒《陵陽室中語》已指出:「子瞻作詩,長於譬喻。如(略)……皆累數句也。如一聯,即『少年辛苦真食蘗,老境清閒如啖蔗』,如一句,即『雪裡波菱如鐵甲』之類,不可勝紀。」見魏慶之:《詩人玉屑》,卷十七,頁383。

表象，從各種觀點（晴雨、濃淡）去觀察、敘述事物。

　　黃庭堅的特徵則是「曲喻」，成為引伸的引伸，翁方綱說：「山谷詩，譬如榕樹，自根生出千枝萬條，又自枝幹上倒生出根來。⑩」「不犯正位」與修辭學的代喻有關，布魯姆《比較文學影響論——誤讀圖示》一書曾詳加討論：

> 代喻性比喻是一種顛倒的比喻，一個修辭格的修辭格。按照代喻，一個詞被用來轉喻地替代一個先前比喻中的詞，這樣，代喻便能夠令人頭痛地但卻準確地被稱為轉喻的轉喻。……替代轉換（to transume）的意思含有「越過」之意，作為術語交換，我們可以把替代轉喻（transumption）定義為越過詩歌父輩之岸。……昆提連不安地把這看成一個意義改變的比喻，因為它提供了從一個比喻到另一比喻的過渡：「在被轉換的術語和該術語所轉移到的事物之間形成一個中間步驟，這是代喻的性質，它本身沒有意義，而只是提供一個過渡。」……伊麗沙白時代的帕頓海姆（Puttenham）在說代喻是「自遠取來之物」（farfetcher）或給它是「繞遠路」（farrefet）這名字時，是更切近於它

---

⑩　翁方綱：《石洲詩話》，卷四，頁 121。錢鍾書指出黃庭堅：「酒既為『從事』，故可『斬關』；筆既有封邑，故能『失身食肉』；鬚既比竹，故堪起風；蟻既善戰，故應飛血；蜂窠既號『房』，故亦『開戶』。均就現成典故比喻字面上，更生新意；將錯而遽認真，坐實以為鑿空。」代喻變成無盡衍生的符號體系，見《談藝錄》，頁 22。

的，……⑯

在宋代詩學，「不犯正位」或代喻的目的是閃避語言固著的「意」，成為能指與能指無盡的衍生，始終不指涉一個固定的所指。

中的

「中的」是以射箭為喻，和不犯正位正好相反，討論如何命中目標，「的」字面意指某種中心（center）。呂本中〈永州西亭〉說：「說詩到雅頌，論文參誥盤。快若箭破的，圓於珠在盤。」（《全宋詩》，卷一六一七，頁 18154）中的以「快」為原則（犀利、準確），和「圓」相反。這個術語也來自禪宗，如《碧巖錄》載雲門宗雪竇重顯（980—1052）頌古，圓悟克勤（1063—1135）評唱，「中的」經常出見。第五十六則頌曰：「與君放出關中主，放箭之徒莫莽鹵。取箇眼兮耳必聾，捨箇耳兮目雙瞽。可憐一鏃破三關，的的分明箭後路。」評唱云：

> 此頌數句取歸宗頌中語。歸宗昔日因作此頌，號曰歸宗，宗門中謂之宗旨之說。後來同安聞之云：「良公善能發箭，要且不解中的。」有僧便問：「如何得中的？」安云：「關中主是什麼人？」後有僧舉似欽山，山云：「良公若恁麼，也未免得欽山口。雖然如是，同安不是好心。」雪竇道

---

⑯ 布魯姆：《比較文學影響論──誤讀圖示》，頁 102-3。

　　「與君放出關中主」，開眼也著，合眼也著，有形無形，盡
　　斬為三段。❻❻

「中的」隱喻真理實相，禪宗採取反向的遮詮，如果「的」是一種
中心，也是一種去中心（decentering）的中心。就寫作的隱喻來
看，「中的」涉及幾個要素：首先，箭鋒與鵠的隱喻能指與所指，
語言指向某種目的物。中國文學很早就有「中的」之說，通常指描
寫精準、適當❻❼，宋代擴大到典故，都和指涉作用及語境有關。在
能指層面，語言像箭鋒，電光火石，某種突破的入口，根本來說亦
無能指，禪宗所謂「弓折箭盡」；在所指層面，語言指向外物，如
果目標是一種去中心的中心，能指就失去固定方向，隨處飄移。
　　由於禪宗的影響，宋以後這個比喻產生重大變化，蘇軾〈仁

---

❻❻　古芳禪師標註：《標註碧巖錄》（臺北：天華，1983），坤卷，頁 12。

❻❼　黃景進說：「《周易‧繫辭下》云：『其旨曲而中。』被認為是『以「中的」
　　論文之祖』，在此，『中』即意謂切題。《文心雕龍‧議對》篇云：『言中理
　　準，譬射侯中的。』其用法亦同於《繫辭》。而以『中的』論詩則似始於唐
　　詩僧皎然，其《詩式》卷二於『作用事第二格，律詩』下云：『樓煩射雕，
　　百發百中，如詩人正律破題之作，亦以取中為高手。』這是以『取中』論律
　　詩之破題。後姚合《極玄集》即以『射雕手』喻其所選皆屬第一流詩人。」
　　見〈換骨、中的、活法、飽參──江西詩派理論研究〉，收入《宋代文學研
　　究叢刊》（高雄：麗文文化，1997），第三期，頁 53。按杜甫〈敬贈鄭諫議
　　十韻〉已用此喻，而且與詩歌有關：「諫官非不達，詩義早知名。破的由來
　　事，先鋒孰敢爭？」

說〉說：「吾嘗學射矣，始也心志於中，目存乎鵠，手往從之，十發而九失，其一中者，幸也。有善射者教吾反求諸身，手持權衡，足蹈規矩，四肢百體，皆有法焉，一法不修，一病隨之，病盡而法完，則心不期中，目不存鵠，十發十中矣！」（卷十，頁 337）從「心志於中」到「心不期中」，就像不犯正位，中心不斷消解。「中的」隱喻創造的極致，一個爆發的缺口，然而這個缺口是自相矛盾的：既是中心（標的），又是空無；既盡全力，又若無其事。如何才能命中中心？這裡涉及創造的二律背反，《王直方詩話》說道：

> 作詩貴雕琢，又畏有斧鑿痕；貴破的，又畏粘皮骨，此所以為難。李商隱〈柳詩〉云「動春何限葉，撼曉幾多枝」？恨其有斧鑿痕也。石曼卿〈梅詩〉云「認桃無綠葉，辨杏有青枝」，恨其粘皮骨也。能脫此二病，始可以言詩矣。[168]

雕琢和斧鑿痕、破的和粘皮骨，這是創造的二律背反。換言之，必須既貼切，又毫無關聯，「中心」就是這種自相矛盾的事物。

江西詩派的「中的」深受禪宗影響[169]，黃庭堅〈莊子內篇論〉

---

[168] 郭紹虞：《宋詩話輯佚》，頁 99。

[169] 黃庭堅已有中的之說，〈再作答徐天隱詩〉說：「破的千古下，乃可泣曹劉。」（外集，卷五，頁 991）江西詩派如呂本中〈送元上人歸禾山〉說：「如射破的，初不以力。」（《全宋詩》，卷一六一七，頁 18155）《答朱成伯見贈四首・其一》說：「新詩入要妙，如射已破的。」（卷一六一六，頁 18144）〈喜宗師諸公數見過分韻得席字〉說：「短檠有新功，妙語乃破的。」

說：「有德者之驗如印印泥。射至百步，力也；射中百步，巧也；箭鋒相直，豈巧力之謂哉！」（正集，卷二十，頁 508）從力、到巧、到箭鋒相直，漸趨空無。中的依賴「悟入」，超越技術層次，隨處都是中心 **⑩**。箭鋒相直是禪宗典故，《再次韻楊明叔・序》也是這個意思：「棘端可以破鏃，如甘蠅、飛衛之射，此詩人之奇也。」（正集，卷六，頁 126）〈贈秦少儀〉及任淵注說得更清楚：

> 乃能持一鏃，與我箭鋒直。自吾得此詩，三日臥向壁。（任淵注：《列子》曰：「紀昌學射於飛衛，既盡衛之術，乃謀殺衛，相遇於野。二人交射，中路矢鋒相觸而墜於地，而塵不揚，於是二子泣而投弓相拜於塗，請爲父子。」其後叢林有「箭鋒相拄」之語，蓋出於此。洪覺範《僧寶傳》載曹山寶鏡三昧曰：「羿以巧力，射中百步。箭鋒相直，巧力何預？」）（內集，卷十一，頁 117）

黃庭堅將「箭鋒相直」用在詩歌，詩人和詩人針鋒相對，更根本來說空無對空無。后羿尚有巧力，「箭鋒相直」已超越巧力。「中的」

（卷一六二六，頁 18244）

⑩ 葛立方《韻語陽秋》說：「劉夢得稱白樂天詩云：『郢人斤斲無痕跡，倩人衣裳棄刀尺。世人方內欲相從，行盡四維無處覓。』若能如是，雖終日斲而鼻不傷，終日射而鵠必中，終日行於規矩之中而其跡未嘗滯也。山谷嘗與楊明叔論詩，謂：以俗爲雅，以故爲新，百戰百勝。如孫吳之兵，棘端可以破鏃；如甘蠅飛衛之射，捏聚放開在我掌握。與劉所論殆一轍矣。」（卷三，頁 504）

後來成爲徐俯論詩的宗旨，曾季貍《艇齋詩話》說：「後山論詩說『換骨』，東湖論詩說『中的』，東萊論詩說『活法』，子蒼論詩說『飽參』，入處雖不同，然其實皆一關捩，要知非悟入不可。」**❼❶**

江西詩派之前已間或出現「中的」，或指描寫或指用事**❼❷**。如祖士衡（988—1026）〈西齋話記〉說：

> 古人作詩引用故實，或不原其美惡，但以一時中的而已。如李端于郭曖席上賦詩，其警句云「新開金埒教調馬，舊賜銅山許鑄錢」，善則善矣，而金錢乃比鄧通爾，既非令人，又非美事，何足算哉！大凡用故事多以事淺語熟，更不思究，便率爾而用之，往往有誤矣。只如李商隱〈路逢

---

❼❶ 丁福保：《歷代詩話續編》，頁 296。周裕鍇指出：「禪宗常喻語言為箭鋒，以禪旨為靶的，於言下悟得禪旨為中的。徐俯跟從《碧巖錄》作者克勤禪師參禪，《嘉泰普燈錄》、《五燈會元》都列他為克勤的法嗣。《碧巖錄》卷七第七十則〈溈山請和尚道〉中有『言中辨的』之說，徐俯『中的』之說當受其影響。」見《文字禪與宋代詩學》，頁 123。

❼❷ 「中的」指描寫適當、貼切例證很多，姑舉數例，釋文瑩說：「時方劇暑，恩旨寵留，詔秋涼進程。時吳淑贈行詩，有『浴殿夜涼初閣筆，渚宮秋晚得懸車』之句，尤為中的。」見《玉壺清話》（北京：中華，1984），卷二，頁 13。吳處厚（？—1093？）舉王禹偁〈趙普挽詞〉、〈宋湜挽詞〉，謂「禹偁詩多記實中的」，「記實」與「中的」連言尤為明顯，見《青箱雜記》（北京：中華，1985），卷六，頁 59。《詩人玉屑》卷四〈風騷句法・五言〉有「中的」一項，亦指描寫。

王二十八翰林詩〉云「定知欲報淮南詔，急召王褒入九重」，漢武帝以淮南王安屬為諸父，善文辭，尊重之，每為報書及賜，常召司馬相如等視草乃遣，褒是宣帝時人。**⑱**

「中的」在此是一種誤讀，「古人作詩引用故事，或不原其美惡，但以一時中的而已」，出處錯誤，遺忘本源，祖士衡似持批判態度。這是語境改變必然產生的現象，本質上仍是改寫前人的問題。另一個例子是范鎮（1007—1088）《東齋記事》：

景祐中，有輕薄子，以古人二十字詩益成二十八字，嘲謔云：「仲昌故國三千里，宗道深宮二十年，殿院一聲《河滿子》，龍圖雙淚落君前。」……當時人以為雖用古人詩句，而切中一時之事，盛傳以為笑樂。**⑱**

「切中一時之事」就是中的，在唐詩鑲嵌四個人名可說是奪胎換骨，這種誤用逐漸受到欣賞肯定。誤讀變成正面的書寫策略，黃庭堅〈次韻冕仲考進士試卷〉曾描寫考生的歪曲書寫：「絲布澀難縫，快意終破竹。聖言裨曲學，割衰綴邪幅。注金無全巧，竊發或中鵠。」（正集，卷二，頁 38）張戒《歲寒堂詩話》說得更清楚：

「蕭蕭馬鳴，悠悠旆旌」，以「蕭蕭」「悠悠」字，而出師

---

⑱ 見祖無擇：《龍學文集》，收入《叢書集成續編》，冊一二五，卷十四，頁353。

⑱ 范鎮：《東齋記事》（北京：中華，1980），卷三，頁29。

整暇之情狀，宛在目前。此語非惟創始之為難，乃中的之為工也。荊軻云：「風蕭蕭兮易水寒，壯士一去兮不復還。」自常人觀之，語既不多，又無新巧，然而此二語遂能寫出天地愁慘之狀，極壯士赴死如歸之情，此亦所謂中的也。古詩「白楊多悲風，蕭蕭愁殺人」，「蕭蕭」兩字，處處可用，然惟墳墓之間，白楊悲風，尤為切至，所以為奇。（卷上，頁 29）

「中的」原意是命中目標，表面上「中的」就是描寫切至，然而切至涉及語境（context），隨著語境轉移，誤讀必然發生❶。所謂「非惟創始之爲難，乃中的之爲工」，利箭終於擺脫原始發射者，解構了起源的神話，變成一種與前人競爭的策略。「蕭蕭」二字在《詩經》、〈易水歌〉、《古詩十九首》語義不斷翻新，「尤爲切至，所以爲奇」。嚴有翼《藝苑雌黃》則說：

前輩云，詩有「奪胎換骨」之說，信有之也。杜陵〈謁元元廟〉其一聯云「五聖聯龍袞，千官列雁行」，蓋紀吳道子廟中所畫者。徽宗嘗制〈哲廟挽詩〉，用此意作一聯云「北極聯龍袞，秋風折雁行」，亦以雁行對龍袞。然語中的，其親切過于本詩，茲不謂之奪胎可乎？不然，則徒用前人之

---

❶ 卡勒（Jonathan Culler）說：「意義為語境束縛，然語境卻是無邊無涯。德里達宣稱：這是我的起點：脫離語境意義無法確定。但語境永無飽和之時。」見《論解構》，陸揚譯（北京：中國社科，1998），頁 107。

語，殊不足貴。❿

嚴有翼將「中的」看作奪胎換骨的一種，「語中的，親切過於本詩」，後人的誤用甚至勝過原作，彷彿新的語境徹底釋放語言真正的潛力❿。南宋時「中的」也用在景物描寫，明顯受蘇軾影響，姜夔〈送胡天續集歸誠齋，時在金陵〉說：「箭在的中非爾力，風行水上自成文。❿」吳子良《石屏詩後集·序》說：「時發於詩，曠達而益工，不勞思而彌中的。❿」這隻語言的利箭，最終解除了緊張與焦慮，輕鬆甚至偏離、迂迴，永不瞄準，更無固定的中心。

結　語

在無所逃避的本源文字下，宋人面對前代經典詩人的重壓，發展出許多誤讀、改寫、偏離的語言策略，試圖讓自己解放出來。這些策略揭開一個新的書寫時代，開啓了某種自由的空間，江西詩派有所謂「打諢出場」之說❿，充滿跳躍性、遊戲性，黃庭堅〈王

---

❿　郭紹虞：《宋詩話輯佚》，頁 540。

❿　黃景進說：「徐俯所謂『中的』，應指典故的運用能切合作品本身的用意，但是只選擇典故中與本題有關的部分，並不完全要照顧本義。」見〈換骨、中的、活法、飽參——江西詩派理論研究〉，頁 56。

❿　孫玄常：《姜白石詩集箋注》（太原：山西人民，1986），頁 128。

❿　見戴復古：《戴復古詩集》（杭州：浙江古籍，1992），頁 322。

❿　《王直方詩話》說：「山谷云：『作詩正如作雜劇，初時布置，臨了須打諢，

充道送水仙花五十枝欣然會心爲之作詠〉結尾說:「坐對真成被花惱,出門一笑大江橫。」(正集,卷五,頁 114)這句詩也來出禪宗,《鎮州臨濟慧照禪師語錄》說:「師云:孤輪獨照江山靜,自笑一聲天地驚。⑱」這是一種解構的笑,斷裂式的奇想,石破天驚,頓時開朗。在某種程度上,江西詩派既是中心(道、真理)的追求,又是一種逃遁。

宋人的嬉笑改變了《楚辭》以來哀怨的文學傳統,代表古代心態史上一個大變化⑱。黃庭堅〈東坡先生真贊〉說:「嬉笑怒罵,皆成文章。」(正集,卷二十二,頁 557)南宋楊萬里尤甚,所謂「不笑不足以爲誠齋之詩」(呂留良《宋詩鈔》)。元祐元年(1086)蘇軾寫了一首〈送楊孟容〉詩,使用僻字險韻,自謂「效黃魯直體」,黃庭堅寫了一首滑稽好笑的詩,作爲回答:

　　子瞻詩句妙一世,乃云「效庭堅體」,蓋退之戲效孟郊、樊

方是出場。』」見郭紹虞:《宋詩話輯佚》,頁 14。呂本中《童蒙詩訓》說:「老杜歌行,最見次弟,出入本末。而東坡長句,波瀾浩大,變化不測,如作雜劇,打猛諢入,卻打猛諢出也。」前引書,頁 590。

⑱　唐·慧然集:《鎮州臨濟慧照禪師語錄》,收入《大正藏》,冊四十七,卷一,頁 506。李翱贈藥山惟儼偈云:「有時直上孤峰頂,月下披雲笑一聲。」見《景德傳燈錄》,卷十四,〈澧州藥山惟儼禪師〉。

⑱　周裕鍇說:「據不完全統計,蘇軾詩集中僅詩題有『戲』字者就有九十三首,而黃庭堅詩集中詩題有『戲』字者更高達一一四首。各種俳諧詩也大量湧現。」見《文字禪與宋代詩學》,頁 152。

宗師之比，以文滑稽耳。恐後生不解，故次韻道之。

我詩如曹鄶，淺陋不成邦。

公如大國楚，吞五湖三江。

赤壁風月笛，玉堂雲霧窗。

句法提一律，堅城受我降。

枯松倒澗壑，波濤所舂撞。

萬牛挽不前，公乃獨力扛。

諸人方嗤點，渠非晁張雙。

但懷相識察，床下拜老龐。

小兒未可知，客或許敦厖。

誠堪婿阿巽，買紅纏酒缸。（正集，卷一，頁 16）

這首詩具有典型的黃庭堅風格，特別是所謂「拗句」，如：公如大國／楚，吞／五湖三江。黃庭堅將自己說成戰敗的將軍，就像「枯松倒澗壑，波濤等舂撞」，拉也拉不起，這種寫法本身就是滑稽的。呂本中《童蒙詩訓》說：「徐師川云：『作詩回頭一句最為難道，如山谷詩所謂『忽思鍾陵江十里』之類是也。他人豈如此，尤見句法安壯。山谷平日詩多用此格。❸』」「回頭一句」類似禪宗「轉身一句」，可視為一種不連續的轉語，跳躍、拼接，造成滑稽、怪誕的效果，中斷理性思考，釋放想像的自由。

---

❸　郭紹虞：《宋詩話輯佚》，頁 597。李屏山也說：「黃魯直天資峭拔，擺出翰墨畦逕，以俗為雅，以故為新，不犯正位如參禪，著末後句為具眼。」見元好問：《中州集》，卷二，頁 52，〈劉西嵒汲小傳〉引《西嵒集・序》。

　　黃庭堅假言爲其子向蘇軾孫女阿巽求婚：「誠堪婿阿巽，買紅纏酒缸。」言外之意是，蘇軾自稱學黃庭堅，就像老子學兒子，實際上黃庭堅的兒子只能配上蘇軾的孫女。這是一個戲謔的模仿事件，前輩模仿後生，後生惶恐的屈服在前輩之下，然而卻寫出了自己的風格。而且奇怪的是，這裡以韓愈戲效孟郊、樊宗師設喻，但黃庭堅確曾說過孟郊勝過韓愈，呂本中《童蒙詩訓》說：「徐師川問山谷云：『人言退之、東野聯句，大勝東野平日所作，恐是退之有所潤色。』山谷云：『退之安能潤色東野，若東野潤色退之，即有此理也。』[184]」這是學生潤飾老師。黃庭堅不喜韓愈，但風格卻酷似韓愈，清代黃爵滋說：「此詩卻似效韓退之體。[185]」反倒模仿黃庭堅拒不認同的韓愈，似乎也來自某種影響的焦慮。詩人與詩人的影響關係有時就像父與子，布魯姆說：「詩的影響——在本文中我將更多地稱之爲『詩的有意誤讀』（misprision）——必須是對作爲詩人的詩人的生命循環的研究。當這一研究涉及到這個生命循環在其中被促發的上下文時，我們將不得不同時把詩人之間的關係作爲接近於弗洛伊德（Freud）稱之爲家庭羅曼史的案例來加以檢視，將詩人之間的關係看作現代修正派歷史中的一個個章節來加以檢視。[186]」設若如此，黃庭堅可說正是以一種戲謔的方式，試圖消解詩人與詩人之間的影響焦慮。

---

[184]　郭紹虞：《宋詩話輯佚》，頁 588。

[185]　黃爵滋：《讀山谷詩集》，正集，五言古，收入傅璇琮編：《黃庭堅和江西詩派卷》（高雄：麗文，1993），頁 337。

[186]　布魯姆：《影響的焦慮：詩歌理論》，頁 6。

附記：本文承行政院國家科學委員會補助，係作者「宋元文論中的讀者」（NSC 89-2411-H-260-013）研究計畫之部分成果，謹此致謝。

講評意見

黃景進
政治大學中國文學系

1. 本文所論許多問題，如杜甫崇拜、點鐵成金、奪胎換骨、翻案、偷竊等，前人雖有論述，唯頗為分散，本文從文本觀、詮釋策略、書寫形態等角度給予系統性說明，對了解宋代詩論（尤其是江西詩派的詩論）甚有幫助。

2. 本文運用大量的第一手資料，並從中挖掘許多不為人注意的宋人特殊的觀念（如著作權的觀念），富於啓發性。

3. 文中運用許多西方當代文學理論的觀念說明江西詩派的詩學，闡述其豐富性與深刻性，頗能產生重新估價的作用。

4. 文中所論宋代（尤其是江西詩派）詩學，較偏向心理（精神）層面的分析，但心理因素往往有現實因素為其根源，若能再進一步加以研究，將使宋代詩學的研究更為完滿。（例如文中所論「著作權」的觀念，即可能與宋人喜歡抄寫古人著作有關。）

文學史中南北文學交流論的假性結構
——以南朝邊塞詩為脈絡的探討

王文進

東華大學中國文學系

摘　要

一、中國文學史論及唐代詩歌發展史自劉大杰、馮沅君、鄭振鐸，乃至今之袁行霈、王鍾陵、曹道衡等十數家，均認為唐代詩歌係融合北朝剛健與南方綺麗兩種風格而來。

二、事實上經過筆者一系列之研究，斷定邊塞剛健之詩完全是南朝的產物。

壹

往往學者論述邊塞詩的問題時，多著墨於唐代的邊塞作品，對於邊塞詩的定義，也透過唐人作品的整理歸納，釐清其中邊塞性格的詩作，進而義界。於是便會產生如蕭澄宇整理下「邊塞詩」的

內容❶，以及譚優學對於「邊塞」一辭的界定❷。這些討論對文學史的建構都相當有建設性，不但區分出戰爭詩與邊塞詩的相異處，也把邊塞詩的空間確定在長城範圍。然而程千帆則從時空的角度對邊塞詩的用語習慣提出開創性的補充詮釋，認為唐人邊塞詩的語言大量使用漢代的典故，連地名也遙想漢代才存在的空間，這樣的分析實際上對邊塞詩的性質有突破性的思考❸。

　　然而，唐人邊塞詩的格局並不是偶然完成的，在文學史的脈絡上，這種邊塞詩蔚為大國的現象，必然有所繼承與發展。本人長期以來從事南北朝的文學研究，也長期關注邊塞詩起源的問題，畢竟南北朝文學演變在文學史範疇的研究中，有著承先啟後的位置，而斷代研究與主題學研究更是文學史改寫的重要關鍵。本人此次承主辦單位之邀，指定以長期對於南朝邊塞詩研究的經驗，提供一個此時期文學史改寫的思考，希望能給文學史研究學者關於「邊塞詩起源於南朝」的確切觀點，藉此修正過去過去許多學者陷入「江左宮商發越，河朔詞貞義剛」❹的推理迷思。

---

❶　蕭氏認為邊塞詩的內容應包含：（1）寫邊塞風光與自然景物。（2）寫邊地的風土人情與民族間的交誼。（3）寫邊塞戰爭，或與邊戰有關的行軍生活，送別酬答等。詳參蕭氏〈唐代邊塞詩評價的幾個問題〉，收錄自《唐代邊塞詩論文選粹》，甘肅教育出版社，頁 19-35。

❷　譚氏在〈邊塞詩泛論〉一文中認為「文學史上所說的邊塞詩，以地域而言，主要是指沿長城一線及河西隴右的邊塞之地」，引書同前註，頁 2。

❸　詳參程氏《古詩考索》，上海古籍出版社，1984 年，頁 63-64。

❹　引自《隋書·文學傳序》（鼎文版，頁 1729-1730），與《北史·文苑傳序》

貳

　　一般研究南北朝詩歌演變與文學史的學者，在面對邊塞詩起源的問題時，往往理所當然地將其推至北朝，認為質性屬陽剛一格的邊塞之作絕不會起源於綺麗柔美的南朝國度。假使文學史家再順此理路衍伸，當然會論證出唐代邊塞詩集大成之原因在於其融合了北朝的剛勁與南朝的綺麗，劉師培在〈南北文學不同論〉裡即說：

> 自子山總持身旅北方，而南方輕綺之文漸為北方所崇尚。又初明子淵，身居北土，恥操南音，詩歌勁直，習為北鄙之聲，而六朝文體，亦自是而稍更矣。❺

　　而梁啟超在〈中國韻文裡頭所表現的情感〉❻一文裡依舊呈現出相同的思維方式：

> 漢人本來不長於文學，所以承襲了三百篇楚辭這兩份大遺產，沒有什麼變化擴大。到了「五胡亂華」時候，西北有好幾個民族加進來，漸漸成了中華民族的新分子，他們民族的特性，自然也有一部分溶化在諸夏民族性的裡頭，不

（鼎文版，頁 2782）。

❺　詳見劉師培〈南北文學不同論〉，發表於《國粹學報》第九期，光緒 31 年。收錄於許文雨所編《文論講疏》，正中書局，1976 年。

❻　此文原為梁啟超在民國十一年於清華大學講國史之課外演講所編的講義，後收錄於《飲冰室文集》第十三冊，中華書局，頁 70-140。

知不覺間便令我們的文學頓增活氣，這是文學史上很重要
的關鍵，不可不知。這種新民族特性，恰恰和我們的溫柔
敦厚相反，他們的好處全在伉爽真率❼。

又說：

（北朝文學）試拿來和並時的南朝文學比較…雖然各有各的
妙處，但前者以真率勝，後者以柔婉勝，雙方的分野顯然
可見。經南北朝幾百年的民族化學作用，到唐朝算是告一
段落。唐朝的文學，用溫柔敦厚的底子，加入許多慷慨悲
歌的新成分，不知不覺便產生出一種異彩來❽。

　　梁啓超在民國成立後所發表的這篇論文，依舊延續著劉師培
以降的思維方式，甚至將漢代置於一個文學非其所長的地位中，進
而論證少數民族的加入方促進了文學的活絡與發展，所以隋唐文學
辨識南北朝文風融合後的結晶。如果我們將著名文學史家的說法列
成表格，似乎更能觀察到他們對此問題的討論均與梁啓超一般擁有
相同的思考理路：

---

❼　引文同前註，頁 104。

❽　引文同前註，頁 107。

學者名	書　名	內　　　　　容
陸侃如 馮沅君	中國詩史	將北朝詩作分為三組，以王褒的〈飲馬長城窟〉、〈關山月〉歸入「北方本色之作」。❾
劉大杰	中國文學發展史	將〈關山月〉歸為入周後的作品，並且推測王褒庾信「到了北方之後，受了政治環境的影響，他們的作品，確帶了北方那種輕貞剛健的情操」。❿
鄭振鐸	插圖本中國文學史	這兩人所作，原是齊、梁的正體，然而到了北地之後，作風俱大變了，由浮艷變到沉鬱，由虛誇變到深刻……⓫
羅根澤	樂府文學史	二人皆津漑於南朝之柔美文學，入北周後北方山川之雄壯，原野之遼闊……故其所作於纖麗優秀中，寓蒼涼激狀之美，已先隋唐文人，使南北文學發生化合作用矣。此種南北文學結晶品，在王褒樂府中表現十足。⓬
王鍾陵	中國中古詩歌史	綜觀隋代詩歌，我們可以看到這是一個南北文學交融的時代……⓭
錢基博	中國文學史（上）	唐之興也，文章承江左遺風，限於雕章繪句之弊。⓮

---

❾　詳見是書，頁 401，坊間本。

❿　見是書，頁 344，據華正書局 1980 年版。

⓫　見是書，頁 267，坊間本。

⓬　見是書，頁 168-169，文史哲出版社，1972 年。

⓭　見是書，頁 857-858，江蘇教育出版社，1988 年。

⓮　見是書，頁 251，北京中華書局，1993 年版。

袁行霈	中國文學史綱要（二）	在隋代的三十七年間，詩歌沒有什麼新的發展，不過是齊梁詩風的延續罷了……隋代另一部分詩人是由陳北徙的……就內容和風格來看，可以說是唐代邊塞詩的先驅。❶

　　這些文學史家看來似乎有著相同的思考理路：第一，庾信、王褒在南朝的詩風屬於齊梁體，但入北之後，受北方風土民俗之影響，開始寫一些具備「北方本色」的作品。第二，隋與初唐文學的柔靡藻飾、雕琢繁繪，都受到南朝文學一貫性的影響。第三，以文士由南入北對北朝文學的影響，以及自身文風的改變，推測隋唐文學實際上是南北民族與文風交融影響而成的結晶品。我們可以看到這樣武斷的想法，不僅限於文學史家的論述，亦普遍存在於南北朝與隋唐學者的研究成果當中。❶

　　事實上根據筆者一系列的研究成果，除了證明庾信王褒的邊

---

❶　見是書，頁 105，北京大學出版社，1986 年版。

❶　如杜曉勤在〈地域文化的整合和盛唐詩歌的藝術精神〉一文裡認為：「南北文化的統一，是在隋煬帝楊廣手中開始的……無論是文化格局還是詩壇風尚，唐初武德、貞觀中都沿襲隋朝之舊……」（此文收錄於《文學遺產》1999 年第一期，頁 17-23）；曹道衡在〈南北文風之融合和唐代《文選》學之興盛〉一文中也提到「隋代的統一使南北各地的文人聚集到了長安，促進了文風的融合……」（此文收錄於《文學評論》1999 年第四期，頁 97-110）。

塞之作，大多成熟於蕭梁江南時期[17]，更舉證出一百七十首左右南朝詩人的邊塞之作[18]，按理說，這些作品只要學者對郭茂倩《樂府詩集》或丁福保與逯欽立與魏晉南北朝全詩輯作稍加瀏覽，就不應該疏忽至此。但是何以諸多學者會有此近百年來的迷思。本文即打算從三個角度來推測多數學者普遍墜入到上述陷阱的原因，並且藉此替過去對於此命題的研究作一個結論性質的觀照，希望能夠對魏晉南北朝文學乃致於中國文學史的研究，有突破性的貢獻。其實歷來學者是受到以下三種假性結構所圈繞的思維而越陷越深：（一）文學史家的經驗主義思維；（二）中國歷史南北朝民族交融論的過度延伸；（三）初唐史家南北朝文論的誤導三個切面分析說明之。

一、文學史家的經驗主義思維

《文心雕龍·物色》：

> 是以詩人感物，聯類不窮。流連萬象之際，沉吟視聽之

---

[17] 《北周書·王褒傳》云：「褒，曾作燕歌行，妙盡關塞寒苦之狀，元帝及諸文士並和之，而競為淒切之詞」，可見王褒最成熟之作〈燕歌行〉鐵証完成於入北之前。而〈燕歌行〉系列裡與梁元帝文學集團相關的的有梁元帝一首，庾信。王褒各一首，均為邊塞風格之作。

[18] 詳參拙著《南朝邊塞詩論》，頁 7-11。

　　區；寫氣圖貌，既隨物以宛轉；屬采附聲，亦與心而徘
　　徊。❶

　　其實，自古以來詮釋文學創作的作家或學者，都會強調實際
經驗對於寫作的具體影響，進一步認爲文學的本質應該是經驗或現
實的反映，這樣的觀點延續至五四時期以至於當代的文學史家依然
存在，黃人在〈文學之定義〉一文裡，較早地使用西方文學理論來
探討文學史，但依舊以「知的文」（經驗、寫實、分析的：真）與
「情的文」（抒情、會意的：美）當作是文學創作不可分離的一體
兩面，似乎認爲文學創作的價值必須站在真的基礎上傳達美的訊息
❷。羅家倫則在〈近代中國文學思想的變遷〉裡，強調「國語文
學」的精神就是「人生化」的精神，表現了這個時代「人的覺
悟」，這就是人生化精神與哲學實證主義、人本主義相合爲一❸。
由以上所舉之例可見清末民初以至於五四時期對於文學創作內在思
維的看法，仍然集中在現實與人生的指導原則底下，以下筆者仍以
表格呈現近、現代文學史家對於文學寫作與現實經驗互構的諸多說
法：

---

❶　引自周振甫《文心雕龍注譯》，里仁書局，民 73，頁 845。

❷　據王鍾陵的說法指出，黃人是國內最早從事文學史教學與寫作的學者之一，
　　也是最早用西方文學理論探討文學史問題的文學史學家。本文轉引自王鍾陵
　　主編《二十世紀中國文學史論文精粹：文學史方法論卷》，河北教育出版
　　社，2001.1，頁 7。

❸　羅文原刊於《新潮》第二卷第五號。

人名	書（篇）名	內　　　　容
仲云	唯物史觀與文藝	文藝作品是社會意識的反映……但因爲社會意識在文藝作品上的反映，不是直接的，而爲透過作家個人的曲折反射……[22]
李希凡	關於文學研究中的庸俗社會學傾向	文學著重描寫具體的社會生活……進步的作家在自己的作品中反映先進的階級的觀點時，不但不允許對於社會生活和人物心理作不真實的簡單化描寫，而且力求忠實地表現生活的全部複雜性和歷史的具體性。[23]
郭紹虞	中國文學批評史的分期問題	文學是一種藝術，文學批評則是一種學術，文學藝術性的表現，重在反映當時社會的情況……[24]
仲云	唯物史觀與文藝	由上面唯物史觀的立場，對於文藝的研究，使我們知道文藝作品是社會意識的反映，而形成此社會意識的基礎則爲經濟的生產關係[25]。
李希凡 藍翎	關於文學研究中的庸俗社會學傾向	從馬克思的分析方法可以看出，只有既認真研究社會歷史一般規律，同時又認真研

---

[22] 此文引自 1930 年 4 月 10 日《小說月報》第二十一卷第四號。

[23] 此文原刊於 1956 年 3 月 18 日《光明日報》「文學遺產」專欄第九十六期。

[24] 此文原載於 1979 年 6 月 15 日《百科知識》第二期。

[25] 此文原刊於 1930 年 4 月 10 日《小說月報》第二十一卷第四號。

		究文學藝術發展的特殊規律，才能正確解釋文學藝術領域中的複雜現象。❷
范寧	論研究中國文學史規律問題	文學發展規律即是文學現象和其他社會現象，文學的這一現象與文學的那一現象之間的內在聯繫……這種聯繫不是主觀臆造的，而是存在於客觀生活實踐中。❷
王鍾陵	中國中古詩歌史·前言	就文學同政治、哲學、社會風習等各個方面的關係來說，整體性原則要求一種更大的綜合……我們今天應該遵循此一路徑，並且拓廣開去，在一種更加廣泛的文化背景中來研究文學。❷
王鍾陵	建立歷時性的歷史與邏輯之統一	任何作家，由於其個體的氣質及心靈的寬廣度，其心靈之光折射到社會和自然物象上，總有幾個主要的窗口，其作品的意象群，大體上正是透過這些窗口，而加以集聚和鎔鑄的。所以，文學史的研究，要求對於時代因素和個人素質作貫通的把握……❷

　　由上述表格，我們可以觀察幾點：第一，這些學者均認為文學創作必然與社會經驗有相當的關係，亦即是文學應該是社會經驗

---

❷　此文原刊於 1956 年 3 月 18 日《光明日報》「文學遺產」專欄第九十六期。

❷　本文原刊載於《中國社會科學》，1980 年第二期。

❷　原載於《中國中古詩歌史》，江蘇教育出版社，1988。

❷　原載於《文學史新方法論》，蘇州大學出版社，1993。

的情感產物。第二、文學雖然與作者個體的氣質與心靈感受相關，但也必然是作家在社會中的意識反映，故研究文學作品必然要從作家客觀的生活歷程中去把握，鎔鑄出分析的窗口與角度。第三、拓寬來說，文學發展的規律與文化背景息息相關，故研究者也必須透過對於整體文化背景的掌握與了解，方能深入期研究範疇。當然，筆者並不反對上述學者的說法，然而文學研究與社會經驗的關係，似乎也不是如此的絕對，如果從上述的方法與觀點來從事邊塞詩的研究就會面臨到一個困境。

換句話說，如果邊塞詩的寫作必須是作家有置身沙場、臨陣殺敵，或屯守邊疆的經驗方能完成的話，那南朝一百多首的邊塞詩作，勢必無法討論。從筆者近年來的一系列研究幾乎都指出，南朝的邊塞詩作並不需要詩人親自到戰場上拼鬥廝殺方能完成，詩人只要掌握文學傳統，運用心靈內在的想像，一樣可以「處身江南，心懷邊塞」[30]。而當時的邊塞詩作也的確具有貴遊性質，是一種模擬唱和的作品，在文學史的意義上，可以證明詩人的心靈自由才是一切創作力量的根源，即使是大漠邊城，胡笳羌笛，詩人也可以運用其「寂然凝慮，思接千載，悄焉動容，視通萬里」[31]的超越想像，在江南煙雨中盡情揮灑變化遼闊的大漠景象。

---

[30]　筆者已在《南朝邊塞詩新論》（里仁書局，民 89）一書裡將一系列的研究成果作一通盤的檢討與整理，提出南朝邊塞詩本質上就是一種文學想像的典型代表，並不需要邊塞的戰爭經驗，而邊塞詩亦源於南朝的結論。

[31]　引自《文心雕龍・神思》。周振甫《文心雕龍注譯》，里仁書局，民 75，頁 515。

二、中國歷史南北朝民族交融論的過度延伸

　　一般治中國史的學者，在面對南北朝至於隋唐的轉變時，多認為隋唐制度與文化的架構，縱使如何廣博紛複，其形成的因素均不離南北朝的影響，這樣的觀念一但進入文學研究裡，就會出現如陳寅恪以下的判斷：

> 由此言之，秦涼諸州西北一隅之地，其文化上續漢魏西晉之學風，下開北魏北齊隋唐之制度，承前啟後，繼絕扶衰，五百年間延綿一脈。然後始知北朝文化系統之中，其由江左發展變遷輸入者之外，尚有漢魏西晉之河西遺傳㉜。

　　這樣的判斷實際上是由「江左宮商發越，貴於清綺；河朔詞貞義剛，重乎氣質；氣質則理勝其詞，清綺則文過其意」的史書記載所推類出來的結論。這樣的思考模式同樣存在於大陸學者的思維中：

> 魏晉南北朝是中國第一個大分裂時期，也是第一次與人為、制度等原因密切相關的大動亂時期，然而又是炎黃各個民族和各類炎黃文化與外來文化相融合的時期。……另一方面，民族衝突的唯一出路，是走向和解和文化融合。隋唐文化的興旺發達，在於其能融各個民族於一爐，融萬

㉜　引自陳氏《隋唐制度淵源略論稿》，里仁書局，民 89.5 初版五刷，頁 38-39。

家百姓於一體。㉝

亦即是認爲魏晉南北朝是一個民族從衝突走向融合的時期，因爲如此而替隋唐盛世奠定下良好的基礎，使得少數民族的文化系統與和文化能夠彼此互融，彼此交換內在的血液，這樣的看法存在於多數的史學研究者中，以下筆者舉其大要論之：

> 是鮮卑雖一切師法中土，而漢族之無恥者，亦多謹事鮮卑人，爭舉鮮卑語俗以求自媚焉。隋唐代興，此風雖絕，然六朝時百官多乘牛車，或乘肩輿…北朝則多乘馬著靴，至唐則百官皆乘馬，靴為朝服，而履反為褻服，則夷狄服飾，固已經北朝而為中夏之法服。㉞

此段話雖以漢族正統論的角度而發，然而卻點出隋唐時代漢胡交融的實際狀態。柏楊則從正面的角度作同樣的理論：

> 陳帝國亡後，大分裂時代後期的南北朝時代，同時終結。中國在隋政府之下，又歸統一。中國人民經過二百八十六年的離亂隔絕，和互相仇恨之後，恢復同一國度的手足之情。而且大分裂像一個大火爐。中國境內各民族結合成一個新的中華民族，從此再沒有鮮卑、匈奴、羯、氐、羌之

㉝ 引自史仲文、胡曉林主編百卷本《中國全史》合訂本第十冊之《中國隋唐五代文學史》〈隋唐五代文學概述〉，人民出版社，1994.4，頁 6-8。

㉞ 引自繆鳳林《中國通史要略》，臺灣商務印書館，民 57.1 臺五版，頁 33。

分。這個新的中華民族因含有新的血液，充滿了生命的活力。㉟

陳啟雲則以文明發展史的宏觀角度也作出了類似的結論：

> 從整個文明發展史來看，中國古代文化發展的總趨向和總成果，是整體中華文明的締造。……其優點和韌力則在於折衷、調和、綜合為主導原則之文化傳統……在隋唐時期，新帝國之建造者雖多為胡人血胤，然其文化則幾乎「漢化」，而其政治亦承續秦漢政治的傳統演變而成。㊱

我們不難發現如果從上述所引學者之說法置入文學史的討論中類推，史學家必然會得出隋唐文學是南北朝文風融合後影響所及的結論。如傅樂成所言：

> 唐代文化，上承魏晉南北朝。魏晉南北朝時代的文化對唐代文化直接發生影響的重要因素，不外三端：即老莊、佛教、和胡人習俗。㊲

而鄧之誠則更為直接：

㉟ 引自柏楊《中國人史綱》（上冊），星光出版社，1997 年一版三刷，頁 478。

㊱ 引自氏著《漢晉六朝文化·社會·制度——中華中古前期史研究》，新文豐出版，民 86.1，頁 30-32。

㊲ 引自傅氏〈唐型文化與宋型文化〉一文，收錄於氏著《漢唐史論集》，聯經，民 73.9，頁 339。

隋統一南北之後，趨重經學文學，融合南北，以開三唐之盛。㊳

林瑞翰的《中國通史》則舉出北朝詩作來證明其受南朝綺麗之風的影響，更以王褒、庾信爲例，強調他們入北之後變南朝柔媚之音爲悽楚之聲，來證明南北朝文風的交互影響㊴。如此一來，通史論者與文學史家交互影響共構，於是形成前述牢不可破的文學交融論。當然，如此的思維並未有全非之處，但將此思維過度延伸，運用在文學研究中，並籠統地置入各種文類的討論，便較爲武斷，甚至與文學發展的真正事實不符，如果就筆者近年來所研究關於南北朝邊塞詩所得的結論，的確可以證諸與上述歷史思維的結果有相當的差異㊵。

三、初唐史家南北朝文論的誤導

造成這種「江左宮商發越，貴於清綺；河朔辭貞義剛，重乎氣質」這樣的思考方式，除了以上兩項理由之外，另有一項更具滲透性的因素，則是源自於《南史》、《北史》、《北齊書》、《隋書》中的〈文苑傳・序〉與《周書》裡的「王褒、庾信傳」以及「南四書」中的部分篇章。這些南北朝史書既然成書於唐初，當然會受到

㊳　引自氏著《中華二千年史（卷三）》，中華書局，頁 52。

㊴　林瑞翰《中國通史》，大中國圖書公司，民 85.9，頁 310-311。

㊵　詳參拙著《南朝邊塞詩新論》，里仁書局。

唐初史家及其基本學風之影響。詳考唐初史家的背景，應該是進行
討論最初步的基礎工作。

　　據筆者博士論文《荊雍地帶與南朝詩關係的研究》及《南朝
邊塞詩新論》二書之整理，可以發現唐初重要史家大多為北人，如
魏徵係「魏州曲城人」、令狐德棻係「宜州華原人」、李百藥係「定
州安平人」、房玄齡係「齊州臨淄人」、李延壽「世居相州」，其中
重要史家只有姚思廉是「吳興武康人」，為南方人士。**④**

　　而曾守正在〈唐修正史史官地域性與文學思想〉一文裡，則
進一步地將初唐所有史家的出身背景作了歸納與整理，他認為唐初
修前代史的史官共有三十一人，其中有列傳的二十三人裡，南方人
士僅佔四位**④**。不難看出，唐初史家十之八、九皆為北人。至於實
際上史書的統籌審定工作，更完全操在於北人手裡。由此可知，史
官之出身地域，必然會影響其修史時採取的角度與觀點，這項因素
正好吻合了牟潤孫在〈唐初南北學人論學之異趣及其影響〉一文中
的推測，牟氏認為魏徵李延壽李百藥、令胡德棻這些北方史家對南
方文學頻加指責而獨厚北方文學。只有姚思廉對南方較為友善**④**，
以下便以表格方式呈現唐初所編唐北朝史書中的思維傾向：

---

④　另詳參筆者《荊雍地帶與南朝詩歌關係研究》國立臺灣師範大學國研所 1987
　　博士論文，頁 210，及《南朝邊塞詩新論》，頁 30。

④　此文收錄於《淡江大學中文學報》，2000 年 12 月第六期，引文錄自頁 56。

④　此文載於《中國文化研究期刊第一卷》，香港中文大學，1968.9。本節觀點多
　　處係受牟文啟發。

史書名	姓　名	內　　　　　　　　容
隋書·文學傳	魏徵	暨永明、天監之際，太和、天保之間，洛陽江左，文雅尤盛。于時作者：濟陽江淹、吳郡沈約、樂安任昉、濟陰溫子昇、河間邢子才、鉅鹿魏伯起等，並窮學書圃，思極人文，縟彩鬱於雲霞，逸響振於金石，英華秀發，波瀾浩蕩，筆有餘力，詞無竭源。方諸張、蔡、曹、王，亦個一時文選也。聞其風者，聲馳景慕，然彼此好尚，互有異同。江左宮商發越，貴於清綺，河朔辭意貞剛，重乎氣質。氣質則理勝其詞，清綺則文過其意。理深者便於實用，文華者宜於詠歌，此其南北詞人之得失之大較也。若能掇彼清音，簡茲累句，各去所短，合其兩長，則文質斌斌，盡善盡美矣。❹
隋書·文學傳	魏徵	梁自大同之後，雅道淪缺，漸乖典則，爭馳新巧。簡文、湘東，啓其淫放，徐陵、庾信，分路揚鑣。其意淺而繁，其文匿而彩，詞尚輕險，情多哀思。格以延陵之聽，蓋亦王國之音乎？❺
北史·文苑傳	李延壽	暨永明天監之際，太和天保之間，洛陽江左，文雅尤盛，彼此好尚，雅有異同，江左宮商發越，貴於清綺，河朔辭意貞剛，重乎氣質❻。
北齊書·文苑傳	李百藥	江左梁末，彌尚輕險，始自儲宮，刑乎流俗，雜澆灕以成音，故雖悲而不雅。爰逮武平，政乖時蠹，唯藻思之美，雅道猶存，履柔順以成文，蒙大難而能正。原夫兩

❹　引自《隋書·文學傳序》，鼎文版，頁 1729-1730。

❺　同前註。

❻　引自《北史·文苑傳序》，鼎文版，頁 2782。

		朝叔世，俱肆淫聲，而齊武氏變風，屬諸弦管，梁時變雅，在夫篇什。莫非易俗所致，並爲亡國之音；而應變不殊，感物或異，何哉？蓋隨君上之情欲也❹。
北周書·王襃、庾信傳	令狐德棻	洎乎有魏，定鼎沙朔，南包河、淮，西呑關、隴。當時之士，有許謙、崔宏、崔浩、高允、高閭、游雅等，先後之間，聲實俱茂、詞意典正，有永嘉之遺烈焉。……其後袁翻才稱澹雅，常景思標沉鬱，彬彬焉，蓋一時之俊秀也。周世創業，運屬陵夷。纂遺文於既喪，聘奇士如弗及。是以蘇亮、蘇綽、盧柔、唐瑾、元偉、李昶之徒，咸奮鱗翼，自致青紫。……既而革車電邁，渚宮雲撤。爾其荊、衡梓、東南竹箭備用於廟堂者衆矣。唯王襃、庾信奇才秀出，牢籠於一代。……然則子山之文，發源於宋末，盛行於梁季。其體以淫放爲本，其詞以輕險爲宗。故能誇目侈於紅紫，蕩心逾於鄭衛。昔揚子雲有言：「詩人之賦，麗以則；詞人之賦，麗以淫。」若以庾氏方之，斯又詞賦之罪人也……❹。

　　由上述引文可作如下的分析：第一、這些史家修史時幾乎一致認爲北朝文學應與南朝文學有相同比重，甚至在隱然有著北朝文學略優於南朝文學的暗示，在春秋微言之筆義中，反映出他們重北輕南的態度。第二、在「重北輕南」、「北優南劣」的推論中，似乎又流露出南朝文學與亡國之音的聯想。第三、令狐德棻以北地的「聲實俱茂、詞意典正，有永嘉之遺烈焉」去對照南方的「以淫放

---

❹　引自《北齊書·文苑傳序》，鼎文版，頁 602。

❹　引自《北周書·王襃、庾信傳論》，鼎文版，頁 744。

為本，其詞以輕險為宗」架構。可以看出他們由於地域意識所產生
的歷史曲解。

　　相對於北朝史書，對南朝隨時任意品評的筆鋒，南朝史書在
文學傳記裡不但未對北朝文學挾帶任何負面評價，卻反而在部分的
紀傳史臣論中，對南朝文學自身不斷自暴其短。《舊唐書·魏徵
傳》云：

> 有詔遣令狐德棻、岑文本撰《周史》，孔穎達、許敬宗撰
> 《隋史》，姚思廉撰《梁、陳》史，李百藥撰《齊史》。徵
> 受詔總加撰定，多所損益，移存簡正。隋史序論，皆徵所
> 作，梁、陳、齊各為總論，時稱良史。❹

　　雖然，姚思廉的立場在唐初所有史家中是比較超然客觀，並
且偏袒南朝文學的史家，應該可以略為矯正上述所論南北文學錯誤
的觀點，然而由於代表北方立場的魏徵以御詔「總加撰定」的身
分，不斷在《梁書》與《陳書》裡，加重了對南方批評的語調，所
以使後代學者無法跳出這種思維的窠臼，筆者以表格呈現魏徵之論
斷與姚思廉的不同：

史書名	內　　容	史書名	內　　容
魏徵《梁書·史臣侍中論》	史臣侍中，鄭國公魏徵曰：高祖固天攸縱，聰明稽古，道亞生知，學為博物，允文	姚思廉《梁書·史臣論》	高祖英武睿哲，義起樊鄧……興文學，修郊祀，置五禮，定六律，四聰既達，萬機斯理，

---

❹　引自《舊唐書·魏徵傳》，鼎文版，頁2548。

云武，多藝多才。……然不能息末敦本，靳雕為樸，慕名好事，崇尚浮華，抑揚孔、墨，流連釋、老，或經夜不寢，或終日不食。非弘道以利物，惟飾智以驚愚。……逮夫精華稍竭，鳳德已衰，惑於聽受，權在姦佞，儲后自辟，莫得盡言。險躁之心，暮年愈盛。見利而動，愎諫違卜，開門揖盜，棄好即讎，釁起戎羯，身殞非命，災被億兆……。❺❶		治定功成，遠安邇肅。……極乎年，委事群倖。然朱异之徒作威作福，挾朋樹黨，政以賄成。服冕乘軒，由其掌握。是以朝經混亂，賞罰無章。「小人道長」，抑此之謂也。賈誼有云「可謂慟哭者矣」。遂使滔天羯寇，承間掩襲，鶩犽流王屋，金契辱承輿，塗炭黎元，黍離宮室。嗚呼，天道何其酷焉。❺❶

魏徵利用本紀裡的總論，一再干擾姚思廉在史臣論裡的南方立場。姚思廉在〈武帝本紀〉之後的史臣論，將梁武帝分成早期的英明果斷，與晚年的昏瞶荒頹，並對其前期極其稱頌，對其晚年的過錯亦歸於朱異之徒；魏徵在諸帝本紀之後的總論，看法則完全不同：認為蕭梁亡國，完全是由於武帝「慕名好事，崇尚浮華」，根本不給蕭衍留下任何情面，顯示其對南朝文風否定的堅決態度。

---

❺❶ 引自《梁書·諸帝本紀》之史臣侍中、鄭國公魏徵曰，鼎文版，頁 150。

❺❶ 引自《梁書·武帝本紀》之史臣曰，鼎文版，頁 97。

| 魏徵《陳書·史臣侍中論》 | 後主生深宮之中，長婦人之手，既屬邦國殄瘁，不知稼牆艱難。初懼 危，屢有哀矜之詔，後稍安集，復扇淫侈之風。賓禮諸公，唯寄情於文酒，昵近群小，皆委之以衡軸……古人有言，亡國之主多有才藝，考之梁、陳及隋，信非虛論。然則不崇教義之本，偏尚淫麗之文，徒長澆僞之風，無救亂亡之禍矣❷。 | 姚思廉《陳書·史臣論》 | 後主昔在儲宮，早標令德，及南面繼業，寔允天人之望矣。至於禮樂刑政，咸尊故典，加以深弘六藝，廣闢四門，是以待詔之徒，爭趨金馬，稽古之秀，雲集石渠。且梯山航海，朝貢者往往歲至矣。自魏正始、晉中朝以來，貴臣雖有識治者，皆以文學相處，罕關庶務，朝章大典，方參議焉。文案簿領，咸委小吏，浸以成俗，迄至於陳。後主因循，未遑改革，故施文慶、沈客卿之徒，專掌軍國要務，姦 左道，以衰刻爲功，自取身榮，不存國計，是以朝政墮廢，禍生鄰國。斯亦運鍾百六，鼎玉遷變，非唯人事不昌，蓋天意然也。❸ |

---

❷ 引自《梁書·諸帝本紀》之史臣侍中、鄭國公魏徵曰，鼎文版，頁152。

❸ 引自《梁書·後主本紀》之史臣曰，鼎文版，頁120。

　　姚思廉先稱許陳叔寶是早期在儲宮時頗富人望，並能守禮樂，正刑政，而後將「朝政墮廢，禍生鄰國」的責任推給晉宋以來的沿襲之風。但魏徵必作如是觀，他直接痛陳陳叔寶「復扇淫侈之風」的過失，並且藉此還演繹出「亡國之主多有才藝」的論點。如此一來，「才藝之主」與「亡國之君」居然成為後代史家討論的議題之一。

　　在以上諸史家中，李延壽的文學史觀，更值得詳加探討按理來說南北史之作的本意，是在疏通整合南北諸史書的相互矛盾。據李延壽述及其父李大師著述的本意，嘗云：「大師少有著述之志，常以宋、齊、梁、陳、魏、齊、周、隋南北分隔，南書謂北為「索虜」，北書指南為「島夷」。又各以其本國周悉，書別國並不能備，亦往往失矣。常欲改正，將擬《吳越春秋》編年已備南北。❸」但是李延壽自己事實上無法根本跳出唐初一般史家重北輕南的思維束縛，最明顯的證據則在其〈文苑傳·序〉上❸亦即是，李延壽在

─────────────

❸　引自《北史·序傳》，鼎文版，頁 3343。

❸　李延壽在《北史·文苑傳序》裡，使用了二千五百七十三字的長度，儼然已文學史源遠流長的視角將北朝文學當作正統的文學的承續者看待，全文從六經諸子開端，繼而兩漢馬班之賦，與建安、太康之詩，隨後又將五胡亂華時期的中原文士為敘述主體，繼之以北魏、北周文學概況的描述，顯然站在以北方為正統的立場下去推展「江左、河朔」的論調。然而其寫《南史·文學傳序》卻只用了二百三十一字，只佔《北史·文苑傳序》的百分之九，並且內容空泛，絲毫沒有描述南朝文學的源流與其文學主張，的確與文學史的事實完全不吻合。

《北史》裡全力鋪陳北朝文學的盛況，並不時批評南朝文學，但是在《南史》中卻輕描淡寫，草草述言，這些初唐史家如此一再重北輕南的謬誤論斷，當然會對後代學者在討論南北朝文學的時候，產生無形的誤導。

肆

的確，邊塞詩形成於南朝的說法，一但被置入南北朝文學史既有的研究結構時，必然會帶來極大的衝擊。因為若按照過去的思維結構：南方文人既然處身江南，遠離邊塞征戰之地，所以習於賞玩山水，躭溺宮廷遊宴，當然凡屬綺麗柔美的山水、宮體、詠物之作便應當放入南朝文學的結構中，而北朝既然雄據關隘，民風質樸強悍，所以邊塞作品自應出自河朔。而這種簡單的二元對立給文學史家提供了解釋詩歌流變極易曉的骨架：唐代的邊塞詩係融合南朝綺麗與北朝剛勁詩風而來。

但是一百七十多首出現於南朝的邊塞詩，顯然已經使得邊塞詩形成於南朝的說法得到有力的支持❺❻。這項說法除了勢必的瓦解

---

❺❻ 例如：秋蟬噪柳燕棲楹，念君行役怨邊城（謝靈運・燕歌行・頁 1152）；中州木葉下，邊城應早霜（梁武帝蕭衍・擣衣詩・頁 1534）；邊城秋霰來，寒鄉春風晚（柳惲・贈吳均詩三首之三）；追憶邊城遊，奚尋平生樂（何遜・寄江州褚諮議詩・頁 1648）；模本邊城將，馳射靈關下（吳均・邊城將詩四首之二・頁 1738）；邊城多緊急，節使滿郊衢（劉孝威・結客少年場行・頁 1689）；塞外無春色，邊城有風霜（武陵王蕭紀・明君詞・頁 1900）；寒苦

原有的文學史建築之外，也迫使文學史家不得不思考過去謬誤的產生原因，這便是筆者本文提出三個假性結構的論點分析，而一旦認清楚此三者的問題所在，未來便不至於陷入南北朝文學研究的謬誤與窠臼當中，本文也藉此提供一個文學史方法論的重要思考。

春難覺，邊城秋易知（梁簡文帝蕭綱・雁門太守行三首之一・頁 1906）；邊城少灌木，折此自悲吟（張正見・梅花落・頁 2479）；邊城與明月，俱在關山頭（陸瓊・關山月・頁 2537）；欲寄邊城客，路遠詎能持（李爽・賦得芳樹詩・頁 2555）；邊城風雪至，遊子自心悲（江暉・雨雪曲・頁 2605）等。（以上標明頁數之出處為逯欽立輯校之《先秦漢魏南北朝詩》，臺北：木鐸，1983）。

講評意見

鄭毓瑜

臺灣大學中國文學系

　　王教授長期從事六朝文學的研究，從早期針對「巧構形似之言」，探討魏晉詩人如何力求文字書寫也具有圖象性，到解釋「莊老告退，而山水方滋」並非截然二分，乃是玄理融寄在山水詩中，進而對於各種詩歌類型進行深入探討，比如分辨「行旅」與「遊覽」詩的分合異同，以及最近一系列以邊塞詩爲主題的研究。

　　關於邊塞詩，王教授的研究有兩個重要結論，其一是透過蒐集所得約一百七十首的南朝詩人的邊塞詩作，說明邊塞詩是源於南朝；其次，指出南朝邊塞詩是一種模擬唱和的貴遊作品，屬於文學想像的成果，而不必反應邊塞的戰爭經驗。透過這樣的發現，王教授這篇論文因此對於過去文學史所建立的「南北文學交流論」之假性結構，提出反思；比如他反對全然藉由地域風土強加劃分的南北文風差異，揭露唐初史家重北輕南的本位主義，以及後代史家無線延伸的南北文化交融論等。可以說這是一個系列研究的總結，而不只是單一的詩歌類型的研究；這種由小見大的細膩探索，對於重寫文學史是非常重要扎實的工作。

　　不過也就由於是一篇總結性的文章，有些地方可能已在其他

篇章提出，所以在這裡的說明就比較簡略，比如「三之二」除了引錄近代中國史學者的看法，並沒有進一步描述這些說法有哪些不符事實，又與邊塞詩研究成果有何違異之處，而「三之一」雖然提出南朝邊塞詩是在文學想像的典型來反駁一般經驗主義的文學史觀，但是也沒有進一步說明為什麼南朝詩人會「身在江南，心懷邊塞」。北京大學錢志熙先生在〈樂府古辭的經典價值〉一文中，曾經談到齊梁以來文人喜歡以「賦題」（抓住舊曲的題面義加以發揮）模擬古樂府，尤其喜歡一套漢舊曲「橫吹曲辭」，其中如「隴頭」、「入關」、「出塞」、「關山月」等曲名，都與邊塞征伐之事相關，所以出現了一批樂府邊塞詩，直接開出唐代邊塞詩一派❶。這樣的論點是否可以為王教授所謂「文學想像」提供更客觀的依據？

　　另外關於初唐史家所以提出「北優南劣」的文學觀，王教授根據牟潤孫、曾守正先生的研究結果，認為是「由於地域意識所產生的歷史曲解」，可是就文學史同時也牽涉社會、文化史的角度而言，似乎還有其他值得再探索的問題。比方牟先生從隋煬帝、唐太宗等帝王對於徐、庾體的青睞，進而反襯標榜周、孔王道的北人並無法減低江南文風對於隋唐文學的影響❷，然而，這是否僅僅為帝王個人的愛好？江南文風就因為帝王公然仿效而影響隋唐文學環境？曹道衡先生在〈再論北朝詩賦〉文中，則認為這不只是帝王個人愛好的問題，而是有其深遠的歷史淵源，自北魏末期，北方文人

---

❶　錢志熙〈樂府古辭的經典價值〉「文學評論」，1998 年第二期，頁 70-71。

❷　牟潤孫〈唐初南北學人論學之異趣及其影響〉，收入《注史齋叢稿》（臺灣商務書局，1990 臺灣初版），頁 363-414。

早已向南方文人學習，西魏末年攻下江陵，以及王褒、庾信之入北，可以說早在北周初年，關中地區的文風已經成了南方文學的分支，所以《隋書》〈文學〉傳在述及庾信入北後，說「此風（梁代文風）被於關右」矣。所以南方文風早在北周統治者心中有其固定地位❸。透過這個追索可以發現，初唐史家所以輕詆南方文學，並非僅僅表面的地域上的南、北立場，而其實是對於一個長久以來已經成形的文化及文學風氣，藉著關隴集團一統天下之際，直接宣告上承先秦兩漢而取得一個結合政治與文學的「正統」地位。所以不是因為隋煬帝、唐太宗的喜好，江南文風就有這樣的影響力，也同時是為什麼北人史家如此大聲疾呼卻仍然改變不了江南文風在隋唐的盛行，因為這已經是一個超越地域的文化歷史的事實。

我很高興介紹王教授這篇文章，它重點地突顯了重寫文學史的必要性，也引發我們關於文學現象的深層省思。

---

❸　曹道衡〈再論北朝詩賦〉，收入《中古文學史論文集續編》（臺北：文津出版社，1994）頁 301-303。

文學史的歷史基礎

王金凌

輔仁大學中國文學系

關鍵詞

記憶、回憶、歷史本性、歷史主體、歷史目的、歷史批判、情志文學史、風格文學史、文類文學史、文學社會史

摘　要

　　歷史上的文學作品為什麼能夠如是相續或並時敘述而構成文學史？拙文為此而作。首先，從記憶和回憶的現象推演出歷史的本性：主體、史料完整的不可證實、事件、和目的四者。這些本性在史官纂修歷史之時，衍生出史學的若干重要論題。史料的不完整、錯置、和錯誤衍生了史料考證；史家與歷史主體的關係和歷史的目的，使史家必須進行事實、功效價值、甚至道德價值的批判；歷史主體透過史家身份而造成一段歷史呈現多種面貌，也使史家面對一段歷史的各類事件時，必須有所選擇去取。根據歷史本性及其衍生的史學論題，拙文省視漢魏六朝的幾種文學史形態，並由此說明文

學史的主體是群體文學心靈的流轉變化，而在餘論中略陳其要。

前言

　　如果看到一個年青人端著一方相框，相框內有張約莫六十上下老人的照片，那麼，我們憑什麼說這年青人是那老人的兒子？如果在東區看到一位約略二十歲的女子，一會兒又在西區看到一個十七、八歲的少年郎，我們憑什麼說這兩人是姐弟？《詩經》和《楚辭》為什麼能如是相續而構成文學史？唐代詩歌、古文、傳奇等以文類為別的作品為什麼能如是並敘而構成文學史？這一類問題無法從文學批評和文學理論的研究得到解釋，而需要從史學理論尋求說明。

　　史學理論首出的問題是「什麼是歷史？」「歷史是人類過去活動的記錄。」這是一般教科書對歷史意義的解說。從這項解說，可以提出若干問題。就以人類過去活動的記錄而言，史家並沒有把過去每一分每一秒同時發生的一切事件都記錄下來。這非但不可能，也沒有必要。於是史家必須選擇若干事件以構成歷史。這就牽涉到人類有什麼活動？怎麼知道有那些活動？那些活動以什麼方式呈現在意識中？為什麼選擇這些而不是那些活動？是史家個人或他所代表的某一些人或他所代表的全體人群來決定這項選擇？選出來的那些活動在文書上有那些不同的呈現方式？不同的呈現方式各有什麼作用？史家所記錄的那些活動如何散播開來？如何流傳下來？這些問題牽涉了歷史的本性和功能。

　　文學史是人類過去各種活動之一，也會面臨一般歷史所遇到

的問題。和其他活動比較起來，爲什麼史家要選擇文學活動來記錄？史家並沒有把一切的文學活動都記錄下來，爲什麼他選擇這一些而不是那一些文學活動？文學活動牽涉到人的創作活動、社會活動和作品，爲什麼有些史家偏重記錄人的社會活動，而有些史家偏重記錄作品？文學作品有不同的層面，如情志、情節、人物、技巧、結構、文類、風格等等，爲什麼有些史家偏重記錄這個層面，而有些史家偏重記錄那個層面？況且散佈在不同時間、地點的文學活動，史家有什麼理由把它們聚合起來，構成文學史，而不會被認爲是任意的聯想？這些問題牽涉到文學史的本性和功能。如果能有更清楚的認識，也許有助於文學史的編纂。

因此，拙文從歷史的本性探討文學史的歷史基礎。

壹、歷史的本性和功能潛存於記憶和回憶

所謂歷史的本性指某些性質隨歷史的存在而有，猶如可燃性伴隨著木頭的存在而有。歷史的功能則是其本性所發的作用，猶如木頭的可燃性在特定條件下燃燒起來。歷史既是人類過去活動的記錄，而過去的活動賴記憶和回憶而存在於意識，經語言或文字記錄而存在於口述或書面，因此，記憶和回憶是歷史的潛存方式，經語言或文字記錄，才顯現成爲歷史。那麼記憶和回憶的特性將浮現爲歷史的本性和功能。既然如此，探討歷史的本性和功能之前，可以先分析記憶和回憶的性質。

一、歷史主體

　　記憶現象是把經驗儲存在意識裏，在需要時，用回憶把相關的經驗呈現於意識。回憶起過去的活動時，同時知道分別我的活動和別人或其他萬物的活動。換句話說，回憶起過去的活動時，同時知道我是誰。「我」是由一個人過去的活動積聚而成的，包括身體和心理的活動。而身體和心理的活動是欲望的外顯，同時也限定而浮現出「我」的欲望，以別於他人的欲望。身心欲望結合記憶構成了心理的「自我」。「自我」相對於他人或其他萬物，總是以自身為主，以自身為「主體」。只要提到回憶，第一個問題就是誰的回憶；只要提到歷史，第一個問題也是誰的歷史。如果把歷史一詞用在個人，個人歷史就是「我」的過去活動，「我」是歷史的主體；如果把歷史一詞用在群體，群體歷史就是「我們」過去的活動，「我們」是歷史的主體。無數的「我」、「我們」顯現出歷史主體性。因此記憶、回憶中的自我是歷史主體的根源。主體是歷史的本性之一。這項基本事實將有助於考量主觀或客觀在歷史討論中是否為適當的分析概念。

二、史料不完整與錯置

　　記憶能力並不完美，它無法巨細靡遺且準確無誤的記住每一項過去的活動。記憶會模糊、錯亂、遺忘，這些缺陷有時是生理的因素，如腦部受傷或老化，有時是心理的因素，如嚴重的心理創傷。這些缺陷雖然賴文字或圖像的提示而獲得彌補，這彌補仍然無

法證明能恢復過去經驗的絕對完整。再者，回憶時可能有意或無意的遺漏、錯置過去的經驗，這將使過去的經驗無法絕對完整的保存下來。

　　記憶的缺陷和回憶的偶然因素造成過去經驗的遺漏或錯置，即使獲得具有共同記憶的人的互相彌補，也難以絕對完整的保存過去的經驗。過去的活動既然賴記憶而存在於意識，經語文記錄而成為歷史，則史料不完整或史料完整不可證實是歷史的本性之一。這項缺陷賴史料考證而得到部分的彌補。

三、事件與時序

　　記憶、回憶能力的缺陷不足以使人無法生存，史料的不完整和錯置也不足以使文明停滯。因為個人生存和文明推展是目標導向的，記憶中的經驗和史料會影響而不會遏止個人生存和文明推展。這從回憶的現象可以明瞭。

　　回憶有時受欲望引導，有時則似意識的漫遊。沒有特定欲望目標時，回憶頗似意識的漫遊，跳躍、游離。若有特定的欲望目標，回憶比較能夠聚焦。欲望總是希冀未來的事物。如果還沒有獲得，可能藉著回憶，尋求有效的經驗，以實現希望；如果已經獲得，可能藉著回憶重溫喜悅、歡樂；如果確知無法獲得，可能藉著回憶愉快的事而自我安慰，也可能藉著回憶這件事而沉浸在憤慨或憂傷裏，又可能藉著回憶，找尋有效的經驗，實現新的欲望，以資補償。無論如何，欲望引導回憶時，記憶中的經驗主要是依其與欲望的相關性呈現。這在歷史中則成為事件。那些回憶中的經驗可能

依照時間先後順序呈現，也可能不如此。但是理性會引導記憶中的經驗依相關性和時序作一整理。於是記憶中的相關經驗在連鎖呈現時，或以事件爲經，以時間爲緯，或以時間爲經，以事件爲緯。歷史編纂中的編年體和記事本末體就是根源於此。因此事件和時序成爲歷史的本性。編年體是爲了使史事在可能的範圍內趨於充分，並且避免史事的時序倒錯，以使事件儘可能清晰，猶如回憶在理性的引導下儘可能充分的想起過去的經驗，避免時序倒錯。記事本末體則是史學編纂的目標，猶如回憶總想辨明事情的來龍去脈，以助處理當前面對的事情。

四、目的

記憶和回憶是人的天生能力，受欲望和理性的引導。而欲望和理性總是朝向生存和生存得更好，這就成爲歷史目的根源。因此，目的是歷史的本性之一。歷史的目的在於透過史事之助而有益生存，邁向更好的生存狀態。然而什麼是更好的生存狀態？這需要從回憶的內容探尋。

貳、歷史主體的顯現——
事件選擇和史家身份

既然回憶是由欲望和理性引導記憶中的相關經驗，而欲望的對象是社會中的事物，這些事物是生理和心理所需的維生之物。人

對這些事物的欲求就是心理動機。根據馬斯洛（A. H. Maslow）的動機理論，人有基本的生理需要、安全需要、歸屬和愛的需要、尊敬的需要、自我實現的需要❶。這些需要，從歷史的角度來看，就是各種不同的事件。然而這些需要的迫切程度不同，往往隨著環境變化而轉移，此一時飲食需要最為迫切，彼一時可能自我實現的需要變得最迫切。為了滿足迫切的需要，人們常常回憶過去的經驗，尋求有用的方法，以獲得所需。在歷史編纂中，通史和斷代史載錄的事件包括人類各層次的需要，而專史載錄特定類別的需要。各時代的歷史編纂偏重的專史不同，其故在迫切需要的事務轉移，即本末不同。

就身心需要對心理的影響來看，會描述出動機理論，若就動機外發為身心活動來看，則形成事件。它是歷史纂修的對象。那麼，人有什麼樣的身心活動？

一、歷史事件的範圍

身心活動的內容即人的生活現象。人以其生物特性為基礎，進而發展出社會性和精神性。

人的生物特性就是生存。生存是本能的欲望。在這個層次，可以說生命即欲望，欲望即生命。人以理性來省察自己的生物特性時，知道這個層次的人是以軀體所具的感官為工具而進行工作和休

---

❶ 關於言行動機源自這五種需要的說法，見馬斯洛（A. H. Maslow），《動機與人格》，第四章。臺北：結構群出版社，民國 80 年。

息這兩種活動。工作包括偵察、攻擊、防衛、逃避。休息包括睡眠和遊戲。在這個層次，軀體既是工具，也是目的。

智力使人在生物特性的基礎上發展出社會特性。智力的表現是技術。技術指人以其智力假藉物資，依循規則，而製造出成品的過程。人的技術有組織技術、器物技術、和符號技術。在組織技術中，其物資是個人；在器物技術中，其物資是自然物和人造物；在符號技術中，其物資是語言、文字、線條、顏色、造形、樂音、軀體動作、和數字，它們分別構成文學、繪畫、雕刻、雕塑、建築、音樂、舞蹈、數學等。人運用這些技術來實現個人或群體的欲望，包括生物層次的生存欲望和社會層次的財富、名譽、權力、地位等欲望。由於這些技術的運用不像生物層次中的偵察、攻擊、防衛、逃避、遊戲那麼赤裸、直接、鮮明，而有「文明」的美名。當人們運用這些技術來實現個人或群體的欲望時，其過程就是一樁事件。若仔細省察，「事件」是人秉其心力，假藉物力而互動的過程。心力包含了欲望、情緒、情感、意志、個性、智力、道德感、美感等，物力則指前述的技術及其成品。當心力發動，且付諸行動時，就是事件開始之時，而目標實現或心力、物力耗竭時，就是事件結束之時。辨明事件的終始即章學誠所謂記事本末的「體圓」。

事件既是秉心力藉物力而互動的過程，在這過程中，人不是孤立的，而是處於社會組織中。人在社會組織中依循或違背規範而互動。如果沒有規範，不論它是禮或法，互動不可能進行。互動是為了實現欲望，然而資源有限，互動就在衝突、爭鬥、妥協、和諧之間擺盪。況且規範本身具有強制、不等、衝突、週期等特性，對人而言，這些特性有其功能，也有其缺陷。換句話說，人們藉規範

而互動以實現其欲望，是運用了一個不完美的工具。其結果迫使人們批判、反思他所進行或遭遇的各式各樣「事件」，而這樣的批判、反思浮現了人的精神性，把人提升到精神層次。在知識上，這樣的批判、反思運用了符號技術，集聚成藝術、史學、哲學、和宗教，而文學是藝術的一支。於是符號技術發揮了雙重功能，一方面，它作爲人們互動的媒介，另一方面，它成爲記錄和批判、反思人們互動的工具。

　　人的生物、社會、和精神三種特性層疊在一起，成爲其身心活動的內涵。活動之時，人的社會特性最顯著，生物特性和精神特性則含蘊其中，不確定的緣事而發。有時，生物特性非常強烈，甚至淹沒了社會特性；有時，則精神特性顯露，假其社會特性而揚輝。這就是回憶的內容，就是人的生存狀態，也是歷史編纂的對象。而歷史的目的就是透過對過去活動的描述尋求更好的生存狀態。

二、史家身分與事件選擇

　　身心活動形成事件的範圍，經過文書記錄，歷史才顯現出來。而掌握文字表述能力的史家就是使歷史從潛存方式實現出來的人。至於選擇什麼事件，則視史家的身份而定。

　　史家在我國本爲史官，是政治權力體系中的一員，地位甚卑❷。因此，史官不是以個人身份，而是以政治組織的身份來纂修歷

────────────

❷　班固《漢書‧卷六十二‧司馬遷傳》引司馬遷〈報任安書〉：「僕之先人，非

史，也就是以封建王朝的身份來纂修歷史。那麼史家要選擇什麼事件作為王朝的歷史？不外乎王朝的來源和環境。這猶如個人回憶其過去的活動，目的在於認識當前環境及其來源，以便採行有效的因應活動。個人透過回憶而認識環境及其來源時，其「自我」自然呈現。除非有特殊的精神疾病，個人的「自我」是統合的，一致的。（統合指自我的結構狀態，一致指自我的歷程狀態。）對比之下，王朝透過歷史而認識當前環境及其來源時，其主體是強力建構而成的，是複合的，因為王朝是包含了許多部族兼併、聚合而成的政治權力結構。這使得王朝的主體在統合中潛藏著對立、衝突、分裂、淪亡的因子，其一統也始終處於程度不等的斷續狀態。這項差異使史家在以王朝身份記錄歷史時，相當注意王朝主體的正當性，而注意王朝主體的正當性正透露這個正當性必須努力維持，也很可能因為無法維持而被否定，從而非常注意與內部環境相關的事件。內部環境是相對於外部環境而言，外部環境指王朝之外的政治權力體系，內部環境則指王朝本身的權力結構和典章制度。當權力結構和典章制度相對穩定的時期，個人智力和品德是使權力和制度有效運作的主要因素，於是史家又必須注意王朝重要人物的事跡。

由此可見史家身份影響了對事件的選擇，他選擇與王朝主體正當性有關的事件，選擇與王朝內部環境相關的事件，選擇王朝重要人物的事跡。這些選擇與正史中的本紀、世家，書或志，列傳隱然相應。本紀備列帝王世系，往往以天或神或開國之君的異相、異

有剖符丹書之功，文史星歷，近乎卜祝之間，固主上所戲弄，倡優畜之，流俗之所輕也。」

跡、德業爲其權力正當性的理由。書志列敘社會、經濟、禮俗與法律、技術、學術、文化、宗教、地理等等典章制度。列傳則傳述王朝各階層重要人物的賢愚善惡事跡。

三、歷史目的與歷史批判

目的既是歷史的本性之一，歷史主體隨之而有目的趨向。史家與所載史事的主體有繼承和超越的關係，這關係使史家對所載史事必須進行歷史批判。史家不是孤立的個人，而是屬於社會中人，他所屬的社會不是突然而有，而是接續其歷史而有，因此，史家與所載史事的主體有繼承的關係。另一方面，歷史主體有目的趨向，這趨向是朝向更好的生存狀態，換句話說，歷史主體的目的趨向是超越的。因此，史家與所載史事的主體隨之而有超越的關係。這兩重關係使史家必須行歷史批判。如果史家因其身份和立場而不作批判，甚至扭曲歷史，最後的受害者將是他所代表的群體。這從個人的回憶現象可以推知。

個人回憶過去的活動時，不免遺漏或錯誤。不論是故意或無意，這些遺漏、錯誤如果是屬於影響事件吉凶的關鍵活動，將使人在面對當前環境所作的認知、判斷、和行動陷於不同程度的失效，而損害自己。即使個人的記憶沒有遺漏或錯誤，那一些活動曾經帶來利益或損害，回憶時自然會反思、檢討。個人爲了避免記憶遺漏或錯誤，常會記錄自己的言行以備忘。這就是一種事實批判。而個人反省自己的言行是有利或有害，以便面對當前的環境，這就是一種功效價值的批判。

同理，史家不論故意或無意的遺漏或誤載史事，也將使王朝在面對當環境所作的認知、判斷、和行動效力降低，甚至完全無效，從而損害自身。然而史家載錄史事時，必須面對史料不完整的歷史本性，個人可以記錄自己的言行以防記憶遺漏或錯誤，史家則須以事件的合理檢驗史料，以備纂修史事。所謂事件的合理，指事件可能發生及其可能過程，據此運用多種史料交互參驗。這是史家所作的事實批判。此外，目的是歷史的本性之一，史家修史不可能沒有目的，而史家以王朝身份修史之時，其最終目的不外王朝這歷史主體的生存和繁榮，於是史家將對史事作功效價值的批判，一如個人檢討其言行利害，以助面對當事務。這兩種批判性質有別，事實批判屬於史事層次，功效價值的批判則屬於史論的範圍。

個人記憶和史家載事的遺漏或錯誤不只攸關對自身所造成的利害，而需要事實批判和功效的價值批判，即使沒有遺漏或錯誤，建構而成的歷史主體因其複合結構之故，將導致史家進行道德價值的批判。

個人記憶的遺漏或錯誤，除非精神疾病而造成「自我」人格分裂，不會造成「自我」認同的困難，至多造成「自我」陷於內在衝突。然而史家所載史事，不論是否有所遺漏或錯誤，他都必須面對歷史主體的內部衝突和外部衝突，進而思考化解之道。因為群體歷史的主體是複合的結構，其衝突發生在政治自我和文化自我之間。

一個文化體是具有共同語言或文字、風俗的社會。這些社會的成員有其集體意識，那就是文化「自我」，它是自然而逐漸形成的。隨著社會發展和聚落擴散，風俗會改變，只要其語言或文字、

風俗的核心成分仍在，這個文化「自我」還不至於分裂爲兩種、甚至多種文化，而只有主文化與次文化之別。然而各文化體在互動之時，不免因衝突而兼併。兼併一旦發生，將隨之輪轉不息，如孟子所說「物交物，引之而已」。兼併造成了政治體系，建構了政治自我或主體。從這個過程來看，政治自我和文化自我有潛在的衝突。

這個潛在的衝突可能因諸文化體持續互動而形成更大的文化體，這就是文化融合。在政治體之內，文化即使持續進行融合，階層之間的衝突仍然存在，這個衝突既是政治權力的，也是文化的。他們之間的不平等衝突和利益衝突，導致權力更迭。傳統史學中的正統論就是爲權力更迭建立正當性和合理性，論證其政治「自我」合乎文化「自我」中的價值觀。

由此可見，歷史主體不像個人的「自我」那麼單純。個人的「自我」由欲望自然而生，歷史主體則是建構而成。既是建構而成，史家載事即使沒有矛盾，而具有一致性，他也要面對文化「自我」和政治「自我」的衝突，而思考化解之道。而這樣的思考將趨向道德價值的批判。因爲化解衝突的最後依據是規範，而規範具有強制、不等、衝突、週期等本性，將使規範的功能遞減，於是轉而思考道德，以資彌補。傳統史學中所說的王道，如孟子所云「五百年必有王者興」，就是彌平政治自我和文化我衝突的理想，一項尚未實現的理想。而王道難以實現的理由是它有自身的困境。

王道主張以德服人，而不像霸道以力服人。以德服人是以文化互動的方式爲之，以力服人則是以政治權力控制的方式爲之。然而個人之間，乃至不同的社會之間，在互動中免不了衝突。一旦衝突，往往以力爭鬥。於是以德服人是一種非常脆弱的互動方式，它

必須以力維持其德，亦即以政治權力維持文化互動，而力與德是衝突的，政治權力與文化互動是衝突的。即使以「公」或「正義」處理個人或社會之間的衝突，它也需要以力作爲後盾。這就是王道難以實現的理由。王道依賴霸道而實現，一旦依賴霸道，就開始背離王道，依賴越深，背離越遠。

　　事實、功效價值、和道德價值等三種歷史批判是由歷史的本性——目的——衍生出來的。雖然如此，史家的身份並未因此而消失，也不可能、不必要因此而消失。因爲史家是歷史主體的繼承者和超越者，而主體在現實中必居一身份。只是隨著史家們的身份差異和史識不同，而使一段歷史呈現多種面貌。

四、歷史主體透過史官身份造成歷史面貌的差異

　　隨著知識的發展和專門化，史家未必以王朝的身份纂修歷史，史家也可能從其他社會階層的身份、區域的身份、或專門知識的角度纂修歷史。既然史家的身份影響他對歷史事件的選擇，那麼，一段歷史，如某一段通史、斷代史、專史，就可能因不同的身份而有不同的寫法，這是立場差異。即使立場相同，也可能因觀點不同而述論有別，這是觀點差異。再者，通史與斷代史所載事件包含在整個生活現象的範圍之內，各類事件之間的關係成爲最後關注的焦點。專史則以某類事件爲關注的焦點。因此，以通史、斷代史的眼光纂修專史或以專史的眼光纂修通史、斷代史，都可能有焦點的不同。這是焦點差異。另一方面，雖然史家爲了面對當前的問題，不能無視於歷史的遺漏、錯誤和不合理，而必須對歷史作事實

批判、功效價值的批判，甚至道德價值的批判，但是未必每一類歷史都需要上升到道德價值的批判。這是批判需要的差異。

從上述分析可知，歷史的本性在其具有主體，史料不完整，事件與時序、和目的。歷史的功能則是載事有益歷史主體的生存狀態，從身體的到心理的、精神的生存狀態。歷史的本性在史官纂修歷史之時，衍生出史學的若干重要論題。史料的不完整、錯置、和錯誤衍生了史料考證；史家與歷史主體的關係和歷史的目的，使史家必須進行事實、功效價值、甚至道德價值的批判；歷史主體透過史家身份而造成一段歷史呈現多種面貌，也使史家面對一段歷史的各類事件時，必須有所選擇去取。

那麼，文學如何被選擇成為歷史視野中的一項事件而構成文學史？

參、文學史的形態

一、文學史的主體和目的

「文學史」，依傳統界定歷史意義的方式，是人類過去文學活動的記錄。則文學史的對象是過去的文學活動，即各種文學事件。然而什麼是文學事件？

依前文的說明，事件是人以其心力假藉物力而互動的過程，則文學事件是文人各秉動機而以作品互動的過程。在此之前，作品的形成已是一微型的文學事件。作品形成的過程中，文人的文學心靈是主體，創作是主體的活動，創作之時其意識內個人心境與記憶

中的外境交互活動則是一文學事件，然而這樣的文學事件難明，因此不是文學史的對象。不過，這微型的文學事件卻對文學史有所啓發。

文學事件既然是文人以作品互動的過程，則作品是最根本的條件，沒有它，就不成其爲文學事件。然而文學作品不是孤立之物，而是個別文人創作的結晶，是個別文人文學心靈的結晶。但是在文學史中，這文學心靈不只是個別文人的，而是群體文人文學心靈的流轉變化。因此文學史的主體是群體文學心靈，其流轉變化藉個別文人的作品而顯。而群體文學心靈流轉變化的因由在於文學活動是整個生活現象中的一環。

文人的生活有文學的，也有非文學的，非文學的活動常不免滲入文學之中。即使文學的活動，所懷目的也有文學與非文學之別。於是文學史的史料是關於作品和文人社會活動的文獻，其目標則是透過作品顯出群體文學心靈的流轉變化，透過文人的社會活動顯出這流轉變化的因由。

雖然群體文學心靈是文學史的主體，卻必須透過文書才能顯現出來。因此，文學史主體是個複合的結構，包含了文學心靈和語文。文學心靈是個總稱，具體言之，則指情感、德操、美感及其中三者或任二者的融合，在作品中，文學心靈呈現爲情志和風格。作品賴語文而顯，因此，文學史也可以用文學語文作爲歷史主體。但是歷史的目的在尋求更好的的生存狀態，這是歷史的本身目的，它和工具目的不同。如是，則文學史的目的在於尋求更好的心靈狀態，這是文學史的本身目的。文學語文自身無法成爲歷史的本身目的，只能是工具目的。而文類史就是文學語文的歷史之一。

　　然而和個人的回憶一樣，和一般歷史的纂修一樣，都需要一個主導的事件概念，如宗教、政治、或社會等，以便選擇記憶中的經驗，揀別所見的史料，史家的文學概念將成爲選擇文學史料和纂修出文學史的依據。可是史家文學概念內涵的廣狹隨著時代而改變。它受史家對文學目標或目的看法的影響。而史家對文學目標、目的的看法又常是他纂修歷史之時所代表的社會身份的反映。茲以漢魏六朝的各種文學史爲例，略作說明。

二、先秦兩漢文學概念對文學史形態的影響
——情志文學史

　　文學概念是在運用這個概念的過程中形成的。運用這個概念是爲了它具有一些功能而能實現人們的目標。功能是就文學作品本身而言，目標則是人們欲望之所寄。功能可以有多種，人們隨自己所立的目標而擇其一二以利用之。因此，文學概念常藉其功能和目標來界定，文學概念也隨著運用文學者的社會身份而變。能運用文學者，主要是士人和皇室，而史家屬於士人。士人是社會階層的名稱，此一名詞在春秋以前的周代指下級貴族，從戰國至淸代，與農、工、商合爲四民而居首。其職業地位介於皇室和庶民之間。文人都具有士人的社會身份，但是具有士人身份者未必是文人。20世紀，這個名稱失去了社會階層上的指涉對象，而代之以「作家」或「文學家」、「詩人」等名稱。

　　「文學」一詞首度出現於《論語》，和言語、政事、德行並

舉。後三者是行為實踐，文學則相對的指知識，所以皇侃解之為文章學術。這樣的概念外延和士人的志業有關。這個時期的士人，上者志在經世濟民，下者謀朝廷利祿，所用「文學」一詞，自然指實現志業過程中所作的一切文章、著作，包括論議、記事、和抒發情志，幾乎指一切書面文字。由於士人頗受儒家安天下、重德行觀念的影響，文學的目標也循此而立。若發為文學史，其歷史主體是情感和道德的複合體，司馬遷《史記・屈賈列傳》與班固《漢書・藝文志》詩賦略即是其例。

司馬遷結合《詩經》國風、小雅和屈原〈離騷〉，並延及宋玉、唐勒、景差而敘論，這是文學史的雛型。〈屈賈列傳〉說：

> 國風好色而不淫，小雅怨悱而不亂，若離騷者，可謂兼之。……其文約，其辭微，其志潔，其行廉。……自疏濯淖汙泥之中，蟬蛻於濁穢，以浮游塵埃之外，不獲世之滋垢。推此志也，雖與日月爭光可也。……屈原既死之後，楚有宋玉、唐勒、景差之徒者，皆好辭而以賦見稱。然皆祖屈原之從容辭令，終莫敢直諫。

《詩經》與〈離騷〉的語文風格幾乎無關，而事件需有一主體在時序中發展，司馬遷以德行為文學史主體，而建構此一文學史，並且對於以文辭風格為主體的宋玉、唐勒、景差頗致遺憾。德行不是孤立的概念，而是與情感融合在一起。個人行為與環境互動就是一事，因得失而悲喜則是情緣事而生，不計得失而以義為歸是

德行，於是懷情守德成爲此一歷史主體意之所在。

班固《漢書‧藝文志》詩賦略續至漢代的枚乘、司馬相如、揚雄、乃至地方風謠而說：

> 古者，諸侯、卿大夫交接鄰國，以微言相感。當揖讓之
> 時，必稱詩以諭其志，蓋以別賢不肖而觀盛衰焉。故孔子
> 曰：「不學詩，無以言。」春秋之後，周道寖壞，聘問歌
> 詠，不行於列國，學詩之士，逸在布衣，而賢人失志之賦
> 作矣！大儒孫卿及楚臣屈原，離讒憂國，皆作賦以風，咸
> 有惻隱古詩之義。其後，宋玉、唐勒，漢興，枚乘、司馬
> 相如，下及揚子雲，競爲侈麗閎衍之辭，沒其諷諭之
> 義。……自孝武立樂府而采歌謠，自是自代、趙之謳，
> 秦、楚之風，皆感於哀樂，緣事而發，亦可以觀風俗，知
> 厚薄云。

班固所云「失志之賦」、「惻隱古詩之義」，仍以德行爲文學史的主體，只是態度比司馬遷委婉，而且從王朝的立場觀此主體。因此，觀地方風謠的哀樂一如觀士臣詩賦的悲喜，哀樂在庶民爲情感，悲喜在士臣則合其諷諭之志而爲德行。

在儒家思想影響下，馬、班的文學史主體是情志，其功能是彰顯士臣的風操，目標則是維護王朝這一歷史主體的存續，而士臣的德行將有助王朝的存續。然而在這樣的文學史中，史家陷入此一王朝歷史主體內部的衝突中。這是士人文化主體與王朝政治主體之間的衝突，正是這個衝突使文學史的主體獲得轉變自身的動力，在

悲憤之情中堅持風操。

三、六朝文學概念對文學史形態的影響

　　東漢末，士人因編纂文集之故，而有「著作」與「文集」這一組相對的概念❸。「著作」指表述一般思想的文章而彙聚成書者，在目錄上著錄於子部。「文集」則指「著作」之外的零篇，舉凡涉及論議、記事的公私文書與個人抒發情志之作，而彙集成書者，在目錄上著錄於集部❹。於是「文集」內的各類文章都成為文學概念指涉的對象。與前期以文學指知識、文章學術者相較，此一時期的文學概念與經學、史學、諸子之學相對並列，是指知識的一支，而具存於文集中。由此而發為文學史，其形態頗受文集特性的影響。

（一）文士傳

---

❸　關於「著作」和「文集」這一組概念的發生與分別，詳見拙著《中國文學理論史》（六朝篇），頁8-16。臺北：華正書局，民國77年。

❹　魏鄭默《中經》的目錄分類仍依七略之體。晉荀勗整理汲冢古文竹書而作《晉中經簿》，所立目錄分類改為甲、乙、丙、丁四部，相當於經、子、史、集。晉李充作《晉元帝書目》，其目錄分類仍用甲、乙、丙、丁四部之名，但是乙部相當於史，丙部相當於子，與荀勗不同。這些目錄分類上的改變並不影響「著作」和「文集」的分野。

文集是東漢末期士人好名之風下的產物。好名之風在史學上則表現為各類人物的傳記，在《隋書·經籍志》中總錄於史部雜傳，而文士傳則在雜傳內，如張隱有《文士傳》五十卷。文士傳記又附見於總集中，如劉孝標注《世說新語·文學》第五十三條引宋明帝《文章志》，略記張憑生平，即類似文士傳。文士固然是文學構成中不可或缺的一環，只載錄文士生平卻不足以顯其文學。因此，文士傳這種形態的文學史是殘缺不全的。范曄《後漢書·文苑傳》將文士傳攝入其斷代史，反而使社會史的意味濃於文學史，顯不出文學史的主體。

（二）文類文學史

文集在編纂時，每以文類為別，文類之中又依時序為次。這在別集和總集多如是。這個特性最容易衍生出文類史。文類史的歷史主體是文學語文，其文學事件是文學語文的變遷，其目標則是詳明文學語文的特性，以資撰文取擇，如《文心雕龍·鎔裁》所說「履端於始，則設情以位體（兼指文類與文體）」。因此，文類史幾乎可說是文學語文史。試觀晉代摯虞〈文章流別論〉可知。摯虞曾纂輯《文章流別集》，據之而作〈文章流別論〉，論詩的流別時，歷數《詩經》中的三言仍至九言等句法，並舉兩漢樂府、古詩承之之例，而後說：

> 夫詩雖以情志為本，而以成聲為節。然則雅音之韻，四言為正，其餘雖備曲折之體，而非音之正也。

　　摯虞此說後來爲劉勰《文心雕龍·明詩》所承❺。姑且不論四言是否爲音之正，摯虞在文類史中注意句法節奏特性與情感的關係。音之正者，宜於含蓄內斂之情，音之曲折者，宜於奔放之情。由此可見，摯虞在此以文學語文中的音韻爲文類史的主體。彼時的文類概念是指作品中的客觀成素，而文類的成素不只音韻一端而已。以劉勰在《文心雕龍》中的文類分類依據來看，首先是以有韻和無韻爲據，而分出詩和史傳爲首的兩大類。其次，以有無特定事件爲據。在韻文中分出詩、樂府、辭賦爲一類，而頌、讚、祝、盟、銘、箴、誄、碑、哀、弔爲一類。前者無特定事件，後者則有客觀的特定事件及場合，而限制了作品的內涵與風格。在無韻文中，分出史傳、論、說、諸子爲一類，而詔、策、檄、移、封禪、章、表、奏、啓、議、對、書、記爲一類。前者無特定事件，後者則有特定事件及場合，而限制了作品的內涵與風格。至於雜文、諧、讔，則介於有韻和無韻兩大類之間。

　　結合摯虞和劉勰之說，可知文類史是文學史的一種形態，其歷史主體是作品中的客觀成素，包括文學語文的特性和寫作事境。

（三）風格文學史

　　文類中本就含有風格（文體在傳統上有文類與風格二義，爲免混淆，故用風格。）的成素，如曹丕《典論·論文》就說：「蓋

---

❺　劉勰《文心雕龍·明詩》：「四言正體，雅潤為本；五言流調，清麗居宗。」
　　其意與摯虞之說同，而更詳盡。

奏議宜雅，書論宜理，銘誄尚實，詩賦欲麗。」奏議是文類，雅則是風格，奏議適合出之以典雅必須以奏議潛在的含有典雅的可能性為前提。而東漢末期人倫識鑒的觀人方式以風格為主，移於文學，自然習於文章風格的體察。二者結合，移於歷史，便容易衍生出以風格為歷史主體的文學史。其功能在尋繹風格的成素，其目標是對作品的賞會，理解則為其餘事。風格是對作品整體的賞會，作品不外情緣事生，而藉詞以發，事則有時因篇幅短，不足以盡容，而以物代之，因此，風格的成素包含了情志、事或物（題材）、和語文。然而對風格的賞會並不是三者盡入眼底，而是其一特別鮮明，成為意識的焦點，其餘則居於意識的邊緣。所以對風格的描述往往只舉其一端，而以其他物境風格之類似者為喻。正因如此，對風格的賞會方式是投入其情境，而不是解析其意義。劉勰《文心雕龍・通變》即是這種形態的文學史。〈通變〉歷敘九代文學變遷之後說：

> 摧而論之，則黃唐淳而質，虞夏質而辨，商周麗而雅，楚漢侈而艷，魏晉淺而綺，宋初訛而新。從質及訛，彌近彌澹。

姑且不論其說是否因尚宏遠而略曲折，劉勰偏向從語文特色而述風格史則甚為明顯。這又是另一種形態的文學史。

（四）文學社會史

誠如前文所述，文學事件賴作品和士人的社會活動，而社會

又有文學與非文學之別，因此，文學史的形態不只以情志為主體，如馬、班所述，不只以文類為主體，如摯虞所述，也不只以風格為主體，如劉勰所述。若止於此，則士人社會活動對作品的滲透將闕如，作品情志、風格所以然的外在因素將不得其解。雖然可以從文學獨立的立場而將文學史主體定於情志、風格，可是人心不可能止於流連在悲喜和美感而不思出乎其外，尤其對悲喜和美感深有所會者更是如此。既思出乎其外，自然從悲喜和美感之所由入手，而悲喜和美感所由之明顯者就是士人的社會活動，其幽隱者則是人心動靜之微。人心動靜之微是道論或宗教之事，非文學所尚。因此，為了溯悲喜和美感之所由，就有結合作品和社會活動為主體的文學史。這種形態的文學史見於劉勰《文心雕龍·時序》。

劉勰在〈時序〉開首就說：「時運交移，質文代變，古今情理，如可言乎！」所謂古今情理，就是士人作品與社會活動的交互關係之理，劉勰歸之於「文變染乎世情，興廢繫乎時序」。由於士人的社會階層處於皇室和庶民之間，為力爭上游，其社會活動就以朝廷功令、學術、和士人雅會為範圍。如〈時序〉說：

> 逮孝武崇儒，潤色鴻業，禮樂爭輝，辭藻競騖。柏梁展朝讌之詩，金堤製恤民之詠；徵枚乘以蒲輪，申主父以鼎食；擢公孫之對策，歎倪寬之擬奏；買臣負薪而衣錦，相如滌器而被繡。於是史遷、壽王之徒，嚴、終、枚皋之屬，應對固無方，篇章亦不匱。遺風餘采，莫與比盛。

這是述及朝廷功令與文學作品的關係。述論雖然闊略，而不免瑕疵，以作品與社會活動的關係為歷史主體之意則甚明。其餘如

敘東漢明帝時期的文學，說明學術活動與文學的關係，敘東晉時期的文學，則標舉士人雅會玄風與文學作品的關係❻，足見這是另一種形態的文學史。

劉勰對這種文學史所作的結論是「文變染乎世情，興廢繫乎時序」。這是環境影響論，是將文學作品與社會環境結合成複合體。以這個複合體為歷史主體可以偏向社會活動，也可以偏向文學作品。如果偏向社會活動，將形成文學社會史，而使人們由此反思文學與社會之間的緊張關係，甚至衝突關係，進而思索平衡之道。如果偏向文學作品，這文學史將顯露出時代風格，而成為精神發展史之一例。因為。這種文學史含括一代或歷代各種文類的作品，而各種文類的作品之間在語文上即使互有滲透，也不易聯結成一文學事件，如果沒有語文之外的一項成素作為主體來聯結各種文類，將難以構成歷史。而這項成素只能求之於情感、情操或風格，或三者兼而有之。一旦如此，文學史將顯露出時代風格，文學史將成為精神發展史之一例，每個時期將在文學上顯出其精神的浮沉。劉勰〈時序〉所示的文學史是明而未融，它含蘊了文學社會史和精神發展史的可能。

---

❻　劉勰《文心雕龍‧時序》：「及明帝（下文有講文虎觀之句，則明帝應為明章之誤。）疊耀，崇愛儒術，肄禮璧堂，講文虎觀。孟堅珥筆於國史，賈達給札於瑞頌。東平擅其懿文，沛王振其通論。帝則藩儀，輝光相照矣。」劉勰認為東漢明帝、章帝崇尚儒術，因而影響文學。〈時序〉又說：「自中朝貴玄，江左稱盛，因談餘氣，流成文體。是以世極迍邅，而辭意夷泰，詩必柱下之旨歸，賦乃漆園之義疏。」則點出士人玄風對文學的影響。

餘 論

　　文學史不只是文學知識的累積，更是根據史料，依循歷史的本性，而建構起來的文學心靈之曲折發展，一如個人生命的曲折發展。不同的是：個人生命有終了之時，文學史主體則不斷透入每一代人的心中而生生不息。其中，文學心靈曲折發展之關鍵在文學史家修史之時所居的身份。

　　文學史家修史之時所居的身份不外王朝史官、士人、和現代知識界中的文人、學者。他們是文學史主體的繼承者和超越者。史官固然處於王朝的立場，但是觀照士人作品所述與王朝政治的衝突過程，不能不由此興起進退二路。進則堅其忠耿的德操，退則保其不群的高潔。保其不群的高潔，心中猶有王朝在，猶有透過王朝政治以利生民之意在，一旦棄此高潔之意，則將高翔遠引，以文學寄其遨遊天地之心。我國學術傳統源自史官，因此，士人而纂修文學史之時，其歷史主體的流轉變化往往循此二路，其思想本源則在儒家、道家、和唐代以後的佛教。

　　然而士人纂修文學史之時，也不盡然取此進退二路。隨著知識擴散速度增加，尤其宋代印刷術發明之後，士人人數超過王朝需求而被推擠至政治邊緣者漸多。他們的生活圈逐漸從政治場景轉移至社會場景，文學心靈所縈繞者，在面對政治浮沉和王朝興衰之外，增加了社會冷暖和悲歡離合。雖然變化如此，「壓力——回應」的模式並沒有改變。前此，壓力來源是王朝政治，對象明確，回應也明確的取進退二路，而今壓力來源是整個生活世界，其回應之道就超越了政治層面，而擴及整個生命。由此而立的文學史，其

主體直是在生命的奮鬥、沉淪、升華中流轉變化。

　近代以來，世界的經濟、政治、和社會三個層面的改變爲前古所未有，士人失去了社會階層上的指涉，文學史轉由文人、學者承擔。可是傳統的文學史主體並未消失。士人與王朝政治既忠耿又批判的關係轉爲知識份子對民族國家或民主政治既忠愛又抗議的關係。傳統士人面對整個生活世界而在奮鬥、沉淪、升華中流轉變化，如今成爲中產知識份子的心靈面對生活世界而在奮鬥、沉淪、升華中流轉變化，只是現象更爲複雜，要而言之，則是既沉耽於物化之美，甚至以此爲極境，卻又隱然不慊於心，而思有以出之。

　歷史不只是過去活動的紀錄，猶如回憶不只是品味往昔，文學史不只是積累過去的文學知識，而是爲了認識歷史主體在心靈上的流轉變化，因爲每一代人都必須投入其中，卻又不願淹沒其中。

講評意見

蔡英俊
清華大學中國文學系

　　王金凌教授的論文，就寫作的意圖而言，似乎是在建構一家之言，自有其自成體系的一套有關文學史的理論論述：有預設的前提，然後逐一加以辨析、推演，並藉此檢視他所觀察到的現象。然而，文學史既然已經是一種歷史，那麼，所謂「文學史的歷史基礎」一題，如果不是多餘的界說，那就必須指向一種史觀的提示與檢證。後者，即應是屬於歷史哲學的範疇。於此，我無意在哲學體系建構的範疇中參與討論，而是想從另一個角度提出我的看法，以此就教於王教授。基本上，我關心的問題是：如果文學史能夠形成一種知識的議題而做為一種學科，有其獨特的研究對象與研究方法，那麼可供思考的課題可能在於：（一）如就研究對象而言，文學與歷史這兩個領域或活動各有何獨特的屬性？彼此之間的分何關係又到底如何？（二）如就研究方法而言，文學史與歷史這兩種學科各有何獨特的觀察、分析並呈示對象的程序與步驟？第一個問題，太難也太複雜，我們自可存而不論；第二個問題，我們或可簡化為文學研究中文學歷史如何定位的議題，因此其中就必然牽涉到「傳統」、「理解」與「詮釋」等相關的問題。這也是為什麼德國學

者耀斯（Hans Robert Jauss）要從詮釋學的面向出發，並以「文學史對文學理論的挑戰」一文開啓了「文學接受史」的研究領域。

　　如果我們要重新提問文學史相關的議題，或可重新思考並界定文學家（作家）、文學史家以及歷史學家三者的角色區分。簡單說，文學做爲人的情感或生活經驗的紀錄，自然不同於歷史做爲過往事件的記錄──就這一點來說，文學家（作家）的位置卻也等同於歷史學家，只是文學家或可觀照並記錄自己或他人的生活與經驗，而歷史學家則是觀照並記錄他人的生活與經驗。這也是爲什麼文學與歷史往往可以在對事件與經驗的呈現模式相提並論或相互對照。然而，歷史事件與文學事件彼此被接受的方式是各有不同，因此，文學與文學史家之間的關係、以及歷史與歷史學家之間的關係，彼此的目的性則又是各自有一套不同的論述。如何能重新辨析這些關係以及各自所衍生的問題，應該是我們面對文學史這項議題時的理論起點。中國古典傳統的時間歷程久遠，文學史相關的議題確實值得我們再進一步探索。多年以前，龔鵬程教授曾經開始提問有關撰寫中國文學史的問題，那是一個實際的出發點，然而在這個出發點上應該同時出現的後續的理論反省的問題，並沒有得到相對的開展。今天，藉著王金凌教授的論文，我們或許可以在不同的對話中再行出發。

胡小石《中國文學史講稿》的建構特點

郁賢皓

南京師範大學文學院

關鍵詞

胡小石、中國文學史講稿、建構、特點

摘　要

中國早期編寫的文學史，體系非常龐雜，文學和學術概念不清。而胡小石先生於民國 10 年編寫的《中國文學史講稿》，以焦循「一代有一代之所勝」的觀點爲基本框架，分清了文學與學術的界限，鈎勒出中國文學史的主要發展線索，開創了嶄新的中國文學史的建構框架，具有重大的歷史意義和理論價值。同時，對每個時代的非主流文學也有講述。其講文學之產生必結合社會生活、學術思想、地域環境，言必己出，根據自己體驗講詩歌藝術等，都對後來的許多文學史有重大影響。

　　從清朝末年林傳甲❶、黃摩西❷等人開始撰寫《中國文學史》
以來，到近幾年復旦大學章培恒、駱玉明主編的《中國文學史》❸
和北京大學袁行霈主編的《中國文學史》❹出版，可以說整個 20
世紀是《中國文學史》盛行的時代，總共有數百種之多。這些著作
都各有特點，從早期的文學與學術不分，到文學概念的認定；從孤
立地論述作家作品，到聯繫時代社會背景來系統闡述文學的發展；
從單純論述文體的成就，到全面系統地考論各種文學樣式產生、發
展及其對其他文體的影響等等，都有一個逐步認識和加深進步的過

---

❶　林傳甲：《中國文學史》（武林謀新室印行，上海科學書局發行，清宣統 2 年
　　6 月校正再版；臺北：學海出版社，民國 75 年 3 月）。據此書首頁江紹銓
　　《中國文學史序》稱：林傳甲於光緒「甲辰夏五月來京師主大學國文席，與
　　余同舍居，每見其奮筆疾書，日率千百字，不四閱月，《中國文學史》十六
　　篇已殺青矣。……光緒甲辰季冬之望弋陽江紹銓序。」按光緒甲辰即光緒
　　30 年，則此書與黃摩西之書為同時之作。

❷　黃摩西：《中國文學史》（東吳大學堂讀本，上海國學扶輪社印行）。據《東
　　吳六志·志瑣言》記載，此書始撰於光緒 30 年（1904），初稿出版於 1907
　　年。見王永健《蘇州奇人黃摩西評傳》（蘇州：蘇州大學出版社 2000 年 3 月
　　版）頁 206 引。又見王永健《中國文學史的開山之作——黃摩西所著中國首
　　部〈中國文學史〉》引，臺北：《書目季刊》第二十九卷第二期（1995 年 6
　　月），頁 14。

❸　章培恒、駱玉明：《中國文學史》（上海：復旦大學出版社，1996 年 3 月）。

❹　袁行霈：《中國文學史》（北京：高等教育出版社，1999 年 8 月）。

程。近年來，各學術刊物上發表了不少文章，對 20 世紀的文學史
著作和教材進行總結和反思，尤其是對早期的一些文學史著作和教
材，提出了許多富有創見的評價。但奇怪的是對胡小石先生於民國
10 年在北京女子高等師範學校講授的《中國文學史講稿》❺，除
了周勛初教授在〈文學「一代有一代之所勝」說的重要歷史意義〉
❻一文中談到「胡小石先生在中國文學史領域中的貢獻」外，其他
文章中則很少有人提及。可能是因爲胡小石先生的這個講稿長期沒
有發表（直到 1930 年春，以其弟子蘇拯的筆記，題名《中國文學
史講稿上編》，共十一章，到「五代文學」爲止，由上海人文社出
版；1962 年胡小石先生逝世後，南京大學成立遺著整理委員會，
其中一項就是重印此書，但未能實施；直到 1991 年，才把此書收
入《胡小石論文集續編》，由上海古籍出版社出版。在原來十一章
的基礎上，又根據其弟子金啓華的筆記，增補第十二章「宋代文
學」，前十一章保存 1930 年版原貌不動）❼，許多人不易見到的緣
故。其實，胡小石先生的《中國文學史講稿》可以說在那個時代是
不同凡響的。因爲他與當時的其他文學史都不同，開創了一種新的

---

❺　胡小石：〈中國文學史講稿〉，《胡小石論文集續編》（上海：上海古籍出版
　　社，1991 年 5 月），頁 31-204。

❻　周勛初：《文學「一代有一代之所勝」說的重要歷史意義》（北京：《文學遺
　　產》，2000 年第一期），頁 27-32；收入《周勛初文集》第六冊，頁 222-
　　243。

❼　見吳微鑄：《胡小石論文集續編·後記》（上海：上海古籍出版社，1991 年 5
　　月），頁 205。

文學史建構和體制，具有鮮明特點，對後來他的門人弟子寫的文學史著作和教材有著重要的影響。因此，本文擬在周勛初教授文章的基礎上，作進一步的探討和補充。

　　眾所周知，現代意義上的「文學」這個概念，是從外國翻譯過來的，與中國古代典籍中所提到的「文學」一詞的意思是不同的。魯迅先生在論述《論語》等語錄體文字時說：「用那麼艱難的文字寫出來的古語摘要，我們先前也叫『文』，現在新派一點的叫『文學』，這不是從『文學子游子夏』上割下來的，是從日本輸入，他們的對於英文 Literature 的譯名。❽」西方人所說的「文學」這個概念，只是指詩、戲劇、小說等純文學作品，而中國古代所說的「文學」這個概念卻非常複雜，可以泛指各種文獻典籍。中國古代根本沒有分章節論述的文學史。而日本學者卻較早接受西學，他們用西方的著作體例編寫日本的文學史，接著也寫中國文學史。而中國早期編寫的文學史，多受到日本著作的影響。中國人自己寫的最早的古代文學史，一是當時在京師大學堂任教的林傳甲寫的《中國文學史》❾，據書前江紹銓〈序〉，此書寫於光緒 30 年甲辰 5 月到 9 月。宣統 2 年校正再版，至民國 3 年已六版。作者在開頭小序中說：「傳甲斯編，將仿日本笹川種郎《中國文學史》之意

---

❽　魯迅：〈門外文談〉，《且介亭文集》（北京：人民文學出版社，1981 年新一版），頁 93。

❾　林傳甲：《中國文學史》（臺北：學海出版社，民國 75 年 3 月版），頁 1。

以成書焉。**❿**」可見它是模仿日本笹川種郎《中國文學史》的。全書分十六篇，第一篇至第三篇講文字書法、古今音韻、名義訓詁，第四篇至第六篇講古今文章內容的不同和作法的演變，第七篇至第十一篇講羣經、諸子、史書之文，第十二篇至第十四篇講漢魏至清朝的文體，第十五篇至第十六篇講駢散兩種文體。實際上其中很多內容根本不屬於文學的範圍。另一種是當時在東吳大學任教的黃摩西（黃人）寫的。據徐允修《東吳六志·志瑣言》記載：「光緒 30年，西曆 1904 年，孫校長（孫樂文）以本校儀式上的布置，略有就緒，急應釐訂各科學課本；而西學課本盡可擇優取用，唯國學方面，既一向未有學校之設立，何來合適課本？不得不自謀編著。因商之黃摩西先生，請其擔承編輯主任，別延嵇紹周、吳瞿安兩先生分任其事。一面將國學課擇要編著，一面即用謄寫版油印，隨編隨課，故編輯之外，又招寫手四五人，逐日寫印。如是者三年……理應擇要付印。因由黃先生將文學史整理一過。此書系其自己手筆，開頭總論、分論、略論，洋洋百萬言，均系愜心之作。以下亦門分派別，結構謹嚴，惟發抄各家程式文時，致涉繁泛。書雖出版，不合校課之用。正欲修改重印，先生遽歸道山，遂致延擱多年。今春（1926 年）有王均卿先生願負修改之責，完成合式之本，付諸鉛印，不日即可出版矣。**⓫**」今蘇州大學圖書館和南京圖書館藏有國學扶輪社印行的「東吳大學堂課本」《中國文學史》，署「常熟黃摩

---

❿　同註**❶**，頁 1-2。

⓫　王永健：《蘇州奇人黃摩西評傳》（蘇州：蘇州大學出版社，2000 年 3 月），頁 206 引。

西編」，爲三十冊（內有一冊爲手抄本），到明代爲止，全書約一百七十萬字（徐允修所謂「洋洋百萬言」乃誇大之辭）。未署出版年代。此本當即陳旭輪《關於黃摩西》（《文史》半月刊 1934 年第一期）所說「清末東吳大學以鉛字油光紙印行」、「坊肆未曾流行」的 1907 年本子❷。此書內容極爲龐雜，第一編「總論」談「文學之目的」、「歷史文學與文學史」、「文學史之效用」，比較拉雜，如認爲「三皇之書，爲文學權輿」之類。第二編「略論」，談「文學之起源」，更是從造字說起，以「文字」爲中心，列表說明文字所自生的系統：圖畫到美術、字學、刊印、校訂、款識、法帖，語言到文學，結繩到小學，音韻到考古學、韻學等；談「文學的種類」認爲「文字爲文學之起點」，「《周禮》六官所掌中，有無數典章，無數學術，即有無數文學。而文學種類之分，蓋權輿於此矣。」可見其對文學與學術也未分清，內容包含極廣。第三編談「文學的種類」，其中第一章把所有古代公文都包括在內。第四編「分論」是全書主要部分，篇幅極大。分「文學之起源」、「上世文學史」、「中世文學史」、「近世文學史」四章，「上世文學史」以「六經」、「儒家」、「道家」、「法家」、「兵家」、「古小說」、「楚辭」、兩漢文學爲「文學全盛期」；「中世文學史」從晉至宋元爲「文學華離期」；「近世文學史」則爲「文學曖昧期」。每個階段有作家小傳，然後是大量的作品選，大都沒有評價。可見當時的學者多分不清文學和學術的區別，大多學人認爲讀書必先要識字，因此必須先從文字講起；而掌握文學必須先具備經、史、子方面的知識，有了扎實的基礎，

才能學文學進入正道。林傳甲、黃摩西等人的《中國文學史》，正是充分體現這些特點的代表作。後來有人主張全部按照西學的方法寫中國純文學史，即只寫詩、戲曲和小說，把賦、散文等都排除在外。但這顯然不符合中國古代文學的實際國情，所以未能成功。因為在中國古代傳統觀念中，賦和散文是重要文類，尤其是作賦必須有大才；而戲曲、小說卻是小道娛玩之具；有高下之分。

其實，雖然中國出現文學史較晚，但對「文學」的特點則在不斷進行探討，因而「文學」這一概念的意義也在不斷發展。《論語‧先進》中說的「文學，子游、子夏」❸，是包括文章博學的意義。《史記‧儒林列傳序》❹、《漢書‧儒林傳》❺中說的「彬彬（《史記》作「斌斌」）多文學之士」的「文學」，也都是泛指學術方面的博學而言。但到了魏、晉時期，人們對文學與學術的界限，看得比較清楚。當時出現「文章」一詞，曹丕《典論‧論文》所謂「蓋文章經國之大業，不朽之盛事」的「文章」，大概是指文學了。其談到的文人是建安七子，其談到的文體有「奏議」、「書論」、「銘誄」、「詩賦」❻，他認為這些就屬於文章的範圍。晉代陸機〈文賦〉未講「文」的定義，多講寫文的構思和修辭，但從他所

---

❸ 　《論語正義》（上海書店 1986 年 7 月影印《諸子集成》本），卷十四，頁 238。

❹ 　《史記》（中華書局 1959 年 9 月標點本）卷一百二十一，頁 3120。

❺ 　《漢書》（中華書局 1962 年 6 月標點本）卷八十八，頁 3596。

❻ 　嚴可均：《全上古三代秦漢三國六朝文‧全三國文》（北京：中華書局 1958 年 12 月版），卷八，頁 1097-1098。

說的「思涉樂其必笑，言方哀而已歎」，可知他談的文就是指文學。其中談到的文章體裁有「詩」、「賦」、「碑」、「誄」、「銘」、「箴」、「頌」、「論」、「奏」、「說」❼，他認為這些就屬於文的範圍。范曄的《後漢書》，特設〈文苑傳〉，所收的都是寫詩賦的文學之士，而研究儒家學術的人都放在〈儒林傳〉。此後的史書，如《舊唐書》把文學之士歸入〈文苑傳〉，《新唐書》把文學之士歸入〈文藝傳〉，而把儒學之士則都歸入〈儒學傳〉，這就把文學家很清楚地分出來了。梁代昭明太子蕭統編《文選》，把經書（「姬公之籍。孔父之書」）、史書（「記事之史，繫年之書」）、子書（「老莊之作，管孟之流」）和「謀夫」、「辯士」之作，都排除在「文」之外，一律不收。而一定要「事出於沉思，義歸於翰藻」，「綜輯辭采」，「錯比文華」之文，才能入選❽。這就把文學的界線劃得很清楚了。當時的湘東王蕭繹則認為：「至如文者，惟須綺縠紛披，宮徵靡曼，脣吻遒會，情靈搖蕩。❾」分別從感情和辭采等方面論述文學的特點，已與後代的「文學」概念有相合之處。不過那時還沒有現代意義上的「文學」這一名稱，只稱「文」或「文章」。《文選》中所選文章，以「賦」和「詩」為主，此外，還有「七」、「詔」、「冊」、「令」、「教」、「文」、「表」、「上書」、「啟」、「彈事」、「箋」、「奏記」、「書」、「檄」、「對問」、「設論」、「辭」、

---

❼　同註❻，《全晉文》卷九十七，頁 2013-2014。

❽　梁昭明太子蕭統：〈文選序〉，《六臣注文選》（中華書局 1987 年 8 月版），頁 3-4。

❾　蕭繹：《金樓子》卷四〈立言篇九下〉（《知不足齋叢書》本），頁 29A。

「序」、「頌」、「贊」、「符命」、「史論」、「史述贊」、「論」、「連珠」、「箴」、「銘」、「誄」、「哀」、「碑文」、「墓誌」、「行狀」、「弔文」、「祭文」等三十四種文體。大致上是相對於「經」、「史」、「子」以外的「集」部的範圍。從此以後，人們基本上認同以上文體即屬於文學的範疇。不過因為《文選》中所選文章多為韻文或駢文，當時就有人稱「有韻爲文，無韻爲筆」。到了清代，產生了文筆之爭。因爲從清初開始，文壇上以崇尚唐宋八大家散文的桐城派佔優勢，後來就有推崇六朝駢文的文選派出現，他們把散句（單筆）且無韻的散文完全排斥在文學之外，這兩派一直到「五四」新文學運動提倡白話文，才開始都遭到批判。對於中國文學的這種特殊情況，文學史的編寫勢必與西方的文學史不同。

更爲重要的是，隨著時代的發展，文學的體裁也在不斷的發展變化，每個時代都有新的文學樣式出現，對於中國歷代文學的這種發展趨勢，古代學術界也有不少人在進行探索。其中清代揚州學派的主要人物焦循曾提出過文學發展「一代有一代之所勝」的精闢論述：

> 商之詩，僅存頌。周則備風、雅、頌，載諸《三百篇》者尚矣。而楚騷之體，則《三百篇》所無也，此屈、宋為周末大家。其韋玄成父子以後之四言，則《三百篇》之餘氣遊魂也。漢之賦為周秦所無，故司馬相如、揚雄、班固、張衡為四百年作者，而東方朔、劉向、王逸之騷，仍未脫周、楚之窠臼矣。其魏、晉以後之賦，則漢賦之餘氣遊魂也。……五言詩發源於漢之十九首，及蘇、李而建安，而

後歷晉、宋、齊、梁、周、隋，於此為盛。一變於晉之潘、陸，宋之顏、謝。易樸為雕，化奇作偶。然晉、宋以前，未知有聲韻也，沈約卓然創始，指出四聲。自是厥後，變蹈厲為和柔。宣城、水部冠冕齊梁，又開潘、陸、顏、謝所未有矣。齊、梁者，樞紐於古、律之間者也。至唐遂專以律傳，杜甫、劉長卿、孟浩然、王維、李白、崔顥、白居易、李商隱等之五律、七律，六朝以前所未有也。若陳子昂、張九齡、韋應物之五言古詩，不出漢魏人之所範圍。故論唐人詩，以七律、五律為先，七古、七絕次之。詩之境至是盡矣。晚唐漸有詞，興於五代，而盛於宋，為唐以前所無。故論宋宜取其詞，前則秦、柳、蘇、晁，後則周、吳、姜、蔣，足與魏之曹、劉，唐之李、杜，相輝映焉。其詩人之有西崑、西江諸派，不過唐人之緒餘，不足評其乖合矣。詞之體，盡於南宋，而金、元乃變為曲，關漢卿、喬夢符、馬東籬、張小山等為一代鉅手。乃談者不取其曲，仍論其詩，失之矣。有明二百七十年，鏤心刻骨於八股，如胡思泉、歸熙父、金正聲、章大力十家，洵可繼楚騷、漢賦、唐詩、宋詞、元曲，以立一門戶。而李、何、王、李之流，乃沾沾於詩，自命復古，殊可不必者矣。夫一代有一代之所勝，舍其所勝，以就其所不勝，皆寄人籬下者耳。余嘗欲自楚騷以下，至明八股，撰為一集。漢則專取其賦，魏、晉、六朝至隋則專錄其五言詩，唐則專錄其律詩，宋專錄其詞，元專錄其曲，

明專錄其八股，一代還其一代之所勝，然而未暇也。偶與
人論詩，而記於此。」[20]

這一段論述，對後代學者影響很大。如王國維在《宋元戲曲
考·序》中一開頭就說：「一代有一代之文學。[21]」胡適在〈文學
改良芻議〉中也說：「一時代有一時代之文學。[22]」，但他們都沒有
說明這個學說的出處。只有胡小石先生在他的《中國文學史講稿》
中明確說明了這一說法的出處是焦循的《易餘籥錄》。而各人引用
此說的用意和目的也不同：王國維是用來說明戲曲是元代的代表性
文學，胡適是用以提倡文學改良，而胡小石先生則是用以構建中國
古代文學史的基本框架。

胡小石先生生於光緒 14 年（1888），畢業於兩江師範學堂，
其師輩多兼通傳統國學和西方新學，所以他的學問既有樸學傳統，
又有西方新學知識。民國 9 年，胡小石先生由同學陳中凡先生介
紹，到北京女子高等師範學校任教授兼國文部主任，講授中國文學
史、修辭學、詩歌創作等課程。其時《中國文學史》著作和講稿已
有多種問世，特別是謝无量在民國 7 年寫的《中國大文學史》，影
響很大，多次重印，此書幾乎將見之於文字的東西都稱之為文學，
他在第一章第四節「文學之分類」中，列表分「無句讀文」和「有

---

[20] 焦循：《易餘籥錄》（木犀軒叢書本），卷十五，頁 1A-2A。

[21] 《王國維戲曲論文集》（北京：中國戲劇出版社 1984 年版），頁 3。

[22] 胡適：〈文學改良芻議〉，《中國新文學大系·建設理論集》（上海：良友圖書
公司 1935 年 10 月版），頁 35。

句讀文」兩類，前者包括圖書、表譜、簿錄、算草；後者又分「有
韻文」和「無韻文」，無韻文中有諸子疏證平議的學說，有包括地
志、姓氏書、目錄、款識及各體史書在內的歷史，有各種公牘，典
章，雜文和小說，內容極爲龐雜㉓。當時在北京大學開文學史課程
的朱希祖先生，據陳中凡先生回憶，其講稿分「經史、辭賦、古今
體詩等篇，近於文學概論。讀其內容，實則是學術概論，非文學所
能包括。㉔」胡小石先生反對章太炎先生在《文學總論》中對文學
的主張，說：「近年來的章太炎氏，又主張極廣義的：『凡著於竹帛
者，謂之文。論其形式，謂之文學。』照他說來，太無限定。凡公
司之股票，神廟之籤條，均可稱之爲文，講來實不勝其煩。現在若
要講文學的界限，與其失之太寬，不如失之太狹。故寧從阮氏之
說，而不取章氏之論。㉕」所謂「阮氏」，就是清代揚州學派的首
領阮元。阮元在〈文韻說〉中說：「凡爲文者，在聲爲宮商，在色
爲翰藻。㉖」強調文學必須講究聲韻辭藻。主對偶，重駢文。可知
這派的文學主張是比較狹義的。

在這樣的背景下，胡小石先生努力尋找文學史最理想的建構
和框架，最後終於接受揚州學派焦循「一代有一代之所勝」的主
張。焦循在《易餘籥錄》卷十五中所說的學說，把大量的經、史、

㉓　謝旡量：《中國大文學史》（中華書局民國 7 年 10 月發行，29 年 2 月再版），
　　頁 6-8。

㉔　陳中凡：〈悼念學長胡小石〉（南京：《雨花》1962 年第四期），頁 34-35。

㉕　同註❺，頁 11。

㉖　阮元：〈文韻說〉，《揅經室續集》（《四部叢刊》本）卷三，頁 10A。

子部的東西排除在外，基本上分清了文學與學術的界限，鈎勒出了中國文學史的主要發展線索，基本上符合中國古代文學的實際。所以，胡先生的《中國文學史講稿》，就是以此爲基本框架，建立起了不同於前人所寫的文學史的體系，這一體系具有重大的歷史意義和理論價值。胡先生在第一章「通論」的「引言」中就詳細地指出：焦循「一代有一代之所勝」的學說，具有四個新觀念：一、闡明文學與時代之關係，他最能認清什麼時代就產生什麼文學；二、認清純粹文學之範圍。中國人自來哲學與文學相混，文學又與史學不分，以致現在一般編文學史的，幾乎與中國學術史不分界限，焦君此篇所舉的歷朝代表文學作品，如楚騷、漢賦、唐詩、宋詞、元曲等，均屬於純文學方面。文學的面貌被他認清了，才不至於夾雜不清。值得注意的是，胡先生認爲漢賦也是純文學，是由《楚辭》與縱橫家雜糅而成的一種新文體。「周之詩、楚之騷、漢之賦，就廣義說來，實在是一件東西，都可名之爲詩。〈兩都賦序〉：『賦者，古詩之流也。』《文心雕龍·詮賦篇》說：『賦者，受命於詩人，拓宇於楚辭。』可見詩一變至於騷，騷一變至於賦，這是毫無疑義的。❷❼」三、建立文學的信史時代。焦君所講斷自商代，因爲他相信經古文家之說，以《商頌》爲商代作品。他並不遠取〈擊壤〉、〈南風〉、〈卿雲〉等歌謠，甚至於葛天、伏羲時的選著，這是專崇信史的謹嚴態度，可以供後來講文學史者所取法；四、注重文體之盛衰流變。每種文體，都是最初時候很興盛，以後漸漸衰敗，終於另外出一種新文體來代替舊的。但新文體既產生之後，仍然有

---

❷❼　同註❺，頁 53。

人保存著舊的文體。這種人「捨其所勝，以求其所不勝，皆寄人籬下者耳」。這種論調，是從前一般過於貴古賤今的文人所不敢出口的❷。同時，胡小石先生也指出了焦循論說中的一些錯誤：如焦氏相信商頌的時代；相信蘇、李詩；把韋玄成祖孫說成父子等。但胡先生認為焦循大體的主張，是很值得我們注意的❷。這可以說是《中國文學史講稿》最主要的第一個特點。

其次，胡小石先生作為一個既有樸學傳統、又有西方新學知識的學者，在講「上古文學」時，也從文字講起。但他講文字的目的是為了確定中國信史的時代。過去人們把三皇五帝說成是信史；還有人認為更早，胡先生認為這都是「想當然耳」。而西方人夏德以為中國信史時代應從《詩經》講起，胡先生認為「那顯然是受了講希臘史先從荷馬的詩歌時代為首的影響」，「又不免把古史時期太縮短了。」他認為確定信史時代「應當以有可靠的文字成立時為準則」。於是他批判倉頡造字之不可信，認為「中國文字可得而徵信的，大概要從殷代講起」，他列舉分析殷代甲骨和銅器上的文字來說明「殷代文字確已正式成立」，所以「中國信史時代當從殷代開始」。但有了文字不等於就有了文學，胡先生分析了殷代文字所記載的內容「誠然是很可靠的史料，但決不能稱之為文學」。於是，他斷定：「中國文學史的信史時代，當自周始。❸」由此可知，胡先生講文字，與以前的文學史家不同，其目的不是講文字的結構和

---

❷　同註❺，頁 4-5。

❷　同註❺，頁 6。

❸　同註❺，頁 18-28。

六書等等，而完全是爲了考證文學史的信史時代。

　　第三，胡先生將「一代有一代之所勝」只是作爲文學史的主框架，在實際講授中，並不是只講「一代之所勝」的文學作品，其他非主流文學品種也是要講的。如講「周代文學」，除了講主要的北派代表作品《詩經》和南派代表作品《楚辭》外，還簡單提到「周之金石文」和「古代散文」❸。「秦代文學」講了刻石❸。「漢代文學」分四個時期：第一期由高帝至文、景，主要是楚聲；第二期武帝至昭、宣，是漢代最強盛時期，集中講「司馬相如和漢賦」；第三期成帝、哀帝至桓、靈，此期時間極長，但文學的創造變化很少，模仿之風大盛，所以主要將模仿作品列表說明；第四期建安時期，主要講賦的變化，五七言詩的起源、昌盛和成立，文學批評的開始；此外，還講了兩漢的散文❸。「魏晉文學」主要講正始、太康、永嘉、義熙四個時期的詩人和詩作外，還講「晉代的文學批評」❸。「南朝文學」分三期：第一期宋代文學講謝靈運、顏延年、鮑照的詩歌；第二期講齊梁文學聲律說；第三期陳文學主要講宮體詩❸。「北朝文學」 也分三期：第一期魏開國至孝文帝太和中，只提到散文家崔浩；第二期太和遷洛至北齊，主要講溫子昇、邢邵和魏收；第三期西魏遷長安至北周，主要講庾信和王褒對溝通

---

❸　同註❺，頁 36、頁 42-43。

❸　同註❺，頁 45-46。

❸　同註❺，頁 49-69。

❸　同註❺，頁 73-82。

❸　同註❺，頁 83-100。

南北文化的作用❸❻。「隋代文學」只講煬帝、薛道衡、楊素的詩
❸❼。「唐代文學」篇幅最長，分初唐、盛唐、中唐、晚唐四期，每
期不但講詩，而且還講「元和之文──韓愈」、「元白與小說」；此
外，還講「唐詞」、「唐代文學批評」❸❽。「五代文學」主要講詞
❸❾。「宋代文學」則先講詩，然後講詞，最後講小說❹⓿。由此可
見，每個朝代所有的文學體裁，他都全部講到。實際上，後來的文
學史都沿用這種方法。

　　第四、在談每個時代的文學時，總是把當時的國家實力、政
治形勢、學術思潮乃至地域特點與文學的關係結合起來，使人充分
理解產生這種文學的必然性。如談「周代文學」，就以地域不同來
分析文學的區別。指出北方人因自然條件不好，雖努力勞動，收成
總不如南方。所以北方人思想偏於實踐，講求利用厚生之道，與儒
家思想極相近；而南人得天獨厚，思想常離開實際，入於玄虛，與
道家思想相近；北方的《詩經》中常說「上帝板板」、「上帝震
怒」，完全是抽象描寫，而且高高在上，令人森然可畏。而南方屈
原的《九歌》中的神與世間人極相像，且常與世人來往，令人和藹
可親❹❶。以此說明地域與文學的關係，甚爲深刻。再如講「漢代文

---

❸❻　同註❺，頁 102-106。

❸❼　同註❺，頁 107-108。

❸❽　同註❺，頁 116-163。

❸❾　同註❺，頁 164-171。

❹⓿　同註❺，頁 172-204。

❹❶　同註❺，頁 29-30。

學」，就談到第一期時「先秦思想未泯」，「楚聲尙盛」和「南北思想之調和」，所以當時文學除楚聲楚調外，文學很不發達；學術上也對各派思想「混合不淸」。到第二期漢武帝時因皇帝愛好辭賦，收羅詞客，才出現了大量的漢賦❷。又如講「唐代文學」開創了新時代，分析其原因是：「政局之統一」，「交通之便利」，「君主之提倡」，「選舉之影響」，「生活之繁豐」，「外樂之輸入」❸。闡述得非常全面而深刻，對後代文學史顯然有很大的啓發和影響。

第五、胡小石先生講中國文學史都是言必己出，凡是他講的意見都是他自己獨到的見解，別人講過的就不講。如他認爲「秦始皇對學術用高壓手段，焚書坑儒，但學術並不因之而式微。至漢武帝轉用一種軟化手段，罷黜百家，學術乃真因之而消歇。自從武帝立了博士之後，學術界產生了一種師法，……對於老師所說的話，只有無條件的接受，而且無討論的餘地。舉《詩經》的〈關雎〉爲例罷，你若從古文家言，就以此詩爲美文王的。你若從今文家言，就以此詩爲刺康王的。至於此詩的本來面目，是用不著多問。總之，專講師法的人，對於學問只講信不信，不問是不是，簡直近於一種宗教家的態度。因爲學術尊信師法的影響，乃開了文學因襲之風氣。❹」這明顯是發前人之所未發的見解。又如從賦的四個特點推論賦的來源爲：「想像與藻采兩樣，是從楚詞來的。侈陳形勢與抑客申主，又是從縱橫家來的。由楚詞與縱橫家言，結婚所生的兒

---

❷　同註❺，頁 49-55。

❸　同註❺，頁 111-114。

❹　同註❺，頁 52。

子，就是賦。**⑤**」類似這樣獨特的見解，比比皆是。凡認為別人的意見正確，需要引用，則都加以說明。如講文學與地域的關係，在「周代文學」章中說：「論南北文學不同的，以劉師培的說法為較詳盡。**⑥**」接著便引用劉師培的論說。《講稿》中有一段話可以說明胡先生的治學態度：「關於斷定沈休文之浮切為平仄，我最初以為是一件小小的創獲。但後來看見一部湖南人鄒叔子所留下的《遺書·五均論》當中早已有此論調，可見刻書要占年輩，否則有剿襲前人的嫌疑。後來看到阮元《揅經堂續集》中的〈文韻說〉又早已如此說法。到後來又細翻到《新唐書》第二百零二卷〈杜甫傳論〉（附〈杜審言傳〉後）見到以下幾句話：『唐興，詩人承陳、隋風流，浮靡相矜。至宋之問、沈佺期等，研揚聲音，浮切不差，而號律詩。』宋子京在這裏所說的『浮切不差』，豈不是明明白白指的是絕不可錯亂的律詩中之平仄嗎？於是更歎讀書及持論之不易。**⑦**」正因為這樣，胡小石先生從不輕易著作。即如這《中國文學史講稿》，也只到宋代為止。據吳白匋先生回憶：「憶 1942 年，師在國立女子師範學院，講中國文學史竟，鑄（吳徵鑄先生字白匋）因進言座前曰：『何不將《上編》以後講稿付印，俾成全書？』師曰：『元人雜劇，宋元南戲，明清傳奇、小說，與各種俗文學，目前均有專家研究，成績斐然，余實無多發明，口述作介紹則可，彙錄成書則不可。』先師畢生治學，文必己出，如無真知灼見，從不

---

⑤　同註**❺**，頁 54。

⑥　同註**❺**，頁 30。

⑦　同註**❺**，頁 94。

剿襲雷同，筆諸簡端。其律己嚴謹也若此。**❹** 」這種治學態度，也
足以供後代寫文學史者所取法。

　　第六、胡先生詩學湛深，所以在講詩時能經常用親身體驗，
談每個詩人的特點和詩歌的源流，特別精彩。如說陶淵明「胸懷恬
淡，對於自然每與之溶化或攜手，如『採菊東籬下，悠然見南
山』，很現出一種不疾不徐的舒適神氣。至於大謝對於自然，卻取
一種凌跨的態度，竟不甘心爲自然所包舉，如他的〈泛海詩〉中的
『溟漲無端倪，虛舟有超越』，氣象壯闊，可以吞滄海。至於後來
的小謝，不過只能贊美自然而已。」又說謝靈運的影響：「唐代有
柳子厚學他的山水詩，尤其是工於製題目，這正是柳州的善於學大
謝之處。次爲孟郊，他用字之烹練，實淵源於大謝。**❹** 」胡先生談
到詩人的鍊字，更是入木三分，非常深刻。如他講「南朝文學」時
談到「鍊字」問題說：「鍊字在中國修辭學中，佔有極重要的地
位。中國的古代文學有定式，所以要想在此已定之範圍內出奇制
勝，遂不得不趨向鍊字的一途。此時的陰鏗、何遜等，都是鍊字的
大家，後來影響到唐代的杜甫。所以在杜工部的批評文學中，很推
崇那位『能詩何水曹（何遜）』，又自謂『頗學陰何苦用心。』工部
詩有全由何遜的詩中脫化而出的，如他的『孤月浪中翻』，從何水
部之『初月波中上』而來。在舉何遜詩的鍊字之處，如『薄雲巖際
宿，初月波中上』的『上』字，『夜雨滴空階，曉燈暗離室』之

---

❹ 　吳徵鑄：《胡小石〈中國文學史講稿〉後記》，《胡小石論文集續編》（上海：
　　上海古籍出版社 1991 年 5 月版）頁 205。

❹ 　同註**❺**，頁 85。

『暗』字，『疏樹翻高葉，寒流聚細文』之『翻』字『聚』字，以及『江暗雨欲來，浪白風初起』的『白』字，都是極千錘百鍊之功夫而成的。❺」類似的例子不勝枚舉。由此可見胡先生對詩歌的藝術分析，完全從切身體會中來，決非一般人的賞析所能做到的。

胡小石先生《中國文學史講稿》的上述特點，大都為後來的一些文學史所繼承。尤其是他的門生弟子寫的文學史，可以說都繼承了這一傳統。胡小石先生終身在高等學校講授中國文學史，先後培養出許多著名的文學史家，如馮沅君、劉大杰、胡雲翼等。馮沅君與其丈夫陸侃如在 1931 年合寫《中國詩史》，詩只寫到唐代，宋以後略去不談；詞只寫到宋代，元以後略去不談；散曲只寫到元代，明以後略去不談；顯然是受到乃師胡小石先生貫徹焦循「一代有一代之所勝」的影響❺。劉大杰在 1941 年出版《中國文學發展史》上卷，敘及漢賦興衰原因時，特別談到：「賦是漢代文學中的主流，正好像唐詩宋詞一樣，任何讀書人在那時代都不能不同他發生交涉。如果李白、杜甫、白居易、蘇東坡生在漢朝，想必也都是以賦名家了。❺」由此可見「一代有一代之所勝」的學說對劉大杰先生的影響是極深的。胡雲翼在他的《中國文學史·自序》中對先前出版的二十種文學史作評論後說：「嚴格點說來，我們認為滿意

---

❺　同註❺，頁 100。

❺　陸侃如、馮沅君：《中國詩史》（上海：上海大江書鋪民國 20 年版，上海商務印書館民國 24 年版）。

❺　劉大杰：《中國文學發展史·漢賦的發展及流變》（中華書局 1941 年版），頁 97。

較多的實只有吾家教授胡小石的《中國文學史》及吾家博士胡適的《白話文學史》。胡小石先生的《中國文學史講稿》，敘述周密，持論平允，是其特色。❸」這中間顯然也包含著「一代有一代之所勝」的特色。

胡小石先生《中國文學史講稿》一直到 20 世紀五十年代，還在南京等地的高校中有著重要影響。因為他長期在中央大學、金陵大學、以及後來合併而成的南京大學任教授，他的許多學生留在南京大學和南京師範大學當教授，五十年代我們在南京師範學院讀書時，講先秦文學的楊白樺教授是胡小石先生的次子（因過繼給舅父，故改姓楊），他就只講《詩經》和《楚辭》，諸子散文和歷史散文都不講。講兩漢魏晉南北朝文學的段熙仲教授是胡小石先生的學生，他主要講漢賦和魏晉南北朝的詩歌。講唐宋文學的孫望教授、唐圭璋教授和金啓華先生，都是胡小石先生的學生，他們主要講唐詩和宋詞，對唐代古文、小說及宋詩只作簡單介紹。唐圭璋教授講元曲、明、清傳奇，他們都貫徹著胡小石先生的「一代有一代之所勝」的原則，而且講課的風格也都是胡小石先生的傳統，「敘述周密，持論平允」，言必己出，用親身體驗講詩的作法和鍊字等，使我們深受教益。

總而言之，胡小石先生《中國文學史講稿》在民國 10 年能以「一代有一代之所勝」的觀點，來建構《中國文學史講稿》的基本框架，與在此之前出現的各種文學與學術不分而龐雜的文學史完全不同，釐清了文學與學術的界限，具有開創性的里程碑意義。從此

---

❸　胡雲翼：《新著中國文學史》（上海：上海北新書局民國 21 年版）。

以後，許多文學史基本上都沿用這一建構框架，影響極大。竊以爲它的建構和框架，直到今天對我們編寫中國文學史仍有借鑒作用。當然，這並不是說胡小石先生《中國文學史講稿》完美無缺，如古代的歌謠，漢代的樂府詩，唐代的變文等，胡小石先生《中國文學史講稿》中都未提及。這是因爲當時對民間的俗文學還未進行充分研究，胡先生治學謹嚴，自然不便輕易講述。後來的文學史在此基礎上，都在進行不斷的補充修改，所謂後來居上，後出轉精，後來的文學史可以擴充增加許多新的內容，使之更加完善。但我們如以歷史發展的眼光考察中國文學史的建設，則應當承認，早在民國初期胡小石先生就提出了許多可貴的見解，他的《中國文學史講稿》，無疑是起了奠基和先導的作用。

講評意見

周勛初
東海大學中國文學系

　　中國文學史是一門研究中國文學發展演變的學問。自清末以來，文學史類著作層出不窮，至今已有數百種之多。由於時代的變遷，人們文學觀念的變化，前後產生的各種文學史面貌大異，內容形式都有不同，因此文學史本身的發展也已成了一種研究對象。大陸地區自八十年代後期就興起了一股研究中國文學史各類著作的熱潮，但其中還存在著一些問題亟待解決。研究者往往僅憑一本本文學史的出版年代先後排列，由此勾勒文學史編寫歷程中的發展和變化，殊不知有的著作雖出版在後，實際上作者由就從事研究或已講學多年；有的著作發表年代雖早，實際上卻受到後來才正式付印的某一著作的影響。他們往往僅從西方和日本學者所著的文學史來說明中國學者受到的影響，而對這一學科與中國古代學說的聯繫缺乏認真的分析與探討。這也就是說，研究者對各種文學史產生的時代背景、學術系統和著者的個人特點注意不夠，發掘不深。郁賢皓教授根據大量材料說明胡小石教授講授中國文學史的情況，說明其著作的特點，「一代有一代之所勝」說的重要價值，探討胡小石教授的學說與中國學術史的內在聯繫，且從胡小石教授的教學活動說明

他在建設這一學科時所做出的重要貢獻和發生的重大影響，這就把學術史上隱而不彰的一頁公布於世，對研究中國文學史者有很好的啓示作用。

論《新唐書·文藝傳》之文學史觀

嚴杰

南京大學中文系

關鍵詞

新唐書、文學史觀、宗經重道、崇尙典範、文統、詩統

摘 要

　　《新唐書·文藝傳》及相關列傳可謂簡略的唐代文學史，從中表露的文學史觀值得注意。在復古精神主導下，史臣持宗經重道的觀念，論唐代文學的演變，以文爲關注重點，將韓愈古文奉爲極至。同時亦注意文學特性，對唐詩成就加以贊揚。史臣崇尙典範，對宋初以來詩文革新的榜樣韓柳、李杜作出選擇，文則尊韓·詩則尊杜。這已含有確立文統、詩統的因素。《新唐書》列傳部分雖然由宋祁編撰，然因係官修史書，應反映當時社會主流意見，故其文學史觀實際代表了北宋詩文革新作家的基本共識，也標志著詩文革新已獲得根本成功。由於官修史書的權威性，其影響不可低估，對宋代乃至宋以後歷代文學及文學史觀都產生了重大作用。

　　中國文學史的著述始於清末，而中國古代的文學史研究很早就有萌芽。隨著文學創作和文學批評的發展與積累，古人的文學史觀得以形成。當然，古人的文學觀念仍屬泛文學的觀念。在各種類型的古代文獻中，存在大量對文學發展演變的研究文字，從中體現人們的文學史觀。其中，歷代正史的文苑傳或文藝傳對一定歷史時期的文學現象加以記敘與概括，比較系統、全面（雖然如今看來不免簡單），往往表現出修史人對前代文學的深刻思考，具有總結性質。修史人以當時意識審視前代文學，又往往代表了當時社會主流的基本共識，因而對當時乃至後代的文學思想亦有影響。

壹

　　歐陽修、宋祁等人編撰的《新唐書》成於北宋中期，其〈文藝傳〉及相關列傳涉及唐代文學現象，可謂簡略的唐代文學史，從中表露的文學史觀值得注意，而今人似未予足夠重視。〈文藝傳序〉有曰：

> 　唐有天下三百年，文章無慮三變。高祖、太宗，大難始夷，沿江左餘風，綈句繪章，揣合低卬，故王、楊為之伯。玄宗好經術，羣臣稍厭雕瑑，索理致，崇雅黜浮，氣益雄渾，則燕、許擅其宗。是時，唐興已百年，諸儒爭自名家。大曆、貞元間，美才輩出，擩嚌道真，涵泳聖涯，於是韓愈倡之，柳宗元、李翱、皇甫湜等和之，排逐百家，法度森嚴，抵轢晉、魏，上軋漢、周，唐之文完然為

一王法，此其極也。若侍從酬奉則李嶠、宋之問、沈佺
期、王維，制冊則常袞、楊炎、陸贄、權德輿、王仲舒、
李德裕，言詩則杜甫、李白、元稹、白居易、劉禹錫，譎
怪則李賀、杜牧、李商隱，皆卓然以所長為一世冠，其可
尚已。❶

在這段文字中，對於傳統文學體裁中的詩、文兩大類而言，重視文
的宗經重道作用，由此劃分唐代文學演變的階段，以「唐之文完然
為一王法」來高度評價韓愈古文創作的成就。對於唐詩，文中亦列
舉重要詩人，給予贊揚。至於制冊，屬朝廷公文，可歸入文大類；
侍從酬奉，考察所舉李嶠、宋之問、沈佺期諸人在中宗朝的文學活
動❷，可入詩大類。

〈文藝傳序〉對於唐代文學演變階段的劃分，應該說反映了
北宋古文家的觀點，有其淵源。眾所周知，唐代古文運動得韓愈、
柳宗元的倡導，興盛於貞元、元和時期；天寶以來則有蕭穎士、李
華、賈至、獨孤及、梁肅等人作為先驅。韓、柳之前的古文家不乏
對文學演變的論述，梁肅〈補闕李君前集序〉所論最為清晰：

唐有天下幾二百載，而文章三變。初則廣漢陳子昂以風雅
革浮侈，次則燕國張公說以宏茂廣波瀾。天寶已還，則李

---

❶　宋歐陽修、宋祁《新唐書》（北京：中華書局，1986 年），卷二○一，頁
　　5725-5726。

❷　同註❶，卷二○二，頁 5748。

員外、蕭功曹、賈常侍、獨孤常州比肩而出，故其道益熾。❸

這裏的「文章三變」是就「文」這一體裁立論。張說與蘇頲並稱「燕許大手筆」，長於制誥、碑志，氣象壯闊，當時尊爲一代宗匠，受到唐宋古文家稱頌。對於陳子昂，唐以後人重視其詩歌創作及主張，而韓、柳之前的古文家更重視其文，自蕭穎士至梁肅一脈相承。蕭穎士曾云：「近日陳拾遺子昂文體最正。❹」獨孤及爲李華文集所作序曰：「帝唐以文德冕祐於下，民被王風，俗稍丕變。至則天太后時，陳子昂以雅易鄭，學者浸而嚮方。天寶中，公與蘭陵蕭茂挺、長樂賈幼幾勃焉復起，振中古之風，以宏文德。❺」這就突出了陳子昂文的作用與其對蕭、李等古文家的影響。韓、柳登上文壇後，繼承了他們的古文家前輩。以韓愈而言，姑且不論其長兄韓會與古文家的關係，韓愈本人與前輩的關係清晰可尋。如《舊唐書・韓愈傳》曰：「大曆、貞元之間，文字多尚古學，效揚雄、董仲舒之述作，而獨孤及、梁肅最稱淵奧，儒林推重。愈從其徒游，銳意鑽仰，欲自振於一代。❻」獨孤及卒於大曆末，韓愈未得

---

❸　唐梁肅〈補闕李君前集序〉，清董誥等編《全唐文》（北京：中華書局，1983年影印本），卷五一八，頁6上。

❹　唐李華〈揚州功曹蕭穎士文集序〉，同註❸，卷三一五，頁8下。

❺　唐獨孤及〈檢校尚書吏部員外郎趙郡李公中集序〉，同註❸，卷三八八，頁12上。

❻　後晉劉昫等《舊唐書》（北京：中華書局，1986年），卷一六〇，頁4195。

見，而貞元時得游於梁肅門下，受梁肅賞識❼。韓、柳克服了前輩們的弱點，取得巨大成功。若遵循梁肅的思路，韓、柳的古文應該是又一變。

到宋代，隨著宋初詩文革新的持續進行，梁肅對唐代文學演變的基本認識得到繼承發展。宋初古文家們推崇韓、柳，尤其頌揚韓愈，因而對唐代文學演變的看法與唐代古文家大體一致。柳開、王禹偁最早倡導古文，提出理論主張，尊奉韓、柳，揭開序幕。稍後，姚鉉編纂《唐文粹》，通過選本表明其主張，分類時專設「古文」一類，自序曰：「止以古雅為命，不以雕篆為工。」自序中還對唐代文學作出系統論述：

> 有唐三百年，用文治天下。陳子昂起於庸蜀，始振風雅。
> 由是沈、宋嗣興，李、杜傑出，六義、四始，一變至道。
> 洎張燕公以輔相之才，專撰述之任，雄辭逸氣，聳動羣
> 聽。蘇許公繼以宏麗，丕變習俗。而後蕭、李以二雅之辭
> 本述作，常、楊以三盤之體演絲綸，鬱鬱之文，於是乎
> 在。惟韓吏部超卓羣流，獨高遂古，以二帝三王為根本，
> 以六經四教為宗師，憑陵轔轢，首唱古文，遏橫流於昏

---

❼ 五代王定保《唐摭言》（上海：上海古籍出版社，1978 年），卷七，頁 81。
其文曰：「貞元中，李元賓、韓愈、李絳、崔羣同年進士。先是四君子定交
久矣，共游梁補闕之門，居三歲，肅未之面，而四賢造肅多矣，靡不偕行。
肅異之，一日延接，觀等俱以文學為肅所稱，復獎以交游之道。」按：肅，
原文誤「蕭」。

> 塾，闢正道於夷坦。於是柳子厚、李元賓、李翱、皇甫湜
> 又從而和之，則我先聖孔子之道，炳然懸諸日月。故論者
> 以退之之文可繼楊、孟，斯得之矣。至於賈常侍至、李補
> 闕翰、元容州結、獨孤常州及、呂衡州溫、梁補闕肅、權
> 文公德輿、劉賓客禹錫、白尚書居易、元江夏積，皆文之
> 雄傑者歟！世謂貞元、元和之間，辭人咳唾皆成珠玉，豈誣
> 也哉！❽

姚鉉實際上也是以「三變」概括唐代文學。他認為陳子昂、張說對
轉變文風起了關鍵作用，這與梁肅的看法相同。對於蕭穎士、李華
等人，姚鉉也很重視，只是根據梁肅之後的文學發展過程而確定韓
愈為轉變文風的關鍵人物，功績至高，這不僅是他的個人看法，其
實也是宋初古文家尊韓風氣的反映。

《唐文粹》編成於大中祥符 4 年（1011），成為古文家的模
範。論文重道的石介曾說：「介近得姚鉉《唐文粹》及《昌黎集》，
觀其述作，有三代制度、兩漢遺風，殊不類今之文。❾」《新唐
書》史臣持古文家立場，對《唐文粹》亦應熟悉，將〈文藝傳序〉
與姚鉉〈唐文粹序〉相對照，可發現二者對唐代文學演變的論述大
體一致，這自是順理成章之事。

---

❽ 宋姚鉉〈唐文粹序〉，《唐文粹》（上海：商務印書館，1926 年四部叢刊影印
　明嘉靖刊本），卷首。

❾ 宋石介〈上趙先生書〉，《徂徠石先生文集》（北京：中華書局，1984 年），卷
　十二，頁 135。

　　與〈唐文粹序〉所不同者，〈文藝傳序〉所述「三變」之一以王勃、楊炯爲初唐階段「沿江左餘風」的代表，未提陳子昂以「風雅」改革文風的作用。然而《新唐書》史臣並非輕視陳子昂，陳子昂本傳曰：「唐興，文章承徐、庾餘風，天下祖尚，子昂始復雅正。❿」此處則與〈唐文粹序〉所論「始振風雅」相同。那麼何以不將陳子昂的功績寫入〈文藝傳序〉呢？應是著重點有所不同。姚鉉雖以宗經立場推崇韓愈，然頗注意文風之雅正，故重視陳子昂變江左文風之作用。〈文藝傳序〉則純以「經術」、「道真」貫穿「三變」，是否宗經重道才值得大書特書。

　　〈文藝傳序〉以韓愈爲第三變之關鍵人物，未直接贊揚蕭穎士等人，然亦注意到他們古文創作的功績，「大曆、貞元間，美才輩出」數句透露此意。韓愈於貞元時登上文壇，貞元、元和爲主要活動時期，與大曆無涉。大曆、貞元時之美才，首先應指獨孤及、梁肅，正如前揭《舊唐書·韓愈傳》所言，大曆、貞元間，獨孤及、梁肅爲儒林推重。《新唐書》史臣對時間的把握其實很精確，韓愈本傳贊即曰：「至貞元、元和間，愈遂以六經之文爲諸儒倡。⓫」〈文藝傳序〉不明言蕭穎士等人，顯然是要突出韓愈的倡導作用。

　　《新唐書》史臣持宗經重道觀念，與此前史家相比有明顯不同。唐初官修前代諸史，均有對歷代文學的評述。魏徵等史臣大多有很高的政治地位，從政治家的立場出發，重視文學的政治教化作

---

❿　同註❶，卷一〇七，頁4078。

⓫　同註❶，卷一七六，頁5269。

用。他們雖然繼承了漢儒以來的宗經傳統，對儒家之道却並不特別強調，在看待歷代文學時也多著眼於藝術特點而給予較高評價，不贊同片面復古，如《周書·王褒庾信傳贊》中評價蘇綽的文體復古曰：「然綽建言務存質樸，遂糠秕魏、晉，憲章虞、夏。雖屬詞有師古之美，矯枉非適時之用，故莫能常行焉。**⑫**」唐中期的古文家則強調宗經重道，主張復古，韓愈更明確地揭示其道爲儒家之道，以復古口號倡導古文運動。《新唐書》史臣的文學史觀與唐代古文家有淵源關係，在宗經重道方面相一致，因而與唐初史臣有不小的距離。

同樣是對唐代文學的演變作出論述，成書於五代時期的《舊唐書·文苑傳序》的觀點截然不同。對唐初至玄宗以前約百年時間的文學，唐宋古文家貶斥甚力，《舊唐書》則重點贊譽：「文皇帝解戎衣而開學校，飾賁帛而禮儒生，門羅吐鳳之才，人擅握蛇之價。靡不發言爲論，下筆成文，足以緯俗經邦，豈止雕章縟句。韵諧金奏，詞炳丹青，故貞觀之風，同乎三代。高宗、天后，尤重詳延，天子賦橫汾之詩，臣下繼柏梁之奏，巍巍濟濟，輝爍古今。**⑬**」序中並未言及韓愈等，韓愈本傳則有微詞。序之開端道出根本立場：「臣觀前代秉筆論文者多矣。莫不憲章謨誥，祖述詩騷，遠宗毛、鄭之訓論，近鄙班、揚之述作。謂『采采芣苢』，獨高比興之源；『湛湛江楓』，長擅詠歌之體。殊不知世代有文質，風俗有淳醨，學識有淺深，才性有工拙。昔仲尼演三代之《易》，刪諸國之

---

⑫　唐令狐德棻等《周書》（北京：中華書局，1983 年），卷四十一，頁 744。

⑬　同註**⑥**，卷一九〇上，頁 4982。

《詩》，非求勝於昔賢，要取名於今代。實以淳樸之時傷質，民俗之語不經，故飾以文言，考之弦誦，然後致遠不泥，永代作程，即知是古非今，未爲通論。❹」此論反對是古非今，實爲針對古文家復古主張而發。「《舊唐書》史臣所贊美、肯定的是今體詩文，對古體詩文則不重視，評價不高。……我們如果認識到《舊唐書》的文體和當時駢體詩文盛行的歷史條件，對該書的文學批評便可獲得確切的理解。❺」

　　理解《新唐書》史臣的文學史觀，同樣應該認識到當時詩文革新獲得成功的歷史條件。《新唐書》成於嘉祐 5 年（1060），其列傳部分先成於嘉祐 3 年，而此前由歐陽修主持的嘉祐 2 年貢舉可謂北宋詩文革新獲得成功的標志，具有重大的文學史意義❻。歐陽修是北宋詩文革新的領袖人物、文壇盟主，這是後人的共同認識，而這種地位的最終確立正是在嘉祐初。宋初以來對韓愈的推崇，也隨著歐陽修文學創作實績對韓愈的繼承性而得到真正落實。嘉祐元年，蘇洵在〈上歐陽內翰第二書〉中曰：「自孔子沒，百有餘年而孟子生：孟子之後，數十年而至荀卿子；荀卿子後，乃稍闊遠，二百餘年而揚雄稱於世；揚雄之死，不得其繼千有餘年，而後屬之韓

---

❹　同註❻，卷一九〇上，頁 4981-4982。

❺　王運熙、楊明《隋唐五代文學批評史》（上海：上海古籍出版社，1994 年）第三編第二章第六節，頁 722。

❻　參看王水照〈嘉祐二年貢舉事件的文學史意義〉，《王水照自選集》（上海：上海教育出版社，2000 年），頁 198-243。

愈氏；韓愈氏沒三百年矣，不知天下之將誰與也？**⑰**」推此文之意，繼韓愈者非歐陽修莫屬。歐陽修去世後，時人之稱頌多將其與韓愈相提並論，可知老蘇此言並非奉承語，實代表當時公論，茲不贅引**⑱**。《新唐書》史臣基於宗經重道觀念而高度評價韓愈，正反映了當時人的共識。

唐宋兩代的古文運動，都與同時的儒學復興緊密相聯，其主流都是以復古爲革新，亦即革新爲內核，復古爲形式。因此，當時的文學復古活動實即革新活動，與古今通變的觀念有一定的聯繫，並不像北周蘇綽那樣一味復古。然而革新者們言論中強調復古，導致後人評判時的困惑。《舊唐書》史臣反對「是古非今」，從理論上來說並不錯，以此抨擊古文家却只是皮相之談。從另一方面來說，唐宋古文家大都遵循宗經重道的儒家傳統，又的確是主張復古。對此應該認識到，各個時期的復古固然有共同的基本觀念，然而每一時期的具體作法都會因歷史條件的不同而產生變化。就北宋古文家的復古榜樣而言，雖說師法六經，而多是以韓愈爲式，王禹偁曾言：「遠師六經，近師吏部。**⑲**」這實際上是北宋古文家的普遍準

---

⑰ 宋蘇洵〈上歐陽內翰第二書〉，《嘉祐集》（上海：商務印書館，1926 年四部叢刊影印景宋本），卷十一，頁三上。

⑱ 早在慶曆 2 年（1042），曾鞏〈上歐陽學士第二書〉已稱歐陽修「其文章、智謀、材力之雄偉挺特，信韓文公以來一人而已。」《曾鞏集》（北京：中華書局，1984 年），卷十五，頁 233。

⑲ 宋王禹偁〈答張扶書〉，《小畜集》（上海：商務印書館，1926 年四部叢刊影印宋刊本），卷十八，頁 12 下。

則。

《新唐書》史臣持宗經重道的文學史觀，既是北宋詩文革新成功的反映，也是最高統治階層意識的反映。宋真宗朝，西崑體時文風靡天下，其弊日甚，真宗、仁宗都曾下詔戒飭。真宗大中祥符 2 年（1109）〈誡約屬辭浮艷令欲雕印文集轉運使選文士看詳詔〉曰：「國家道莅天下，化成域中，敦百行於人倫，闡六經於教本。冀斯文之復古，斯末俗之還淳。而近代已來，屬辭之弊，侈靡滋甚，浮艷相高，忘祖述之大猷，競雕刻之小技。爰從物議，俾正源流。❷」古文家石介〈祥符詔書記〉一文即爲頌揚此詔而作，文末贊頌真宗「爲天子能知乎文之本而思復於古」，是「真英主」❷。仁宗天聖 7 年（1029）〈禮部貢舉詔〉曰：「比來流風之敝，至於會萃小說，礫裂前言，競爲浮誇靡蔓之文，無益治道，非所以望於諸生也。禮部其申飭學者，務明先聖之道，以稱朕意焉。❷」明道 2 年（1033）、慶曆 4 年（1044）又兩次下詔正文風。歐陽修曾指出：「其後天子患時文之弊，下詔書，諷勉學者以近古，由是其風漸息，而學者稍趨於古矣。❷」這兩位古文家對皇帝詔書的頌揚，說明最高統治者的意志對北宋文學的發展起了多麼重要的作用。

---

❷　《宋大詔令集》（北京：中華書局，1962 年），卷一九一，頁 701。

❷　宋石介〈祥符詔書記〉，同註❾，卷十九，頁 220-221。

❷　宋李燾《續資治通鑑長編》（上海：上海古籍出版社，1986 年影印本），卷一〇八，頁 1 上。

❷　宋歐陽修〈蘇氏文集序〉，《歐陽文忠公集》（上海：商務印書館，1926 年四部叢刊影印元刊本），卷四十一，頁 10 上。

《新唐書》首次將宗經重道的文學史觀表露於正史，這是對以復古爲革新的文學實踐的肯定，在理論主張上強調復古。北宋中期，文學的復古精神成爲主流，其影響自當時直至清末，在文學實踐的極大成績等因素之外，《新唐書》的官方權威地位亦應有力焉。關於此，有南宋魏了翁應舉文《唐文爲一王法論》可爲例證：「史臣以唐文爲一王法，而歸之韓愈之倡。是法也，惟韓愈足以當之。❷」科舉考試將《新唐書·文藝傳序》中的提法作爲試題，可見其在宋代文化領域的權威性。

貳

復古者必尊重傳統。對文學創作而言，尊重傳統往往表現爲崇尙典範。在這方面，宋人的意願比起前人更加強烈，而且逐漸傾向於一元化，要求定於一尊，韓文、杜詩「集大成」說就是這種要求的集中體現。宋代文學接輝煌的唐代文學之後，雖然最終形成了自己的特色，然亦一直受著唐代文學的影響。自宋初以來，詩文創作常常直接效法唐人。詩文革新者的唐代楷模很早就趨向韓柳文、李杜詩。王禹偁曾言：「誰憐所好還同我，韓柳文章李杜詩。❷」王禹偁的門徒孫何曾贊頌唐代文學：「奕奕李唐，木鐸再揚。文之紀綱，斷而更張。巨手魁筆，磊落相望。凌轢百代，直趨三王。續

---

❷　宋魏了翁〈唐文爲一王法論〉，《鶴山先生大全文集》（上海：商務印書館，1926 年四部叢刊影印宋刊本），卷一○一，頁 3 下。

❷　宋王禹偁〈贈朱嚴〉，同註❶，卷十，頁 19 上。

典紹謨，韓領其徒。還雅歸頌，杜統其眾。❷」在韓柳、李杜中，孫何開始獨尊韓文、杜詩，然而當時反響並不大。宋人最終選擇了韓文、杜詩作為典範，這時已是北宋中期。

從韓柳並稱到獨尊韓，沒有多少周折。由於古文運動與儒學復興的緊密聯繫，宋代古文家重道，對於力倡儒家之道的韓愈與雜有佛家思想的柳宗元，起初就從未讓柳超過韓，最終將韓奉為至極，其理由很明顯。文壇盟主歐陽修對柳宗元的評價就不高：「子厚與退之皆以文章知名一時，而後世稱為韓柳者，蓋流俗之相傳也，其為道不同，猶夷夏也。❷」如此崇韓抑柳，正是以儒家之道為基本標準。

自中唐起，即有李杜優劣之議，元稹與韓愈各有著名評價流傳於世，元稹揚杜，韓愈並稱李杜。《新唐書·文藝傳》推崇杜甫，序曰「言詩則杜甫、李白」，置杜於李前，傳內之各家小傳唯杜甫傳末綴以史臣贊，成為特例（韓愈有本傳），可見推崇已極，亦可補充序中言唐詩流變之不足，其文如下：

> 唐興，時人承陳、隋風流，浮靡相矜。至宋之問、沈佺期等，研揣聲音，浮切不差，而號律詩，競相襲沿。逮開元間，稍裁以雅正，然恃華者質反，好麗者壯違，人得一概，皆自名所長。至甫，渾涵汪茫，千彙萬狀，兼古今而

---

❷ 宋孫何〈文箴〉，《宋文鑒》（上海：商務印書館，1926 年四部叢刊影印宋刊本），卷七十二，頁 5 下。

❷ 宋歐陽修〈唐柳宗元般舟和尚碑跋尾〉，同註❷，卷一四一，頁 15。

　　有之，它人不足，甫乃厭餘，殘膏賸馥，沾丐後人多矣。
故元稹謂：「詩人以來，未有如子美者。」甫又善陳時事，
律切精深，至千言不少衰，世號詩史。昌黎韓愈於文章慎
許可，至歌詩，獨推曰：「李杜文章在，光焰萬丈長。」誠
可信云。㉘

史臣雖引用韓愈之評，而更看重元稹對杜甫的推崇，奉杜甫為典
範。元稹之言見其《唐檢校工部員外郎杜君墓係銘並序》㉙，其中
「盡得古今之體勢，而兼人人之所獨專」一段已含寓宋人的杜詩
「集大成」之意。史臣「兼古今而有之」之言是對元稹之言的沿
襲，而「沾丐後人多矣」之言則揭示杜詩之巨大影響，總之，說明
了尊奉杜甫的合理性。史臣對杜甫的尊奉也代表了北宋中期形成的
共識。

　　北宋人對杜甫價值的深刻發現有一個長期過程。《蔡寬夫詩
話》有一段話大致可以說明此過程：「國初沿襲五代之餘，士大夫
皆宗白樂天詩，故王黃州主盟一時。祥符、天禧之間，楊文公、劉
中山、錢思公專喜李義山，故崑體之作，翕然一變；而文公尤酷嗜
唐彥謙詩，至親書以自隨。景祐、慶曆後，天下知尚古文，於是李
太白、韋蘇州諸人，始雜見於世。杜子美最為晚出，三十年來，學
詩者非子美不道，雖武夫女子皆知尊異之。李太白而下，殆莫與

㉘　同註❶，卷二○一，頁 5738-5739。

㉙　唐元稹〈唐故工部員外郎杜君墓係銘並序〉，《元稹集》（北京：中華書局，
　　1982 年），卷五十六，頁 600-602。

抗。文章隱顯，固自有時哉！❸」宋初詩壇對選擇唐詩的典範發生
多次變化，這段話的概括還不夠全面，至少漏掉了梅堯臣、歐陽修
等人對韓愈詩的學習，然而可見杜詩自隱至顯，是經過不斷選擇而
得到確定，不似古文家很早就確認韓愈文爲典範。王禹偁曾有詩
曰：「本與樂天爲後進，敢期子美是前身。❸」他標舉杜詩，然仍
以學習白居易詩爲主，說明當時尊奉杜詩的風氣尚未形成。

　　尊奉杜詩的趨向之明朗，應該是從對殘缺的杜甫詩集加以搜
集整理而開始的，尤以王洙於寶元 2 年（1039）整理《杜工部集》
二十卷爲代表。在王洙之前，則有蘇舜欽於景祐 3 年（1036）整理
《杜子美別集》❸；其後，則有王安石於皇祐 2 年（1050）整理
《杜工部後集》❸。這三種杜集的整理都在《新唐書》成書之前，
可證《新唐書》史臣獨尊杜甫絕非私見。作爲文壇盟主的歐陽修也
常將李杜並稱，個人愛好却偏向於李白，也有意見形於文字❸，然

---

❸　宋蔡居厚《蔡寬夫詩話》，《苕溪漁隱叢話》（北京：人民文學出版社，1984
　　年），前集卷二十二，頁 144-145。

❸　宋王禹偁〈前賦春居雜興詩二首間半歲不復省視……〉，同註❿，卷九，頁
　　11 上。

❸　宋蘇舜欽〈題杜子美別集後〉，《蘇舜欽集》（上海：上海古籍出版社，1981
　　年），卷十三，頁 171-172。

❸　宋王安石〈老杜詩後集序〉，《臨川先生文集》（上海：商務印書館，1926 年
　　四部叢刊影印明嘉靖刊本），卷八十四，頁 4 下 5 上。

❸　宋歐陽修〈李白杜甫詩優劣說〉：「杜甫於白，得其一節，而精強過之。至於
　　天才自放，非甫可到也。」同註❷，卷一二九，頁 3 下。

而他尊重社會主流的共識，不以己見強求於人。

杜詩之典範確立於北宋，此爲後人公認。至於更清晰的時間界定，論者常歸之於學習並推廣杜甫詩風的王安石或黃庭堅的活動時期。論者亦常舉蘇軾之語：「詩至於杜子美，文至於韓退之，書至於顏魯公，畫至於吳道子，而古今之變、天下之能事畢矣。❸❺」以爲確立之標志。此皆未重視《新唐書》作爲官修史書的權威性影響。正是《新唐書》反映了當時共識，正式確立杜甫爲詩歌典範，而當嘉祐年間，王安石的政治、文學地位都還不高，蘇軾、黃庭堅剛剛步入詩界。因此，應該說是王、蘇、黃等人繼前輩之後順隨了時代趨勢，以實踐擴張聲勢，尤以黃庭堅學杜最力，發展爲江西詩派。張戒《歲寒堂詩話》曰：「韓退之之文，得歐公而後發明。」「子美之詩，得山谷而後發明。❸❻」所謂「發明」，當從學習推廣而有重大成就這一層理解。

在儒學復興的籠罩下，宋人對杜詩的尊奉也包含儒家道德因素。由於詩與文在文體上的不同性質與作用❸❼，宋人的尊杜詩比起

---

❸❺ 宋蘇軾〈書吳道子畫後〉，《蘇軾文集》（北京：中華書局，1986 年），卷七十，頁 2210。

❸❻ 宋張戒《歲寒堂詩話》，《歷代詩話續編》（北京：中華書局，1983 年），頁 463。

❸❼ 對此柳宗元有精要論述，〈大理評事楊君文集後序〉曰：「文有二道，辭令褒貶，本乎著述者也；導揚諷諭，本乎比興者也。著述者流，蓋出於《書》之謨、訓，《易》之象、繫，《春秋》之筆削，其要在於高壯廣厚，詞正而理備，謂宜藏於簡冊也。比興者流，蓋出於虞夏之咏歌，殷周之風雅，其要在

尊韓文更大大增加了藝術因素，然而儒家道德因素仍是宋人不可不考慮的。《新唐書》史臣對杜甫的贊語著重於藝術因素，而傳中有曰：「數嘗寇亂，挺節無所汙，爲歌詩，傷時橈弱，情不忘君，人憐其忠云。❸」強調忠君，這屬於道德判斷。此後詩人對杜甫的人格贊美無不以此爲基點，蘇軾乃有「一飯未嘗忘君」的頌揚❸。從李杜並稱，到選擇杜甫，如果不考慮其他因素，以思想狀況決定去取，恪守儒家思想的杜甫自然高於仙俠駁雜的李白。更何況杜甫遵循的又是早期儒家思想❹，符合儒學復興的要求。

《新唐書·文藝傳》因崇尚典範而尊奉韓文、杜詩，已含有確立文學統系的因素。蓋文學典範代表了文學傳統之精華，處於中心位置，有承前啓後的作用。而文學統系尊重傳統，最重視傳承。古人心目中的文學統系，有廣義的文統，繼而分出狹義的「文統」與「詩統」。

文統說自韓愈所倡道統說而派生，這得到後人公認。宋初古文家柳開依據韓愈所說而進一步提出：「吾之道，孔子、孟軻、揚

於麗則清越，言暢而意美，謂宜流於謠誦也。」本乎著述者即文，本乎比興者即詩。《柳宗元集》（北京：中華書局，1979 年），卷二十一，頁 579。

❸ 同註❶，卷二〇一，頁 5738。

❸ 宋蘇軾〈王定國詩集叙〉，同註❸，卷十，頁 318。

❹ 參看莫礪鋒《杜甫評傳》（南京：南京大學出版社，1993 年），頁 15-20。

雄、韓愈之道；吾之文，孔子、孟子、揚雄、韓愈之文也。❹」這裏提出了文道關係的問題，主張文道合一，也提出了文統與道統的同一性，實則更重道與道統，以文與文統爲附庸。此後的古文家對道的內涵、對文道關係的認識或有所不同，然而道在首位則認識相同。歐陽修主盟文壇時，以接續韓愈之統自任，他人亦以此推許，前引蘇洵〈上歐陽內翰第二書〉即爲例證。歐陽修曾說：「我所謂文，必與道俱。❹」然其爲文很重視文學因素，使文對道保持相對的獨立性。歐陽修去世後，蘇軾推崇曰：「歐陽子論大道似韓愈，論事似陸贄，記事似司馬遷，詩賦似李白。此非余言也，天下之言也。❹」其評價著重於歐陽修的文學成就。因此，歐、蘇時的文統與柳開等「重道派」的文統有不同內涵，與道統已有明顯區別。另一方面，由於文統並未脫離道統，故所重仍在廣義之散文，以抒情爲主的詩體居次要地位。

詩統說又是從文統說而派生，詩統從文統的分出，表明文學獨立性的增強，與道統的關係已日益疏離。《新唐書》尊杜甫爲典範，實爲揭示詩統之先聲。杜甫既「兼古今而有之」，又「沾丐後人多矣」，則詩之「風雅」傳統至杜甫已得到完美繼承，詩藝之傳承通變已由杜甫給予啓發示範。此後黃庭堅與江西詩派之尊杜，則是接續詩統之自覺努力。至於正式提出「詩統」，最早似見於陳與

❹ 宋柳開〈應責〉，《河東先生集》（上海：商務印書館，1926 年四部叢刊影印舊鈔本），卷一，頁 11 下。

❹ 宋蘇軾〈祭歐陽文忠公夫人文〉，同註❸，卷六十三，頁 1956。

❹ 宋蘇軾〈六一居士集敍〉，同註❸，卷十，頁 316。

義所說：「詩至老杜極矣，東坡蘇公、山谷黃公奮乎數世之下，復出力振之，而詩之正統不墜。❹」這裏將杜甫在詩統中的地位說得很明白了。由於含有强烈的崇尚典範意識，詩統說仍然在復古精神籠罩之下。

今人對宋人的文學觀與文學史觀有所概括：「尊重傳統，維護正統，崇尚典範，是宋代文學創作和文學研究的一貫精神，而經宋人鼓吹樹立起的這些典範對此後的文學發展產生了十分深遠的影響。❹」「自宋代開始，中國封建社會歷史的運行走向下坡，反映於學術文化思潮，便是復古精神的高揚和『道統』、『文統』諸說的建立，它雖然沒有從根本上改變唐人『以復古爲通變』的文學路線，但確已將重心移向了崇尚古學古範的一面，爲明清以後擬古思潮的盛行埋下了種因。❹」所言皆符合文學史實。總之，宋人的文學活動以宗經重道爲根本，滲透復古精神，其復古以唐人爲主要參照，將韓文、杜詩確立爲典範，承認分別以韓、杜爲代表的文統、詩統，並且作出續統之努力。這一直影響到清末，而《新唐書》史臣很早就反映了宋人詩文革新中的文學復古精神與重要觀念，其權威地位的宣傳推廣作用不可低估。現代的中國文學史研究，也受到

---

❹ 宋晦齋〈簡齋詩集引〉，《陳與義集》（北京：中華書局，1982 年），卷首，頁4。

❹ 郭英德、謝思煒等《中國古典文學研究史》（北京：中華書局，1995 年），頁346。

❹ 陳伯海〈中國文學史學史編寫芻議〉，《中國古典文學學術史研究》（烏魯木齊：新疆人民出版社，1997 年），頁 12。

宋人文學史觀的潛在影響，有些提法與宋人沒有多大差別。

最後要說的是，《新唐書》列傳部分雖然由宋祁編撰，然因係官修史書，應反映社會主流意見，故其文學史觀實際代表了北宋詩文革新作家的基本共識，不能僅僅看作宋祁的個人觀點。另一方面，宋祁在小範圍內表現出一些個人傾向，如稱贊李賀、杜牧、李商隱的「譎怪」特色，這不免令人聯想起他的一段佚事：「宋景文修唐史，好以艱深之辭文淺易之說。歐公思所以諷之，一日大書其壁曰：『宵寐非禎，札闥洪休。』宋見之曰：『非夜夢不祥，題門大吉耶？何必求異如此！』歐公曰：『〈李靖傳〉云震霆無暇掩聰，亦是類也。』宋慚而退。❹」宋祁對柳宗元文的愛好尤其明顯。清代史學家趙翼指出，宋祁「於《唐書》列傳，凡韓、柳文可入史者，必采摭不遺。可見其於韓、柳二公有癖嗜也。❹」宋祁對韓、柳文的癖嗜沒有差別，而在進行道德判斷時却不得不讓柳在韓下。

　　　　　（附記：會議期間，拙文得到淡江大學曾守正教授悉心講評，曾教授又惠賜相關論文以供參考，謹致謝忱。）

---

❹　清潘永因《宋稗類鈔》（北京：書目文獻出版社，1985 年），卷五，頁 374。

❹　清趙翼《廿二史劄記》（北京：中華書局，1985 年叢書集成初編本），卷十八，頁 345。

講評意見

曾守正
淡江大學中國文學系

嚴教授大作〈論《新唐書·文藝傳》之文學史觀〉一文，共分三節展開論題之討論：

（一）

首先據《新唐書·文藝傳序》中唐代文章三變的文學史圖像，說明此乃反映宋代古文家的文學觀，且進一步解說宋代古文家的文學觀的源流：陳子昂——蕭穎士、李華、賈至、獨孤及、梁肅——韓愈、柳宗元——柳開、王禹偁、姚鉉等，藉以增補《新唐書·文藝傳序》未論韓、柳之前作家的文學史空隙，並闡述其中原因。此外，比對《新唐書·文藝傳序》與唐初史官、五代史官的文學觀點，證說其在具有官方權力論述色彩的「正史」中，具有開新與籠罩的特殊地位。

（二）

　　次論在《新唐書・文藝傳序》的復古思想中，具有定於一尊式的「一元化」崇尚傾向，即以韓文、杜詩爲文學的「崇尚典範」；並以杜甫傳末的史贊內容爲佐證，導出「史臣對杜甫的尊奉也代表了北宋中期形成的共識」。作者在立說之外，更欲破除一般學者的盲點，即往往未重視「《新唐書》作爲官修史書的權威性影響力」之缺失。

（三）

　　歸結上述兩節的要點，論說北宋中期的詩、文既然各有崇尚之典範，實乃宣告「文統」與「詩統」已分別建立，且「詩統」乃自「文統」所「派生」、「分出」。又縱然「詩統」與「文統」已分，但仍在「復古精神的籠罩之下」。文末且叉出一筆，附述屬於宋祁個人的文學觀點——亦能欣賞「譎怪」及柳宗元文。

　　就此說來，嚴教授的大作已表現出推理清晰暢達，有破有立，且文章結構縝密，層次井然的諸多優點，對閱讀者應多有啓發。以下僅就讀後心得，提出若干問題就教於嚴教授。

（一）

　　嚴教授論文的正文（「壹」部分）曾指出：嘉祐 2 年（1057）歐陽修主持貢舉，「可謂北宋詩文革新獲得成功的標誌，具有重大的文學史意義」、又言「《新唐書》史臣持宗經重道的文學史觀，既是北宋詩文革新成功的反映，也是最高統治階層意識的反映」。且

於論文的「摘要」中言：「其（曾案：〈《新唐書·文藝傳》〉文學史觀實際代表了北宋詩文革新作家的基本共識，也標誌著詩文革命已獲得根本成功）。此說應指歐陽修知貢舉在先，已是詩文革新的成功標誌；而《新唐書》在嘉祐 5（1060）年 6、7 月成書並奏上，代表詩文革新已經獲得根本的成功，並在官方認可下獲得權威性與籠罩性。可是，嚴先生所建構的北宋史官文學思想史，似乎有值得斟酌之處：據錢大昕《二十二史考異》的說法，宋祁（998—1061）在慶曆 5 年（1045）任刊修官，早歐陽修（1007—1072）任刊修官（1057）九年。當代學者楊家駱先生的《廿五史述要》據《宋史·宋祁傳》推論宋祁在天聖晚年已修唐書，歷明道、景祐、寶元、康定、至慶曆中列傳部分已告成，共歷十餘年；而歐陽修積六、七年之功所撰寫的紀、志、表部分，則至嘉祐 5 年完成。歐陽修的史稿上距宋祁稿成約二十餘年。若此，嚴教授的推論恐怕有斟酌的空間：

1. 據錢大昕的說法，雖然無法證明宋氏序早於歐陽修知貢舉，但亦無法肯定宋氏乃後於歐陽修知貢舉，且代表「已經獲得根本的成功」。當然，若據楊家駱先生的看法，我們更無法確認宋祁是繼歐陽修之後，進一步「標誌著詩文革命已獲得根本成功」者。所以，嚴教授對於兩人做出詩文革命貢獻的先後時間，可否補充說明，以解決上述的困難。

2. 若假設歐陽修與宋祁在文學史上的貢獻，正如嚴先生所理解具有前後關係，我們仍需反省下列現象：從歐陽修知貢舉到書成奏上，前後計算約只有短短的三、四年，（更精密地說，據宋朝李燾《續資治通鑑長編》卷一八五及卷一九二

記載，歐陽修於「嘉祐 2 年春正月癸未」知貢舉、而「嘉祐 5 年秋 7 月戊戌」奏上《唐書》，前後時歷共計三年六個月）若說當時文人已在理論與實踐兩層次上，達到「詩文革命已獲得根本的成功」，恐怕應對「根本的成功」做一更細密的推證與說明，因為有許多史事值得注意，如：

《宋史·歐陽修傳》：

> 知嘉祐二年貢舉。時士子尚為險怪奇澀之文，號太學體。修痛排抑之，凡如是者輒黜。畢事，向之囂薄者伺修出，聚譟於馬首。街邏不能制。然場屋之習，從是遂變。

《續資治通鑑長編》卷一八五：

> 嘉祐二年春正月癸未，翰林學士歐陽修權知貢舉，先是進士益相習于奇僻鉤章棘句，寖失渾淳。修深疾之，遂痛加裁抑……囂薄之士候修晨朝，群聚詆斥之，至街司邏吏不能止。或為祭歐陽修文投其家，卒不能求其主名置於法。然文體自是亦少變。

可見歐陽修透過主持貢舉以改革文風之舉，並非立即收效，其間亦受許多士子的抗拒。至於《歐陽修全集》（臺北：世界書局）末附有歐陽修之子發等述〈事跡〉，更描繪文學風氣的變化：

> 牓初，士人紛然驚怒怨謗。其後，稍稍信服。而五、六年間，文格遂變而復古，公之力也。

綜上可知，放榜後多有士子「群聚詆斥」，甚而「爲祭歐陽修文投其家」，歷經五、六年，文格遂變。所以，若說宋祁文在嘉祐5 年已「標志著詩文革命已獲得根本成功」恐怕太過高估此一序文。事實上，若無歐陽門下的接續，僅靠一篇史序就標志獲得根本的成功，這種說法應流於單薄！

3. 此外，我們需追問宋祁與歐陽修的古文觀點相同嗎？宋祁足以包攬歐陽修，且下開來者嗎？首先，嚴教授文末所說的宋祁文學觀點存在「可尙」譎怪者，此與《四庫提要》論宋祁「詩文多奇字」「奇撰唐書，雕琢劌削，務爲艱澀」的批評一致。換言之，無論在理論或實踐上，宋祁的表現皆與歐陽修自謂爲文「其言易明而可行」「須待自然之至」「孟韓文雖高，不必似之也，取其自然耳」不同；又歐陽修於詩似偏好李白，曾言「翰林風月三千首，吏部文章二百年」，故實難說包攬歐陽修。再就蘇軾而論，其爲文不專拘韓、歐，強調「辭至於能達」（〈答謝民師書〉），詩且好淵明之作，甚而有一百多首和作。故，若說宋祁代表當時古文家某種文學觀點，應無爭議；但謂該史序顯示「獲得根本的成功」，則有高估宋祁史序的可能性。

（二）

嚴先生就史序推論宋代中期已建立「文統」與「詩統」的觀念，且後者自前者衍出。唯史序已具「文統」觀念，實無爭議，但詩則未如文有一套「王法」之稱譽，且史序將杜、李、元、白、劉

並列，稱其皆有「可尙」之處，故難證獨取杜甫。又雖於杜甫傳末有史贊論之，但仍承韓愈「李、杜」並讚的說法，故其說應再取強證補之。

（三）

「正史」一旦取得官方認可（「宸斷」），即具有權威性與籠罩性的說法，若就某一時間段落而言，或有其可能性，但應非全然如此。若真如此，嚴先生曾舉唐、五代之正史，即應有不可更易的權威性，宋氏豈能輕易改替。因此，若據此爲推證之理，恐怕難服眾口。事實上，史書的寫法，有時卻是一種修正時代文風的「期望」書寫，舉例來說，魏徵在《隋書》提出折衷南北文風的看法，實是對江南文學爲主導的時代風尙不滿，故較姚思廉更激動地指出「亡國之君多才藝」，並藉此肯定北地文學。此外，嚴先生對於唐初史官的看法，以爲他們對「儒家之道」並不特別強調，恐怕非爲確論，因爲彼等史序多從儒家「人文」與「天文」的對列角度出發，肯定六經之作。

又嚴先生以唐初史官反對片面復古爲例，說明唐初史官與宋代中期史官文學思想不同之所在。若此，宋代古文家是主張片面復古嗎？他們與蘇綽是相同的嗎？若如作者自言唐宋古文乃是「以復古爲革新」，恐怕亦非片面復古了！故宋祁與唐初史官最大文學觀點的差異，應在是否一併肯定魏晉南北朝文風而言，並非唐初史官「對儒家之道並不特別強調」。當然，其中仍牽涉「儒家之道」的內涵問題，頗爲複雜，嚴先生實可爲讀者再進解說。

上述不成熟的意見，謹供嚴先生、與會學者卓參。